デモステネス

弁論集

5

西洋古典叢書

凡例

一、本書はデモステネスの「弁論集」の名のもとに現存する弁論作品を中心とする六〇数篇を全7冊に収録するものである。本弁論集の底本としてはOxford Classical Textsの新しい校訂本、

Demosthenis Orationes, recognovit apparatu testimoniorum ornavit adnotatione critica instruxit M. R. Dilts (Oxford Classical Texts), 2002-

を用いる。しかし既刊の『弁論集3、4』の該当作品については、翻訳の時点では、Diltsの新版は未刊であり、O. C. T. の旧版、*Demosthenis Orationes*, recognovit brevique adnotatione critica instruxit S. H. Butcher et W. Rennie (Oxford Classical Texts), 4 vols., 1907; 1985 を底本として用いたが、『弁論集1』およびそれ以降の訳出にあたっても、旧版を十分に参照する。またDilts版はリバニオスほかの「概説」を収録していないので、これについては旧版のものを訳出した。底本と異なる読みを採用した箇所は、

Demosthenis Opera, recensuit Graece et Latine cum Indicibus, edidit J. Th. Voemelius, Parisiis, 1878.

Demosthenes, with an English translation, tr. by C. A. Vince, J. H. Vince, A. T. Murray, N. W. de Witt and N. J. de Witt, 7 vols., Loeb Classical Library, 1926-49.

Démosthène, texte établi et traduit par O. Navarre, P. Orsini, L. Gernet, R. Clavaud et G. Mathieu, 10 tomes, Les Belles Lettres, 1954-87.

などに拠った。さらに各作品の校訂本に従った場合もあるが、いずれも出典を註で明記した。

二、ギリシア語をカタカナで表記するにあたっては、

(1) φ、χ、θとπ、κ、τを区別しない。

(2) 母音の長短については、固有名詞のみ原則として音引きを省いた。ただし慣例に従って、普通名詞でも音引きしていないものもある（例、アゴラ、ドラクマ）。また地名の表記についても慣例に従った場合がある（例、ローマ）。

三、訳文中『　』は書名を表わす。デモステネスの著作は、書簡その他若干の著作を除いて、弁論名に通常付されている弁論番号を（　）内に付した。デモステネス自身の弁論の引用に関しては著者名を省き、例えば『アリストクラテス弾劾（第二十三弁論）』一二〇とする。「　」は引用、術語、強調など、読みやすさを考慮して訳者が適宜補ったものである。さらに（　）は底本の丸括弧、あるいはもとのギリシア語のカタカナ表記を示す。訳文中のダッシュは訳者が適宜付したものであり、［　］は訳者の補足であることを示す。

四、デモステネスの各作品の前には従来、ロウブ版を除いて、リバニオスその他の後世の弁論（修辞）家による「ヒュポテシス（概説）」がつけられてきた。これらはそれぞれ「リバニオスの概説」「別伝概説」と表記した。また「別伝概説」には作品によって複数あるものがあり、それらは「別伝概説一」「別伝概説二」等々として区別した。ただし最近は、主として上記ローマ期の弁論家によるこれらの「概説」は、巻末付録的に後に置かれる傾向にあり、上記オックスフォード版の新校訂者 Dilts はこれらをすべてテクストから排除している。このため本弁論集もこれらの「概説」は Butcher の旧版によって訳出し、各作品の本文の後に付した。また、本文の前に掲げられた「構成」は訳者が各自作成したものである。

五、ゴシック体の和数字は、伝統的に踏襲されている節番号を示す。段落分けは原則的には底本に従っているが、何節にもわたる場合には、他の校定本や翻訳書を参考にして区分けした場合もある。また底本をはじめ、従来欄外に付されてきたデモステネス全作品の通し番号は、Dilts に従い削除した。

六、法律用語や役職名などは、できるだけギリシア語の訳語として定着しているものを用いたが、古代ギリシアの場合、そもそも政治制度、裁判の手続き、法廷の構成などが現代とは異なるため、現代の用語法と一致しないものがいくつかある。典型的なものとして「公訴（グラペー）」や「私訴（ディケー）」、「弾劾」などがそれである。

七、アッティカの祭暦、貨幣制度と度量衡、関連地図を巻末に付した。

八、各巻に「固有名詞（人名・地名）索引」と「事項索引」を付す。

目次

関連地図（1　アテナイのアゴラ　2　アッティカの区　3　ギリシア世界　4　黒海およびその周辺）

固有名詞索引・事項索引／アッティカの祭暦／貨幣制度と度量衡

デモステネス『弁論集』全作品（ローマ数字は本叢書の巻数を表わす）

●政治弁論集

Ⅰ

第一弁論　『オリュントス情勢、第一演説』
第二弁論　『オリュントス情勢、第二演説』
第三弁論　『オリュントス情勢、第三演説』
第四弁論　『ピリッポス弾劾、第一演説』
第五弁論　『講和について』
第六弁論　『ピリッポス弾劾、第二演説』
第七弁論　『ハロンネソスについて』
第八弁論　『ケロネソス情勢について』
第九弁論　『ピリッポス弾劾、第三演説』
第十弁論　『ピリッポス弾劾、第四演説』
第十一弁論　『ピリッポス書簡への返書』
第十二弁論　『ピリッポス書簡』
第十三弁論　『制度について』
第十四弁論　『シュンモリアーについて』
第十五弁論　『ロドス人解放のために』
第十六弁論　『メガロポリス市民のために』
第十七弁論　『アレクサンドロスとの盟約について』

●法廷（公訴）弁論集

Ⅱ

第十八弁論　『冠について』
第十九弁論　『使節職務不履行について』

Ⅲ

第二十弁論　『レプティネスへの抗弁』
第二十一弁論　『メイディアス弾劾』
第二十二弁論　『アンドロティオン弾劾』
第二十三弁論　『アリストクラテス弾劾』

Ⅳ

第二十四弁論　『ティモクラテス弾劾』
第二十五弁論　『アリストゲイトン弾劾、第一演説』
第二十六弁論　『アリストゲイトン弾劾、第二演説』

●法廷（私訴）弁論集

Ⅴ

第二十七弁論　『アポボス弾劾、第一演説』
第二十八弁論　『アポボス弾劾、第二演説』
第二十九弁論　『アポボスへの抗弁』
第三十弁論　『オネトルへの抗弁、第一演説』
第三十一弁論　『オネトルへの抗弁、第二演説』
第三十二弁論　『ゼノテミスへの抗弁』

VI

VII

デモステネス

弁論集

5

杉山晃太郎
木曽明子
葛西康徳 訳・解説
北野雅弘
吉武純夫

第二十七弁論

アポボス弾劾（第一演説）

杉山晃太郎　訳

一　かりにもしアポボスに、裁判員諸君、正義に適った行動を取るか、さもなければ、われわれの間の係争を近しい人間に委ねる気があったなら、(2)裁判はもとより、煩わしい諸々の手続きでさえ、いっさい必要ではなかったでしょう。というのも、彼らが下した裁定を受け入れればそれで十分であり、そうなれば、私とこの男の(3)間に争いごとなどまったくなくなっていたはずだからです。しかし、この男は、われわれの間の事情をよく知っていた人間がこの件の裁定にいっさい携わらないようにし、かえって、われわれの事情について正確な知識を少しももたない諸君の前(4)に出てきました。そうである以上、諸君の前で、この男に不正の償いをさせるべく努めねばなりません。(5)二　もちろん、私にもわかっています、裁判員諸君。弁舌にも長け、

(1) 伝えられている正式な題名は『アポボスの管財人職務を弾劾する第一弁論』。
(2) デモステネスとアポボスの間の仲裁を双方の知人に委託することを指す。『アポボスへの抗弁（第二十九弁論）』五八によれば、仲裁人としてアルケネオスとドラコンティデスとパノスの三人が委託されたが、アポボスは、自分に不利な裁定が下されることになると知らされるや否や、直ちに三人を解任した。
(3) 本件の被告、冒頭に名前が挙がっているアポボスを指す。
(4) アテナイ市民が構成する民衆法廷を意味する。
(5) 原告がみずからの弁論の冒頭で、法廷で争うことは自分の本意ではなく、被告側の不誠実によって引き起こされたやむをえない事態であると強調することは、常套手段であった。

策を弄する力もある連中(1)を相手に、全財産をかけた戦いを挑むことなど、若さゆえにこの世界(2)にまったく経験がない人間においそれとできることではありません。それでも、この連中よりもはるかに不利な立場にありながらも、多くの希望を抱いているのです。諸君なら正しい裁きを下してくれるはずだ、事実を詳しく説明するということであれば、こんな私にも十分に話すことができる、そうすれば、諸君がこれから投票しなければならないこの一件について、事の真相を、細かい点でさえも余さず理解してくれるはずだ、と思うからです。三　しかし、諸君には、裁判員諸君、お願いがあります。好意をもって私の話に耳を傾けてください。そして、私が受けた仕打ちは不当だという結論に至ったならば、どうか正義に適った援助の手を差し延べていただきたいのです。また、私はできるかぎり手短かにこの弁論を終わらせるつもりでいます。ですので、諸君が、最も容易に本件の事情を頭に入れることができるはずの点――まずこの点から、私も諸君に説明しようと思います。

四　さて、私の父、デモステネスが、裁判員諸君、遺していったのは、おおよそ一四タラントン(3)の財産、それと、七歳の私と五歳の妹、さらに、私たちの母でしたが、母には、家に持参した五〇ムナがありました(4)。さて、父は、死が近づいたとき、私たちのことについてあれこれ考えた上で、以上の財産をすべて、そこにいるアポボス、デモンの息子のデモポン――この二人はどちらも父の甥で、一方は兄弟の息子で、もう一方は姉妹の息子でした(5)――、さらに、パイアニア区(6)のテリッピデスに託しました(7)。テリッピデスとは、血縁関係はまったくありませんでしたが、［父の］子供の頃からの友人だったのです。五　そして、テリッピデスに父は、私の財産(8)の中から、七〇ムナの使用権(9)を、私が成人資格審査(10)に合格して成人と認められるまでという期間限定で与えました。それは、この男が金欲しさのあまり、私の財産を管理する際に、より悪質な行動をとることがないようにするためだったのです。また、デモポンに対しては、私の妹と二タラントン[11]を直ちに

(1)「策を弄する」と訳した原語の *παρασκευάσασθαι* は、賄賂等の不正な手段を行使して証人に偽証させることを示唆する語である。

(2)訴訟に関係する事柄を指す。

(3)アテナイの貨幣制度については「貨幣制度と度量衡」参照。

(4)デモステネスの父親との結婚の際に母親が実家から持参した嫁資のこと。五節参照。また、デモステネスの家族ならびに親族については、補註V参照。

(5)「兄弟」「姉妹」を指すギリシア語からは、兄か弟か、姉か妹かは不明。補註V参照。

(6)パンディオニス種族の区（デーモス）で、アテナイ東部、ヒュメットス山の東麓に位置する。デモステネスも同じパイアニア区に所属していた。

(7)アポボス、デモポン、テリッピデスが、まだ未成年だったデモステネスのための正式な「管財人」および「後見人」として指名されたことを指す。

(8)「父の遺産」と言われていない点に注意。すぐ後の「私の家財道具」も同様。

(9)原語は *καρπώσασθαι*. 所定の金額を無利子で借り、それを元手として得た利益を取得する権利を指す。元金は、デモステネスが成人後にデモステネスに返さなければならない。

(10)一八歳になった男子に課せられる市民登録のための資格審査（ドキマシアー）。デモステネスは前三六六年夏に受けている（『オネトルへの抗弁、第一演説（第三十弁論）』一五）。『メイディアス弾劾（第二十一弁論）』一五七、アリストテレス『アテナイ人の国制』第四十二章一以下参照。

(11)ここでは、デモポンに対して、無条件に二タラントン与えたかのように言われているが、四五節では、二タラントンの「使用権」が与えられた（*καρποῦσθαι*）と語られている。四五節で使われている動詞は、本節でテリッピデスに与えられた七〇ムナに対して使われている動詞と同じであり、この二タラントンは妹の嫁資である。なお、デモステネスの妹はまだ五歳であったため、じっさいの結婚は、適齢期になってから（『アポボスへの抗弁（第二十九弁論）』四三参照）。

保有することを許可し、そこにいるアポボス本人には、私たちの母親と八〇ムナの嫁資（プロイクス）[1]を与え、家に住んで私の家財道具を使用することを許しました。それは、この連中に対しても私との血縁関係をさらに緊密にしておけば、[2]この血のつながりが加わることで、管財人として私に悪いようにはしないだろうと考えたからでした。六　しかし、この男たちはまず、金銭の中から前述の額[3]を自分たち自身の取り分として手に入れ、そのほかの財産はすべて管理下に置いて、一〇年間にわたって私たちの管財人を務めました。しかし、彼らは、そのすべてを騙し取ったのであり、［私のもとに］戻ってきたのは、家と奴隷一四人と現金三〇ムナ、その額は全部合わせても七〇ムナほどだったのです。[4]七　不正行為の要点は、ごく簡単に言ってしまえば、いま述べたとおりです、裁判員諸君。一方、これが、遺産の総額[5]だったという点に関しては、この男たち自身が、私にとってこれ以上ない証人になってくれます。というのも、彼らは、私の代理として、分担班（シュンモリアー）[6]のために、二五ムナにつき五〇〇ドラクマを分担すると査定したからです。[7]この税率は、コノンの息子のティモテオス[8]をはじめ、最高額の査定を受けた資産の所有者が負担していたのと同じでした。他方、遺産のうち収入を生む資産（エネルガ）と生まない資産（アルガ）、そして、それぞれがどれだけの価値があったのか、個別的な点についても諸君には聞いてもらわねばなりません。というのも、こうした状況を正確に理解してもらえば、わかってもらえるはずだからです。過去に管財人となったことのある人々の中で、この連中が私たちの財産を略奪した以上に、恥知らずなやり方で、しかもおおっぴらに奪った人間など、ただの一人もいないということが。八　さて、最初に、連中が結託して、私に代わって分担班のために前述の戦時財産税（エイスポラー）[9]の額を査定した経緯について、証拠を提出します。続いて、以下の点に関し

ても、すなわち、父は私を貧しい遺児とはしなかった、七〇ムナ[10]の財産の所有者として遺すこともしなかっ

(1)デモステネスの父親との結婚の際に母親が実家から持参した持参金のこと。
(2)アポボスとデモポンの二人がもともとデモステネスの従兄弟だったことに加えて、もし父親の意思のとおりにことが進めば、アポボスはデモステネスの義理の父(母の夫)、デモポンは義理の弟(妹の夫)になるはずだったからである。
(3)前節で言及された各人に与えられた金額のこと。
(4)デモステネスは、一〇節で家を「三〇〇〇ドラクマ相当」(=三〇ムナ)と述べ、九節で奴隷一人当たりの金額を「五ないしは六ムナに相当」「三ムナを下らない額に相当」と述べている。九―一〇節の記述をそのまま受け入れると、本節で言われている奴隷一四人の額は一〇ムナ(=七〇-三〇-三〇)になってしまい、奴隷の価値が低すぎると指摘されている。テクストの数字が正しいとすると、家および奴隷の額をかなり低く査定していることになり、一〇年間に家および奴隷の価値がかなり下がったとデモステネスが考えていることになる。あるいは、テクストそのものに誤りがある可能性も指摘されている。
(5)アポボスらからじっさいに受け取った額ではなくて、本来の総額のこと。
(6)戦時財産税(エイスポラー)徴収のために指定される富裕者(シュンテレース)の班のこと。納税義務を負う富裕者を将軍(ストラテーゴス)が指定し、それをいくつかの分担班に分け、分担班ごとに指定金額を納めた。詳細については、デモステネス『弁論集1』補註I参照。
(7)「二五ムナ(=二五〇〇ドラクマ)につき五〇〇ドラクマ」は二〇パーセントの税率である。同じ税率は、九節にも見える。
(8)いずれもアテナイの著名な将軍。ティモテオスは、本弁論の時点では裕福だったが、その後、銀行家パシオンから借金をする身となった。『ティモテオスへの抗弁(第四十九弁論)』『ポルミオン擁護(第三十六弁論)』五三参照。
(9)民会で必要があると決定された場合に、財産に対して課せられる臨時の財産税。課税対象は、アテナイ市民と居留外国人であり、主に軍事的な目的のために徴収された。詳細については、デモステネス『弁論集1』補註I参照。
(10)六節参照。

た、むしろ、ほかならぬこの連中でさえ、その資産があまりに大きかったために、国に対して隠せなかったほどの財産を遺してくれた、という点についても、証拠を提出します。では、どうぞ、その証言を手にとって、読み上げてください[1]。

証　言

九　さらに、財産の総額については、次に述べることからも明らかです。一五タラントンに対する税額は三タラントン[2]、つまり、この額の戦時財産税を負担するのが妥当だと彼らは考えていたのです。しかし、財産そのものについてお聞きになれば、さらに正確に理解してもらえるでしょう。さて、父は、裁判員諸君、二つの作業場[3]を遺してくれました。どちらも、取るに足らない技術に関係したものではありません。片方には、三二ないし三三人の刃物職人がいましたが、［そのほとんどは］一人当たり五ないしは六ムナに相当し、［残りの者も］三ムナを下ることはありませんでした[4]。そして、そこからは、年間三〇ムナの純益が父にはありました。もうひとつは、四〇ムナの担保となっているベッド職人二〇人を抱えていました。この職人から、父は一二ムナの純益を得ていました[5]。また、現金はおよそ一タラントンあり、一ドラクマ[6]で貸し出されていました。その利子は、毎年七ムナを超えていました[7]。一〇　以上が収入を生む遺産であり、これについては、この男たち自身も認めることでしょう。そして、これらの元金の額は四タラントン五〇〇〇ドラクマになり[8]、そこからの収入は、毎年五〇ムナでした[9]。それ以外には、加工材料[10]としての象牙と鉄、それにベッド用の木材、［あわせて］およそ八〇ムナ相当、また、七〇ムナで購入した染料と銅、さらに、三〇〇〇ドラクマ相当の家、そして、母の嫁入り道具として、家具、杯、金製の宝飾品類、衣類――以上、〆ておよそ一万ドラク

(1)法文、証言書等を読み上げる係の書記への指示。本来ならば、ここで証言書が読まれたはずであるが、現存するテクストには証言の内容は記載されていない。なお、本弁論中に読み上げられた証言ならびに法律はすべて現存しない。

(2)戦時財産税のための評価額。ただし、三七節では、戦時財産税として一八ムナ支払ったと言われているので、本節での三タラントン（＝一八〇ムナ）という数字とは大きな差がある。そもそも三タラントンは、戦時財産税として多すぎると指摘する研究者もいる。

(3)独立した建造物に関する言及がないため、家の一角を利用して作業を行なっていたと考えられる。

(4)カンマの打ち方を変えると、刃物職人の総数が三〇人で、そのうち優秀な二―三人は五―六ムナに相当し、残りの職人も三ムナを下らないとも読める。

(5)二九節参照。

(6)ここでいう「一ドラクマ」は、一ムナ（＝一〇〇ドラクマ）を一ヵ月借りた場合の利子のことであるので、年利に換算すると、一二（ドラクマ）÷一〇〇（ドラクマ）×一〇〇＝一二（パーセント）になる。貸出金額が一タラントン（＝六〇〇〇ドラクマ）であるから、毎年六〇〇〇（ドラクマ）×一二（パーセント）＝七二〇（ドラクマ）（＝七・二ムナ）の利子を、デモステネスの父親は得ていた。

(7)正確には七・二ムナ。前註参照。

(8)刃物職人の人数、評価額が厳密な数字ではないので、概数であろう。かりに三〇人が六ムナで、三人が三ムナであると仮定すると、三〇（人）×六（ムナ）＋三（人）×三（ムナ）＝一八九（ムナ）となるが、繰り上げて一九〇ムナとすれば、ベッド職人の四〇ムナと貸付金の一タラントン（＝六〇ムナ）と合わせて、二九〇ムナ＝四タラントン五〇〇〇ドラクマになる。

(9)刃物製造三〇ムナとベッド製造一二ムナと貸付金の利子七・二ムナの合計で、正確には四九・二ムナ。

(10)底本は ὅν となっているが、旧版 O.C.T.、ロウブ版、ビュデ版とともに ὃν を読む。おそらく誤植であろう。

マ相当と、家には八〇ムナの現金がありました。一一　以上すべては、父が家に遺してくれた分です。一方、海上貿易関連としては、七〇ムナを海運投資[1]としてクストスに[2]、二四〇〇ドラクマをパシオン[3]の銀行に、六〇〇ドラクマをピュラデス[4]の銀行に、また、デモンの息子のデモメレス[5]に一六〇〇ドラクマ、ほかにも、二、三〇〇〇ドラクマずつ、計一タラントン程度を［何人かに］貸し付けていました。そして、ここまでの金額の合計は、八タラントン五〇ムナを超えます[6]。以上、〆ておよそ一四タラントン[7]になることが、調べてみれば、おわかりになるでしょう。

一二　さて、遺産の総額については、以上のとおりです、裁判員諸君。他方、私の財産のうち、横領された分ならびに彼らが単独で奪ったり、全員で共謀して騙し取った分については、同じ水[8]でお話しすることは不可能であり、一人一人分けて論じる必要があります。ところで、私の財産のうちでデモポンないしはテリッピデスが保有している分ですが、それについては、この二人を相手に私が訴訟を起こしたときに申し上げれば十分でしょう。しかし、彼らが、この男[9]が保有していると申し立てていて、かつ私も、この男が奪ったと認識している分については、これから諸君にお話しするつもりでいます。さて、最初に、いかにしてこの男が、八〇ムナの嫁資[10]を所有することになったのか、この点を、そして、その後で、ほかの点についても、できるかぎり手短かに諸君に説明しましょう。

一三　さて、この男は、［私の］父が死ぬとすぐに、父の遺言に従って［私たちの］家に入り込んで自分の家とし、母が所有していた金製の宝飾品類と［父の］遺産の杯を奪います。これらはおよそ五〇ムナ相当で、この男が保有していました。その一方でまた、売り払った奴隷の代金をテリッピデスとデモポンから受け

取っては、［母の］嫁資、すなわち、八〇ムナを補填したのです。[11]　一四　そして、以上を手に入れた後、三段

(1)商船の所有者または海上貿易を生業としている商人への投資を指す。彼らは、銀行家や個人投資家から資金を借りて、アテナイで購入した物品を輸出したり、外国で購入した物品を輸入し、アテナイで販売して利益を上げていた。

(2)『アポボスへの抗弁（第二十九弁論）』三六にも名前が見えるが、詳細は不明。

(3)著名な銀行家。もとはペイライエウスの銀行家の奴隷であったが、解放されて銀行業を引き継ぎ、財を成した。のちにアテナイの市民権を得ている。『ポルミオン擁護（第三十六弁論）』『ステパノス弾劾、第一演説（第四十五弁論）』『ステパノス弾劾、第二演説（第四十六弁論）』、およびイソクラテス『銀行家（第十七弁論）』参照。

(4)詳細は不明。

(5)デモステネスの父親の甥で、デモステネスの従兄弟。

(6)正確には八タラントン五六ムナ。これは、前節の「象牙」から本節の一タラントンの貸付金までの資産の合計金額である。

(7)正確には一三タラントン四六ムナ。九―一一節に示されたデモステネスの父親の遺産については、補註W参照。

(8)法廷では演説時間を水時計で計ったため、水の量は自分に割り当てられた演説時間を意味する。「同じ」とは、続けて述べられているように、すべてを一括してこの演説の中で述べることはできない、分けて個別に論じる必要があるの意。

(9)本件の被告であるアポボスを指す。

(10)デモステネスの母の嫁資を指す。五節参照。

(11)本来、嫁資は妻の所有物であり、夫の自由にはならないが、アポボスは嫁資を自分のものとし、その分を補填するために、デモステネスの財産である奴隷を無断で売り払って（一八、六一節参照）、八〇ムナを用意したの意味。

櫂船奉仕役（トリエーラルコス）[1]としてケルキュラ[2]に出航しようとしていたときに、テリッピデスに宛てて、これらを所有している旨、書面で伝え、嫁資を受け取ったことも認めていたのです。そして、まず、以上の点については、この男の共同管財人であるデモポンとテリッピデスが証人です。さらにまた、以上のものを所有していると本人が認めていたという事実についても、私の叔母の夫であるレウコノエ区[3]のデモカレスをはじめ、ほかにも多くの証人がいます。一五　つまり、こうです。この男は、嫁資を自分のものにしておきながら、母に生活費を与えず、また不動産[4]を賃貸することさえしようとはせず、かえって、ほかの管財人との共同管理を目論んでいたのです。それで、この件について、デモカレスが口を挟んだのです。しかし、この男は、話を聞くと、［嫁資を］保有してはいないと主張するでもなし、また、奪っていないかのように食ってかかるわけでもなし、かえって、事実を認めて、こう言ったのです。ちょっとした金製の宝飾品をめぐって、まだ少しばかり、私の母との間で主張が食い違っている。その点の解明が済めば、養育費についても、それ以外についても、万事私の納得がいくように対処するつもりだ、と。一六　しかしながら、もし本当に、この男が、デモカレスのみならず、その場にいたほかの人たちに対しても、これらのことを認めているのだとしたら、そして、デモポンとテリッピデスの二人から、嫁資の［捻出の］ために奴隷の売却代金を受け取ったのだとしたら、そして、自分が嫁資を保有しているという事実を、共同管財人である二人に対して、自分から書き送ったのだとしたら、そして、父の死の直後に、家に住み始めたのだとしたら——もし本当に、以上の行動が明らかになったとしたら、この件に関して、あらゆる人々が認めているというのに、どうして、明白だということにならないでしょうか？　八〇ムナの嫁資を自分のものにしている事実と、

［嫁資を］手に入れたことを否定するなどという極めて厚かましい態度をとっていることが。一七　さて、私が真実を述べているという点の証言を手にとって、読み上げてください。

証言（複数）

そういうわけで、このようなやり方で、この男は嫁資を手に入れて、保有しているのです。一方、この男が私の母と結婚しなければ、［一ヵ月］九オボロスの利子で嫁資を借りていることになると法律は定めていますが、私としては、［利子として］一ドラクマのみを設定します。そして、元金と一〇年分の利子を加算すれ

(1) 三段櫂船奉仕（トリエーラルキアー）は、裕福なアテナイ市民に課せられた公共奉仕の一つ。一年間にわたり、一人（または二人）の三段櫂船奉仕役が、一隻の三段櫂船を艤装し、要請があれば、要員を配備し、艦長として（または艦長を雇って）出航する。その際の経費もすべて奉仕役が負担する。アポボスがこの奉仕役を務めたということは、彼自身がすでにある程度の資産家だったということを示している。

(2) あるいは、コルキュラ。コルフ島と呼ばれることも多い。アテナイがティモテオスを指揮官にケルキュラに派兵したのは前三七五年のこと（クセノポン『ギリシア史』第五巻四-六三—六四）。

(3) デモステネスの母の姉妹ピリアの夫。なお、レウコノエ、あるいは、レウコニオンはアテナイの区（デーモス）の一つであるが、詳細は不明。

(4)「不動産」と訳した底本の *οἶκον* は *οἶκον* の誤植であろう。

ば、およそ三タラントンになります。[1] 一八 以上の金額をこの男が手に入れ、所有しているという点、さらに、その事実をそれほど多くの証人の前で認めたという点、それについては、いま述べたように、諸君に示しました。

さて、それとは別に、この男は三〇ムナを手に入れていますが、それは、作業場からの収入として得たものであり、それを、誰よりも恥知らずなやり方で騙し取ろうとしてきたのです。私に父は、彼らからの収入である三〇ムナ[2]を遺してくれましたが、この男たちが奴隷の半分を売却した状況では、計算上、一五ムナは私のものとなるはずだったのです。一九 さて、テリッピデスは、七年間にわたって奴隷管理に携わり、年間一一ムナを［私に］申告しました。もっとも、これは、本来の額よりも、毎年四ムナ少ない計算です。それに対して、この男[3]は、最初の二年間、管理者でしたが、何の報告もせずに、作業場は休業中だと言うときもあれば、その管理者は自分ではなく、ミリュアス[4]という私たちの解放奴隷にその管理を委託したから、彼から説明を受けるべきだと言うときもありました。ですから、今回もこの男が、その手の説明を口にすれば、それは嘘だと容易に論破できるでしょう。二〇 ところで、もしこの男が、［作業場は］休業中だったと言うのであれば[5]――彼みずから経費に関する説明をしていますが、それは、人員の食費[6]に関係したものではなく、作業に関わるもの、つまり、加工用象牙、刃物の柄、その他の材料に関連したものでした。それは、まるで職人たちが仕事をしていたかのようです。さらにまた、この男はテリッピデスに、彼が私の作業場で所有していた奴隷三人の賃金を払ったと計上しています。[7] けれども、営業していなかったならば、テリッピデスが賃金を受け取ることも、私にその経費を計上するべきでもなかったはずです。二一 しかし反対に、稼働はしていたが、製品は売れなかったと主張するようなことがあれば、もちろん、少なくともその製品は私に引き渡した事実を示すべきであり、引き渡しの場に居合わせた人物を証人として提出すべきでしょう。しかし、このどちらもこの男がしないのであれば、［刃物製造の］作業場から得られた二年分の収益、すなわち、三〇ムナは、この男が手にしているということに当然なるでしょう。なぜなら、作業が行なわれていたのは、このとおり、明々白々なのですから。二三　また、もしこの男の言い分が以上のいずれでもなく、そうしたす

（1）九オボロスは一・五ドラクマなので、一ムナ（＝一〇〇ドラクマ）を一ヵ月借りた場合の利子を年利に換算すると、一・五（オボロス）×一二（ヵ月）÷一〇〇（ドラクマ）×一〇〇＝一八（パーセント）。一方、利子を一ドラクマに下げると、一一頁註（6）の場合と同じで、年利一二パーセントであるので、「元金と一〇年分の利子」は、八〇（ムナ）＋八〇（ムナ）×一二（パーセント）×一〇（年）＝一七六（ムナ）＝二（タラントン）五六（ムナ）となる。控え目な利率で計算することにより、被告らの貪欲さを際立たせる狙いがある。三三節参照。

（2）刃物製造の作業場から上がる「年間三〇ムナの純益」を指す（九節）。「彼ら」は、刃物職人の奴隷を指す。

（3）アポボスを指す。

（4）『アポボスへの抗弁（第二十九弁論）』五で、再びミリュアスの名前が言及されている。

（5）「以下の事実が、その反論となるでしょう」と補って理解する。

（6）休業中であれば、仕事のない職人を養う食費のみが計上されていたはずだという意味。

（7）原文は簡潔に書かれているため、文意が曖昧である。六一節では、三人の管財人は互いに有能な職人を売り合ったと言われているので、もともとデモステネスの所有だった奴隷のうちの何人かはテリッピデスの所有となったが、そのままデモステネスの作業場で働いていたことになる。そうした奴隷のうちの三人をアポボスが賃借りし、デモステネスの作業場で働かせ、その分の賃金をアポボスがテリッピデスに支払い、それを作業場の経費としてデモステネスに申告した、という意味か。

べてはミリュアスが取り仕切っていたと主張するようなことがあれば、この男が、五〇〇ドラクマを超える経費は自分が支出したが、利益は、そのつど、ミリュアスの手に渡っていたと主張するとき、どうしてそんな言い分を信用する必要があるでしょうか？　というのも、私には、ミリュアスもその経営に関与していたのであれば、そうした言い分とは逆のことが起こっていたはずだと思われるからです。つまり、ミリュアスが経費を支払い、利益はこの男が受け取るという事態になっていたはずです。この男のいつもの態度や、とりわけ、恥知らずな性格に照らし合わせて、何か判断すべきだというのであればです(1)。それでは、そこにある証言を手に取って、この人たち(2)のために読み上げてください。

証言（複数）

二三　したがって、この男は、作業場から得られた三〇ムナ、ならびにその八年分の利子を手にしているのです。つまり、一ドラクマのみを利子として設定するならば、さらに三〇ムナになるでしょう(3)。さて、以上は、この男が単独で奪い取ったものであり、それを嫁資と合わせれば、元金込みでほぼ四タラントンになります(4)。一方、この男が、ほかの管財人と結託して掠め取った分、しかも、そのうちのいくつかについては、この男は、そんなものは、そもそも遺産の中にはまったくないと反論していますが、こうしたものについて、これからひとつずつ諸君に説明することにしましょう。

二四　最初は、ベッド職人についてです。彼らは、父が遺してくれたのに、この男たちが消し去った、四

○ムナの借金の担保で、人数は二〇人でした。(5) この職人たちを連中がどれほど恥ずべきやり方で、しかも公然と私から奪ったか、諸君に説明しましょう。つまり、こうです。彼らを、私たちの家に［父が］遺してくれたという点について、この男たち全員の意見は一致しています。また、一人当たり毎年一二ムナが父の手許に入ってきていたと、連中は言っています。それなのに、この男たち自身は、一〇年にわたって、職人たちが稼いだ利益はいっさい――そうです、ほんのわずかな利益でさえ、私には発生していないと報告し、それでいて、彼らにかかった総経費をこの男は、一〇〇〇ドラクマ弱として計上しているのです。ここまで、この男は厚顔無恥だったのです。二五　その一方で、この男が、それだけの経費がかかったと言っている職人本人たちについては、これまでどの時点でも私に引き渡してはくれず、これ以上ないほど空虚な説明をするのです。いわく、この奴隷たちを担保に父から借金した男(6)は最低のひどい人間で、莫大な額の出資（エラノス）(7)を未払いのまま残し、借金で首が回らなくなっていた、と。その人物についていま述べた事実を裏づ

(1)もちろん、この推論は、現代の視点で見れば、正当ではない。
(2)裁判員を指す。
(3)正確には、三〇（ムナ）×一二（パーセント）×八（年）＝二八・八（ムナ）。一ドラクマの利子については、一一頁註（6）参照。
(4)嫁資八〇ムナ、その一〇年分の利子九六ムナ、刃物製造の作業場からの二年分の収益三〇ムナ、その八年分の利子二八・八ムナを合計すると、二三四・八ムナで、これは、三・九一三三三……タラントンになる。
(5)九節参照。
(6)二七節では、モイリアデスと呼ばれているが、詳細は不明。
(7)「出資（エラノス）」とは、まとまったお金が必要になった場合に、複数の友人などから無利子で借りる借金のこと。デモステネス『弁論集3』補註h参照。

ける証人なら、この男たちが何人も呼んでいます。しかし、奴隷たちのこととなると、手に入れたのは誰か、どのような経緯で彼らが［私の］家を出たのか、誰が連れて行ったのか、あるいは、彼らをめぐってこの男たちが敗訴した訴訟の相手は誰だったのか、[1] 連中には答えることができません。二六　とはいえ、もしこの男たちの主張に少しでもまっとうなところがあれば、［父から金を借りた］その男のひどさを裏づける証人を、連中が提出するのではなく――その男がひどい男かどうかなど、私にはまったくどうでもいいことです――、むしろ、連中は、その職人たちを取り戻し、奪った輩を明らかにし、職人たちを一人も失わないようにするはずでしょう。しかしじっさいには、人間たちの中で最も野蛮なやり方で、連中は、［父が職人たちを］遺したという点には同意し、奪って自分たちの手許においておきながら、一〇年間にわたってその職人たちで儲けたあげく、作業場全体をすっかりだめにしているのです。以上の点についても、私の話が真実であることを示す証言を、どうぞ手にとって、読み上げてください。

証言（複数）

二七　さて、モイリアデスは支払い能力のない人間ではなかった、また、父にとって、奴隷を担保に結んだこの契約が愚行だったということもなかった――こうした点は、これ以上ない証拠があるおかげで、諸君には理解してもらえるでしょう。つまり、こうです。アポボスは、この作業場を[2]自分のものにしましたが、その点は、諸君自身が証人たちからお聞きのとおりです。その後、たとえ、誰かほかに[3]その奴隷たちを担保に契約を結びたいという人間がいたとしても、この男は、少なくとも管財人の立場にあったわけですから、そんなことは阻止すべきだったのに、これらの奴隷を担保に、みずからモイリアデスに五〇〇ドラクマを貸したのです。もっとも、それは、合法的かつ適正に彼から回収済であるとこの男は認めましたが。二八　けれども、どうしてひどいことではないでしょうか。私たちに奴隷たちから収入がいっさい入らないという点のみならず、担保そのものが消えてしまったのです。私たちの方こそ、先に契約していたのにです。それに対して、この男の方は、私たちの財産を担保に金を貸し付け、回収にこれほどの時間をかけておきながら、利息も、私たちの財産から出ている元金もこの男に支払われ、しかも［この男には］何の損失も生じていないのです。では、私の話が真実であるという点の証言を手に取って、読み上げてください。

(1) この敗訴への言及は唐突である。デモステネスは詳細を語らないが、二七―二八節から推測するに、管財人たちがデモステネスに語った作り話（とデモステネスは考える）によれば、モイリアデスが、この同じ職人たちを担保に、デモステネスの父親とアポボス（二八節）を含む複数の相手から借金していたために、担保である職人たちの帰属をめぐって裁判になり、管財人たちが敗訴して、職人たちを奪われたということのようである。

(2) 正確に言えば、ベッド製造職人たちのこと。

(3) 「ほかに」と訳した ἄλλος は底本では ἄλλον となっているが、旧版O.C.T.、ロウブ版、ビュデ版とともに ἄλλος を読む。おそらく誤植であろう。

二九　さらに、考えてみてください、どれだけの(1)金銭を、この男たちがベッド職人絡みで盗んでいるか。元金だけで四〇ムナ、一〇年でその利益が二タラントンです(2)。というのも、この職人たちからの収入として毎年一二ムナを連中は手に入れていたからです。はたして、これは、少額で、出所《でどころ》が不明な、計算も間違えやすいお金でしょうか？　違います。この男たちが、いまお話したおよそ三タラントンの金額(3)を奪い取ったのは、まったく明白なのではないでしょうか？　そして、連中は、結託して略奪したわけですから、三分の一は、この男から返してもらうのが当然でしょう(4)。

三〇　さらにまた、裁判員諸君、象牙と鉄を父は遺してくれましたが、それに関しても、連中は、先の場合とほぼ同じことをしてきたのです。というのも、これについても、連中は報告していないからです。とはいえ、それほどの人数のベッド職人を抱え、他方では、刃物職人も抱えていたというのに、鉄も象牙も遺していないなどということはありえない、いや、少なくともそうした材料は、実在していたのでなければなりません。いったいぜんたい、それがなくて、どんな作業を彼らがしていたというのでしょうか？　三一　さらに、五〇人以上の奴隷(5)を抱え、二つの事業を営んでいる人間――その一方は、ベッドの製作場であり、月に優に二ムナの象牙を消費し、それとは別に、刃物製造所でも、それに劣らない量の象牙を、鉄とともに消費していました。そんな人間が、その材料を何ひとつ遺していないと、この男たちは主張するのです。それほどまでに、この男たちは恥知らずなのです。三二　さて、この男たちの主張が信用できないという点については、ほかならぬ本人たちの言葉からも、容易に理解できるでしょう。他方、父が遺した［象牙と鉄は］大量にあって、自分のところの職人が作業するのに十分であるばかりか、ほかの購入希望者にも回せるほどの量だったのです。この点は、次のことから明らかです。父は生前、自分でも販売していましたが、父の死後は、デモポンもこの男も、私の家から持ち出しては、希望者に売っていたのです。三三　けれども、［父が］遺したのは、どれだけの分量だったと考えるべきでしょうか。それほど大きな［二つの］作業場にとって十分で、かつ、それとは別に、管財人たちが売りさばいていたことが明白だとしたら。はたして、わずかだったのでしょうか、いや、［私が］請求している額よりもはるかに多かったのではないでしょうか？(6)　では、そこにある証言を手にとって、彼ら(7)のために読み上げてください。

(1)「どれだけの」と訳した ὅσον は底本では ὄσον となっているが、ὅσον の誤植であろう。
(2) 一二（ムナ）×一〇（年）＝一二〇（ムナ）＝二（タラントン）。九節にも同様の記述がある。
(3) 正確には、四〇（ムナ）＋二（タラントン）＝一六〇（ムナ）＝二・六六六……（タラントン）。
(4) 三人の管財人が総計「およそ三タラントン」横領したのだから、アポボス一人の分としてその三分の一の返還を要求するべきだの意味。
(5) 正確には、五二ないしは五三人（九節）。
(6) 控え目な額を提示することにより、被告らの貪欲さを際立たせる狙いがある。一七節参照。
(7) 裁判員を指す。

さて、この象牙の価値は、一タラントン以上ですが、その象牙そのものについても加工品[1]についても、連中から私への報告はなく、むしろ、完全に跡形もなく消えてしまったのです。

三四　さらに、裁判員諸君、連中が提出した説明に従い、取得したとみずから認めている資産をもとに、諸君に以下の点を説明しましょう。連中は三人で、私の財産から八タラントン以上を手に入れ、そのうち、アポボス一人で三タラントン一〇〇〇ドラクマを取得しました。私はその説明の際に、それとは別に、支出は、この男たちよりも多めに設定し、そこから連中が［私に］返済した分を引きます。それは、この男たちの企てが、ちょっとやそっとの厚顔無恥の為せる業ではないと諸君にわかってもらうためです[2]。三五　というのも、私の財産から取得したと連中が認めている額は、以下のとおりだからです。まず、この男は一〇八ムナで、この男が保有していると、これから私が示す分はそこには含まれていません。一方、テリッピデスは二タラントン、デモポンは八七ムナで、〆て五タラントン一五ムナです[3]。それゆえ、このうちで、一括取得したのではない額は、奴隷たちからの収益およそ七七ムナで、この男たちが［父の死後］すぐに取得したのは、四タラントン弱だったことになります[4]。そして、それに、一〇年間の利子として一ドラクマのみを加えれば、元金と合わせて八タラントン一〇〇〇ドラクマ[5]になることがおわかりになるでしょう。三六　さらに、［一方の］作業場から上がる七七ムナから［私の］養育費を引かなければなりません。というのも、テリッピデスは、毎年、そのために七ムナを払っていて、私たちは、それを［テリッピデスから?］受け取っていたと認めるからです。したがって、一〇年間の養育費七〇ムナをこの男たちは私たちのために支払っていたわけですから、差額の七〇〇ドラクマ[6]をそれに加えます。[7]しかも、私は［養育費を］この男たちよりも多めに設定しています。一方、成人資格審査[8]を通った後、私に連中が差し出した額、ならびに、国家に支払ってきた戦時財産税——これを、八タラントン以上[9]から引かなければなりません。三七　さらに、この男とテリッピデスは、三一ムナを返済し、戦時財産税として二〇ムナに二ムナ足りない額を支払ったと計上してい

（1）「加工品」の原語 *ἔργον* は、象牙を売却して得た「代金」とも訳すことが可能である。

（2）底本は *ἵνα τε εἴδηθ'* であり、ほかの校訂にはない *τε* が入っているが、旧版 O.C.T., ロウブ版、ビュデ版とともに *τε* を入れずに *ἵν' εἴδηθ'* と読む。

（3）一〇八（ムナ）＋二（タラントン＝一二〇ムナ）＋八七（ムナ）＝三一五（ムナ）＝五（タラントン）一五（ムナ）。

（4）正確には、三一五（ムナ）－七七（ムナ）＝二三八（ムナ）＝三・九六六六……（タラントン）。

（5）元金は二三八ムナ（前註参照）。利子は二三八（ムナ）×一二（パーセント）×一〇（年）＝二八五・六（ムナ）。よって、その合計は、二三八（ムナ）＋二八五・六（ムナ）＝五二三・六（ムナ）＝八（タラントン）四三・六（ムナ）。この額とデモステネスの言う八タラントン一〇〇〇ドラクマ（＝八タラントン一〇ムナ）の間にはかなりの開きがある。そのため、写本伝承の過程でなんらかのミスがあった、あるいは、デモステネス自身が書き間違えた（計算を間違えた）などの説が提出されている。

（6）七七（ムナ）－七（ムナ）×一〇（年）＝七（ムナ）＝七〇〇（ドラクマ）。

（7）管財人が不正に取得した額に、一括取得したのではない額から必要経費（養育費）を引いた額（七〇〇ドラクマ）を加えるという意味。

（8）五節参照。

（9）正確には、八タラントン一〇〇〇ドラクマ。ただし、前註（5）参照。

ます。私は、これを多めに見積もって三〇ムナとしましょう。そうすれば、この件に関して連中には反論もできないでしょうから。さて、この一タラントン[1]を八タラントン[2]から引くと、残りは七タラントンで、これこそ、この男たちが、取得したと自分たちで認めている額であり、連中がこれを保有していることは必然的です。したがって、これは――たとえ、ほかはすべて、保有していることを否定しているので、連中が盗み取ったことになるのだとしても――、返済すべきでしょう。少なくとも、それを私の財産の中から取得したと認めている以上は。三八　しかし現実には、この男たちは何をしているのでしょうか？　連中は、いま述べた金額に対する利子はいっさい報告せず、元金そのものもすべて、七七ムナ[3]とともに使ってしまったと主張しています。一方、デモポンは、それに加えて、私たちの側に［デモポンからの］借金があるとさえ記載しているのです。これこそ、大それた、しかも露骨な厚顔無恥ではないでしょうか？　これこそ、おぞましい強欲の極みではないでしょうか？　いったいぜんたい、おぞましさとは何なのでしょう、こんな行動が、ここまで尋常な程度を超えているというのに、そう思われないとしたら。

三九　さらに、この男は、自分の分として一〇八ムナを取得したことを認めつつも、その金額と一〇年分の利子、合わせておよそ三タラントン一〇〇〇ドラクマ[4]を保有しています。そして、以上の私の話が真実であるという点、そして、管財人職の会計報告において、各人が、この利益を取得したことを認めていながら、すべて支出にまわしたと計上している点に関して、証言を手にとって、読み上げてください。

四〇　したがって、裁判員諸君、本件について、諸君は、この男たちの一人一人が犯した泥棒行為と悪事がどれほどのものなのか、十分に事情を理解してくれたと思います。ただ、この男たちに、父が遺した遺言を私に返す気があったならば[5]、より正確に把握できたはずです。というのも、母が言うには、そこには、父の全遺産、それから、どの資金から、この男たちに贈与された分[6]を出すべきか、そして、不動産を賃貸しする際の方法[7]が記載されていたからです。四一　しかし、じっさいには、私が頼んでも、この男たちは、遺言があったことは認めるが、それを提出してくれません。連中がそんなことをしているのは、父が遺した財産

(1) 正確には、三一（ムナ）＋三〇（ムナ）＝六一（ムナ）＝一（タラントン）一（ムナ）。

(2) 正確には、八タラントン一〇〇〇ドラクマ。ただし、二五頁註（5）参照。

(3) 作業場・奴隷たちからの収益。三五、三六節参照。なお、底本は μναῖν としているが、旧版 O.C.T., ロウブ版、ビュデ版とともに μναῖς を読む。おそらく誤植であろう。

(4) 三五節。計算上は、一〇八（ムナ）＋一〇八（ムナ）×一二（パーセント）×一〇（年）＝二三七・六（ムナ）＝三（タラントン）五七・六（ムナ）であり、デモステネスの言う三タラントン一〇〇〇ドラクマ（三タラントン一〇ムナ）とは開きがある。アポボスは計上しているが、デモステネスが言及していないなんらかの経費が引かれている可能性もある。いずれにしても、詳細は、現存しない証言の中で言及されていたと考えられる。

(5) けっきょく、デモステネスも母親も父親の遺言を一度も見ていないことになる。

(6) 五節で言及されている分。

(7) 一五節にも言及がある。

のうち、この男たちが何を奪い取ったか、明らかにしたくないからであり、さらに、贈与分については、連中が保有していると思われないようにするためなのです。まるで、事実だけに基づいて［自分たちを］有罪にすることは容易ではないだろうと思っているようです。[1] では、その人たち[2]のために、この男たちが行なった回答[3]についての証言を手に取って、読み上げてください。

証言（複数）

四二　その男[4]は、遺言はあったと言い、例の二タラントンはデモポンに、そして、八〇ムナはアポボスに与えられたと証言しています。一方、テリッピデスが受け取った七〇ムナについては、［遺言の中に］記載があったことを否定し、遺産の総額も、不動産を賃貸する際の方法も同様だとしています。というのも、テリッピデスにしてみれば、こうしたことを合わせて認めても得にはならないからです。では、この男の回答を手にとって［読み上げてください］。

証　言[5]

四三　さらに、この男[6]も、遺言はあった、銅と染料[7]から得られた現金がテリッピデスに――もっとも、これについては、テリッピデスは否定していますが[8]――、二タラントンがデモポンに与えられたと主張しています。ただ、自分[9]が得た分については、［遺言に］記載されていたが、自分は［受け取ったことを］認めないと言っています。それは、自分が受け取ったと思われないようにするためでしょう。財産の総額については、この男もいっさい報告せず、不動産の賃貸し［の方法についての指示］も同様です。というのも、この男にしてみても、その点を合わせて認めても得にはならないからです。四四　ですから、遺産の総額は、それでもはっきりしているのです。この連中が遺言から財産を消し去っているとしても、それだけの額のお金が三人

---

(1)もともとの遺産の全体像さえ知られなければ、売却や支出の実態はいくらでも説明がつけられるという意味であろう。
(2)裁判員を指す。
(3)テクストは底本（*ὧν ἀπεκρίναντο*）に従って訳出したが、多くの訳者は、旧版 O.C.T. とともに、*ὧν ἐναντίον ἀπεκρίναντο* という読みを採用している。その場合は、「この男たちが回答した際に、その場にいた人々の証言」の意味になる。なお、「回答」とは、本件の裁判が始まる前に行なわれた調停の際か、あるいは予審（アナクリシス）の際に、デモステネス側からの質問に対して行なわれた管財人側の回答のこと。
(4)テリッピデスを指す。本節の内容については、五節参照。
(5)「証言」の語は、底本では複数形で *ΜΑΡΤΥΡΙΑΙ* となっているが、単数形 *ΜΑΡΤΥΡΙΑ* の誤りであると思われる。旧版 O.C.T.、ロウブ版、ビュデ版と同様に、単数形で読む。
(6)アポボスを指す。
(7)一〇節参照。
(8)デモステネスは、三人の管財人が自分一人の利益を追求し、保身を図っているため、互いの主張の間に矛盾が露呈している点を指摘している。
(9)アポボスを指す。

の間で動いていたと主張しているのですから。というのも、四タラントン三〇〇〇ドラクマ[1]のうち、この男たちに三タラントン二〇〇〇ドラクマを嫁資として与え[2]、もう一人には、七〇ムナの使用権[3]を与えた人間であれば、当然、その財産がわずかであるはずもなく、私に遺そうとした額の二倍以上はあったはずで、そこから、この男は前述の額を取り去ったということは、誰の目にも明らかだからです。四五 というのも、言うまでもなく、息子である私を貧しい遺児にしたかった、一方、この連中は、もともと金持ちであるのに、もっと裕福にしてやりたかった、などということはないからです。むしろ、私に遺そうとしている総額［を確保する］ために、テリッピデスにそれだけの金額を与え、デモポンには、まだ私の妹と結婚することにはなっていなかったにもかかわらず、二タラントンの使用権を与えたからなのです。その目的は、二つのうちの一方を確保するためでした。すなわち、贈与分のおかげで、連中が管財人としての務めをしっかり果たすように促すためだったか、あるいは、連中が悪意を抱き、そこまでの待遇を［父から］受けておきながら、私たちに対してこんな犯罪をはたらいたときには、諸君からいかなる同情も得られないようにするためだったか、そのどちらかでしょう。四六 さらに、この男はみずから、嫁資に加えて、女奴隷たちも奪い[4]、家にも住んでいながら、自分でこの件の説明をしなければならなくなると、自分の仕事をしているだけだ[5]と言うのです。それだけではなく、［この男の］浅ましい欲得ときたら、先生たちに支払う謝礼金[6]を騙し取り、戦時財産税の一部を滞納するという、とんでもないところにまで達しているのです。そして、それをこの男は私に［必要経費として］計上しているのです。さて、この人たちのために[7]、そこにある証言も手に取って、読み上げてください。

四七　では、いったいどんなやり方なら、この男が、些細なものでさえ遠慮することなく、いっさいを奪い去った次第をもっとはっきり示すことができるというのでしょうか、これだけの人数の証人と論証に基づき、私がしているやり方で示す以外に。つまり、嫁資に関して、この男は、自分が手に入れ、保有していると認め、［ほかの二人の］管財人に書き送り、作業場についても、この男はそこから利益を得ていながら、その収入は報告せず、四八　また、ほかにも、売却したのに、その代金を渡さないでいるもの、奪って自宅に

（1）八〇（ムナ）＋二（タラントン）＋七〇（ムナ）＝四（タラントン）三〇（ムナ）＝四（タラントン）三〇〇〇（ドラクマ）。

（2）「この男たち」はアポボスとデモポンを指し、次の「もう一人」はテリッピデスを指す。三タラントン二〇〇〇ドラクマは、アポボスへの八〇ムナ（＝一タラントン二〇〇〇ドラクマ）とデモポンへの二タラントンの合計。五節参照。

（3）五節参照。

（4）底本は λαβὼν の後にコロンをつけているが、誤植だと思われる。旧版 O.C.T. ロウブ版、ビュデ版と同様に、コロンはないものと見なして訳出した。

（5）「お前には関係ない」という意味であろう。

（6）古代アテナイには、公共の学校教育は存在しなかったため、裕福な家の息子は、個人的に教師のもとで勉強していた。デモステネスの幼少期の就学については『冠について（第十八弁論）』二六五で言及されている。

（7）裁判員を指す。

おいているのに、その事実を隠蔽しているもの、さらには、この男自身が提出した説明に従えば、あれほどの盗みをはたらくだけにとどまらず、［私の父親の］遺言の存在を隠し、奴隷たちを売り払い、ほかにも、［私に対して］どんなに敵意を抱いている人間だってしないようなやり方で、いっさいを取り仕切ってきたのです。私には、［ほかの］どんなやり方をすれば、これ以上明確に証明できるのか、わかりません。

四九　また、この男は、調停役（ディアイテーテース）(1)を前にして、厚かましくもこう主張しました。自分は、資産の中から莫大な負債を私に代わって、共同管財人であるデモポンとテリッピデスに支払ってやったのだ(2)とか、彼らこそ私の財産の多くを手に入れたのだ、と。しかしながら、そのどちらについても、この男は証明できてはいません。すなわち、私には父が遺した負債があったと、この男は文書のかたちで示してもいないし、また、その返済は完了したとこの男は主張したのに、返済した相手を証人として提出することさえしてない。さらに、その金額についても、この男自身が取得したことが明白な額は、この男がほかの共同管財人に責任をなすりつけた金額と同じではなく、むしろ、はるかに少ない金額だったのです。五〇　しかし、この男が、調停役から以上の点をひとつずつ尋ねられたとき、それにまた、自分自身の財産は、収益に基づいて管理していたのか、それとも、元金をくずしながら管理したのか、と尋ねられとき、また、かりに［この男の財産を］管財人が管理していたとして、管財人たちからこんな説明を聞かされて、それを受け入れることができるのか、それとも、発生した利子とともに元金を取り戻すべきだと考えるのか——こうした疑問に対して、この男はいっさい回答せずに、かえって、私の財産は一〇タラントンだったと証明したいという趣旨の提案（プロカレイスタイ）(3)を行ない、もし足りない分があれば、自分が差額を支払おうと言ったのです。

五一　しかし、私が［アポボスに対して］調停役に以上の点を証明するように命じても、この男は証明をせず、共同管財人が渡したという点の証明もせず（というのも、［もしそうであれば］調停役は、この男の非を認める判断をしていなかったはずだからです）、むしろ、先に述べたような趣旨の証拠を壺に入れたのです(4)。その証拠について、この男は何か主張しようとしています(5)。ですから、もし今回も(6)、この男が、［遺産はすべてすでに］私が持っていると主張するのであれば、誰がそれを渡したから［私のところにあるのか］、諸君はこの

（1）すべてのアテナイ市民は、六〇歳になる年の一年間、調停役につき、抽選で割り当てられた事件を担当した。調停役が下した判断を両当事者が受け入れれば、そこで確定となるが、どちらか一方でも不服であれば、その件は民衆法廷に移された。アリストテレス『アテナイ人の国制』第五十三章参照。

（2）すぐ後で、返済の相手が言及されているので、デモステネスの父親に貸したのは、名前の挙がっていない第三者であり、その人物に返済するために、アポボスから残りの二人に返済資金が渡されたという意味であろう。ただし、デモステネス自身は、そもそも負債があったというアポボスの主張そのものを信じていない。

（3）「提案」と訳した原語プロカレイスタイとその名詞形プロクレーシスは、係争相手への正式な要求、または自分の側からの提案を指す。その内容としては、証拠文書の提出、証人への尋問、誓言、特定の手続きを踏むことの要求などがある。アリストテレス『アテナイ人の国制』第五十三章二―三にも見える。

（4）「先に述べたような」とは、前節で言われていた、遺産は一〇タラントンで、返済済みであるという趣旨の証言であろう。なお、調停役は、調停が物別れに終わり、民衆法廷で争うことになった場合に、提出済みの証言や文書を「エキーノス」と呼ばれる壺の中に入れて、封印して保管した。ここで「入れた」と言われているのは、その壺の中に証言を入れたことを指している。アリストテレス『アテナイ人の国制』第五十三章二―三参照。

（5）デモステネスの演説の後に行なわれるアポボスの弁論の中で、の意味。

（6）調停のときと同様に、の意味。

男に尋ねてください。そして、それぞれについての証拠を提出するよう、要求してください。五二　そして、もしこの男が、［ほかの二人の］管財人のそれぞれの手許にある分を計算するという意味で、私のものになっていると主張するのであれば(1)、［そこから］明らかになるのは、この男が、二倍した分だけ足りない額(2)を述べているということと、それだからといって、私が［遺産を］手にしていると示したことにはならないという点なのです。というのも、私は、それだけの額をこの男が持っているという点を問題にしたのであり、それと同様に、［残りの］二人もそれぞれ、それを下らない額を所有していると証明するつもりだからです(3)。したがって、この男が言うべきことは、この点ではなくて、むしろ、この男本人、ないしは、ほかの管財人がどのようにして［当該の遺産を私に］渡したのかという点なのです。そして、もしその証明ができないならば、どうして、この提案に諸君が注意を払う必要があるでしょうか。というのも、この男が［それを言ったからといって］、私が［遺産を］手にしていると証明したことにはならないからです。

五三　それで、この男は、以上のすべての点について、調停役の前でおおいに困り、いま、諸君の前でと同様に、一点一点反論されていく中で、図々しくもこの男は、これ以上なくとんでもない嘘をついたのです。父は、私のために四タラントン遺したが、それは［土の中に］埋めてあって、［私の］母をその管理者にしたのだと。こんな発言をこの男がしたのは、もしいまも、この男が言い出すはずだと見越して［こちらから先手を打つ］ならば、私がその弁明で時間を浪費するように仕向けるためです(4)。ほかに、この男に対して諸君に訴えなければならないことが私にはあるというのに。他方もし、その話は出ないだろうと考えて私の方で無視すれば、今度は、ほかならぬこの男の方から話すでしょう。それは、私が金持ちであると思われることで、諸君の同情を買いにくくするためです。五四　また、［調停の際に］この男はこの件に関する証拠をいっさい壺に入れませんでした[5]。この主張をした方がよいと考えたこの男がです。それでいて、口に出しさえすれば、調停役が[6]信じてくれるだろうと高を括っていたのです。そして、誰かがこの男に、私の財産のうち、何にそれほどの額の金銭を使ったのかと尋ねれば、私に代わって借金を完済したと言い、そこでは［私を］貧乏人にしようとするでしょうが、この男がその気になれば、どうやら、［私を］金持ちにしようとするでしょう、もし本当に、それだけの現金を父が家に残していたとすればですが。しかし、この男の言うことが真実であるはずはなく、むしろ、その中に少しでも事実が含まれていることはありえないということは、多

（1）この箇所の主張はわかりにくいが、アポボス以外の管財人が返還すべき金額はすでにデモステネスに支払われているとアポボスは想定して、五〇節の一〇タラントンが返還済みであると主張しているのならば、という意味か。

（2）アポボスが提案した遺産額一〇タラントン（五〇節）の二倍、すなわち、二〇タラントン不足しているから、本来は、それを合計した三〇タラントンだった、という意味。六七節ならびに『アポボスへの抗弁（第二十九弁論）』六〇参照。

（3）アポボスに対する裁判の後に予定されているデモポンに対する裁判とテリッピデスに対する裁判の中で、の意味。

（4）一三頁註（8）参照。

（5）三三頁註（4）参照。

（6）この箇所は写本のテクストが一致しておらず、加えて、複数の修正案が提出されているが、研究者の見解は一致していない。ここでは、底本に従って *ὑπ' ἐκείνου*（「彼［調停役］によって」）と読む。旧版 O.C.T は、*δι' ἐκείνων*（「それら［の言葉］を通じて」）を採用している。

くのことからもっと簡単に理解できます。五五　つまり、父がこの男たちを信用していなければ、明らかに、どんなものもこの連中に託すことはしないでしょうし、ましてやその現金をそんなやり方で遺[1]そうとしていながら、連中に知らせることもないでしょう。というのも、隠しておいたものを明かすなど、とんでもない狂気の沙汰でしょうから。知られている財産に関してでさえ、連中を管財人にするつもりがなかったのだとしたら。逆に、父が連中のことを信頼していたのであれば、金銭の大半をこの男たちに委託しておきながら、残りの管理はさせなかったなどということは、もちろんなかったでしょう。また、私の母にその監視を任せておきながら、その母を、管財人の一人であるこの男に妻として与えることなど、あるわけがありません。というのも、私の母を通じて現金を守ることを求める一方で、信用していない人間の一人を、母と現金の両方の管理者にすることには、理由がないからです。五六　さらにまた、かりにいま挙げたことのうちに何か真実が含まれているとしたら、父が与えた母を妻にしないということがありうると諸君は思うでしょうか？この男は、母の嫁資八〇ムナを、母と結婚する気があるかのようにすでに自分のものとしていながら、メリテ区のピロニデスの娘[2]と結婚したのです。しかし、［私の］家には四タラントンあって、しかも、それが母の持ち物であったと、この男は主張しています。[3]そうだとしたら、この男は、母と一緒にそのお金も管理下におこうと飛びついたはずだと、諸君は思うのではないでしょうか？　五七　それとも、諸君の中にも父が遺したことを知っていた人が数多くいた明らかな財産は、共同管財人とともに、この男は、あそこまで恥知らずなやり方で掠め取ったのに、諸君が証人とはなれなかったものは、この男が、奪うことが可能であったのに、手をつけなかったなどということがあるでしょうか？　いったい誰がそれを信じるでしょうか？　そんなことはありません、裁判員諸君、ないのです。むしろ、父が遺したお金はどれもすべて、父はこの男たちに渡し、この男は、諸君から私への同情が少なくなるように、いまの話を持ち出すことでしょう。

五八　さて、私には、この男を訴える材料はほかにも山ほどあります。ですが、すべての［不正行為の］要になる点を一つだけ挙げれば、この男の弁明をすべて打ち砕くことができるでしょう。つまり、こういうことです。この男は、こうした厄介事を何ひとつ背負わずに済ませることができたのです。次に挙げる法律に従って、不動産を賃貸しすればよかったのです(4)。その法律を手にとって、読み上げてください。

法律（複数）

これらの法律に従って、アンティドロス(5)には、三タラントン三〇〇〇ドラクマを六年間賃貸ししたことで、六タラントン以上が支払われたのです(6)。この出来事には、諸君の中にも立ち会った人が何人かいました。と

(1) 土に埋めて隠すことを指す。
(2)『オネトルへの抗弁、第一演説（第三十弁論）』で問題になるオネトルの姉妹。メリテ区は、アテナイ中心部の区の一つ。アゴラとプニュクスの丘とアレオパゴスの丘の間辺りに位置する。
(3) 五三節参照。
(4) 一五節参照。
(5) 詳細は不明。
(6) 年利を一二パーセントと仮定すると、利子は三（タラントン）三〇〇〇（ドラクマ）×一二（パーセント）×六（年）＝二（タラントン）三一二〇（ドラクマ）。元金を加えれば、三（タラントン）三〇〇〇（ドラクマ）＋二（タラントン）三一二〇（ドラクマ）＝六（タラントン）一二〇（ドラク↙

いうのは、彼の不動産を賃借りしたプロバリントス区のテオゲネス(1)が、アゴラでこの金額を数え上げたからです。五九　それに対して、私の場合には、一四タラントン(2)を一〇年間［貸したことになり、そこからは］、その期間ならびにアンティドロスの賃貸しの場合と比べれば、三倍以上の金額に増えていてもよかったはずです(3)。それにもかかわらず、どうしてこの男はそうしなかったのか、この男に尋ねてください。つまり、こうです。もしこの男が、不動産は賃貸しない方がよかったのだと主張するのであれば、私に二倍、三倍の額が私に入ったということではなくて、むしろ、元金そのものはすべて私に返済されていると、［この男に］証明するよう指示してください。他方、もし一四タラントンから、連中は私には七〇ムナさえ渡さず(4)、その中の一人は、そればかりか、その男に私は負債があると記載した(5)のであるならば、どうして、この連中が［以上のように］主張するとき、少しでもその主張を受け入れるべきだということになるでしょうか。無論、そんなことはまったくありません。

六〇　さらに、最初のところで、諸君がお聞きになったとおりの額の財産(6)が私には遺されたのであり、また(7)、それは、三分の一の［分の］利益、五〇ムナ(8)を生んでいるというのに、比類ない金の亡者であるこの男たちは、たとえ、不動産を賃貸しする気がなかったとしても、その収入からは、［それ以外の資産は］原状のまま放っておいても、私たちを養うだけでなく、国家に関する諸事(9)をやりくりし、さらに、そこから生じた余剰分で蓄えを殖やすことさえできたはずです。六一　他方、連中は、ほかの財産――先のものの二倍ありました(10)――を、収入を生むようなやり方で活用し、お金が欲しかったのであれば、自分たち自身のために、そこから多少ならば取っても、その収入をもとにして、私のために元金とともに不動産を殖やすこともできたのです。それなのに、この男たちは、いま挙げたことのどれもせず、奴隷たちの中で最大の価値があった者たちを互いに売り合い、(11) 残りは、完全に消し去り、(12) 私から、それまであった収入までも奪い取り、私の財産の中から少なからぬ収益を自分たちのものとしたのです。六二　そして、連中は、ほかのものに関しても、このように恥ずべきやり方ですべて奪った上で、金銭の半分以上について、そもそも遺産の中にはなかったと、全員で口裏を合わせているのです。あたかも、財産は五タラントンしかなかったかのように、それだけ

↙マ）になり、「六タラントン以上」というデモステネスの言葉と一致するが、詳細は不明。

(1) 詳細は不明。プロバリントスは、アテナイの区の一つ。アテナイ中心部から北東の海岸沿いの区。

(2) 四、一一節参照。

(3) 年利を一二パーセントと仮定すると、利子は一四（タラントン）×一二（パーセント）×一〇（年）＝一六・八（タラントン）。元金を加えれば、一四（タラントン）＋一六・八（タラントン）＝三〇・八（タラントン）となるが、「三倍以上」にはならない。年利を一八パーセントと仮定しても、同様の計算の結果は三九・二（タラントン）で、やはり「三倍以上」にはならない。

(4) 六節では、デモステネスに返還された額が「すべてあわせても七〇ムナほどだった」と言われているので、より正確には七〇ムナに少し足りない額だったのであろう。

(5)「その中の一人」はデモポンを指す。借金の記載については三八節参照。

(6) おおよそ一四タラントン（四節参照）。

(7) 底本の *koi* は *kai* の誤植であると考えられる。

(8)「三分の一」ならびに「五〇ムナ」が具体的に何を指しているのか、はっきりしない。

(9) 国家への納税、公共奉仕負担などを指す。

(10) 前節で「三分の一」と言われた以外の「三分の二」を指すのであろう。

(11) 一三、一六、一八節参照。

(12) 二四節参照。

の財産に合致した報告書を提出しました。しかも、そこからの収入は説明しなかったが、目に見える総額(1)は示したということではなくて、むしろ、元金そのものを、お話したように恥知らずなやり方で使ってしまったなどと主張しているのです。こんな図々しい所業をはたらいておきながら、恥じ入ることさえないのです。六三　とはいうものの、かりにもっと長期にわたって、この男たちが私の管財人だったとしたら、いったい私は、連中にどんな目にあわされていたでしょうか？　この男たちには答えられないでしょう。というのも、一〇年間が過ぎ、私が連中のうちの二人から取り戻した額がこのようにわずかであり、残りの一人(2)には、加えて負債があると記録されているからには、どうして怒りを覚えるのがふさわしくないということがあるでしょうか？　いや、まったくもって明白でしょう。私が遺児となったのが一歳のときで、さらに六年間、この男たちが管財人であったならば、このわずかな額でさえも、この男たちから取り戻すことはできなかったでしょう。というのも、かりにその金額(3)が正しいやり方で使われてきたとしても、いま渡されている額では、その六年間のためにはまったく足りず、むしろ、連中は、自腹を切って私を養育したか、さもなければ、餓死していくのを見て見ぬふりしていたか、そのどちらかでしょう。六四　とはいうものの、これがどうしてひどいことではないということになるでしょうか。ほかに、一タラントンや二タラントンに相当する不動産が遺されていれば、それを賃貸することで二倍や三倍にはなり、それにより、公共奉仕役を務めてしかるべきだと［他人から］思われるというのに、私が［現在］所有している不動産では、わずかな戦時財産税でさえも、この男たちの恥知らずな所業のせいで支払えないなどということになったとしたら。本来ならば、三段櫂船奉仕役(4)を務め、多額の戦時財産税(5)を納めることができるはずなのにです。いったい、この連中がしでかしたとんでもない悪事で、まだ言い残しているのはどんな悪事でしょうか？［それは、これでしょう。］この男たちは、遺言でさえも、わかりやしないと考えて、存在しないことにし、自分たち自身の財産は、収入を利用して運用し、元金を、私の財産を利用して、それ以前の額よりも大きく殖やしておきながら、私の財産については、私たちから最大の不正を被ったかのように、その元金をすっかり消し去ってしまったのです。

六五　また、諸君は、誰かが諸君に対して罪を犯しているとして、有罪投票を行なう場合に、その人間から全財産を奪い取るということはせずに、そんな人間の妻であれ、子供であれ、同情を示し、彼らに対しても、何かしらは残してやるものです。しかし、この男たちときたら、諸君とは雲泥の差だったのです。つまり、私たちから、管財人としての職務を適正にこなすように、追加的な贈与も受けておきながら、私たちに対してこのような傲慢な所業をはたらいてきたのです。それに、連中は、私の妹に同情を示さなかったばかりか、妹は父から二タラントンを受け取ってしかるべきだったのに、その当然受け取るべき遺産を何ももらえないようなことになっても、恥ずかしいとも思わず、かえって、［父が］遺してくれた友人や身内の者としてで

（1）元金のこと。
（2）三八節参照。
（3）この時点でデモステネスに返還されている金額。
（4）一五頁註（1）参照。
（5）九頁註（9）参照。
（6）デモステネスと父親の二人を指す。
（7）国家に対する犯罪を意味する。
（8）原語はヒュブリゼイン。傲慢（ヒュブリス）については、デモステネス『弁論集3』補註Z参照。
（9）デモステネスの妹の嫁資。五節参照。嫁資がなければ、妹に結婚相手を見つけるのは極めて困難になった。

はなく、[1]まるで［妹のことを］目の敵にしている人間のように、血のつながりなど少しも気にかけなかったのです。

六六　しかし、この私こそ、あらゆる人たちの中で最も惨めな人間であり、二つの問題で、どうしたらいいのか途方に暮れています。妹をどうやって嫁がせたらいいのか、そして、ほかの諸々のことをやりくりするお金をどこから捻出したらいいのか。しかし、国は、戦時財産税を収めるのが妥当だと考えて、催促してきています。それも当然でしょう。というのも、それに十分値する財産を、父は私に遺してくれたのですから。けれども、遺してくれたお金は、この男たちにすっかり奪われてしまいました。六七　そしていま、私自身の財産を取り戻そうとする中、危機、それも最大の危機に瀕しています。というのも、もしこの男が――そんなことはあってほしくないですが――、私の追及を逃れて無罪放免にでもなれば、オボロス賠償金（エポーベリアー）として一〇〇ムナ[2]を私は科せられるからです。しかも、この男に対して諸君が有罪投票をした場合、本件は刑量未定案件（ティーメートン）[3]ですので、自分の財産からではなしに、私の財産から支払いをするでしょう。それに対して、私の場合は、これは刑量既定案件（アティーメートン）[4]であるため、父親の遺産を奪われたばかりか、そのうえ、公民権まで停止されることになってしまうのです。まんいちいま、諸君が私たちに同情を示してくれないことにでもなれば。六八　ですから、諸君にお願いします、裁判員諸君。懇願も嘆願もします。法律も、また、諸君が裁判員になる際に立てた誓い[5]も忘れることなく、私たちを助けてください。その資格が私たちにはあるはずです。そして、この男の頼みを私たちの頼みよりも尊重しないでください。諸君が正当に哀れむべき人間は、不正な輩ではなく、思いもかけず不幸な境遇に陥っている人々なのです。それにまた、こんなふうに容赦なく他人の財産を騙し取ろうとしている輩でもありません。そうではなくて、私たちなのです。父が遺してくれた財産を、長期間にわたって奪われ、おまけにこ

（1）アポボスとデモポンはデモステネスの親戚であり、テリッピデスは父親の友人である。四節参照。
（2）オボロス賠償金（エポーベリアー）とは、特定の私訴において、原告が総投票数の五分の一を獲得できずに敗訴した場合に、原告が被告に支払う賠償金で、その額は、原告が請求している額の六分の一である。請求額一ドラクマに対してその六分の一、すなわち一オボロスの賠償金が科せられるため、この名がある。原告にその支払い能力がない場合、公民権が停止される。これは、軽々に訴訟を起こすことを防ぐために設けられた制度である。なお、ここで一〇〇ムナのオボロス賠償金が科せられると述べていることから、本裁判でデモステネスが返還を請求している額は一〇タラントン（＝六〇〇ムナ）であることがわかる。これは、アポボス一人分であるので、デモポンとテリッピデスに対しても同額の請求をしているとすれば、請求総額は三〇タラントンになる（『アポボスへの抗弁（第二十九弁論）』六〇参照）。
（3）本来は、刑量が法廷で裁判員によって決定される裁判について言われる。したがって、たとえアポボスの有罪が確定したとしても、デモステネスが請求する額がそのとおりに返還されるとはかぎらず、アポボス側の主張刑量が採用されて減額（あるいは、減刑）される恐れもある（プラトン『ソクラテスの弁明』三六B以下参照）。しかも、アポボスが返還に当てる資金は、そもそもデモステネスから奪ったものであるため、アポボス自身の財産が減るわけでもない。
（4）本来は、刑量が法律により最初から決定されている裁判について言われる。ここでは、オボロス賠償金の額が、六分の一と定められている点を指す。前註（2）参照。デモステネスが賠償金を科せられれば、当然、管財人から返還されたわずかな財産の中から賠償金を支払わなければならず、デモステネス自身の財産が減ることになる。
（5）各年度の初めに選ばれた六〇〇〇人の裁判員に課せられた誓いのこと。『ティモクラテス弾劾（第二十四弁論）』一四七―一五一ならびにデモステネス『弁論集4』一九二頁註（1）参照。

の男たちから侮辱され、いまも、公民権停止（アティーミアー）[1]の危機に瀕している私たちなのです。六九　しかし、私たちの父がこんなことを知ったら、ひどく嘆き悲しむだろうと思います。父がみずからこの男たちに託した嫁資と贈与分が原因で、自分の息子である私がオボロス賠償金を科せられる危機に瀕していると知ったら。しかも、市民の中には、お金に困っている人がいれば、それが身内の場合だけではなく、友人であったとしても、その娘を嫁がせるために自分の財産を使った人[2]がほかにはこれまでもいたというのに、アポボスは、自分が奪った嫁資を返してやろうという気にすらならない――しかも、今年は一〇年目の年であるというのに――と知ったら。

リバニオスの概説

一　弁論家のデモステネスの父親、パイアニア区のデモステネスは、死に際して、二人の子供、デモステネスと娘のために、子供たちと資産の［後見をする］管財人（エピトロポス）を三名指名する。うち二人は親族のアポボスとデモポンであり、もう一人は、子供の頃からの友人であったテリッピデスである。そして、彼は、テリッピデスには七〇ムナの使用権を、デモステネスの成人登録が完了するまでの期限つきで与え、デモポンには、嫁資として二タラントンを受け取るように指示して、娘と婚約させる。一方、アポボスには、自分の妻で、子供たちの母親、ギュロンの娘のクレオブレと結婚させることにし、その際、八〇ムナを嫁資として与え、家とその中にある家財道具を、デモステネスの成人登録が完了するまでの期限つきで使用するように命じる。

二　彼らは、自分たちに与えられた資金をすぐに受け取るが、アポボスは、故人の妻と結婚せず、また、デモポンも娘と結婚しない。彼らは、弁論家が示しているところによれば、一四タラントンの財産を運用し、利子［を加えた額］として三〇タラントンを［デモステネスに］支払わなければならないにもかかわらず、ごくわずかな金額を、成人登録を完了した後、デモステネスに渡しただけだった。それゆえ、彼は、一〇タラントンを請求する管財人職務をめぐる裁判（ディケー・エピトロペース）を起こし、アポボスを訴えた。なぜなら、アポボスは、三人いた管財人の一人だったため、アポボスにはその金額の三分の一を支払う義務があるからである。なお、その額は、弁論家が元金と利子を合計して算出したものである。

（1）オボロス賠償金を支払えなかった場合に公民権が停止されることを指す。四三頁註（2）参照。

（2）その娘の父親の代わりに、嫁資を用立てるという意味。

第二十八弁論

アポボス弾劾（第二演説）

杉山晃太郎 訳

第二十八弁論

序論　主題の提起（一）

本論　アポボスに対する反論（二―一七）

祖父ギュロンの負債（二―四）

父の遺言（五―一〇）

いくつかの証言とそれに対する註釈（一〇―一三）

管財人とデモンに対する父からの口頭での指示（一四―一六）

財産交換事件（一七）

結論　裁判員への嘆願（一八―二四）

リバニオスの概説

一　数多くの、しかもひどい嘘を、諸君にアポボスは述べてきました。(1) けれども、この男の発言の中で、何より［私を］苛立たせた点、その点について最初に、この男に反論しようと思います。すなわち、この男は、［私の］祖父(2)には国庫に負債(3)があった、それゆえ、父は、危険(4)を回避するために、不動産を賃貸しなかったのだ、と言ったのです。しかも、この釈明(5)をしておきながら、祖父に死の時点で負債があったという点を裏づける証拠は、ただのひとつも提出しませんでした。むしろ、負債があったという点を伏せて

（1）本弁論は、『アポボス弾劾、第一演説（第二十七弁論）』の後に行なわれたアポボスによる抗弁（現存せず）を受けて語られたと考えられている。したがって、ここで「ひどい嘘」と言われているのは、その抗弁の際のアポボスの主張を指す。

（2）三節で述べられているように、デモステネスの母方の祖父、ギュロンのこと。補註Ｖ参照。

（3）国庫に負債がある市民は、アクロポリスの女神アテナの神殿（パルテノン神殿）にあった債務者リストに名前が記載され、負債を完済するまで、公式の場で演説をする権利をはじめ、公民権を停止ないしは制限された。負債がなくなれば、リストから名前が消されて、公民権を回復することができた。なお、祖父ギュロンの負債が問題とされているのは、その負債が完済されないまま、デモステネスの父親に相続されていたとアポボスが主張していたからである。

（4）アポボスによれば、かりに父親が所有していた不動産を遺言に従って賃貸していたら、その評価額が公開されることになり、ギュロンの負債を返済するために没収される危険があったことを指す。『アポボス弾劾、第一演説（第二十七弁論）』四〇、五八—五九参照。

（5）不動産の賃貸しをしなかったことに対する釈明の意。

おいて、最終日になって［壺に］入れたのです。[1] しかも、それを［最終日の］二回目の弁論に残しておいたのです。この証言を使えば、事実を捻じ曲げて伝えることができると目論んでのことでした。二　そういうわけで、この男がその証言を読み上げるならば、[2] 気をつけてください。というのも、諸君にはわかるはずだからです。その証言が裏づけているのは、祖父に負債があるということではなく、［かって］負債があったということにすぎないのだと。ですから、最初にこの点、つまり、この男が何より自信をもっている点を論破するよう、努めることにします。それはまた、私たちが異議を唱える点でもあります。さて、あのとき、[3] それが可能であったとしたら、すなわち、前述のような時間の罠にはめられていなかったとしたら、私たちは、金銭は完済されていて、国家に対する義務は、祖父がすべて果たし終えていたことを裏づける証拠を提出していたでしょう。しかし、じっさいには、[4] 祖父には負債はなかった、そして、私たちが所有していた財産は公開されていたのだから、私たちにはいかなる危険もなかった――この点を、それを示す重大な証し（テクメーリオン）[5] とともに証明することにしましょう。三　つまり、こうです。第一に、デモカレスの妻は私の母の姉妹で、ギュロンの娘です。[6] デモカレスは、財産を隠すことはせず、合唱舞踏隊奉仕役、三段櫂船奉仕役をはじめ、ほかにも公共奉仕役を引き受けており、[7] そうした務めに対して、何の恐れも抱いたことはありませんでした。第二に、［私の］父自身は、四タラントン三〇〇〇ドラクマを含めて、[8] あらゆる財産を明らかにしました。それについては、［父の］遺言の中にも記載されているし、自分たち自身も受け取ったと、この男たちは互いに相手に不利な証言をしています。[9] 四　さらに、アポボス自身も、共同管財人[10] とともに、国家に遺産総額を公表しました。それは、私を分担班長（ヘーゲモーン・シュンモリアース）[11] に据えた後のこと

（1）最終日とは、調停役の裁定が下される調停の最終日のこと。「［壺に］入れた」については、三三頁註（4）参照。調停では、原告、被告の順にそれぞれ二回の申し立てが行なわれたので、被告が最終日の二回目の弁論で初めて取り上げた争点については、原告に反証の文書を提出することはできなかった。しかも、その時点で提出された証言ならびに法文のみが、その後の法廷でも使用可能であった。

（2）厳密には、読み上げるのは、法文、証言書等を読み上げる係の書記である。

（3）前節で述べられた調停の最終日のこと。

（4）「調停の際に、アポボスの罠によって証拠を提出できなかったのだから、これからここで」と補って考える。

（5）正式な「証拠・証言（マルテュリアー）」は、アポボスの「罠」のせいで提出できなかったが、アポボスの虚偽を示す「印（テクメーリオン）」を提示することで証明するという意味。「証し」と訳した「テクメーリオン」は、ある事態を直接示す証拠ではないが、一定の確からしさを伴って論証的にその事態が真であることを示す証拠を意味する。

（6）デモカレスは、デモステネスの母クレオブレの姉妹ピリアの夫。補註V参照。また、ギュロンについては、補註J参照。

（7）合唱舞踏隊奉仕（コレーギアー）、三段櫂船奉仕（トリエーラルキアー）はともにアテナイの公共奉仕（レートゥルギアー）。三段櫂船奉仕については、一五頁註（1）、デモステネス『弁論集2』補註Mならびに『弁論集4』補註B参照。

（8）テリッピデスへの七〇ムナ、デモポンへの二タラントン、アポボスへの八〇ムナを合わせた額。『アポボス弾劾、第一演説（第二十七弁論）』五、四四。

（9）『アポボス弾劾、第一演説（第二十七弁論）』四三ならびに二九頁註（8）参照。

（10）アポボスとともに管財人となっていたデモポンとテリッピデスを指す。

（11）『アポボス弾劾、第一演説（第二十七弁論）』七ならびに九頁註（6）参照。デモステネスが分担班長を務めたことは、『メイディアス弾劾（第二十一弁論）』一五七でも言及されている。

です。それも、低い査定額などではなく、［財産］一二五ムナにつき五〇〇ドラクマ(1)というかなりの率で納税することになったのです。とはいえ、もし前述の主張(2)に何かしらの真実が含まれていたならば、この男は、そんなことはいっさいせずに(3)、万事、慎重に行動していたことでしょう。けれども、じっさいには、デモカレスも父も、また、この連中自身も、財産を公開していたし、その手の危険についても、まるで恐れていなかったことは明白です。

五　また、何にも増して奇妙なのは、この男たちが、父は不動産の賃貸しを認めなかったと主張していながら、正確な内容を知るための根拠となるはずの遺言をどうあっても提出しようとはせず、それほど重大な証拠を湮滅しても、この程度のやり方で諸君の理解は得られるはずだと、理由もなく思いこんでいることでしょう。しかしながら、父の死後、できるだけ早い時点で、多数の証人を呼び集めて、遺言を連名で封印するように(4)命じるべきだったのです。そうすれば、何か揉め事が起きた場合でも、その文書に立ち返って、あらゆる点に関して真実を見出せたはずです(5)。六　しかし、じっさいには、別の文書には連名で封印するよう要求しましたが、それは、父の遺産のうちの多くのものが記載されていない覚え書きにすぎません。それに対して、遺言本体はと言えば、この男たちが封印したこれらの文書ならびにそのほかの金銭のすべてに対する［連中の］権限を保証し、かつ、不動産を賃貸ししないことに対する責めを免除する根拠だったというのに、それには封印しなかったばかりか、その引き渡しにさえ応じなかったのです。しょせんこの連中の言うことですから、この件で何を口にしようと、信じるべきなのでしょう。七　しかし、少なくとも私には、［アポボスらが申し立てている］次のこと、すなわち、不動産を賃貸しすること、また、資産を明らかにすることを、父は認めようとはしなかった、という言葉が理解できないのです。どちらなのか、[6]私には「明らかにしないということ」なのか？　それとも、国に対してなのか？　というのも、あなたたちは相反することをしてきたのは明白だからだ。国には明らかにしておきながら、私に対しては完全に隠してきたし、あなたたちが支払ってきた戦時財産税を算出する元となった資産[7]でさえ、報告していない。そうだ、その財産というのを示していただきたい。それがどんな財産であり、どこで、また誰の前で、私に渡したのか。八　つまり、四タラントン三〇〇〇ドラクマの中から二タラントン八〇ムナ[8]を、あなたたち[9]は受け取ったので、私に代わって国庫に支払うための査定をする際には、その［分の］金額も査定対象にしたわけではない。というのも、それは、その時点ではあなたたちの所有となっていたからだ。だが、私に渡されたのは家と奴隷一四人

---

(1) 二〇パーセントの税率。『アポボス弾劾、第一演説（第二十七弁論）』七ならびに九頁註（7）参照。
(2) デモステネスの父親の負債に関するアポボスの（偽りの）主張。
(3) 「そんなこと」とは、遺産総額の公表や、デモステネスを分担班長に据えることを指す。
(4) 管財人と証人の印章を並べて押して封印するという意味であろう。
(5) 『アパトゥリオスへの抗弁（第三十三弁論）』三六でも同様の趣旨のことが言われている。
(6) 以下は、アポボスとデモポンとテリッピデスに対する問いかけ。
(7) 『アポボス弾劾、第一演説（第二十七弁論）』七―八。
(8) 四タラントン三〇〇〇ドラクマは、『アポボス弾劾、第一演説（第二十七弁論）』五で言われたテリッピデスへの七〇ムナ、デモポンへの二タラントン、アポボスへの八〇ムナを合計した額。二タラントン八〇ムナは、そのうちのテリッピデスの分を除いた額で、換言すれば、デモステネスの母親と妹の嫁資の合計額。
(9) ここは、厳密にはアポボスとデモポンに対する問いかけ。

と三〇ムナ(1)であり、［その程度の資産では］戦時財産税が、納税分担班のためにあなたたちが了承した額に達することはありえない。九　むしろ、［父が］遺してくれたものは、その渡された分よりもはるかに多かったのだから、［残りは］すべて、あなたたちが保有しているということに、どうしてもならざるをえない。そして、それをあなたたちが略奪したという点がはっきりと立証されそうになれば、図々しくもそういった類の嘘をでっちあげる。それに、互いに相手に頼るときもあれば、逆に、［あいつが］奪ったと相手の不利になる証言を口にする。(2)そして、受け取ったのは大した額ではなかったと主張しておきながら、報告書には多額の支出があったと記載してきたのだ。一〇　あなたたちは、全員で協力して私の管財人を務めたが、それ以降は、それぞれ単独で策を弄している。そして、それさえあれば、万事につけ真実を知ることができるはずの遺言を隠したが、明らかに、互いについての主張が一致した試しがない。では、証言を手にとって、この人たち(3)のためにすべてを順に読み上げてください。(4)それは、この人たちに、提出された証拠ならびに発言の両方を思い出した上で、(5)以上の件についてより正確な裁定を下してもらうためです。

証言（複数）

一一　これは、(6)この男たちが、一五タラントンの不動産に対して、私に代わって合意した査定額です。一方、連中が三人そろって私に引き渡した財産は、七〇ムナの価値(7)もありませんでした。次を読んでください。

証言（複数）

この「嫁資」については、［アポボス以外の］共同管財人も、この男が受け取ったと証言していますが、それればかりか、この男が、自分が保有していることを認めた際にその場にいた別の人たちの証言もあります。この「嫁資」そのものにしても、生活費にしても、[8] この男が払ったことはありません。別の証言を手にとって、読み上げてください。

（1）『アポボス弾劾、第一演説（第二十七弁論）』六。
（2）『アポボス弾劾、第一演説（第二十七弁論）』四二―四三。
（3）裁判員を指す。
（4）法文、証言書等を読み上げる係の書記への指示。本来ならば、ここで証言書が読まれたはずであるが、現存するテクストには証言の内容は記載されていない。なお、本弁論中に読み上げられた証言ならびに法律はすべて現存しない。
（5）「思い出す」という動詞が使われていることから、本弁論の前に行なわれた『アポボス弾劾、第一演説（第二十七弁論）』で使われた証言（のいくつか）が、再びここで読み上げられた可能性もある。
（6）前節最後の証言（現存しない）の中で言及されていたと考えられる。また、「一五タラントンの不動産」については、『アポボス弾劾、第一演説（第二十七弁論）』九参照。
（7）『アポボス弾劾、第一演説（第二十七弁論）』六。
（8）『アポボス弾劾、第一演説（第二十七弁論）』一五。

証言（複数）

一二　二年間にわたってこの男は作業場[1]を管理し、テリッピデスには賃料を支払いましたが、二年間の収入、すなわち、三〇ムナは自分で受け取り[2]、私には、収入そのものも、また［その］利子も払ってはいません。別の証言を手にとって、読み上げてください。証言。この「奴隷たち[3]」を、この男は自分の家に連れて行き、ほかにも、その奴隷たちとともに担保として私たちが受け取っていたものを奪っておきながら、奴隷にかかった経費としてそれほどの額を計上し、奴隷から得られた利益は、ほんの少しも計上せず、当の奴隷たち本人はと言えば、この男は消し去ってしまったのです。彼らは、毎年一二ムナの純益[4]を生み出していたのにです。別の証言を読んでください。

証　言

一三　この「象牙」と「鉄[5]」を、この男は売り払っておきながら、遺産の中にはそもそもなかったとさえ主張しているのです。そればかりか、その金額、およそ一タラントンも私は騙し取られているのです[6]。そこにある証言を読んでください。

この「三タラントン一〇〇〇ドラクマ[7]」をこの男は、ほかのものとは別に保有しています。また、元金のうちでこの男が奪ったのは五タラントン[8]です。一方、利子を一ドラクマ[9]とすれば、利子と合わせて一〇タラントン以上[10]をこの男は保有していることになります。次の証言を読んでください。

---

(1) 刃物製造の作業場。『アポボス弾劾、第一演説（第二十七弁論）』一九。
(2)『アポボス弾劾、第一演説（第二十七弁論）』二一。
(3) ベッド職人を指す。『アポボス弾劾、第一演説（第二十七弁論）』九、二四―二六。
(4)『アポボス弾劾、第一演説（第二十七弁論）』九。
(5)『アポボス弾劾、第一演説（第二十七弁論）』三〇―三三。
(6)『アポボス弾劾、第一演説（第二十七弁論）』三三。
(7)『アポボス弾劾、第一演説（第二十七弁論）』三九。
(8) この数字の根拠は不明である。おそらく、直前の証言の中で示されていたのであろう。
(9) すなわち、年利一二パーセント。一一頁註（6）参照。
(10) 五（タラントン）＋五（タラントン）×一二（パーセント）×一〇（年）＝一一（タラントン）。

一四　以上についてては、この男たちの証言によれば、遺言に記載されているが、誰それが取ったと、互いに相手方の不利になる証言をし合っています。その一方で、この男は、［私の］父に呼びつけられたと言い(1)つつも、家に行くことは行ったが、呼び出した当人には会っていないし、この件についていかなる同意もしていないと主張しています。むしろ、デモポンが文書を読み上げるのを聞き、テリッピデスが、父がこうした手はずを整えたと主張しているのを聞いたと、この男は主張しているのです。ただし、じっさい、この男は、先に［家に］入り、父が書面にして遺したすべてについて、父との間で合意を交わしていたのです。一五　というのも、父は、裁判員諸君、病気から逃れられないと察知したとき、三人いたこの男たちを呼び集めて、［自分の］兄弟のデモン(2)も［自分の］隣に一緒に座らせて、大事な預け物だと宣言しながら(3)、［連中の］手の中に私たち自身を置いたからです。その際、妹は、二タラントンの嫁資とともにデモポンにすぐに与え(4)、彼女をデモポンの婚約者としました。一方、私については、父は、この男たちが協力して［後見するように］金銭とともに［三人］全員に託しました。そして、不動産を賃貸すること、私のことと合わせて財産も最後まで守り切ること――この両方を指示したのです。一六　その際、父は同時に、テリッピデスには七〇ムナを与え(5)、この男には(6)、八〇ムナ［の嫁資］と引き換えに私の母と婚約させ、そして、私をこの男の両膝に置いたのです。いまお話したことについては、すべての人間の中で最も俗悪なこの男は、こうした条件のもとで私の財産を管理する立場になったにもかかわらず、それ以降、いっさい顧みることをしませんでした。

むしろ、共同管財人と結託して、私から金銭を残らず奪い取っておいて、いまは、諸君に憐れみを乞うことでしょう。この男本人は［ほかの二人とともに管財人の］三人目として、七〇ムナにも届かない金額(7)の返済はしていますが、その後、ほかならぬその金額でさえ取り戻そうと画策してきたのです。一七　つまり、この男たちに対する今回の一連の裁判を始めようとしていたとき(8)、彼らは私に対する財産交換（アンティドシ

---

(1)『アポボス弾劾、第一演説（第二十七弁論）』では、三人の管財人が父親の存命中に具体的な指示を受けていたという明確な言及はなされていない。

(2)デモステネスの父親の兄弟で、管財人のデモポンの父親。補註V参照。

(3)「大事な預け物（パラカタテーケー）」とは、銀行等に預ける金銭ないしは財産を意味する語。また、「私たち自身」は、デモステネスと妹を指す。つまり、正式にアポボスら三人を、デモステネスと妹の後見人とし、遺産の管財人に指定したことを意味する。なお、その場に同席していたデモンについては、補註K参照。

(4)デモステネスの妹は、父親の死のときには五歳だったため（『アポボス弾劾、第一演説（第二十七弁論）』四）、妹が適齢になるのを待ってデモポンが結婚するか、さもなければ、ここで言われている二タラントンの嫁資とともに別の男に嫁がせることが、デモステネスの父親からデモポンへの指示である。この嫁資はすぐにデモポンに与えられ、それを運用して利益を上げることが認められていた。

(5)『アポボス弾劾、第一演説（第二十七弁論）』五参照。

(6)アポボスを指す。

(7)『アポボス弾劾、第一演説（第二十七弁論）』五九参照。

(8)『メイディアス弾劾（第二十一弁論）』七七では、「三、四日後には」始まると言われている。以下で述べられている事件については、『メイディアス弾劾（第二十一弁論）』七八―八二参照。

ス)[1]を企てたのです。それは、私がもし財産交換に応じれば、この裁判は財産交換提案者[2]に所属することになるという理由で、私にはこの男たち相手に裁判を起こせなくなるだろうし[3]、逆に、私がいっさいそれに応じなければ、わずかな財産[4]の中から公共奉仕[5]を務めることになり、完全に破滅するだろうと目論んでのことでした。そして、この点に関して、この男たちの手下となって動いたのは、アナギュルス区のトラシュロコスでした。この男に対して、私は、こうした事情をいっさい何も考えずに、財産交換を了承しましたが、しかし、[連中の]立ち入りを拒否し[6]、適任者選定(ディアディカシアー)[7]に持ち込もうと画策したのです。けれども、それはかなわず、期日[8]も迫っていたので、この裁判を奪われないために、家ならびに私の全財産を担保に[資金を調達して]、公共奉仕の費用を支払いました[9]。諸君の前で、そこにいるこの男たちを訴えたかったからです。

一八　私が最初の段階から受けてきた不正は、たしかにひどいものでしたが、しかし、私がその償いを求めているという理由で、いま、この男たちから被っている被害もひどいものではないでしょうか？　いったい諸君の中で誰が、こんな次第を知っていながら、この男に対して正当な怒りを抱かずに、私たちを憐れに思わないでしょうか。この男は、一〇タラントンを超える遺産[10]のみならず、それと同じ額の私の財産[11]までも自分のものにしているというのに、私たちの方は、父の遺産を手に入れられないでいるばかりか、[私に]じっさいに渡された分[12]までも、この男たちの極悪非道な行ないのせいで奪われてしまったのです。いったいどこに私たちは助けを求めたらよいのでしょうか[13]、諸君が、この男たちについて、ほかの票[14]を投じるようなことになるならば。債権者のために担保とした物件でしょうか[15]？　いや、それは、抵当権を有する人たちの

（1）財産交換（アンティドシス）とは、公共奉仕を割り当てられた人が、自分よりも資産があり、より適任者であると考えた市民に対して、当該の奉仕役を自分の代わりに引き受けるか、さもなければ、自分と全財産を交換するかの選択を要求できる制度。相手がどちらも拒否した場合、どちらが適任者か、法廷が判断した（適任者選定）。

（2）以下で名前が挙がっているアナギュルス区のトラシュロコスのこと。トラシュロコスは、デモステネスと永年の敵対関係にあった資産家メイディアスの兄弟。『メイディアス弾劾（第二十一弁論）』七八では、財産交換の名目上の提案者はトラシュロコスであるが、首謀者はメイディアスであったと言われている。この兄弟は、アポボスら三人の管財人と共謀していたとデモステネスは考えている。なお、アナギュルス区は、アテナイ中心部から見て南東の海岸沿いに位置する区。

（3）管財人に対する裁判そのものも、財産と同様に財産交換提案者（トラシュロコス）の手に入り、そうなれば、裁判を取り下げてしまえばよいとアポボスらが考えたからである。

（4）管財人から返還された財産のこと。

（5）『メイディアス弾劾（第二十一弁論）』七八によれば、この公共奉仕は三段櫂船奉仕。

（6）財産交換が成立すれば、財産交換提案者は受け入れた側の財産を調査することが認められていたが、デモステネスは、その調査のための立ち入りを拒否した。

（7）前註（1）参照。

（8）管財人に対する裁判が始まる日。

（9）『メイディアス弾劾（第二十一弁論）』八〇によれば、支払った金額は二〇ムナ。

（10）デモステネス一家とは無関係に、アポボス個人が相続した遺産の額だと思われる。

（11）「あれほどあった私の財産」とも訳すことは可能であるが、デモステネスがアポボスに返還を求めている額が一〇タラントンと言われているので、このように訳出した。『アポボス弾劾、第一演説（第二十七弁論）』六七ならびに四三頁註（2）参照。

（12）遺産としてアポボスらからじっさいに返還された七〇ムナのこと（『アポボス弾劾、第一演説（第二十七弁論）』六）。なお、ここでは「奪われてしまった」と言われているが、その経緯は明示されていない。財産交換の際に、引き受けるよう余儀なくされた公共奉仕のための経費のことか。

（13）直訳すれば、「どちらに向いたらよいのでしょうか」。

（14）「ほかの票」とは、アポボスらを有罪にする票とは異なる票のこと。

（15）一七節で言われている「家ならびに私の全財産」のこと。

ものでしょう。では、それ以外で残っている分でしょうか？　しかし、それは、この男のものになります、もし私たちがオボロス賠償金（エポーベリアー）(1)を支払わなければならない事態になったなら。一九　いいえ、裁判員諸君、私たちをそれほど大きな不幸に突き落とす張本人になどならないでください。それに、母と私と妹が謂われのない目にあうのを許さないでください。私たちを父が後に遺したのは、こんなことを期待したからではありません。そうではなくて、妹は、二タラントンの嫁資を持たせて、デモポンと結婚させ、母の方は、八〇ムナを持たせて、この男と——すべての人間たちの中で最も冷酷なこの男と結婚させ、私のことは、諸君のために、自分の代わりに公共奉仕を担う後継者(2)にしようと考えたからなのです。

二〇　ですから、私たちを助けてください、助けていただきたいのです、正義と諸君たち自身のためにも、そして、私たちと亡くなった父のためにも。救ってください、憐れみをかけてください。なぜなら、この男たちは、親族であるというのに、私に憐れみをかけてはくれなかったからです。諸君のところに私たちは避難してきたのです。嘆願者として来たのです。お願いします、［諸君の］子供たちにかけて、妻たちにかけて、諸君が持っている善きものにかけて。そうしたものから諸君によいことがありますように。そのためにも、私のことを無視しないでください。それにまた、母に、人生におけるまだ残っている望みまでも奪われることになって、謂われのない苦しみを味わうことのないようにしてください。二一　その母はいま、諸君の法廷で正しい裁きを受けた私を出迎え、妹を嫁に出せるだろうと考えています(3)。けれども万一、諸君が別の裁定を下すようなことにでもなれば——そんなことはあってほしくはありませんが——、母の心がどんな状態になると思いますか、私が、父の遺産を奪い取られただけではなく、公民権までも停止され(4)、妹のことでは、相応の〔嫁入り〕支度を少しはしてやれるという望みさえも、これからの貧しさのゆえに、持てなくなったのを目の当たりにしたとしたら。二二　ふさわしいことではないのです、裁判員諸君、私が諸君の法廷で正義を勝ち取れないことも、この男がそれほどの金額を不正に手にしていることもです。というのも、私が諸君にとってどういった人間であるのか、諸君には、これまでじっさいに試す機会はなかったとしても、父親に劣ることはあるまいと、期待してしかるべきだからです。それに対して、この男のことは経験済みです。しかも、はっきりとわかっているのです。多大な財産を相続したにもかかわらず、諸君に対して名誉心を示す(5)ことが皆無であるばかりか、他人の財産を奪う人間であると証明済みの男なのです。

二三　ですから、こうした点に注意を払いつつ、またほかのことも思い出した上で、正義に適ったやり方

(1)『アポボス弾劾、第一演説（第二十七弁論）』六七および四三頁註（2）参照。

(2)公共奉仕を通じて国家の役に立つためには、アポボスを有罪にすることが必要であるという趣旨。

(3)ギリシア語原文は、「私が母を引き取り、妹を嫁に出せることになるだろうと、母は考えている」とも訳せる。

(4)財産を奪われたあげく、総投票数の五分の一も獲得できずに、オボロス賠償金を科せられ、それさえ支払えなかった場合を指す。『アポボス弾劾、第一演説（第二十七弁論）』六七ならびに四三頁註（2）参照。

(5)「名誉心を示す」と訳した原語の名詞形である「ピロティーミアー」は、デモステネスの場合、愛国心から国家に貢献すること、具体的には種々の公共奉仕をすすんで担うことにより、国家から名誉と賞賛を受けることへの熱意を意味することが多い。『メイディアス弾劾（第二十一弁論）』六七参照。

で投票してください。そして、諸君には、納得してもらうのに十分な材料[1]を提出しましたが、その基になったのは、諸々の証拠であり、証し[2]であり、蓋然性（エイコス）[3]であり、私の財産をことごとく手に入れたとこの男たちが認めているその事実です[4]。しかし、連中は、自分たちが受け取った分は［経費として］支出したと主張していますが、［じっさいは］支出などしていなくて、ほかならぬこの男たちがすべて自分のものにしているのです。二四　以上の点をよく考えていただいて、私たちのことを、少しばかり気にかけてくれなければなりません。なぜなら、諸君はご存知だからです。この私は、自分の財産を、諸君のおかげで当然取り戻せるはずですが、そのあかつきには、公共奉仕に励みたいという望みを抱くでしょう。諸君が正当に財産を返してくれたという恩があるわけですから。それに対して、この男は、諸君が、私の財産に対する権限をこの男に認めてしまったら、そういったことはいっさいしないでしょう。というのも、諸君は、この男が、奪っていないと否定したものに対するお礼に[5]、諸君のために公共奉仕を担う気になってくれるだろう、と考えるべきではないからです。そうではなくて、この男は、自分が無罪になったのは正義に適っていると思わせるために、それを隠すにちがいないと考えるべきなのです。

リバニオスの概説

三　『アポボス弾劾、第二弁論』。この弁論は、アポボスが持ち出したいくつかの反対陳述（アンティレーシス）に対して反論しているが、［第一弁論において］すでに述べられた論点の繰り返しも含んでいる。

（1）ここで「納得してもらうのに十分な材料」と意訳した原語は「ピステイス・ヒカナイ」で、以下に挙げられている説得へと導くための証明方法の総称としてここでは用いられている。

（2）原語は「テクメーリオン」。五一頁註（5）参照。

（3）「エイコス」とは、「もっともらしさ」「ありえそうなこと」を指す弁論術の用語。

（4）テクスト上問題がある箇所であるが、S写本を除くほとんどの写本の読みを採用している底本に従って訳出した。旧版O.C.T., ロウブ版、ビュデ版は、S写本に従って、*ὁμολογοῦντες ἀθρόα τἀμά, ταῦτα ἀνηλωκέναι* と読んでいる。その場合は、「［その基になったのは］……この男たちが、私の財産をことごとく手に入れたと認めながらも、自分たちが受け取った分は［経費として］支出したと主張しているその主張です」という意味になると思われる。

（5）デモステネスの財産の所有を法廷で認めてもらったお礼に、の意。

第二十九弁論

アポボスへの抗弁

杉山晃太郎 訳

一　以前、私がアポボスに対する訴訟を起こしたとき、[2]裁判員諸君、この男[3]は、先ほどここで口にしたよりもはるかにひどい大嘘をつきましたが、不正は明々白々だったために、有罪を勝ち取るのは容易でした。しかし、かりに私がこの事実を忘れていたとしたら、この男が、そうした不正の一つ一つに関して、いったいどんなやり方で諸君の目をごまかしているのか、今回は指摘できないかもしれないと、驚くほど戦々恐々としていたことでしょう。しかし、じっさいには、言ってみれば、神々のお力添えか、もし本当に、諸君が公正かつ中立的な立場に立って話を聞いてくれるのであれば、多くの望みがあるのです。諸君は、以前裁定を下してくれた人々に少しも劣ることなく、この男の恥知らずぶりを理解してくれるだろうと。しかも、巧妙な弁舌の類いが必要であったならば、少なくとも私は、自分の年齢[4]に自信がもてずに、尻込みしていたで

(1) 伝えられている正式な題名は『アポボスへの抗弁――偽証罪に問われているパノスを擁護する』。

(2)『アポボス弾劾、第一演説（第二十七弁論）』『アポボス弾劾、第二演説（第二十八弁論）』が語られた裁判（前三六四／六三年）を指す。本弁論は、おそらく前三六二／六一年頃に語られたと考えられる。

(3) 本件の原告であり、『アポボス弾劾、第一演説（第二十七弁論）』『アポボス弾劾、第二演説（第二十八弁論）』における被告であるアポボスを指す。次の「先ほどここで口にした」とは、本弁論の直前に原告アポボスが被告パノスに対して行なった演説の中でのアポボスの主張を指す。

(4) 本弁論の際にデモステネスは、二二歳前後と考えられる。

しょう。しかし、じっさいには、私たちに対するこの男の所業をありのままに示し、説明を行なうことが必要なのです。また、そうすることで、諸君全員には、いったい悪いのは私たちのうちのどちらであるのか、容易に判断できるようになるでしょう。

二　さて、私にはわかっていることがあります。この男がこの裁判を起こしたのは、ある人物[1]が、自分に不利になる虚偽の証言をしたと立証できるという確信があったからではない。むしろ、〔先の〕裁判で自分に科せられた罰金が多額だった[2]ことから、私は妬まれるような事態に陥り、自分は憐れんでもらえるはずだと考えたからだったのです。そして、こういう理由から、過去の裁判――その裁判については、当時、この男には、一つとして正当なことは主張できなかったのに――、いまになって弁明しているのです。一方、私は、裁判員諸君、かりにこの男から罰金を厳しく取り立てていたならば、あるいは、適当なところで妥協することを私が拒否していたならば――たとえそうであったとしても、私が、諸君のところで決定された罰金をこの男に支払わせようとしても、不当なことをしていることにはならないでしょう[3]。ただ、それでも、こう言う人がいたかもしれません。この男は〔私の〕身内であるのに、私が、あまりにも冷酷かつ容赦ないやり方で、その全財産を奪い取ったのだと。三　しかし、事実は正反対なのです。この男は、私から父の遺産のすべてを、共同管財人（シュネピトロポス）[4]と結託して奪ったのです。しかも、諸君のもとで、はっきりと有罪判決が下されたにもかかわらず、適切なことを何かしなければと思うどころか、自分の財産を分割して、住居はアイシオス[5]に、畑地はオネトル[6]に委譲したのです。そのせいで、私はこの二人を訴えなければならない厄介な事態に追い込まれているのです。しかも、〔自分の〕家から[7]、自分で家財道具を取り去り、奴隷たちを連れ出し、貯水槽は粉々に砕き、ドアを取り外し、さすがに家そのものに火をつけることだけはしなかったものの、メガラ(8)に居を移し、そこで居留外国人税（メトイキオン）(9)を支払ったのです。したがって、諸君にとってはるかに正当なことは、こうした所業のゆえに、この男に対して憎しみを抱くことであって、私の側に何か不適切な点があったと判断することではないでしょう。

四　さて、この男の浅ましい強欲さと残忍な性格については、のちほど諸君に詳しくお話しするのがよいと私には思われます。いままでのところでも、要点は聞いてもらいました。一方、証言内容(10)が真実であると

（1）本件の被告であるパノスを指す。ただし、じっさいにパノスの名前が言及されるのは二三節が最初である。
（2）アポボスに科せられた金額は一〇タラントン。四三頁註（2）参照。
（3）つまり、どれほど厳格にアポボスから罰金を取り立てても、それは不当なことではなく、デモステネスが妬まれることも、アポボスが憐れみの対象となることも筋違いであるという意味。ギリシア語原文は、事実に反する仮定に基づく条件文であるので、デモステネスは、厳しく取り立てることをせず、また、妥協に応じる姿勢も示していたことになる。
（4）デモンとテリッピデスのこと。『アポボス弾劾、第一演説（第二十七弁論）』四参照。
（5）一五節に見えるアポボスの兄弟。
（6）アポボスの妻の兄弟。『オネトルへの抗弁、第一演説（第三十弁論）』『オネトルへの抗弁、第二演説（第三十一弁論）』が関係した裁判の被告。
（7）アポボスが、自分の財産を没収されないように、可能なかぎり自宅から持ち出し、不可能なものは破壊したという意味。
（8）アテナイの中心部から西約三三キロメートルに位置する隣国。
（9）自国以外に居留する外国人（メトイコイ）に課せられた税金。それを支払うことで、恒久的に滞在する権利を取得できる。
（10）パノスが証言した内容を指す。

いう点——まさにこの証言内容について、諸君は投票することになっているわけですが——については、これから諸君に説明するつもりでいます。ただ、諸君にはお願いがあります、裁判員諸君。それも、正当なお願いです。私たちの両方の話を公平に聞いていただきたいのです。そして、それが、同じように諸君のためでもあるのです。というのも、諸君が事実を正確に理解してもらえば、それだけ誓い[1]に違わない正しい票を、本件に関して投じることになるからなのです。五　さて、これから私が示そうとしているのは、以下のとおりです。この男は、ミリュアスが自由人であった[2]と同意していただけではなく、態度でも、それをはっきり示していたという点、それに加えて、本件に関して、この男は、拷問（バサノス）という最も間違いのない証明方法[3]を回避しているという点、こうした方法で真実を示すことを拒否した点、逆に、不正な手段を使って、虚偽の証言を提出し、自分の弁舌を駆使して、起こったことの真相に近づけないようにしている点です。以上の立証に際して、極めて明白で強力な反証を示すつもりです。そうすれば、諸君全員が、真実を述べているのは私たちの方であって、この男は、何ひとつまっとうなことは語っていないと、はっきりとわかっていただけるはずです。では、諸君が最も理解しやすく、私も最短の時間で説明できる点から、始めることにしましょう。

六　さて、この私は、裁判員諸君、デモポンとテリッピデスとこの男に対して、全財産を騙し取られた[4]という理由で、管財人職務関連の裁判（ディカイ・エピトロペース）を起こしました。そして、この男に対する私の裁判が最初に行なわれたのですが[5]、その際に、裁判員の前ではっきりと証明しましたが、これから諸君に説明するように、この男は、私たちに遺された金銭のすべてを、ほかの二人と結託して騙し取りました。

ただし、その証明に際して、私は、［この男の］不利になる虚偽の証言になど頼ってはいません。七　その最大の証拠はこれです。証言はじつに膨大であり、そのすべてが裁判で読み上げられましたが、その中には、［この男に］不利になる以下の事実を裏づけるためのものがありました。この男に私の財産の中から何かを与えたという証言、この男が受け取る場面に居合わせたという証言、また、この男から［物品を］購入しようとして、この男に全額を支払ったという証言がありました。けれども、そのどれについても、この男は、偽証だと言い立てなかったし、あえて追及することもしていません。ただし、一件だけ、それをしたのが本件の証言なのですが、その中に一ドラクマ［でも受け取った］という証言が含まれていたと、この男には証明で

---

(1)『アポボス弾劾、第一演説（第二十七弁論）』六八ならびに四三頁註（5）参照。

(2)正確には、解放されて、すでに自由人の身分になっていたということ。

(3)奴隷に対する拷問は、真実を引き出すための極めて有効な手段だと考えられていた。ただし、拷問を実行するためには、その奴隷の所有者の同意が必要であった（一七節参照）。拷問の有効性については、『オネトルへの抗弁、第一演説（第三十弁論）』三七参照。また、ほとんど同じテクストが、イサイオス『キロンの不動産について（第八弁論）』一二にも見えるが、デモステネスは弁論家のイサイオスに師事したと伝えられているので（たとえば、擬プルタルコス『十大弁論家列伝』八四四B）、師の弁論の一節を利用したものと考えられる。

(4)底本は ἀποστερθεὶς としているが、旧版 O.C.T.、ロウブ版、ビュデ版とともに ἀποστερηθεὶς を読む。おそらく誤植であろう。なお、ここで「全財産」と言われているが、誇張である。『アポボス弾劾、第一演説（第二十七弁論）』六参照。

(5)三人の管財人のそれぞれに対する裁判を別々に起こしたが、その三件の裁判の中で最初に、の意。

きないでしょう。[1] 八 とはいえ、少なくとも私が騙し取られた金銭の査定額としてあの額[2]を算出したのは、本件の証言に基づいてではありません（というのも、［その証言には］金額は含まれていないからです）。むしろ、この男が訴えなかった証言に基づいて、個別に加算して出したものです。そこから、当時、［私の主張を］聞いてくれた人々[3]は、単にこの男に有罪の判断を下しただけではなく、［私の］申し立てどおりの額の罰金を科してくれたのです。そうだとすると、何のためにこの男は、ほかの証言は放っておいて、これだけを訴えたのでしょうか？ 私は、その点も示すことにしましょう。九 この男が金銭を保有していることを示す不利な証言のすべてに関して、この男にははっきりとわかっていたのです。［その証言に含まれている］個別的な点を一つずつ論じれば論じるだけ、その金銭が自分のところにあるという事実が判明してしまうだろうと。そして、これは、偽証が絡んだ訴訟においては、どのみち起こることだったのです。というのも、あのとき、［私に割り当てられた］総水量[4]のうちのほんのわずかな分量で、ほかの事項と合わせて私たちが糾弾した点を、今回は、水のすべてを使って、この問題のみを細かく説明するつもりでいたからです。一〇 しかし、この男は、回答（アポクリシス）に関係して糾弾すれば[5]、あのときの同意に劣らず、今度は反対に、そんな同意はしていないと強引に否定できるだろうと考えていたのです。だからこそ、この男は、その証言を訴えているわけです。さて、私は、問題の証言が真実であると、はっきりと諸君全員に示したいと思います。その論拠は、蓋然性（エイコタ）に基づく証明[6]でもなければ、いまこの場でひねり出した議論でもありません。そうではなくて、諸君全員が正当だと判断してくれる――そう私は信じていますが――ことに基づいているのです。では、話を聞いた上で、考えてみてください。

一一　私は、裁判員諸君、自分が関わるこの裁判が平板（グランマテイオン）に記載されている証言[7]についてのものと知り、また、それについて諸君が票を投じることになっているとわかって、この男に対して、何をおいてもまず、提案（プロカレイスタイ）[8]によりこの男に反論しなければと考えたのでした。そこで、何を

(1) 原文は簡潔に書かれているが、デモステネスの論点は、問題の証言の中には金銭に関する言及が含まれていないので、この証言によってアポボスはいっさい損害を被っていないという意味であろう（次節ならびに五〇節参照）。本件においてアポボスが問題にしているパノスの証言は、デモステネスの父親が、死に際して、奴隷のミリュアスを解放し、ミリュアスは自由人になっていた点、また、その事実をアポボス自身が調停役の前で認めたという趣旨のものである（三一節参照）。

(2) 管財人一人当たり一〇タラントンで、計三〇タラントン（六〇節参照）。

(3)『アポボス弾劾、第一演説（第二十七弁論）』『アポボス弾劾、第二演説（第二十八弁論）』が語られ、アポボスが敗訴し、デモステネスが勝訴した法廷の裁判員のこと。

(4) 演説の時間を測るための水時計の水の量のことで、「総水量」とは、デモステネスに割り当てられた全時間の意味。一三頁註（8）参照。

(5) 調停ないしは予審の際に、デモステネス側の質問に対してアポボスが行なった回答に関係したパノスの証言（前註（1）参照）を糾弾すれば、すなわち、偽証だと証明できれば、の意。『アポボス弾劾、第一演説（第二十七弁論）』四一参照。

(6)「エイコス（複数形エイコタ）」とは、「もっともらしさ」「ありえそうなこと」を指す弁論術の用語。『アポボス弾劾、第二演説（第二十八弁論）』二三参照。「蓋然性に基づく証明ではない」とは、確かな、あるいは、ある程度確かな証拠があるという意味。

(7) アポボスに対する裁判のためにパノスが証言した内容を文書にしたもので、法廷で証言として使用された。今回の裁判では、その証言そのものが争点であり、アポボスの訴状に記載された。その内容は、平板に記して、法廷に掛けられていたと考えられている。

(8)『アポボス弾劾、第一演説（第二十七弁論）』五〇、五二ならびに三三頁註（3）参照。

したでしょうか？　私は、読み書きのできる奴隷を、拷問を受けるべく、この男に引き渡そうと思いました。その奴隷は、この男が問題の同意をしたその場にいて、証言を作成したのです。その際、その奴隷に対して、私たちが前もって不正行為を命じたことも、この件に関するこの男の発言のうちで、これは書け、これは削除しろと命じたことも、いっさいありません。むしろ、真実とこの男の全発言を書き留めるためだけにその場にいたのです。一二　とはいえ、［この男には］その奴隷を拷問台に載せて、私たちが嘘をついていると証明することよりもよいどんな方法があったでしょうか？　しかし、この男は誰よりも、その奴隷の証言が真実であるとわかっていました。それだからこそ、拷問を避けようとしていたのです。しかし、以上の事実を知っていたのは一人や二人ではないし、この提案を行なったのは、こっそりとではなく、アゴラの真ん中で衆人環視の下でだったのです。では、どうか、以上の点についての証人を呼んでください。

証人（複数）

一三　そこで、この男は、このようにソフィスト[1]であり、意図的に、正しい行ないなど知らぬ存ぜぬを決め込んでいたのです。そうだからこそ、偽証罪で訴えていたにもかかわらず、この件で諸君が投票することになり、しかも、誓いも終えていたのに、問題の証言については、拷問を避けようとし――何より、この点こそ、この男が言及すべき点だったのに――、その一方で、ほかの点については、拷問を要求すると主張しているのです。しかし、これは嘘です。一四　しかし、どうしてこれが異常だということにならないのでしょうか？　拷問するために要求していたのが自由人(2)だったために——この点は、私が諸君にはっきりと示すつもりでいますが——、拒否されたら、自分はひどい目にあったと主張する。それでいて、証人たち(3)が証言した内容に関係して［私がアポボスに］引き渡そうとしたのは、確実に奴隷(4)であったのに、この男は受け入れを拒否しておきながら、この男は、証人たちがひどい目にあったとは思わない(5)。というのも、自分が望む点に関する拷問は信頼できるが、その逆の場合には、信頼できないと言い張ることはできないからです。

一五　さらにまた、裁判員諸君、この証言(6)を先頭切って行なったのは、この男の兄弟であるアイシオスでした。彼は、いまはこの男の側にまわって、［当時の］証言を翻していますが、あのときは、ほかの証人とともにそう証言したのです。なぜなら、誓いに反して偽証することも、その場で即座に罰を科されること(7)も望まなかったからです。彼のことは(8)、私がかかりに事実に反する証言をでっちあげようとしていたなら、もちろ

（1）ここでは、狡猾な詭弁家の意味が強く込められている。同じ語は三二節でも使われている。
（2）ミリュアスのこと。
（3）二三節で名前が挙がっているパノス、ピリッポス、アイシオスの三人を指す。
（4）一一節で言及されている読み書きのできる奴隷のこと。
（5）事実を証言した証人に対して、結果的に侮辱したことになる、という意。
（6）七五頁註（1）参照。
（7）証人を提出する際に、訴訟当事者は証人に対して、自分の証言が正しいと確言するか、さもなければ、誓いを立てて証言を撤回するかを要求することができた。その両方を拒否した証人には、罰金一〇〇〇ドラクマが即座に科せられた（MacDowell, 2004, p. 55, n. 18）。
（8）底本は ὄν としているが、旧版 O.C.T., ロウブ版、ビュデ版とともに ὅν を読む。おそらく誤植であろう。

ん証人には登録しなかったでしょう。なぜなら、彼は、誰よりもアポボスと特別に親密であるということは知っていたし、また、この男の言い分を申し立てるだろうということも、さらには、私自身の敵であるということもわかっていたからです。というのも、自分と対立する人間であり、しかも、この男の兄弟である人間を、事実ではない証言の証言者として登録する理由はないからです。(1) 一六　さらに、この件については、多数の証人がいますが、なおまた、証し（テクメーリア）(2)も、証人の数に劣らずあります。つまり、第一に、もし本当にアイシオスがこんな証言はしなかったというのであれば、いまになって否定するのではなく、むしろ、あのとき、法廷で証言が読み上げられているところで、すぐに否定していたはずです。その方が、彼にとっては、いまそうするよりも有益だったからです。第二に、私が、兄弟であるアポボスを陥れる偽証の罪で訴えられかねない立場に、アイシオスを不当にも追い込もうとすれば、アイシオスは黙ってはいないで、財産毀損に対する私訴（ディケー・ブラベース）(3)を私に対して起こしていたでしょう。なぜなら、［偽証罪の］裁判には、金銭的にも、また公民権停止（アティーミアー）(4)という点でも、危険があるからです。一七　さらにまた、この男に、問題をきちんと調べようという気があれば、私に対して、証言を記した奴隷を［引き渡すよう］要求していたでしょう。もし私が引き渡しに応じなければ、私の主張に正しいところが何もないと思われるようにするためです。しかし、じっさいは、そうした類いのことを実行するどころか、この男が例の事実を否定したとき、私が［その奴隷を］引き渡そう(5)としたにもかかわらず、受け入れようとはせず、かえって、連中(6)はそろって、この点についても拷問を避けようとしていることははっきりしているのです。一八　以上の点についても、私がお話していることが真実であるという点、そして、アイシオスは、［ほかの」証人たちがいる中で証言を行ない、法廷でそれを否定しなかったという点――この証言が読み上げられているとき、この男の横に立っていたのにです――、さらに、私は、そのすべてについて、連中にあの奴隷を拷問にかけるべく引き渡そうとしたが、この男は受け取りを拒否したという点――、このそれぞれに関して、諸君に証人を提出します。どうぞ、証人をここに呼んでください。

証言（複数）

一九　さて、裁判員諸君、これまで、この男がそうした回答[7]をしたことを示す点を述べてきましたが、そ

---

(1) 論旨はこうである。危険を犯して偽証させようとするならば、アイシオスのような敵対している人間ではなく、もっと信頼できる人間を選ぶはずである。したがって、私がアイシオスを選んだのは、偽証させるためではありえない。それゆえ、アイシオスの当初の証言こそが真実である。

(2) テクメーリオン（複数形テクメーリア）については、『アポボス弾劾、第二演説（第二十八弁論）』二ならびに五一頁註（5）参照。

(3) 財産に対する損害を受けた場合に、賠償を求めて起こす私訴のこと。ここでは、次に述べられているように、アイシオスに偽証を強要し、それが発覚したと仮定した場合に、アイシオスに科せられる罰金ないしは公民権停止に対する損害賠償を求める私訴が想定されていると考えられる。

(4) 偽証罪で三度有罪になった者は、公民権を部分的に停止された（アンドキデス『秘儀について（第一弁論）』七四）。

(5) ミリュアスが自由人であるとアポボス自身が同意したという事実。

(6) アポボスとアイシオスの兄弟を指す。

(7) 一〇節ならびに七五頁註（5）参照。

のすべての中で、諸君に話すべき最大の印だと思われる点を、詳しくお話ししたいと思います。つまり、この男は、問題の人物[1]の証言内容について同意していたにもかかわらず、その人物を［引き渡すように］私に要求したとき、私は、そのときも、この男が策を弄していると立証したくて――私はどうしたでしょうか？
二〇　私は、デモン[2]に不利になる証言のために［アポボスを］呼びました。デモンはこの男の叔父で、一連の不正にも関与していたのです。私は、この男が現在、偽証罪で訴えている内容[3]を書き留めておき、それを［その場で］証言するように求めたのです。しかし、この男は最初、臆面もなく拒否していましたが、調停役（ディアイテーテース）[4]に、［そのとおりだと］証言するか、さもなければ、誓いを立ててその内容を否定するように命じられ、さんざん渋った上でようやく証言したのでした。とは言うものの、もし［その時点で］その人物[5]がまだ奴隷であって、そこにいるアポボスが、その人物は自由の身であると同意していなかったならば、どうして［自由人であると］証言したのでしょうか？　誓いを立てて証言を翻して、この件にけりをつければよかったはずなのに。二一　しかし、この点についても、私は、証言を記した奴隷を引き渡そうと思っていたのです。彼こそ、自分が書いた文字だとわかるはずでしたし、この男がそう証言をしたことを正確に覚えていたからです。それにまた、私がそうしようと思ったのは、その場に居合わせた証人がいなかったからではなくて（じっさい、何人かいました）、むしろ、この男に、彼ら[6]が偽証していると非難する余地を与えずに、かえって、拷問に基づいて彼らの証言を確かなものとするためでした。とはいえ、そのことを理由に[7]証人たちを有罪とすることがどうして適切なのでしょうか？　これまで諸君の前で裁判を争った人間の中で、彼らを除いてほかにには、原告その人を、その件で自分たちに有利な証人として提出した人間などいないのです。さて、私の話が真実であるという点について、提案ならびに証言を取り上げてください。

提案　証言

二三　さて、この男は、これほど正当な手続きから逃げ、かつ、告発屋のような訴えを起こしている（シューコパンテイン）(8)と示す確かな証しがこれだけあるにもかかわらず、自分が提出する証人の主張を諸君

（1）ミリュアスのこと。
（2）管財人の一人であるデモポンの父親。この箇所の記述によれば、デモステネスがデモンに対しても何らかの訴えを起こし、その調停の際に、アポボスをデモステネス側の証人として呼んだことになるが、詳細は不明である。補註K参照。
（3）パノスが証言した内容を指す。七五頁註（1）参照。
（4）すべてのアテナイ市民は、六〇歳になる年の一年間、調停役につき、抽選で割り当てられた事件を担当した。調停役が下した判断を両当事者が受け入れれば、そこで確定となるが、どちらか一方でも不服であれば、その件は民衆法廷に移された。アリストテレス『アテナイ人の国制』第五十三章参照。なお、三一節では、調停役の名前がノタルコスと言われている。
（5）ミリュアスのこと。
（6）パノスとピリッポスの二人を指す。二三節ではアイシオスの名前も挙がっているが、アイシオスは証言を翻している（一五節）。
（7）デモステネスが、前節でアポボスが行なった証言に対する自由人の証人を提出せずに、提案のかたちで奴隷を引き渡そうとしたことを指す。
（8）当時のアテナイでは、微罪で他人を告発したり、不当な告発を行なう人間（シューコパンテース「告発屋」）が横行し、市民から嫌われていた。デモステネス『弁論集4』所収『アリストゲイトン弾劾（第二十五—二十六弁論）』作品解説「作品の背景」ならびに本分冊補註T参照。

は信じるべきだと考え、他方、私の証人については、これを中傷し、証言は事実ではないと言い立てています。そこで、この件については、蓋然性(1)に基づいても述べたいと思います。さて、諸君の全員が同意してくれるはずだと、私にはわかっているのですが、虚偽の証言をする人間が、そうした行動に出ようとするのは、貧困のゆえに欲得に負けたからか、あるいは、仲間だからか、あるいはまた、対立する人間に対する憎しみの故か、そのいずれかでしょう。二三　ところで、いま挙げたうちのどれも、彼ら(2)が私のために証言をした理由ではありえないでしょう。というのも、仲間だからでもないし（どうして、そんなことがあるでしょうか？　少なくとも、彼らは、同じ活動に携わっているわけでもなし、同世代でもなく、彼らのうちの何人かが私と同じ年齢だからということもなく、そもそも、彼ら自身の間でも、そんなことはありません）、それにまた、この男に対する憎しみからということもないからです。というのも、次の点も明らかだからです。つまり、一人(3)は［この男の］兄弟で、支持者であるし、パノスは友人で、同じ部族に所属していますが、ピリッポスは友人でもなく、敵対しているわけでもありません。ですから、これを原因として挙げることも正当ではないでしょう。二四　さらにまた、貧困のせいでと言うこともできないでしょう。というのも、彼らは全員、かなりの財産を所有しており、諸君のために公共奉仕を積極的に務め、命じられた任務を遂行しているぐらいですから。また、以上の点を別にしても、彼らは、諸君がよく知らない人物であるというわけでもなければ、評判が悪いわけでもなく、むしろ、きちんとした人物です。しかしながら、貧しいわけでもなく、この男の敵でもなく、私の友人でもないとしたら、どうして、彼らに対して虚偽の証言をするのではないかと、いささかでも疑念を抱く必要があるのでしょうか？　というのも、私には思い当たらないからです。

二五　さて、この男は以上のことをわかっていて、しかも、誰よりも、彼らの証言が真実だと知っていたにもかかわらず、告発屋のような訴えを起こし、そんなことは言ってはいないと主張するだけではなく——どうすれば、この男がそう言ったという、これにまさる証明ができるでしょうか？——、その人物[4]はじっさいに奴隷であるとも言っているのです。しかし、諸君には、手短かにお話して、この点でもこの男の主張は偽りであると証明したいと思います。私は、裁判員諸君、この点についても、この男に複数の女中[5]を、拷問にかけるべく引き渡そうとしました。彼女たちは、父の死に際して、ミリュアスが解放されて、その時点で自由の身となったことを記憶している者たちでした。二六　さらに、以上に加えて、母は、自分にとっては二人しかいない子供である私と妹——その私たちのために、母は寡婦の生を送ったのです——を脇に立たせ、その私たちにかけて以下は確かであると保証を与える意思を示しました[6]。問題の人物は、父が臨終の

(1) 七五頁註（6）参照。
(2) 二三節で名前が挙がっているパノス、ピリッポス、アイシオスの三人を指す。
(3) アイシオスのこと。
(4) ミリュアスが自由人であると同意したことを指す。
(5) ミリュアスのこと。
(6) デモステネスの家で働いていた女奴隷のこと。
(7) 女性がみずから法廷に立って証言することは適切ではないと考えられていたが、ほかの市民がいる場所で何らかの発言を行ない、それを聞いた市民が証人となって、法廷でその旨を証言するという間接的な方法で証言することはできた。また、この箇所で、デモステネスの母親が、子供二人をそばに立たせて、その子供にかけて保証を与える（あるいは、誓う）という行為は、自分の発言が真実でなければ、この子供たちに不幸がふりかかるようにという形式で行なわれたものと考えられる。

折に解放したのであって、私たちの間では、彼は自由の身だと考えられていると。その母が、確実な事柄についての誓いだとはっきりわかっていないのに、私たちにかけてそれを誓う意思を示すことがあるなどと、諸君はけっして考えないでください。さて、私の話が真実であり、また、以上のことを実行に移す準備が私たちにはできていたという点を示す証人を呼んでください。

証人（複数）

二七　さて、ここまでのところは、私たちにお話しできる正義に適った事柄であり、証言内容について、最も有効な証明手段に訴えたいという意思を私たちは示していたのですが、この男は、そのすべてから逃げて、こう考えているのです。以前の裁判に関係して、私を中傷し非難することで、［私の側の］証人を有罪にする投票をするように諸君を説得できるだろうと。そして、その際、思うに、ほかのどんな手立てよりも不正でかつ強欲なやり方を考え出したのです。二八　つまり、こうです。この男は自分で、この件に関する偽りの証人を用意しました。その際、協力したのは義理の兄弟のオネトルとティモクラテスでした。(1) それに対して、私たちの方は、［この策略を］事前に知ることができず、今回の裁判が証言そのものをめぐって行なわれると思いこんでいたため、管財人が管理していた金銭についての証人を今回は用意できなかったのです。しかし、この男がこうした策を弄しているにもかかわらず、事実そのものを詳細にお話しすれば、諸君に、この男の敗訴(2)が、どんな人間の場合よりも正義に適っていたと示すのは容易だろうと考えています。二九けれども、この男が敗訴したのは、ミリュアスに対する拷問を私が阻止しようとしたからではなく、ミリュアスが自由の身であるとこの男が認め、そこにいる証人たちが証言したからでもありません。そうではなくて、私の財産のうちのかなりの部分をこの男が奪い取ったことが立証されたからであり、また、法律が認め(3)、かつ父が遺言に書いたにもかかわらず、不動産を賃貸ししなかったからなのです。その点は、私の方で諸君にはっきり示しましょう。というのも、これら、つまり、法律と、この男たちが奪い取った金額は周知の事実だったのに対して、ミリュアスのことは、それが誰なのかということでさえ、知る人は誰もいなかったからなのです。さて、諸君には、［私が］訴えた内容から、これが事実であるとおわかりになるでしょう。

三〇　つまり、こうです。私は、裁判員諸君、この男を相手取り、管財人職務に関わる裁判を起こしましたが、その際、告発屋(4)が裁判をしかけるときのように、損害を十把一絡げにしてしまうということはせず、

(1) オネトルについては、『オネトルへの抗弁、第一演説（第三十弁論）』『オネトルへの抗弁、第二演説（第三十一弁論）』参照。オネトルはアポボスの妻の兄弟であり、ティモクラテスはアポボスの妻の前夫である。補註V参照。

(2)『アポボス弾劾、第一演説（第二十七弁論）』『アポボス弾劾、第二演説（第二十八弁論）』が語られた裁判でアポボスが敗訴したこと。

(3)「認める」と訳したギリシア語 κελευόντων は、通常は「命じる」と訳される動詞である。しかし、管財人による不動産の賃貸しは、当時のアテナイの法律で義務と規定されていたわけではないため、デモステネスが義務であるかのように述べることはありえず、それゆえ、本弁論の著者はデモステネスではないと主張する論拠の一つとなっている。ここでは、MacDowell (2009, pp. 46-47) に従って「認める」と訳出した。

(4) 八一頁註（8）参照。

この男がどこから奪ったたか、その金額はどれだけだったか、誰から手に入れたのか、いちいち記載しましたが、ミリュアスについては、そのうちの何かを知っているかのように書き添えることはしなかったのです。三一　そういうわけで、訴状（エンクレーマ）の冒頭はこうです。「デモステネスはアポボスに対し、以下の訴えを起こす。アポボスは、私の金銭を保有している。それは、管財人職務に伴なうもので、八〇ムナであり、父の遺言に従って母の嫁資として彼が受け取ったものである」(1)。これが、私が奪い取られたと申し立てている金銭のうちで最初のものです。一方、証人たちの証言はどうでしょうか？「彼らは以下のように証言する。ミリュアスが、デモステネスの父親によって解放されて、自由の身であるとアポボスが認めたとき、自分たちは調停役ノタルコスの前にいた」。三二　さて、諸君には、自分自身の心の中で、誰か次のような人間がいるだろうかと考えていただきたいのです。弁論家であれ、ソフィストであれ、あるいは奇術師であれ、摩訶不思議な力をそなえ、話術に恐ろしく長けているために、アポボスが、自分の母親の嫁資を所有していると、先ほどの証言によって人を納得させることができるような人間のことです。その場合、その人物は、ゼウスの名にかけて、いったい何を話すことで［納得させるの］でしょうか？「彼は、ミリュアスが自由の身であると認めた」と言うのでしょうか？　しかも、どうしてそれを語る方が、この男が嫁資を所有しているということに繋がるのでしょうか？　もちろん、そう言ってみたところで、この男が［本当に嫁資を所有しているようには］少しも見えないでしょう。三三　そうではないとすると、どこからそれが証明されたのでしょうか？　第一に、テリッピデスはこの男とともに共同管財人でしたが、彼は［アポボスに嫁資を］渡したと証言しました(2)。第二に、［アポボスの］叔父であるデモン、さらには、そのほかの人々のうちでその場にいた者が、生活費[3]を母に渡すことにこの男が同意したと証言しています。これは、この男が嫁資を保有していたからにほかなりません。しかも、この男は、いま挙げた人々を訴えることはしていません。なぜなら、明らかに、その証言が事実であると知っていたからです。さらに、母は、私と妹を脇に立たせ、その私たちにかけて以下は確かであると保証を与える意思を示しました[4]、この男は自分の嫁資を、父の遺言に従って取得したと。三四　この八〇ムナについては、どちらだと言うべきでしょうか？　この男が所有しているのか、そうではないのか。また、この男が有罪判決を受けたのは、この証人たちのせいなのか、別の証人たちのせいなのか。というのも、私としては、真実こそがその原因だと考えるからです。さらに、この男は、一〇年の間、そこから利益を得てきたにもかかわらず、厚かましくも、敗訴したというのに、返済せず、自分はひどい目にあっている、ここにいる証人たちのせいで有罪になったと言い立てているのです。けれども、少なくともその証人の中には、この男が問題の嫁資を保有していると証言した者など一人もいません。

三五　さて、海運投資[5]とベッド職人[6]と、私たちに遺された鉄と象牙[7]、そして、妹の嫁資[8]——これについては、この男は、自分も私の財産を意のままに手に入れるのと引き換えに、見て見ぬふりをしたので

(1)『アポボス弾劾、第一演説（第二十七弁論）』五参照。
(2)『アポボス弾劾、第一演説（第二十七弁論）』一三―一四参照。
(3)『アポボス弾劾、第一演説（第二十七弁論）』一五参照。
(4)二六節参照。
(5)『アポボス弾劾、第一演説（第二十七弁論）』一一参照。
(6)『アポボス弾劾、第一演説（第二十七弁論）』九参照。
(7)『アポボス弾劾、第一演説（第二十七弁論）』一〇ならびに三〇以下参照。
(8)『アポボス弾劾、第一演説（第二十七弁論）』五参照。

した(1)──以上の点について、諸君には、話を聞いて、考えてもらいたいのです。この男が有罪判決を受けたのは正当だった、しかも、この件については、ミリュアスを拷問にかける必要など、まったくなかったのだと。三六　というのも、あなたが見ないふりをしたもの(2)については、法律があり、はっきり命じているからだ。あなたは、それに対しては、あなた自身が保有しているかのように、支払い義務を負う、と(3)。そうなるとけっきょく、この法律と拷問の間に、どんな関係があるというのか？　一方、海運投資について、あなたたちは、クストス(4)と結託して、金銭を山分けし、書面による合意を無効にし、望みどおりに手はずを整えた上で、文書を廃棄した。その点は、デモンが、あなたたちに不利な証言をしている。そんなことをしておきながら、あなたたちは計略をめぐらし、ここにいる人たち(5)までも欺こうとしているのだ。三七　さらに、ベッド職人(6)についてだが、あなたが現金を受け取り、個人的に私の財産(7)を担保に金を貸し、多額の収入を得て──ほかの人間に対しても［それを］阻止するべき立場にあったのに──、その後、［ベッド職人たちを］行方不明にしたのだとしたら、あなたは、例の証人たちに、何をしてもらいたいのか？　というのも、あなたが私の財産を担保に金を貸し、奴隷たちを自分の家に連れて行ったと認めていると証言したのは、とにかく彼らではなく、ほかならぬあなたが、文書のかたちでそう書き記したからであって、証人たちは、［あなたに］不利になるその証言(8)をしたにすぎないからだ。三八　さて、象牙と鉄に関しては、私の主張はこうです。これらの材料をこの男が売却しようとしていたことは、家の奴隷全員が知っていますし、あの当時もいまも、その中の誰でも好きな者を連れて行って拷問にかけるよう、引き渡す意思をこの男には示してきました。したがって、この男が、事実を知っている者を渡すのを私が嫌がって、知らない者を引き渡そうとしていると申し立てるようなことがあれば、この男は〔私の申し出を〕受け入れるべきだったということがいっそう明らかになるでしょう。というのも、事実を知っているとして私が引き渡そうとしていた者たちが、かりに、この男は問題の材料を何ひとつ所有していないと述べていたならば、この男は、もちろん、その罪を問われなかったはずだからです。三九　しかし、じっさいはそうではありません。〔私の提案を受け入れ、拷問していたならば〕この男が、問題の材料を売却し、代金を受け取っていたことが、はっきりと立証されていたことでしょう。だからこそ、誰もが認める奴隷の身分の者は無視して、自由人を拷問にかけるべきだと考えていたのです。その者を引き渡すなど、許されるわけもないのにです。なぜなら、この男は、この一件をきちんと調べようとしていたのではなく、むしろ、引き渡しを拒否されれば、〔そのことで〕もっともらしいことを言っていると思われたかったからなのです。したがって、以上のすべてについて、すなわち、第一に、嫁資について、次に、この男が見て見ぬふりをした事項について、その次に、その他の事項について、諸君に事

---

(1) デモポンが妹の嫁資を保有しているのを黙認したという意味。
(2) アポボスを指す。ここでは、直接アポボスに語りかけている。以下の「あなたたち」は、アポボスとデモポンを指す。
(3) デモポンが妹の嫁資を奪った際に、アポボスがそれを知っていて黙認したならば、アポボス自身が奪ったかのように、アポボスに支払い義務が生じるという趣旨の法律であるように見えるが、はっきりしない。
(4)『アポボス弾劾、第一演説（第二十七弁論）』一一にも名前が見えるが、詳細は不明。
(5) 裁判員を指す。
(6)『アポボス弾劾、第一演説（第二十七弁論）』二四―二八。
(7) 借金の形《かた》としてデモステネスの父親が保有し、自分の作業場で働かせていたベッド職人を指す。
(8)『アポボス弾劾、第一演説（第二十七弁論）』二六参照。

実を知ってもらうために、彼[1]が法律および証言を読み上げてくれるでしょう。

法律（複数）　証言（複数）

四〇　さらに、以上から、問題の人物[2]を拷問のために引き渡すことを私が拒否したから、この男がほんの少しでもひどい目にあったなどということはないと、わかってもらえるでしょう。しかし、それだけではなく、事実そのものについても、諸君が検討してみれば、わかるはずなのです。つまり、こうです。ミリュアスが車輪上で拷問を受けている[3]と仮定してみましょう。すると、この男は、ミリュアスに何を一番言わせたいのだろうか、と考えてみましょう。それは、この男が金銭の一部を保有しているなどということを、自分は知らない、ということではないでしょうか？　そうです、では、彼がそう答えるとします。それなら、この男は保有していないことになるのでしょうか？　そんなことは断じてありません。というのも、私が提出した証人は、その場にいて［事情を］知っていた者たちだからです。そして、証しや確証となるのは、この男が何かを保有している事実を誰かが知らない、ということではなく（というのも、そういう人は大勢いるでしょうから）、むしろ、誰かが［その事実を］知っているということだからです。四一　したがって、これだけの人数の証人が、あなたに不利な証言をしたというのに、その中の誰をあなたは偽証罪で訴えたのか？示してください。いや、あなたには示すことなどできはしない。けれども、どうして、あなたが自分にははっきりと有罪を宣告しているということにならないだろうか？　つまり、自分はひどい損害を被り、その人物を引き渡してもらえなかったせいで、不当に敗訴したと申し立てているが、それは嘘だ。なぜなら、例の金銭——すなわち、［もともと］そんな遺産はなかったと立証するために、[4]あなたがミリュアスを［引き渡せと］要求した問題の金銭——をあなたが手に入れて、保有していると証言した人々を、あなたは偽証罪に問わなかったからだ。もし本当にあなたが不正を被ったのであれば、彼らを訴えた方が、はるかによかったはずである。しかし、不正を被ったわけでもないのに、あなたは、告発屋のように裁判を起こしている。

四二　そういうわけで、あなたの悪事は、さまざまな角度から見て取ることができるが、遺言に関する説明を聞くのが一番であろう。つまり、こうです。父は、裁判員諸君、全遺産、ならびに不動産を賃貸しせよと遺言に書きました。しかし、この男は、その遺言を渡してくれませんでした。[5]それは、遺言から、［遺産の］総額が私に知られないようにするためです。その一方で、自分が所有していると認めたのは、あまりに明白なためにどうにも否定できなかったものについてだけでした。四三　また、この男の主張によると、遺言には以下の記載がありました。[6]デモポンは、二タラントンをすぐに受け取り、妹は、年齢が達したら妻に

(1)法文、証言書等を読み上げる係の書記を指す。
(2)ミリュアスを指す。
(3)「車輪」と訳した τροχός は拷問具を意味し、身体を海老反りのように引き伸ばしたか、あるいは、手足を車輪のスポークに固定し、車輪を回転させたらしい。アリストパネス『福の神』八七五行、『女の議会』八四六行参照。
(4)『アポボス弾劾、第一演説（第二十七弁論）』二三参照。
(5)『アポボス弾劾、第一演説（第二十七弁論）』四一参照。
(6)『アポボス弾劾、第一演説（第二十七弁論）』五参照。「この男の主張によると」と書かれているのは、デモステネス自身は、遺言の現物を見ていないからである。『アポボス弾劾、第一演説（第二十七弁論）』四〇ならびに二七頁註（5）参照。

する（一〇年後にはそうなる予定でした(1)）。この男は、八〇ムナと私の母と、住むための家を受け取る。テリッピデスは七〇ムナを受け取って、私が成人するまでの間、そこから生まれる利益を手に入れる。また、以上のものとは別に、私に遺された財産のすべて、ならびに不動産の賃貸しについては、この男は遺言にはなかったことにしようとしたのです。それが諸君の前で明らかになっては、自分には都合が悪いと考えたからにほかなりません。四四　それゆえ、私たちの父が臨終に際して、この連中の一人一人に前述の額の金銭を与えたことが、この男本人によって同意されていたために、あのとき(2)、裁判員は、その同意を金銭の総額についての証しと見なしたのです。というのも(3)、自分の財産の中から四タラントン三〇〇〇ドラクマの嫁資と贈与分(4)を出した人間であれば、その財産がわずかであるはずもなく、私に遺そうとした額の二倍以上はあったはずで、そこから、父が前述の額を捻出したことは明らかだったからです。四五　というのも、息子である私を貧乏人にしたかった、一方、この連中は、もともと裕福であるのに、もっと裕福にしてやりたかった、などとは思えないからです。むしろ、私に遺そうとしている総額［を確保する］ために、テリッピデスに七〇ムナを与え、デモポンには、まだ私の妹と結婚することにはなっていなかったにもかかわらず、二タラントンの使用権を与えたと思われるのです。まさにこの金額を、この男がまったく渡していないことは明らかです。いや、少し減らしたが渡したということさえないのです。むしろ、この男の言い草によれば、そのうちの一部は使ってしまった、一部は受け取っていない、知らない、誰某が所有している、家にある――ほかのものについても、ありとあらゆることを言いました。ただし、どんな状況で［私に］渡したかということだけは言えなかったのです。

四六　しかし、家に金銭が残されていなかった点については、[5] はっきり諸君に、この男が嘘をついていると証明したいと思います。それはつまり、この話をそっと加えたのは、多額の金銭があったことが明らかになったのに、それを［私に］返したと示せなかったときです。それは、もっともらしい理屈をこねて、[6] 私たちの手許にあった財産を取り返すという私たちにはまったく権利のないことをしようとしている印象を［聞いている人たちに］与えるためだったのです。[7] 四七　それゆえ、[8] 父がこの男たちを信用していなければ、明らかに、どんなものもこの連中に託すことはしないでしょうし、ましてやその現金をそんなやり方で[9] 遺してい

(1)『アポボス弾劾、第一演説（第二十七弁論）』四によれば、デモステネスの父親が死んだとき、妹は五歳だったため、一〇年経って、一五歳になったときのことが想定されている。

(2)『アポボス弾劾、第一演説（第二十七弁論）』『アポボス弾劾、第二演説（第二十八弁論）』が語られた裁判の時。

(3)ここから次節の「与えたと思われるのです」までの言い回しは、『アポボス弾劾、第一演説（第二十七弁論）』四四―四五とかなり類似しているので、文言を再利用したと考えられる。

(4)前節の金額の合計。二（タラントン）＋八〇（ムナ＝一タラントン二〇ムナ）＋七〇（ムナ＝一タラントン一〇ムナ）＝四（タラントン）三〇（ムナ＝三〇〇〇ドラクマ）。

(5)前節終わりで「家にある」とアポボスが主張した財産のことで、『アポボス弾劾、第一演説（第二十七弁論）』五三において、家に埋められていたと言われていた四タラントンを指す。

(6)原文は「蓋然性による議論によって」。

(7)アポボスの主張の要点は、デモステネスが、自分の家にあった分についてもなかったことにして、アポボスから取り返し、二重に手に入れようとしている、である。

(8)四七―四九節の言い回しは、『アポボス弾劾、第一演説（第二十七弁論）』五五―五七とかなり類似しているので、文言を再利用したと考えられる。

(9)埋めて隠したことを指す。

ながら、連中に知らせることもないでしょう。だとすると、連中はどこからそれを知ったのでしょうか？逆に、父が連中のことを信頼していたのであれば、金銭の大半をこの男たちに委託しておきながら、残りの管理はさせなかったなどということは、もちろんなかったでしょう。また、私の母に、その遺産を守るように渡しておきながら、その当人である母を、管財人の一人であるこの男と婚約させることなど、あるわけがありません。というのも、私の母を通じて現金を守ることを求める一方で、信用していない人間の一人を、母とその現金の管理者にすることには、理由がないからです。四八　さらに、かりにこの男の話に何か真実が含まれているとしたら、父が与えた母を妻にしないということがありうると諸君は思うでしょうか？　この男は、母の嫁資八〇ムナを、母と結婚する気があるかのようにすでに自分のものとしていながら、メリテ区のピロニデスの娘[1]と、欲に目が眩んで結婚しました。それは、私たちから受け取った額に加えて、ピロニデスからも八〇ムナをせしめるためだったのです。しかし、「私の」家には四タラントンあって、しかも、それが母の持ち物であったと、この男は主張しています。そうだとしたら、この男は、母に加えてその資産の管理者になろうと飛びついたはずだと、諸君は思うのではないでしょうか？　四九　それとも、諸君の中にも父が遺したことを知っていた人が数多くいた明らかな財産は、共同管財人とともに、この男は、あそこまで恥知らずなやり方で掠め取ったのに、諸君が証人になりそうになかったものは、この男が、奪うことが可能であったのに、手をつけなかったなどということがあるでしょうか？　いったい誰がそれを信じるでしょうか？　そんなことはありません、裁判員諸君、ないのです。むしろ、父が遺したお金はどれも、この男たちの手に渡ったその日に埋められたのであり、この男は、そのどれについても、いつ「私に」引き渡したのか答えられないので、私が金持ちだと思われて、諸君からいっさい同情が得られないようにするために、いまの話を持ち出すのです。

五〇　さて、ほかにも、とにかく私には、この男を訴える材料はたくさんあります。しかし、証人(2)の身に市民としての権利を脅かす危険(3)が迫っている中、私には、自分が受けてきた不正のこと［ばかり］をお話ししているわけにはいきません。むしろ、諸君のために、提案(4)を読み上げることにしたいのです。というのも、それを聞けば、そこから、証言内容が真実であるということがわかるからです。つまり、いまは、あらゆることについて、この男はミリュアスの引き渡しを要求すると言っていますが、当初は、三〇ムナについてのみ、引き渡しを求めていたという点、さらに、この男は、問題の証言によって何の損害も被ってはいないという点がそれです。五一　つまり、こうです。私としては、あらゆる点でこの男に対して反論しようと思い、この男の狡猾さとごまかしを諸君の前で明らかにするよう努めながら、この男に尋ねたからです。ミリュアスが知っていると考えて、［ミリュアスの］引渡しを求めた問題の金銭の総額はどれだけだったのか、と。しかし、この男は嘘をついて、全額についてだと言ったのです。私は言いました。「それなら、その件につい

(1)『アポボス弾劾、第一演説（第二十七弁論）』五六および三七頁註（2）参照。
(2) パノスのこと。七五頁註（1）参照。
(3) 一六節ならびに七九頁註（4）参照。
(4)『アポボス弾劾、第一演説（第二十七弁論）』五〇、五二ならびに三三頁註（3）参照。

て、あなたが私に対して行なった提案の写しを持っている人間を(1)、あなたに引き渡そう。五二　そして、問題の人物(2)は自由の身であるとあなたが認めたということと、デモン［の主張］に反して、その旨、証言もしたということを、私が先に誓って証言するから、あなたがもし、私の証言［を否定して、それとは］反対の内容を娘にかけて誓う(3)のであれば、問題の金銭(4)はすべてあなたに譲ろう。もともと、そのために、あなたが［私の］奴隷の拷問請求をしたということは、［その奴隷を］拷問にかければ明らかになるはずだ。そして、あなたに科せられた罰金は、あなたがミリュアスを拷問請求した件の分だけ減額されるようにしよう(5)。それは、あなたが、証人たちのせいで損害をいっさい被らないようにするためだ」。五三　以上が、私が大勢の立会人がいる中で行なった提案であり、この男は、そんなことはできない(6)と答えたのでした。とはいえ、自分に有利な判断を自分から避けたこの男の言いなりになって、どうして、あなたたちは、誓いを立てた身(7)でありながら、証人に有罪判決を下す必要があるのでしょうか？　いや、この男こそ、あらゆる人間の中で、最も恥知らずな輩だと考えるべきではないでしょうか？　さて、私の話が真実であるという点について、その証人を呼んでください。

証人（複数）

五四　また、私にはその準備(8)ができていたが、証人たちの見解は私と違っていたというわけではありません。むしろ、彼らもまた、子供たちを脇に立たせ、その子供たちにかけて、自分の証言内容について誓約する意思があると伝えました。しかし、この男は、その彼らにも私にも誓いを許すのはよくないと考え、むしろ、でっちあげた話と、事実とは異なる証言しかしない証人[9]を土台にして、その上にこの一件を組み立てれば、諸君を欺くことなど簡単だろうと高を括っているのです。では、この人たち[10]のために、その証言も取り上げてください。

証　言

五五　そういうわけで、どうしたら、次のようなやり方で［以下に挙げる論点を］示す以上にはっきりと、

（1）一一節。
（2）ミリュアスを指す。
（3）ここで、誓いの対象に娘がなっていることから、アポボスには息子がいなかった可能性がある。
（4）五〇節で言及されていた三〇ムナのこと。
（5）アポボスがデモステネスに敗訴した最初の裁判でアポボスに科せられた罰金は、一〇タラントンであるので（『アポボス弾劾、第一演説（第二十七弁論）』六七ならびに四三頁註（2））、その額から三〇ムナの分だけ減らすということ。
（6）娘にかけて誓うこと。
（7）『アポボス弾劾、第一演説（第二十七弁論）』六八ならびに四三頁註（5）参照。
（8）誓いを立てる用意のこと。五二節参照。
（9）オネトルとティモクラテスがまず念頭にあると思われる。二八節参照。
（10）裁判員を指す。

私たちは告発屋の被害者だった[1]、彼が行なった［この男に］不利な証言は真実だった[2]、［この男の］敗訴は正義に適っていた、と証明することができるでしょうか？ ［私の論点は次のとおりです。］証言を記した奴隷を、その証言内容そのものに関して拷問にかけることを、この男が拒否した点。この男の兄弟であるアイシオスがその内容を証言している点。ただし、この男はその証言は偽りだと主張している。五六　この男に訴えられている証人たちの証言と同じ内容で、この男の叔父で共同管財人だったデモン[3]に不利な証言を、この男みずから行なっている点。問題の人物[4]が自由の身だったと証明するために、女奴隷たちを拷問にかけることを拒否した点。私自身の母が、その点について、私たちにかけて誓う意思を表明していた点。ミリュアス以上にあらゆる事情に精通している奴隷がほかにも何人かいたのに、この男は、そのうちの誰に対しても受け入れを拒否した点。この男が金銭を保有していると証言していた証人の中には、この男に偽証罪で訴えられた者は一人もいない点。五七　遺言を渡さず、不動産も、法律が認めているにもかかわらず[5]、賃貸ししなかった点。私ならびに証人たちが先に誓約したのに、この男が［誓いを立てさえすれば］、ミリュアスの拷問請求の争点であった金銭について、この男の支払い義務を免除してやるとしたのに、誓うのはまずいとこの男が考えた点――神々に誓って、以上の点をこのやり方以上に正確に証明することは、この私にはできません。さて、証人たちのことで、この男はこれほどあからさまな嘘を言い立てておきながら、［自分が］したことから何の損害も被らず、そして、敗訴という正義に適った結果に終わったのです。にもかかわらず、この男の恥知らずな行動は続いています。

五八　そして、かりに自分の友人たち[6]の前でも、調停役の前でも、「不正なのはお前の方だ」と前もって宣告されなかったから、こんな主張をしているのだとしたら、それほど驚くには値しないでしょう。しかしじっさいは、こうだったのです。この男は、私を説得して、［この係争を］アルケネオスとドラコンティデス[7]と、そこにいるパノス――それは、現在、この男によって偽証罪で訴えられている当人です――に委ねました。しかし、彼らが誓いを立てて、この件の仲裁に乗り出すようなことになれば、［自分の］管財人職務に対して有罪裁定が下されるはずだと、彼らから聞かされたので、彼らを解任してしまったのです。そして、抽選で割り当てられた調停役[8]のところに行きましたが、［私の］訴えを一つとして論破できず、調停に負けた

（1）八一頁註（8）参照。
（2）底本と Penrose は写本のまま *καταμεμαρτυρημένον* を読んでいるが、その場合、「彼（パノス）は、真実を［アポボスに］不利なかたちで証言した」という意味になると思われる。一方、旧版 O.C.T., ロウブ版、ビュデ版は、Foerster の修正である *καταμεμαρτυρημένα* を読み、「真実が［アポボスに］不利なかたちで証言された」と解している。
（3）『アポボス弾劾、第二演説（第二十八弁論）』一五ならびに『アポボス弾劾、第一演説（第二十七弁論）』四参照。正式には管財人はアポボス、デモポン、テリッピデスの三人で、デモポンの父、デモンは管財人ではない。補註K参照。
（4）ミリュアスを指す。
（5）二九節ならびに八五頁註（3）参照。
（6）係争の当事者間で合意の上で選んだ仲裁人を指す。『アポボス弾劾、第一演説（第二十七弁論）』一、『オネトルへの抗弁、第一演説（第三十弁論）』二参照。
（7）詳細は不明。
（8）公選調停役を指す。アリストテレス『アテナイ人の国制』第五十三章参照。

のです。五九　そして、この男が控訴した［法廷の］裁判員[1]は、［申し立てを］聞いた上で、この男の友人たちと調停役の両方がこの件で下したのと同じ判決を下し、一〇タラントンの罰金を科しました。しかしそれは、ゼウスに誓って、この男が、ミリュアスは自由の身だと同意したからではありません（というのも、そんなことはまったく関係なかったからです）。そうではなくて、一五タラントン[2]の財産が私に遺されたが、この男は、不動産を賃貸ししなかったにもかかわらず、一〇年間にわたって共同管財人とともに運用し、子供だった私の代理として、分担班（シュンモリアー）[3]のための拠出額を五ムナ[4]と査定したからなのです。この税率は、コノンの息子のティモテオスや、最高額の査定を受けた資産の所有者が負担していたのと同じでした。六〇　そして、これだけ長期間にわたってこの男が管理した資産は、この男が自分からすすんで、それほどの戦時財産税（エイスポラー）[5]を支払わなければならないと思うほどの額だったのです。しかし、私には、この男が関わった分に限れば、二〇ムナ相当でさえも渡さず、連中と一緒になって元金と利益のすべてを騙し取りました。ですから、裁判員は、すべての資産に対して、不動産を賃貸しする際の利率ではなく、最低利率を設定したにもかかわらず、総額三〇タラントン以上[6]を連中が騙し取ったと判断し、それにより、この男に対して［支払うべき額を］一〇タラントンと算定したのです。

リバニオスの概説

一　アポボスは、管財人職務に関する罪で係争中に、デモステネスに対して、ミリュアスを拷問のために引き渡すよう求めたが、引き渡しが認められないことはわかっていた。というのも、デモステネスが引き渡しに応じようとはしなかったからである。デモステネスが言うには、ミリュアスは奴隷ではなく、父の死に際して、父によって解放され、自由の身となっていたからである。しかも、彼はその点を証明するために、証言をいくつか提出しているが、とくに問題なのは、パノスの証言であった。彼は、裁判員の前で証言した際に、アポボスが調停役の前で、ミリュアスは自由の身であると認めたと主張したのである。

(1)『アポボス弾劾、第一演説（第二十七弁論）』『アポボス弾劾、第二演説（第二十八弁論）』が語られた裁判の裁判員を指す。公選の調停役による調停に、一方または両方の当事者が不服の場合、法廷に控訴することができた。アリストテレス『アテナイ人の国制』第五十三章二参照。

(2)『アポボス弾劾、第一演説（第二十七弁論）』九参照。

(3)『アポボス弾劾、第一演説（第二十七弁論）』七参照。

(4)正確に言えば、これは税率であり、二五ムナにつき五〇〇ドラクマ（＝五ムナ）を分担する（『アポボス弾劾、第一演説（第二十七弁論）』七）。

(5)『アポボス弾劾、第一演説（第二十七弁論）』八参照。

(6)父親の遺産総額を一四タラントン（『アポボス弾劾、第一演説（第二十七弁論）』四、五九）として、年利一二パーセント（『アポボス弾劾、第一演説（第二十七弁論）』一七）で計算すれば、一四（タラントン）×一二（パーセント）×一〇（年）＋一四（タラントン）＝三〇・八（タラントン）。『アポボス弾劾、第一演説（第二十七弁論）』一七および五八—五九参照。

二　さて、管財人職務に関する一件で有罪判決を受けたため、アポボスはパノスを偽証罪で訴える。そこで、そのパノスを擁護するために、デモステネスは本弁論を行なう。その際、デモステネスは、パノスの証言が真実であると主張するだけではなく、それに加えて、アポボスは当該の証言からいっさい損害を被ってはいない、むしろ、有罪となった原因は、ほかの証人たちにあったのに、その証人たちのことは糾弾していない以上、アポボスが不正を行なっていたことは明白であると論証している。

第三十弁論

オネトルへの抗弁（第一演説）

杉山晃太郎　訳

第三十弁論[1]

本論

管財人に対する裁判、オネトルの姉妹とアポボスの結婚、姉妹の嫁資（六―九）

結婚に際して嫁資が支払われなかったことに関する蓋然性に基づく証明（一〇―一三）

それ以降も嫁資は支払われていないことの証明（一四―一八）

嫁資は証人なしで支払ったという被告側の主張に対する反論（一九―二四）

オネトルの姉妹はアポボスと離婚していないことの証明（二五―三四）

オネトルによる拷問の拒否（三五―三六）

結論

拷問の有効性とそれを拒否するオネトルの法廷軽視（三七―三九）

リバニオスの概説

一　裁判員諸君、アポボス相手の以前の係争[2]も、アポボスの義理の兄弟である、そこにいるオネトル[3]相手の今回の係争も、私には起こらずに済めば、ずっとよかったのです。しかし、この両者に対して、何度も正当な提案をしたにもかかわらず、きちんとした対応は、いっさいしてもらえませんでした。いやむしろ、この男の方こそ、アポボスよりもはるかに厄介で、罰せられるべき男だとわかったのです。二　経緯はこうです。あの男[4]の場合は、私との問題に関して、友人による仲裁[5]を受け入れて、諸君[6]を煩わせることがないよう

---

(1) 伝えられている正式な題名は『オネトルへの抗弁——財産回復を求める——第一演説』。財産回復を求める私訴はディケー・エクスーレースと呼ばれた。補註Oおよびデモステネス『弁論集3』補註f参照。ただし、本弁論ならびに『オネトルへの抗弁、第二演説（第三十一弁論）』中に、（ディケー・）エクスーレースの語は使われていない。

(2) 『アポボス弾劾、第一演説（第二十七弁論）』『アポボス弾劾、第二演説（第二十八弁論）』が語られた裁判を指す。

(3) 本裁判の被告。

(4) アポボスを指す。

(5) 『アポボスへの抗弁（第二十九弁論）』五八、ならびに『アポボス弾劾、第一演説（第二十七弁論）』一参照。

(6) 正確に言えば、アポボス裁判の際の裁判員と構成員は異なるが、ここでは、アテナイの裁判制度を成立させている「市民による裁判員」を理念的に同一視していると考えられる。

にすべきだと考えましたが、あの男を説得することが私にはできませんでした。それに対して、この男の場合は、諸君の前で自分の身を危険にさらすことを避けるために、自分で自分の裁判員となるよう薦めました[1]が、私はひどく軽蔑的な扱いを受けたのです。つまり、話を聞くに値しないと思われたばかりか、アポボス[2]が私との裁判に負けた時点で所有していた土地[3]から、極めて侮辱的なやり方で、私はこの男に締め出されたのです。三　ですから、この男が、自分の義理の兄弟と結託して、私の財産を騙し取ろうとしているのみならず、自分の策略を頼みに、諸君の前に出てきたからには、残された道は、諸君の前で、この男に正当な償いをさせるよう努めることだけです。もちろん、私にはわかっています、裁判員諸君。周到にでっちあげられた主張と、事実とは異なる証言をするはずの証人を敵に廻して、私はこの裁判を争うことになるということです。それにもかかわらず、私には、この男よりも正義に適った弁論ができるという強みがあると思っています。四　ですから、たとえ諸君の中に、これまでこの男は卑劣な人間ではないと考えていた人がいるとしても、少なくとも、私に対する所業からは、これまで気づかなかったけれども、この男こそ、万人の中で最も悪辣で、最も不正な輩だという認識に至るでしょう。さて、私が証明しようとしているのは、以下のとおりです。この男は、単に嫁資（プロイクス）[4]を——いま現在、地所が、その嫁資の担保になっていると申[5]し立てているのですが——払わなかっただけではありません。最初から私の財産を奪う計画を立てたのでした。さらにそれに加えて、問題の女のために、この男は私をその土地から追い出したのですが、その女は離婚したわけではありません[6]。五　その一方で、私の財産を奪い取る目的で、アポボスを庇って、この訴訟を受けて立っているのだと。以上の点の証明に際して、私は、極めて強力な証し（テクメーリオン）[7]と明白な論証を提出するつもりであり、それによって、私がこの男をこの裁判で訴えているのは正当かつ適切であると、諸君全員がはっきり理解してくれることでしょう。さて、諸君が、最も容易に本件の事情を頭に入れることができるはずの点——まずこの点から、私も諸君に説明しようと思います。(8)

(1) オネトルを指す。

(2) 自分自身で事態を勘案して判断せよ、という意味。

(3)『アポボスへの抗弁(第二十九弁論)』三参照。アポボスが先の裁判で敗訴した時点で、デモステネスに一〇タラントンの負債が発生したため、アポボスが別の方法で負債を精算しないかぎり、デモステネスは、アポボス所有の不動産に対する権利を主張できた。

(4) オネトルから、自分の姉妹の結婚の際に、夫となるティモクラテスに支払われた嫁資で、その姉妹がティモクラテスと離婚し、アポボスと再婚した際に、ティモクラテスからオネトルにいったん返還され、改めて新しい夫となるアポボスに支払われたはずの嫁資のこと。補註V参照。

(5) 本来ならば、結婚に際してアポボスに支払われた嫁資は、婚姻関係終了とともに、アポボスから妻に返還されなければならない。ただし、それが履行されないケースを見越して、オネトルは、アポボス所有の土地を嫁資の担保に設定したのである。

(6) 一五節で、アポボスと妻(オネトルの姉妹)の離婚は正式に「提出された」と語られているので、離婚の手続きは完了していたが、じっさいには婚姻関係が存続していたとデモステネスは考えているのであろう。なお、ここで「離婚」の意味で使われている動詞アポレイペインは、妻が、夫の了承を得て(あるいは、その他の理由で)夫の家を出る場合に使われる動詞である。

(7) 五一頁註(5)参照。

(8)「諸君が、最も容易に」から「説明しようと思います」までの一文は、『アポボス弾劾、第一演説(第二十七弁論)』三最後の一文と同一である。

六　つまり、こうです。私が、裁判員諸君、管財人[1]からひどい目にあっているということは、多くのアテナイ人同様、この男も知らずにいたわけではない――というより、不正を受けているということは、早い段階で明るみに出ていたのです。アルコーン[2]のところでも、そのほかの人々の間でも、私の問題をめぐって何度も審理や話し合い[3]が行なわれました。というのも、遺産の総額がはっきりしていたこともありますが、管理に関わっていた連中が、自分たちが金を儲けることを目論んで、不動産を非賃貸対象としていた[4]ことも露呈していたからです。したがって、進行していた状況から察して、私が、成人資格審査[5]を通ればもうすぐにも、連中に対して処罰を求めるだろうと、事情に通じていた人であれば、誰もが思っていたのです。七　そうした人々の中には、ティモクラテスもオネトルも含まれていて、彼らも終始そう考えていました。その点についての証しの中で最大のものはこれです。この男は、アポボスと自分の姉妹を結婚させたかったのですが、それは、アポボスが、親から受け継いだ自分の財産と、少なからぬ私の財産の管理者になっているのを見ていたからでした。その一方で、この男には、［アポボスに］嫁資を渡す勇気がなかったのです。まるで、管財人の資産は、管財人の庇護下に置かれている者のための担保であると考えているようなものです。しかし、この男は、姉妹を嫁がせはしましたが、嫁資については、その女の元の夫であるティモクラテスが、アポボスから五オボロスの利率[6]で借りていることにすると同意したのです。八　そして、アポボスは、管財人職務に関する裁判で私に敗訴したにもかかわらず、法律に従った行動を取ろうという意思はかけらもありませんでした。そんな中で、オネトルは、私たちの間で和解が成立するように働きかけることさえしなかったのです。その一方、嫁資を［アポボスに］払うことをせずに、自分で管理者となっていました。そして、あたかも姉妹の離婚は成立していて、払ったのに取り返すことができない[7]かのように装い、土地はその担保として得たものだと言い立てて、厚かましくも私をそこから追い出すという行動に出たのです。それほどまで

(1)アポボス、デモポン、テリッピデスの三人を指す。『アポボス弾劾、第一演説（第二十七弁論）』四参照。

(2)アテナイの執政官。父親を亡くした孤児ならびに管財人（あるいは、後見人）に関連する問題は、アルコーンの職務の一つであった。アリストテレス『アテナイ人の国制』第五十六章六―七参照。アルコーンについては、補註M参照。

(3)アリストテレス『アテナイ人の国制』第五十六章六―七では、孤児の財産、その賃貸しなどに関係するトラブルは、アルコーンに提起され、予審が行なわれた上で、法廷に回されると述べられている。それ以外にも、知人を間に交えた私的な仲裁も行なわれた。二節参照。

(4)アポボスら管財人が不動産を賃貸ししなかった点については、『アポボス弾劾、第一演説（第二十七弁論）』『アポボス弾劾、第二演説（第二十八弁論）』『アポボスへの抗弁（第二十九弁論）』の各所で非難されているが、とくに『アポボス弾劾、第一演説（第二十七弁論）』五八―五九、『アポボス弾劾、第二演説（第二十八弁論）』一、一五、『アポボスへの抗弁（第二十九弁論）』二九、四二参照。

(5)『アポボス弾劾、第一演説（第二十七弁論）』五ならびに七頁註（10）参照。

(6)五オボロスの利率とは、一ムナ（＝六〇〇オボロス）を一ヵ月借りた場合の利息が五オボロスであるという意味で、年利に換算すると、五（オボロス）×一二（ヵ月）÷六〇〇（オボロス）×一〇〇＝一〇（パーセント）である。『アポボス弾劾、第一演説（第二十七弁論）』一七では、九オボロスが法定利率（年利一八パーセント）であり、デモステネスがあえてそれよりも低く設定した利息は一ドラクマ（＝六オボロス、利率にすると一二パーセント）であると言われているので、ここでの年利一〇パーセントは、そのいずれよりも低い利率である。

(7)原文は簡潔に書かれているため、補えば、「ティモクラテスと姉妹の離婚は成立しているので、結婚の際にティモクラテスに払った嫁資を取り返そうとしているが、それができないでいる」という意味。

に、この男は、私のことも諸君のことも、そして、現行法をも馬鹿にした態度をとったのです。九　じっさいに起きた出来事――それこそ、この男が本裁判の被告である理由であり、同時にまた、諸君が投票することになっている案件でもあるのです――は、以上のとおりです、裁判員諸君。一方、私が提出する証人の最初は、ティモクラテスその人であり、その趣旨は、彼が、嫁資を借金とすることに同意し、嫁資の利息を、その合意に従ってアポボスに支払っていたという点であり、次に、アポボス自身が、その利息をティモクラテスから受け取ることに同意していたという点です。では、どうか、証言を手に取ってください。[2]

証言（複数）

一〇　したがって、最初から、嫁資は支払われず、アポボスはその管理をしないという同意がされているのです。そして、明白であり、かつ、蓋然性（エイコタ）[3]に基づいていることですが、私が述べてきたことこそ、連中が、嫁資をアポボスの財産に組み入れるよりも、むしろ借金としておく方を選択した理由だったのです。そんなことをすれば、きっと危険に晒されていたでしょうから。というのも、連中がすぐに支払わなかったのが、金に困っていたからとは言えないでしょうし（というのも、ティモクラテスの財産は一〇タラントン以上あり、オネトルの財産も三〇タラントンを超えているわけですから、少なくともそれが理由ですぐには払えなかったなどということは、ありえないからです）、一一　それに、連中に財産はあったが、たまたま手許に現金がなかったとか、女は寡婦だったため、やむなく、その時点で嫁資を支払わずに、結婚を急いだ、ということもありません。というのも、この男たちは、他の人々に現金を、それもかなりの額を貸していますし、そのうえ、夫と暮らしていた彼女、寡婦だったわけでもない彼女[4]をティモクラテスのところから再婚させたわけですから、連中のこの言い訳も、もっともだと信じる人などいるはずもないからです。一二　それにまた、裁判員諸君、諸君の誰もが同意してくれるでしょうが、その手の約束をしているのであれば、どんな人間だって、義理の兄弟に嫁資を払わないままにしておくぐらいなら、他人に借金することを選択するでしょう。というのも、その問題に決着をつけなければ、債務者、それも正当に返済するつもりがあるのか、ないのか、定かではない債務者になってしまいますが、女とともに女の資産を持たせれば、親戚、それも義理の兄弟という関係になるからです。一三　つまり、その場合は、正当な務めをすべて果たしているから、怪しまれることなどいっさいないわけです。したがって、事情はいまお話ししたとおりであり、こ

（1）本来ならば、ティモクラテスはオネトルに嫁資を返し、オネトルが改めてアポボスに嫁資を払うべきである。嫁資を借金としたのであれば、ティモクラテスはオネトルに、オネトルはアポボスにそれぞれ利息を払うことになるが、ここで、ティモクラテスは、オネトルを介さずに、直接アポボスに利息を支払っていたと言われているので、以下のデモステネスの記述では、誰が誰に支払ったのか、曖昧な記述になっている箇所が少なくない。

（2）法文、証言書等を読み上げる係の書記への指示。本来ならば、ここで証言書が読まれたはずであるが、現存するテクストには証言の内容は記載されていない。なお、本弁論中に読み上げられた証言等はすべて現存しない。

（3）エイコスの複数形。『アポボス弾劾、第二演説（第二十八弁論）』一三ならびに六五頁註（3）参照。

（4）三三節参照。

の男たちは、私が挙げたどの点においても、(1) どうしても借金せざるをえなかったわけでもなく、そもそもそんな気はなかったはずですから、支払わなかった言い訳をほかに挙げることができない、すなわち、アポボスが嫁資を払ってくれるとこの連中が確信をもてなかった理由は、必然的に、いまお話したことよりほかにはないことになります。(2)(3)

一四　したがって、私としては、以上は、私がしてきた証明のとおりであり、異論の余地などありません。しかも、その後も連中は支払っていない(4)という点については、じっさいの行動そのものから証明を始めれば、容易に証明できるはずだと思います。そうすれば、諸君にもはっきりとわかるでしょう。たとえ以上に述べたことが［もともとの］意図ではなく、(5) むしろ、すぐにも返すつもりで現金を手許においたままにしていたのだとしても、いつになっても連中は返さなかっただろうし、手放すことさえなかったはずだ、と。この男たちがこういった必要に迫られた裏には、事情があったのです。一五　それはこうです。その女の結婚から、この男たちの言う離婚のときまでは二年間です。(6) すなわち、彼女が結婚したのが、ポリュゼロスがアルコーンだった年のスキロポリオン月、(7) 離婚の提出は、ティモクラテスがアルコーンだった年のポシデオン月です。(8) 私が成人資格審査に通ったのは、その結婚のすぐ後のことでしたが、(9) それから、私は［管財人に対して］苦情の申し立てを行ない、説明を求めました。そして、何もかも奪われつつある状況であったため、同じアルコーンの年に、訴訟に踏み切ったのです。一六　まさにこの期間のおかげで、(10) 合意に従って借金は可能になりましたが、しかし、［じっさいに］支払った(11)という保証はありません。というのも、この男は、最初から前述の理由で借金をして、利息を払うことを選んだのですが、それは、ほかの財産ともども嫁資が危険に晒されないようにするためだったからです。そんな男が、どうして、アポボスがすでに裁判の被告になっているというのに、［嫁資を］払うなどということがあるでしょうか？　たとえこの男が、あのときは信頼したとし

(1) 貧困、手持ちの現金の不足、寡婦だったので急ぐ必要があったの三つの可能性を指す（一〇―一一節）。

(2) アポボスが離婚した場合のこと。

(3) つまり、アポボスがデモステネスに敗訴したことにより、アポボスの財産を没収される恐れがあったため、アポボスに嫁資を渡せば、それを返してもらえなくなると予想したことが理由である。

(4) つまり、アポボスに嫁資を支払っていないということ。

(5) すなわち、最初から、デモステネスの手に嫁資が渡ることを阻止するためにアポボスに渡さなかったわけではなく、という意味。

(6) オネトルの姉妹とアポボスとの結婚と離婚を指す。

(7) ポリュゼロスがアルコーンだったのは前三六七／六六年であり、スキロポリオン月は現在の六月頃。よって、オネトルの姉妹とアポボスの結婚は前三六六年六月頃。アテナイの月名については、付録「アッティカの祭暦」参照。

(8) あるいは、ポセイデオン月。ティモクラテスがアルコーンだったのは前三六四／六三年であり、ポセイデオン月は現在の十二月頃。よって、離婚は前三六四年十二月頃。なお、このときアルコーンだったティモクラテスは、この女の前夫とはおそらく別人であろう。

(9) 写本が伝えるテクストは、*εὐθέως μετὰ τοὺς γάμους δοκιμασθείς* であるが、底本は、*μετὰ τοὺς γάμους*「結婚の後」を Blass に従って削除している（ビュデ版、Pearson も同様）。他方、旧版 O.C.T., ロウブ版、Kennedy, MacDowell は写本のまま読んでいる。ここでは、写本どおりに読む。

(10) つまり、負債は二年間だけであったため、オネトルにとって利息の支払いは大きな負担にはならず、この計画が可能になったという意味。

(11) 主語は明示されていないが、ここではおそらくティモクラテスではなく、オネトルであろう。ただし、一一一頁註（1）参照。

ても、その時点で[1]返還を要求したはずです。そんな可能性[2]は、もちろん、ありません、裁判員諸君。一七 さて、その女が結婚したのは、私がお話ししているときのことであり[3]、私たち[4]は、その間に、すでに［法廷で］相争う立場になったのです。そして、私が裁判を起こした後、この男たちはアルコーンに離婚を届け出ました。以上の点のそれぞれに関して、どうかそこにある証言を手に取ってください。

証　言

さて、そのアルコーンの次はケピソドロス、キオンでした[5]。この二人がアルコーンの間に、私は成人資格審査に通ってから、苦情の申し立てを開始し、ティモクラテスの年になって、裁判を起こしたのです。その証言を手に取ってください。

証　言

一八　また、その証言も読んでください。

証　言

したがって、証言内容からも明らかなように、この男たちは、嫁資を支払うことなく、むしろ、アポボスのために財産を守る目的で、こうした大胆な行動に出たのです。というのも、こんな短期間に、借金もした、支払いもした、妻の方からの離婚もした、そして、〔嫁資を〕取り戻せなかった、土地を担保にしたと主張するような連中であれば、事実を隠蔽することで、諸君が下した裁定[6]を私から奪おうとしていることは明々白々だと、どうしてならないでしょうか？

一九　また、この男自身とティモクラテスとアポボスが行なった回答を踏まえても、嫁資が支払われた可能性はありません。この点をこれから諸君に説明することにしましょう。つまりこうです、裁判員諸君。私は、この男たちにそれぞれ、大勢の証人の立ち会いのもと、尋ねました。オネトルとティモクラテスには、嫁資の支払いに立ち会った証人は誰かいたのか、と尋ね、アポボス自身に対しては、受け取りの際に誰かそ

(1) オネトルは、デモステネスとの裁判以前にはアポボスを信頼していたとしても、デモステネスとの裁判で形勢が不利になってからは、嫁資を取り戻す方に転じたはずだの意味。

(2) オネトルがアポボスに嫁資を渡したままにした可能性を指す。

(3) 一五節参照。

(4) デモステネスとアポボス。

(5) ポリュゼロス（前三六七／六六年）の次のアルコーンがケピソドロス（前三六六／六五年）で、その次がキオン（前三六五／六四年）。その次が、ティモクラテス（前三六四／六三年）である（一五節参照）。

(6) 法廷でデモステネスに返済されるべきと認められた損害賠償のことであるが、具体的には、デモステネスが不当に締め出された問題の土地を指す。

の場にいたのか、と尋ねたのです。二〇　すると、連中は私に対して、全員がそれぞれ同じ答えをしたのです。誰も証人はいなかった、また、受け取りの際、アポボスが要求する利率で、自分たちから受け取ったと。けれども、諸君のうちの誰がこんなことを信じますか？　嫁資は一タラントンもあったのに、証人もなしに、オネトルとティモクラテスはアポボスにそれだけの現金を手渡したなどと。その男のことなど、そんな［支払い］方法ではそもそも論外ですが、たとえ多数の証人がいて支払うにしたって、誰もおいそれとは信用しなかったでしょう[1]。何か対立が生じた場合に、諸君のところで簡単に取り戻せるようにするためです。二一　というのも、こんな人間であるこのアポボスに対しては言うまでもありませんが、ほかの誰が相手だったとしても、こういった類いの契約を取り交わす際に、証人なしに行なう人間など、ただの一人もいないでしょう。逆に、［たとえば］私たちが結婚式を開いて、最も大切な親類を招待するのは[2]、どうでもいいことだからではなく、むしろ、姉妹や娘たちの人生を託そうとしているからです。彼女たちの身の安全こそ、何より気がかりなのですから。二二　したがって、当然のことながら、オネトルも、もし本当に[3]嫁資をアポボスに支払おうとしていたのであれば、［嫁資を］借金とすること、そして、その利息を支払うことに同意したときにその場にいた同じ人たちを前にして、アポボスと清算するべきだったのです。というのも、そうしていれば、この男は、こんな問題にそもそもまったく巻き込まれなかったのに、一対一で支払いをすれば、合意の場にいた人々が、アポボスにはまだ借金が残っていると思いこんで[4]証言することになったはずだからです。二三　さて、じっさいはと言えば、この連中は、自分たちよりもまともな身内の人間に対しては、自分たちの間で嫁資は支払い済みであると[5]証言してくれるように説得しましたが、うまくいかず、かといって、血縁関係がまったくない第三者の証人を提出したところで、そんな人間の言うことなど諸君には信用してもらえないだろうと考えたのです。さらに、この男たちには、嫁資を一括で払ったと主張すれば、それを運んだ奴隷の拷問を私たちが要求してくるとわかっていました。支払いが事実でなければ、奴隷の引き渡しを拒むでしょうし、そうなれば、この男たち［の主張］は反駁されるはずだからです。他方もしこの男たちが、自分たちだけで相手が一人のときに、前述のようなやり方で渡した[7]と主張すれば、反駁されることはないだろうと考えていたことになります。二四　それゆえ、このやり方で嘘をつくことをやむなく選択したのです。表裏のない単純な人間であるという印象を与えるべく、この類いの不正でずるい手を使えば、諸君を騙すのはわけないだろうと考えているのです。もっとも、重大な利害が絡むことのためなら、ちょっとしたことでさえ単純なやり方はせずに、むしろ、可能なかぎり、周到に事を運ぶはずですが。彼らのために、この男たちが回答した現場にいた人々の証言を手に取って、読んでください。

(1) アポボスが、管財人としてまったく信用できない人間であると、すでに判決が出されているから。

(2) すなわち、結婚の証人として。

(3) 底本は εἴπερ としているが、旧版 O.C.T.、ロウブ版、ビュデ版、Penrose とともに εἴπερ を読む。おそらく誤植であろう。

(4) 借金の合意の際には証人として立ち会ったが、支払いの場には呼ばれていないため、まだ返済されていないと思い込んでいるという意味。

(5) オネトルがアポボスに嫁資を払ったことと、アポボスが離婚後にオネトルに嫁資を返済したことの両方を指す。

(6) 銀貨で一タラントン支払うとすれば、かなりの重さになるので、それを運ぶ奴隷が必要になる。

(7) 証人のいないところで、という意味。

二五　それではさあ、裁判員諸君、問題の女は、申し立てでは離婚したということになっていますが[1]、じっさいはアポボスと一緒に暮らしているという点も、諸君に証明しましょう。というのも、私の考えでは、その点を正確に理解してもらえば、この男たちに対する諸君の不信感はさらに強まるはずですし、不正の被害者である私にとって、諸君は正当な支援者になってくれるはずだからです。さて、論点のうちのいくつかについては、諸君に証人を提出します。また、他の点についても、強力な証しと十分な裏づけを示すつもりです。二六　つまり、こうです。私は、裁判員諸君、アルコーンにこの女の離婚が提出され、オネトルが、嫁資の代わりに問題の土地を担保として取得したと申し立てた後、アポボスが相も変わらずその地所を農地として使用し、女と一緒に暮らしているのを目にしました。それで、はっきりとわかりました。先の申し立ては作り話であり、事実を捻じ曲げたものだと。二七　そこで、以上の点を諸君全員の前ではっきりさせたいと思い、この男に対して、私の主張が事実とは違うと言うのであれば、証人たちの前で［私に］反論すべきだと要求しました。そして、一部始終を詳しく知っていた奴隷を拷問のために引き渡そうとしたのです。この奴隷は、遅滞（ヒュペレーメリアー）[2]により、私がアポボスの財産の中から取得した男です。さて、オネトルは、私のこの要求に対して、姉妹がアポボスと一緒に暮らしていることに関しては、拷問を拒否しましたが、アポボスがその土地を農地として使用していたことは明白だったので、否定しようがなく、認めたのでした。二八　そして、以上のことからだけでも、アポボスが、裁判になる前に依然としてその女と一緒に暮らし、土地を所有していたということは、容易にわかりましたが、あの男が裁判に負けた後、それに関係してとった行動からもわかります。つまり、アポボスは、［その土地が］担保になっているとは考えずに、むしろ、法廷の判決に従って私のものになってしまうだろうと考えて、運び出せるものは、収穫物や農作業用具など、大甕(3)を除いた一切合財を持って行ったのです。一方、移動できなかったものについては、やむなくそのままにしておいたので、結果的に、いまになってオネトルが、その地所についてだけは所有権を主張できることになっているのです。二九　けれども、不思議です。一方の男(4)は、土地は担保として取得したと主張し、もう一人は、担保にしておきながら、農地として使用していることが判明している。さらに、姉妹は離婚しているとオネトルは言いながら、ほかならぬその件についての立証は公然と拒んでいる。それにまた、

(1) 公式には離婚の届けが提出されている（一五節）。なお、ここで使われている動詞アポレイペインは「離婚する」を意味するが、もとの意味は、一〇七頁註（6）に記したように、「(夫の)もとを去る」であり、次に出てくるシュノイケインは「一緒に暮らす」「結婚している」を意味する。

(2) 最初の裁判で法廷がアポボスに命じた賠償金の支払いが、法定の期日までに行なわれなかったことを指す。この遅滞行為により、デモステネスはアポボスの財産の中から、奴隷を差し押さえたことになる。

(3) 三〇節で「土に埋められていた用具」と言われているものと同じものかもしれない。運び出さなかった理由は、大きかったからか、あるいは、埋められていたからか、あるいは、その両方の理由からであろう。

(4) オネトルを指す。次の「もう一人」はアポボスを指す。

オネトルの主張では、女と一緒に暮らしていない男が[1]、収穫物はもちろん、農地から持ち出せるものはすべて運び出したというのに、もう一人は、夫と別れた女の代理人として動いていて、問題の土地が担保になっているのはその女のため[2]だと主張しているのに、以上の点のどれについても不満をこぼすでもなく、平然としていることが判明している。三〇「これは、まったくもって明白ではないか?」、「これは、結託して庇っているのであり、異論の余地などないのでは?」――誰だって、この問題をひとつずつきちんと調べてみれば、こう言うはずです。さて、私がアポボス相手の裁判を起こす前に、アポボスは［その土地を］農地として使っていたと、この男が同意していたという点、その一方で、姉妹が一緒に暮らしていなかったと立証するための拷問を拒否した点、さらに、裁判後に、土に埋められていた用具を除いて、農場にあった道具が取り外された点――以上について、そこにある証言を手に取って、読み上げてください。

証言（複数）

三一　したがって、私の側には、これだけの証しがありますが、その中でもとりわけ、オネトル本人が、離婚を事実とは見ていなかったと明らかにしている点が重要です。つまりこうです。この男が言うには、嫁資を渡したということですが、その後、現金の代わりに係争中の土地を渡されたのだとしたら、怒ってしかるべきです。それなのに、この男は、裁判の当事者でも、不正の被害者でもないにもかかわらず、誰より親密な人間としてアポボスを助けて、私との裁判を闘っていたのです。そして、私に対しては、あの男と結託して、父の遺産を取れるだけ取ってやろうと企てたのです。私から、ひどい目にあわされたことなど、これっぽっちもなかったのに。それなのに、アポボスこそ、もしいま、この男たちが申し立てていることの中に何かしらの真実が含まれているのであれば、敵だと考えてしかるべき男であるというのに、この男は、そのアポボスのために、自分の財産に加えて私の財産も手に入れようとしたのです。三二　それにまた、この男は、あの場でいまお話しした行動をとった(3)だけではありません。有罪の裁定が下された後になっても、(4)法廷の演壇に上り、あの男のために嘆願し、哀願し、涙ながらに、罰金を一タラントンにしてくれるように頼み込み、みずからあの男の保証人になろうとしたのです。この点についても、いろいろなところから確認はとれています（というのも、法廷であのとき裁定に加わっていた人々も、また、法廷で傍聴していた人の中にも、知っている人は大勢いるからです）。それでも、諸君には証人も提出しましょう。ではどうか、その

(1) アポボスを指す。次の「もう一人」はオネトルを指す。

(2) 嫁資の担保となっているため（四節）。

(3) デモステネスとアポボスの裁判の法廷で、アポボスを支援したことを指す。

(4) 最初から刑量が決まっている裁判（刑量既定裁判）と、裁判員の投票で決まる裁判（刑量未定裁判）があった（『アポボス弾劾、第一演説（第二十七弁論）』六七参照）。後者の場合、一回目の投票で被告が有罪か無罪かについてのみ投票が行なわれ、有罪が確定した場合に、さらに刑量を決定するために原告と被告がそれぞれ刑量の提案を行なう（プラトン『ソクラテスの弁明』三六B以下参照）。ここでは、その二回目の被告側の演説者としてオネトルが登壇したことを指す。その際、すでに有罪は確定しているため、被告側は、刑を可能なかぎり軽減することを目的として、涙ながらの哀訴や嘆願、幼い子供への同情を惹起するなどの手段を使うことが、当時のアテナイでは頻繁に行なわれた。

証言を手に取ってください。

証　言[1]

三三　さらにまた、裁判員諸君、その女は、本当は夫と一緒に暮らしていて、今日になってもまだ離婚していないということが容易に理解できる強力な証しもあります。つまり、こうです。その女は、アポボスの家に入る以前は、一日たりとて寡婦の境遇だった日はなく、生きているティモクラテス[2]のところから出て、あの男と結婚したのです。しかし、じっさいのところ、この三年の間、その女がほかの誰とも結婚していないのは明白です。しかし、誰がこんなことを信じるでしょうか？　あのときは、寡婦にならないために、夫のもとから夫のもとに移った[3]というのに、いまは、もし離婚したというのが本当であれば、こんな長い間、ほかの男と結婚できたにもかかわらず、寡婦の境遇に耐えていたことになるでしょう。兄弟[4]はこれほどの資産家であり、かつ、彼女自身もこの若さだというのに。三四　連中の主張には、真実、それも納得できるようなものは含まれてはいません、裁判員諸君。こんなものは作り話です。問題の女は明らかに［アポボスと］一緒に暮らしていて、その事実を隠そうとさえしていないのです[5]。さて、諸君には、パシポン[6]の証言を提出しましょう。彼は、体調が思わしくなかったその女を診ていた際に、アポボスが傍らに座っていたのを目撃したのですが、それは、現アルコーンの年[7]のことであり、すでにこの男に対する現在のこの裁判は始まっていたのです。ではどうか、パシポンの証言を手に取ってください。

証言

三五　さて、私は、裁判員諸君、先の裁判の直後に、この男が、アポボスの家から持ち出したものを受け取ったことも、アポボスの財産と私の財産(8)すべての管理者となっていることも知り、また、問題の女が一緒に暮らしていることもはっきりとわかったのです。それで、女が一緒に暮らしていることと、金品がこの男たち(9)の手許にあることを知っていた女中三人を引き渡すよう、この男に求めたのです。その目的は、以上の点について、単に［私の］申し立てだけではなく、拷問による確証を得るためでした。三六　この男は、私

(1) 底本は *ΜΑΡΤΥΡΙΑΙ*（複数）としているが、旧版 O.C.T.、ロウブ版、ビュデ版、Penrose とともに *ΜΑΡΤΥΡΙΑ*（単数）を読む。直前の「証言を手に取ってください」の「証言」も単数形であり、おそらく誤植であろう。

(2)「夫と死別したわけではない」という意味。

(3) ティモクラテスと離婚して、アポボスと再婚したことを指す。

(4) オネトルのこと。オネトルが資産家だった点については、一〇節参照。

(5)『アポボスへの抗弁（第二十九弁論）』三では、アポボスがアテナイから隣国メガラに住居を移したと言われているが、おそらくは、大半の時間を、アテナイのオネトルの家で姉妹と過ごしていたと推測される。

(6) 医者だと考えられるが、詳細は不明。

(7) つまり、「今年」。

(8) アポボスの財産であったが、敗訴の結果、デモステネスの手に渡るはずの財産を指す。

(9) オネトルとティモクラテスを指す。

が以上の提案を行ない、その場にいた全員が、私の主張を正当と宣言したとき、正確さを期すこの方策[1]に訴えることを嫌がり、かえって、まるで、この手の問題について、拷問や証言以上に明快な証明がほかに何かあるかのように、嫁資は支払い済みであるということの証人を提出するでもなく、姉妹が一緒に暮らしていないと知る女たちを拷問のために引き渡すでもなく、これが私からの要求だという理由で、極めて傲慢で馬鹿にしたやり方で、私との対話を承諾しなかったのです。誰かこの男以上に卑劣な人間、あるいは、正しいことなど知らないとわざと装う人間がいるでしょうか？　では、その提案そのものを手に取って、読み上げてください。

提案

三七　さて、[2]諸君は、私的な場面でも公的な場面でも、拷問こそ、あらゆる証明のうちで最も間違いのない手段だと考えています。そして、奴隷と自由人が居合わせているような場合に、不明な点の究明が必要になれば、自由人の証言に頼ることはせずに、奴隷を拷問にかけ、そうすることで真相を究明しようと努めます。それは当然でしょう、裁判員諸君。というのも、これまでに証言した人のうち何人かは、その証言が真実ではないと判断されたことがありましたが、拷問を受けた奴隷の中には、拷問で得られた証言が真実ではなかったと証明された者など、いまだかつてただの一人もいなかったからです。[3]三八　しかし、この男は、これほどに正義に適っている手段を避け、こんなふうに明快で強力な立証方法を無視して、アポボスとティモクラテスを証人として提出し、一方には、(4)嫁資を支払ったと、もう一方には、受け取ったとそれぞれ証言させ、諸君の前で自分を信じてくれるよう頼むことでしょう、連中とのやりとりは証人なしに行なわれたと偽装して。それほどまでに単純な人間だと諸君を決めつけた(5)わけです。三九　したがって、この男たちは、真実も、真実に近いことも口にはしないでしょう。そして、その点は、そもそもの最初に、自分たちは嫁資を払っていないと同意していたことからも、さらにまた、証人なしに支払ったという申し立てからも、そして、問題の財産がすでに係争の対象となっていたために、現金で支払う時間的余裕がなかったことからも、そして、その他すべてのことからも、私は十分に立証した(6)と考えます。

（1）拷問を指す。
（2）本節の原文は、イサイオス『キロンの不動産について（第八弁論）』一二とほとんど同一である。デモステネスの師であったイサイオスの文章を再利用したと考えられる。拷問の有効性については、『アポボスへの抗弁（第二十九弁論）』五ならびに七三頁註（3）参照。
（3）身体的苦痛を経て得られた証言は極めて信憑性が高いという当時のアテナイ人の確信による。
（4）ティモクラテスを指し、次の「もう一方」はアポボスを指す。
（5）「決めつけた」と訳した原語カタギグノースケインは、法廷用語としては、罪名とともに使って「〇〇罪で有罪判決を下す」の意味でしばしば使われる。デモステネスは、「オネトルは法廷に対して、単純で愚かであるという罪で有罪判決を下した」と仄めかしているのである。
（6）底本は ἀποδεδεῖχθαιμοι としているが、Penrose とともに ἀποδεδεῖχθαί μοι と読む。直訳すれば、「私によって立証されている」である。底本のテクストはおそらく誤植であろう。なお、旧版 O.C.T.、ロウブ版、ビュデ版はS写本に従って μοι を読まない。

リバニオスの概説

一　アポボスは、デモステネスが自分に対して管財人職務に関する裁判を起こそうとしていたとき、オネトルの姉妹と結婚した。彼女は、前の夫であるティモクラテスからアポボスに与えられたのである。なぜなら、ティモクラテスは、家付き娘と結婚することになっていたからである[1]。そして、その後、オネトルは、アポボスがすでに管財人職務に関する裁判の被告になっていたため——この点は、弁論家[2]が指摘しているとおりである——、離婚の話をでっちあげ、姉妹を自分の家に連れ戻したのである。そして、アポボスの敗訴が確定した後、彼が所有する土地に弁論家がやってきて、敷地に入ろうとしたので、オネトルは、この土地は姉妹のものであり、嫁資のための担保になっていると主張して、締め出した。二　そこで、デモステネスは、彼を相手取り、以前はアポボス所有だったが、現在は自分のものになっている財産から締め出されているという理由で、財産回復訴訟を起こすが、その際、デモステネスは以下のように主張する。アポボスは嫁資を受け取ることなく、妻だけを受け取った。というのも、嫁資を支払う意思は、オネトルにはなかったからである。なぜなら、アポボスとその財産が危険に晒されているのを目にしていたからである。そこで、デモステネスは、「離婚の話はでっちあげであり、その土地は、私の財産を略奪する目的で、アポボスが受け取っていないものの担保になっている[3]」と主張する。ところで、「エクスーレース（ἐξούλης）[4]」という用語はアッティカ語である。というのも、彼らが使う「閉め出す（ἐξίλλειν）」という言葉は、力ずくで「押し出す

（ἐξωθεῖν）」や「投げ出す（ἐκβάλλειν）」[5]の意味だからである。

（1）この「家付き娘」ならびにティモクラテスとその女性との結婚については、詳細ならびに出典は不明。「家付き娘（エピクレーロス）」とは、原則として、生存している兄弟がいない状態で父親が死んだ娘を指す。その場合、死亡した父親に最も近い男子の親族（既婚であれば、離婚した上で）がみずからその娘と結婚するか、さもなければ、別の男子に嫁がせるかしなければならなかった。リバニオスの記述どおりだとすれば、ティモクラテスは、家付き娘と結婚するために、オネトルの姉妹と離婚したことになる。

（2）デモステネスを指す。

（3）『オネトルへの抗弁、第一演説（第三十弁論）』四参照。

（4）通常は、ディケー・エクスーレースと言い、財産回復を求める私訴を意味する。

（5）政治的なコンテクストでは、「（国外に）追放する」。

第三十一弁論

オネトルへの抗弁（第二演説）

杉山晃太郎 訳

第三十一弁論[1]

序論　主題の提起（一）

本論　嫁資と担保柱を利用したオネトルの計略（一―一四）

アポボス敗訴を見越したオネトルの方針変更（一―五）

オネトルの厚顔無恥（六―九）

想定される反論への反論（一〇―一三）

オネトルらの不誠実に対する非難（一四）

リバニオスの概説

一　先の弁論[2]では触れませんでしたが、言及した点に劣らず重要な証し（テクメーリオン）[3]があります。それは、この男たち[4]がアポボスに嫁資（プロイクス）を渡していないことを示すもので、それを最初にお話しして、その後で、この男が諸君の前でついた嘘について、この男への反論を試みるつもりでいます。つまり、こうです、裁判員諸君。この男が、当初、アポボスの財産について、それが自分のものだと主張するつもりでいたとき、払った嫁資は、いまと違って一タラントンではなく、八〇ムナ[5]だと主張していたのです。そして、二〇〇〇ドラクマの担保柱（ホロイ）[6]を家に、一タラントンの担保柱を土地に設置しました。土地だけではなく、家もアポボスのために守りたかったからでした。二　ところが、アポボスに対する私の裁判の判

(1) 伝えられている正式な題名は『オネトルへの抗弁――財産回復を求める――第二演説』。一〇五頁註（1）参照。
(2)『オネトルへの抗弁、第一演説（第三十弁論）』を指す。
(3) 五一頁註（5）参照。
(4) 本裁判の被告であるオネトルと、その共謀者ティモクラテスを指す。
(5)『オネトルへの抗弁、第一演説（第三十弁論）』二〇参照。八〇ムナは一タラントン二〇〇〇ドラクマで、すぐ後に述べられているように、土地の分の一タラントンと家の分の二〇〇〇ドラクマを合計した額に等しい。
(6)「担保柱」と訳した ὅροι は、ここでは、財産が負債の担保になっていることを明示するために建てられた柱を指す。

決が出た後、この男は、極めて恥知らずな不正をはたらいていたあの連中[1]に対して、諸君がどのような態度をとったか目の当たりにして、我に返ったのです。そして、私が、それほど多額の金銭[2]を奪われたというのに、もし私の財産を保有しているアポボスから、その財産の一部でも取り戻すことができず、逆に、この男による妨害を受けているという事実が明らかになるようなことがあれば、私があまりに理不尽な仕打ちを受けていると映るにちがいないと考えたのです。そこで、この男はどんな行動に出るでしょうか？　三　この男は、担保柱を家から取り外し、嫁資は一タラントンだけであり、その金額に相当する土地が担保になっていると主張したのです。けれども、明らかなことですが、家に立てた担保柱が、正当に設置された正真正銘の本物であったならば、土地の方のそれも正当に設置されたものだということになりますが、最初から不正をはたらくつもりで、偽の担保柱を建てたのであれば、もう一方も本物ではないと見る方が自然でしょう。四　したがって、この点は、私が明らかにしてきた説明ではなく、この男本人の所業を踏まえて検討すべきなのです。というのも、人から強制されたわけでもないのに、この男は自分で担保柱を撤去したのであって、嘘をついていることをじっさいの行動で暴露したからです。そして、私のこの話が本当であるという点、すなわち、この男は、土地はいまでも一タラントンの担保になっていると主張しているが、家についても、二〇〇〇ドラクマ分の担保に設定しておきながら、裁判が終わると、担保柱を再び撤去したということに関して、諸君に、事実を知っている人物を証人として提出しましょう。では、どうか証言を手に取ってください[3]。

五　したがって、この男は、家を二〇〇〇ドラクマ分の担保に、土地を一タラントン分の担保に入れましたが、その際、八〇ムナを支払ったことを盾に取り、その所有権を主張するつもりだったことは明らかです。そうなると、この男のいまの主張がまったくでたらめだということを諸君に示すには、次のこと以上に強力な証しが何かあるでしょうか、つまり、この男が、同じことについて最初と食い違った主張をしているという明白な事実がそれです。というのも、私には、これを超える強力な証しなど見つけられないと思われるからです。

六　さて、この男の恥知らずぶりについて考えてみてください。この男は、諸君を前にして、大胆にもこう言ってのけたのです。私から、一タラントンを超える価値に相当する分を奪うことはしない(4)、と。しかも、

(1) デモステネスによる管財人職務に関する裁判で有罪となったアポボス、デモポン、テリッピデスの三人を指す。

(2) 管財人三人のそれぞれに対して一〇タラントン、計三〇タラントンの支払いが命じられた。『アポボスへの抗弁（第二十九弁論）』六〇参照。

(3) 法文、証言書等を読み上げる係の書記への指示。本来ならば、ここで証言書が読まれたはずであるが、現存するテクストには証言の内容は記載されていない。なお、本弁論中に読み上げられた証言等はすべて現存しない。

(4) つまり、土地のうち一タラントンに相当する分は、嫁資の担保となっているので、オネトルが受け取るが、それを超える分は、デモステネスに渡してもよい、という意味。

その土地は、この男本人の査定では、それ以上の価値はなかったのにです。というのも[1]、もし本当に、その土地だけでそれ以上の価値があったのなら、あなたが八〇ムナの返済を求めていたときに、家を二〇〇〇ドラクマの担保に加えたのは、何を意図してだったのか？　どうして、土地に二〇〇〇ドラクマの担保を追加しなかった[2]のか？　七　あるいは、こういうことか？——アポボスの全財産を無傷のまま守るべきだとあなたが思うときには[3]、土地の価値は一タラントンしかないことになり、家には二〇〇〇ドラクマを加えて設定し、嫁資は八〇ムナになり、その両方の保有をあなたは要求することになる。しかし、あなたにとって得策ではないということになれば[4]、むしろ反対に、家は一タラントン——なぜなら、それは、いま現在、この私の所有になっているからであるが——で、土地の超過分[5]は、二タラントンを下らないということになる。そうなれば、私が奪い取られたのではなくて、あの男[6]の方が私から損害を被っているという印象を与えることになる。そういうことなのか？　八　あなたはわかっていないのか？　あなたが、嫁資を支払ったように見せかけていても、たとえどんな方法であっても支払っていないことは明白である。というのも、ありのままで歪められていない行動というものは、それがどのような性格の行動であっても、単純に、行なわれた時点のまま変わらないが、あなたは、それとは正反対に、私たちに敵対するようなかたちで［アポボスのために］働くことを目指して行動したと証明されているからだ。

九　さて、かりに誰かが誓いを立てるように申し出たとしたら、この男がどういった誓いをしたか、以下の点から考えてみることにも意味はあります。というのも、この男が、嫁資は八〇ムナだったと主張したとして、そのときに、その主張は本当だと誓えば、［その金額を］自分のものにしてもよいと誰かが申し出たとしたら、この男はどうしたでしょうか？　いや、明らかに誓ったでしょう。いったいぜんたい、何を言えば、そのときに誓いを立てたということを否定できるでしょうか？　少なくともいまは、否定した方がよいと思っているわけですから。そうなると、この男は、自分が偽誓したと、自分に宣告していることになります。というのも、いまは、八〇ムナではなく、一タラントン払ったと言っているわけですからです。それではいったいどうして、この男が行なったあの偽誓とこの偽誓を比較して、前者が後者よりも適切だったと考えることができるでしょうか？　あるいは、この男について、つまり、こんなふうに簡単に、偽誓者だと自分[7]

(1) 以下八節終わりまでは、オネトルへの語りかけで、「あなた」はオネトルを指す。
(2) すなわち、もし本当に土地の価値が一タラントン以上であったならば、その土地を八〇ムナ（＝一タラントン二〇〇〇ドラクマ）の担保にすればよかったはずだ、という意味。
(3) 具体的には、アポボスの裁判の行方が不透明だったとき。
(4) 具体的には、アポボスの敗訴が決定し、一〇タラントンがデモステネスに支払われることになったとき。
(5) 超過分とは、本当の評価額と担保の額の差を指す。つまり、オネトル側の主張では、土地は一タラントンの担保となっているが、本当の価値はそれよりも二タラントン以上高い、つまり、本当の評価額は三タラントン以上である。
(6) アポボスを指す。つまり、オネトルとアポボスが、家と土地を守れると考えていたときには、家は二〇ムナ、土地は一タラントンの担保にされたが、アポボス敗訴が決定し、デモステネスに家と土地が引き渡される恐れが出てくると、それらの評価額を吊り上げ、それによって、オネトルが譲歩しているにもかかわらず、デモステネスはそれを拒否して、アポボスから必要以上に取り上げているという印象を人々に与えようとしている、という意味。
(7) 嫁資が八〇ムナだったという当初の主張も、一タラントンだったという現在の主張も、嫁資がそもそも支払われていない以上、どちらも偽誓であるという点では変わりはない、という意味。

に宣告してしまう男について、どんな見解をもつのが正当でしょうか？
一〇　だが、ゼウスにかけて、おそらく、彼の行動のすべてがそういった種類のものだというわけではなく、また、策を弄していると、どこから見ても明らかだというわけでもない、むしろ、アポボスのために、はっきりと一タラントンの罰金を提案し[1]、それについて、彼みずから私たちに支払う保証人になった［ではないかと反論する人がいるかもしれません］。けれども、考えてみてください。これは、問題の女がアポボスと一緒に暮らしていて、この男が［アポボスと］親密な関係にあるということだけではなくて、嫁資を払っていないということの証しでもあるのです[2]。一一　というのも、いったい、ここまで愚かな人間とは誰でしょうか、あれだけの大金を払い[3]、その後、土地を一箇所、それも問題のある土地を担保として渡されたのに、以前に被ったその損失に加えて、［自分に］不正をはたらいた男のために、まるで何か正しいことをしようとしているかのように、裁判で科せられた負債についても保証人[4]になってやるような愚か者とは？　私は、一人もいないと思います。というのも、じっさいのところ、そんな行動には理由もないからです。自分の一タラントンを回収できずにいるというのに、その同じ人間が、他人のために負債を肩代わりすると言い、しかも、その保証人になろうというのですから。しかし、以上のことだけでも、次のことの明白な根拠となるでしょう。すなわち、この男は嫁資を払っていない、むしろ、アポボスの親密な友人として、アポボスとともに自分の姉妹を私の財産の相続人[5]に仕立て上げようという意図のもとに、私のものである多額の資産の見かえりに[6]、担保に入っていたこれらの物件を取得したのである。一二　それに、いま、この男は、担保柱を建てたのはアポボスの敗訴以前だったと主張して、騙して、逃れようとしています。もし[7]、あなたがいま、本当のことを言っているのだとするならば、それは、あなたの中で〔敗訴と判断する〕よりも以前ではない[8]。というのも、明らかに、あの男の行為を不正と判断したからこそ、こんな行動にあなたは出たからだ。それに[9]、〔この男の〕その発言は馬鹿げてもいます。まるで、諸君が次のことを知らないと思っているかのようです。つまり、その類いの不正をしている人間は誰でも、自分の言葉に注意を払うものであり、いまだかつて、黙秘したり、不正を自白してみすみす裁判に負ける人間など、ただの一人もいない、という事実がそれです。

---

(1) アポボスとの裁判で、アポボスの有罪が決した後、刑量を決める際に、オネトルは、被告アポボスのために一タラントンの罰金を提案し、その保証人に自分がなると主張した。『アポボス弾劾、第一演説（第二十七弁論）』六七ならびに四三頁註（3）参照。

(2) もし問題の一タラントンが、アポボスの手に渡らずに、オネトルの手許にあると仮定すれば、オネトルが一タラントンの刑量を提案し、その保証人になっても、その手許にある一タラントンをデモステネスに支払えば、オネトルは実質的に損失を被らない。したがって、このことからも、オネトルがアポボスに嫁資を支払っていないと推定できる、という意味。

(3) オネトルがアポボスに支払ったと主張している姉妹の嫁資のこと。『オネトルへの抗弁、第一演説（第三十弁論）』二〇参照。

(4)『オネトルへの抗弁、第一演説（第三十弁論）』三二参照。

(5) デモステネスの父親の遺産を奪ったアポボスと結婚することで、正当な相続人であるデモステネスを押しのけて、遺産の相続人になるという意味。

(6) より正確に言えば、オネトルの姉妹とアポボスが、デモステネスの資産を取り返されることなく保有し続けるための手助けをする見かえりに。

(7) オネトルへの語りかけ。

(8) オネトル個人が、アポボスに勝ち目はないと判断してから、判決が出るまでの間に、という意味。

(9) 裁判員への語りかけ。

むしろ、私が思うには、この男が何ひとつ真実は言っていないと論破されたとき、そのときこそ、この男の正体が暴かれるのです。　一三　その同じことが、少なくとも私の見るかぎりでは、この男にも起こっているのです。なぜなら[1]、さあ、どうしてこれが正しいのですか、もし八〇ムナの担保柱をあなたが建てたのであれば、嫁資は八〇ムナだった、それ以上であれば、それ以上だった、それ以下なら、それ以下だったなどということが。それとも、どうしてこれが正しいのですか、あなたの姉妹が、今日になってもまだ、他の男と一緒に暮らすわけでもなければ、アポボスと別れるわけでもなく、嫁資もあなたは払わず、こうした点について拷問にも、そのほかの正当な手段にも訴えることを嫌がっていながら、自分が担保柱を建てたと言っているのだから、その土地は自分のものだなどということが。私は、そんなことはぜったいにないと思います。というのも、注意を向けるべきは真実であって、あなたたちのような人間が、自分のために、何か意味のある発言をしている印象を与えるように、周到にでっちあげた話などではないからです。

一四　それから、何にもましてひどいことがあります。たとえ、百歩譲って、あなたたち[2]が嫁資を支払っていたとしても――じっさいは、払ってなどいませんが――、こうなった責任は誰にあるのでしょうか？　あなたたちではないですか？　なぜなら、私の財産を担保にして払ったわけですから。あの男は私の財産を奪い、自分のものにしていて、その件で裁判に負けました。しかしそれは、あの男があなたの義理の兄弟になるまるまる一〇年も前のことではなかったのですか？　それとも、あなたの方はすべてを取り戻すべきなのに、有罪判決も勝ち取ったのに、孤児の境遇ゆえに不正も被り、正真正銘の嫁資[3]も奪われた人間――その人間は、人々の中でただ一人、オボロス賠償金（エポーベリアー[4]）の危険に晒されるに値しない人間だったのに――そんな人間が、ほんのわずかな財産も取り戻せないまま、こんなにも悲惨な仕打ちを受けるよう追い込まれなければならないのですか？　あなたたちが、[5]やるべきことを少しでもする気になっていてくれさえしたら、この問題は、あなたたち自身の手に委ねたいと私は思っていたというのに。[6]

リバニオスの概説

一　彼は、本弁論を通じて、先行する弁論の中で言及しなかった点をいくつか追加して述べているが、そ

（1）オネトルへの語りかけ。
（2）厳密に言えば、オネトルとティモクラテスへの語りかけ。
（3）デモステネスの父親が、寡婦となった母親とアポボスの結婚を見越してアポボスに渡した嫁資を指していると思われる（『アポボス弾劾、第一演説（第二十七弁論）』五参照）。ただし、デモステネスの妹の嫁資を指すと考えこともできる（『アポボス弾劾、第一演説（第二十七弁論）』六五、『アポボス弾劾、第二演説（第二十八弁論）』二一参照）。
（4）『アポボス弾劾、第一演説（第二十七弁論）』六七ならびに四三頁註（2）参照。
（5）厳密に言えば、オネトルとアポボスへの語りかけ。『オネトルへの抗弁、第一演説（第三十弁論）』一参照。
（6）「法廷で争うことなく、調停の段階で解決できたのに」の意味だと思われる。『オネトルへの抗弁、第一演説（第三十弁論）』二参照。

の点は、本人も述べているとおりである。(1) そしてとくに、いくつかの反対陳述（アンティレーシス）(2) に対する反論を行なっている。

しかし、これらの弁論については、すでに述べたことだが、(3) イサイオスによって書かれたと主張する人も多数いる。若さを理由に、弁論家の作である点を疑っているからである。しかし、そうでなくても、少なくともイサイオスによる修正は加えられたと主張する人々もいる。というのも、一連の弁論は、イサイオスの弁論に類似しているからである。しかし、弁論家が師の模倣をしたとしても、また、彼がまだ完成の域に達していなければ、当座は師の文体（カラクテール）に従っていたとしても、何も不思議ではない。

(1)『オネトルへの抗弁、第一演説（第三十弁論）』一。
(2)『オネトルへの抗弁、第一演説（第三十弁論）』に続いて行なわれたオネトルによる演説（現存しない）の中で、オネトルがデモステネスに対して述べた反論を指す。
(3) リバニオスは、『デモステネスの弁論についての概説』序論八において、ほぼ同様の趣旨の説明をしている。

第三十二弁論

ゼノテミスへの抗弁

木曽明子 訳

第三十二弁論　ゼノテミスへの抗弁――訴訟差し止め請求

序論　訴訟差し止めの提訴をする理由とその合法性（一―三）

本論　難破工作に始まるゼノテミスの悪事（四―二三）

　　　穀物値下がり後のプロトスとゼノテミスの結託（二四―三〇）

結論？　訴訟差し止めの提訴にデモステネスの助力はないということ（三一―三二）――テクスト散逸

リバニオスの概説

一　裁判員のみなさん、この訴訟[1]が許されていないといって私[2]が訴訟差し止めの提訴[3]をするにあたって、まず私の訴訟差し止め請求が根拠にしている法律について申し述べたいと思います。裁判員のみなさん、法律の命じるところによると、船主や貿易商が訴訟を起こすことができるのは、アテナイへ入航する、あるいはアテナイから出航する契約について、しかもそれについての契約書がある場合であります。誰かがこの決まりを守らずに訴え出ても、その訴訟は許されません。二　さてこの男ゼノテミス[4]には、私に対する契約[5]も契約書もなかったということ、それを彼自身訴状の中で認めています。彼は船長［兼船主］ヘゲストラトス[6]に金を貸したが、ヘゲストラトスが海で死んだ後、われわれが船荷を横領したと言います。これが訴因です。でもこの同じ申し立てから、訴訟が許されていないことをみなさん理解されるでしょうし、この男の陰謀と

（1）マッサリア人ゼノテミスが起こした所有権返還訴訟（ディケー・エクスーレース）を指す。補註O参照。

（2）この訴訟差し止め請求の提訴者であるデモン。アテナイ市民。デモステネスのおじ、あるいはいとこデモメレスの息子とも推測されている。補註V参照。

（3）訴訟差し止め請求（パラグラペー）とは、相手が起こした訴訟は法的に成立しえないと主張して、告訴された側が起こす裁判を指す。「パラグラペー」は独立抗弁とも訳される。

（4）マッサリア人貿易商。本弁論の話者デモンに対して、所有権返還の強制執行を求める訴訟を起こした。

（5）ここでは金銭貸借契約。

（6）ゼノテミスの同郷人で船主兼船長。

卑劣さをすべて見抜かれるでしょう。三　あなた方全員にお願いしたい、裁判員のみなさん、これまで何かほかの事実に注意を払ったことがおありなら、どうかこれにも注意を払っていただきたい。というのもこの男の図々しさと卑劣さは、ひととおりのものではないからです、彼がやったことを何とかみなさんにお話しできるとするならば。いえ、できると思います。

四　ここにいるゼノテミスは船主ヘゲストラトスの手先になって、訴状に自分で書いたとおり、そのヘゲストラトスは海で死にましたが（どんな死に方をしたかまでは記していませんが、のちに私から申しましょう）、一緒に次のような犯罪を企んだのでした。この男と彼は、シュラクサイで金を借りました[1]。ヘゲストラトスは、ゼノテミスに金を貸そうとする者の誰かに尋ねられると、船にはゼノテミスの穀物が大量に積んであると答え、一方ゼノテミスの方は、ヘゲストラトスへの貸し手たちに、船荷はヘゲストラトスのものだと請け合ったのです。一方は船長で他方は貿易商人[2]だったわけですから、彼らが互いに相手について言った言葉は、当然のことながら信じられました。五　けれども金を受け取るや、彼らはマッサリアの故郷に金を送って、船には何も積み込みませんでした。契約書は慣習どおり、船が無事到着すれば金を返すということでした[3]。そこで彼らは貸し手から金を騙し取る目的で、船を沈めようと謀《はかりごと》をめぐらしたのです。そしてヘゲストラトスは陸を離れて二、三日海へ出たところで、夜中に船倉に降りて行き、船底に穴を空け始めました。ゼノテミスは何食わぬ顔で他の乗船者と一緒に甲板に残っていました。物音がしたので乗船者たちが船倉に何か事故が起こったと気づいて、助けに駆け降りて行きます。六　ヘゲストラトスはつかまりそうになり、罰されると思って逃げましたが、追いかけられて海に跳び込みます。夜の暗闇のため救命ボートを見つけられず、彼は溺れました。こういう次第でヘゲストラトスは、他人に仕掛けたことをわが身に受けて、悪人にふさわしい惨めな死に方をしました。七　一方相棒であり共犯者であったこの男はといえば、まずは犯行時は船にいて、すぐさま何も知らないふりをして、自分も慌てふためいているかのように、舳先の見張り番と水夫たちに向かって救命ボートに乗ってできるだけ早く船を棄てるように、船が助かる見込みはなく、いまにも沈没するから、と言って説き伏せようとしたのです。この企みが成功すれば船は失われ、彼ら(4)は契約の金を騙し取れるという算段だったのです。八　彼はこれに失敗しました、というのも私たちの代理人として同乗していた者(5)が反対して、船を無事着岸させられたら多大な報酬を支払うからと水夫たちに約束したので、何よりも神のご加護によって、そして水夫たちの見事な働きによって、船はケパレニア(6)に無事着いたのでした。ところがまたもやゼノテミスは、ヘゲストラトスと同郷の市民であるマッサリア人たち(7)と図って、

(1) 貸し手は八節で言及されるマッサリア人たち。
(2) ギリシア語原語 ἐπιβάτης は広い意味をもつ語で、「乗船者」の意で貿易商人を指すこともあれば、商船の乗組員を指す場合もあった。
(3) 難船すれば金を返さなくてよいという慣行を含意。
(4)「彼らは……騙し取れる」の動詞複数形が真性な伝承であれば、ゼノテミスがこの時点で、まだヘゲストラトスの死を知らなかったことになる。
(5) おそらく一五節で名を出されるプロトス。シュラクサイで穀物を買い付けたが（一二節）、その金をデモンらから借りていた（一四節）。
(6) ギリシア本土西岸沖の島。シュラクサイからアテナイへの航路半ばを過ぎたところ。
(7) シュラクサイでゼノテミスとヘゲストラトスに金を貸したマッサリア人たちであろう。同船者としてケパレニアに来ていたと思われる。

船をアテナイに向かわせないよう画策しました、自分はマッサリアから来ているし、金の出どころもマッサリアだ、船主も金の貸し手たちもマッサリア人だというのがこの男の言い種でした。九　ところがケパレニアの役人が、船は出港してきたもとのアテナイに帰るべしと裁定を下したので、[1] 彼はこれにも失敗したのです。まさかそんな男がこうした企みを実行に移した後、ここまでのこのこやって来るとは誰も思わなかったでしょうが、彼の恥知らずと暴慢はこうまでとめどがなく、アテナイのみなさん、ただやってきたばかりか、私の穀物を自分のものだと申し立てて言いがかりをつけ、私を訴える訴訟まで起こしたのです。

一〇　ではいったいその理由は何でしょうか？　何に釣られてこの男はわざわざやってきて、訴訟を起こしたりしたのでしょうか？　お話ししましょう、裁判員のみなさん、ゼウスと神々にかけて不快きわまることではありますが、しかしお話ししないわけにはいきますまい。ペイライエウスに、[2] 結束の固い悪党の一味がいます。見ればすぐにおわかりになるでしょう。一一　この男ゼノテミスが船をアテナイに帰さないよう画策していたとき、それらの者のうちの一人を私たちは協議のうえ代理の者の一人に選びます。ある程度知ってはいたのですが、その正体をよくつかんでおらず、言うならば、最初から卑劣漢の一味に関わりあうという悪運に憑かれたも同然だったのです。私たちの送り出したその男は（名をアリストポンといい）、ミッカリオンの厄介事[3]も処理していましたが（といまになって聞いたのですが）、この男の一件も儲け仕事とばかりに請け負ってやり、[4] 一言でいえばすべてを彼が工作して、ゼノテミスはありがたくそれをお受けしたというわけです。一二　つまりゼノテミスは船を沈めることに失敗したとき、金の貸し手たちに返済することができず（だって最初から何も積み込まなかったのに、どうして返済できるでしょう？）、われわれの商品を自分のものだと主張して、一緒に航海した私たちの代理人[5]が買い付けた穀物を担保に、ヘゲストラトスに金を貸したと申し立てたのです。最初から騙された貸し手たち[6]は、金の代わりに卑劣漢の借り手だけをつかまされたことに気づくと、裁判員のみなさんがこの男に騙されれば、私たちの商品から自分たちの分を取り返せるという望みに縋って、私たちを陥れようとこの男が嘘を言っていることを百も承知でいながら、自分たちの利益のためにやむなくゼノテミスの側について、味方になっているのです。

一三　みなさんが票を投じようとしておられる一件は、かいつまんで言うと以上のとおりです。でもまず私の申し立ての証人をみなさんにお目にかけ、その後で残りをお話ししたいと思います。どうか証言を読んで

(1) 将軍イピクラテスによって前三七二年に制圧されて以来(クセノポン『ギリシア史』第六巻二-三三参照)、ケパレニアは事実上アテナイの支配下にあったという指摘がある(Isager & Hansen, p. 142)。

(2) ペイライエウスはアテナイの主要港。東に軍港ムニキア、西に海上交易のためのカンタロスが位置した。カンタロス港には穀物倉のほかに取引所もあり、通商に携わる外国人、在留外国人の出入りが多かった。

(3) ミッカリオンとその「厄介事」については不明。有名なスキャンダルか?

(4) アリストポンがゼノテミスに「請け負った」「儲け仕事」の内容は明言されないが、自分の利益保護のためにデモンがケパレニアに送ったアリストポンは、寝返って金銭と引き替えにゼノテミスのために穀物詐取計画のすべてを請け負った、とデモンは言いたいようである。アテナイの法律をよく知らないゼノテミスは、アリストポンの指示に従ったか?

(5) 一五節で名を出されるプロトス。プロトスの国籍は不明だが、非アテナイ人。

(6) この「貸し手たち」が、シュラクサイでゼノテミスとヘゲストラトスに金を貸したマッサリア人(四、八節)であるのか、あるいは一四節で言及される、アテナイからの出航時に「船を担保に金を貸した」人たちなのか、明確ではない。

ください。

証言（複数）

一四[1] さてこの男の阻止工作にもかかわらず、ケパレニア人が船は出航したもとの港にかえるべしと通告したとおり、船がここ［アテナイ］に戻ってくると、船を担保にここから金を貸した人たちは直ちに船を押さえ、穀物を買った男はそれ[2]［穀物］を取り押さえました。それが私たちに負債を負っている人物でした。その後ゼノテミスは私たちのもとから送り出された代理の者すなわちアリストポンを連れてやって来て、ヘゲストラトスに金を貸したのだからといって穀物を要求しました。一五「いったい何を言うのか、君?」。即座にプロトス（これが穀物を輸入し、私たちに金を借りている男の名前でした）が言いました、「ヘゲストラトスが金を借りられるように、一緒になってほかの者を騙して、そのヘゲストラトスに君は金を渡したのか? 投機屋《やまし》の金は無くなるものだとつねづね彼が言っているのを聞いていながら、君は投機をしたのか?」。そうだ、と彼は言って、不敵な態度を見せました。すると居合わせた者[3]の一人が言いました、「では君の言うことが嘘偽りなく事実なら、君の相棒で同郷の市民ヘゲストラトスは、どうやら君を騙し、そのために自分で自分に死刑を量刑宣告して死んだのだな」。一六 居合わせた者の別の一人が言いました、「少なくともこの男があらゆることでヘゲストラトスの共犯者だったということ、その証拠を言おう。つまり船底に穴を空けようとする前に、この男とヘゲストラトスは、乗船者の一人に契約書を預けた。[4] しかし君が信用して金を渡したのなら、どうして犯行前に安全策を講じたのかね？　だが信用していなかったのなら、なぜほかの誰でもがするように、出航前に法的保証を取っておかなかったのかね？」。

一七　でもどうして長々とお話する必要があるでしょう？　こんなことを私たちが言っても、何の得にもならず、彼は穀物を諦めようとしませんでした。プロトスとプロトスの相棒ペルタトスが、彼を「所有権から」排除(5)しようとしました。ですが彼は排除に抵抗し、この私が排除するのでないかぎり、誰にも排除され

---

(1) 証言の後、裁判員に確認させるため、話者は証言の内容を重点的に繰り返す場合が多いが、本弁論の話者デモンはそれをせずに、すぐ次の事件に語り進んでいる。

(2) その名がプロトスであることは、一五節で初めてわかる。シュラクサイで穀物を買うため、話者デモンらから金を借りた。

(3) 単なる行きずりの人ではなく、おそらく船に同乗していた者であろう。

(4) 「契約書を航行中に（第三者に）預けた」ことは一九節によって事実と認められようが、計画難船が成功した場合、船とともに消滅する可能性が大きかった。契約書の内容は不明である。古伝概説の記述「船が遭難すれば、彼らは弁済を要求されないと契約書に書いてあった」（二節）は、この契約書を指すか？　しかしここで「居合わせた者」が言う「契約書」は、ゼノテミスとヘゲストラトスとの間の金銭貸借の契約書とも解せる（二七節参照）。

(5) 「排除する（ἐξάγειν）」は、所有権を主張する者を排除する、の意の法律用語。本件においては、最初にゼノテミスが所有権返還訴訟によって穀物の所有権を主張したのに対し、プロトスとその相棒ペルタトスがゼノテミスを排除しようとして抵抗された。プロトスの相棒ペルタトスの存在はここで初めて明らかになる。

はしないとにべもなく言いました。[1]　一八　この後プロトスが、そして私たちもですが、シュラクサイの役人のところで決着をつけようではないかと、彼に催告しました。[2]プロトスが穀物を買ったこと、関税[3]がプロトスの名で記録されていること、支払ったのがプロトスであることがはっきりするなら、この男ゼノテミスの卑劣さを指弾して罰することを要求するが、もしそうでないなら、ゼノテミスに出費を返してやり、さらに一タラントンを払う[4]ことに私たちは同意し、穀物に対する要求も捨てよう、と言いました。このようにプロトスが催告して言い、私たちも言ったのですが、何の進展もなく、私たちはゼノテミスを［所有権から］排除するか、私たちの所有物が無事に着いて目の前にあっても、それを失うか、そのどちらかしかありませんでした。一九　プロトスはといえば、どうか彼［ゼノテミス］を［所有権から］排除してくださいと厳粛に要請し、シケリアに戻ってもいいと自信ありげに言いました。[5]彼がこう申し出ているのに私たちがゼノテミスに穀物を渡してしまうなら、それはもう自分のあずかり知らぬこと、そう彼は言いました。では私の言うことが真実であり、私以外によって排除されたくはないとこの男ゼノテミスが言ったということ、［シケリアへ］戻るよう催告されたのに受け付けなかったということ、それから契約書を航海中に預けたということ、以上を証する証言を読んでください。

証言（複数）

二〇　ですからプロトスによって［所有権から］排除されることも、裁判のためにシケリアに戻ることもゼノテミスは望まず、ヘゲストラトスがやった悪事のすべてを事前に知っていたことが明らかになったので、私たちに残された唯一の道は、この地アテナイで契約を交わし、かの地シケリアで正しく買い付けをした人間から穀物を受け取った私たちが、この男ゼノテミスを［所有権から］排除することでした。二一　ほかに何が私たちにできたでしょうか？　なにしろ私たち共同事業者の誰ひとりとして、穀物をこの男の所有物だと

（1）ゼノテミスがデモンによらないかぎり誰にも排除されはしない、となぜ言ったかは説明されていないが、この時点でゼノテミスはすでにプロトスを抱き込んでおり、プロトスによる「排除」は目くらましの芝居にすぎないという解釈がある。プロトス相手にゼノテミスが所有権返還訴訟を起こしたとして、プロトス敗訴の場合の賠償額支払い能力に不信を抱いたためという解、またプロトスが排除しようとしたときは、まだ穀物価格が暴落しておらず、暴落後にゼノテミスによる対プロトス告訴（二七節）という企みが考え出されたとする解など、さまざまな解釈がある。ゼノテミスはプロトスに金と引き替えに、プロトスが押さえていた（一四節）穀物をデモンに渡させ、同時に対プロトス告訴を不在敗訴にすることを持ちかける。プロトスは穀物をデモンに渡せば、金銭で返した場合に求められる、価格暴落分の補填という損失なしに負債を解消させられるし、ゼノテミスから受けた告訴も不在敗訴によって処理できる。すでに金をもらっていれば、不在敗訴による損失はないであろう。穀物がデモンの手に渡れば、ゼノテミスはヘゲストラトスに貸した金の代償として、その穀物に対する所有権返還訴訟を起こすことができる。（Harrison, I, p. 219, n. 3 参照）

（2）「催告した（*προὐκαλεῖτο*）」（名詞形プロクレーシス）は、私訴において、証人を伴って証拠文書提出、拷問による奴隷の証言の提出、誓言などを正式に要請する、の意。補註S参照。

（3）シュラクサイの輸出税。

（4）損害賠償としては多額の金である。当該穀物の価格か？

（5）「シケリアへ戻る」のは裁判で決着をつけるため。プロトスはゼノテミス排除の成算とそれをする自分の権利を正式に宣言した。

みなさんが決定するだろうと考える者はいません[1]、そうです、船の沈没とともに失われてしまうことを狙って、この男が投棄せよと水夫たちを言いくるめようとした穀物です。それこそが、彼に所有権はまったくないことの最大のしるしです。だって自分の穀物を大事に守ろうとしてくれている者らに、それを投棄するよう説得しようという人がいったいいるでしょうか？　あるいは催告を受け入れてシケリアに向けて航海しない人がいるでしょうか、そこへ行けばこうしたことがはっきり証明できるはずなのに？　二二　そしてじっさい私たちは、これらの商品に関わる提訴をこの男に許す票決[2]をみなさんが出すだろうと、そう思うほどみなさんの見識を疑うわけがありませんでした。いろんな手を使ってここアテナイでそれら［の荷揚げ］が許されないように[3]彼は画策したのですから、まずはそれらを投棄するよう水夫たちを説き伏せようとして、そして次にはケパレニアで、船をアテナイに航行させないようにと工作して。二三　だってどうしてひどい赤っ恥でないでしょうか、ケパレニア人がアテナイ人のために商品を守ってやろうとして、船のこの地への航行を裁決したのに、もしアテナイ人であるみなさんが、同胞市民のものを海に投棄したがる連中にそれを与えようという判決を出すとすれば？　そしてこの男があらゆる手段でこの地への搬送を妨害しようと手を打ったものを彼に許す票決[4]をみなさんが出すとすれば？　いえ、断じてそんなことがあってはなりません、ゼウスよ、神々よ。ではどうか私が書いた訴訟差し止め請求の申請書を読んでください。

訴訟差し止め請求の申請書

ではどうか法律を読んでください。

法　律

二四　とするとこの訴訟は許されないと申し立てた私の訴訟差し止め請求の申請書が、法律に適ったものであることは、十分示されたと思います。でもこれらすべてを仕組んだ共謀者、ずる賢いやつアリストポンの手口を聞いていただきたい。というのも事態を見て自分たちにまるで正当な勝ち目がないことを悟ると、

（1）他写本の *ὑπελάμβανεν* を採ると、ゼノテミスがデモン相手に起こした所有権回復訴訟の判決がすでに出ているように聞こえるが、底本の *ὑπέλαβεν* を一般的、習慣的行動を表わすアオリスト（Isager & Hansen, p. 146, n. 62）と解せば、本弁論（訴訟差し止め請求）によって差し止められたその所有権回復訴訟は未裁決であるという時間的整合性が得られる。
しかし言及されている「みなさん」の判決は、ゼノテミスがプロトス相手に起こした訴訟（おそらくディケー・ブラベース、損害賠償訴訟）を指すと読み、その顚末が二六節以下で語られる「不在敗訴」であるとする解釈がある（North, p. 267 参照）。

（2）「この男に許す」と訳出したギリシア語 *εἰσαγώγιμον τούτῳ* は、この男の手に積荷を渡していい、という意味と、この男に提訴を許す、という意味の両義に解され、一種の言葉遊びである。

（3）「[荷揚げが] 許されない」も原語は *εἰσαγώγιμα*. この節の言葉遊びのために「それら」という代名詞で指示対象を曖昧にしている。「商品」のギリシア語 *χρήματα* は「金銭」の意もあり、話者は意図的にその両義性を操作し、叙述を曖昧にしている節がある。

（4）「彼に許す」は、ゼノテミスに積荷を渡していい、の意。前註（2）および（3）参照。

彼ら[1]はプロトスに交渉を持ちかけて、その一件を自分たちに任せるよう言いくるめました。いまになってはっきりしたように、どうやら初めからそれを企んでいたのですが、なかなかうんと言わせられなかったのです。二五　プロトスは穀物がアテナイに到着すれば利益が上がると考えていた間は、これにしがみついていました。つまり自分が儲けを得て[2]私たちに借りを返すつもりでいたので、彼らを相棒にして利益を分けてやり、私たちに不正をはたらく気はなかったのです。ところがこの地に戻って来てこの用件にかかずらっているさなかに穀物の値が下がると、彼はすぐさま考えを変えました。二六　同時に私たち債権者は（アテナイのみなさん、本当のことをすべてあなた方にお話ししましょう[3]）、穀物の損失が私たちにかぶさってきたので[4]、商品[5]の代わりにこの告発屋を運んでくれたではないかと責めたものですから、私たちは彼といさかいになり険悪な仲になりました。そのために、生まれつき正直でないことが明らかなその男［プロトス］は、彼らの方に寝返って、まだ結託していなかったときにゼノテミスが彼を訴えた訴訟を、欠席裁判で敗訴に終わらせることに同意したのです[6]。二七　というのはもし［ゼノテミスが］プロトスの件を取り下げたら[7]、私たちに誣告をしかけていることがたちまち証明されてしまうでしょうが、かといってプロトスは出廷しているかぎり、敗訴することを承諾しないでしょう[7]。それは彼らが彼［プロトス］と合意したとおりにするなら——［結構だが］、そうでないなら、欠席のまま敗訴になった裁判の再審[8]を［プロトスが］申請するためなのです。でもどうしてこんなことを縷々お話するのでしょう？　それはもしプロトスがこのゼノテミスの訴状の申し立てどおりに本当にやったのなら、プロトスは敗訴になるのではなく、死刑に処されてこそ正義に適うと、少なくとも私にはそう思われるからです。というのも災難に見舞われ嵐にあったときに、あんなに常

軌を逸して飲んだくれたのですから、どんな罰を受けても当然ではありませんか？　あるいは文書を盗み出

(1)ゼノテミスとアリストポン。

(2)誰かを相棒にして儲けを分け合うよりも、自分一人で、の意。

(3)怒りで自制心を失った態の自分の様子も正直に話す、の意。

(4)プロトスが返済しなかった場合、デモンは担保であった穀物を差し押さえることができたはずだが、値下がりしてデモンの貸付額より安くなっていた。

(5)*χρήματα* は商品をも金銭をも指しうるので、債権者デモンは返してもらうべき金を意味しているとも解せる。

(6)「ゼノテミスが彼［プロトス］を訴えた裁判」についてこれまでに言及はない。次節（二七節）で、プロトスが船上で酔いつぶれ、文書を盗み、その一部を開こうとしたという罪状で（これだけが訴因であったか否かは不明）ゼノテミスによって告訴されたことが明らかになる。穀物はゼノテミスがヘゲストラトスに貸した金で買われた（一二節）という申し立てが真実であれば、盗まれた文書はその金銭貸借を記し、穀物はゼノテミスへの担保であった旨記したものであっただろう。

(7)プロトスがゼノテミス側についたことがはっきりする、の意。

(8)裁判に欠席した原告あるいは被告は自動的に有罪になることが法律によって定められていたが、病気など正当な理由による欠席であれば、裁判の場合二ヵ月以内、公的調停の場合一〇日以内（ポリュデウケス『辞林』八-六〇、六一）に再審を請求し、その欠席事由について宣誓することにより、裁判をやり直すことができた。ゼノテミスに全幅の信頼を置くわけではないプロトスは、合意どおりに事が運ばれなかった場合の逃げ道を用意しておいた。

そうと、あるいはこっそり開いてみようとしたのなら?[1] 二八 でもこれらのことはみなさんがご自分で、いったい事実はどうだったのか判断されるでしょう。[ゼノテミスに向かって] だが君はあの訴訟と私の訴訟をごっちゃにしないでもらいたい。もし何か言ったりしたりして君をプロトスが傷つけたのなら、たぶん君は報復を果たしたことになる。[2] われわれのうち誰ひとりとして邪魔しなかったし、いま彼のために弁じようとはしていない。もし君が誣告をやったのであっても、それはわれわれが口出しすることではない。[3] 二九 しかしだ、「あいつは逃げた」だって? そうだ、君らのおかげだ。われわれのための証言を彼にさせないため、そして君らが勝手に彼を貶めるようなことをいま何でも言えるようにという魂胆からだ。なぜなら訴訟が欠席裁判になったのが君らの差し金によるのでなかったなら、君は彼 [プロトス] を召喚して同時に軍事執政官 [ポレマルコス] のところで保証金を出させただろうし、[4] もし保証人を出したら、彼 [プロトス] は [アテナイに] とどまるよう強制されたか、さもなければ報復措置を加えられる相手[5]が君にはいただろう。しかし保証人を出さなかったら、彼は監獄行きになっただろう。三〇 ところがじっさいは、君と彼は結託した。彼は生じた不足額を君のおかげでわれわれに返済しなくて済むと思い、[6] 君の方は彼を告発することによって、われわれの物を所有できると思っている。その証拠はこれです。私は彼を [証人として] 召喚するが、君の方は彼に保証人を出させもしなかったし、いま [彼を証人として] 召喚しようともしない。[7]

三一 ちなみに彼らには、なおみなさんを騙し、ペテンにかける見込みが別にあります。彼らはデモステネスに非難の矛先を向け、私がこの男を排除しているのは、デモステネスという後盾があるからだと言い立てるでしょう、なにぶん弁論家で有名な人だから、そんなふうに言えば非難の言葉を [裁判員に] 信じてもらえる、と思いこんでいるのです。アテナイのみなさん、デモステネスはたしかに私の親族ですが（私が真実を語っていることを、よろずの神々の名にかけてみなさんに誓います）、三二　私が会いに行って、ここに

（1）ゼノテミスがヘゲストラトスに本当に金を貸したのであれば、その金で買われた穀物はヘゲストラトスが返済するまでのゼノテミスに対する担保であることが両者間の契約書に書かれていたであろう。プロトスがシュラクサイで穀物を買わず、詐欺を計画していたとすれば、その契約書を盗んで破棄すれば、穀物への所有権を主張できた。しかし話者の語りは断片的で明確でない。

（2）プロトスが欠席して敗訴した裁判の裁定は、ゼノテミスへの賠償を命じるものであっただろう。

（3）ゼノテミスがプロトスを騙したのか、プロトスがゼノテミスを騙したのか、いずれであれ、私（デモン）たちと君（ゼノテミス）とのこの訴訟には関係ない、の意。

（4）外国人（居留外国人を含む）に関わる訴訟は、アルコーン・ポレマルコス（軍事執政官）のもとに提起された。この箇所からプロトスが非アテナイ人であることが判明する。外国人を告訴する原告は、被告の出廷を確保するための保証人を要求することができた。要請された保証人を出さなければ、開廷まで被告は投獄された。あるいは海上交易訴訟で罰金刑を受けた非アテナイ人が支払いを怠れば、保証人に支払いを求めることができた。（アリストパネス『蜂』一〇四二行、イソクラテス『銀行家（第十七弁論）』一二参照）。

（5）保証人を指す。

（6）プロトスは値下がりした現行の値段で穀物を売れば、デモンへの返済義務額との差額を補塡しなければならなかった。

（7）証人として召喚（κλητεύειν）され、応じなかった者が触れ役によって強制召喚（ἐκκλητεύειν）され、なお出頭を拒否すれば一〇〇〇ドラクマの罰金を科され、罰金は私訴の場合でも国庫に納入された。（『テオクリネス弾劾（第五十八弁論）』七、四二参照。Harrison, II, p. 140 および 143; Bers, p. 162, n. 47）プロトスがアテナイを去ったいま、いかなる召喚も無意味であることは裁判員全員が知っていたが、強制召喚に応じなかったプロトスに科されるはずの一〇〇〇ドラクマの罰金が、どういう意味をもったか、あるいはどう処理されたか、不明である。

立ってどんなやり方でもいいから助けてほしいと懇願したとき、彼は言いました、「デモンよ、何であれ、頼まれたことをしよう、（しないのは非道なことだから）。とはいえ君の立場と私の立場をよく考えることが大事だ。私の場合国家公共の事柄について演説をし始めてからというもの、一件たりとも私事を扱ったことはなく、国事そのものについてさえ、この類いのことはもうやめて──」(1)(2)。

リバニオスの概説

一　デモステネスの親類の一人であるデモンから借金をした、名をプロトスというある貿易商が、その金でシュラクサイで穀物を買い、船主〔兼船長〕ヘゲストラトスの船でそれをアテナイに運んだ。ヘゲストラトスとこの訴訟差し止め請求の相手であるゼノテミスは、ともにマッサリアの生まれであったが、演説者の言うところによると、シュラクサイで以下のような悪事を企んだ。彼らは借金をし、その金を船に積み込まず、貸し手から騙し取ろうと計略をめぐらせて、ひそかにマッサリアへ送金した。二　というのは船が遭難すれば、彼らは弁済を要求されないと契約書に書いてあったから、船を沈めようと図ったのである。そこでヘゲストラトスは夜航行中に船倉に降りて行き、船底に穴を空け始めた。見つけられて乗船者の手から逃げようとしたヘゲストラトスは、海に跳び込みたちまち溺死する。そこでヘゲストラトスの共犯者の──と演説者は言う──ゼノテミスは、船がかろうじてアテナイに帰りつくや、穀物はヘゲストラトスのものであるが、ヘゲストラトスは自分から金を借りたのだからと言って、穀物の所有権を主張した。三　プロトスとデモンが彼に反対したので、ゼノテミスは二人に対して海上交易訴訟を起こした。そしてデモステネスの言うところによると、自分から欠席裁判を受けて悪事に加担したプロトスを有罪にし、次にデモンをも法廷に立たせる。しかしデモンは、その訴訟は許されないと言って訴訟差し止め請求をする。つまりアテナイ発着の交易の契約について、貿易商人に訴訟を許している法律を提示したのである。デモンは自分に対する契約はゼノテミスにはない、と言う。四　さてこの裁判は訴訟差し止め請求の形態ではあるが、演説は、この案件の本案訴訟が行なわれているかのように、穀物はゼノテミスのものではなく、デモンが金を貸したプロトスのものである、という主旨で述べられている。というのは、じっさいには不正を犯しているのに、法律の文言に縋っているだけだと思われたくないからで、直接的な裁判［＝本案訴訟］でも勝てる自信があるが、そのうえに訴訟差し止め請求をも法律は彼に許しているということを示しているのである。

（1）共同弁論人（συνήγορος）として出廷することを指す。

（2）テクストは文章途中で途切れている。

第三十三弁論

アパトゥリオスへの抗弁

木曽明子 訳

第三十三弁論　アパトゥリオスへの抗弁——訴訟差し止め請求

序論　訴訟差し止めの提訴をする理由とその合法性（一—三）

本論　パルメノンをはさんだ、アパトゥリオスと話者との金銭貸借関係（四—一三）

パルメノン対アパトゥリオスの争いへの公正を欠く仲裁裁定（一四—二一）

アパトゥリオスによる話者への不当な保証金請求（二二—三四）

結論　仲裁の協定書を出せず、嘘を重ねるアパトゥリオスの告訴は無効・正義の判決への要請（三五—三八）

リバニオスの概説

一　裁判員のみなさん、法律は貿易商と船主に、取引所で、あるいはアテナイからどこかへの、またはどこかからアテナイへの航海において何らかの不正を受けた場合、法務執政官（テスモテタイ）[1]のもとに訴訟を起こすよう指示しています。そして何人《なんびと》もどの商人をもみだりに傷つけることのないように、不正を犯した者には懲罰として、判決の定めた額の罰金を完済するまで、獄につながれることを科しています。[2]二　他方で存在しない契約ゆえに訴えられた者には、法律は訴訟差し止め請求（パラグラペー）[3]という自衛手段を与

(1) 前三五五年頃に制定し直されたと言われる海上交易訴訟法は、貿易商人および（船主兼）船長間の係争を、テスモテタイ（法務執政官）の提起主宰する民衆法廷の審理に委ねるとした（アリストテレス『アテナイ人の国制』第五十九章五参照）。

(2) 訴訟差し止め請求の裁判において五分の一以下の得票で敗訴した原告あるいは被告は、係争額の六分の一を罰金（エポーベリアー）として相手に支払わねばならず、罰金支払い完了まで投獄されることもあったことを指す。ただし異なる裁判方式の場合は適用方法が異なる、また支払先は係争相手でなく国家である、等研究者の解釈は分かれる。エポーベリアーは本書において「オボロス賠償金」の訳語を当てる。『ラクリトスへの抗弁（第三十五弁論）』四六および二三九頁註（2）参照。

(3)「訴訟差し止め請求（パラグラペー）」は、訴えられた被告が告訴の法的不成立を主張する訴え。

えて、何人も告発屋(1)の餌食にされないように、本当に被害を受けた貿易商と船主だけに訴訟が許されるように定めています。そしてすでにこれまで海上交易訴訟の被告の多くが、この法律によって訴訟差し止め請求に立ち、みなさんのもとに出廷して、裁判を起こした者がじつは不正に訴え出ていて、交易という口実で告発屋をやっていることを明らかにしました。三　ですからこの男(2)と一緒になって私を陥れようとしてこの訴訟を仕組んだのが誰であるか(4)、お話しするにつれてはっきりするでしょう。アパトゥリオス(3)はでっちあげで私を告訴し、違法に裁判に持ち込みましたが、私と彼との間で結ばれた契約はすべて解除され免責になって(5)、私の彼に対する契約は海上であれ陸上であれほかにも何もないわけですから、私は彼の訴訟がこれらの法律によって許されないものであることを主張して、訴訟差し止めの提訴をしました。

法律（複数）

四　ではアパトゥリオスがこれらの法律に違反して私に訴訟を起こし、嘘八百を並べて告訴したということを、多くの事柄からみなさんにお知らせしましょう。裁判員のみなさん、私はもう長い間海の仕事に従事しており、あるときまでは自分自身危険に身をさらし、航海をやめてからは七年も経っていないのですが、手許の多少の蓄えで、こうした海上貸付の仕事をしています(6)。五　いろいろなところへ行き貿易のことで時間を費やすことが多いため、航海に日を過ごす人たちのほとんどと私は知り合いになりましたが、ビュザンティオン(7)の人たちとも、そこで日を過ごした経験から極めて親密に付き合っています。私の状況はいま言ったようなものでしたが、二年ほど前に彼とその同郷の市民パルメノンという、ビュザンティオン生まれですが亡命の身の上の男がアテナイに入港してきました。六　取引所でこの男アパトゥリオスとパルメノンが私に近づいてきて、金の話を持ち出しました。そのときこの男は、自分の船を担保に四〇ムナの借金をしていたのですが、貸し手たちが返済を要求して急きたてて、期限を過ぎたからというので船に乗り込もうとしていました。困っている彼を見て、パルメノンが一〇ムナを貸すことに同意したのですが、この男は私に三〇ムナを調達してくれと頼んできました。貸し手たちは船ほしさに自分［アパトゥリオス］を取引所で中傷し、

（1）「告発屋（シューコパンテース *συκοφάντης*）」は、市民に開かれた提訴権を悪用し、根拠薄弱な告訴をみだりに行なって、政治家や富裕者のために告訴人となる類いの人間の呼称。「告訴乱発者」「誣告常習犯」「濫訴者」などの訳語もある。補註T参照。

（2）この訴訟差し止め請求の相手であるビュザンティオン人船長アパトゥリオスを指す。

（3）名前はわからない。本弁論の訳註および解説では、「話者」と呼ぶ。

（4）一八節で医者エリュクシアスの名を挙げるが、アリストクレスを指す可能性もある（一八—二〇、三二節）。

（5）契約における相手方との権利義務事項をすでに解除・免責した者は、相手方を告訴することはできない。（『ポルミオン擁護（第三十六弁論）』二五および『パンタイネトスへの抗弁（第三十七弁論）』一参照）。解除・免責については補註U参照。

（6）「話者」は自分がもはや貿易商人ではなく、金融業者であると言う。*ναυτικόν*（*δάνειον*）は海上貸付。

（7）ビュザンティオンはボスポロス海峡のヨーロッパ側に位置する都市（現イスタンブール）。ここを通過する貿易船に対して、前五世紀末にアテナイが創設した十分の一の関税は、その後の空白期間を経て前三九〇年頃復活して、アテナイの大きな国家財源になっていた。

借金返済不能に追い込んで船を手に入れようとしている、と非難したのです。七 たまたま手持ちの金がなかったので、私は知り合いの銀行家ヘラクレイデス[1]を説得して、私を保証人にして金を貸す[2]よう頼みました。ところが三〇ムナが用意されたところで、パルメノンはこの男［アパトゥリオス］と何か仲違いをしてしまいました。でも一〇ムナを彼に調達してやると同意して、そのうちの三ムナをもう渡していたものですから、すでに渡した金のせいで彼［パルメノン］は残りも払わなければならない羽目に陥りました[3]。八 でもこうした理由から自分の名で契約を結ぶことを望まなかったので、彼［パルメノン］は自分の金をできるだけ安全にしておくよう事を処理してくれと私に頼んできました。そこで私はパルメノンから七ムナと、この男アパトゥリオスがすでに彼から受け取っていた三ムナを引き継いで[4]、彼と次のように代理合意しました。すなわち私を通して受け取った一〇ムナと、銀行家に対して私をその保証人に立てた三〇ムナを［アパトゥリオスが］返済するまで、私が船とその奴隷を買い取るということです[5]。私が真実を言っていることを示すために証言を聞いていただきましょう。

証言（複数）

九 このアパトゥリオスはこうして貸し手を追い払いました。この後ほどなく銀行が潰れてヘラクレイデスがしばらく身をかくしたとき、この男は奴隷をアテナイから連れ出し、船を港から出そうと企みました[6]。それが私とアパトゥリオスとの最初の諍いの原因でした。すなわち感づいたパルメノンは、連れ去られよう

とする奴隷を取り押さえ、彼が船を出港させようとするのを阻止しました。そして私を呼び寄せて事の次第

(1)銀行家ヘラクレイデスは『オリュンピオドロス弾劾（第四十八弁論）』一二でも名を挙げられる

(2)原語 δανείζω は、利息を取って金を貸す、の意。

(3)パルメノンは一〇ムナを貸す約束をして、そのうちの三ムナをすでに貸したために、残りの七ムナを渡さないと、約束を破ったからという理由で、アパトゥリオスが借りた三ムナを返さないという危惧があった。その種の貸借義務関係に、法的規制が関わったか否かは不明である。

(4)アパトゥリオスは、三ムナと残りの七ムナを契約相手である「話者」に返済し、「話者」はその一〇ムナをパルメノンに渡す。

(5)奴隷は船の要員。合意された取り決めは、「買い戻し権付売却（*πρᾶσις ἐπὶ λύσει*）」である（『パンタイネトスへの抗弁（第三十七弁論）』参照。MacDowell, 2009, p. 276; Isager & Hansen, p. 155 参照）。金銭貸借後所有権は「話者」に移るが、物件（船）は借り手アパトゥリオスの収入の唯一の手段として（二五節）彼に使用権が認められ、約定の期間内に四〇ムナを返せば、アパトゥリオスは船とその奴隷を買い戻せるというものであった。「話者」の責務は約定期間が過ぎるまで物件を処分することはできない、ただし約定期間中に借り手アパトゥリオスに何らかの契約事項違反があれば、そのかぎりではない、など、「買い戻し権付売却」では、取引する両者間で合意される条件にさまざまな形態があったらしいが、本件では不明である。

(6)船はペイライエウスに碇泊中で、乗組員は宿泊所にいたであろう。手続き上は船と乗組員はすでに「話者」が買い取っていた（八節）が、アパトゥリオスは買い戻し約定の期間中、船と乗組員の使用権を認められていると理解したと思われる。しかし「話者」とパルメノンはアパトゥリオスの詐取・逐電を疑った。ちなみに「話者」は買い戻し約定期間、その他の約定事項については言及していない。アパトゥリオスが奴隷を連れ去ろうとし、船を出港させようとしたことをもって「いかさま師」と断じている。アパトゥリオスの船が取り押さえられる前に、パルメノンがその船でシケリアに商品を送ろうとした（一三節）という解釈（MacDowell, 2004, p. 101, n. 17）は、「話者」による買い戻し条件の同様の理解を示すであろう。

を話しました。一〇　それを聞いた私は、そんなことをやろうとするとは、これはとんでもないいかさま師だと考えて、どうすれば自分が銀行への保証人になったことから逃れられるか、そして外国人［パルメノン］がどうすれば私を通して彼に貸した金を失わずに済むかを考えました。船の見張りを手配して、私は銀行の保証人たちに事件を一部始終話し、外国人［パルメノン］が船に一〇ムナの権利を持っていると断って、彼らに担保権を譲り渡しました。こうした手を打っておいてから、万一不足額が生じた場合、足りない分は奴隷を売って補塡できるように、奴隷を担保として拘束しました。(1)　一一　このようにして私はこの男アパトゥリオスの不正を取り押さえて、自分自身と外国人のために事態を立て直しましたが、彼はまるで自分が被害者であって加害者ではないかのように、私に不平たらたらこう聞いたのです、いわく銀行への保証人を外してもらっただけで十分ではなく、パルメノンの金のためにも船と奴隷を担保にして、亡命者［パルメニオン］のために彼［アパトゥリオス］に憎まれようというのか、と。一二　私はこう答えました、私を信頼してくれる人が亡命の身で非運に耐えながら、アパトゥリオスから不正を受けているとすれば、よけいに彼を見殺しにはできないと。そしてあらゆることをしてこの男からありったけの憎しみを受けた後、船を担保額である四〇ムナで売って、何とか私は金を作りました。そこで三〇ムナを銀行に、一〇ムナをパルメノンに返してから、私たちは多数の証人の面前で金銭貸付の契約書を無効にして契約を解消し、彼が私に対しても、私が彼に対してもなんら関係がなくなるように互いに相手を契約から免責解放しました。では私が真実を言っていることの証拠に、証言を聞いてください。

証言（複数）

一三　さてこの後彼に対する契約は、大小を問わず何も生じませんでした。しかしパルメノンは、奴隷が連れ去られようとしているのを取り押さえたときこの男に殴られた、そしてシケリアへの航行をこの男に妨害されたというので、この男を告訴しました。裁判が始まろうとしていたとき、パルメノンは告発事項のいくつかについてこの者に誓約の機会を提供し、[2] アパトゥリオスはそれを受け入れて、［裁判で］その誓約をし

（1）船は借金四〇ムナの担保であり、三〇ムナを銀行に、一〇ムナをパルメノンに返さねばならなかった。話者は八節で「（四〇ムナで）船とその奴隷を買い取る」と言い、一〇節では、船の売価が四〇ムナに達さなかった場合、奴隷乗組員を売って不足額を補うことができる、と言う。一二節で「船を四〇ムナで売った」というとき、売買金額に奴隷乗組員も含まれていたか否か、不明である。奴隷要員がときに売買対象の物件付属物とされ、ときに別扱いにされるのは、鉱山作業場と作業奴隷の場合（『パンタイネトスへの抗弁（第三十七弁論）』二一参照）も同様である。船と積荷を別物として、あるいは一緒にして担保設定する例もあり、弁論中の叙述では不明確であることが多い。本件については、「話者」が銀行への抵当にしたのは船だけであった（Gernet, p. 262）、奴隷の一部売却によって不足額が補塡された（Isager & Hansen, p. 151; North, p. 276 参照）など異なる解釈が出されているが、個々の売買においてどうであったかは明確でない。

（2）提訴後、裁判の始まるまでにパルメノンが誘いをかけて、事前に誓いを立てて、パルメノンの告訴状の内容を認めるならば、告発事項のいくつかを抹消してやると、アパトゥリオスに持ちかけた。アパトゥリオスは預託金を渡して、この事前取引に応じた。

なければ［取り上げてもいい］という金を預託しました。私が真実を語っていることを示すために、証言を読んでください。

証　言

一四　アパトゥリオスは誓いを立てることに同意したものの、自分が偽誓したことを多数の人に気づかれるだろうとわかっていたので、誓いをするために出頭はせず、裁判を起こせば誓約を逃れられるからと、パルメノンを召喚します。(1)両方の裁判(2)が始まろうとしていたとき、周囲の人たちに説き伏せられて、二人は仲裁裁定(3)に切り替えます。そして協定書を作ってから、ともに一人の仲裁人、すなわち彼らと同郷の市民ポクリトスに仲裁を依頼し、さらにそれぞれが一人をその席に並び着かせました。アパトゥリオスはオイア区のアリストクレスを、(4)そしてパルメノンは私をです。一五　そして協定書では、私たち三人が同意すれば、それに彼らは従わねばならず、そうでなければ、二人の判定を守らなければならないということが合意されていました。こういう申し合わせをして、彼らは互いに相手に対する保証人を立てましたが、アパトゥリオスはアリストクレスを、パルメノンはミュリヌス区のアルキッポスを立てたのでした。(5)そして最初彼らは協定書をポクリトスのもとに置こうとしましたが、後からポクリトスが誰か別の人のところに置いてくれと言ったので、アリストクレスのところに置きます。私が真実を語っていることを知っていただくために証言を聞いてください。

証言（複数）

一六　協定書がアリストクレスのところに置かれ、仲裁裁定がポクリトスとアリストクレスと私に委ねられたことは、それらを知る人々によってみなさんに証言されました。では裁判員のみなさん、この後になさ

（1）アパトゥリオスは裁判を起こして誓約を逃れようとして、対抗の訴訟を起こした。「召喚（プロスクレーシス）」は、提訴者が告発相手のもとに行って告発事由を口頭あるいは文書で告げ、その事案の裁定権を持つ役人の出頭命令を伝える手続き。出頭要請が正しく伝えられたことを証する二名の証人を立会わせる必要があった。

（2）パルメノンがアパトゥリオスを訴える裁判と、アパトゥリオスがパルメノンを訴える裁判を指す。この種の対抗訴訟では、訴訟提起という行為によって、当事者間の和解あるいは係争終結がもたらされることがある。同一の事件をめぐって対立する二人がそれぞれ起こした裁判が同時進行で行なわれる例は、『ボイオトスへの抗弁、第二演説（第四十弁論）』『エウエルゴスならびにムネシブロスの偽証罪弾劾（第四十七弁論）』参照。

（3）私的に係争当事者が仲裁人を依頼する仲裁裁定（ディアイタあるいはエピトロペー）では、一、誰を仲裁人（一人ないし複数）とするか、二、何について仲裁を依頼するか、について双方の合意、そして仲裁人の宣誓が事前に必要であった。仲裁人の判定は、法的拘束力を持ちえたが、判定に不服な側は、民衆法廷の裁判に訴えることができた（『ポルミオン擁護（第三十六弁論）』一五参照）。本件では「話者」が本弁論において、行なわれた仲裁裁定を違法と非難している。補註F参照。

（4）アテナイ市民。オイア区は、オイネイス部族の所属区。

（5）保証人は、係争者両人のいずれかに仲裁人が下した賠償命令の履行を保証した。アルキッポスはアテナイ市民。ミュリヌス区はパンディオニス部族の所属区。

れたことをどうか聞いていただきたい。それを聞けば、このアパトゥリオスに私が不当告訴されていることが、みなさんにはっきりするでしょう。すなわち私とポクリトスが同じ考えなのに気付いて、自分に不利な仲裁を私たちがするだろうと決め込んだ彼は、仲裁をなくしてしまおうとして、協定書を預かっている者を抱き込んで協定書の条項を書き換えようとしました。一七　そのあげく自分の仲裁人はアリストクレスであると難癖をつける始末で、ポクリトスと私には和解を協議すること(1)のほか何の権限もないと言ったのです。この言葉に激怒したパルメノンは、アリストクレスに協定書を出すように要求して、たとえ彼が文言を何か改竄しても、それを証明するのは簡単だ、なぜならそれを書いたのは自分の家内奴隷だから、と言いました。一八　アリストクレスは協定書を出すことに同意しましたが、まだ今日に至るまでちらりとも出していません。約束の日にヘパイスティオン(2)に会いに来たものの、奴隷が自分の来るのを待っている間に居眠りをして書類をなくしてしまったという言い訳をしたのです。こんな企みを仕組んだのは、アリストクレスと懇意にしているペイライエウスの医者エリュクシアス(3)でした。すなわち私とそりが合わなくて、この裁判に私を巻き込んだ人物でもあります。ではアリストクレスが書類の亡失を取り繕ったということの証言を聞いてください。

証言（複数）

一九　こうしたわけで仲裁裁定はなくなりました、協定書は失われ、仲裁人は言い争っていたのですから。彼らはこのことについて別の協定書を作成しようとしましたが、意見が対立しました、この男［アパトゥリオス」はアリストクレスを主張し続け、パルメノンの方は最初に仲裁裁定を依頼した三人だと言い張ったのです。でも別の協定書は作成されないまま、最初のそれもなくなってしまったので、協定書をなくした者の破廉恥ぶりはここに極まって、とうとう自分一人で仲裁に裁定を下すと言ったのです。そこでパルメノンは証人たちを呼び集めて、アリストクレスに向かって、協定書に違反して連帯仲裁人なしで、自分〔パルメノン〕に不利な裁定を宣告してはならない、と言い渡しました。証人たちの面前で彼がそう言い渡した、その人たちの証言を聞いてください。

証　言

二〇　裁判員のみなさん、この後パルメノンは恐ろしい不幸に見舞われました。亡命の身でオプリュネイオン(4)で暮らしていたのですが、ケロネソス周辺を地震が襲い、彼の家が倒壊して妻と子供が死にました。不幸の知らせを聞くや、彼はアテナイから船を走らせて行きました。するとアリストクレスは、彼が証人を前

(1) 和解を提案し、受け入れさせること。仲裁裁定を下す権限はない、の意。
(2) アゴラ脇のヘパイストン神殿のこと。仲裁裁定は通常神殿か他の公共建造物で行なわれた（『ポルミオン擁護（第三十六弁論）』一五参照）。
(3) エリュクシアスはプラトン『饗宴』およびアンドキデス『秘儀について（第一弁論）』三五に現われる医者エリュクシマコスに連なる、医を家業とする一族の出か？
(4) トロイア地方の町。

にして、連帯仲裁人なしで自分に不利な裁定を下さないようにと厳粛に申し立てて行ったのに、不幸に見舞われて国に不在になっている男に、不在敗訴の仲裁裁定を宣告したのです。(1) 二一 そして［アリストクレスと］同じ協定書に名前を書かれていた私とポクリトスは、この男が私たちを仲裁人とは認めないと因縁をつけるので仲裁裁定を断りましたが、アリストクレスは資格に疑義を呈されたばかりか、固く止められていたのに、それにもかかわらず裁定を下したのです。(2) そんなことは、みなさんの、いえ他のアテナイ人の誰であれ、とうていやれないはずです。

二二 とするとアパトゥリオスおよび仲裁人によってなされた協定書隠しと仲裁裁定については、被害者が無事に帰ってきたときに、きっと彼らに償わせるでしょう。しかしながらアパトゥリオスの厚顔無恥ときては、私まで裁判にかける始末です、いくらであれパルメノンに敗訴の裁定が出れば、私が支払いを引き受けたのだからと根拠もなく申し立てて、協定書には保証人として私の名が書かれていたと言っています。そのような誹謗を斥ける適切な方法として、まず第一に、パルメノンの保証人になったのは私ではなく、ミュリヌス区のアルキッポスであったということの証人をみなさんにお目にかけて、(3) 次に、裁判員のみなさん、証拠を挙げて弁明を試みようと思います。

二三 まず第一に、私の考えでは、訴状が真実ではないことについて、時が私の証人になります。この男とパルメノンとの仲裁が行なわれて、アリストクレスの裁定が出たのは二年以上前(4)のことです。そして貿易商人の訴訟申請はボエドロミオン月からムニキオン月までの間に、ひと月ごとに行なわれ、(5) すぐに［無罪の］裁決を得て出航できるようになっています。ですから本当に私がパルメノンの保証人であったのなら、なぜまずアパトゥリオスは、裁決が出た後すぐに保証金を徴収しなかったのでしょうか？　二四　まさか彼は、私への誼《よしみ》ゆえ憎まれたくなかったから、とは言えないはずです。というのはパルメノンに返すべき一〇〇〇ドラクマ(6)を私によって徴収されて、憎しみを抑えきれずにいたからです。そして逐電して銀行からの借りを踏み倒そうと企んで船を出そうとしたとき、私に邪魔されたからです。ですからもし私がパルメノン

(1) 法律によれば、裁判に欠席した（ἐρῆμος）原告あるいは被告は自動的に「不在敗訴」になったが、病気など正当な理由による欠席であれば、裁判（法廷不出頭）の場合は二ヵ月以内、公的調停の場合は一〇日以内（ポリュデウケス『辞林』八-六〇、六一）に再審を請求することができた。私的仲裁には裁定を伴わないものもあるが、本件は裁定を伴う法廷外解決法であるので、厳密には *τὴν δίαιταν ἐρήμην* に「敗訴」の訳語は不適切であるが、裁判および公的調停の場合からの類推で「不在敗訴」の語を使った。

(2) 三二節から、パルメノンはアパトゥリオスに二〇ムナを支払うべし、という裁定をアリストクレスが下したことがわかる。

(3) 本テクストによるかぎり、この点に関する証人は出されない。

(4) テクストの原語は「三年目」。当該事象発生の年を一年目とするギリシア流数え方。

(5) 海上交易訴訟は大体九月（ボエドロミオン月）から四月（ムニキオン月）までの航海休止期間に「各月裁判」として行なわれた。「各月裁判」の裁判種を列記しているアリストテレス『アテナイ人の国制』第五十二章二に海上交易訴訟は含まれていないが、「各月裁判」では訴訟申請の機会が各月一回与えられる。また各月裁判は調停役による裁定を経ずに直接民衆法廷の審理にかけられたので、提訴者は長く待たされることなく解決に辿り着けた。補註G参照。

なおこの箇所のテクストを「ボエドロミオン月からムニキオン月」と読む解釈、*ἔμμηνος* を「一ヵ月以内」と読む解釈については、作品解説五五八―五六〇頁参照。本訳において、月名は写本SAFに従う。

(6) 六、八節で言われた一〇ムナのこと。船の売却による収入から払われた。一二節参照。

の保証人であったのであれば、彼は二年以上も待たずにすぐに私から保証金を徴収していたでしょう。二五いや、ゼウスにかけて、彼は資金潤沢だったので後で私に接触すればよかったし、そのときは出航まぎわで忙しくしていたからだ、ですって？　いえ、彼は窮していました、所有物をすべて手放して船まで売り払ったのですから。そしてそのときすぐに訴訟を起こすことを彼にさせなかった障碍が何かあったとすれば、どうして去年国内にいたときに、訴訟とまでは言わぬものの、私に請求することさえしなかったのか？　なにせパルメノンが裁定で負けて彼への支払い義務を負い、私が保証人だったとすれば、一昨年《おととし》でないにせよ、去年には証人を連れて私のところへやってきて、保証金を請求してもおかしくはなかったのです。そこで私が支払えば、金を持ち帰り、支払わなければ、訴訟を起こすべきでした。二六　というのはこの種の苦情には、誰もが訴訟を起こす前に請求をするからです。ところが去年あるいはその前年にこの男が訴訟を起こしたと、あるいはいま私を訴えていることについてどんな文句であれ私に向かって言ったと、その場に居合わせた者として証言できる人は誰もいません。去年法廷が開かれていたとき(1)、彼が国内にいたという証言をどうか取り上げてください。

証　言

二七　ではどうか保証金は一年かぎりと定めた法律も取り上げてください(2)。そしてたとえ私が保証人になったとしても罰を受ける必要はないと言うために、私は法律を盾に取るのではありません。保証人には私はならなかったということを、法律が、そしてこの男自身が証明していると言いたいのです。だって［もしなったのだとすれば］、法律に書かれた時間内に、彼は保証金について私を相手取って訴訟を起こしたでしょうから。

法律

二八　ではこれもアパトゥリオスが嘘をついていることの証拠となるべきです。すなわちもし私がパルメノンのためにこの男［アパトゥリオス］に保証をしたとすれば、私を通してこの男に貸した金をパルメノンが失わぬように配慮して、彼ゆえにこの男に憎まれたのに、そのパルメノンに見棄てられて私がアパトゥリオスに対して保証人であり続けることなど、とうてい考えられません。だってアパトゥリオスが私を見逃してくれるだろうと、どうして呑気に構えていられたでしょう？　なにしろパルメノンへの返済を無理やり果たさせたのは私なのですから。そして銀行に対する保証金を彼から取り立てて憎悪を買ったとき、私はどんな目にあわされると予測したでしょう？

(1) ボエドロミオン月からムニキオン月までの間（大体九月から四月）。一二三節および一七五頁註（5）参照。
(2) 保証人を務めることは、年末に更新しなければ無効となる、という時効規定があった。アパトゥリオス側の事情、パルメノンの不在などが時効の期間内に数えられたか否かは不明である。保証の案件によって、異なる時効規定があった。

二九　ですからこのことも心に留めておいていただく価値があります、裁判員のみなさん、もし私が保証人になったとしたら、それを否認したりはけっしてしなかったでしょう。なぜなら保証を認め、仲裁裁定のもととなった協定書を根拠にすることで、私の議論ははるかに説得力を持ったでしょうから。この一件が三人の仲裁人に委ねられたことは、みなさんに証言で示されました。この三人による裁定が何も出ていないのであれば、どういう料簡で私は保証を否認しようとしたでしょうか？　だって協定書に従った判定が出ていないのであれば、私は保証のために告訴されるはずはなかったからです。とすると、裁判員のみなさん、もし私が保証人になったのであれば、弁明できるのにしないでおいて、事実否認に走ったりはしなかったでしょう。

三〇　そうです、次のこともみなさんには証明済みです、協定書がこの者らによってなくされたので、この男とパルメノンは、彼らの以前の合意は無効になったと二人とも了解して、別の協定書を書こうとしました。しかしながらこれから出されようとする裁定について、現行の協定書がなくなったので別のものを書こうとするとき、どうして仲裁裁定ないし保証のいずれにせよありえましょう、別の協定書が書かれていないのに？　まさにこの点について意見が合わなかったから、彼らは別の協定書を書かなかったのです、一方［アパトゥリオス］は仲裁人一人、他方［パルメノン］は仲裁人三人を要求していましたから。それに基づいて私が証人になったと彼の言う最初の協定書はなくなって、別の協定書も書かれていないのですから、私を相手取って勝てるような協定書も出せないアパトゥリオスは、どうして正しく私に対する訴訟を起こすことができるでしょうか？

三一　それにパルメノンが連帯仲裁人なしに自分に不利な判決を出さないようアリストクレスに言い置いていたことについても、みなさんに証拠が示されました。では同一人物が仲裁裁定の根拠となるべき文書を失わせたことがはっきりし、連帯仲裁人なしに、止められていたにもかかわらず仲裁裁定を下したと言っているとき、どうしてみなさんは良心に恥じずにこんな男を信用し、私を破滅させることができるでしょうか？　三二　裁判員のみなさん、このことを考えていただきたい、かりにいまこのアパトゥリオスが、アリストクレスの裁定を頼みに、二〇ムナを徴収しようとして告訴している相手が私ではなくパルメノンであるとするなら、そしてパルメノンがここにいてみなさんに向かって弁明をし、この一件をアリストクレス一人だけに依頼したのではなく、彼は三人のうちの一人にすぎないということ、三三　それから連帯仲裁人なしで自分に不利な判定を出すなと警告したということ、そして妻子を地震で亡くし、そんな大災害ゆえ急遽帰国したところ、協定書を失わせた男が国外にいる彼を不在敗訴と仲裁裁定したということ[1]、こうしたことの証人を出すとするならば、いったいみなさんの中に一人でも、パルメノンがそう弁明しているのに、こうまでも違法に出された仲裁の結果を有効と見なす方がおられるでしょうか？　三四　またかりにすべての言い分が反論されているわけではなく、協定書があったとして、仲裁人はアリストクレス一人だけだという同意があり、パルメノンが自分に不利な判決を出さないようアリストクレスに警告していなくて、仲裁の結果が発表される前に不幸が彼を見舞ったとすれば、彼が帰国するまで延期してやらないほど、それほど血も涙も

（1）二〇節および一七五頁註（1）参照。

ない係争相手あるいは仲裁人がいったいいるでしょうか？ そしてもしパルメノンが弁明に立ち、あらゆる点でこの男より理に適ったことを言っているのがはっきりすれば、この男と何の契約関係もまったくない私を、どうしてみなさんは正しく断罪できるでしょうか？

三五 では、裁判員のみなさん、私が訴訟差し止め請求をしたのは正しいことであるのにひきかえ、アパトゥリオスは虚偽の告発をして違法な訴訟申請書を提出したという事実は、さまざまな角度から証明されたと思います。肝心なことはこれ、すなわち自分には私に対する協定［書］があると、アパトゥリオスは主張しようとさえしないだろうということです。そしてパルメノンとの間の協定に保証人として私の名が書かれたと嘘を言うなら、その協定書を彼に出させてください。三六 そしてこう言って彼に反撃してください、誰でも相手との合意書を作成すると、封印をして双方が信頼できる人のところに預けておくが、それは両者が互いに異論を唱えた場合、その文書に基づいて問題を解決するためだと。けれども正確な事実を葬り去って口で騙そうとするような輩が、どうして人に信頼されていいものでしょうか？ 三七 でもきっと誰かが彼のために私に不利な証言をするだろう、って？（不正を行ない、告発屋をやるつもりの連中には、これこそ最も簡単な手だからです）。ではもし私がその人に偽証告発意志通告[1]をすれば、真実を証言しているということを、その人はどうやって証明できるでしょう？ 協定書からですか？ ではそれを遅滞なくやらせてください。協定書を預かっている人にすぐ持ってこさせてください。でもなくなってしまったとその人が言うなら、私を陥れるためになされた偽証を、私はどうやって論駁できるでしょうか？ もし文書が私に預けられたのであれば、アパトゥリオスは私が保証金ゆえに協定書をなくしたと非難することができたでしょう。

三八　でもアリストクレスに預けてあって、この男の知らぬ間に協定書がなくなったのだとすれば、いったいなぜそれを受け取っていながら提示しない者を訴えないで、私を告訴し、私を有罪に導く証人として協定書を失わせた男を出すのでしょうか？　もしその男とぐるになって悪だくみをめぐらしているのでなければ、彼はその男に当然怒りを差し向けたはずですが。私は自分にできるかぎり正義に適うことを述べました。ではみなさんは、法律に則って正義の判決をしてください。

リバニオスの概説

一　この訴訟差し止め請求をしている人物は、アパトゥリオスに対してある私的契約関係を持っていたが、それを解消解除していた。しかしいまパルメノンのために告訴され、金銭を要求されているのである。パルメノンは貿易商アパトゥリオスの同郷人でビュザンティオン人であったが、ある裁判で有罪とされ、亡命の身となっていた。最初は仲よくアパトゥリオスとつきあっていたが、のちに仲違いをして訴えを起こし、ア

(1)「偽証告発意志通告（ἐπισκήπτεσθαι, 名詞形は ἐπίσκηψις）」は虚偽の証拠を出した証人を偽証罪（δίκη ψευδομαρτυριῶν）で告発する前の手続き。アリストテレス『アテナイ人の国制』第六十八章四参照。

パトゥリオスを殴打と損害のかどで告訴し、他方アパトゥリオスはパルメノンに対抗して訴えを起こした。二　さてアパトゥリオスが言うには、この案件はただ一人の仲裁人アリストクレスに仲裁が依頼され、そのアリストクレスはパルメノンを有責と裁定した。それゆえいま訴訟差し止め請求をしている人物を、パルメノンの保証人であるからと言って、アパトゥリオスは告発しているのである。しかしながらこの人物はこうしたアパトゥリオスの言い分をまったく認めず、以下のように言う。まず第一に自分たちは三人の仲裁人に仲裁を依頼したのであって、アリストクレス一人だけではないということ、第二にパルメノンの保証人はアルキッポスであると協定書に書いてあるということ、そしてその協定書はアパトゥリオスの悪だくみによって紛失したということである。つまりその協定書を持っているアリストクレスにそれを開示させず、奴隷が居眠りしていて文書をなくしたと言え、とアパトゥリオスは言いくるめたというのである、三　別の協定書はまだ書かれておらず、以前の仲裁は協定書の紛失ゆえに消滅し、次なる協定書はまだ彼らの合意を得ていないから、案件は仲裁にかけられてもいない、アリストクレスはまだ仲裁人になってもいないのに、正当な理由なしにパルメノンに不利な宣告をした、しかもパルメノンが甚大な災難に見舞われてアテナイを離れている間のことであり、さらに仲裁裁定を行なわないよう彼［アリストクレス］に言いおいていたのに、と。以上のようにこの一件の被告は主張を述べ、訴訟差し止めの請求をしている。すなわちアパトゥリオスに対する自分の契約は解除され、その後いかなる契約もまだ成立しておらず、そうした事態に関して訴訟を起こすことを法律は許していない、と申し立てているのである。

第三十四弁論

ポルミオンへの抗弁

木曽明子　訳

第三十四弁論　ポルミオンによる訴訟差し止め請求への答弁――貸付金返済をめぐって

序論　ポルミオンを告訴した本案訴訟の正当性（一―二）

ポルミオンによる訴訟差し止め請求は無効。貸付金返済をめぐる事実闡明の必要性（三―五）

本論　ポルミオンの契約不履行と難船をめぐるランピスの証言（六―一一）

ポルミオンとランピスの結託（一二―一七）

仲裁人のもとで前言を翻すランピス（一八―二〇）

（話者の交代？）ポルミオンの虚言と詐術（二一―三五）

ランピスの悪辣さ、両人がアテナイに与えた損害（三六―三七）

自分たちのアテナイへの貢献（三八―三九）

ポルミオンの悪事の総括、本案訴訟の正当性、ポルミオンによる訴訟差し止め請求は無効（四〇―四八）

結論　ポルミオン有罪判決はアテナイの海上交易を守る（四九―五二）

リバニオスの概説

一　裁判員のみなさん、われわれ[1]があなた方にお願いするのは、順番に発言する私たちに[2]、善意をもって耳を貸していただきたいという当然のことであります、私どもが弁論に関してはまったくの素人であり、もう久しくみなさんの取引所[3]に出入りして多数の［商］人と契約を交わしながら、これまでただの一度も訴訟でアテナイの法廷に立ったことはなく、原告になったことも誰かの被告になったこともないのを、みなさんよくご存知だからであります。二　またいまも、アテナイのみなさん、よくご承知おき願いたい、私たちがポルミオン[4]に貸した金が船の難破でなくなってしまったと本当に信じたとすれば、まかり間違っても彼を訴

(1) 話者の名はクリュシッポスであることが一四節から判明する。後半で交代して話者となる共同事業者を含めて「われわれ」と言っている。クリュシッポスは海上交易への融資業と穀物商を兼ねる外国人だが、アテナイに繁く出入りしている（一、三八—三九節）ところから、居留外国人である可能性も考えられる。

(2) 後半でクリュシッポスから共同事業者に話者が代わる（二一節か？）ことを指して、「順番に」と言っていると取る解釈と、先に訴訟差し止め請求（パラグラペー）をしたポルミオンに入れ替わって、「今度は」自分たちの番だ、と言っているという解釈が可能である。

(3) アテナイの外港ペイライエウスの海上交易の取引所を指す。

(4) ポルミオンはアテナイで香料・染料の小売商（冬期）を兼ね、海上交易（夏期）に従事する外国人あるいは居留外国人。本分冊所収『ポルミオン擁護（第三十六弁論）』のポルミオンとは別人。

えたりはしなかったでしょう。(1) 私たちはそれほど恥知らずではありませんし、損害を被った経験がないわけでもありません。でも私たちを臆病者とあざける人がたくさんいて、とくにポルミオンと同じときにボスポロス(2)に滞在し、この男が船に積んであった金(3)を失ってはいないことを知っている人たちがひどく笑うものですから、被告に不正をはたらかれたわが身を捨てておくのは、何としても耐えがたいと考えました。

三　ですから訴訟差し止め請求(4)について言うべきことは、ごくわずかです。つまり、被告側さえみなさんの取引所で契約が結ばれたことを全面否定してはいないのですが、もはや自分たちに対する契約は存在しない、契約書の文言に違反することは何もしなかったから、と言うのです。四　しかしながらみなさんが裁判員の席につくときのよりどころである法律は、そんなふうには言っていなくて、アテナイにおける、あるいはアテナイの貿易に関わる契約が何も結ばれていない場合には訴訟差し止め請求をすることを許していますが、誰かが契約の存在は認めるが、記載事項をすべて果たしたと反論するなら、本案訴訟として弁明せよ、(5)原告を告発するなと(6)命じています。しかし、それでもなお、私は事実そのものから私の裁判は許されるものであることを明らかにしたいと思います。(7)五　ではアテナイのみなさん、この者らによって何が同意され何が反論されているのか、それをよく見ていただきたい。そういうふうにすれば、いちばん首尾よく調べがつくでしょうから。では、借金したことと貸付の協定書を作ったことは、そのとおりだと彼らは認めていますが、ボスポロスでディオンの家内奴隷ランピスに金貨(8)で返済した、と言います。そこで私たちは、彼が返済しなかっただけでなく、返済はそもそも彼にとって不可能であったということも明らかにしましょう。いいえ、みなさんには出来事を最初から手短かにお話せねばなりますまい。

六　アテナイのみなさん、私はここにいるポルミオンにポントスへの往復航海のための二〇ムナ［二〇〇

(1) クリュシッポスらの最初の告訴すなわち本案訴訟を指す。それに対して訴訟差し止め請求をしたポルミオンに、いま話者クリュシッポスが抗弁（答弁）している。

(2) ボスポロスはアゾフ海に伸びる黒海北方（現クリミア）の王国の名。（黒海とプロポンティスを結ぶボスポロス海峡とは別）。主都はパンティカパイオン（現在のケルチュ）。

(3) ギリシア語原語 *χρήματα* は「物品」と「金銭」の両義を持つ。本弁論の話者に疑念を持つ論者は、話者がこの語を故意に曖昧に使っていると見る。

(4) クリュシッポスがポルミオンを相手取り、貸付金返済を求めた（本案訴訟）が、ポルミオンはその告訴を無効（許されない）と主張すなわち訴訟差し止め請求（パラグラペー）をした。そのポルミオンの訴訟差し止め請求に対して、話者クリュシッポスは本弁論をもって抗弁（答弁）している。

(5) クリュシッポスがポルミオンを相手取り、貸付金返済を求めた最初の告訴すなわち「本案訴訟（エウテュディキアー）」の方式において裁判を受けよ、の意。

(6) 訴訟差し止め請求裁判では、最初の告訴の原告が被告になることを指す。

(7) 私の最初の告訴は許されるもの（有効）であって、彼らの訴訟差し止め請求は許されない（無効）、「しかし」かりに彼らに訴訟差し止め請求が許されるとしても、「それでもなお私は事実そのものから」、彼らが嘘をついていることを明らかにして、私の最初の告訴が許される（有効）ものであることを明らかにしよう の意。

(8) 交易に多く使われたキュジコス・スタテールと呼ばれることの「金貨」は、金と銀の合金の貨幣（一九九頁註（1）参照）。船主ディオンは奴隷ランピスに船を与えて、船長として働かせていた。ランピスは主人とは別に住み、独立採算の営業で得た収入から一定の名義料を主人に払う、「別住まいの」と呼ばれる奴隷身分であったと思われる。しかしこの弁論時、解放奴隷身分であったという見方に傾く研究者もいる（作品解説五七一頁参照）。

〇ドラクマ」を、その倍の価格のものを担保に貸しました。[1] そして銀行家キットス[2]にその契約書を預けました。つまり契約書は四〇〇〇ドラクマ相当額の積荷を船に搬入することを命じていたわけですが、彼はそれは大それたことをやってのけました。というのはペイライエウスを発つ直前に、また、ポイニキア人テオドロスから四五〇〇ドラクマ、船長のランピスから一〇〇〇ドラクマを、私たちに隠れて借りたのです。七　もしすべての金の貸し手に対して契約書に書かれていることを履行しようとすれば、彼はアテナイで一一五ムナ[3]相当の積荷を購入しなければならなかったのですが、じっさいには食糧と合わせて[4]五五〇〇ドラクマ分しか買いませんでした。借りた金の額は七五ムナでした。これが不正の始まりだったのです、アテナイのみなさん。彼は契約書が船に積荷するように義務づけているにもかかわらず、担保も出さず、商品を積み込みもしませんでした。[5] どうか契約書を取り上げてください。

契約書

では通関税務官の記録[6]と証言も取り上げてください。

関税記録　証言（複数）

八　さて私からの手紙を持ってボスポロスに着いたこの男は――それらの手紙を私はかの地で冬を過ごし

ている私の奴隷と、ある共同事業者(7)に渡すよう彼に預け、文中に私が貸した金の額と担保の中身を書いて、商品が下ろされるや、速やかに点検して追跡調査するように指示したのでしたが——ポルミオンは自分がしようとしていることを彼らに悟られないように用心して、私から預かった手紙を届けませんでした。それに折悪しく起こったパイリサデス王(8)とスキュティア人の戦争のために、ボスポロスでは運んできた商品がさっ

(1) 往復航海用貸付の担保は、通常貸付金の倍額であったとされる（『ラクリトスへの抗弁（第三十五弁論）』一八参照）。「ポントス」は黒海のこと。黒海貿易については補註L参照。

(2) 銀行家キットスはおそらく有名な銀行家パシオンのもとで働いたキットス（イソクラテス『銀行家（第十七弁論）』一一参照）の孫か親戚。契約書は同文のもの二通のうち一通をポルミオンが所持し、もう一通をクリュシッポスが自分で持つ代わりに銀行家キットスに預けたのであろう。

(3) 同条件で借金すれば、合計七五ムナ（七五〇〇ドラクマ）借りたのであるから一一五ムナではなく一五〇ムナの買い物をすべきであったことになる。しかし往復ではなく往路だけのために金を貸してポルミオンとともに航海に出たテオドロスとランピスからは、アテナイにとどまっていたクリュシッポスとその共同事業者より低い金利で借りた可能性がある。

(4) 漕ぎ手たちの食糧代は別計算の経費として払われねばならなかった。

(5) 積み込んだ五五〇〇ドラクマ分の商品は、クリュシッポスから借りた二〇〇〇ドラクマを担保にテオドロスとランピスから借りた金で買い入れたと思われる。

(6) 関税＝五十分の一税を徴収する通関税務官の記録簿には、輸出入された物品の記録がある。

(7) クリュシッポスは代理人として、奴隷と共同事業者（κοινωνός）をボスポロスに置いていた。

(8) 在位、前三四九―三一一年のボスポロス国王。父レウコン王（在位、前三九三―三五三年）の政策を継いでアテナイに対し友好的であった。三六節および二〇三頁註（7）参照。北方（現ウクライナ）はスキュティア人の領土であったが、ここに言及されている戦争については不明である。

ぱり売れず、どうしようもなく困り果てたのです。というのも片道航海のために金を貸した貸し主たち(1)も、彼をせきたてて［返済を迫って］いたからです。九　ですから船長(2)が契約書どおり私の金で買った買い物を荷積みするよう彼にうながしたとき、いま金貨を返した、返したと主張しているこの男は、商品を船に荷積みすることはできない、このがらくた(3)が売れないから、と言いました。そして彼［ランピス］に船出せよと申し渡し、自分は船荷を処分したら別の船で出航するから、と言いました。この証言を読んでください。

証　言

一〇　さてアテナイのみなさん、この後この男はボスポロスに残り、ランピスは出港して港からさほど遠くないところで難破しました。聞くところによると許容量以上に荷を積んでいたのに、さらに一〇〇〇枚もの獣皮を甲板に積み込んだので、それが原因で難破したのです(4)。そして自分はディオンの残りの奴隷(5)と一緒に救命ボートに乗って助かったのですが、他のもの以外に［自由人］三〇人以上(6)の人命を失わせました。難破の知らせにボスポロスでは深い喪に包まれましたが、このポルミオンは一緒に乗って行かなかったし、何も船に積み込まなかったからというので、運のいい男よ、と誰もが言いました。ほかの人たちもポルミオン自身も同じことを言っていました。どうかこれらの証言を読んでください。

証言（複数）

二一　さてランピス自身は――そのランピスに金貨を返したと彼は言っていますが（どうかこの点に注目していただきたい）、難破の後アテナイに戻ってきたので、早速私が捕まえて事情を聞いたところ、ポルミオンは契約書どおりの商品積み込みをしなかったし、自分はそのときボスポロスでポルミオンから金貨を受け取らなかった、と言いました。どうかその場にいた人たち[7]の証言を読んでください。

（1）一緒に航海したテオドロスとランピスのこと。

（2）船長とはランピスのこと。船長は船長なりの航行日程があるのだろう、あるいは他の同船者の要請か、それに従ってアテナイへの復路航海に出ようとしていたとき、の意。

（3）「がらくた」とは、アテナイからボスポロスへ運んで売ろうとしたが、予定価格で売りさばけなかった商品を指して、ポルミオンが腹立ちまぎれに言った言葉。単に香料、染料の意とする解釈もある。ポルミオンは帰路の積荷（おそらく穀物）を買うために、この「がらくた」を売らねばならなかった。

（4）獣皮は重く、甲板に置かれると船の重心が上に上がり転覆しやすくなる。

（5）ランピスが船長を務めるディオン所有の商船の乗組員。

（6）すべての写本が三〇〇あるいは二〇〇と記しているが、そのような多人数は信じがたいとして三〇が校訂者に受け入れられている。数種の写本にない「自由（人）」を読むと、「他のもの」は奴隷乗船者と積荷を指す。

（7）クリュシッポスはランピスの言葉を聞かせるために若干名の友人を立ち会わせていた。二〇節参照。

一二　さてこのポルミオンが別の船で無事アテナイに戻ったとき、アテナイのみなさん、私は彼のところへ行って貸付金の返済を要求しました。この男は、アテナイのみなさん、はじめはけっしていま言っているようなことを言わず、金を返す、返すと言い続けました。ところがいま彼の側について裁判を助けている連中[1]と相談するや、たちまち人が変わってまるで別人になってしまったのです。一三　彼が騙そうとしていることに気づいた私は、ランピスのところへ行って言ってやりました、ポルミオンはなすべきことを何もしないし、借金を返さないと。そしてポルミオンを召喚[2]したいが、どこにいるか知っているか、と尋ねました。自分についてくるようにと彼［ランピス］が言うので、私たちは行って香料商[3]のところに彼［ポルミオン］がいるのを見つけました。私は召喚立会人に立ち会わせて、彼［ポルミオン］を召喚しました。一四　するとランピスは、アテナイのみなさん、［役人のところに］召喚している私のそばにいたのですが、ポルミオンから金貨を受け取ったと悪びれずに言いもせず、言いそうな言葉[4]さえ口にしませんでした、すなわち「クリュシッポスよ、気は確かですか、どうしてこの人を召喚するのですか？　彼［ポルミオン］は私にちゃんと金貨を返してくれましたよ」と。いえ、ランピスが口を開かなかったばかりか、ポルミオン自身さえ何か言うべきだと思わなかったのです、いまになって金貨を返したと言っているその相手のランピスがそばにいるというのに。一五　しかし、アテナイのみなさん、もちろん彼はこう言うべきでした、「どうして私を召喚するのかね、君？　このそばにいる男に私はちゃんと金貨を返したのに」と。そしてランピスを出して自分のこの言葉に間違いないと言わせるべきでした。ところがじっさいはこの二人のどちらも、各々が言うべきまさにそのときに一言もいわなかったのです。
　私が真実を言っていることを示すために召喚立会人の証言を取り上げてください。

証　言

一六　ではどうか私が去年彼を告発した訴状を取り上げてください。これこそ、ポルミオンがランピスに金貨を返したと言っていなかったことの何よりの証拠です。

（1）底本の *συνδικοῦσιν*「共同弁論人」ではなく *συναδικοῦσιν*（Paley）を採れば、彼の側について「共犯者」になっているランピス、を意味しうる（二八、四六節参照）。
（2）召喚（プロスクレーシス）は、提訴者が告発相手のもとに行って告発事由を口頭あるいは文書で告げ、その事案の裁定権を持つ役人の出頭命令を伝える手続き。出頭命令が正しく伝えられたことを証する二名の証人を立会わせる必要があった。
（3）アゴラに店を出している床屋、靴屋らとともに、香料商の屋台は市民が雑談に花を咲かせる場所でもあった。リュシアス『身体障害者給付金差し止めの提訴に答えて（第二十四弁論）』二〇参照。
（4）のちにランピスが前言を翻して言った（一八節）ように、本当に金を受け取ったのであれば「言いそうな言葉」、の意。

訴　状[1]

アテナイのみなさん、この訴状を私が書いたのは、ランピスの報告すなわちポルミオンが商品を積み込まず、自分も金貨を返してもらっていないと言った報告以外の何をも根拠にしていません。だってランピスが金貨を受け取ったと言っているのであれば、私は必ず彼に論駁されるでしょうから、それだのにこんなふうに訴状を書くほど、それほど私が血迷ってすっかり正気を失っていたとは、どうかみなさん思わないでいただきたい。

一七　アテナイのみなさん、なおあのことも考えていただきたい。去年この者らは訴訟差し止め請求をしましたが、差し止め請求の申請書にランピスに金貨を返したと書くことはさすがにできませんでした。では差し止め請求の申請書を取り上げてください。

訴訟差し止め請求の申請書

お聞きになりましたか、アテナイのみなさん、訴訟差し止め請求の申請書に、ポルミオンがランピスに金貨を返したとはどこにも書かれていません、たったいまみなさんがお聞きになったとおり、彼は商品を船に積み込んでもいなければ金貨も返していないと、私がはっきりと訴状に書いているのに。ではこの者ら自身からここまでの証言を得ていながら、みなさんはほかにどんな証人を待つべきでしょうか？
一八　訴訟が法廷に出されそうになったとき、誰かの仲裁裁定[2]に委ねてくれと彼らは私たちに頼んできました。そこで私たちは市民待遇外国人[3]のテオドトスに、協定に従って委任しました。するとこの後ランピスは、仲裁人の前なら好き勝手なことを証言してもう大丈夫と踏んで[4]、私の金貨をこのポルミオンと分けた後、以前言ったこととまったく正反対のことを証言しました。一九　というのは、アテナイのみなさん、面と向かってみなさんに嘘の証言をするのと、仲裁人の前でそうするのとは同じではないからです。なにしろみなさんのもとでは嘘の証言者には非常な怒りと懲罰が待ち構えていますが、仲裁人のところでは、危険もなく面目も失わずに好き勝手なことを証言できるからです。アテナイのみなさん、ランピスの図々しさに怒

(1) 本件最初のクリュシッポスによるポルミオン告訴とそれに対するポルミオンによる訴訟差し止め請求が「去年」(前三二八／二七年)申請されたことが判明するが(一六、一七節)、現在のクリュシッポスの抗弁が「去年」の案件の再開であるよりも、新たに申請し直された裁判であるという可能性が考えられる。

(2) 仲裁裁定(エピトロペーあるいは、ディアイタ)は当事者間で仲裁人を選んで行なう私的紛争の解決法の一つ。仲裁人(一人ないし複数)を誰に依頼するか、何についての仲裁裁定であるかについて係争者双方が合意した上で行なわれ、宣誓した仲裁人による裁定は法的効力を持ちえた(Harrison, II, p. 66, n. 2 参照)。

(3) 人頭税納付を義務づけられていた居留外国人の中で、市民待遇外国人(イソテレース)はアテナイ市民と同等の納税額で済むという特権を与えられていた。テオドトスは『ラクリトスへの抗弁(第三十五弁論)』一四にも名が出る。

(4) 一九節で言われるように、偽証しても仲裁人の前なら偽証罪に問われない、というのが法的にそうであるのか慣習であったのかは不明。仲裁裁定においては、奴隷も証言をすることができた。

り心頭に発した私が憤激をあらわにして、二〇　いまみなさんに提示しているものと同じ証言(1)、すなわち最初に私たちと一緒に彼のところに行った人たちの証言ですが、ランピスがポルミオンから金も受け取っていないし、ポルミオンは商品を船に積み込んでもいないと言ったときの証言、それを仲裁人に示すと、ランピスは嘘の証言をする卑劣漢であることがこんなにも否定しがたく証明されたので、この人に向かって(2)そう言ったことは認めたものの、それを言ったとき気がおかしくなっていたと、こうぬかしたのです。どうかその証言を読んでください。

証　言

二一　［ここで話者はクリュシッポスの共同事業者に代わる?］(3)　アテナイのみなさん、テオドトスは私たちの言うことを何度か聞いて、ランピスが嘘の証言をしていると考えたのですが、訴訟を斥けずに、私たちを法廷に回付しました。後で知ったことですが、このポルミオンとは仲間(4)だったので敗訴の裁定を下すのが厭だったのです。とはいえ偽誓しないようにするためには(5)、訴訟を斥けることも躊躇したからです。

二二　さて裁判員のみなさん、どこから彼が金貨を返そうとしたか、みなさん自身で事実そのものから考えてみてください。彼はここアテナイから商品を船に積み込みもせず担保も持たず(6)、私から借りた金を担保にさらに借金をして出航して行きました。ところがボスポロスで商品を売りさばけず、［往路の］片道航海のために貸してくれた連中と手を切るのに四苦八苦しました。二三　ここにいる［私の共同事業］者(7)は彼に二〇〇〇ドラクマを往復航海用に貸し、アテナイに帰ったときに二六〇〇ドラクマを返してもらう約束をしました。でもポルミオンはボスポロスでランピスに、不動産の金利で借りた一一二〇キュジコス・スタテールを

(1) 一一節で読まれた証言。

(2) 「この人（τοῦτον）に向かって」が動詞「認めた」につくか、「そう言った」につくか、また誰を指すかが明確でない。ランピスがクリュシッポスに向かって「受け取っていない」と言ったとき（一一節）、まだボスポロスにいたポルミオンを指すことは考えられないであろう。したがって「この人」は次節で話者となるクリュシッポスの共同事業者で、クリュシッポスが「ここにいるこの人」と動作で指し示していると取る解がある。話者クリュシッポスが声を強めて自分を指し示していると取る解も可能である（Lofberg, p. 334; MacDowell, 2004, p. 114; Paley and Sandys, p. 26［Sandysによる］参照）。

(3) 古伝概説作者リバニオスをはじめ、多くの研究者が二一節で話者が交替すると見ているが、二二、あるいは一八節とする見解があり、一八節から共闘者、三三節から再びクリュシッポスとする見方（Gernet, pp. 159, 163）もある。

(4) 親戚か業務仲間か説明されていないが、後者の可能性が高い。

(5) テオドトスは仲裁人に求められる、真実の判決を出すという誓約をしていた。

(6) 六、七節参照。

(7) 二二節の「私から借りた金」と二三節の往復航海用「二〇〇〇」は同一のものを指すので、「ここにいる者（οὗτος）」はクリュシッポスが自分を指す動作とともに言っているとも解せる。共同事業者がクリュシッポスを指して言っているという解もあるが、「私から借りた金」と整合しない。なぜ「私たちから借りた金」と言わないのか？

（この点によく注意してください）返したと言っています。[1] 不動産の金利は六分の一で、[2] キュジコス・スタテール一は、かの地では[3]二八アッティカ・ドラクマに当たりました。二四　彼がどれだけ返したと言っているか、みなさんによく理解していただかねばなりません。一二〇スタテールは三三六〇ドラクマに当たり、三三六〇ドラクマに対する不動産利子六分の一は五六〇ドラクマです。すると合計総額はこれこれに[4]なります。二五　だとすると裁判員のみなさん、二六〇〇ドラクマの代わりに三〇ムナ三六〇ドラクマ、それに加えて借入金の利子として五六〇ドラクマを返済しようという借り手が、いったい現在未来にわたって存在するでしょうか？　それをポルミオンはランピスに返したと言っているのです、三九二〇ドラクマを。[5] しかもポルミオンは往復航海を終えてからアテナイで借金を返せばいいのに、ボスポロスで一三ムナも余計に返したというのですか？[6]　二六　［ポルミオンに向かって］そして［往路］片道航海のために金を貸して一緒に航海し、君につきまとっていた人たちにはなかなか元金を返さなかったのに、そこにいなかったこの人［クリュシッポス］には、君は元金も利子も返済したばかりか、そんな必要はまったくないのに、契約書に書かれた罰金[7]までも支払ったのか？　二七　そして契約書がボスポロスでの貸付金の取り立てを許している人たち[8]を君は気にしないくせに、アテナイから出航するときに契約書どおりに商品を積み込まないで、そもそもの始めから不正な仕打ちを加えたこの［私の共同事業］者には気づかいしていると言うのか？　そしていまや契約の結ばれた取引所[9]に戻ってきて、金の貸し手からためらいもなく詐取している。だが罰される心配のないボスポロスでは、必要以上のことをしたと言うのか？　二八　往復航海用に借金をする他の人はみな、港から出航して行くとき幾人もの人に立ち会わせて、金は貸し手にとってまさにその瞬間から危険にさらされる[10]こと

(1)キュジコス・スタテールは金約三二—五二パーセント、約一六グラムのエレクトロン貨幣。スタテールは単位名。普通金貨一スタテール＝二〇アッティカ・ドラクマであるが、一キュジコス・スタテールは二八アッティカ・ドラクマ。地方、時期によって両替率が変わった。キュジコスはプロポンティス南岸。

(2)不動産の金利六分の一は年率一六・三分の二パーセント。不動産金利は、月払いあるいは年払いで支払われた。海上交易に関わる借金の金利は、一航海の完了時に利子総額がまとめて払われた。

(3)「かの地」はボスポロスを指す。

(4)数字は三行後にしか出てこない。校訂者によっては、テクストを編集し直している。

(5)話者は貸し主クリュシッポスへの返済金三三六〇ドラクマと、ボスポロスの貸し主への返済利子五六〇ドラクマをあわせた三九二〇ドラクマ全額を、クリュシッポスに届けるために、ポルミオンがランピスに払ったかのように語る。公正を欠く。

(6)「一三ムナ」は、正確な数字一三ムナ二〇ドラクマの二〇ドラクマを端折って言っているとも解せるが、ランピスからの借金一〇〇〇ドラクマ（六節）の利率がクリュシッポスのそれ（二三節）と同じであったとすれば、返済義務額は正確に一三ムナ（一三〇〇ドラクマ）である。

(7)「罰金」とは、ポルミオンが「返した」額としてクリュシッポス側の話者が挙げる三九二〇ドラクマ（二五）と、クリュシッポスに返すべき二六〇〇ドラクマとの差額一三二〇ドラクマを指すか？（しかし話者は三三節では、ポルミオンが「返した」額として一二〇キュジコス・スタテール＝三三六〇ドラクマという数字を挙げた）。三三節で持ち出される「罰金」条項は、帰路担保の商品が荷積みされなかったなら五〇〇〇ドラクマを払うというものである。この「罰金」は、復路の積荷を持たずにアテナイに帰着してからでなければ支払われなかったはずである。

(8)片道航海だけのために金を貸した人たち、すなわちテオドロスとランピス。

(9)法に基づいて告訴される可能性のある土地アテナイの取引所、の意。

(10)難破すれば借り手の返済義務は消滅し、損害は貸し手が被るという危険が出航の瞬間から生じることを指す。

を証言させるものです。ところが君はほかならぬ共犯者一人[1]だけを証人として頼り、ボスポロスにいた私たちの奴隷をも共同事業者をも［支払いの］証人に立てず、私たちが託した手紙も彼らに届けなかったではないか、その手紙には君の行動を追跡するよう書いてあったのだ。二九　しかしながら裁判員のみなさん、手紙を預りながら正直に当然届けるべきところへ届けなかったこの男が、やらずに済ませることがあるでしょうか？　また彼の行為そのものから、彼の悪辣さはみなさんの目に覆うべくもなく明らかではありませんか？　しかしながら、おお、大地よ神々よ、これだけの額を返済して借りた以上に返した男は少なくとも、取引所でその噂を広めて、一人残らず、そして誰よりも先にこの人［クリュシッポス］の奴隷と共同事業者に、しっかり見届けるよう呼びかけるのが普通ではありませんか？　三〇　とにかくみなさんご承知のように、人間、借金するときは証人の数はわずかにしておくけれども、返済するときは大勢の人を証人に呼んで、契約を誠実に守る男と見なされたがるものです[2]。だのに君はといえば、片道航海のためだけに金を使ったのに、借入金と往復路両方の利子を返済して、さらに一三ムナを足したのであれば、たくさんの証人に立ち会わせるべきではなかったのか？　そうすれば、君以上に賞賛を受ける航海者は一人もなかっただろう。三一　ところが多数の人をこれらのことの証人にする代わりに、君はまるで何か犯罪を犯してでもいるかのように、誰にも気づかれないようにしようとした。それにもし金を貸した私に返済したのであれば、証人の必要はなかったのだ。なぜなら契約書を取り返して契約義務から自由になっただろうから。ところがじっさいは、契約書はアテナイに残されていて、相手は私だというのに、その私にではなく私のために別の人間[3]に、それもアテナイではなくボスポロスで返済をした。しかも君が金を支払った相手はいつ死ぬかわからぬ人間でそんな大航海に出ようとしているのに、君は奴隷であれ自由人であれ、そもそも証人なるものを立てなかった。

三二 「だって」と彼は言います、「契約書は金貨を船長に返せと私に命じているから(4)」と。でも契約書は証人を呼ぶことも手紙を届けることも、妨げはしなかった。そして彼ら(5)は君との契約にあたって二通の契約書(6)を作成した、[君を]まるで信用しなかったからだろうが。だのに君はこの人(7)への義務を負わされる契約書がアテナイにあることを承知していながら、君ひとりで船長ひとりだけに金貨を払ったと言っている。

三三 彼はこう言います、船が無事に着けば金を払え、と契約書は命じている、と。そうです、そして商

---

(1) ランピスを指す。συνδικοῦντι と記す写本もある。

(2) συμβόλαια の後に句点(ピリオド)を、ἀμφοτέρους の後に読点(コンマ)を置く校訂者(Voemel, Rennie, MacDowell, Sandys, Gernet, Murray)に従う。

(3) ランピス。

(4) 契約書によれば、クリュシッポスがポルミオンに貸した金は往復航海のためであったが、クリュシッポスは、ポルミオンがボスポロスでランピスにそれを返済することを許していたことになる。ポルミオンが積荷とともにアテナイに帰ることをやめてボスポロスで商売を続ける場合、あるいは何らかの理由でボスポロスに足止めされた場合のための取り決めであったと思われるが、往復航海契約との整合性に不明な点が残る(一九五頁註(1)参照)。

(5) クリュシッポスとその共同事業者。οἵδε(三人称複数)を、話者は自分自身と横に立つ共闘者を指す動作とともに言っているとも考えられる。

(6) 恣意的書き替えを防ぐために二通。一通は銀行家キットスのもとにある(六節)。

(7) クリュシッポス。τοῦτον(三人称単数)を、話者は自分自身を指す動作とともに言っているとも考えられる。

品を船に積み込むべし、さもなければ五〇〇〇〇ドラクマ[1]払え、とも契約書は君に命じている。君は契約書のこの部分を無視して、最初から違反して商品を積み込まず、契約書の一句を自分から踏みにじる行動を取っていながら、その一句ゆえに異議を唱えるのか。[2] ボスポロスで商品を船に積み込まなかったのに、金貨を船長に返したと言うとき、なぜ君はなおも船のことを持ち出すのか？　とにかく何も積み込まなかったのだから、一緒に危険を背負っていたわけではないだろう？　三四　そしてアテナイのみなさん、最初彼は商品を積み込んだかのように装って、その逃げ口上[3]に跳びつきましたが、そんな嘘をついていることがあれこれ多くのことからばれそうになったとき──ボスポロスの港湾[4]管理官の手許にある公収目録から、また同じ頃取引所に滞在していた人たちによって──、そのとき手口を変えてランピスにくっつき、金貨を彼に返したと言いました。三五　彼は契約書がそう命じているのをこれ幸《さいわ》いと、自分たちの間だけでやったことならそう簡単に私たちが見破れないだろうと考えたのです。そしてランピスときては、この男によって買収される前に私[5]に言ったことは、すべて心神喪失状態にあったときに言ったのであり、私の金貨の取り分をもらった後は正気に戻って、すべてを詳細に憶えていると言うのです。

三六　ところで裁判員のみなさん、ランピスが私だけを見くびっていたのなら、何も驚くことはなかったでしょう。ですがじっさいにはみなさん全員に対して、ポルミオンよりはるかに不届きなことをしました。というのはボスポロスでパイリサデス王が布令を出して、アッティカ[6]の取引所に向けてアテナイへの穀物輸出を望む者は、免税で穀物を輸出してよいという措置をとったとき[7]、ボスポロスに滞在していたランピスは穀物輸出許可を取得して国家の名において免税措置を受け、大きな船に穀物をいっぱい積んでアカントス[8]へ

入港させ、みなさんの金[9]でこの男［ポルミオン］と結託した者がそれを売りさばきました。三七　しかも裁

（1）五〇〇〇ドラクマという高額な罰金の根拠については、さまざまな解釈があるが、その一つに、資金をアテナイへの穀物輸入以外の目的に使うことへの防止策とする見解がある。
（2）話者はポルミオンの申し立て、「船が無事に着けばという条件が契約文言にあり、船は難破したのだから、返済義務はない」に対抗する。すなわち「［復路の］商品を積み込んだ船が無事に着けば」というのが返済義務解消の条文であるのに、復路の商品を積み込まなかったのであるから、「復路の商品を積み込んだ船」という契約条件を満たさなかった場合の難船は返済義務を消滅させない、という論法。
（3）難破したので返済不要という遁辞。
（4）港湾管理官は通関税あるいは港湾費取り立てを請け負った。
（5）ランピスがこう言ったとき、話者はクリュシッポスと一緒にいたか、あるいはクリュシッポスがここで再び話者になっているか、判然としない。本弁論の謎、すなわち話者は誰かの疑問をいっそう深める一句である。
（6）「アッティカ」はアテナイを中心に、周縁の広域田園地帯をも含む呼称。しばしば「アテナイ」と同義に使われる。
（7）ボスポロス王パイリサデス一世は、父レウコン一世の施策を継いで、アテナイへの穀物輸出の関税免除という友好政策を取った。三九節で言及される飢饉時、すなわち前三二七年、デモステネスの提案によりアゴラにパイリサデス王と二人の息子の彫像が建てられた（デイナルコス『デモステネス弾劾（第一弁論）』四三参照）。
（8）カルキディケ半島の町。マケドニア領。
（9）「みなさんの」（Voemel, Rennie）ではなく底本校訂者の「われわれの」を採れば、アカントスで売られた穀物の購入資金はクリュシッポスらの金を意味し、ランピスとポルミオンへの怒りの正当性を裏づけるであろうが、自分たちのアテナイへの寄与と対比させたい（三七―三九節）話者の、ポルミオン－ランピスによるアテナイへの損害を強調する主旨は薄れかねない。

判員のみなさん、アテナイに居住し、妻子も住まわせていながら、法律がアッティカの取引所以外のどこかほかのところに穀物を輸送したアテナイ居住者に極刑を科しているというのに[1]、彼はそんなことをやったのです。しかもあの危機的状況で、市街地の住民はオデイオンで[2]ひきわり大麦を測ってもらって配給を受け、ペイライエウスの住民は造船所でパンを一オボロス分ずつ[3]分けてもらい、マクラー・ストアーでヘーミエクトン[4]のひきわり大麦を、踏みつぶされそうになりながら計量してもらった、まさにあのときにやったのです。私が真実を言っていることを示すために、どうか証言と法律を取り上げてください。

証言　法律

三八　ですからポルミオンは、この男を相棒に[5]、また証人[6]にも使って私たちから金を騙し取ってもいいという考えなのです。そのわれわれは、みなさんの取引所に穀物を運び続け、この国を三たび襲った危機、そして民衆のために真に尽くす者をみなさんが試練にかけたあの非常時に、一度たりとも遅れを取ったことはありませんでした。いえ、アレクサンドロスがテバイに入ったとき[7]、われわれはみなさんに銀一タラントンを寄贈しました。三九　そして以前穀物が値上がりして一六ドラクマにまでなったとき、われわれは一万メディムノス以上の小麦を輸入して、公定価格[8]の一メディムノスにつき五ドラクマで量ってみなさんに分けましたが、そのことをポンペイオンで[9]量り売りしてもらったみなさんはご存知のはずです。そして去年[10]は民衆のための穀物購入費として一タラントンを、私と兄弟は寄付しました。

これらの証言を読んでください。

---

(1)『ラクリトスへの抗弁（第三十五弁論）』五〇参照。リュクルゴス『レオクラテス弾劾（第一弁論）』二六―二七に、その犯罪事例糾弾がある。

(2)アリストパネス『蜂』一一〇九行によれば、ペリクレスが建てた音楽堂オデイオンが法廷に使われることがときにあり、ポリュデウケス『辞林』八-一三三によれば、穀物に関する訴訟がここで審理された（『ネアイラ弾劾（第五十九弁論）』五二参照）。穀物の配給もここで行なわれた。

(3)オボロスは通貨の最小単位（巻末付録「貨幣制度と度量衡」参照）

(4)マクラー・ストアーはペイライエウスの穀物倉庫。「ヘーミエクトン」は文字どおりには「六分の一の半分」すなわち「一二分の一」。穀物の単位メディムノスで計れば、一メディムノスはほぼ五一・八四リットルなのでヘーミエクトンは四・三二リットル。

(5)読まれた証言で言及されたランピスのこと。

(6)奴隷身分のランピスは、私的仲裁では証言を許されるが、証人として法廷に立つことはできない。しかし四六節参照。

(7)前三三五年、蜂起したテバイを、マケドニア王アレクサンドロスが殲滅した。この年アテナイは危機的穀物不足に苦しんだ。穀物価格騰貴は前三三〇／二九年、および前三二八／二七年にも起こった。

(8)底本校訂者は採用していないが、Koehler ほかによる ἀντί の脱落補填で、「公定価格の代わりに五ドラクマで」の読みがある。

(9)ディピュロン門近くの建物。パンアテナイア祭の行列用衣装、神事用具などが保管されていた。パウサニアス『ギリシア案内記』第一巻二-四参照。

(10)前三二八／二七年の飢饉を「去年」と言っていると思われるところから、本弁論の年代が前三二七／二六年と推定される。

四〇　しかしたしかにこれらをも証拠にすべきであるならば、みなさんに褒めていただきたい一心でこれほどの額の金を寄付した私たちが、他方でポルミオンを不当告訴してありもしない罪をかぶせて、いまのよい評判までむざと捨てたりするとは、およそありえないことです。したがって、裁判員のみなさん、私たちに味方してくださることこそ正義に適います。なぜならみなさんにはっきりお見せしたからです、この男ははじめにアテナイで借りた金全部に値する商品を船に積み込まなかったということ、[1]ボスポロスで売りさばいた金で片道航海のために貸してくれた人たちに返済するのに四苦八苦したということ、四一　さらに彼はそれほど金回りはよくなかったし、二六〇〇ドラクマの代わりに三九ムナ払うほどおろかではないし、そのうえ、申し立てているようにランピスに金貨を返したとき、私の奴隷もボスポロスにいた私の共同事業者も[2]証人として呼ばなかったということを。とにかくこの男に買収される前に、金貨を受け取らなかったとランピス自身私に証言したことははっきりしています。四二　じっさいポルミオンがこんなふうに［自分の言い分の］一つ一つを示したなら、ほかにどんなふうによりよい答弁ができたでしょう？　でもこの［私の］告訴[3]が許されることを、法律自体が証言しています、海上交易訴訟は、アテナイで結ばれた契約およびアテナイの取引所に向けての交易のための契約を扱うと。つまりアテナイで結ばれた契約のみならず、アテナイ行きの航海のための契約すべてを含むと。

　どうか法律を取り上げてください。

法律（複数）

四三　さて、アテナイでポルミオンと私が契約を交わしたことは、彼らも否定しませんが、この裁判は許されないと言って訴訟差し止めを要請しています。では裁判員のみなさん、私たちが契約を交わした場所であるアテナイの、みなさんのところでなければ、いったいどの法廷に訴え出ればいいのでしょうか？　理不尽千万ではありませんか、アテナイへの航海ゆえに私が不正を受けた場合は、みなさんの法廷でポルミオンを裁判にかけることができるのに、契約がみなさんの取引所において結ばれたとき、アテナイで裁きを受け

（1）後で借りた五五〇〇（テオドロスから四五〇〇、ランピスから一〇〇〇）ドラクマ分の商品しか積まなかった。七節参照。

（2）八節で言及されたボスポロス在留の奴隷と共同事業者を指すとすれば、二一節でクリュシッポスと交代したと想定される話者の奴隷と共同事業者でもあるのか？　二八節では「ボスポロスにいた私たちの奴隷をも共同事業者をも証人に立てず」と言われている。

（3）「この［私の］告訴」は、クリュシッポスがポルミオンを相手取り契約不履行のかどで訴えた最初の本案訴訟（エウテュディキアー）を指す。話者は、ポルミオンの訴訟差し止め請求は無効であるという議論に戻る。私に訴えられたポルミオンは、訴えられた事項に逐一反論したならば、最善の自己防衛をすることができただろう、それができなかったから、訴訟差し止め請求をして私の告訴を止めようとした、そういう手段に訴えるところが、彼の主張の無効性を物語っている、の意。

ることを彼らが拒むとすれば？　四四　そして私たちがテオドトスに仲裁裁定を頼んだとき、彼らを相手取った私たちの訴えは許されると、彼らは認めました。ところがいま以前に認めたことの正反対を言っています、すなわち彼らは市民待遇外国人テオドトスの仲裁裁定なら受けて、訴訟差し止めの請求はしないでおくのに、私たちがアテナイの民衆法廷にこの一件を持ち込むなら、裁判はもはや許されないかのように言うのです。[1]　四五　私としてはこのように考えています、もしテオドトスが訴えを斥けて、現に私たちが民衆法廷に行くようにというテオドトスの決定に従っているこの裁判を、彼が差し向けた法廷においては許されないものと言ったとしたなら、いったい彼［ポルミオン］は訴訟差し止め請求の文書に何と書いたでしょうか？間違いなく私は世にも非道な仕打ちにあったでしょう、もし、法律がアテナイで結ばれた契約に関する訴訟はテスモテタイ［法務執政官］[2]のもとで行なわれるべしと命じているのに、法律に基づいて票決することを誓ったみなさんがこの訴訟を却下する[3]とするなら。

四六　ですから私たちが金を貸したことは、協定書とポルミオン自身が証人です。ところが返済の証人は、共犯者ランピス以外は誰もいません。ポルミオンはランピスだけに拠って、返済したと言いますが、私が拠るところは、ランピス自身と、ランピスが金貨を受け取らなかったと言ったときに聞いていた人たちです。ポルミオンはその人たちが真実を証言していないと言うなら、その私の証人たちを裁判にかけることができますが、[4]私は彼の証人たち、すなわちランピスが金貨を受け取ったと証言したことを知っていると言う人たちをどうすることもできません。もしランピスの証言がこの法廷に出されていたなら、[5]私が彼に偽証告発意志通告[6]をすればいいじゃないか、と彼らは言ったでしょう。でも私にはその証言はありませんし、彼［ポル

(1)仲裁人の市民待遇外国人テオドトスが案件の民衆法廷への回付を望んだことは、ポルミオンにとって不利な方向に事態が向くことを意味した。年が変わる間にテオドトスを抱き込んだと思われるポルミオンは、改めて民衆法廷の裁定を得ようとするクリュシッポスに対し、訴訟差し止め請求で勝訴しようとしている。テオドトスを買収しようとした不正だけでなく、非市民（テオドトス）の裁定を市民（民衆法廷）の裁定より良しとするのは、アテナイ市民である裁判員への侮辱であろう、の含意。

(2)テスモテタイ（法務執政官）はここでは海上交易訴訟を主宰する公職者として言及されているが、九人のアルコーン（執政官）のうちの六人で、他種の訴訟をも受け付け、予審を行なって民衆法廷に送り、裁判を主宰するなど、司法行政全般を統括する重責を担った。補註M参照。

(3)ポルミオンが起こした訴訟差し止め請求の正当性を認めることによってポルミオンを勝たせるとすれば、の意。「この訴訟」は、本案訴訟であるクリュシッポスによるポルミオン告訴。

(4)偽証罪で裁判にかける、の意。四五―四六節の議論は解釈困難である。研究者間にさまざまな試みがあるが、未解決である。双方とも証人が「ランピスの証言を聞いた人」であれば、その証言は偽証罪にあたらないため、「どうすることもできない」のはクリュシッポス側だけではない。訳者としては、伝聞証言は法によって許されない（『エウブリデスへの抗弁（第五十七弁論）』四参照）ことを示唆している可能性を考えるが、なお疑問は残る。クリュシッポス側の証人は「ランピスが受け取っていないとクリュシッポスに言ったとき、立ち会って聞いた人々」（一一、四六節）であるのに対して、ポルミオン側の証人が、「ランピスが受け取ったと仲裁人テオドトス［単数］に言ったのをテオドトスから聞いて『知っている』」（四六節）人々を指すとすれば、後者は伝聞証言である。

(5)ポルミオンから金を受け取ったというランピスの証言（一八節）は仲裁人テオドトスのもとでなされた。私的仲裁であったため、文書化されなかったのであろう。

(6)「偽証告発意志通告（ἐπισκήπτεσθαι）」は、虚偽の証拠を出した証人を偽証罪（ディケー・プセウドマルテュリオーン）で告発するという通告。その後あらためて偽証罪に対する私訴が正式に起こされる。アリストテレス『アテナイ人の国制』第六十八章四参照。

ミオン」はみなさんに採決を促すための保証を何も残さなければ、無傷で放免されるはずだと思っています。四七　でもポルミオン自身が金を借りたことを認めながら、返済したと言うとき、その彼が認めたことを無効にして、異議を唱えたこと[1]を有効とみなさんが票決するなら、そんなおかしなことがあるでしょうか？そしてこの男が証人として頼りにするランピスが、金貨を受け取っていないという最初の証言を否定したからといって、そのことを証明する人はいないのに、みなさんがランピスは金貨を受け取ったと断を下すとすれば[2]？　四八　そして彼が真実を述べた事柄を証拠として採用せず、後で買収されてから述べた虚偽をより信頼に値すると見なすのであれば？　そうです、アテナイのみなさん、後から組み立てられた嘘より最初に言われたことを証拠とする方がはるかに正しいのです。なぜなら初めの方を彼は下ごころあって言ったのではなく真実を語ったのですが、後のは自分の利益のために吐いた嘘ですから。

四九　アテナイのみなさん、思い出していただきたい、ランピス自身でさえ金貨を受け取らなかったと言ったことをけっして否定はしなかったのであって、言ったと認めたのに、気が触れた状態で言ったというのです。でも彼の証言の、詐取する側を利する部分[3]をみなさんが信頼して、詐取される側のためになる部分[4]に信を置かないとすれば、そんな馬鹿なことがあるでしょうか？　五〇　いいえ、そんなことがあってはなりません、裁判員のみなさん、みなさんは貸し手に担保を渡さずに取引所で多額の金を新たに借りたため[5]、民会で弾劾裁判に訴えられた男を、アテナイ市民であり将軍を父親に持つ男でありながら死刑に処した人々と同じ方々です[6]。五一　つまりみなさんはこうした人間を、たまたま取引した相手に不正をはたらくばかりでなく、みなさんの取引所にも公的損害を与える輩と考えておられます。けだし当然です。なぜなら交易従事者が順調に事業を行なえるのは、金を借りる人たちではなく、貸す人たちのおかげであって、貸し手の持ち分[7]が取り上げられてしまえば、船も船主も乗船者[8]も出航できないからです。五二　ですから法律には彼らを助ける多数のすばらしい規定があります。とするとみなさんは法律に則って悪を正し、卑怯者を容赦せず、交易からできるだけの利益を生み出さねばなりません。危険を顧みず自分のものを差し出す人々をみなさんが守り、その人たちがこのような野獣に害されることを許さなければ、それは可能でありましょう。

私は自分に言えるかぎりのことは言いました。もしみなさんがお命じになるなら、味方の別の者を呼びましょう。

---

(1)「異議を唱えたこと」とは、契約書に従って返済したからもはやクリュシッポスとの間に契約は存在しない（三、四節）というポルミオンの言い分。

(2)諸写本の εἰσὶ を採り、底本校訂者の ἐστὶ を採らない。

(3)返済を受けた、というランピスの言葉。

(4)返済を受けていない、というランピスの言葉。

(5)借金の担保にしたものを、二重に担保にして別の借金をした。

(6)ここ以外には知られない事件。民会で提起される弾劾裁判（エイサンゲリアー）は、国家反逆など重罪告発に多く用いられた。この箇所は従来、弾劾裁判が商業関連事由にも適用されえたことの資料とされてきたが、この穀物不足の時期（前三二八／三二七年）、穀物貿易に関する海上交易法違反は国家的犯罪と見なされたためという解釈が有力になっている（デイナルコス『カリステネス弾劾』断片一八（Sauppe）、Isager & Hansen, p. 207 参照）。

(7)「貸し手の持ち分」は穀物輸入に必須の航海のために貸し手が提供する資金と、そこから得られる貸し手の利益の両面を指す。単に「貸し手の役割」という解もある。

(8)「乗船者」はこの文脈では貿易商人を指すであろう。ἐπιβάτης は広い意味をもつ語で、商船の乗組員を指す場合もあった。

リバニオスの概説

一　貿易商ポルミオンがボスポロスへ航海するために、クリュシッポスから二〇ムナを借りる。かの地に到着したものの、運んだ商品は売れなかった。それゆえ船長ランピスがアテナイへ帰航しようとして、クリュシッポスからの借金額に相当する商品を船に積み込むようにポルミオンに促したとき（契約書にそういう条文があった）、ポルミオンはどんな商品も金銭も積み込まず、ランピスに向かって、現状ではそれができないが、遠からず別の船に商品を積んで出航すると言った。二　そこでランピスの船は出航したが、難破して、ランピスはわずかな人とともに救命ボートに乗って命拾いをし、アテナイに帰着して、クリュシッポスにポルミオンの幸運、すなわちボスポロスに居残って商品も積み込まなかったことを告げる。後で帰航して借金返済を請求されたポルミオンは、最初は――クリュシッポスの言うところによると――借金していることを認めもし、返す約束もしたが、後になって、ランピスに返したからもう債務は何もないと言った。つまり海上で船が遭難すれば、ポルミオンは負債を免責されると契約書に書いてあるというのである。三　そこでクリュシッポスは彼を訴えたが、ポルミオンは訴訟差し止め請求をし、ランピスは仲裁人のもとでこう証言した、ボスポロスでポルミオンから金銭を受け取ったが、難破で他のものと一緒になくした、と。しかし以前にはクリュシッポスにこれと反対のこと、すなわちポルミオンは船に何も積み込まなかったと言ったのである。これを問いただされてランピスは、クリュシッポスにあれを言ったとき、心身喪失状態にあった、と言った。この人たちの話を聞いて仲裁人は、裁定を出さずに法廷に事案を回付した。四　よって裁判は名目上訴訟差し止め請求（パラグラペー）であるが、じっさいは直接的な裁判［本案訴訟］である。すなわち演説者が最初にじつに適切に強調しているとおり、すべては同意条項どおり行なわれた、ランピスに金銭を返したし、それを命じ海難の際は負債を免責している契約書の文言どおり、すべては行なわれたと申し立てることは、まったく訴訟差し止め請求ではないのである。そういうことは本案訴訟で争い、向けられた告訴を受けて立とうとする人のすることであって、こういうことに関する裁判と訴訟提起の妥当性を否定しようとする人のすることではない。演説者が言うには、法が訴訟差し止め請求を許しているのは、アテナイにおいて、あるいはアテナイのための契約がなんら結ばれていない場合である。

五　この演説には、話者は一人ではないという『ネアイラ弾劾』におけると同じ状況が見て取れよう。しかしかの演説では話者の交替は明瞭であるが、本弁論でははっきりしない。少なくとも私［リバニオス］には、ここから第二の話者が弁じていると思われる、「アテナイのみなさん、テオドトスは私たちの言うことを何度か聞いて、ランピスが嘘の証言をしていると考えたのですが」［二一節］。ともかくポルミオンに抗弁して裁判で争っている人たちが、共闘者たちであることは明らかである。

第三十五弁論

ラクリトスへの抗弁

木曽明子訳

第三十五弁論　ラクリトスによる訴訟差し止め請求への答弁

序論　ラクリトスを告訴した本案訴訟の正当性（一―五）

本論　ラクリトスの弟たちアルテモンとアポロドロスへの金銭貸付契約（六―一七）

弟たちによる契約違反（一八―二七）

首謀者ラクリトスの卑劣さと詭弁（二八―四九）

海上交易の法規違反者の罪の重大さ、アテナイが被る損失（五〇―五四）

結論　話者の答弁が支持されるべきこと（五五―五六）

リバニオスの概説

一　裁判員のみなさん、パセリス人たち(1)はなんら新しい手を使っているわけではなく、いつもの習いを繰り返しているだけです。なぜなら取引所で金を借りることにかけては、彼ら以上にずる賢い人間はなく、金を受け取って海上交易の契約書を取り交わすやいなや、即刻契約条項も法律も、借入金の返済義務もきれいさっぱり忘れて、二　万が一返すとしても、自分の所有財産を何か失ったと考えて、返す代わりに詭弁や訴訟差し止め請求やあれこれ言い訳を見つけてくるのですから、彼らはこの世で最も卑劣で不正な輩です。その証拠はこれです。みなさんの取引所には、ギリシア人も非ギリシア人も多数が訪れますが、これらパセリス人の訴訟だけで、開廷時(2)ごとにほかの人全部をあわせた件数よりも多いのです。三　パセリス人とは、いいですか、そういう人種です。ところが私(3)は、裁判員のみなさん、この男の弟アルテモン(4)に、ポントス［黒

(1) パセリスは小アジアの南部リュキアの東岸の町。
(2) 海上交易訴訟は、航海可能なムニキオン月からボエドロミオン月（大体四月から九月）を外して冬季に行なわれた。『アパトゥリオスへの抗弁（第三十三弁論）』二三参照。
(3) スペットス区所属のアテナイ市民。名はアンドロクレス。碑文に二回（*IG* II² 1593）名が現われ、弟の公共奉仕記録も残るところから、富裕層に属していたと考えられる。
(4) おそらくラクリトス、アルテモン、アポロドロスの年齢順と思われる三人兄弟の二番目アルテモンは、この弁論時すでに死亡している。

海］へ行ってアテナイに戻る航海のために、海上交易法に基づいて金を貸しましたが、アルテモンが金を返さずに死んでしまったので、ここにいるラクリトス[1]に対して、契約したときに依拠したそれと同じ法律に則って、この訴訟を起こしました。四　ラクリトスはアルテモンの兄であり、その財産全部を手に入れて、アルテモンがこの地［アテナイ］に残したものとパセリスで所有していたものすべてを所有し、アルテモンの全財産の相続人であるからです。しかし彼は弟の遺産を所有して自分の思うように処理しておきながら、他人の金を返さず、いまになって自分は相続人ではないしアルテモンの財産とは関わりないと、そう申し立てることを認める法律を提示できていません。五　この男ラクリトスの卑劣さはこのとおりです。ですが私としては、裁判員のみなさん、みなさんにお願いしたい、どうかこの一件についての私の語るところを善意をもって聞いていただきたい。そして金を貸した私たちに劣らずあなた方も被害を受けたことを私が証明すれば、どうか私たちに当然あるべき援助の手を差し伸べていただきたい。

六　私自身は、裁判員のみなさん、この者らを知りもしなかったのですが、かのスペットス区の人ディオパントス[2]の息子トラシュメデスとその兄弟メラノポスとは昵懇の間柄で、この上なく親密なつき合いをしています。その人たちがこのラクリトスとどういうわけか知り合いになって（どうやってか、私は知りませんが）、この男を連れて私のところへ来て、七　彼の弟たちアルテモンとアポロドロスに金を貸してやって欲しい、ポントスへ行って交易ができるように、と頼みました。トラシュメデスもこの者らの腹黒さを何も知らず、てっきり誠実で見せかけどおり、言葉どおりの人間だと思いこんで、裁判員のみなさん、このラクリトスが約束し保証したことすべてを、弟たちが実行するだろうと信じて疑わなかったのです。八　けっきょく彼［トラシュメデス］は完全に騙されていたのです、そしてどんな野獣を相手にしていたかを、露ほども知らなかったのです。そして私もトラシュメデスと彼の兄弟が言うことを信じ、このラクリトスが自分の弟たちはやるべきことをきちんと果たすだろうと請け合うのを真に受けて、カリュストス在住の私たちの友人(3)と共同で銀三〇ムナを貸しました。九　そこでまず、裁判員のみなさん、私が金を貸した際の契約書と、貸借に立ち会った証人の言葉を聞いていただきたい。その後でほかのこと、どんなふうにこの者らが賃借について土塀破り(4)をしたかを明らかにしましょう。

　契約書と、次に証言を読んでください。

(1) この答弁の相手であるラクリトスは、アテナイ在住の居留外国人（メトイコス）。弟たちと違って貿易商人ではない。高名な弁論家イソクラテスについて学んだ後、弁論術教授を収入の道としたらしい。プルタルコス『デモステネス伝』二八は、ヘルミッポス（*F. Gr. H.* 1026 F54）を典拠に、「弁論家ラクリトス」が弟子を取ったことを記している。

(2) ディオパントスは民主派として知られた、エウブロスとならぶ有力政治家。国家財政にも深く関わり、観劇手当の分配（「アイスキネスへの古註」三-二四）、国家事業への奴隷の雇用（アリストテレス『政治学』第二巻第七章一二六七b一八）の提案などでこの時期国政全般に大きな指導力を発揮した（『使節職務不履行について（第十九弁論）』八六、一九八、二九七ほか参照）。話者アンドロクレスと同じ区出身でもあり、高名な市民でもあるディオパントスとの縁故ゆえに、自分は信用して融資をしたの含意。メラノポスは『ティモクラテス弾劾（第二十四弁論）』一二五―一二七で言及されるアテナイ市民か？

(3) エウボイア島南部の町カリュストス在住の友人とは、次の契約書に名の出るナウシクラテス。

(4) 土塀破り（τοιχωρύχος）は、夜闇のなか塀の下の土を掘り穿って民家に忍び込み、盗みをはたらく夜盗のこと。

一〇　契約書――スペットス区の人アンドロクレスとカリュストスの人ナウシクラテスは、パセリス[1]人アルテモンとアポロドロスに、銀貨三〇〇〇ドラクマを貸し付けた。アテナイからメンデあるいはスキオネを経由してボスポロス[2]［王国］に到る航海のため、ただし望むなら［黒海］左岸をボリュステネス河[3]まで航行し、再びアテナイに帰着するためであり、利息は一〇〇〇ドラクマにつき二二五ドラクマである[4]。しかしアルクトゥロス星が昇った後[5]にポントスから出航してヒエロン[6]に向かう場合は、利息を一〇〇〇ドラクマにつき三〇〇ドラクマとする。担保として、船長ヒュブレシオスの指揮する二十櫂船[7]でメンデあるいはスキオネから搬送されるメンデ産葡萄酒[8]三〇〇〇壺を設定する。一一　彼ら［アルテモンとアポロドロス］はこれら［の商品］を担保とするが、他の誰からもこれらを担保として借金しておらず、またさらに［これらを担保に］いかなる新規の借り入れも行なわないこととする。そしてポントスから同じ船で、往路の積荷の収益をもって購入し船載される商品すべてを、アテナイまで持ち帰ることとする。商品がアテナイに無事到着すれば、借り手は貸し主の受け取るべき[9]金銭を、契約書に基づいてアテナイ到着後二〇日以内に全額支払うこととする、ただし乗船者全員の投票による合意決定の上で投棄する打ち荷ならびに敵対者に金を渡す場合[10]はこれを除く。それ以外［の損害について］はいかなる減免もなしとする。また借り手は、契約書に従って貸し主のものである金額の支払いまで、担保を欠損なく貸し主に渡して、貸し主に処分権を認めるものとする。一二　なお合意された時間内に支払いがなければ、入れられた担保を貸し主が担保に入れること、もしくは時価[11]で売却することが許されるものとする。また契約書に従って貸し主が受け取るべき金額に不足が生じる場合は、貸し主がアルテモンとアポロドロスから、個別の貸し主の、あるいは両貸し主共同の執行の別を問わず、陸海のどこにおい

てであれ、彼らが所有するすべての財産からの差し押さえを許されることとする。それは彼らが裁判に敗訴し

（1）いずれもエーゲ海西北部のカルキディケ岬西側のパレネ沿岸の港町。どちらに入港するかは天候条件などにより判断した。近接地オリュントスが前三四八年にマケドニアの支配下に入ってから後は、アテナイ商船の寄港地であり続けることは困難であったと考えられるところから、本弁論の年代をオリュントス攻略の始まった前三四九年以前とする見解が有力である。
（2）ボスポロスは黒海北方とアゾフ海にまたがるキンメリアの王国（トラキアのボスポロス海峡とは別）。
（3）ウクライナのドニエプル河。「左岸」は東に向かって航行する船の北方沿岸沿いにの意。
（4）二二・五パーセントは高金利であるが、海上交易の危険を勘案したもの。
（5）九月中旬頃昇るアルクトゥロス星は、航海シーズンの終わりを告げた。この後天候条件は悪化し、航海は大きな危険を伴った。したがってより高い金利となった。
（6）ヒエロンはトラキアのボスポロス海峡のアジア側の岬でゼウスの神殿があり、ポントス（黒海）からアテナイへ帰航する商船の寄港地であった（『レプティネスへの抗弁（第二十弁論）』三六参照）。
（7）通常商船は丸型の帆船であった。二十櫂船は、円滑に帆走に入れるよう補助的に使う櫂をそなえていた船か。
（8）メンデ産葡萄酒は喜劇（クラティノス「断片」一九五（Storey））によれば、高級白葡萄酒。
（9）「貸し主が受け取るべき金銭」は元金に利子がついた金額の意。
（10）嵐に遭遇した船は、打ち荷（船荷の投棄）によって重量を軽減する必要があった。打ち荷は船長の独断ではなく、乗船商人全員の投票によって決定され、損失高は各自の搭載商品の量に応じて算出された。海賊など敵対者による損失も同様に算出した。
（11）貸し主に可能な価格、との解がある。

て負債を負いながら、返済の期日に遅れた場合と同様の措置である。一三　しかし天狼星(1)出現の後一〇日へレスポントス(2)にとどまってポントスに入らず、アテナイ船籍の船への拿捕押収権のない港(3)において積荷を陸揚げし、そこからアテナイに帰航するなら、前年に契約書に記入された利子(4)を支払うものとする。万一商品搬送中の船が何らかの事態に遭遇して回復不能となりながらも担保品が無事であった場合、残存物件は貸し主たちの共有とすべきこと(5)。以上の事柄について契約書より優位に立つものはなしとすべきこと。

証人――ペイライエウス区の人ポルミオン(6)、ボイオティアの人ケピソドトス、ピトゥス区(7)の人ヘリオドロス。

一四　では証言も読んでください。

証言――アナギュロス区のアルケダマスの子アルケノミデス(8)は以下のことを証言する、すなわちスペットス区の人アンドロクレスとカリュストスの人ナウシクラテスとパセリス人アルテモンとアポロドロスが彼［アルケノミデス］に契約書を預け、契約書はいまなお彼のところにある、と。

では立会人の証言も読んでください。

---

(1) 天狼星（シリウス）はほぼ七月末に昇った。この後一〇日間ほどは、暴風雨の危険があった。八月はじめまでにポントス（黒

海）に入らなければ、航海シーズンの終わりまでの時間が十分でなく、商機を求めてボスポロスへ行くだけの値うちはなかった。

（2）ヘレスポントスはこの場合ダーダネルス海峡（＝ボスポロス海峡）だけでなく、エーゲ海と黒海との間の全域を指す。

（3）アテナイ人から被害を受けた者が、その地に寄港するアテナイ商船を拿捕し、物品を押収することを合法的に認めていたポリスがあった。

（4）帰港が夏至を過ぎて翌年度にかかっても、前年の契約利率のままにとどまる、の意。すなわち三〇〇〇ドラクマ×二二・五パーセント＝六七五ドラクマ。

（5）難破すれば資金の借り手は貸し主への返済義務を免れるという契約慣行があったが、部分的に無事であった搭載品が担保に入れられた商品であれば、複数の貸し主間の共有とする、という解釈が一般的である。

（6）ポルミオンはおそらく『ポルミオン擁護（第三十六弁論）』のポルミオン。そうであればパシオンの銀行を継いだポルミオンが、潤沢な原資を有して幾艘か船も所有し、人を送って黒海方面との海上交易に深く関わっていたことが考えられる。

（7）この二人については未詳。ピトゥス区はケクロピス族の区。

（8）アナギュロス区のアルケダマスの娘の名が碑文（*IG* II² 7277. 10-11）に認められるところから、アルケダマスの実在性、ひいてはこの契約書の真正性が認められる。アナギュロス区はペイライエウス港とスニオン岬の中間に位置する海岸沿いの区。巻末地図「アッティカの区」参照。

証言――市民待遇外国人[1]テオドトスならびにレウコノイオン区のエピカレスの子カリノス[2]ならびにペイライエウス区のクテシポンの子ポルミオン[3]ならびにボイオティア人ケピソドトスならびにピトゥス区の人ヘリオドロスは、以下のことを証言する、すなわちアンドロクレスがアポロドロスとアルテモンに銀三〇〇〇ドラクマを貸したときに立ち会い、契約書を彼らがアナギュロス区のアルケノミデスに預けたことを承知している、と。

一五　裁判員のみなさん、私は被告が頼み込んできて、契約書に適う私の正当な権利すべてを履行させると請け合ったので、この契約書に従って被告の弟アルテモンに金を貸しましたが、その貸付で私が依拠した契約書は、被告自身が起草し書面にしたためた後、封印に加わったものでした。というのも被告の弟たちはまだ若く、ほんの青二才だったのに対して、このパセリス人ラクリトスは、イソクラテス[4]の弟子でちょっとした有名人だったからです。一六　自分がすべてを管理しているのだから、自分の言葉を聞いてほしい、と彼は力を込めて言いました。彼は、私への責任はすべて果たすつもりだ、そして自分はアテナイに居て、弟アルテモンが商品を預かって航海に出ると言いました。そして裁判員のみなさん、私たちから金を借りようとしたときは、アルテモンの兄であり協力者であると言って、それはそれは言葉巧みに説きつけました。

一七　ところが金を手にするやいなや、彼らはそれを山分けして好き放題に使い、借金の拠り所にした海上交易の契約書どおりのことは、事の大小を問わず何ひとつしませんでした。それは事実によって明らかです。まさにこのラクリトスこそが万事を動かす司令塔だったのです。では契約書の条文を一つ一つ取り上げて、この者らがまともなことは何もしていないということを明らかにしましょう。

一八　まず第一に書かれていることは、彼らが葡萄酒三〇〇〇壺を担保に私たちから三〇ムナ［三〇〇〇ドラクマ］を借りたということですが、彼らはさらに担保になる三〇ムナを持っているのだそうで、葡萄酒の搬入貯蔵にかかる費用を合わせると葡萄酒の価値は一タラントンにのぼるということでした(5)。そしてこれら葡萄酒三〇〇〇壺は船長ヒュブレシオスの二十櫂船でポントスへ運搬するということが書かれています。

（1）居留外国人はアテナイ市民より高い納税を義務づけられていたが、市民待遇外国人は、市民と同等の納税額、公民義務で済むという特典を与えられた居留外国人を指す。テオドトスは『ポルミオンへの抗弁』（第三十四弁論）一八にも登場。

（2）前五世紀の碑文（*IG* I³ 696）に見られる二兄弟の名エピカレスとカリノスは、この一族の同名の旧世代のものと思われる。レウコノイオン区はレウコノエ区の別読みか？

（3）ポルミオンの父の名にケピソポンを記す諸写本を採らず、碑文の記すクテシポンを採る。ペイライエウス区のクテシポンの子ポルミオンは、*IG* II² 1623. 246-247 によって証され、三段櫂船奉仕や軍船の櫂の国家への寄贈などが記録される。

（4）高名な弁論家。弁論術（修辞学）教師として多くの人材を育て、「イソクラテスの学校」と通称された彼の教場は、青雲の志を抱くギリシア全土の青年たちの憧れの的であった。本叢書イソクラテス『弁論集』全二分冊に現存作品を収録。

（5）往復航海用貸付の担保は、通常貸付金の倍額であったと思われる（『ポルミオンへの抗弁』（第三十四弁論）六参照）。アルテモンとアポロドロスは、アンドロクレスとナウシクラテスからの借金の担保にする三〇〇〇壺の葡萄酒の代金が、搬入貯蔵費等を合わせて六〇ムナ（＝一タラントン）に相当すると称した。とするとメンデ産葡萄酒一壺の値段は約二ドラクマ足らずであったと推測される。ケラミオンと壺単位で呼ばれる壺一個分は約二七・三リットル。

一九　裁判員のみなさん、これらがお聞きになったとおり、契約書に書かれている内容です。ところが彼らは三〇〇〇壺はおろか五〇〇壺すら船に積み込もうとはしませんでした。当然買うべき量の葡萄酒を買う代わりにその金を好き勝手に使い、契約書どおりに三〇〇〇壺を船に搬入しようともせず、そんな考えはこれっぽっちもなかったのです。私が真実を言っていることを示すために、この者らと同じ船で一緒に航海した人たちの証言を取り上げてください。

二〇　証言――エラシクレスは以下のことを証言する。［エラシクレスは］船長ヒュブレシオス指揮下の船の操舵手を務め、アポロドロス(1)が船でメンデ産葡萄酒四五〇壺を搬送し、壺の数はそれ以上ではなかったことを知っている、その他にアポロドロスが船でポントスに向けて搬送した船荷は何もない、と。

――ハリカルナッソスのアテニッポスの子ヒッピアスは以下のことを証言する。［ヒッピアスは］ヒュブレシオスの船で船荷監督(2)として航海し、パセリス人アポロドロスが船でメンデからポントスにメンデ産葡萄酒四五〇壺を搬送したこと、その他の積荷は何もなかったことを知っていると。

――［以上のことを］彼［ヒッピアス］は以下の者の立ち会いのもとに法廷外証言をした(3)。アカルナイ区のムネソニダスの子アルキアデス、ヘスティアイア区のピリッポスの子ソストラトス(4)、ヘスティアイア区のエウボイオスの子エウマリコス、クシュペテ区のクテシアスの子ピルタデス(5)、コレイダイ区のデモクラティデスの子ディオニュシオス。

二一　とすると彼らが船に搬入すべきであった葡萄酒の分量について、彼らはこういうごまかしをやって、はやこの第一項から違反を始めて条文どおりにしませんでした。この次に契約書に書いてあることは、彼らはこれら［の商品］を負担なしで、誰にも何をも負わぬものとして担保にし、またこれを担保に誰からも新たに借金をしないということです。こういうふうにはっきりと書いてあります、裁判員のみなさん。二三ところが彼らは何をしたでしょう？　契約書に書いてあることを無視して、誰にも何も借りはないと言って

(1) 一六節で交易の航海に出る予定とされていたアルテモンの名がアポロドロスに取って代わられている。事業はすでにアポロドロスに引き継がれていたか？　アルテモンの死の時期、死因は不明である。

(2) 多数の校訂者による *διοπτεύων* は、副船長役を指すとの解もあるが、ここでは Sandys, Goold ほかに従って船荷監督とした。

(3) 訴訟における証言は、証人が文書として提出し、同時に法廷でその真実性を自身で誓うことを要件としたが、事情により出廷できない者は、一人以上の立会人のもとで法廷外証言（エクマルテュリアー）を行ない、文書化されたその証言が立会人とともに法廷に持ち込まれた。ヒッピアスはおそらく他の海上交易の仕事に出たのであろう、法廷外証言をしたときの立会人すなわち以下のアテナイ市民五人が出廷して証言の真実性を保証した。

(4) ヘスティアイア区の人ピリッポスのもう一人の息子の名が碑文（*IG* II² 1666 A5）で確認される。アカルナイはオイネイス部族の区。補註H、I参照。

(5) クシュペテ区の人ピルタデスの父は、三四節ではクテシアスではなくクテシクレスとなっている。書写生の誤記か？　クシュペテはケクロピス部族の区。前三二二年に、船長として三段櫂船奉仕を行なったことが碑文（*IG* II² 1632. 243）から知られる。コレイダイはレオンティス部族の区。

騙し、さる若者(1)から金を借りました。そしてわれわれを欺き、私たちのものを担保にわれわれに黙って金を借りました。金を貸してくれる若者には、負担なしの商品を担保に借りるのだと言って騙したのです。この者らの悪事はこのとおりです。これらはすべてここにいるラクリトスの弄した詐術です。私が真実を言っているということ、そして彼らが契約書に違反して二重に金を借りたことを示すために、後から金を貸した人その人の証言を読んでもらいましょう。二三 ［書記に向かって］証言を読んでください。

証言――ハリカルナッソスのアラトスは、アポロドロスに銀一一ムナを貸したことを証言する。その担保は彼［アポロドロス］がヒュブレシオスの船でポントスに搬送した商品と、現地で買い付けた帰路の積荷であり、アポロドロスがアンドロクレスから借金をしていたことを、彼［アラトス］は知らなかった。［知っていたなら］彼はけっしてアポロドロスに金を貸さなかったであろう。

二四　この男たちの悪辣無比はこの始末であります。しかしこれに続いて契約書には、裁判員のみなさん、こう書いてあります、ポントスで積み荷を売りさばいた上は、その収益をもって商品を買い付けて復路の積み荷としてアテナイに持ち帰り、アテナイ到着の時点から二〇日以内に認定通貨(2)としてわれわれに返済すべきこと、ただし返済までは商品をわれわれの所有とし、われわれが返済金を受納するまで彼らはそれらを手つかずのままわれわれの管理に委ねるものとする、と。二五　契約書にはこれらがこのとおり正確に書いてあります。だのに裁判員のみなさん、彼らはここでとてつもない暴慢と破廉恥をむき出しにし、契約書の文言を一顧だにせず、契約書なんぞはただの反古たわごとにすぎないと考えていることをあからさまにしました。なにしろ彼らはポントスで代わりの商品を何も買い付けず、アテナイに持ち帰るための荷積みもしなかったのですから。そして金を貸した私たちはといえば、彼ら自身がポントスから帰ってきても、取り押さえるべきものも、われわれのもの［＝金］を取り返すまで手許に置くべきものも何もありませんでした。みなさん方の港に彼らは何ひとつ持ち帰らなかったからです。二六　いいですか、裁判員のみなさん、私たちは前代未聞の非行の餌食にされたのです。というのはわれわれ自身のポリスにおいて、何の不正も犯しておらず、彼らへの賠償金支払い命令も受けていないわれわれが、パセリス人である彼らによってわれわれのものを拿捕押収(3)されたのですから、まるでアテナイ人を拿捕押収する権利がパセリス人に与えられたかのように。なぜなら受け取ったものを返そうとしない者は、他人のものを力ずくで奪ったという以外のどんな名で呼ぶことができるでしょう？　金をわれわれから受け取ったことを認めておきながら、私たちの眼をごまかしたこんなやり口以上に汚い手を、少なくともこの私は聞いたためしがありません。二七　だって裁判員のみなさん、契約事項のうち疑問の余地を残すものは裁定を必要とするのに対して、双方が合意して、それに

(1) 次の証言の証人ハリカルナッソスのアラトスのこと。証言をする証人は、自分を三人称で呼ぶ。

(2) 認定通貨とは、重量と（合金中の金銀の）純度が認定された通貨。

(3) 一三節および二二三頁註（3）参照。「拿捕押収」を比喩的に使った。

関する海上交易契約書も存在している事項は、最終的なものだと誰もが考え、その文言は守られなければならないからです。けれども彼らが契約書に適うことは何ひとつ行なわず、最初の最初から悪だくみと不埒な陰謀を仕掛けてきたことは、証人と彼ら自身によってこれほどにも明らかにされました。

二八　では被告ラクリトスが弄した奸策の最大のものを、お聞かせしなければなりません。これらすべてを指図したのはこの男だからです。この地に到着したとき、彼らはみなさんの取引所に入港せず、取引所の標識[1]の外にある泥棒港[2]に碇泊しましたが、泥棒港に碇泊するということは、アイギナやメガラ[3]に碇泊するのと同じことです。というのはその港からであれば、どこへでも望むところへ、いつでも好きなときに出航できるからです。二九　おまけに船は二五日以上そこに碇泊していましたし、彼らはわれわれの見本市場[4]を歩き回っていましたので、私たちは行って話をして、できるだけ早く私たちに金が戻るよう手配せよと強く言いました。彼らは同意して、ちょうどそれを片付けようとしているところだと言いました。私どもはこうして彼らと接触を続けて、同時に彼らが船からどこからか何か荷下ろしをしているか、関税を払っているかを見張っていました[5]。三〇　ところが彼らはかなりの日数滞在したのに、何か荷下ろしをした様子も見られず、彼らの名で関税が払われた形跡もないことがわかったので、もはや猶予せずに重ねて要求をつきつけて迫りました。私たちがうるさくせっつくと、この男、アルテモンの兄なるラクリトスは、彼らには支払い能力はない、とにかく商品は全部失われてしまった、と答える始末です。そしてラクリトスはこの件について正論を一席ぶてる[6]と言ったのです。三一　裁判員のみなさん、この言葉に私たちは腹を立てました、でも腹を立てても何の得にもなりませんでした。この者らは気にも留めていなかったからです。それでも私たちは、いったいどんなふうにして商品は失われてしまったのかを尋ねました。この男ラクリトスの答えはこうでした、船はパンティカパイオンからテオドシア[7]に到る航路を沿岸沿いに進む途上で難破して、難破の際に船に積んであった自分の弟たちの商品が失われた、と。彼らが言うには、塩魚とコス産葡萄酒その他が積んで

(1) ペイライエウス港の敷地は、印刻された石柱を境界の標識として区切られていた。石柱二基が発見されている。

(2) 泥棒港はペイライエウス港の沿岸沿いの西に位置する小さい入り江。ペイライエウス港における通関税、入港料支払いを逃れたい商人がひそかに利用した。パセリス人船長は、穀物をキオスへ運ぶつもりであった（五二―五三節）ため、ペイライエウス港への入港を避けた、と推測される。穀物輸入が死活問題であったアテナイでは、穀物を持ち帰った交易船はペイライエウス港の所定の場所で陸揚げし、その少なくとも三分の二をアテナイ市内に搬入せねばならないことが法律によって決められていた。（アリストテレス『アテナイ人の国制』第五十一章四参照）残る三分の一はペイライエウスで売られ、消費されたと考えられている。

(3) アテナイから海を隔てたアイギナ島や隣国メガラに碇泊するのと同じ、とは、アテナイを遠く離れた、の誇張表現。両国とも幾度かアテナイと戦争したが、アイギナはアテナイの商売敵であり、植民地を多く持って栄えたメガラもアテナイ人はライバル視した。次行の「いつでも好きなときに」は闇にまぎれて、の意。

(4) 輸入商人が器に入れて持ち歩く商品見本（δείγματα）を、穀物商人が見て買い付けるための市場（δεῖγμα）がペイライエウスにあった（プルタルコス『デモステネス伝』二三参照）。

(5) ペイライエウス港の係官が二パーセントの関税（五十分の一税）の支払い状況を記録していた。

(6) 白を黒と言いくるめる、と言われたソフィスト（詭弁家）ラクリトスへの皮肉。

(7) パンティカパイオンは黒海北岸キンメリアのボスポロス王国の主都（現在のケルチュ）。良港をもつテオドシア（現在のカッファ）は、レウコン王の時代にボスポロス王国に併合され、パンティカパイオンに並ぶ穀物供給源であった。パンティカパイオンから約一一三キロメートル西方。

あったが、もし船で失われることがなかったなら、これらを全部復路の積荷としてアテナイに持ち帰るはずだった。三二　これがラクリトスの言ったことです。そしてこやつらの唾棄すべき行為と嘘八百は聞く価値があります。難破した船については、彼らは何の契約もしていなくて、アテナイからポントスへの運賃[1]と船そのものを担保に金を貸したのは別の男だというのです（貸し主の名はアンティパトロスというキティオン生まれの男でした）。酸っぱくなったコス産[2]の安葡萄酒の甕八〇個と、ある農園経営者のための塩魚を農場の労働者用にパンティカパイオンからテオドシアまで運んでいたというのです。でもなぜこんな言い訳をするのでしょう？　そんな必要はありません[3]。

三三　ではどうか証言を取り上げてください。まずアポロニデスの証言で船を担保に金を貸したのはアンティパトロスであり、難破はこの者らに何の関わりもなかったということを証するもの、次にエラシクレスとヒッピアスの証言で、八〇壺しか船で運ばれなかったという内容のものです。

証言（複数）――ハリカルナッソスのアポロニデスは以下のことを証言する。すなわちキティオン[4]生まれのアンティパトロスが、船長ヒュブレシオスの船とポントスへの運賃を担保に、ポントスまでの航海のためにヒュブレシオスに金を貸したことを知っているということ、彼自身［アポロニデス］もヒュブレシオスと共同の船主であり、彼［アポロニデス］の奴隷たちが一緒に航海していたこと、船が難破したとき彼の奴隷たちはそこにいて、その事実を彼［アポロニデス］に報告したということ、また船はパンティカパイオンからテオドシアへ沿岸航行中に難破したとき空[5]であったことも報告したということである。

三四　――エラシクレスは以下のことを証言する。すなわち彼［エラシクレス］はポントスへ向かう船の操舵手としてヒュブレシオスとともに航海したこと、そして船がパンティカパイオンからテオドシアに沿岸航行したとき、航行中の船は空であって、いまのこの訴訟の被告であるアポロドロス(6)の所有する葡萄酒は船にはなく、約八〇壺のコス産葡萄酒がテオドシアの某のために運ばれつつあった、以上のことを知っている、と。

――ハリカルナッソスのアテニッポスの子ヒッピアスは以下のことを証言する。すなわち彼［ヒッピアス］は船荷監督としてヒュブレシオスとともに船に乗っていたが、船がパンティカパイオンからテオドシアに航行したとき、アポロドロスは船に羊毛一ないし二袋《ふたふくろ》と、塩魚の壺一一ないし一二個と、山羊の皮二ないし三束《たば》を積み、他に何も積まなかったということ、以上である。

---

(1) ναῦλον は船荷の意味もあるが、この場合運賃と解される。乗船者（貿易商人）が目的地に到着後船長あるいは船主に払う。

(2) コス島はエーゲ海東南。島名はいまも変わっていない。

(3) 難破で船とコス産葡萄酒と塩魚が失われても、船はアンティパトロスとヒュブレシオスとの間の担保物件であり、コス産葡萄酒と塩魚は話者アンドロクレスとは無関係の船荷なので、ラクリトスの債務消滅にはならない、と話者アンドロクレスは言いたい。

(4) キティオンはキュプロス島の町。

(5)「空」は約定の積荷はなし、コス産葡萄酒八〇壺と塩魚だけ、の意。

(6) 話者アンドロクレスがアポロドロスを被告とした告訴も行なったと推断させる一句。この証言はアポロドロスを被告とした最初の告訴で使われたが、ラクリトスへの答弁である本弁論にも有効として出されたのであろう。二〇、二三節も同じ扱いと思われる。

——〔以上のことを〕彼〔ヒッピアス〕は以下の者の立ち会いのもとに法廷外証言した。[1] アピドナ区のダモティモスの子エウピレトス、テュマイタダイ区のティモクセノスの子ヒッピアス、ヘスティアイア区のピリッポスの子ソストラトス、トリア区のストラトンの子アルケノミデス、クシュペテ区のクテシクレスの子ピルタデス。[2]

三五　この者らの破廉恥ぶりはこのざまです。けれども、裁判員のみなさん、ご自分でよく考えていただきたい、そもそもこのアテナイにポントスから葡萄酒を、それもよりによってコス産の葡萄酒を貿易で運び込んだ者がかつていたのを知っているか、あるいはそうと聞いたことがあるかどうかを。いえ、すべては逆で私たちの側《がわ》の地域、ペパレトス、コス、タソス、メンデその他の都市[3]からあらゆる種類の葡萄酒がポントスへ運ばれるのです。ポントスからこちらへ輸入されるものはまったく別の品々です。三六　私たちが引きとめて何かポントスで残った商品があったかどうかを問いただしたとき、ラクリトスは、一〇〇キュジコス・スタテール[4]が残ったが、この金貨も彼の弟がポントスである同郷のパセリス市民で船長をやってる、自分の親しい友人に貸して返してもらえないので、まあなくしたも同然だと、こうぬかしました。三七　これが被告ラクリトスの言ったことです。でも裁判員のみなさん、契約書はそんなことは言っていなくて、彼らに、帰り荷をアテナイに持ち帰れと、ポントスで任意に選んだ誰かれに、断りなくわれわれのものを貸すなと、そしてわれわれが貸し付けた金銭を全額受け取るまで、手つかずのままアテナイの私どもに差し出せと命じています。どうかもう一度契約書を読んでください。

契約書(5)

三八　裁判員のみなさん、いったい契約書はこの者らに私たちの金を貸せと、しかも私たちの知らない、一面識すらない人間に貸せと命じているでしょうか、それとも復路の積荷をアテナイへ運んで私たちの目の前に揃えて、手つかずのまま手渡せと命じているでしょうか？　三九　契約書はそこに書かれたことよりも何かが優位に立つことを許さず、どんな法律も民会決議文も、それにほかの何であれ契約書に逆らうものを持ち出すことを許しません。ところが被告らはそもそもの初めからこの契約をまったくないがしろにして、

(1) 二〇節および二二七頁註（3）参照。
(2) アピドナはアイアンティス部族の区、テュマイタダイはヒッポトンティス部族の区、トリアはオイネイス部族の区、クシュペテはケクロピス部族の区。したがって法廷外証言の立会人はいずれもアテナイ市民である。
(3) ペパレトスはエーゲ海北西部のスポラデス諸島の一、現代のスコペロス。いまも古名のままのタソスはエーゲ海北端の島。
(4) キュジコス・スタテールはほぼ金四分の三、銀四分の一の合金エレクトロンの貨幣。時と場所による両替率の変動はあるが、一キュジコス・スタテール＝二八アッティカ・ドラクマの両替率で一〇〇キュジコス・スタテールを数えれば、総額はアンドロクレスとナウシクラテスが貸した金額とさほど変わらない。
(5) 一〇―一三節で読まれた契約書が再び読まれる。自分とアンドロクレスとの間に文書はないという理由を掲げて訴訟差し止め請求をするラクリトスへの対抗策として、アルテモンと自分との間に合意文書が存在したことを、アンドロクレスは強く主張したいのであろう。しかしこの契約書が、兄ラクリトスと自分との間についても有効と見なされうるか否かは、不明である。

私たちの金をまるで自分たちの金のように使ったのです。彼らはこうも悪質な詭弁屋であり不正な人間です。四〇　一方私はといえば、王なるゼウス[1]とよろずの神々にかけて誓いますが、裁判員のみなさん、誰かが弁論術教師になりたいからとイソクラテスに授業料を払うといっても、嫉んだこともなければ攻撃したこともありません。そんなことにこだわっていては、私は気が変だということになりましょう。しかしながらゼウスにかけて思うところを述べれば、人は弁舌を恃んで他人を見下し、自分は非凡だと思い上がって、他人のものを狙ったり奪い取ったりしてはならないはずです。そんなことは卑劣漢でいずれは身から出た錆に泣く詭弁術教師のすることです。四一　裁判員のみなさん、ラクリトスがこの裁判にやってきたのは正義われにありと信じて来たのではなく、この金銭貸借について自分らがしたことをすみずみまで知っていながら、自分は弁才抜群だから不正なことも簡単に舌先三寸で片付けられて、どうにでもみなさんを惑わせられると思ってのことです。というのもこの方面で有能だと彼は自分で吹聴していて、まさにこの類いのことについて手ほどきをしますと宣伝して金を要求し、生徒を集めているからです。四二　そしてまず自分の弟たちにこの手管を教え込んだのですが、それは、裁判員のみなさん、あなた方がお気付きのとおり、取引所で海上交易のために金を借りて、それを横領して返さないという卑劣かつ不正な手管なのです。この種の教練を施す者あるいは受ける者以上に卑劣な人間がありえましょうか？　なにしろこれほど口達者で、弁舌の力と教師に支払った一〇〇〇ドラクマ[2]を頼りにしている男なのですから、四三　みなさんに明らかにしてみせるよう彼に命じてください、私たちから金を借りはしなかったということか、借りたが返したということか、海上交易の契約書に絶対的拘束力があってはならないということか、あるいは契約書に従って借金した目的とは違うもののために金を使うべきであるということかを。このうちのどれでもいい、彼の望むものについてみなさんを納得させてください。もし彼が海上交易の契約について裁決を下すみなさんを得心させられたら、この男が誰よりも知恵者であることを私は認めるのに吝かではありません。ですが私にはよくわかっていますす、彼はこれらのどれについても、きちんと説明することも、納得させることもできないでしょう。

四四　さてそれはそれとして、裁判員のみなさん、神かけて反対のことが起こったと仮定してみてください、すなわちこの男の死んだ弟が私に借金したのではなく、私がこの男の弟に、一タラントンあるいは八〇ムナあるいはほぼその額を借りたと仮定してみてください。裁判員のみなさん、いったいこの男ラクリトスがいま出まかせにしゃべっているのと同じ言葉を口にすると思われますか？　あるいは自分は弟の相続人ではないし、弟の財産とは関わりないと言うと？　そしてパセリスであれほかのどこにおいてであれ、死んだ弟に借りがある他の人から取り立てたのと同様に、私から情け容赦なく取り立てたりしないと、そう思われますか？　四五　そしてもし私たちの誰かがこの者に訴えられて被告となり、その告訴は許されないと申し立てて訴訟差し止め請求に踏み切ったとすれば、間違いなく彼は腹を立てたでしょうし、もし彼の提訴は、海上交易訴訟だのに、許されないと票決されるなら、迫害だ非道だと言ってみなさんに食って掛かったでしょう。ではラクリトスよ、あんたにそうする権利があると思えるのなら、どうして私にそうではないの

（1）「王なる（ἄναξ）」は詩には使われるが、散文においてはまれで、古伝概説作者も注目している。

（2）イソクラテスへの弁論術教授の授業料。

か？　私たちみなに同じ法律が書かれてあり、海上交易訴訟における同じ権利が存在するのではないのか？四六　ところが彼はこのように唾棄すべき男で、卑劣さにかけては誰にも負けないものですから、この海上交易訴訟は許されない、という判定の票を入れるよう、みなさんを言いくるめようとしています、あなた方は海上交易訴訟の裁きをくだすために、いまこの席についているというのに。

いったいどうせよというのか、ラクリトスよ。私たちがあんたたちに貸した金[1]を奪われるだけでは足りず、そのうえ罰金まで科されて、それを払わなければ、あんたらの手で監獄に入れられねばならないのか[2]？四七　いったい裁判員のみなさん、いまいましくも見苦しく、あなた方を辱めることでないとどうしていえましょうか、みなさんの取引所で海上交易のために金を貸した人たちが詐取されて、金を借りて詐取したやつらの手で牢屋に引いて行かれるとは？　ラクリトスよ、そういうことだ、あんたがこの人たちを言いくるめようとしていることは。裁判員のみなさん、海上交易の契約関連のことはどこで訴え出ればいいのですか？　どの役人のところで[3]、あるいはいつ[4]？　刑務役人[5]のところですか？　いいえ、その人たちは土塀破りや窃盗犯や死刑にされる他の悪事犯を裁判所に送る人たちです。四八　では［筆頭］アルコーンのところで？　いいえ、［筆頭］アルコーンに定められた仕事は、家付き娘と孤児と両親の面倒を見ることでは[6]？　ならば、いったい、祭事執政官[7]のところとおっしゃいますか？　いいえ、私たちは体育競技祭奉仕役でもなければ誰かを瀆神罪で訴えているわけでもありません。では軍事執政官[8]が裁判を提起してくれるでしょう。そうですとも、保証人放棄や保証人未指定が訴因であるならば[9]。とすると将軍が残っています[10]。でも彼らは三段櫂船奉仕役[11]を任命はしますが、海上交易訴訟を提起しはしません。四九　だが私は貿易商だ、そしてあんたは貿

（1）「あんたたちに貸した金」と、借り手アルテモンとアポロドロスに、ラクリトスまで加えている。

（2）訴訟差し止め請求裁判において、五分の一以下の得票で敗訴した原告あるいは被告は、係争額の六分の一をオボロス賠償金（エポーベリアー）として相手に支払わねばならなかった（イソクラテス『カリマコスを駁す（第十八弁論）』三参照）。支払い完了まで投獄されることもあった。

（3）海上交易訴訟はテスモテタイの所管（『アパトゥリオスへの抗弁（第三十三弁論）』一およびアリストテレス『アテナイ人の国制』第五十九章五参照）。提訴時期については次註参照。

（4）海上交易に関する訴訟は大体ボエドロミオン月（九月）からムニキオン月（四月）の航海休止の時期に行なわれた。『アパトゥリオスへの抗弁（第三十三弁論）』二三および同弁論作品解説五五八―五六〇頁参照。

（5）「十一人（ヘンデカ）」の名で呼ばれる刑務役人は、略式逮捕された追い剝ぎ、窃盗、誘拐など悪事犯が罪を認めれば、裁判なしに死刑を執行する職権を有し、否認すれば民衆法廷に訴訟提起した。囚人の監督も行なった。アリストテレス『アテナイ人の国制』第五十二章一参照。

（6）アルコーン・エポーニュモス（九人のアルコーン＝執政官の筆頭者）は、両親、孤児、家付き娘の虐待また遺産相続などに関する訴訟を受けつけ、処理した。アリストテレス『アテナイ人の国制』第五十六章六―七および本分冊補註M参照。

（7）祭事執政官（アルコーン・バシレウス）は、祭礼など宗教的事案および殺人に関する訴訟を扱った。アルコーン・バシレウスのもとで、体育競技祭奉仕役は祭礼における松明競争の監督などを行なった。アリストテレス『アテナイ人の国制』第五十七章および本分冊補註M参照。

（8）軍事執政官（アルコーン・ポレマルコス）は、居留外国人など非市民に関する私訴を主に扱った。アリストテレス『アテナイ人の国制』第五十八章および本分冊補註M参照。

（9）保証人放棄罪は、もと奴隷が解放された際に求められる旧主人に対する義務を履行していないとして問われる罪。保証人未指定罪は居留外国人が登録する必要のある保証人を指定しなかったとして問われる罪。補註C参照。

（10）一〇人の将軍は、実戦における指揮のほかに、陸海の軍事関係の係争を処理解決する責務も負っていた。一人は三段櫂船船長の任命および関連事項を扱った。アリストテレス『アテナイ人の国制』第六十一章一参照。

（11）三段櫂船奉仕役については補註D参照。

易のための資金を私たちから受け取った貿易商の一人の兄であり相続人だ。ではこの訴訟はどこに持ち込まれるべきなのか？　ラクリトスよ、教えてくれ、正義と法に適った言葉だけで。しかしこんな厄介事で、何か正しいことが言えるほど、それほど弁の立つ人間は誰もいやしない。

五〇　さて裁判員のみなさん、私はこのラクリトスからこのような甚大な被害を被っただけではありません。金を騙し取られたことは別としても、この男のせいで私は最大の危険に追い込まれたでありましょう[1]、もし彼らとの間の契約書が、ポントスへ行ってアテナイにもどる往復航海に私が金を貸したことを証拠立てて、この身の助けとならなかったなら。というのもみなさんは法の掟がいかに厳しいものであるかをご存知です、もしアテナイ市民の誰かがアテナイ以外のどこかへ穀物を輸送したり、あるいはアテナイ以外の取引所を目的地に金を貸したりすれば、そういうことに対してどんな刑罰が待っているか、どんなに重く厳しい処罰であるかを。五一　いいえ、その法律そのものをみなさんに読んであげてください。そうすればもっと正確に知ってもらえるでしょう。

法律――アテナイ市民およびアテナイに居住する居留外国人あるいは彼らの監督下にある者[2]の誰であれ、アテナイに穀物を輸送しない船のために金銭を貸し付けることは許されないこととする――またこれらの各々について別々の規則があります[3]――これに違反して金を貸すなら、船舶および穀物に関する規定と同様の仕方で[4]、摘発明示（パシス）および債務者リスト記入（アポグラペー）[5]が［交易］管理官[6]のもとになされることとする。またその者がどこであれアテナイ以外のところを目的地に貸した貸付金について、訴えを起こすこと

は許されず、いかなる公職者もそのための訴訟を［法廷に］提起してはならない。(7)

五二　裁判員のみなさん、法律はかくも厳格であります。しかるにこの世にも穢らわしいやつらは、契約書にはっきりと金がアテナイに戻るようにと書かれているのに、アテナイの私どもから借りた金をキオス(8)に持って行かせてしまいました。というのはポントスでパセリス人船長があるキオス人からさらに別の金を借

(1)「最大の危険」は、アッティカ以外の地を取引先にして穀物を輸送したアテナイ居住者に最高刑＝死刑を科す（『ポルミオンへの抗弁（第三十四弁論）』三七）、という趣旨の、次節で引用する法律を意味している。貸付がアテナイへの穀物輸入のためであることを明記した契約書がなかったとすれば、貸付金を奪われるという被害だけでは済まなかったであろう、の意。

(2)ここでは主として、奴隷を業務代理として使う者を意味する。

(3)――の間は法律の文言ではなく、朗読者あるいはアンドロクレスの言葉。「……等々、以下省略」に当たる文言で、一連の記述が続くが当該問題に無関係ゆえ省略するという断り。しかしテクストは伝承不全と思われる。

(4)テクストの伝承不全部分に明記されていた規定か？

(5)摘発明示（パシス）と債務者リスト記入（アポグラペー）は、公訴を提起する方式に数えられる。アポグラペーは「公収目録」の訳語もある。

(6)交易管理官（エピメレータイ・エンポリウー）。毎年一〇名が籤で選ばれた。

(7)アリストテレス『アテナイ人の国制』第五十一章四参照。五一節引用法文と同旨の言葉は、デモステネス『ポルミオンへの抗弁（第三十四弁論）』三七、リュクルゴス『レオクラテス弾劾（第一弁論）』二七参照。

(8)エーゲ海東部のキオス島人とパセリス人とは古くから友好関係にあった。（プルタルコス『キモン伝』一二参照）。アテナイにとってキオスは、同盟市戦争（前三五七―三五五年）の結果海上同盟から離反した憎い国である。

りようとしたとき、そのキオス人がその船長の管理下にあるものを以前の貸し主たちの了承のもとに、ぜんぶ担保として受け取らないかぎり、金は貸さないと言ったのですが、彼らは黙って私たちの金をそのキオス人のための担保にしてキオス人にすべての処分権を与え、五三　こうして彼らはパセリス人船長と金を貸したキオス人と一緒にポントスから帰航の途につき、泥棒港に入港してみなさんの港には入らなかったのです。ですから裁判員のみなさん、アテナイからポントスへ、そしてポントスからアテナイに戻る航海のために借りられた金は、いまやこの者らによってキオスへ持って行かれてしまいました。五四　だからこそ、この弁論の始めに私が言ったとおりなのです、金を貸した私たちに劣らず、みなさんも不正を受けていると。裁判員のみなさん、どうしてあなた方も不正を受けていないか、よく考えていただきたい、誰かがあなた方の法律より上位に立とうとし、海上交易の契約書を無効にして抹消し、私どもの金をキオスなんかに送ってしまったとき、そんな男はあなた方にも不正をはたらいてはいないでしょうか？

五五　裁判員のみなさん、私の言うべきことはこの者らが相手です。[1]（この者らに私は金を貸したからです）。でもかのパセリス人船長に対して争うのはこの者らのすることです、すなわち同郷人で、私たちに断わりなしに、契約書に違反して金を貸した相手だと彼らの言うパセリス人船長です。[2]なにぶん私たちはこの者らが同郷の市民を相手にどんな取引をしたかを知らず、この者らが自分で認識していることだからです。五六　これが正当な解釈だと思いますし、あなた方にお願いするのは、裁判員のみなさん、不正を受けた私どもに力を貸していただきたい、そして悪だくみに長け、現に彼らがやっているような詭弁を弄する者らを懲らしめていただきたいということです。

これを実行されるならば、みなさんはみなさん自身の利益になる票を投じたことになり、海上交易に関する契約にからんで悪事をはたらく者どもの卑怯陋劣《ろうれつ》な悪事を一掃することになるでしょう。

リバニオスの概説

一　アンドロクレスがパセリス人貿易商人アルテモンに金を貸し付けたが、借金を返済せずにアルテモンが死んだので、アンドロクレスはアルテモンの兄の弁論術教師ラクリトスから金を取り立てようとして、二つの提訴事由を申し立てる。すなわち、ラクリトスが〔契約の場に〕立会い、貸付金〔返済〕の保証もしたので、自分はアルテモンに金を貸した、またラクリトスはアルテモンの遺産の相続人である、という抗弁事由である。するとラクリトスは相続とは関わりないと言い、自分とアンドロクレスとの間にはいかなる契約も契約書も存在しないと言って訴訟差し止め請求をする。そして〔弁済金を〕保証したこともまったく否定する。というのは同意していたならば、完済に冷淡ではなかっただろうから、というのである。

(1)ラクリトスの訴訟差し止め請求は許しがたく、貸付金返還を求める私の本案訴訟をこそ進めるべきだ、の意。

(2)ヒュブレシオスという理解もあるが、本訳者は難船の際にアポロドロスを救った船のパセリス人船長という解釈を採る（三六、五二―五三節参照）。

二　不明瞭なしるしに欺かれて、この弁論を真正でないと考えた人たちの考えは間違っている。というのはしまりのない叙述は、必ずしも私訴弁論に不適切ではなく、「王なるゼウス」［四〇節］の一句は、明らかに［作者が］弁論中の人物のなじみの呼び方を用いたからであり、訴訟差し止め請求に対する答弁が弱いのは、この事案が劣弱だからである。

第三十六弁論

ポルミオン擁護

葛西康徳訳

第三十六弁論

序と提題

原告がポルミオンの支援者として弁論することの説明、および本弁論を独立抗弁（パラグラペー）として行なう理由とその合法性（一―三）

本論　陳述

ポルミオンはパシオンの周到な指示と遺言に忠実に従い、パシオンの財産を管理する。この財産管理に関して、アポロドロスはポルミオンに対して不当な提訴に及ぶが、けっきょくポルミオンに「解放と免除」を二度行なった（四―一七）

証明

アポロドロスの主張は虚偽と自家撞着、法律違反以外の何ものでもなく、「解放と免除」後の提訴は、時効法にも反し、明らかに違法である（一八―二七）

予想されるアポロドロスの反駁に対する先制反論（二八―四二）

アポロドロスの性格と言動への批判、対照的なポルミオンの堅実さの賞賛（四三―五六）

結論

裁判員への法律と正義に則った票決の要請（五七―六二）

リバニオスの概説

一　アテナイ人のみなさん、ご覧のとおり、原告のポルミオン[1]は法廷弁論に不慣れで、またその力もありません。[2] そこで、友人であるわれわれには、原告がしばしば詳しく話すのを聞いて知っていることを彼に代わって[3]あなた方に教え聞かせる義務があります。われわれから何が正しいのかを正確に知り学んだ上で、あなた方に正当で誓約に適うような票決をしていただくためなのです。二　われわれが独立抗弁[4]をしたのは、

(1) 第三十四弁論のポルミオンとは別人。Trevett, pp. 11-15, 43-48; Davies, J. K., *Athenian Propertied Families, 600-300B.C.*, Oxford, 1971（以下 *APF* と略記）, 14951 = see 11672 VI, pp 431-432; Osborne, M. J. and Byrne, S. G. (eds.), *A Lexicon of Greek Personal Names*, Vol. II, Attica, Oxford, 1994（以下 *LGPN* と略記）.

(2) ポルミオンは本弁論でのちに述べられているように元来奴隷であり、またギリシア語が母語ではない（第四十五弁論三〇）。さらにこの時点で老年である。

(3) 本件では論者は当事者（独立抗弁の原告）ポルミオンを支援するために彼に代わって弁論を行なっている。このような役割を担った人をシュネーゴロス（*συνήγορος*）と呼ぶ。本人訴訟が原則であるアテナイ訴訟法において一種の例外と言えよう。しかし、ローマにおけるキケロのように、依頼人を代理して弁論を行なう、いわゆる弁護人ないし弁護士ではない。あくまで、本人をサポートして本人とともに弁論を行なう。また、証人でもない。したがって偽証訴訟（*δίκη ψευδομαρτυρίας*）に問われることはない。詳細については Rubinstein, L., *Litigation and Cooperation: Supporting Speakers in the Courts of Classical Athens*, Stuttgart, 2000 参照。

(4)「独立抗弁」と訳したパラグラペー（*παραγραφή*）については、「私訴弁論の世界」五「デモステネス私訴弁論の用語について」(1) 参照。

裁判の遅延目的からではありません。もし、原告が自分はまったく何もやましいことはしていないということを証明できれば、彼は本係争から放免されるべしとのお墨付きをみなさんからいただけるからであります。大体、みなさんの前にわざわざ訴訟なんか持ち出さなくても、原告のポルミオンは、一般の人々にとっては手堅くかつ確かなことを万事やってきたのです。彼は被告アポロドロス(1)のために利益になることをたくさん行なっただけでなく、三　彼が管理することになったあの人［パシオン］の財産を全部正当に清算して引き渡したのですから、その後は請求原因(2)からすべて解放されていたのです。それにもかかわらず、ご覧のように、被告はこれに満足することなく、二〇タラントン請求の不当な訴訟を提起した(3)わけであります。そこで、原告がパシオン(4)とアポロドロスに対して行なったすべてのことを、私は最初から手短かに述べることにいたします。それによって、これが不当な提訴であることが明らかになるでしょうし、同時にまたこれを聞いたみなさんは、この訴訟が容認できないものだということがおわかりになるでしょう。

四　最初に、パシオンがポルミオンに銀行と盾工場の経営委任(5)した際の契約書をみなさんの前で読み上げてもらいましょう。廷吏よ、契約書、果たし状、証言を取り上げてください。

契約書(6)　果たし状(7)　証言(8)

アテナイ人のみなさん、この時点ですでに自由身分になっていたポルミオンに対して、パシオンが銀行と盾工場を経営委任した際に交わした契約書が以上であります。私の話を聞いてみなさんに了解していただきた

いのは、パシオンがいかにして銀行に一一タラントンの借金をすることになったか[9]であります。[10]　五　パシオ

（1）*APF*, 1411, see 11672, pp. 427-442; Trevett; *LGPN*, 42, (68).

（2）「請求原因」と訳したエンクレーマ（*ἔγκλημα*）については、「私訴弁論の世界」五「デモステネス私訴弁論の用語について」(3) 参照。

（3）「不当提訴」と訳したギリシア語は *συκοφαντεῖ*.「私訴弁論の世界」五「デモステネス私訴弁論の用語について」(5) 参照。

（4）*APF*, 11672, 427-442.

（5）「経営委任した」と訳したギリシア語は *ἐμίσθωσε*. この動詞および名詞形 *μίσθωσις* は、アテナイにおける重要な取引形式の一つとして本弁論以外にも多数登場する。ここでは *ἐμίσθωσε* をこのように意訳した。*μίσθωσις* は一般に賃借（lease（英）または location（仏））と訳されるが、ポルミオンは盾工場と銀行をじっさいに操業ないし運用している。なお、ローマ法の *locatio conductio* は「賃約」と訳され、日本民法上の請負、雇用、賃貸借を含む概念であるとされる。また、訳語には委任という言葉が含まれているが、ローマ法上の委任（*mandatum*）ではない。原田慶吉『ローマ法』有斐閣、一九九五年参照。なお、Millett, P., *Lending and Borrowing in Ancient Athens*, Cambridge, 1991, pp. 225-226 参照。

（6）MacDowell はこの契約書は第四十五弁論三一にあるが、多分偽物 spurious であろうとする（2004, p. 154, n. 9）。

（7）「果たし状」と訳したギリシア語は、*πρόκλησις* である。ポルミオンはアポロドロスに経営委任に関する証拠を出すように挑んだが、後者はこれを拒否した。MacDowell, 2004, p. 154, n. 10 および「私訴弁論の世界」五「デモステネス私訴弁論の用語について」(4) 参照。

（8）七節にあるように、この証言の一つは銀行のマネージャーによってなされたと思われる。MacDowell, 2004, p. 154, n. 11.

（9）「借金をする」と訳したギリシア語は *προσώφειλεν* である。

（10）MacDowell によれば、ポルミオンは明らかに裁判員に以下のことを説得しようと躍起になっている。つまり、ここで言及されている一一タラントンは、パシオンがポルミオンに対して運転資金として与えた金額ではないこと、そしてそれゆえポルミオンがリース終了時に返還しなければならない額ではないということ。じっさい、アポロドロスが請求している金額は二〇タラントンであった（三節）。この数字の説明は、多分、彼が請求したのは一一タラントンの元本だけではなく、ポルミオンが元本を保持していた間の利子である九タラン↙

ンがこのような借金を負う[1]ことになったのは、資金に困ってのことではなく、資金の活用を願ったからです。と申しますのは、パシオンの土地の資産はおよそ二〇タラントンで、これに加えて、五〇タラントン以上の個人的な資金が貸し出されておりました。この五〇タラントンのうち一一タラントンは銀行に預けられて運用されていた。六　さて、ポルミオンが銀行の経営自体と預金運用を請け負った際[2]には、あなた方のポリス[＝アテナイ]の市民権をまだ得ていなかったので、パシオンが土地と家屋を担保にして貸し付けたお金を回収できなくなることを考慮して[3]、パシオンが貸し付けたほかの人たちを借り主とするよりは、むしろパシオン自身を借り主にする方を選んだわけです。こうした事情から、みなさんに対して証言が行なわれたように、パシオンが一一タラントンの借金を負うということが契約書に書かれました。

七　貸借契約がなされたやり方は、銀行の従業員自身の証言で示された[4]とおりです。この後、パシオンの健康状態が悪化したときに[5]、彼が遺言書にどのようなことを認めたかを見ていただきたい。[廷吏に向かって]遺言書の写しとそこにある果たし状および証言を取り上げてください。

遺言[6]　果たし状[7]　証言[8]

↙トンも含むのであろう（2004, p. 154, n. 13)。

（1）「借金を負う」と訳したギリシア語は ὤφειλεν である。

（2）二四九頁註（5）参照。

（3）MacDowell によれば、アテナイ法は、土地建物の所有は市民だけに認めた。それゆえ、市民でないポルミオンは、借り主が貸金を返済しない場合も担保物の所有権を取得できないのである（2004, p. 154. n. 14）。Millett, pp. 224-229 参照。

（4）マネージャーあるいはその監督者はパシオンの雇人であり、銀行の日常業務を続けてやっていた。MacDowell, 2004, p. 155, n. 15.

（5）『カリッポスへの抗弁（第五十二弁論）』一三参照。

（6）MacDowell によれば、パシオンは前三七〇／六九年に死亡した。遺言文言は『ステパノス弾劾、第一演説（第四十五弁論）』に保存されている。それによれば、以下のとおりである、「アカルナイのパシオンは、以下の遺言を残した。「私は妻のアルキッペをポルミオンに譲る。アルキッペには嫁資としてペパレトスからの一タラントン、ここアテナイで支払われるべき一タラントン、一〇〇ムナの建物、女奴隷数名、金装飾品、および彼女が家で持っていたものすべて、そして私［パシオン］が彼女に与えたものすべて」（二八節）。これは完全な記録ではありえないが、もしかしたらその記録からの真正なる抜粋かもしれない。しかし、アポロドロスはこれがパシオンの遺言であることを否認している（2004, p. 155, n. 16）。

（7）MacDowell によれば、この果たし状は『ステパノス弾劾、第一演説（第四十五弁論）』八―一六で議論されている。それによれば、ポルミオンがこの遺言書を提出したとき、アポロドロスはそれは偽物だと言った。そこでポルミオンはアポロドロスに遺言だと言われる別の文書を開示するように迫った。しかし、アポロドロスはこれを拒否。そこで、果たし状の写しが読み上げられ、ポルミオンの写しが真正であるという主張を裏づけた（2004, p. 155, n. 17）。

（8）MacDowell によれば、これらの証言のテクストは、おそらく真正であろうが、『ステパノス弾劾、第一演説（第四十五弁論）』に保存されている。「アカルナイのメネクレスの子ステパノス、ランプトライのエピゲネスの子エンディオス、キュダテナイオンのハルマテウスの子スキュテスは、以下のことの証人となる。彼らは仲裁人のアカルナイのテイシアスの前に立ち会っていた。そのとき、ポルミオンはアポロドロスに果たし状を送り、ポルミオンが［記録保存用の］壺の中に入れた記録はパシオンの遺言の写しであることを否定した場合は、ケピソポンの義理の兄弟のアンピアスによって仲裁人に差し出されたパシオンの遺言を開封すると迫った、ということの証人となる。また、アポロドロスが開封を拒んだことの証人。そして、この目の前の記録はパシオンの遺言の写しであることの証人として」（八節）。また「アピドナのケパリオンの子であるケピソポンは彼の父が彼に、『パシオンの遺言』とラベルを貼った記録を残した」と証言した（一九↖

八　パシオンが死去すると、[1]このポルミオンは遺言に従ってパシオンの妻を娶り、彼の子供の後見人となりました。[2]ところが、この男[3]が財産を掠め取り、自分と弟の共有財産［未分割相続財産］から大金を消費しなければならないと考えていたので、後見人たちは、アポロドロスが共有財産から消費すると思われる金額分を差し引いて、その上で同等の金額を二人に分け与えるようなことにでもなれば、何も残らないだろうと自分たちの方で目算して、弟を守るために、遺産分割を断行することに決めました。九　そして、後見人たちは、ポルミオンが貸借していた分を除いて、残りの財産を分割いたしましたが、一方また貸借の分からの賃料収入[4]の半分をアポロドロスに与えたのです。ですから、アポロドロスはそのとき［遺産分割時］までの貸借による賃料についてどうして訴訟を起こすなどということができるでしょうか。なぜなら、いまではなくそのときにこそアポロドロスは不満の意を示すべきであったからです。さらに、その後の賃料を自分の取り分として受け取っていなかったと主張することもできないのです。一〇［被告に向かって］もし不満だったと言うのならば、パシクレスが成人し[5]、ポルミオンの貸借が終了したときに、お前たち[6]はあらゆる請求原因から彼を解放することもなく、むしろ彼がお前たちに負っていた債務を直ちに請求したことだろう。［廷吏に向かって］それでは、私の以上の話が真実であること、アポロドロスが少年であった弟と財産を共有していたこと、さらに彼らがポルミオンを残りのあらゆる請求原因から解放したことについて、その証言を取り上げてください。

証　言[7]

一一　そういうわけで、アテナイ人のみなさん、彼らがポルミオンとの貸借を終了させるとすぐに、銀行と盾工場を分け合って、アポロドロスは自分に選択権があったので、[8]銀行ではなく盾工場を選びました。しかし、もしポルミオンが銀行に対して特有元本[9]を有していたとしたら、どうしてアポロドロスは銀行ではなく盾工場を選んだのでしょうか。賃料収入はより多くはなく、むしろより少なかったからです。つまり、盾

節）(2004, p. 155, n. 18)。

（1）『エウエルゴスならびにムネシブロスの偽証罪弾劾（第四十六弁論）』一三には、デュスニケトスがアルコンのとき（前三七〇年）に死去したと記されている。

（2）この子供はパシクレスである。パシオンの次男で、父親が死去したときに八ないし一〇歳頃と考えられる。後見人が被相続人の寡婦と結婚すべしという遺言については、『アポボス弾劾、第一演説（第二十七弁論）』五参照。MacDowell, 2004, p. 155, n. 19; *APF*, 11654; *LGPN*, 361, (7).

（3）被告のアポロドロスのこと。

（4）銀行と盾工場の経営委任を受けてそれらを運営するポルミオンが支払う一種の賃料。

（5）資格審査を受ける年齢（一八歳）に達すること。

（6）複数となっているのは、アポロドロスとパシフレスを指す。

（7）『ステパノス弾劾、第一演説（第四十五弁論）』五で、アポロドロスは彼がポルミオンをすべての負担から解放したという証言は偽りであると主張している。MacDowell, 2004, p. 156, n. 21.

（8）アポロドロスは年長なので選択することが許されている。MacDowell, 2004, p. 156. n. 22; Harrison. A. R. W., *The Law of Anthens*, Vol. I, Oxford, 1968 (rep. 1998), p. 131, n. 4も参照せよ。

（9）「特有元本（*ἰδία ἀφορμή*）」の意味は、パシオン自身の資金のいくらかが、銀行の運用資金として使われたということ。ポルミオンはそのような資金の存在を否定している。銀行の経営は、貸借行為の運用から上がる資金でのみ賄われていると主張する。MacDowell, 2004, p. 156, n. 23. ここでは、他の資金とは区別されるという意味で特有元本と訳した。

工場は一タラントンの賃料収入で、銀行は一〇〇ムナでありました。しかも、銀行に個人的な資金がついていたとしたら、盾工場の方が有利というわけではありませんでした。しかし、そんな資金は付いてなかったのです。だから、アポロドロスが盾工場を選んだのは賢明だったのです。そちらはリスクのない物件でありますが、銀行の方は他人の金銭に依存してリスクを伴う収益に関わる事業だからです。

一二　アポロドロスは元本請求の不当な訴訟を提起しておりますが、これを示すための証拠をたくさん挙げることができるでしょう。しかし、ポルミオンがこの目的のために元本をまったく受け取っていないことを示す最強の証拠は、貸借契約書の中にパシオンが銀行に債務を負うことは記載されているが、ポルミオンに元本を与えたとは記載されていないことだと、私は考えます。第二に、財産分割のときにアポロドロスは何も文句を言わなかったことが明らかであること、第三には、のちにアポロドロスが[1]同じ事業を第三者に同じ金額で貸借したとき、特有元本を追加で貸借しなかったのが明らかであることがあります。一三　しかしながら、かりにアポロドロスが父親［パシオン］から与えられた元本をポルミオンによって騙し取られたのだとすると、その場合には彼はほかから調達してその分の資金[2]をあの人たちに与えたのでなければなりません。［廷吏に向かって］私の主張が正しいこと、のちにクセノン[3]、エウプライオス[4]、エウプロン[5]、カリストラトス[6]に貸したこと、そして彼らに提供したのは特有元本でもなく、むしろ銀行の預金とそこから上がる事業を請け負った[7]ことについて、［さらに彼が盾工場を選んだことについて[8]］これらの事実の証言を取り上げてください。

証　言

一四　アテナイ人のみなさん、この人たちはみなさんに以下のことを証言しました。彼らはこの人たちにもまた貸借契約をして、しかも特有元本をいっさい出すことをしませんでした。そして、彼らはおおいによくしてもらったという理由で、この人たちを［奴隷の身分から］解放しましたが、さて、(9)そのとき彼らはあの人たちに対してもこの男に対しても訴えを提起することはありませんでした。この事業全般について正確な

（1）MacDowell によれば、パシオンが残した財産が二人の息子の間で分割されたのち、銀行はパシクレスのものとなった。ではどのようにしてアポロドロスは、それを貸すことができたのであろうか。おそらく、彼は弟の代理としてふるまったのであろう。一四節の「彼らは貸し出した」参照（2004, p. 157, n. 24）。

（2）この意味は、後の貸借の金額はポルミオンへの貸し出しの金額と同じであった、それゆえ契約条件も（提供された元本も）同じであったはずである。MacDowell, 2004, p. 157, n. 25.

（3）*LGPN*, 347, (4).

（4）*LGPN*, 188, (13). エウプライオスは『ティモテオスへの抗弁（第四十九弁論）』四四にも登場する。そこから彼はかつて銀行の被用者であったとがわかる。MacDowell, 2004, p. 157, n. 26.

（5）*LGPN*, 190, (12).

（6）*LGPN*, 253, (156). この四名は三七節にも登場する。

（7）「事業を請け負った」と訳したギリシア語は *ἐργασίαν ἐμισθώσαντο* である。

（8）底本は、本節の最後の文である *καὶ* 以下を後からの竄入と見ている。

（9）MacDowell によると、これが意味するところは、四名の借り主は奴隷であったということ（2004, pp. 157-158, n. 27）。奴隷が銀行の経営を任されたというのは信じがたいという学者もいる。それゆえ、彼らはこの意味を「彼らは彼らに負担はないと宣言した」と解する。しかし、そのような意味になるか疑問である。Harrison, I, p. 176; Cohen, E. E., *Athenian Economy and Society: Banking Perspective*, Princeton, 1992, p. 76; Todd, S. C., *The Shape of Athenian Law*, Oxford, 1993, p. 137 参照。

知識をもっている母親が生きている間は、アポロドロスはこのポルミオンに対していかなる訴えも提起しませんでした。だが、母親が死ぬと、(1)不当提訴を開始し、三〇〇〇ドラクマの現金と、母親がポルミオンの子供たちに(2)与えていた二〇〇〇ドラクマ、衣服、(3)そして女奴隷一人を請求したのです。一五　そのときですら彼が現在しているような請求を主張することはまったくなかったことが、これから明らかになるでしょう。彼は自分の妻の父親、(4)妻の姉妹の夫、(5)さらにリュシノス、(6)アンドロメネス(7)の四名に仲裁(8)を依頼しました。この仲裁人たちはここにいるポルミオンに三〇〇〇ドラクマとその他を贈与として渡して、(9)この件でアポロドロスと敵対せずに和解するように説得しました。アポロドロスは五〇〇〇ドラクマを手に入れると、アテナ神殿(10)に入って、あらゆる請求原因から二度目の解放をしました。一六　しかし彼は、みなさんご存知のように、再び訴えを提起して、あらゆる請求をでっち上げ、過去のすべての請求を提起しましたが（これはすべての中でも最悪のことであります）、このようなことはこれまで一度もしたことがなかったのです。［廷吏に向かって］それでは、私の主張が正しいことを証明するために、アクロポリスで下された仲裁裁定と、アポロドロスがあのお金を受け取ってポルミオンをあらゆる請求原因から解放したときにその場にいた人々の証言を取り上げてください。

仲裁裁定(11)　証言

一七　裁判員のみなさん、裁定結果を聞いたでしょう。この裁定は、その娘がアポロドロスの妻であるデイニアス(12)と、アポロドロスの妻の姉妹の夫であるニキアス(13)が下したものです。かくして、アポロドロスはこれらの支払いを受け、あらゆる請求原因からポルミオンを解放したのちに、まるで当事者の全員が死亡したか、あるいは真実が明らかになることはないかのように、これほど多額の請求をあえて提起しているのです。

（1）前三六一／六〇年。

（2）おそらく、ポルミオンとアルキッペの間の子供たち。しかし、アポロドロスはアルキッペの財産をパシオンの財産の一部と確かに考えており、それゆえ彼にその相続権ありと見なしている。MacDowell, 2004, p. 157, n. 29.

（3）この言葉遣いは軽蔑的である。ただしこの衣類はなにがしかの価値がじっさいはあったにちがいない。MacDowell, 2004, p. 158, n. 30.

（4）アトモノンのテオムネストスの子のディイニアス。『ネアイラ弾劾（第五十九弁論）』の最初の論者であるテオムネストスの父親がディイニアスである。

（5）アポロドロスの妻の姉妹の夫。彼の名前はニキアス、一七節。しかし、この時期の他のニキアスと同じかどうかは不明。

（6）リュシノスとアンドロメネスはここ以外では知られていない。おそらく、彼らはポルミオンによって仲裁人に指名されたのであろう。*LGPN*, 293 (1); MacDowell, 2004, p. 158, n. 34.

（7）*LGPN*, 30, (3). 前註参照。

（8）「彼が依頼した」という言葉にもかかわらず、ポルミオンもまた同意したにちがいない。MacDowell, 2004, p. 158, n. 31. 仲裁については「私訴弁論の世界」五「デモステネス私訴弁論の用語について」(7) 参照。

（9）この意味は、ポルミオンはアポロドロスの主張が法的に正当であるとは認めなかった、ということである。MacDowell, 2004, p. 158, n. 35.

（10）アクロポリスのパルテノン神殿のこと。神殿というのは宗教的に厳粛な言明をするには適当な場所と考えられた。MacDowell, 2004, p. 158, n. 36.

（11）「仲裁裁定」と訳したギリシア語は γνῶσις である。なお、Lipsius, J. H., *Das attische Recht und Rechtsverfahren*, Leipzig, 1905-15 (rep. 1984), p. 869, n. 15 参照。

（12）*APF*, 3159, see 11672, X; *LGPN*, 100, (24).

（13）裁定はリュシノスとアンドロメネスによってもなされたにちがいない。しかし論者はここではアポロドロスが自分の親戚の決定を無視したということを強調したいのだろう。MacDowell, 2004, p. 159, n. 37; *APF*, 10778, see 11672, X; *LGPN*, 333, (13).

一八　さて、ポルミオンとアポロドロスの間でこれまでどのようなことがなされ、どのようなことが起きたのかについて、アテナイ人のみなさん、みなさんは初めからすべてを聞いたわけです。一方、このアポロドロスが自分の請求についてなんら正当なことを言うことができないために、仲裁人(1)の前で大胆にも発言したこと、すなわち、母親がこの男に説得されて記録(2)を廃棄したとか、記録が廃棄されたためにどのように事件の詳細を述べるべきかがわからないとか、このような発言をするでしょう。一九　さて、これらの陳述とあの訴えの提起に関して、彼が嘘をついていることを示すために、いかなる強力な論証が可能か、ということを考えてください。第一に、アテナイ人のみなさん、残された財産について知る手掛りになる記録を入手することなく、誰が父親の遺産の分割をできたでしょうか。無論、誰にもできません。［アポロドロスに向かって］しかし、お前は自分の取り分をとってもう一八年にもなるのに(3)、記録についての訴訟をこれまで提起したことがあると示すことはできない。二〇　第二に、パシクレスが成人して後見(4)計算書を受け取ったとき、母親が記録を廃棄したと言って自分自身で母親を非難するのを彼が憚ったとして、パシクレスにそれを指摘し、事実がその人によって調査されるようにしなかったのは誰なのか［それはお前、アポロドロスだろう(5)］。第三に、いかなる記録を根拠としてお前は訴訟を提起してきたのか。［裁判員に向かって］アポロドロスはこれまで多くの市民に対して訴訟を提起し、請求原因に以下のような文言を書いて、彼らに多額の金銭を払わせました。すなわち、「某が金銭を返済しないことによって、私に損害を与えた(6)。そして、その金銭は私の父親がその者が借りていると記録に残している」という文言であります。二一　しかし、もし記録が廃棄されていたならば、いったいいかなる記録に基づいて訴えを提起していたのか。さらに、私が真実を主張していることを示すために、あなた方は彼が取った遺産の取り分のことを聞きましたし、彼らはあなた方にその証拠を示しました。廷吏がこの訴状の証言を読んでくれるでしょう。［廷吏に向かって］証言を取り上げてください。

---

(1) ここでは法廷に持ち出される前に事件を扱う仲裁人のことである。仲裁人の訳語に関して、「私的」か「公的」かという区別をしないことについては、「私訴弁論の世界」五「デモステネス私訴弁論の用語について」(7)を参照されたい。

(2) パシオンの彼に対する負債あるいは彼自身の負債の記録のこと。MacDowell, 2004, p. 159, n. 39.

(3) 相続訴訟が長期間にわたることは、けっして珍しくない。たとえばイサイオス『ハグニアス財産について（第十一弁論）』＝デモステネス『マカルタトスへの抗弁（第四十三弁論）』では、ハグニアスの死（相続開始）後相当年数が経ってから紛争が生じている。現在においても相続財産への権利は物権であるのでそれ自体では時効にかからないということから、相続紛争は時間が経過してから生じることがある。第三十八弁論解説参照。

(4) 成年一八歳に達したとき、後見人は被後見人の財産を被後見人に譲り渡し、後見期間の収入と支出の計算書を渡さなければならない。MacDowell, 2004, p. 159, n. 40.

(5) パシクレスはそのとき、パシオンの死亡後にパシオンの財産に生じた取引の計算書を検査していたので、彼がパシオンの死亡前のパシオンの財産の計算書を同時に検査するというのは必ずしも不当なこととは思われなかったであろう。MacDowell, 2004, p. 160, n. 41.

(6) 本件のような金銭の未済をめぐる紛争について損害訴訟（*δίκη βλάβης*）という手続きがとられている。ここからも当事者の関係が、債権債務関係としては捉えられていないことがわかる。

証　言

かくして、これらの証言において、彼は父親の記録を受け取ったことを認めたことになります。なぜなら、彼は自分が不当提訴しているとか、この人たちが借りていない借金を請求しているとか言うことはないでしょうから。

二二　さて、アテナイ人のみなさん、ここにいるポルミオンが不正行為を行なっていないことを示すたくさんの強い証拠がありますが、私が思うに、すべての中で最強の証拠は、ここにいるアポロドロスの弟であるパシクレスが、これまで訴訟を起こしていないし、アポロドロスが行なっているようなその他の責任追及もなんらしていない、ということです。［アポロドロスに向かって］しかし、父親が後に遺した子供［パシクレス］に対しては、財産管理を任されたポルミオンが、その後見人であったために任務を怠ることはないのに、当時二四歳であったお前に対しては任務を怠ったというようなことは無論ありえないし、また、かりに任務を怠ったとしても、直ちにお前自身によって障碍なく訴訟が起こせたはずである。だからそんなことはありえないのだ。［廷吏に向かって］私の主張が真実であり、パシクレスがまったく提訴していないことを示すために、この点を証明する証言を取り上げてください。

証　言

二三　さて、この訴訟は認められないということについてみなさんが考慮しなければならない論点を、これまで言われたことから思い起こしてください。すなわち、アテナイ人のみなさん、銀行と盾工場の貸借からの清算(1)と解放(2)がすでにあり、そして仲裁(3)がすでに試みられ、全借金から再び解放され、いったん解放されたことに関して訴えを提起することは法律が禁じており、二四　そしてこの男が不当な訴訟を提起し、違法な請求をしているの(4)でありますから、われわれは法に従って、「この請求は許されない」という独立抗弁を持ち出したのです。みなさんがそれについて投票される事柄の問題点を理解していただくために、廷吏がこの法律と、アポロドロスが貸借およびほかのすべての請求から解放したときに、その場に居合わせた者たちの証言を読み上げてくれるでしょう。さあ、これらの証言と法律を取り上げてください。

（1）ギリシア語 *διαλογισμός* をこのように訳した。

（2）解放を表わすギリシア語は *ἄφεσις* である。

（3）仲裁を表わすギリシア語は *διαίτης*（< *δίαιτα*）である。公的か私的かの区別をしないことについては、「私訴弁論の世界」五「デモステネス私訴弁論の用語について」(7)参照。

（4）「違法な請求をしている」の部分を表わすギリシア語は *παρὰ τοὺς νόμους δικαζομένου* である。ここでは、この表現以外に「不当な訴訟を提起し（*συκοφαντοῦντος*）」「法に従ってこの請求は許されない（*ἐκ τῶν νόμων μὴ εἶναι τὴν δίκην εἰσαγώγιμον*）」、そして「独立抗弁を提起した（*παρεγραψάμεθα*）」という、同種の表現が畳みかけるように用いられている。

証言　法律[1]

二五　アテナイ人のみなさん、諸君は聞かれたわけですが、訴訟が許されるべきでない事柄の中で、とくに人が解放や免除[2]を行なった場合の要件を法律は述べております。それは当然のことであります。つまり、もし一度判決された事件をもう一度訴えることは許されないということが正しいならば、免除された人間は裁判されるべきでないのは至極当然のことでありますから。みなさんの法廷で敗訴した者は、みなさんが騙されていたのだ、と言うかもしれません。しかし、はっきりと自分の非を認めて解放し免除した者が、いかなる理由で、同じ事件について訴えを再び提起することが妥当であると言えるでしょうか。断固としてそんなことは許されません。それゆえ、法律を定めた人は再訴が許されない事由の筆頭に、人が免除し解放した場合を挙げたのです。ポルミオンにはこの二つが付与されていました。アポロドロスが解放と免除を与えたからです[3]。アテナイ人のみなさん、私が言ったことが真実であることは、みなさんに証言によって示されました。

二六　［廷吏に向かって］さあ、時効法[4]も出してください。

法　律[5]

アテナイ人のみなさん、法律はこのようにはっきりと年限を規定しておりますが、しかるにこの男アポロドロスは、二〇年以上[6]も経過してから、みなさんがそれに誓って票決する根拠となる法律よりも、不当な提訴(7)の方を重んじることを要求しているのです。しかし、アテナイ人のみなさん、諸君はこの法律だけでなくすべての法律に従うのが当然なのであります。二七　思うに、ソロンがこの法律を制定した(8)理由はほかでもなく、みなさんが不当な提訴を受けないようにするためなのです。というのは、不正を被った人々にとっ

（1）この法律は原告が被告の原告に対する借金を免除すると宣言した後、訴訟で請求することを禁止していた。『パンタイネトスへの抗弁（第三十七弁論）』一八、『ナウシマコスおよびクセノペイテスへの抗弁（第三十八弁論）』四参照。MacDowell, 2004, p. 161, n. 43.

（2）免除と訳したギリシア語は *ἀπήλλαξεν* である。

（3）解放と免除については、『パンタイネトスへの抗弁（第三十七弁論）』および『ナウシマコスおよびクセノペイテスへの抗弁（第三十八弁論）』で詳しく論じされている。

（4）時効法は *προθεσμίας νόμος* と呼ばれている。

（5）底本はここまで二五節に含めている。なお、五年の時効法は『ナウシマコスおよびクセノペイテスへの抗弁（第三十八弁論）』一七にも登場している。

（6）相続訴訟が長期にわたることについては二五九頁（3）参照。なお、MacDowell によれば、これは誇張である。貸借の開始（それは前三七〇／六九年のパシオンの死去以前にポルミオンに与えられた）からは二〇年以上経っているけれども、ポルミオンが返済しなければならない期限になったのは、（アポロドロスの主張が真実だったとしても）八年後の貸借の終了の前ではない（2004, p. 162, n. 45）。

（7）「不当な提訴」と訳したギリシア語は *συκοφαντία* である。これについては、「私訴弁論の世界」五「デモステネス私訴弁論の用語について」(5)参照。

（8）アテナイ弁論家はある成立した法を、それがソロンの発案によるかどうか不明であっても、ソロンに帰するのが常であった。いわゆる「ソロンの法」については葛西康徳「古代ギリシアにおける法の解凍について」、新田一郎・林信夫（編）『法が生まれるとき』創文社、二〇〇八年、一一—三六頁参照。また最新の資料集として、Leão, D. F. and Rhodes, P. J. (eds), *The Laws of Solon, A New Edition with Introduction, Translation and Commentary*, London / New York, 2015 がある。

て、この五年という期間は損害額を支払わせるのに十分だと考えたからです。また彼は嘘つきに対する最も確実な反駁は時間であり、同時にまた、当事者や証人は永遠に生きることはできないということを知っていたので、これらの人に代わってこの法律を制定したのですが、それは誰も助けがいない人のために正義の証人となるようにするためだったのです(1)。

二八　裁判員のみなさん、私は不思議に思うですが、はたしてこのアポロドロスには、これに対するどんな言い分があるでしょうか。アポロドロスは少なくとも以下のようなことを考えてはいないはずです。つまり、みなさんはこの男が金銭においてなんら不正を受けなかったことを見たにもかかわらず、ポルミオンが彼の母親と結婚したという理由で非難するだろう、というようなことです。なぜなら、私とみなさんの多くには周知の事実を、彼が知らないわけではなかったからです。その事実とは、あの有名な銀行家のソクラテス(2)が、この男の父［パシオン］がそうであったのと同様に主人たちによって解放されたのちに、自分の妻をかつて彼の奴隷であったサテュロス(3)に婚姻させた、というものです。二九　もう一人銀行業をやっているソクレス(4)もまた、かつての奴隷でまだ存命中のティモデモス(5)に自分の妻を嫁がせました(6)。アテナイ人のみなさん、このようなことをこの事業に携わっている人々がやっているのは、この地に限られることではありません。アイギナでも、ストリュモドロス(7)が彼の奴隷ヘルマイオス(8)に妻を与え、妻の死後は娘を与えたのです(9)。このような例をたくさん挙げることができます。三〇　これは当然のことであります。アテナイ人のみなさん、諸君は生来市民でありますから、生まれよりも金銭の方を大切にするというのは褒められるべきことではありません。しかし、みなさんからまたはほかのポリスから市民権を贈与されるか、あるいはもともとは幸運によって金を儲けて他の人よりも多くの財産を獲得することにより、これと同じ価値のある特権を認められた者たちは、これらの財産は守らなければなりません。［アポロドロスに向かって］だから、お前の父パシオンはこのようなことをした最初の人物でも唯一の人物でもなく、またこれによって自分自身を、お前を、

（1）MacDowell によれば、もし契約ないし後見の下で支払い期限が来て五年以上が経過し、その証人たちがその間に死去していたならば、借り主（支払うように言われている者）は、もし金銭が本当に返済しなければならない状態になっているのならば、返済請求をそれより早くなすべしという法律を援用することができた（2004, p. 162, n. 47）。

（2）*LGPN*, 413, (163).

（3）*LGPN*, 395, (125).

（4）*LGPN*, 412, (50). 後註（6）参照。

（5）*LGPN*, 430, (37). 次註、二七七頁註（6）参照。

（6）銀行家ソクレスはもしかしたらブレパイオスの父だったかもしれない。後者は『メイディアス弾劾（第二十一弁論）』二一五と『ボイオトスへの抗弁、第一演説（第四十弁論）』五二で言及されている。銀行家ティモデモスは本弁論五〇でも言及されている。他の銀行家はここ以外では出てこない。MacDowell, 2004, pp. 162-163, n. 48.

（7）後註（9）参照。

（8）次註参照。

（9）おそらく、ソクラテス、ソクレス、ストリュモドロスの三つの場合ではすべて、パシオンの場合と同様に、意味されているのは、夫が妻を遺言で別の男に与えたということであり、妻が夫が生きているときに夫のもとを去ったということではない。もしそれが正しいとすると、ストリュモドロスの妻は彼が遺言をした後に死亡したが、それは彼が死亡する前であった、そして彼はそのあと娘をヘルマイオスに与えることを決めたと推測できる。MacDowell, 2004, p. 163, n. 49.

彼の子供たちを過小評価していること(1)にはならないのだ。むしろ、ポルミオンをお前たちの身内にして縛りつけておきさえすれば、自分の事業にも唯一の安全を保つことができると考え、自分の妻でありお前の母である人をポルミオンに与えたのだ。三一　もしお前がこのようなやり方がどれほど役に立つかを調べてみれば、この方法がよく考えられたものであることがわかるだろう。しかし、もし一族の評判を考えてポルミオンを義理の父親と見なすのを拒否するのならば、お前の主張が馬鹿げたことにならないように気をつけた方がいい。というのも、もし誰かがお前の父親はどんな人だったと思うかと尋ねたら、お前はいい人だったときっと答えるだろう。では、お前とポルミオンのどちらが性格と生き方全般においてパシオンに似ていると思っているのか。間違いなく、お前はポルミオンの方が似ていると言うだろう。そうすると、お前よりも父親に似ているこの男［ポルミオン］が、お前の母親と結婚するとすれば、お前はこれを否認するのだろうか。
三二　ところで、お前の父が認め指図してこの計画が実行されたのだということは、アテナイ人のみなさん(2)、遺言書だけからわかりうることではありません。お前が自分でもこれを証言しているのだ。というのも、お前が、お前の母親の財産の相続分を要求し、このポルミオンと彼女との間に子供が生まれたとき、お前はお前の父親が彼女をポルミオンに与えて、法と慣習に従って(3)婚姻したことを認めていたのであるから。もし誰も彼女を与えたのではなく、ポルミオンが彼女を不法に取ったというのであれば、子供たちは相続人とはならなかったし、また相続人でなければ、彼女の財産を相続する資格はなかったのだ(4)。［裁判員に向かって］私の主張が真実であることを証明するために、彼は財産の四分の一を取り(5)、すべての請求原因から解放したという証拠が提示されました(6)。

三三　アテナイ人のみなさん、自分の主張を正当化する手段がないので、彼は大胆にも、仲裁人(7)の前で極めて恥知らずな主張をしたのです。それについて、みなさんに前もってお聞かせした方がいいでしょう(8)。一

(1) 過小評価と訳したギリシア語は *ὑβρίζων* である。ヒュブリスについては、葛西、二〇〇八および同「ヒュブリスと名誉毀損 ── 古代ギリシア・ローマにおける情報の一側面」、『知的財産・コンピュータと法 ── 野村豊弘先生古稀記念論文集』商事法務研究会、二〇一六年、一〇三九―一〇七四頁参照。

(2) MacDowell によれば、もしテクストが正しいならば、アポロドロスに向かってしゃべっている途中で、少しだけ裁判員に向かってしゃべっていることになる（2004, p. 163, n. 50）。

(3) *κατὰ τοὺς νόμους* の *νόμοι* を、狭義の法（すなわち法律）といわゆる慣習の集合体として理解した。

(4) MacDowell によれば、相続できるのは嫡出子だけである。嫡出子というのは彼らの母が通常母の父親によってしかるべく彼らの父に婚姻で与えられた場合である。しかし、この箇所では前の夫が新しい夫へと彼女を渡すことができたことを示している（2004, p. 164, n. 51）。なお Gernet は、この箇所は母（アルキッペ）の財産をめぐって嫡出性を問題としているが、嫡出性が問われるのは父の財産についてであって、議論のすりかえが行なわれていることを示唆している（p. 215, n. 1）。

(5) 母親のアルキッペには、パシオンとの間にアポロドロス、パシクレス、ポルミオンとの間に二人の、合計四人の子供がいた。

(6) MacDowell によれば、もしアルキッペとポルミオンとの間の子供たちが嫡出ではなかったとしたら、アポロドロスは財産をパシクレスとだけ分ければいいので半分有していることになったであろう。彼が四分の一でいいと言っているのは、アルキッペがポルミオンとの間に二人の嫡出子を設けたことを意味している。一六節参照（2004, p. 164, n. 52）。

(7) 仲裁人 *διαιτητής* については、二六一頁註（3）参照。

(8) 論者はアポロドロスが仲裁人になしたのと同じ論法を裁判員にも使うであろうと予測している。MacDowell, p. 164, n. 53.

つは、遺言はまったくなくて、それはまったくの作り物ででっち上げられたものだというものです。もう一つは、彼がこれまで事態を容認し提訴しなかったのは、ポルミオンがすすんで多額の賃料を払い、今後も払い続けると約束したからだ、というものです。しかるに、彼が主張するには、いまやポルミオンは支払わなくなったので、請求訴訟を起こすのだと彼は言うのです。三四　彼がこのような主張をするのであれば、これら二つの主張が虚偽であり、彼自身の行動と矛盾していることを見るために、次の点から考えてみましょう。遺言を否認するのであれば、いったいどのようにして遺言に従って長子としての相続分(1)を得て建物(2)を手に入れたのでしょうか。この点を彼に尋ねてください。というのは、少なくとも、彼の利益になる部分は有効で、その他は無効だといった遺言を父親が書いたなどとは言わないでしょうから。三五　他方で、彼がポルミオンの約束に乗せられたのだと主張する場合には、ポルミオンが貸借から解かれた後、長い間、彼らに対して銀行と盾工場の借り主となっていた人たちをわれわれがみなさんに対して証人として提示したことを思い出していただきたいのです(3)。だが、アポロドロスが彼らに貸借を認めたときに、彼はポルミオンに対して直ちに請求をしなければならなかったのです。もし、そのときは免除しておきながら、いまになってポルミオンを相手に訴訟を起こしている理由が正当だと主張するのであれば。［廷吏に向かって］私の主張が真実のものであり、アポロドロスが遺言に従って長子としての相続分として建物を取得したこと、ポルミオンに訴えを提起するどころか彼に感謝していたことを示すために、証言を取り上げてください。

証　言

三六　アテナイ人のみなさん、アポロドロスは立ち行かなくなり、すべてを失って嘆き悲しんでみせるでしょうが、その彼が賃料収入と貸金からいくら取っていたかを知っていただくために、私がみなさんに手短かに言いますから聞いてください。父親が残した記録によりますと、父親の残した財産は全部で二〇タラントンであり、そこから半分以上も取っていたのです。つまりは、多くの場合に弟から取り分をごまかしていたのです。三七　賃料からは、ポルミオンが銀行を経営していた八年間に、毎年八〇ムナを取っていました。これは全賃料の半分に当たり、合計一〇タラントン四〇ムナになります。それ以後の一〇年間は、クセノン[4]、

(1) 長子としての相続分と訳したのは *πρεσβεῖα* である。これについては、Harrison, I, p. 131, nn. 4, 152 参照。MacDowell によれば、ギリシア語 *πρεσβεῖα* は、厳密には年長者の特権を意味する。ここでは、弁論者によれば、アポロドロスは、建物に対する権利を長子相続権によって主張はしなかった。長子相続権はアテナイでは一般的ではなかった。あくまで彼は遺言によって彼に与えられた（2004, p. 164, n. 54）。Gernet によれば、この語はアテナイ法では他の用例はない。この遺言によってしか長子の特別の取り分は認められないであろう（p. 216, n. 1）。

(2) ギリシア語 *συνοικία* は複数家族が住むアパート型の家を意味している。ここで言われている家は、アルキッペの嫁資の一部としてパシオンの遺言で言われているものとは異なる。『ステパノス弾劾、第一演説（第四十五弁論）』二八（二五一頁註（6）で引用）参照。MacDowell, 2004, p. 164, n. 55.

(3) 一三節参照。

(4) 二五五頁註（3）参照。

エウプライオス[1]、エウプロン[2]、カリストラトス[3]に兄弟は貸し、毎年一タラントンを得ました。[4]三八　このほかに、彼は約二〇年間、最初から分割されて、自分で管理していた財産からの収入[5]が、三〇ムナ以上ありました。これらを全部ひっくるめて、彼の相続分、借り主からの返済金、そして賃料として受け取るものを合わせますと、四〇タラントン以上受け取ったことは明らかです。以上とは別に、ポルミオンが彼に与えたもの[6]、そして母親からの相続分、そして銀行から得たままで返済していない二・五タラントン六〇〇ドラクマがあるわけです。三九［アポロドロスに向かって］ああ、しかしお前は言うだろう。ポリスはこれらのお金を受け取り、お前は十分に公共奉仕をしたのに、きちんと報われていない、と。[7]しかし、お前とお前の弟が共有であったときの公共奉仕にはお前と弟と二人で出費したが、のちにお前一人が支払った額は年収額の二タラントンと同額ではない。[8]いやそれどころか、二〇ムナですらない。だから、ポリスを非難してはならないし、財産のうちお前が恥ずべき悪しきやり方で浪費したものをポリスが受け取ったなどと言ってはいけない。四〇　アテナイ人のみなさん、彼が受領した金額と、彼が行なった公共奉仕について知っていただくために、みなさんに一つ一つを読み上げてもらいましょう。［廷吏に向かって］さあ、その帳簿と、その果たし状、その証言を取り上げてください。

帳簿[9]　果たし状　証言

四一　このように、彼はこれだけの額の金銭を受領しました。また、多くのタラントンの貸付金[10]を有しており、それらの一部は自発的に支払ってもらうことにより、一部は訴訟によって取り戻しています。その貸付金は、銀行の業務による貸付とは別のもの、およびパシオンが残した財産とは別のものでした。つまりこの貸付金は、パシオンに支払われるべきものでしたが、この人たちがいまや譲り受けたのです。しかし、アポロドロスはいまみなさんが聞かれた額だけ、つまり収入のごく一部とも言えない額、ましてや元本の一部

(1) 二五五頁註（4）参照。

(2) 二五五頁註（5）参照。

(3) 二五五頁註（6）参照。

(4) 一一―一三節参照。そこでは後の貸借はポルミオンへの貸借と同じであったと言われている。そして銀行の賃料は毎年一タラントン四〇ムナ、一方盾工場からは一タラントンであった。ポルミオンが借りている間、アポロドロスはこの両者合算の半分を受け取っていたが、後の貸借の場合では、財産が分割されていたので、アポロドロスは工場の賃料しか受け取っていない。MacDowell, 2004, p. 165, n. 57.

(5) アポロドロスの（盾工場と銀行以外の）父親の財産からの取り分。

(6) 一五節参照。

(7)『ポリュクレスへの抗弁（第五十弁論）』参照。アポロドロスは三段櫂船奉仕で多額の出費をしたと主張している。MacDowell, 2004, p. 164, n. 60.

(8) 二〇年間（三八節）で四〇タラントンは年平均二タラントン。MacDowell, 2004, p. 166, n. 61.

(9) ギリシア語は *βιβλίον* であり、Gernet は mémoire と訳している。

(10) ギリシア語は *χρέα* であり、一般に借金の意味であるが、アポロドロスの立場から考えると、相手にとっての借金は貸付金のことである。なお、他の箇所と同様に、ここでも債権（債務）という用語は避けた。

とはとても言えない額を、公共奉仕に貢献したにとどまるのです。それなのに、彼は三段櫂船奉仕(1)や合唱隊奉仕(2)をしてやったと得意げに話すことでしょう。四二　アポロドロスが真実を語らないだろうということを私は示しましたが、かりにこれらがすべて真実だとしても、このポルミオンが彼自身の財産からみなさんに対して公共奉仕する方がより良いし、より正しいと考えます。みなさんがポルミオンの資産をアポロドロスに［裁判で］与え、みなさん自身はその資産全体のうちのわずかにしかあずからず、一方で貧困の極みにあるポルミオンを目の当たりにし、他方でアポロドロスは舞い上がって(3)、いつものように散財しているのをみなさんが見るよりは。四三　［アポロドロスに向かって］ポルミオンの富、それは彼がお前の父の富から取得したのだが、それについてお前は彼がどこからそれを手に入れたのか尋ねると言っていたその富、お前は世界で唯一それについて語れない人間なのだ。なぜならお前の父パシオンもまた、財産をたなぼたで得た、あるいは父から承継取得したのではなく、彼は自分の主人たち、すなわち銀行家アンティステネス(4)とアルケストラトス(5)から、彼が有能で実直な人物であることを示したゆえに信用されるようになったのだ。四四　商業取引や金融業界で働く人々にとって、同じ一人の人間が勤勉でかつ有能であるというのはおおいにすばらしいことである。このような性格は主人たちから譲り受けたものではなく、むしろ彼自身が本性からして有能な人間なのだ。これと同様に、お前の父がポルミオンに与えたものでもない。もし、それができるのならば、彼は「お前」を誠実な人間にすることの方を望んだだろう。信用(6)が金を稼ぐあらゆる元本の中で最大のものであるということをお前が理解しないならば、お前は何も理解しない人間であることになろう。それを別にしても、ポルミオンはお前の父とお前そしてお前たちの事業全般にわたって有能な人間であったが、お前の

貪欲な性格についてはお前に適う者がいるであろうか。**四五**　お前の父親の元主人であるアルケストラトス

（1）Osborne, R., "Pride and Prejudice, Sense and Subsistence: Exchange and Society in the Greek City", in *Athens and Athenian Democracy*, Cambridge 2010, pp. 104-126. Osborne によれば、三段櫂船奉仕の費用は、一人当たり控えめに見積もって、三〇〇〇ドラクマ。一二〇隻の負担額合計は六〇タラントン（前三五六年の記録）、一七〇隻で八五タラントン（前三三一年）。合唱隊奉仕は、毎年一〇万ドラクマを一〇〇人の市民で分担。四年に一度パンアテナイア祭では一二〇万ドラクマを一二人で負担、つまり一〇〇〇ドラクマ。それゆえ、公共奉仕だけでアテナイ最富裕層、おそらく一〇〇〇人弱は、毎年一〇〇タラントンを準備し、支出しなければならなかった。中にはこのために土地を抵当に入れなければならなかった者もいる。しかし、抵当は市民間でなされるので、この慣行が広がっていたとしても、相対的に富裕層から吸い上げられざるをえない金額の合計は変化を被らなかった。要するに、富裕層は大量の現金を必要としたのである。

（2）ディオニュシア祭にかかる全費用については、Wilson の詳細な研究がある。Wilson によれば、「一回のディオニュシア祭にかかる費用は、アテナイ帝国絶頂期の一年の約十二隻の三段櫂船の維持費、あるいは軍事費の公的出費の五%に相当した」（"Costing the Dionysia", in M. Revermann and P. Wilson (eds.), *Performance, Iconography, Reception: Studies in Honour of Oliver Taplin*, Oxford, 2008, pp. 88-127）。Scheidel, W., Morris, I. and Saller, R. P. (eds.), *The Cambridge Economic History of the Greco-Roman World*, Cambridge, 2007, Chapter 14 Classical Greece: Consumption, by von Reden, S., pp. 385-406 も参照。

（3）舞い上がってと訳したギリシア語は ὑβρίζοντα である。ヒュブリスについては葛西、二〇一六参照。

（4）次註参照。*LGPN*, 38, (1).

（5）*LGPN*, 69, (10). アルケストラトスはイソクラテス『銀行家（第十七弁論）』四三で言及されているが、アンティステネスはどこにも出てこない。MacDowell, 2004, p. 167, n. 62.

（6）信用と訳したギリシア語は πίστις であり、同じ語が五七節にも登場する。なお、Gernet もこの語に注目し、イソクラテスはこの語を広義に用いていると指摘する（p. 218, n. 2）。

には息子アンティマコス(1)がアテナイにいて、不遇をかこっているということを自分でも考えたことがないとはあきれたものだ。彼はお前に対して訴えを提起していないし、ひどい目にあわされたと文句も言っていない。お前が豪華なウールの衣を身にまとい、一方で或る娼婦を解放したかと思うと他方で別の娼婦には嫁資を付けて片付け(2)、しかも同じ妻は維持したままでそんなことをやっている。また、三人の奴隷を従えてうろつきまわり、自堕落な生活ぶりは通りを歩く人の目にも明らかであるが、対照的にアンティマコス自身は諸事に困窮しているというのに。四六　また、アンティマコスはポルミオンの状態も知らないわけではない。それでも、かつてポルミオンがお前の父親の奴隷であったという理由で、お前がポルミオンの財産を要求できると思ったとしても、お前よりもむしろアンティマコスの方がポルミオンの財産に対して要求できる立場にある。なぜなら、お前の父はかの人たちの奴隷であったから。その論理に従うならば、お前もポルミオンもアンティマコスのものであることになるからだ。ところが、お前は愚かさの限度を超え、お前がそう言われたら当然嫌がるようなことをみずから人に言わせているのだ。四七　またお前は自分自身と死去した両親を蔑み(3)、ポリスに泥を塗っている。お前の父親が、そしてのちにはポルミオンが、ここにいる市民の方々の恩恵(4)にあずかって獲得したもの(5)を、それを与えてくれた人々やそれを受け取ったお前たちに対して最高の栄誉となるように、装飾を施し傷まないように保護するのではなく、むしろお前はそれを公衆の面前にひっぱり出し、見せびらかし、晒しものにしているのだ。それはつまり、彼らがお前のような男にその地位を与えたアテナイ人というものを誹謗していることにほかならない。四八　さらに、ポルミオンは解放されたのだから彼がかつてお前の父親の奴隷であったということは勘定に入れてはいけない、とわれわれが主張しているのは、お前のためを思って言っていることなのだということがわからないほど、お前は頭がおかしくなっているのだ――そうとしか言えないだろう――。また、ポルミオンは一度としてお前と対等であるべきではないとお前が主張するとき、お前は自分に不利なことを言っているということに気がつかないのだ。お前が彼に対して正当だといかなる主張をしようとも、その同じ主張がお前の父親のもともとの主人たちによってお前自身に不利なものにされるだろうから。しかし、パシオンもまた主人たちのものであったし、さらにポルミオンがお前の家族によって解放されたのとまったく同じようにして解放されたことを証明するために、[廷吏に向かって]パシオンがアルケストラトスのものであったことを示すその証言を取り上げてください。

(1) *LGPN*, 36, (12).

(2) この一節を Gernet は「ブルジョワの体面 (respectabilité bourgeoise)」と評している (p. 219, n. 1)。なお、アテナイにおける食欲と性欲の問題を権力欲と結びつけて考察した非常に面白い研究として、Davidson, J., *Courtesans and Fishcakes: The Consuming Passions of Classical Athens*, London, 1997 がある。

(3) いわゆるヒュブリス法 (『メイディアス弾劾 (第二十一弁論)』四七、『マカルタトスへの抗弁 (第四十三弁論)』七五) では、ヒュブリスの対象として子供や寡婦が例示されているが、両親に対するヒュブリスについても含まれると考えてよい。アリストテレス『弁論術』第二巻第二章一三七九b二四―二九参照。

(4) ここでは裁判員をアテナイ市の代表と見ている。

(5) アテナイの市民権のこと。

四九　さらに、もともと事業を管理し、多くの点でアポロドロスの父の利益になるように仕事をし、また、アポロドロス自身に対してもみなさんも聞いたほどの利益がまわってくるようにしているこのポルミオンを、アポロドロスはこのような重大な裁判に勝訴して不当にも追い出すべきだと考えているのです。(1)［アポロドロスに向かって］お前がなしうることはほかにはないだろう。なぜなら、あってほしくないことだが裁判員たちが騙された場合、もしお前が彼の財産を精査してみたらその財産が誰のものであるか、お前はわかるだろうから。(2) 五〇　カリデモスの子アリストロコス(3)を見なさい。(4)彼はかつて土地を持っていた。しかし、いまやその土地が他人のものとなっている。なぜなら、彼はその土地を購入したとき、何人もの人から資金を借りたからだ。ソシノモス(5)やティモデモス、(6)そして他の銀行家を見なさい。貸し主と和解する必要に迫られたとき、彼らは全員財産を取られてそこから追い出された。しかし、お前は、お前よりもずっと優れたずっと賢明な人物だったお前の父親があらゆる不測の事態に対処するために考慮しておいたことを、どれひとつとして考えるにはおよばないと思っているのだ。五一　ゼウスと他の神々よ、お前の父はポルミオンが――お前に対しても自分自身に対しても、お前たちの事業に対しても――お前よりもそれほど価値ある人間だと考えたので、お前はすでに成人していたが、財産の半分の後見人(7)としてお前ではなく彼を指定し、自分の妻を与え、彼が生きている間ずっと一目おいてきたのだが、アテナイ人のみなさん、これは極めて当然のことでした。［アポロドロスに向かって］他の銀行家はというと、彼らは賃料を払ってはいなかったし、もっぱら自分のためだけに働いたが、それでもみな廃業した。一方、ポルミオンは二タラントン四〇ムナの賃料を払っていたが、お前たちのために銀行を維持したのだ。五二　パシオンはそのことに対して彼に感謝していた。しかるに、お前は彼をまったく一顧だにしないで、遺言とその中にお前自身の父親によって書かれた呪いの言葉[8]に逆らって、嫌がらせをして非難し、不当提訴を行なった。ご立派な方よ――もしこう呼べるならの話だが――、思い留まることはないのか。実直さが富よりもより利益をもたらすということがわからないのか。ともかく、もしお前が真実を言っているとして、あれだけたくさんの金銭を受け取っておいて、それを全部

---

(1) ここでは追放（国外退去）を意味しているのではない。貸金訴訟で勝訴してもそのような効果は生じない。その意味するところは、ポルミオンは二〇タラントンは現金で支払えないので、アポロドロスが勝訴すれば、その家や他の財産を差し押さえるということであろう。MacDowell, 2004, p. 168, n. 65.

(2) もしポルミオンが敗訴すれば、彼の銀行の預金は預金者に返還されることになり、アポロドロスは何も得ることはできない、ということである。MacDowell, 2004, p. 168, n. 66.

(3) *LGPN*, 474, (28).

(4) アリストロコスの破産については『ステパノス弾劾、第一演説（第四十五弁論）』六二―六四で述べられている。彼はもしかしたらエルキアのアリストロコスと同一人物かもしれない。後者は何度か三段櫂船奉仕を務めたことが知られている。MacDowell, 2004, p. 168, n. 67.

(5) *LGPN*, 417, (7) および次註参照。

(6) ティモデモスは二九節で言及されている。ソシノモスは知られていない。

(7) 共同相続人であるパシクレスの持ち分。

(8) パシオンの遺言は文言に背いたものに対する呪いの言葉を含んでいる。MacDowell, p. 169, n. 70. なお、呪いに関する近時の研究として、Eidinow, E., *Oracles, Curses, and Risk among the Ancient Greeks*, Oxford, 2013.

失ったとお前は言っているが。しかし、もしお前がバランスのとれた人(1)ならば、それを費消してしまうことはけっしてなかったであろう。

五三　私としては、ゼウスと神々にかけて、どのように考えても裁判員たちがお前の主張を信じて、ポルミオンに有責判決を下すとは思わないのだ。どうしてそんなことがあるだろうか。侵害行為が最近のものだからお前は彼に対し訴えを提起していると言うのか。いや、お前は何年も後になってから訴えを提起しているのだ。その間お前は裁判沙汰は控えてきたというのか。(2)お前はひっきりなしにどれほどの訴訟を起こしてきたことか、誰か知らない者がいるだろうか。それも今回の訴訟に劣らないような私的訴訟を提起しただけでなく、公的訴訟でも人を不当提訴して法廷に立たせてきたのだ。(3)たとえば、ティモマコス(4)をお前は訴えなかったか。現在シケリア島にいるカリッポス(5)はどうだ。メノン(6)はどうだ。アウトクレス(7)はどうだ。ティモテオス(8)はどうなんだ。ほかにもたくさんいるではないか。五四　しかしながら、アポロドロスともあろうものが、次のことをどうやって説明するというのか。自分が受けた不正はその一部分でしかない共通の問題について先に訴訟を起こすことを考え、現在提訴している私的な問題について、いまお前が主張しているところではとりわけ重大だという事柄で訴えを起こすことを後にまわしたその理由を。また、なぜ他の者は責任追及したのに、ポルミオンだけ措いておいたのか。お前は何の被害も受けていないのに現在訴えを起こしたのは不当だと私は思う。アテナイ人のみなさん、これらのことに関して、いま、証拠を提示することがとりわけ重要だと私は考えます。いつも不当な訴訟ばかり提起している男が、いま何をなそうとしているのかを知る必要があるからです。五五　しかも、ゼウスにかけて、アテナイ人のみなさん、私はポルミオンの性格、生真面目さ、気前良さを示す証拠となるもの全部、そしてそれはみなさんに対して本件に関わることなのですが、それを全部述べるべきだと思います。と言いますのも、もし何事につけてもとかく不正をはたらくような者は、もしかしたら、きっとアポロドロスにも不正を行なったかもしれません。他方、誰にも不正をなしたことがなく、たくさんの人に進んで支援を施すような人であれば、どうしてこの性格からすべての人の中でア

（1）ギリシア語 ἐπιεικής を「バランスのとれた」と訳した。

（2）ἀπράγμων については、Carter, L. B., *The Quiet Athenian*, Oxford, 1986 参照。

（3）私的訴訟・公的訴訟については、「私訴弁論の世界」参照。

（4）*APF*, 13797; *LGPN*, 432, (4) および後註（7）参照。

（5）*APF*, 8065 および後註（7）参照。

（6）*LGPN*, 309,（42）および次註参照。

（7）*APF*, 2727 see 4386. アウトクレス、メノン、ティモマコスはみな、前三六二／六一と三六一／六〇年の二年間継続して、東エーゲ海方面のアテナイ艦船を指揮した将軍。カリッポスはティモマコスより下位の官職にあった。アポロドロスはこの艦船の三段櫂船奉仕者の一人であり、彼のティモマコスおよびカリッポスに対する内輪の揉め事は、彼の（偽）デモステネス『ポリュクレスへの抗弁（第五十弁論）』に書かれている。前三六〇年にアテナイに帰還してのち、彼は四名それぞれに対して、軍事行動中の反逆的ないし無能な指揮に対する種々の理由で訴え（もしくはその支援をし）た。これらの訴えの政治的意義については Trevett, pp. 131-138 参照。カリッポスはシケリアに逃亡し、そこで彼はシュラクサイのディオンの支援者になり、短期間その後継者になった。前三五〇年頃殺害される。MacDowell, 2004, pp. 169-170, n. 71.

（8）*APF*, 13700; *LGPN*, 430,（32）. ティモテオスは有名な将軍であり、パシオンから金を借りている人の一人であった。アポロドロスは彼に対して貸付金を取り返すためパシオンの死後、訴訟を提起した。この弁論は（偽）デモステネス『ティモテオスへの抗弁（第四十九弁論）』である。論者は公的訴訟とともに私的訴訟にただ言及しているだけである。ティモテオスに対してほかでは知られていない公的訴訟もまた提起したと推定する必要はないかもしれない。MacDowell, 2004, p. 170, n. 72.

ポロドロスだけに不正を働くということがありうるでしょうか。(1)これらの証言を聞くならば、みなさんに両者の性格を見分けていただけるでしょう。

証　言

五六　さあ、アポロドロスの性質の悪さ(2)を示す証言も挙げてください。

証　言

ポルミオンもこれと同じでしょうか。考えてみてください。［廷吏に向かって］証言を読んでください。

証　言

ポルミオンがポリスのために行なったすべての公共奉仕も読み上げてください。

証　言

五七　アテナイ人のみなさん、ポルミオンはこれほどまでに公共奉仕をポリスのため、みなさんの多くの人のために行ないました。彼はけっして、公的なことでも私的なことでも、誰にも損害を及ぼしたことはありませんし、このアポロドロスに対して不法をしてもいません。そこで、彼はみなさんの助けを乞い、嘆願し、放免されるに値すると述べています。そしてわれわれ仲間も一緒にみなさんにこのことをお願いしているわけです。また、みなさんに聞いていただかねばならないことがもう一つあります。アテナイ人のみなさん、諸君に読み聞かされた証拠によれば、ポルミオンは彼もほかの人も誰一人として手にしたことのないほどの資金を調達しました。それでいてなおそれほどの資金と、さらにそれをずっと上回る資金ゆえに彼を知る人たちの信頼を得ました。その信用ゆえに彼は自分自身とみなさんにとって役立つ人物だと思われているのです。五八　これらのこと［ポルミオンの貢献］を無駄にしてはいけません。汚らわしい(3)この男にそれらをひっくり返させてはならないのです。みなさんの票決によって、きちんとした仕事をして生きようとしている人々の財産が吐き気を催すような不当提訴者たちの手に落ちることになって、恥ずべき先例を作ってはなりません。その財産はポルミオンの手に残す方が［アポロドロスにやるよりも］みなさんにははるかに有益なのです。彼に援助を求めてきた人に対して彼がいかなる態度をとったかを示す証人を自分の目で見て、これ

(1) *εἰκότως* が用いられており、弁論術における典型的な蓋然性（*εἰκός*）からの論証方法である。

(2) ギリシア語 *πονηρία* をこのように訳した。

(3) *μιαρῷ* をこのように訳した。穢れ（*μίασμα*）に関する古典的な研究は、Parker, R., *Miasma: Pollution and Purification in Early Greek Religion*, Oxford, 1983.

に耳を貸してください。五九　ポルミオンがこのようなことをしたのは、彼の気前良さとバランスのとれた人柄(1)からであって資産を増やそうとしたからではありません。アテナイ人のみなさん、このような男をアポロドロスの犠牲にするのは正当なことではありません。また、何の有用性もなくなったときにではなく、みなさんが彼を救うことができるいまこそ彼に同情すべきなのです。なぜなら、いまを除いて彼に救いの手を差し伸べる好機があるとは思えないからです。

六〇　アポロドロスの主張の大部分は不当な提訴によるのだと考えてください。この男には以下のことを証明するように命じてください(2)。すなわち、彼の父が遺言書を書いていないとか、あるいは、われわれがみなさんに示している貸借とは別の貸借があるとか、あるいは、彼は清算をした上で義理の父の裁定と彼自身の同意に従って(3)すべての請求原因から解放したのではなかったとか、このように扱われてきた事柄について法律が訴えを提起することを認めているとかいったことです。あるいは、この類いのことを示すように命じていただきたい。六一　他方、もしアポロドロスがほかになすすべがないので非難し中傷しているのであれば、無視してください。彼の恥知らずな怒鳴り声によって欺かれることのないようにしてください。むしろ、われわれから聞いたことを護って、忘れないでください。もしそうすれば、みなさんはみなさんの宣誓を守り、ポルミオンを正当にも放免するでありましょう。ゼウスとすべての神々にかけて、ポルミオンはそれに値する男なのです。

六二　［廷吏に向かって］法律とその証言を取り出して読んでください。

もうこれ以上言う必要はないかと思います。みなさんは語られたことで理解されなかったことは一つもないと思いますから。水時計の水を流してください。(4)

法律　証言

リバニオスの概説

一　銀行家のパシオンは死に際に、アルキッペとの間に儲けた二人の息子、アポロドロスとパシクレスに関して、彼自身の奴隷であったが、それ以前に自由を得ていたポルミオンを、子供たちのうち年少のパシクレスの後見人に指名し、さらに、内縁の妻であった、子供たちの母親をポルミオンに嫁資をつけて妻として与えた。それから、アポロドロスは銀行と盾工場を除いて、父親の遺産を弟と分割した。銀行と盾工場はポ

(1) 二七九頁註(1)と同様に ἐπιεικεία をこのように訳した。

(2) 裁判員は弁論者に対して正式には指示を与えることはできなかったが、もし論点を外して関係のないことを話すと叫んだりヤジを飛ばしたりした。MacDowell, 2004, p. 171, n. 73.

(3) 一五―一七節参照。

(4) 最後の文は水時計(κλεψύδρα)係に対して呼びかけ。弁論者は彼に割り当てられた時間の残りは不要であるということを意味している。『ナウシマコスおよびクセノペイテスへの抗弁(第三十八弁論)』も同様に終結している。MacDowell, 2004, p. 172, n. 75.

ルミオンがパシオンから一定の期間に賃料を払って経営を任されていたものである。各々の息子が、この賃借料の半分をそれぞれ受け取っていたが、その後、この相続部分が分割され、盾工場がアポロドロスのものになり、銀行がパシクレスのものとなった。二　その後、彼らの母親が亡くなり、アポロドロスは彼女の財産も分割相続をしたが、ポルミオンがアポロドロスの財産の多くの部分を保有していると言って提訴した。ポルミオンが言うには、アポロドロスの親族であるニキアス、デイニアス〈、リュシノス〉、アンドロメネスを自分たちの仲裁人とし、彼らは五〇〇〇ドラクマによってアポロドロスはポルミオンに対する請求を断念すべきことと裁定した。すると、アポロドロスはこの後、再びポルミオンに対して元本（*ἀφορμή*）返還の訴えを提起した——アッティカ人たちはわれわれがエンテーケー（*ἐνθήκη*）と呼ぶものをアポルメー（*ἀφορμή*）と呼ぶ——。三　他方、ポルミオンは、もし人がいったん解放し免除したならば、もはや訴えは受理されないという法律を援用して、独立抗弁を提起した。しかし、弁論者は主張の根拠についても触れて、銀行はパシオン特有資産を有していなかったことを示す。弁論者がこの点に触れたのは、アポロドロスの主張が根拠がないことが明らかにされ、独立抗弁がいっそう強力になるようにするためであった。

＊本弁論の翻訳にあたっては、吉武純夫氏のご教示を得た。記して感謝いたします。

第三十七弁論

パンタイネトスへの抗弁

葛西康徳 訳

第三十七弁論

序と提題

「解放と免除」後の不当提訴に対して行なう独立抗弁（パラグラペー）の合法性、およびニコブロスはいかなる不法損害もパンタイネトスに与えていないこと　裁判員への公平な清聴の要請（一―三）

本論　陳述

鉱山採掘事業への出資者であるニコブロスが事業者であるパンタイネトスに資金を貸し付けるに至った経緯と、不在中に起こった共同出資者エウエルゴスと事業者パンタイネトスとの仲違い　突如現われた利害関係人たちとの交渉の後、ニコブロスはパンタイネトスとの取引関係を完全に終了（四―一七）

証明

「解放と免除」を与えた後のパンタイネトスによる提訴は無効（一八―二〇）

パンタイネトスの請求原因の虚偽（二一―三二）

パンタイネトスの提訴が出訴先を誤り、鉱山訴訟の対象にも入らないため無効であること（三三―三八）

パンタイネトスによる、奴隷の拷問尋問を求める果たし状に、ニコブロスが返した対抗果たし状（三九―四四）

裁判員を騙してエウエルゴス有責をもたらした不当提訴の経緯　パンタイネトスの詐術、法違反、その仲間の悪辣さを見抜くべきこと（四五―五一）

結論

「金貸し」への偏見をも顧みず、正直誠実に人助けをして感謝もされるニコブロスが、どうして人に不法損害を与えられるか（五二―五七）

殺人の場合さえ「解放と免責」があれば裁判は成立しないのであるから、本件の提訴が認められないことは自明の理である（五八―六〇）

リバニオスの概説

一　裁判員のみなさん、法律は、以下のような事案について独立抗弁[1]を認めています。それは、もしある人が相手方との間で貸し借りから解放[2]したり免除[3]したりしたにもかかわらず、訴えを提起してきたような事

（1）独立抗弁（*παραγραφή, παραγράψασθαι*）については「私訴弁論の世界」五「デモステネス私訴弁論の用語について」（1）参照。

（2）ここで「解放」と訳したギリシア語 *ἀφείς*（release（英）、quittance（仏））は本弁論および次弁論でも頻出する。動詞 *ἀφίημι* の本来の意味は、「原告が裁判になれば自分が正当に主張できることを放棄する」、たとえば、自分に支払われるべきものを回収したり、自分に違法なことをなした相手を訴える、ということを断念するということである。これは次註の *ἀπαλλάττω* とは、「両方ないし二つ（*ἀμφότερα*）」と言われていることからわかるように（前弁論二五、本弁論一、一九、次弁論一）、区別されていたが、両者は混乱して用いられている。詳細は次註参照。

（3）ここで「免除」と訳したギリシア語 *ἀπαλλάξας*（discharge（英）、décharge（仏））も頻出する。動詞 *ἀπαλλάττω* の意味は、「借り主が請求額を支払うことにより自分自身が貸し主の要求から免れること、あるいは裁判で相手方に対して賄賂を使って相手方から免除されること」である。しかし、前註の *ἀφείς* との間には混乱がある。もしある人がすべての請求原因から解放される（*ἀφέμενος*）と、彼はまたすべての請求原因から免除された（*ἀπηλλαγμένος*）とも呼ばれうる（イソクラテス『銀行員（第十七弁論）』二三、『エウテュヌスを駁す（第二十一弁論）』二六、デモステネス『スプディアスへの抗弁（第四十一弁論）』四）。本弁論を見ると次のようになる。ニコブロスが物件の売り主（*πρατήρ*）となったとき、パンタイネトスは彼を解放した（*ἀφῆκε*、一六節）。しかし、貸借↖

案です。ここにいる男パンタイネトス(1)との関係では解放と免除の二つが私にすでになされたので、本案訴訟(2)に進むべきではないという独立抗弁がなされたことは、たったいまみなさんが聞かれたとおりです。この独立抗弁を提起することは正当なことなので(3)、これを放棄する謂われはありません。また、いまここで独立抗弁を提起しておかないと、後になって私が嘘をついているという難癖をつけられる恐れがあるからです。つまり、この男が解放し私自身がその結果免除されたということを(4)、何にもまして、私が相手の主張を論駁し明らかにした段になって、今度はこの男が、それならばなぜ、その解放や免除の一つでもなされたときに自分に対して独立抗弁をしなかったのか、と言い張らないともかぎらないからです。そこで、私はこのような口実を相手方に与えないために、裁判に訴え、みなさんに次の二つのことを証明したいと思います。一つは、私がこの男に対してなんら不法をなしていないこと、そしてもう一つは、この男が私に対して法律に反して訴えてきたということです。二　もし、パンタイネトスが現在提起している訴えの原因のうち、何か一つでもじっさいに損害を被っていたのでしたら、私たちの間で契約(5)が締結されていたその期間に、直ちに彼は姿を現わして私に訴えを提起していたでしょう。なぜなら、かかる訴訟は「各月訴訟(6)」なのですから。そしてそのとき、私とエウエルゴス(7)はアテナイにいたのです。人は誰でも、時が経ってからよりもじっさいに不法

↙関係を清算することによってパンタイネトスは貸し主たるニコブロスを免除し（ἀπήλλαξεν）、その結果ニコブロスはパンタイネトスによって免除された（ἀπαλλαγείς）。しかし、その免除（ἀπαλλαγή）はパンタイネトスを貸し主たるニコブロスの請求から守った。その逆ではない。むしろ、ニコブロスがすべての請求原因から免除された（ἀπαλλαγείς）というこ

とは、すべての請求原因から解放された（ἀφίεις）というまさにその事実によっている。このように二つの用語の意味（解放と免除）が、混乱して用いられているので、かならずしも区別できない。ニコブロスはじじつ、パンタイネトスの二つの別々の行為によって守られているのではない。このような混乱は前弁論にも見られる。また、ἀπηλλαγμένος と ἀπαλλαγείς の不明瞭さによって生じるこの混乱は、『アパトゥリオスへの抗弁（第三十三弁論）』一二にも見られるように、貸し主借り主関係が複数存在する状況で増幅したのかもしれない。Carey-Reid, pp. 117-119; Isager-Hansen, pp. 228-237.

（1）*LGPN*, 359, (1).

（2）本案訴訟。テクストにある δίκη をこのように訳した。δίκη は一般的に「訴訟」を意味するが、狭義には公訴 γραφή と対置されて「私訴」を意味する。この点については、「私訴弁論の世界」五「デモステネス私訴弁論の用語について」（1）参照。さらにこの場合のように、独立抗弁（παραγραφή）を提起された場合のもともとの訴訟を意味する場合、一般的な意味の訴訟と区別する意味で、現行法上の意味とは異なることは自覚しつつ、本案訴訟という訳語を用いた。本案訴訟とは、「一般に証拠保全手続や仮差押え、仮処分の手続のような付随的な手続から見て、そこで予定される争訟について行われる判決手続」（『法律学小辞典第5版』有斐閣）を言う。

（3）Gernet によれば、この方法はじっさいによく用いられた。また、独立抗弁においても実体審理までなされるとすれば、本案訴訟が行なわれる場合との唯一の違いは弁論の順番である。つまり本訴での被告が、独立抗弁では最初に弁論を行なうことになる（1954, p. 232, n. 2）。

（4）Paley は「私自身がその結果免除された（καὶ ἀπηλλαγμένον）」の削除を提案し、Gernet もそれに従っているが、ここでは底本どおり維持した。維持しても問題ないと考えたからである。その説明については Carey-Reid に従った（pp. 118-119）。

（5）ここで「契約」と訳したのは、τὸ συμβόλαιον である。

（6）各月訴訟については、橋場訳、アリストテレス『アテナイ人の国制』第五十二章に従った。その内容については同書一四一頁注（7）参照。

（7）*APF*, 5458, see 7094; *LGPN*, 167, (1).

損害[1]を受けたときに怒りを持つのが常でしょう。ですから、この男が何も不法損害を受けていないということ、これはみなさんも本件の事情を聞いたならばおっしゃることだと私は確信しています。それなのに、エウエルゴスに対する訴訟で勝利をおさめたことで舞い上がってしまって、この男は不当な提訴[2]に及んだのです。裁判員のみなさん、みなさんの法廷に対して私がなすべきことは、私が何も不正を犯していないことを示し、私の主張を証明してくれる証人たちをみなさんに提供することによって自己防衛を試みることなのです。三　私はみなさん全員から、正当かつ偏りのない判断を求めたいと思います。独立抗弁の根拠となる私の主張を好意的に聴いていただきたいのです。そして事案の一部ではなく全体に目を向けていただきたいのです。なぜなら、この国には多くの訴訟が生じていますが、いまこの男があえて訴訟を起こしているこの事件ほど、破廉恥で邪悪な訴えと呼べる事件はないということが明らかになると思うからです。それではこれから、この事件のあらましを最初からできるだけ簡潔に、みなさんに説明しましょう。

四　裁判員のみなさん、私とエウエルゴスは、マロネイア[3]にある採掘場の作業場と三〇人の作業奴隷を担保にとって、このパンタイネトスに一〇五ムナを貸し付けました[4]。この貸付金のうち、四五ムナは私の出資であり、一タラントンはエウエルゴスの出資によります。ところが、パンタイネトスはコリュトスのムネシクレス[5]に対して一タラントンの負債を負い、エレウシスのピレアス[6]とプレイストル[7]に対して四五ムナの負債

(1) 本弁論および次弁論では ἀδίκημα を「不法損害」と訳した。
この語は多くの弁論に頻出する、非常に幅広い概念である。

耳慣れない言葉かと思われるが、民事責任的なニュアンスを込めてこのように訳した。類似の概念としての βλάβη は、単

に「損害」と訳した。なお、パラレルな概念として、ローマ法における *iniuria* が想定されるのではないかと考えている。ユスティニアヌス『法学提要（*Institutiones*）』第四巻第四章では「iniuria のうち culpa はギリシア人が ἀδίκημα と呼んでいるものであり、アクィリウス法では damnum iniuria が認められている。」とある。葛西、二〇一六参照。

（2）συκοφάντης の訳として、「不当提訴者」を用いた。この語に対して従来は「告訴常習者」あるいは「告発屋」という語が当てられてきたが、本弁論は私訴弁論であるので、現代の民事訴訟とは異なることは十分自覚しつつ、現在刑事事件でのみ用いられる「告訴」および「告発」という語は避ける方がよいと判断した。詳細は「私訴弁論の世界」五「デモステネス私訴弁論の用語について」(5) 参照。

（3）アッティカ南部にあるラウリオン銀山の一地域。

（4）「貸し付けた」と訳したギリシア語は ἐδανείσαμεν（< δανείζω）である。この語が意味する貸借関係についての研究は、Millett, 1991, とくに Chapter 7 と 8 を参照。買い戻し権付売買（πρᾶσις ἐπὶ λύσει）については、「私訴弁論の世界」五「デモステネス私訴弁論の用語について」(9) 参照。なお、作業場 ἐργαστήρια と作業奴隷 ἀνδράποδα を一組にしている例については、Carey-Reid, p. 120.

（5）ムネシクレスは海軍記録にその名前があり、それによれば前三四六／四五年に海軍装備の監督者に指名された。MacDowell, p. 179, n. 8; *IG* II^2 1622. 420. Davies には記載なし、*LGPN*, 317, (Kollytos 16).

（6）ピレアスについては、前三四〇年頃の鉱山賃借人として競売担当役人（ポレタイ）の記録にある。MacDowell, p. 179 n. 9; Davies, p. 174; *LGPN*, 446, (Eleusis 19).

（7）プレイストルのデーモスが言及されていないのは、彼が外国人だったからではないかと推測する研究者もいる。Carey-Reid, p. 120; *LGPN* もアテナイ人であることに疑問符を付けている（369, (1)）。

を負っていたのです。五　ところで、われわれにとってムネシクレスが作業場と作業奴隷の売り主⑴となったのです（なぜならムネシクレスがその前の取得者であるテレマコス⑵からパンタイネトスのために、それらを購入していたからです）。その結果、われわれが当該物件の買い主となり、この男、パンタイネトスは貸付金の利子に相当する一月一〇五ドラクマでわれわれからこの物件を借りることにしたのです⑶。われわれは彼と契約書を交わしました。その中には貸借関係が記載され、またわれわれからこの男に対して一定期間内での買い戻し権が付与されました⑷。六　エラペボリオンの月、テオピロスがアルコーンの年⑸にこのように話がついたので、私は直ちにポントス⑹に向けて出航しました。他方この男とエウエルゴスは、ここアテナイにとどまっていました。私が故国を離れている間、この二人の間で何がなされたのかは、私は言うことができません。というのも、この二人は言うことが異なるし、とくにこの男パンタイネトスは、いつも言うことが矛盾しているためです。この男はあるときは、あの男エウエルゴスによって契約に反して強制的に貸借関係から⑺身を引かされたと言うのです。そして、あるときは、国家に対してリストに記載されることになった⑻責任はエウエルゴスにあると言い、またあるときは、でまかせを何でも言うのです。七　他方あの男エウエルゴスは、ただ単に次のように主張するだけです。「自分は賃料をまったく受け取っていないし、この男パンタイネトスはほかの契約条項もまったく守らないので、パンタイネトスのところに赴いて、自分はこの男の承知の上で、自分の財産［作業場と作業奴隷］を回収してきたのだ。ところが、そのあとパンタイネトスはどこかに行って、この財産について『利害関係あり』と称する者たち⑼を引き連れて戻ってきた。自分［エウエルゴス］はあの利害関係者たちから引き下がることはしなかったが、この男［パンタイネトス］が合意条項を

(1) *πρατήρ* を字義どおり「売り主（vendor）」と訳したが、「保証人（warrantor）」と訳した方が妥当であるとする研究者もいる。その理由は売り主はその目的物が他の責任や債務を負っていないことを保証しなければならないからである。ムネシクレスはそのような権限がないときに、この保証を与えたように思える。なぜなら後になって、他の貸し主が現われているからである（MacDowell, p. 179, n. 10）。Gernet の説明については二九七頁註（4）（1954, pp. 235-236, n. 1）参照。日本民法における売り主の担保責任（追奪担保責任）については、改正民法第五百六十一条参照。

(2) *LGPN*, 427, (3).

(3) ここでの契約は *μίσθωσις* と呼ばれ、ここでは「貸借」と訳した。フランス語（Gernet）では location（賃貸借）、英語の翻訳ないし註釈書では、一般に lease（リース）と訳されている。ヨーロッパ大陸法（ローマ法）上の location とコモン・ロー（英米法）の lease は正確には対応しない。日本民法は前者の系統に属するので、英語圏の文献を利用する際はとくに注意を要する。わが国の「賃貸借」（改正民法第六百一――六百二十二条の二）がはたして前四世紀アテナイの *μίσθωσις* と同じかどうか明らかでないため、「賃貸借」を避けて、単に「貸借」とした。詳細は「私訴弁論の世界」五「デモステネス私訴弁論の用語について」(8) 参照。なお、本件での利率は、一月当たり一ムナ（一〇〇ドラクマ）につき一ドラクマ、すなわち年率十二パーセントである。なお、利子に関して、Millett, 1991, pp. 104-105 参照。

(4)「買い戻し権」と訳したのは *λύσις* である。買い戻し権付売買（*πρᾶσις ἐπὶ λύσει*）については、「私訴弁論の世界」五「デモステネス私訴弁論の用語について」(9) 参照。

(5) 前三四七年、エラペボリオンはアッティカ暦の九月で三月後半から四月前半に相当する。

(6) 黒海のこと。黒海はアテナイの穀物需要を満たす重要な穀倉地帯の一つであった。一〇節で述べられているように、ニコブロスは穀物の相場師であった。なお、海上消費貸借については第五十六弁論参照。ただしこの弁論がデモステネスの手によるものかどうかは疑われている。

(7)「貸借関係」と訳した *μίσθωσις* については、前註（3）参照。

(8) 二二節の請求原因参照。

(9) つまり、同一財産（作業場と奴隷）を担保に融資したと主張する者たち。

履行してくれさえすればいいと考えて、物件［作業場と作業奴隷］そのものをパンタイネトスが保持すること自体は妨げなかった」。以上が、私が彼ら［パンタイネトスとエウエルゴス］から聞いた話です。八　いずれにせよ、私は以下のことを知っています。かりに、この男［パンタイネトス］が本当のことを語っていて、この男はエウエルゴスによってひどく扱われたのだとしても、彼自身が算定した金額の賠償をすでに得ているのです。[1] といいますのも、彼はみなさんの法廷に提訴してあの男を有責としたのですから。損害を惹起したあの男エウエルゴスと、アテナイにいなかったこの私から、同じ行為に対する損害賠償を受け取るのは、けっして正当ではありません。もし、エウエルゴスが主張していることが真実だとすれば、彼は不当な提訴の餌食になったといっても間違いではなく、この私がエウエルゴスと同じことを原因として裁判で追及を受けるということは妥当でないでしょう。そこで私が言っていることが本当であることを示すために、みなさんの前に証人を出しましょう。

証　言

九　裁判員のみなさん、いまお聞きのように、私たちにとってこの財産の売り主というのは、最初にそれを購入した人物であり、[2] われわれのものとなった作業場および作業奴隷をパンタイネトスが契約に従って借りたのです。[3] また、この後になされたエウエルゴスとこの男［パンタイネトス］の間の取引については、私は関与していませんし、そもそもまったくアテナイにいなかったのです。そして、パンタイネトスはエウエルゴスに対して訴訟を提起したのに、そのときには私にはまったく提起しようとしなかったのです。[4] 一〇 私が出航のときに有していたものをほとんどすべて失って帰国したとき、私が聞かされ、またこの目で見ましたのは、われわれが購入したものからパンタイネトスが手を引き、[5] その代わりエウエルゴスが占拠し、支配していた[6]ということでした。私は事態が一変してしまってどうしてよいかわからなくなり、呆然自失の状態でした。私は、事業とその管理運営をエウエルゴスと共同して行なうか、[7] さもなければパンタイネトスに替

（1）この金額とは四六節から明らかになるように二タラントンである。賠償額ないし罰に関する法律は、もし当該行為が意図的に行なわれた場合は、損害の二倍額、意図的でなければ一倍額と規定している（『メイディアス弾劾（第二十一弁論）』三五、四三、『アリストクラテス弾劾（第二十三弁論）』五〇）。賠償額ないし罰について、法律が額を規定している訴訟（ἀγὼν ἀτίμητος）と規定がなく当事者が提示する訴訟（ἀγὼν τιμητός）があり、本件は後者である。MacDowell, p. 180.

（2）売り主（πρατήρ）については二九一頁註（4）、二九三頁註（1）参照。

（3）「借りた（ἐμισθώσατο）」については、二九三頁註（3）参照。

（4）テクストでは「われわれ（複数 ἡμῖν）」であるが、ここでは私（単数、ニコブロス。Smyth, 1008, plural of modesty）を指す。また、未完了過去形（ἐνεκάλει）が用いられていることから、ニコブロスはアテナイにいた可能性がある。しかし、彼はけっしてそう明言はしない。一八、一三節参照。Carey-Reid, p. 124.

（5）「手を引き」と訳したのは、ἀφεστηκότα である。Carey-Reid は、「放棄し（had given up）」と解している（p. 124）。

（6）「占拠し、支配していた」と訳したのは、ἔχοντα καὶ κρατοῦντα であるが、これを Gernet は maître et possesseur と訳し、これは所有権を指すのではない、それゆえ相手方との調整が必要なのだと言う（1954, p. 234）。

（7）τῆς ἐργασίας καὶ τῶν ἐπιμελειῶν を「事業とその管理運営」と訳した。これをエウエルゴスと共同して行なう（κοινωνεῖν）という選択肢である。Carey-Reid, pp. 124-125.

えてエウエルゴスを借り主とし、新規の貸借契約書を作成し、エウエルゴスと契約を結ぶこと、このいずれかを選ばなければなりませんでした。しかし、私はこのいずれにも乗り気ではなかったのです。一一　以上述べましたこのような状況に私は不満でしたので、われわれにとってこの財産の売り主であったムネシクレスを見かけたとき、彼のところに近づいて行って非難しました。「いったいなんという男をわれわれに紹介したのだ(1)。あの利害関係人というのは誰だ。いったいぜんたいこのザマは何だ」と問い詰めました。かの男ムネシクレスは、一方では、利害関係人というのを聞いて一笑に付しました。しかし他方では、以下のように言いました。彼らがわれわれに会いたがっている。そこで彼はわれわれを引き合わせ、パンタイネトスが私に対しなすべきことをすべてなすように勧め、そして説得してみせる、と。一二　われわれが一堂に会したときのことを、詳細に述べる必要があるでしょうか。要は以下のとおりです。利害関係にある人たちが到着し、以下のように主張しました。われわれがムネシクレスから購入した(2)作業場と作業奴隷に担保を設定して、彼らはこの男パンタイネトスに金を貸したのだと(3)。そこには正直さの、また誠実さのかけらもありませんでした。彼らがでたらめを言っていることをわれわれが論駁し、またムネシクレスはたしかにわれわれに売ったと請け合ってくれました(4)。すると彼らは、われわれに「切り札(5)」を出してきました。われわれがそれを呑まないだろうと踏んでいたのです。すなわち、われわれが拠出した金額をすべて取り戻して手を引くか、あるいは彼らの要求額で手を打つか、二つに一つだというのです。というのも、彼らが言うには、われわれは支払った金額よりもはるかに価値のある財産を保持しているのだから「彼らの要求額で手を打て」というわけです(6)。一三　私はこれを聞いて、直ちにその場で、とくに思案することもなく、前者の選択に同意し、エウエルゴスを説き伏せてそうさせました。しかし、われわれが金銭を受け取るべき期限が到来し、この揉め事の決着がつこうという段になって、彼らは、前言を撤回し、われわれが彼らに対して財産の売り主になら

(1)「紹介した」と訳したのは、*προὐξένησε*（< *προξενέω*）である。*προξενέω* は、「他国の利益を本国で代理する」、さらに「誰かほかの人のために何でもする」あるいは「ビジネスのために、ある人を他の人に紹介ないし推薦する」ことを意味した（プラトン『ラケス』一八〇C、『アルキビアデスI』一〇九A）。ちなみに、デルポイでは *πρόξενοι* は、訪問者すべてのために行動し、彼らの義務のうちには、訪問者が望めば神託を伺うように紹介者としてもふるまった。なぜなら、紹介者なしでは神託を伺うことができなかったからである。Carey-Reid, pp. 125-126.

(2)「購入した」と訳したギリシア語は *ἐπριάμεθα*（*ὠνέομαι* の第二アオリスト一人称複数形）である。一二節に描かれた事情の詳しい説明は、Carey-Reid, pp. 126-128 参照。

(3)「金を貸した」と訳したのは、*δεδανεικέναι*（< *δανείζω*）. *δανείζω* については、高利で金を貸すという意味がある。Millett. 1991, Chapter 2, とくに pp. 28-30 参照。

(4) Gernet はこの箇所について次のように説明している。このギリシア語動詞 *βεβαιοῦν* は、追奪（*ἀνάγειν*）の場合に、売り主に対して訴求する買い主に対し、必要があれば裁判官の前で、保証する義務を引き受けることを意味する。この売り主の保証が、パンタイネトスの作業場に関する一連の取引について売買という形式を用いることを正当化する（1954, pp. 235-236, n. 1 (Pringsheim, p. 429 f.)）。なお、改正民法第五百六十一条によれば日本民法の場合は、売り主が担保責任を負えない場合は契約の解除および損害賠償が買い主に認められる。また、Carey-Reid, pp. 126-127.

(5) プロクレーシス（*πρόκλησις*）をここでは「切り札」、他の箇所では原則として「果たし状」と訳した。わが国では「催告」（村川＝橋場）、「誓言要求」（北野）など、近代語訳では Aufforderung（Lipsius, p. 224）, challenge（MacDowell, Carey-Reid ほか）、sommation（Gernet）という訳語が当てられている。このような訳語を当てた理由については「私訴弁論の世界」五「デモステネス私訴弁論の用語について」(4) 参照。

(6) Gernet によれば、このような場合に担保を有する債権者が、たとえ「売買」形式の担保であっても債権額の取り戻ししか期待できなかったことをこれは示している（1954, p. 263）。

ないかぎり金銭を支払わないと言いました。アテナイ人のみなさん、この点に関するかぎり彼らは事態をよくわかっていたのです。なぜなら、われわれがこの男パンタイネトスによっていかに不当に提訴されているかということを、彼らは見抜いたからです。(1)〔廷吏に向かって〕私が言っていることは真実であることを示すために、これらの証言も提示してください。

証言

一四　こうして、このような事態に至りました。この男パンタイネトスが連れてきた男たちは金銭を出そうとしませんでしたが、われわれの方は、われわれが購入した財産を管理運営しているということは文句をつけられる筋合いはないということは明らかでした。彼は、われわれが売り主になるように、嘆願し、念願し、懇願していました。そして、この男は私をあてにし、何度も執拗に求めてきて、およそ何でもするという感じだったので、けっきょくこのときもまた彼に押し切られたのです。一五　アテナイ人のみなさん、私はこの男パンタイネトスが生まれつきたちが悪いことを知っています。まずムネシクレスのことをわれわれに悪く言いました。次に、彼がとくに親しかった男、エウエルゴスと揉め事を起こしました。そして私が航海から戻った当初は私と会えてうれしいと言いましたが、そのあと彼が借金を支払わなければならなくなったとき、うってかわって私に対して険悪な態度をとったのです。まず自分が困っているときにはみなにいい顔をして相手より先に受け取り、(2)その後は仲が悪くなり、揉め事を起こすようになるのです。一六　私はこの男に代わって売り主にまでなってやり、この関係を清算すること、つまりすべての請求原因から解放され免除されるということによって関係をおしまいにすることが得策だと考えたのです。このことが合意されたので、彼は私をすべての貸し借りから解放しました。そして、彼の望みどおり、ムネシクレスから私自身が購入したのと同じやり方で、私はその財産の売り主になったのです。こうして私は私の金銭を取り戻し、一方彼には何も損害を与えていませんでしたので、神々にかけて申しますが、何が起ころうと彼が私を追及してくるなどとは思いもしませんでした。

一七　裁判員のみなさん、以上の出来事が、みなさんが投票すべき対象となるものです。そして、不当な提訴がされて訴訟が開始されるということのないように、独立抗弁を提起する根拠となるものです。この男パンタイネトスによって私に解放と免除が与えられたときに居合わせた証人たちを私は準備しました。そしてその後、この裁判は法律によって認められないものであることをみなさんに示しましょう。［廷吏に］証言

---

(1) ここでもし、利害関係人がニコブロスたちに金銭一〇五ムナを払ってその結果ニコブロスたちがこの貸借関係から出て行ってしまうと、自分たちだけが（他にもいるかもしれないが）この取引の当事者になりリスクを全部背負わなければいけないから。このリスクというのは、のちに三一節で示されるように、本件財産の真の（？）価値は一〇五ムナ以上であり、その差額をパンタイネトスは独り占めしている。ここで利害関係人が、ニコブロスたちが売り主にならないかぎり金銭を支払わないといった理由は、この売り主が追奪担保責任を負っているということの裏返しである。Carey-Reid, pp. 127-128.

(2) 仲間（φίλος）であることと貸借関係の相互関係については、Millett, 1991, Chapter 5, 6, 7 参照。

を読み上げてください。

証　言

さらに、買い主たちの証言も読み上げてください。この男にせっつかれて、この男が指定した者たちに対して売却したのだということをみなさんがわかるように。

証　言

一八　私が清算したにもかかわらずなお不当提訴の被害を受けているということを示すために、私にはこれらの証人がいるだけではなく、パンタイネトス自身もいるのです。この男が、エウエルゴスに対して訴訟を提起し、私には提起しなかったということは、私に対して請求原因をなんらもっていなかったということをみずから示していることになります。なぜなら、もし同じ不法損害が存在し、二人を同様に法廷に呼んだとして、(1)一方を見逃し他方だけ追及するということはありえないでしょう。法律はこのようになされた事柄について、蒸し返して訴追することは認めていません。私が言わなくてもみなさんはご存知だと思いますが、［廷吏に向かって］それでもこの法律(2)を彼らにも読み聞かせてください。

法律

一九　裁判員のみなさん、お聞きのように、もし誰かが相手を解放し免除したときはけっして訴えは提起できない、と法律ははっきりと言っています。そしてじっさいこの男パンタイネトスによって、この二つ[3]がわれわれに対してなされたのです。この事実をあなた方は証人から聞いたのです。法律の中で禁止されている事柄に関して訴えを起こすということは妥当ではありません。とりわけこれらのことについては、絶対に認められるべきではないのです。と申しますのも、たとえば公的機関が売却したものについては、それが不正に売られたので妥当ではないと誰かが言うことは許されます。二〇　また民衆法廷が票決した事柄について、騙されてそのようにしたのだと言うこともできます。そしてまた、法におけるほかの事柄についても、

（1）この箇所から、パンタイネトスがエウエルゴスを提訴したとき、ニコブロスはアテナイにいたことが推測される。しかし、九節ではニコブロスはアテナイにいなかったと主張しており、矛盾が見られる。なお、テクストの読み（*παρόντων*）に関して、Blass はこれを *παρόντοιν* に修正し、Gernet もこれに従っている。ニコブロスとエウエルゴスの両者がアテナイにいたことを明記するためと思われるが、テクストのままでもその意味は読み取れるので、ここでは底本に従う。Carey-Reid, pp. 131-132.

（2）同じ法律は、前弁論二四および次弁論四でも読まれる。

（3）この二つとは解放と免除のこと。一節参照。

一つ一つを考えてみるともっともな理由が成り立つ可能性があります。[1] しかし、人が説き伏せられて[2]解放をしたその事柄について、彼は正当でないやり方でそのようなことをしたのだと主張して言い逃れをすることは、けっして許されることではありません。それゆえ、いまここで、ほかにもある抗弁事由のうちの一つを持ち出して裁判を起こす者は、他人によって決められた事柄に反するわけですが、人が解放を与えた事柄を蒸し返して裁判に訴える者は、みずからによって決められた事柄に矛盾することになるのです。[3] これほどひどいことはありません。

二一　そこで、私が作業奴隷の売り主になったとき、[4] パンタイネトスは私をすべてのことから解放したということを、私はみなさんに示しました。また、みなさんはこの法律が読み上げられて、法律はこれらのケースについて裁判を許していないということを、まさに聞いたでしょう。しかしアテナイ人のみなさん、私はみなさんのうち誰かが、私が独立抗弁を援用している理由は、本当は有責になってしまうのを避けるためだ、と思ってほしくはありません。私が望むのは、彼の請求原因の一つ一つについて、彼が嘘をついていることを明らかにすることなのです。二二　［廷吏に向かって］この男が私を訴えている請求原因を読んでください。

請求原因[5]――ニコブロス[6]は私に損害を与えた。彼は私と私の財産に対して偽計を弄して、彼の奴隷アンティ

（1）Gernet は独立抗弁の理由（exceptions légales）と考えている（1954, p. 237）。

(2) Carey-Reid によれば、「説得されて（ἐπείσθη）」というのは、その前に出てきた公的機関の売却の例、あるいは民衆法廷の例、と対比して用いられている。一六および一二節からは、どのようなかたちでパンタイネトスが説得されたのであれ、それはニコブロスの恐喝によってなされたという強い印象を、意図的でないにせよ、与える。ニコブロスは解放されるというので売り主に喜んでなったのだという偽りの主張をしている印象を与える（p. 133）。
　たしかに、Carey-Reid の言うように、そのような印象を与えているかもしれない。しかし、論者（ニコブロス）が、公的機関等の判断と対比して「説得する（πείθω）」を持ち出している場合、このギリシア語は「どのような事情であれ本人が納得ずくである行為をした以上はやむをえない」（言い逃れはできない）という意味と「騙されてそのような行為をした」（言い逃れはできる）という意味の二義性があることに留意すべきである。この箇所では、前者の意味を強調していると思われるが、裁判員が後者の意味に解釈すると、この主張は説得力を失う危険性がある。なお「説得」については Buxton, R. G. A., *Persuasion in Greek Tragedy: A Study in Peitho*, Cambridge, 1982 参照。

(3) これは、イングランド法（コモン・ロー）における禁反言（estoppel）の原則、すなわち、「何らかの行為によってある事実の存在を表示した者に対し、それを信じて自己の利害関係を変更した者を保護する原則」（田中）に通じるものがある。なお、スコットランド法における同様の法制度 personal bar については、Reid and Blackie 参照。

(4) テクストは「作業奴隷（ἀνδράποδα）の売り主（πρατήρ）」となっているが、じっさいは「作業場および奴隷」の売り主である。Carey-Reid によれば、作業奴隷の平均価格は一人一五〇ドラクマ（クセノポン『政府の財源』第四章二三）、したがって三〇人の奴隷の価格は四五ムナということになる。これはニコブロスの貸金額と同じである。そこで、ニコブロスは奴隷に対して、エウエルゴスは作業場に対して六〇ムナを貸し付けたとこれまで解されてきた。しかし、作業場と奴隷の合計額は二〇六ムナである（三一節）ことから、かならずしもこの推論は成り立たない。ここでは、「作業奴隷」と言っているのは一つのユニットとしての「作業場と奴隷」と解すべきである（pp. 133-134）。

(5) 請求原因（エンクレーマ）については、「私訴弁論の世界」五「デモステネス私訴弁論の用語に付いて」(3) 参照。なお、これは請求原因の第一項であり、冒頭の「損害を与えた（ἔβλαψε）」は、損害訴訟 δίκη βλάβης であること示している。以下の項目は、二五、二六、二八、二九節に記載されている。

(6) *LGPN*, 335, (3).

ゲネスに命じて、私の奴隷から金銭を強奪した。この金銭は私の奴隷がポリスに対して支払う鉱山貸借料であった。この鉱山使用権は九〇ムナで取得したものであり、私はこの賃料を払えなかったため、国庫に対して二倍額の債務を負うものとして、リストに書かれてしまったのであるが、この責任はニコブロスにある。

二三　ここで止《や》めてください。この男パンタイネトスが私を提訴したこれらの請求原因はすべて以前エウルゴスに対して訴求したもので、彼は勝訴したのです。証言は、私の訴訟の冒頭において、みなさんに対してすでに提出済みです[1]。それによれば、彼らが仲間割れを起こして、相互に対立し始めたとき、私はアテナイを留守にしていました。このことは、この請求原因からも明らかです。というのも、彼は、私がこれらのことのうち何を実行したかをどこにも記載せず、私が彼と彼の財産に対して策を弄したとぼんやりと書いているからです。そして彼は、私が奴隷にそのことをなすように指図したと主張しているのです。しかし、彼は嘘をついています。なぜなら、私が国外に出航していたとき、アテナイで起こりつつあったことを何も知らない私がどのようにして奴隷に指示を与えることができたでしょう。二四　そのうえ、なんという馬鹿げたことでしょう。この男パンタイネトスは、私が彼の公民権剝奪[2]と彼への最大の害悪をなすことを企てていると言うとは。そして、私が奴隷に対してそれらのことを指示したと記載するとは。そんなことは、市民が市民に対してしようとしてもできるようなことではありません。なぜこのようなことを彼はするのでしょうか。私が思うに、私が不在であったために、これらのことの濡れ衣をこの私に着せることができなかったので、私が奴隷に指示を与えたと請求原因の中に記載して、不当提訴を図ったのです。なぜなら、そうでもしなければ、ほかに書きようがなかったからです。二五 〔廷吏に向かって〕続きをしゃべってください。

請求原因――私〔パンタイネトス〕は国庫に対して債務を負うことになったので、私が止めるのも聞かず、彼〔ニコブロス〕は自分の奴隷のアンティゲネスをトラシュモスにある私の作業場に送り込んで、私の財産を支配下においた。

止《や》めてください。ここでもまた、〔彼の書いた〕事柄そのもののせいで、彼が嘘をついていることがばれてしまうでしょう。彼は、請求原因の中で、彼自身が止めたにもかかわらず、私が奴隷を送った、と記載して

---

(1) 八節の末尾参照。

(2) *ἀτιμῶσαι, ἀτιμία* を「公民権剥奪」と訳したが、アリストテレス『アテナイ人の国制』村川訳は「市民権剥奪」である。この語は興味深いことに、橋場訳と村川訳が訳語の時代（世代）的感覚の違いではない理由で、つまり概念に対する理解の相違において異なる、非常に数少ない例の一つである。橋場訳が公民権剥奪とした理由は、市民権は生得権（ペリクレスの市民権立法による）であり、剥奪の対象にはならないからである（橋場、二一二頁補注18）。しかし、この説明はかならずしも納得の行くものではない。ところで、日本の憲法学では、外国（例、アメリカ合衆国）の紹介を除いて、市民権も公民権もほとんど論じない。『法律学小辞典 第5版』にも公民権の項目はあるが、市民権の項目がない。なお、MacDowell は disfranchisement は法律によってのみなしうることであり、個人がなしうることではないとする（p. 184）。この disfranchisement の訳語も公民権と市民権の間で揺れている。「私訴弁論の世界」五「デモステネス私訴弁論の用語について」(6) 参照。

います。しかし、どうやってそれができたのでしょうか。私はアテナイにはいなかったのですから。私は奴隷を送ってはいません。なぜなら、私はポントスにいたのですから。彼が止めることはありえなかったのです。なぜなら、私はここにいなかったのですから。どうやってできたというのでしょうか。二六　それでは、何ゆえに彼は無理やりこのように記載したのでしょうか。私が考えますには、エウエルゴスが裁判で有責となった無茶(1)をしでかしたとき、彼は私と親しい仲であり、旧知の間柄でしたので、私の家から奴隷を連れて行き、自分のものを守るためにその奴隷を配置したのです。もし、パンタイネトスが請求原因に真実を記載したとするならば、それは滑稽なことです。なぜなら、もしエウエルゴスが奴隷を配置したとするならば、私があなた［パンタイネトス］に対してなぜ不正をはたらいたことになるのですか。ならないでしょう。そうなるのを避けようとして、彼は次のような請求原因を書かざるをえなかったのです。つまり請求原因が私に対して向けられているようにです。［廷吏に向かって］続きを読んでください。

請求原因――〈そしてそれから、(2)〉彼はそれらの私の奴隷たちを説き伏せて、作業場の一部(3)に私に損害を生ぜしめるべく奴隷たちを配置した。

二七　このことはすでに、まったく恥知らずなことです。なぜなら、これがでたらめであることは、これらの奴隷を引き渡すように「果たし状(4)」を突き付けた際、これを彼が拒否したことから明らかであるのみならず、状況全般から見ても明らかです。私が説き伏せようとしたとあなたは言うが、何のためにそんなことをしたというのですか。それらの物件を保有しようと欲したから、ですって。いいえ、私には選択権が与えられていたのです。保持するか、私自身のものを売却して金銭を回収するか、そのどちらかです。そこで私は、後者、すなわち金銭回収の方を選んだのです。そのことの証人はすでに呼びました。とはいえそれでも、［廷吏に］果たし状を読んでください。

果たし状

二八　この男パンタイネトスは果たし状を拒否し、それを回避しました。そして、請求原因の次の言葉を検討してください。［廷吏に］請求原因の続きを読み上げてください。

（1）「無茶」と訳したギリシア語 *πλημμελῶν* は音楽からの比喩であり、「間違った音を出す」の意味。Carey-Reid によれば、エウエルゴスが有責判決を受け、二タラントンを支払うことになった事実の婉曲的表現である。ニコブロスはエウエルゴスの行為の違法性を認めているが、それは作業場と奴隷を乗っ取った行為ではない（p. 136）。

（2）底本に従って、〈 〉部分を付加する。

（3）「作業場の一部」と訳したギリシア語 *κεγχρεών* は、ほかには出てこないので意味は不明であるが、おそらく、鉱石が臼の中ですりつぶされて、*κέγχροι*（雑穀、魚の卵、ビーズ）サイズの細かい粒になる、そのような作業場の一部を意味する。Carey-Reid, pp. 136-137.

（4）ここで「果たし状」と訳した *πρόκλησις* については「私訴弁論の世界」五「デモステネス私訴弁論の用語について」参照。また二九七頁註（5）（切り札）および三一七頁註（7）（対抗果たし状）も参照。

請求原因——そして彼は、私の奴隷たちが働いた銀鉱山を、そしてその銀鉱山から得た銀を保持している。

［パンタイネトスに対して］もう一度言いますが、私がここにいなかったのに、どのようにして私がそんなことを実行できるというのですか。それについては、あなたがエウエルゴスを提訴して勝訴判決を得ているのです。二九　［廷吏に］請求原因を読み上げてください。

請求原因——そしてこの男［ニコブロス］は、私と締結した契約条項に反して、私の作業場と奴隷を売却した。

止《や》めてください。これはほかのどの部分よりも行きすぎです。まず、パンタイネトスは「私と締結した契約条項に反して」と主張しています。この契約条項とは何でしょうか。われわれはこの男パンタイネトスに対してわれわれのものを利子付きで貸しました。ただそれだけです。この男がいる前で、この男の要請に応じて契約を結びましたが、その際われわれに対して売り主となったのはムネシクレスなのです。三〇　のちに、私たちは同じやり方で、私たち自身が購入したのと同じ条件で、他の人にそれを売却しました。パンタイネトスはわれわれに単に要請したのみならず嘆願すらしたのです。なぜなら、彼を売り主として受け入れようと欲する者は誰もいなかったのですから。［パンタイネトスに対して］この貸借関係(1)を含んでいる契約条項とはいったい何ですか。おお人間の中で最も卑しい人よ、いったいあなたは、そこに何を書くつもりだったのですか。われわれはあなたの要請に応じて私たち自身が購入したそれと同じ条件で、再売却したのです。[廷吏に向かって] 証言を読み上げてください。

証　言

三一 [パンタイネトスに向かって] あなたもまたこの証人なのです。なぜなら、私たちが一〇五ムナの価格で売った(2)財産は、のちにあなたが三タラントン二六〇〇ドラクマで売却したのですから。しかし、もしあなたが単独で(3)売却しようとしたら、いったい誰が、一ドラクマだって支払うでしょうか。[廷吏に向かって] 私

---

(1)「貸借関係」と訳した μίσθωσις については、二九三頁註(3)参照。

(2)この「売った(ἀπεδόμεθα)」というのは、一六節にあるように、ニコブロスはパンタイネトスに代わって売り主になったことを示している。ところで、写本の異読には「買った(ἐωνήμεθα)」という読みを伝えているものがある。これは五節にあるように、ニコブロスとエウエルゴスはムネシクレスから「買った」ことを示している。ここでは、パンタイネトスが三タラントン強で転売したことを強調する意味をニコブロスが込めたと考えて底本に従う。

(3)「単独で」と訳したのはギリシア語 καθάπαξ であるが、ここでは(Dareste に従ったと思われる)Gernet に従って、「他の保証人もなく単独で」という意味に解した(Harrison もこれを採用している)。もう一つは、「即金で(outright)」という解釈である。これに対して Carey-Reid は、Gernet らの解釈にはいくつかの難点があることを指摘するが、とくに積極的に何か解決策を提案しているわけでもない。ただ可能性として、この弁論において「売る(ἀπέδου)」の何か例外的な↙

が言っていることが本当かどうか、これらのことに関する証人を呼んでください。

証言

三二　パンタイネトスは、彼の財産の価格に関しみずからが設定した金額を納得ずくで受け取って所持し、私には私が出資した金額分だけ売り主になってくれと要求しました。その同じ彼が私に二タラントンをさらに訴求してきたのです。(1) 残りの請求原因の部分はいっそうひどいものです。［廷吏に向かって］請求原因の残りの部分を読んでください。

請求原因

三三　この請求原因においては、パンタイネトスは私に対して多くのひどい事柄について責任追及してきています。すなわち、暴行、(2) ヒュブリス、(3) 強要、(4) 家付き娘(5)に対する不法損害(6)です。しかし、これらの事柄に関する訴訟は別々のものです。それらは、同じ役職者のところで扱われるべきではなく、また同じ責任を課

↙意味を説明する一種の註釈としてこの語が用いられているのではないかと示唆している。Carey-Reid, p. 140. なお、MacDowell は Gernet 説の方が文脈により合うとしている（p. 186, n. 29）。

（1）「さらに訴求する」を意味するギリシア語 *προσδικάζομαι* の、*προσ-* は、パンタイネトスがすでに獲得したもの、すなわち三タラントン強の値段で財産を売却できたこと、に加えてさらに訴えでニコブロスに請求してきたことを含意している。Carey-Reid, p. 141.

（2）「暴行」と訳したギリシア語は *αἴκεια* である。これに関する訴訟（私訴 *δίκη αἰκείας*）については『コノン弾劾（第五十四弁論）』で詳しく論じられる。Carey-Reid の註釈書には第五十四弁論も収められているので、参照されたい（pp. 69-105）。

（3）ヒュブリス（*ὕβρις*）は、傲慢、暴戻、驕慢と訳されるが、その意味内容や適用範囲は、ホメロスからギリシア法廷弁論、さらにはローマ法まで極めて広範にわたり、とても一語には置き換えらないので、そのままヒュブリスとした。研究文献は膨大であるが、包括的なものとして、Fisher がある。ヒュブリスとは何か（定義）を考える際の第一の資料は、やはりアリストテレス『弁論術』（第二巻第二章一三七八b二二―三四、一三七九a三〇―三二、b二四―二九）である。また、ヒュブリス法に関しては、デモステネス『メイディアス弾劾（第二十一弁論）』四七および『マカルタトスへの抗弁（第四十三弁論）』七五が基本資料である。ヒュブリス訴訟は、公訴（*γραφὴ ὕβρεως*）であるが、これについては前註、第五十四弁論参照。さらにヒュブリスはローマ法にも及ぶ。これらの点を踏まえて、ヒュブリスと名誉毀損の関係を概観したものとして、葛西、二〇一六参照。

（4）「強要」と訳したのは、*βιαίων* であり、強要訴訟（*δίκη βιαίων*）とは “an action for forcible theft of property (and covered rape)” とある。Carey-Reid, p. 141. なお、わが国の刑法第二百二十三条が強要罪を規定している。

（5）家付き娘（エピクレーロス *ἐπίκληρος*）とは、その父親が嫡出男子を一人も残さず死亡した場合に、残された嫡出女子のこと。死去したその父親の最近親族男子は家付き娘と婚姻する義務がある。その際、両者（家付き娘と最近親族）のいずれか、あるいは双方が既婚者の場合、離婚しなければならなくなる。MacDowell, D., *The Law in Classical Athens*, London, 1978, pp. 95-98. 家付き娘に不法なことを行なった場合については、四五節以下参照。Carey-Reid, pp. 141-142.

（6）「不法損害」と訳したのは *ἀδικήματα* である。二九〇頁註（1）参照。

されるわけでもない。暴行と強要は、四〇人裁判所[1]へ、ヒュブリス関係はテスモテタイ[2]へ、家付き娘関係はアルコーン[3]へと訴えることになっています。法律は訴訟担当役職者を間違えた場合についてもパラグラペーを認めています。[4]〔廷吏に対して〕この法律を裁判員のみなさんに対して読んでください。

法　律

三四　さて、これが私が抗弁理由として加えて記載したことです。「パンタイネトスが原告となった事件についてはテスモテタイの所掌ではない」。しかし、これは抹消されてしまい独立抗弁には含まれていません。どうしてこんなことになったのでしょうか。みなさんで検討してください。しかし私にとっては、法律を示すことができるかぎりなんら違いはありません。パンタイネトスは、正義を知り、理解する能力をみなさんの心から消し去ることはできないでしょう。三五〔廷吏に向かって〕鉱山法[5]を取り出してください。この法律からも私は本件訴訟が開始できないものであることを示すことができます。私は不当提訴を受けるよりもむしろ感謝されるに値するのです。〔廷吏に向かって〕読んでください。

法　律

この法律は鉱山関係事件に関する裁判の対象が何であるかをはっきりと規定しています。すなわち、この

（1）四〇人裁判所（四〇人の裁判担当役人）については、アリストテレス『アテナイ人の国制』第五十三章および邦訳註（村川、二四四頁、橋場、一四三頁）参照。Carey-Reid によれば、四〇人（の裁判担当役人）は通常は私的仲裁に委ねられるべきすべての事件を管轄する。すなわち、各月訴訟を除くすべての私訴、殺人関係訴訟、そしておそらく家族および家族の財産に関わる訴訟である。三一一頁註（2）の暴行訴訟（δίκη αἰκείας）は、四〇人の裁判担当役人の管轄と言われるが（「プラトン『国家』四六四Eへの古註」）、アリストテレス（『アテナイ人の国制』第五十二章二）は、それを訴訟提起役人（εἰσαγωγεῖς）の扱う各月訴訟の一つとして挙げている。それゆえ、このデモステネスの本弁論の成立年代（事件は前三四六／四五年。Carey-Reid, p. 105）とアリストテレス『アテナイ人の国制』の成立年代（前三二五／二四年頃、橋場は Keaney-Rhodes 説に従い、第一版は前三三〇年代末、第二版は前三二〇年代前半とする）の間に、暴行訴訟の位置が変化したにちがいない。訴訟提起役人の肩書をもった五名の特別役人の制度は、この弁論の時点ではおそらく導入されていなかったのであろう。Carey-Reid, p. 142; Harrison, II, pp. 18-21. なお、Gernet も訴訟提起役人は本訴の時点ではまだ導入されていなかったとする（1955, p. 173 ff.）。

（2）テスモテタイについては、アリストテレス『アテナイ人の国制』第五十九、六十三、六十四、六十六章さらに訳註（橋場、二三一頁補注62）参照。ヒュブリス訴訟がテスモテタイの管轄であることは、イソクラテス『ロキテスを駁す（第二十弁論）』二、デモステネス『メイディアス弾劾（第二十一弁論）』四七、アイスキネス『ティマルコス弾劾（第一弁論）』一六参照。しかし、『アテナイ人の国制』第五十九章二、三のテスモテタイ管轄の公訴（グラペー）のリストからは漏れている。

（3）アルコーンについてはアリストテレス『アテナイ人の国制』第五十六章および邦訳註（村川、二五六頁註（20）、橋場、一五七頁注（19））参照。家付き娘訴訟のアルコーン管轄については、本弁論四五、四六参照。

（4）各訴訟担当者は各々の担当する事件の種類が決まっており、当該担当役人に担当外の事件を提起した場合は、独立抗弁を提起しうる。MacDowell, p. 187, n. 32.

（5）三五から三八節までは、鉱山法（μεταλλικὸς νόμος）および鉱山訴訟（δίκη μεταλλική）に関する弁論である。Carey-Reid, pp. 143-146.

法律は、もしある者が誰かを作業場に立ち入らせないようにした場合、その者は裁判にかけられると規定しています。しかし私自身は、パンタイネトスを作業場から排除していないどころか、他の誰かが彼から奪取しようとしていたその作業場の支配人に彼を据え、権限を彼に移譲し、それからこの男の要請に応じて、作業場の売り主になったのです。三六　パンタイネトスは言います。「よろしい。了解した。しかし誰かが鉱山採掘に関する何か他の不法損害[1]を与えたならば、それらについて訴訟は可能だろう」。そのとおりです。パンタイネトスよ。ではいかなる場合ですか。誰かが煤煙を流した場合、武器による攻撃、割り当てられた区域外に坑道を掘ること。これらが他の不法損害ですが、私はあなたたちにこのような行為をしたことはけっしてありません。ただし、あなたから借金を取り立てにやって来た者たちを、武装して来ている、とあなたが考えるなら別ですが[2]。もしあなたがそのように考えるならば、自分のものをあなたに貸すすべての人たちに対して、あなたは鉱山訴訟を起こせることになります。しかしそれは正当なことではありません。三七　すべての人がそれに従って被告となったり、原告となる共通のルールがあります。さて、誰であれ、ポリスから鉱山採掘権を得た者が、この共通ルールを免れることがあるでしょうか。たとえば、その人が誰かからお金を借りた[3]場合に、鉱山関係事件として訴求できるでしょうか。では、もし誰かが誹謗中傷を受けた場合、あるいは誰かが暴行を受けた場合、誰かが窃盗で訴えた場合、誰かが税金の立て替え払い[4]を回収できなかった場合はどうでしょうか。やはり、共通ルールを免れることはできないのです。三八　［裁判員に向かって］他の場合はどうでしょうか。私は共通ルールを免れるとは思いません。鉱山訴訟というのは、一つの鉱山を共有する者たちの間の、あるいは坑道を掘り進めていたら隣の人の鉱山へと入り込んでしまった者たちの間の、あるいは一般的に、法律で定められた場合について鉱山採掘事業を営む者たちの間の紛争であると考えます。しかし、パンタイネトスに金銭を貸し、そしてこの男パンタイネトスから、苦労してやっとのことでそれを回収したような者は、この鉱山訴訟の被告にされるべきではない、と思います。けっしてそんなことがあってはならないのです。

三九　このように、私はパンタイネトスに対して何も不法損害を与えていないし、この法律を根拠にして訴訟を始めるべきではないということは、これらに鑑みれば容易にわかるでしょう。一つたりとも彼の言い分は正当ではないにもかかわらず、請求原因には虚偽を記載し、かつすでに清算した事柄について私に訴えを起こしたのです。それは先月のことでした。アテナイ人のみなさん、私はそのとき裁判所へ行こうとしていました。すでに裁判員の配属は決まっていました。他方、彼の方は私に向かってきて、これらの者、すな

(1)「不法損害を与える」と訳したギリシア語は *ἀδικῇ*. 不法損害については、二九〇頁註(1)および三一一頁註(6)参照。

(2) 煤煙を流す、武器による攻撃は、鉱山法(鉱山訴訟)の対象となる。Carey-Reid, pp. 144-145.

(3)「お金を借りた」と訳したギリシア語は *δανείσηται* (< *δανείζω*[貸す]の中動相、「借りる」の意味)である。これ(*δανείζω*)については、二九七頁註(3)参照。

(4)「税金の立て替え払い」と訳したギリシア語は *προεισφοράν* (advance war tax)である。MacDowell によれば、プロスエイスポラー(戦時税立て替え払い)とは、金持ちが自分の財産から、多数の人々に課される税金の合計額と同じ額を事前に支払うこと。金持ちは、立て替え払いをしたあと、個々人から回収にまわる。もし、彼らのうち誰かが支払うことができない場合、金持ちは自己の出捐を回収するため彼らに対して提訴する(p. 188, n. 36)。

わち仲間の一団でみずからの周りを固めて、とんでもない恐ろしいことをしたのです。四〇　パンタイネトスは、私に長い果たし状を読んで聞かせました。それによれば、これらの事情を知っている奴隷(1)を拷問する必要がある。もしパンタイネトスの主張のとおりならば、パンタイネトスが提案する賠償額が払われなければならない(2)。もし、拷問の結果パンタイネトスの主張が虚偽であることがわかれば、拷問による奴隷の価値の減少を、拷問を執り行なうムネシクレスが評価し、パンタイネトスが賠償する、ということになっていました。約束したこれらの事柄について私が立てた保証人をパンタイネトスが受け入れ、私は果たし状に捺印しました。しかしそれは正当だと判断したからそうしたのだというのではありません。四一　二タラントンの賠償金が私に課せられるのか、あるいは不当提訴者が何も制裁を受けることなく逃れるのかが、奴隷の身体と精神にかかっているというのは、正義に適うものでしょうか。しかしそれでも私は、私の方に分があると判断し、これを受諾しました。この後、彼は供託金(3)を回収するや直ちに再び私を裁判所に呼び出しました。彼はこのように急いでいたのです。こうして、彼自身が指定した手続きを守らないということが明らかになったのです(4)。四二　われわれが尋問者のところに行ったとき、彼は果たし状の封印を解いて書かれている内容を示し、それに従って正しいと思われることをなすということをせずに（当時そこでは群衆が騒いでいる中で裁判がまさに開始されようとしていたため、次のように事態は進みました。「私はお前にこの果たし状を提出する」。「私はそれを受諾する」。「印章付指輪を出せ」。「受け取れ」。「誰が保証人だ」。「この男だ」。私は写しないしそのようなものを作成しませんでした(5)）、つまりそれらの手順を私が言っているようにはせずに、彼は別の果たし状を持ってやって来たのです。そして彼自身がこの奴隷に拷問することが妥当であると考えたのです。彼はこの男を捕まえ、手荒に扱い、残虐の限りを尽くしたのです。四三　裁判員のみなさん、思うに、自分の人生を塗り固めるということはなんと大きな利得を得ることでしょうか。(6) というのも、私は単純素朴にかつ自然のままに生活することによって軽蔑され、低い評価を受けてきました。そして、私はこのような状態を耐えてきて非常に大きな損害を受けたのです。しかし、正しいことだとは思っていないのですが、やむをえず対抗果たし状(7)を提出し、自分の奴隷を拷問自白に委ねました。これを証明するために、[廷吏に向かって] 私の果たし状を読み上げてください。

（1）この奴隷は、二二および二五節で言及されているアンティゲネスを指す。

（2）ニコブロスはパンタイネトスが提案した賠償額（二タラントン）を支払うことになっていた。賠償（罰金）額に関しては、*ἀγὼν τιμητός*（当事者が提案して決める訴訟）と *ἀγὼν ἀτίμητος*（法律によって定まっている）の二つのタイプがあった。ここでは前者であるが、すでに提案されて額が定まっていた。Carey-Reid, p. 2. 二九五頁註（1）参照。

（3）「供託金」と訳した *παρακαταβολή* については、Carey-Reid, pp. 148-149.

（4）つまり、パンタイネトスは彼が開始した訴訟を放棄したということ。MacDowell, p. 189, n. 44.

（5）ここのやりとりは、直接話法形式である。

（6）「人生を塗り固める」と訳したギリシア語は *καταπεπλάσθαι τὸν βίον* である。*καταπεπλάσθαι* は写本の読み *καταπεπλῆχθαι*（*καταπλήσσω* (-ττω), 完了受動相。これは意味が通じない）の修正に従う。Carey-Reid, p. 150.

（7）「対抗果たし状」と訳した *ἀντιπροκαλεῖσθαι* は古典ギリシア語ではこの箇所しか登場しない。*ἀντιπρόκλησις* はヘシュキオスにのみ登場する。二九七頁註（5）、三〇七頁（4）参照。

四四　パンタイネトスはこれを受けて立ちませんでした。また最初に彼自身が出した果たし状もうやむやにしたのです。彼はみなさんに対していったいぜんたい何と言うのでしょうか。この私にはわかりません。そこで、パンタイネトスが自分をひどい目にあわせたと言っている者がどんな人間なのかみなさんがわかるように、この男[1]を見てください。この男こそ、パンタイネトスを弾き出した者です。この男こそ、パンタイネトスの友人よりも強く、法律よりも優越する者なのです。というのも、この私はその間アテナイを留守にしており、彼は私を法廷に召喚できなかったからです。

四五　また私は、パンタイネトスがいかにして先の裁判で裁判員を騙しエウエルゴスに有責判決を与えたかを述べましょう。これは彼がとんでもない恥知らずで嘘つきであることを、ここでもまた、あなた方にわかっていただくためなのです。これに加えて、彼の私への提訴は、同じやり方で反駁できるものであることがわかるでしょう。これこそ、エウエルゴスが不当提訴を被ったことの最も強力な証拠になります。というのも、パンタイネトスは、いろいろある中でとりわけ、エウエルゴスが田舎にあるパンタイネトスの家に押しかけて、家付き娘と彼の母親の元に侵入したと非難し、そして家付き娘に関する法律を法廷に持ち出しました。四六　パンタイネトスは一度としてこのような事柄を扱うアルコーンの前に姿を現わしていません。原告としてこのアルコーンに訴えを提起した者は、罰を受ける危険なく支援が与えられるにもかかわらず。このアルコーンはまた不法をはたらいた者に対して身体刑や罰金刑に関わる量刑も担当しています。彼は一度として私にもエウエルゴスにも不法損害の訴えの提起をしていないのですが、それにもかかわらずこれらの損害請求を法廷で行なって二タラントンを得たのです。四七　もし、法に従って、エウエルゴスが自分が裁判を受ける請求原因を事前に知っていれば、彼は容易に真実かつ妥当な説明を行ない、責任なしという票決を勝ち得ていたであろうと私は思います。鉱山事件においては、しかしながら、彼が自分になされると思ってもみなかった中傷を反駁することは困難でした。パンタイネトスによって誤って掻き立てられた裁判員の怒りは、票決によってエウエルゴスを有責としたのです。四八　しかし、かの裁判員たちの判断を誤らせたこの男パンタイネトスが、みなさんを欺くのをためらうと思われますか。あるいは、いや彼は弁説や彼のまわりに集まる証人の一団を恃んで法廷にやって来るのです。またこの男が事案の事実だけを根拠にして法廷に姿を現わすと思われますか。たとえば不浄で穢れた、巨漢のプロクレス[2]や、人の心を自在に操り、その結果害悪をもたらすことにかけては天下一品のストラトクレスのような——恥も外聞もなく泣いたり叫いたりして。四九　［パンタイネトスに向かって］あなたは、憐れみを受けることから程遠くかつてあなたと取引した人から憎まれて当然なのです。一〇五ムナの借金を負いながら返済をしていない、あなたが共同出資した者たちを、最初に資金を提供してくれた者たちに対してあなたのためにカタをつける責任を負わせたあげ

（1）この男は奴隷、アンティゲネスを指す。

（2）プロクレスもすぐ後に出てくるストラトクレスも、よくある名前であり、パンタイネトスの支援者であるかどうかは不明である。Macdowell, p. 191, n. 54.

く、彼らはもともとの貸し主に対するあなたの借金を支払う責任も負っていたので、まさにその契約条項について違反したのみならず、彼らの公民権剝奪[1]を目論んでいるのです。他の場合であれば自分の財産を手放すことになるのはお金を借りた人たちでしょう。しかし、あなたの場合は、そのような憂き目を見たのはあなたにお金を貸してしまった人〔エウエルゴス〕なのです。つまり一タラントンを貸した者が、不当提訴を受けて有責判決を受け、二タラントンの責任ありとされたのです。五〇　さて私はというと、四〇ムナを貸して、二タラントンの責任をこの訴訟で問われています。あなたが一〇〇ムナ以上はけっしてそれを担保として借りられなかった物件、それをあなたが一括して三タラントンと二〇〇〇ドラクマで売却したのですが、その物件であなたは四タラントンの損害を受けたというのですか。誰があなたにそんなことをしたのですか。あなたは、私の奴隷だと言います。〔裁判員に向かって〕いったい、自分の財産を奴隷に明け渡すような市民がいるでしょうか。パンタイネトスがすでにエウエルゴスを提訴し、有責判決を勝ち取っているその行為について、私の奴隷がまた責任を負うと見なされるべきだと、いったい誰が言うでしょうか。五一　そしてそれを別にしても、パンタイネトス自身がその奴隷をすべての責任の埒外においたのです。つまり、彼はいまになって、文句を言うべきではないし、また拷問のために奴隷を引渡すよう果たし状を書くべきではなかったのです。彼はまず奴隷に対して裁判を開始した上で、奴隷の主人であるこの私を追及すべきであったのです。そうしないで、パンタイネトスは、まず私を被告として訴訟を開始し、それから彼〔奴隷〕に責任を問おうとしています。法律はこのようなやり方を認めてはいません。いったい誰が、主人を被告として訴訟を開始し、奴隷の行ないを主人の行ないであるかのように責任を追及することがあるでしょうか。

五二　そして、誰かが彼［パンタイネトス］に、「あなたはいかなる正当根拠があってニコブロスに対して訴えを提起することができますか」と尋ねるたびに、パンタイネトスはいつもこう答えます。「アテナイ人は金貸しをする人たちが嫌いです。ニコブロスは妬まれてしかるべき人物です。彼はせかせかと歩くし、声が大きいし、また杖を持っています」。そして「こういったことはすべて、私には有利に働きます」と彼は言うのです。彼は恥じることなくこのようなことを言います。彼は、これを聞いた人々がこれは不当提訴者の言い分であり、不法損害を受けた人の言うことではないと考えるとは思ってもみないのです。五三　他方、金を貸している者は誰ひとりとして不正をはたらいてはいないと私は思います。たしかに、彼らの中にはみなさんに憎まれる者もいることに理由がないわけではありません。というのも彼らはこの仕事をビジネスとして専門[2]にやっているからです。そのような者は他人を助けることとか、利殖以外のことにはまったく関心がないのです。この私はというと、この男に[3]金を貸しただけではなく、私自身がしばしば借金をしたこともあるので、この手の輩を知らないわけではないのです。しかし、彼らとは仲間ではありません。ゼウスにかけて、私は詐取したことも、不当提訴もしたこともけっしてありません。五四　私のようにビジネスに従事してきた者は誰でも、航海をし、リスクも負うのです。わずかながら資金に余裕があるとき、それを他人に

（1）公民権剥奪については三〇五頁註（2）参照。
（2）ここで「ビジネスとして専門」と訳したギリシア語はテクネー（*τέχνη*）である。Carey-Reid, p. 156; Millett, 1991, pp. 193-196 参照。さらに、本弁論解説参照。
（3）Gernet はビュデ版で *τούτῳ* の削除を示唆しているが、ここでは維持した。

貸すのですが、それは相手に喜んでもらうためであり、そして自分のお金がただ消えて行くのが忍びないからです。このような人をどうして先ほどのやつらと同じグループに含めることができるでしょう。［パンタイネトスに向かって］あなたにお金をひとたび貸したならば、その人は社会から憎まれるべきだとでも言わないかぎりは。［廷吏に向かって］私が私と同じビジネスに従事する人々に対して、そして借り手に対して、いかなる人間であるかを示す証言を読み聞かせてください。

証　言

五五　パンタイネトスよ。おわかりでしょう。私とはこういう人間なのです。たしかに、せかせか歩くのです。他方、あなたは悠々と歩く人です。しかし、裁判員のみなさん、私の歩き方や話し方について本当のことをざっくばらんに申し上げましょう。私だって自覚がないわけではなく、むしろよく知っております。私はけっしてこれらのことについて生まれつき上品だということはなく、(1) またそれが自分自身にとって有利に働いているわけではないのです。ですから、もし私がそれをなすことによって少しも得にならないような事柄において、誰かを不快にさせることになるとしたら、たしかにそのことに関しては私にとって不運と言わないわけにはいきません。五六　それでは、この性格ゆえに何かを甘受しなければならない謂われはあるのでしょうか。某［パンタイネトス］にお金を貸したというそれだけで、裁判沙汰にならなければいけないのでしょうか。いや断じてそうではありません。相手方は私に非があることも邪悪さがあることも何ひとつ証明できないでしょう。またこれほどたくさんのみなさんの中でもご存知の方がおられるとは思いません。しかし、それ以外の点においては、われわれはお互いにそれぞれがたまたま有している性格を有しているのだと私は思います。そして自分の持っている性格に逆らうのは容易ではありません（そうでないと、お互い何の相違もないことになります）。しかし、第三者はそれを見て、容易に気づき非難するでしょう。五七　パンタイネトスよ。こういった事柄で私とあなたの関係に何か問題があるというのですか。あなたはそんなに多くのひどい仕打ちを受けたのですか。あなたは賠償を得たではないですか。私から得ていないと言うのですか。私はあなたに何も不法損害を与えていないのですから。そうでなければ、あなたは私を免除しなかったはずです。そしてあなたがエウエルゴスに対して訴訟を提起したとき、私を提訴せずにはおかなかったはずです。あなたをそんなにひどく扱った人に、あなたの財産の売り主になるようにあなたは頼んだりしなかったはずです。そもそも、私がここ、アテナイに居ないときに、どのようにして私があなたに不法損害を与えることができたでしょうか。五八(2)［裁判員に向かって］もし、かりに誰かがパンタイネトスに最大の不法損害がなされ、かつその事件に関する主張がすべて真実であることが明らかになったとしても、世の中にはこれまで財産的損害よりもっと深刻な不法損害が生じたことがあるということにあなた方はみな同意してくれると私は思います。たとえば、意図せざる殺人や、犯されるべきでないものに対するヒュブリス、そして

（1）底本は εὔ となっているが、これは εὖ の誤記。
（2）五八―六〇節は、第三十八弁論二一―二三とほぼ同じパッセージを含んでいる。

ほかにも同様なことは起こるでしょう。それにもかかわらず、これらすべてについて、被害者に対して納得ずくの免責というのが、限度と解放として与えられているのです。五九　このルールは正義に適ったものとして、すべての人々の間で効力があります。もしある者が、意図せざる殺人で有責判決を受け、加害者は穢れている(1)ことが明らかにされた場合でも、のちになって加害者を赦し、免責にするならば、この人物を追放することはもはや許されません。また、もし被害者が死ぬ前に、犯人を許して殺人の罪から解放したならば、生存親族の誰もけっして殺人訴訟を提起できません。もし有責判決が出た場合、法律によって追放され、国外にとどまらなければならない、あるいは死刑とされた者でも、もし公害によって免責されたならば、彼らはあらゆる恐ろしいことから解放されるのです。六〇　さて、免除が生命や最重要な事柄に対してこのような力を有し、それが持続するにもかかわらず、金銭やより軽微な請求原因について効力がないというのでしょうか。いやけっしてしてそうではありません。最も恐ろしいことは、私がみなさんの法廷で正義を得ることができないということなのではなく、万古の昔から確立している正義の事柄をいまやわれわれの時代にあなた方が崩すことなのです。

リバニオスの概説

一　パンタイネトスは、テレマコスという人物から、マロネイア（これはアッティカにある）にある鉱山の作業場と、この作業場に働く奴隷三〇人を購入した。このために、ムネシクレスから一タラントンを、ピレアスとプレイストルに四五ムナを借りた。ムネシクレスは契約書に買い主と書かれ、彼の名において売買契約が結ばれた。その後、パンタイネトスは返済を請求され、今度は第二の貸し主から借金した。それが、この事件で独立抗弁を提出しているニコブロスと、もう一人はエウエルゴスと呼ばれる人物である。その際、パンタイネトスは彼らに対して、作業場とその奴隷とを抵当に入れた。二　契約書には抵当によりではなく売買により、と書かれている。最初の貸し主であるムネシクレスは、購入したことになっていて、それゆえ第二の貸し主に対して売り主かつ保証人となる。そして、奴隷と作業場をエウエルゴスとニコブロスがパンタイネトスに貸していた。あたかもこの二人が彼の主人となったかのように。賃料は貸借された金額、すなわち一〇五ムナにのぼる金額に対する利子と等しく、一〇〇に対して一ドラクマの利率で、それゆえ一〇五ドラクマが合意された額であった。じっさいには利子であったのだが、賃料と称せられた。三　このように事柄がなされて、ニコブロスは外国へ旅立った。その不在の間に、アテナイで生じたことは次のとおりである。共同で金を貸したエウエルゴスは、パンタイネトスが約束した条項をまったく守ろうとしないといってその責任を追及し、作業場に乗り込んで、それを占拠した。さらに、鉱山からパンタイネトスのために銀が運び出されるのを待ち受けて――その銀は国庫に納められることになっていたのだが――、それを運んでいた奴隷から暴力で奪った。その結果パンタイネトスは、彼が主張するところによれば、エウエルゴスのせい

(1) 殺人と穢れの関係については、Parker, pp. 104-143; Carey-Reid, pp. 158-159.

で本来納めるべき期限を超えてしまい、国庫に二倍納めることになった。これらのことのゆえに彼はエウエルゴスに対し損害訴訟を起こし、勝訴した。四　ニコブロスが外国から戻り、また、それまで知られていなかったパンタイネトスへの貸し主たちが多数現われた。交渉が重ねられたのち、次のように決着した。一方ではニコブロスとエウエルゴスが一〇五ムナを受け取って作業場と奴隷から手を引き、他方ではそれらを他の貸し主たちが買い取ることになった。しかし、この貸し主たちは、ニコブロスとエウエルゴス自身が売り主となり保証人となるのでなければ、その財産を買おうとは望まなかった。それに対してニコブロスは、パンタイネトス自身による説得に応じたが、彼が言うには、パンタイネトスがすべての請求原因から彼を解放する前にはそれを認めない、ということであった。五　パンタイネトスは解放を与え、物件が売却された。しかし、パンタイネトスはニコブロスを相手取り、エウエルゴスに起こした訴訟とまさに同じ訴訟を提起した。ただし彼は鉱山の事業に携わっている人の一人であり、かつ鉱山についての損害を受けたと言って、鉱山訴訟の名目で訴えた。彼はまた以下のことについてもニコブロスを訴えている。奴隷が運んでいた財産の奪取、契約に反してなされた作業場と奴隷の売却、そしてその他の事柄である。六　ニコブロスは法律が規定している一つ一つの事柄に従って独立抗弁を提出した。第一に、解放と免除がなされた場合にそのことについてもう一度訴えを起こすことは認められないという法律。第二に、鉱山訴訟を提起すべき場合を明確かつ誤解の余地のない文言で定めている法律。ニコブロスによれば、パンタイネトスは、その事柄に関して何も被害を受けていないにもかかわらず、的外れにも鉱山訴訟を提起した。第三に、いかなる請求原因についていかなる法廷が判決すべきか、いかなる役人が訴訟を開始すべきかを定める別の法律が存在する。ニコブロスによればパンタイネトスはこの法律に反して、雑多な請求原因を一緒くたにし、すべてを鉱山訴訟を担当する法廷に訴えたのである。七　解放についての法律が最初に一つ用いられ、ほかの二つの法律が最後に援用されている。このように弁論者は独立抗弁から始めて、独立抗弁で終わっている。中間では、弁論者は本案に立ち入って論じている。その中で最も重要かつ最も強力な議論は、パンタイネトスが、かつてエウエルゴスを、そしていまニコブロスを訴えて請求しているその損害を被ったときに、ニコブロスはアテナイに居合わせなかった、というものである。

第三十八弁論

ナウシマコスおよびクセノペイテスへの抗弁

葛西康徳　訳

第三十八弁論

序と提題

「解放と免除」後に行なわれた不当な提訴を受けて、独立抗弁（パラグラペー）をすることの合法性（一―四）

本論　陳述

後見人および関係者の死後、長い期間を経て、未返済と称して大金をその息子たちに請求するナウシマコスとクセノペイテスの訴えが不当であること（五―一三）

証明

ナウシマコスとクセノペイテスの請求原因の矛盾と時効法への違反（一四―一八）

訴額にまつわる不正、および「解放と免除」を与えた後の提訴の違法性（一九―二二）

予想されるナウシマコスとクセノペイテスの反論に対する先制の反論（二三―二五）

結論

裁判員はナウシマコスとクセノペイテスの醜行と不正を認識し、正義の票決を行なうべきこと（二六―二八）

リバニオスの概説

一[1]　裁判員のみなさん、法律は以下のような事案について独立抗弁[2]を認めています。それは、もしある人が相手方との間で貸し借りから解放[3]したり免除[4]したりしたにもかかわらず、訴えを提起してきたような事案です。われわれの父親はナウシマコス[5]とクセノペイテス[6]からこの二つ［解放と免除］を得たのに、この二人はわれわれに対して訴えを提起してきたので、われわれは本案訴訟[7]に進むべきではないという独立抗弁を提起しました。このことはたったいまみなさんが聞かれたとおりです。二　私はみなさん全員から、正当かつ偏りのない判断を求めたいと思います。まず、私の弁論を好意的に聞いてください。次に、もし私が不法損害を受け、誤った請求原因によって法廷に立たされたとみなさんが思われるならば、私に正当なるご支持を

(1) 本節は前弁論一とほぼ同じ内容である。
(2) 独立抗弁（パラグラペー *παραγραφή*）については、「私訴弁論の世界」五「デモステネス私訴弁論の用語について」(1) 参照。
(3) 二八七頁註（2）参照。
(4) 二八七頁註（3）参照。
(5) *APF*, 10575; *LGPN*, 326, (6).
(6) *APF*, 11262, *LGPN*, 346, (8).
(7) 「本案訴訟」と訳したギリシア語は *δίκη* である。なお、「私訴弁論の世界」五「デモステネス私訴弁論の用語について」(1) 参照。

ください。というのも、みなさんが裁判で聞いた賠償金額は三〇ムナですが、われわれが訴求されている金額は四タラントンなのです。[1] 二人が四つの裁判をわれわれに起こしましたが、これらの訴訟はすべて訴額が同じで、それぞれ三〇〇〇ドラクマであり、損害[2]を原因としています。いまこの請求原因[3]には三〇ムナと書かれているとしても、われわれがいま述べたような金額が裁判では問題となっているのです。三　じっさいのところ、これらの訴訟は不当な提訴[4]と呼べるものであること、そしてまた、彼らが大きな陰謀を企んでわれわれに訴訟で挑んできたということは、じっさいに起こった事柄を見ればみなさんはわかるはずです。そこでまずこれから、廷吏がみなさんに対して、彼らは後見人としての責任から私たちの父を解放したという証言を読み聞かせます。それゆえ、私たちは訴訟を開始するべきではないとして独立抗弁を提起したのです。［廷吏に向かって］これらの証言を読み上げてください。

証　言

四　裁判員のみなさん、みなさんがいま証言を聞いたように、彼らは後見人訴訟[5]を提起したのち取り下げ、そのあと和解金を受け取りました。法律は、このようにしてなされた事柄について訴訟を蒸し返すことを許していないということを、私がそれについてみなさんに言わなくても、みなさんは知っていると思います。しかし、それでも私はその法律もみなさんに読み聞かせてもらいたいと思います。［廷吏に対して］法律を読み上げてください。

(1) 本件では、訴訟は二人の被後見人が別々に各四人の後見人に（四つの）訴訟を提起している。したがって合計（二×四＝）八つの訴訟が提起されたことになる。それゆえ、請求額の総額は、三〇ムナ（三〇〇〇ドラクマ）×八＝二四〇ムナ（二万四〇〇〇ドラクマ）＝四タラントンということになる。

(2)「損害」と訳したのは *βλάβη* である。ただし、「損害」といっても、現代の不法行為責任としての損害賠償ではなく、契約違反（債務不履行）の場合も損害訴訟（*δίκη βλάβης*）で争われる。さらに、これが純粋に民事責任と言えるかも疑問が残る。本弁論解説参照。

(3)「請求原因」と訳したのは *ἔγκλημα* であるが、これについては「私訴弁論の世界」五「デモステネス私訴弁論の用語について」(5)参照。

(4)「不当な提訴」と訳したのは *συκοφαντία* であるが、これに関しては「私訴弁論の世界」五「デモステネス私訴弁論の用語について」(5)参照。

(5) 後見人訴訟（*δίκη ἐπιτροπῆς*）とは、後見人の責任だけに関する私訴であり、後見終了後に、男子の被後見人が提起できる。もし、被後見人が女子であれば、いつ、誰が提起できるかについては不明である。この訴訟において、後見人は後見中の計算書を提出しなければならず、もし、法廷が計算書を見て損害の責任が後見人にあると判断したならば、後見人は損害額を支払わなければならない。なお、本訴訟は、法廷手続きに入る前にかならず、仲裁人（私的・公的いずれも）による手続きを経なければならない。損害額の確定は、原告被告両者の提案した額の間で裁判員が決定する。もし、原告が票決の五分の一を獲得できない場合は、原告は訴額の六分の一の罰金を課される。担当役人がアルコーンか四〇人の裁判担当役人かについては、学説の対立がある。後見終了後五年を経過すると、もはや訴えを提起することはできない（一七節参照）。この訴訟についての基本資料は本弁論のほか、『アポボス弾劾、第一・二演説（第二十七、二十八弁論）』、リュシアス『ディオゲイトン告発（第三十二弁論）』等である。なお、後見継続中の場合は、後見人訴訟ではなく、公訴（グラペー、たとえばヒュブリス訴訟）によるほかない。Harrison, I, pp. 119-121 参照。

法律[1]

五　裁判員のみなさん、お聞きのように、法律は提訴できない事柄について、各々の場合を明示していま す。そのうちの一つは、他の条項と同様に効力がありますが、人が解放と免除をした場合は、その人は相手に訴求できない、というものです。今回は、多くの証人の前で解放がなされ、この法律はわれわれを明らかに放免したのですが[2]、それなのに彼らは厚顔無恥で大胆不敵にも次のような行動に及んだのです。六　ナウシマコスとクセノペイテスが、われわれの父親の解放をしてから一四年が経ち、また、彼らがデーモスに登録されてから二二年経過し[3]、そして彼らが和解[4]した相手であるわれわれの父親が死去してのち、また、われわれの父が死去して以降われわれの財産管理をしてくれた後見人たち[5]が死亡してのち、さらにまた、この間の事情を全部知っている彼らの母親が死亡して、また仲裁人たち[6]や証人たち、そしてほとんどみなが死んでしまいました。そこで、彼らはわれわれが無経験なのと当然ながら事実を知らないのをもっけの幸いと考え、われわれに対してこのような訴訟を起こしてきたのです。正当でもなく妥当でもない主張をあえて大胆にもしてきたのです。七　彼らはこう言います。彼らが受け取った金銭と引き換えに、彼らの父親の財産を譲渡したわけではないし、その財産を諦めたわけでもない、一方彼らの手許に残ったものは、貸付金[7]であれ、家具であれ、およそ財産一般は自分たちのものである、と主張します。しかし、私は以下のことを聞いて知っています。すなわち、クセノペイテス[8]とナウシクラテス[9]の財産はすべて貸付金のかたちで残されており、獲得した可視物[10]はわずかしかありません。一方後見人たちは貸付金を回収し、いくつかの家具、さらに奴隷を

(1)同じ法律は『ポルミオン擁護（第三十六弁論）』二四、『アポボス弾劾、第一演説（第二十七弁論）』一八にも登場している。

(2)「放免した」と訳したギリシア語は ἀπολύω である。

(3)MacDowell によれば、ポリス市民は一八歳で所属デーモスに登録されたので、この二二年というのが真実ならば、ナウシマコスとクセノペイテスは双子か、あるいは一年以内に相次いで生まれたことになる。そうでなければ、話者は数字をルーズに用い、弟の方は一、二年遅れて登録されたのかもしれない。ただし、写本の中には、「彼らは登録された」ではなく「公訴を提起した」という記載のものがある。MacDowell は後見人訴訟が公訴で争われることはありえないという理由、そして訴えの提起から和解まで八年もかかったというのは信じられないという理由から、この写本の信憑性を否定する（p. 199, n. 10）。しかし、三三三頁註（5）に述べたように、後見終了前の場合は公訴で争うほかなく、また、訴えの提起から和解まで八年かかるということは、ありえないことではないと思われる。

(4)「和解」と訳したギリシア語は διαλλαγαί (LSJ, change from enmity to friendship, reconciliation) である。

(5)ここで「後見人」と訳したギリシア語は κύριοι (< κύριος) である。κύριος とは一般的に言って、未成年の子供ないし女性（妻）の法定代理人であり、オイコスのメンバーおよび財産を管理する。未成年の子供の κύριος は父親であるが、父親が死亡した場合は、成人した兄がいれば兄、あるいは父方の祖父である。もしこれらの人がいない場合は、後見人が選定され、κύριος となる。MacDowell, D. M., *The Law in Classical Athens*, London, 1978, pp. 84-92 参照。

(6)仲裁人（διαιτητής）については、公的仲裁人と私的仲裁人があるが、ここでは私的仲裁人である。公的仲裁人については橋場訳、アリストテレス『アテナイ人の国制』二二七頁（補注53参照）。また「私訴弁論の世界」五「デモステネス私訴弁論の用語について」(7) 参照。

(7)ここで「貸付金」と訳したのは χρέα (< χρέος) である。これは彼らの父親が第三者に対してもっている貸金であり、いずれ返済されるべきものである。MacDowell, p. 199, n. 11 参照。

(8)*APF* 11263; *LGPN*; 346, (7).

(9)*APF* 10566; *LGPN*; 326, (13).

(10)「可視物」と訳したギリシア語は、οὐσία φανερά である。

処分した上で、土地と建物を購入し、それをこの者たちが承継したのです。八　もし、これらについて、これまでになんら揉め事がなかったのならば、そしてまた、管理がうまく行なわれていないという理由で裁判沙汰がなかったのであれば、この話は異なったものとなっていたでしょう。しかし、この男たちは、後見のやり方全体について文句をつけて、訴訟を開始し、金を得ました。このとき、すべてが清算されました。というのも、けっきょく、この男たちは、後見という名目のもとに、金銭を目あてに訴訟を提起したのです。九　他方、その相手方は後見の名のもとに金銭を払って請求原因を買い取り、裁判を未然に防いだのです。このようなわけで、われわれの父親が免除を受ける以前に回収した貸付金、あるいは父親が後見人として受け取った金銭一般については、免除したのですから、われわれに対して一つとして訴求されることはないということは、みなさん全員がこれらの法律と解放したということから十分に理解したと私は考えます。他方、今後これらの金銭が回収されるということもありえません（というのもこれは彼らがでっちあげて惑わしたことなのですから）[1]。このことを証明しようと思います。一〇　彼らは、われわれの父親がそれを受け取ったといって訴えることはできないでしょう（というのも、父は、彼らと和解が成立してから三、四ヵ月後に死去したからです）。また、次のことも証明しましょう。父親がわれわれの後見人として遺言で指定したデマレトス[2]がそれを受け取ったということもありえません。彼らはこの男も請求原因の中に名前を記載しているのですが。一一　むしろ、彼ら自身がわれわれにとって最強の証人です（なぜなら、彼らはデマレトスが生存中に彼に対して訴訟を提起しなかったということが明らかにされるでしょうから）。それに加えて、もし事実それ自体を検討し、注視すれば、彼が受け取らなかっただけではなく、彼が受け取れなかったことがわかるでしょう。なぜなら、貸付はボスポロスにおいて生じたものであり、デマレトスはその地に行ったことはないのです。どのようにして彼は回収できたでしょうか。彼は誰かをそこに派遣して回収したのだ、と言う者があるかもしれません。一二　でも、みなさん、次のことを考えてみてください。ヘルモナクス[3]は彼らに対して一〇〇スタテール[4]の借金がありましたが、この金銭はナウシクラテスから彼が受け取ったものでした。アリスタイクモス[5]が一六年間、彼らの後見人であり財産管理人でした。彼らが成人してから、ヘルモナクスが彼らに対してみずから返済した金銭を、彼らが未成年であったときには払わなかったのです。なぜなら、彼が同じ借金を二度払うということはないでしょうから。いったい、そんなに長い間、受け取るべき資格のある人たちに対して支払わなかったのに[6]、そのあと手紙をよこしてきたからといって資格のない人に対して自発的に返済する、という常識外れの人がいるでしょうか。私はいるとは思いません。一三　だが、私

(1) 底本のテクストに付されている（　）に合わせて訳した。
(2) *LGPN*, 103, (2).
(3) *LGPN*, 160, (2). MacDowell, p. 200, n. 13 (Dem. 34, n. 5).
(4) スタテール（*στατήρ*）は、元来重量単位であり、素材（金、銀、琥珀金 *ἤλεκτρον*）や地域により当然貨幣価値は異なる。アテナイでは四ドラクマ銀貨が標準となり、これにスタテール（銀貨）が用いられる。詳細は *Brill's New Pauly*, 13, 2008, pp. 793-794; *Der Kleine Pauly*, Band 5, 1979, pp. 344-345;
(5) *APF* cf. 16263; *LGPN*, 51, (11).
(6) MacDowell によれば、デマレトスは、ナウシマコスおよびクセノペイテスに支払うべき金額を受け取る資格はなかった。なぜなら、デマレトスはそれまでは彼らの後見人ではなかったから（p. 200, n. 14）。なお、Gernet はこれは後見人訴訟を正当化するに十分であると思われると述べている（1954, p. 256, n. 2)。

の主張が真実であること、そして以下のことを証明するために、［廷吏に向かって］証言を持って来てください。すなわち、私たちの父親が彼らとの清算の後すぐ死去し、彼らはデマレトスに対してその借金についてけっして訴訟を提起しなかったこと、そしてデマレトスは一度も国外に行ったことはなく、その地方を航海したことはないということを。

証　言

一四　さてみなさんに明らかになったと思います。われわれの父親は解放の後、貸金を回収しなかったし、またもしデマレトスが誰かを派遣したとしてもその人にそれを自発的に渡したということもない、そしてデマレトスは航海もしないしそこには赴かなかった、ということが、時期と証言から明らかになりました。さて、私は彼らが事実の全貌をまったく偽っているということを暴露したいと思います。というのも、この男たちは現在追及していることを請求原因の中に記載しましたが、それによれば、われわれの父親が取り立てた貸付金を、後見計算書の中で取り立てるべき貸付金として彼らに手渡しており、この金額をわれわれが彼らに負っている、というのです。

請求原因

一五　みなさんはこの請求原因に書かれていることをいま聞いたでしょう。「アリスタイクモスが私に提出した後見計算書の中で計上した取り立てるべき貸付金」。彼らがわれわれの父親の後見人職務について訴求してきたとき、これとは正反対のことを記載していました。というのも、彼らはわれわれの父親が計算書を手渡していないと言って責任を追及した(1)ということが明らかになるでしょう。〔廷吏に向かって〕彼らがわれわれの父親に対して責任追及してきたあのときの請求原因を読み上げてください。

請求原因

一六　クセノペイテスとナウシマコスよ、あなたたちが、父親があなた方に手渡したといって、いま訴えを起こしている計算書とはいったいどのようなものですか。あのときは、あなたたちは父親がそれを手渡していないという理由で訴えを提起し、金銭を要求していたのではないですか。もし、あなたたちが、二通りのやり方で不当な提訴をすることができるのだとしたら、すなわち、一方では父が計算書を手渡さなかったといって金銭を得、もう一方では彼が計算書を手渡したとして訴えを提起している、もし二つのどちらもが許されるとすると、今度はそれに加えて、第三の訴求理由をあなたたちが探すのを阻止する手段はありません。しかし、法律は、そのようなことを言っておらず、同じ事柄については同じ人に対して一回しか訴訟は

(1)三三三頁註(5)参照。

ないとしているのです。

一七　裁判員のみなさん、みなさんにおわかりいただきたいのは、彼らはいま損害を受けていない、ということだけでなく、彼らはあらゆる法律に反し裁判を起こしてきたということです。私はまた、みなさんに対しこの法律が何と言っているかを引用したいと思います。この法律は明示的に述べています。もし五年が経過し、その間訴訟が提起されないと孤児は後見人職務から生じる請求原因を裁判で追及できない。廷吏は、みなさんにこの法律を読み聞かせるでしょう。

法　律(1)

一八　裁判員のみなさん、みなさんがお聞きのように、法律ははっきりと述べています。もし彼らが五年間訴求しないならば、もはや裁判を起こすことはできません。彼らは「われわれは訴訟を開始した」と言うかもしれません。しかし、あなたたちは和解をしました。それゆえ、訴訟を再び起こすということはできません。そうでないとすると、たいへんなことになります。なぜなら、法律は、孤児が最初からの洗いざらいの損害について、その責任から解放されていない後見人に対して五年経過後に訴求することを認めていないのに、後見人の子供であるわれわれに対して、あなたたちが後見人を解放したその責任について、二〇年(2)経ってから勝訴を遂げるということがありうるのでしょうか。

一九　彼らの言い分を聞いていると、彼らは、事実と法律について正しいことを避けようとし、次のことを言おうとしているようです。大金が彼らに残されたにもかかわらず、彼らはそれを奪われてしまった。彼らが最初から訴えを起こしたその請求額の大きさが何よりの証拠である、と言うのです。さらに、彼らは孤児であったときのことを嘆き、後見人の計算書の数字を検査すると言っています。このような事がまさに彼らが信じ込んでいることであり、それを通じて、彼らはみなさんを誑かすことができると目論んでいるのです。二〇　しかし、私に言わせれば、そのとき請求された訴額の大きさは、彼らが大金を失ったということの彼らにとっての証拠というよりも、父親が不当に提訴されていたということのわれわれにとってのより強力な証拠となるのです。八〇タラントンの請求を証明できる人は、誰ひとりとして三タラントンを受け取って解放するということはないでしょう。他方、それほど高額の後見訴訟を起こされた者は、誰ひとりとして三タラントンと引き換えに危険と当時相手方が手にしていた優越的地位を買い取らない者はないでしょう。というのも、彼らは孤児であり、若僧で、何をしでかす輩かはわからなかったからです。このような見方が、みなさんの前では立派な正論よりも力があると誰もが言います。二一[3]　後見に関して彼らの言い分を妥当なものとして受け入れる謂われはまったくない、このことも示すことができると、私は思います。［裁判員に向

（1）この法律については『ポルミオン擁護（第三十六弁論）』二六参照。MacDowell, p. 201, n. 15.

（2）MacDowell によれば、この二〇年目という数字は説明されていない。多分六節で述べられている二二年とほぼ同数である（p. 202, n. 16）。

（3）二一節のここから二二節の終わりまでは、前弁論五八—六〇にほぼ同じである。三二三頁註（2）参照。

かって」もし、誰かが、彼らに最大の不法損害がなされ、かつその事件に関する主張がすべて真実であることが判明したと認めたとしても、世の中にはこれまで財産的損害よりもっと深刻な不法損害が生じたことがあるということにあなた方はみな同意してくれると私は思います。たとえば、意図せざる殺人や、なされるべきでないことへのヒュブリス、そしてほかにも同様なことは起こるでしょう。それにもかかわらず、これらすべてについて、被害者に対して納得ずくの免責というのが限度と解放として与えられているのです。二二　このルールは正義に適ったものとして、すべての人々の間で効力があります。もしある者が意図せざる殺人で有責判決を受け、加害者は穢れていることが明らかにされた場合でも、のちになって加害者を赦し免責にするならば、この人物を追放することは許されません。さて、免除が魂と最重要な事柄に対してこのような力を有し、それが持続するにもかかわらず、金銭やより軽微な請求原因について効力がないというのでしょうか？　いやけっしてしてそうではありません。私がみなさんの法廷で正義を得ることができないということが最も恐ろしいことなのではなく、それは万古の昔から確立している正義の事柄がいまや崩壊することなのです。二三　多分、彼らは「われわれの後見人はわれわれの財産を貸し出したのではない」と言うでしょう。「ナウシマコスとクセノペイテスに向かって」いや、あなた方の叔父のクセノペイテス(1)はそれを望みませんでした。つまり、ニキデス(2)がこれを通報したので、クセノペイテスは裁判員を口説いて自分自身に財産管理をさせるよう説得しました。(3)これは周知の事実です。「あの者たちはわれわれからたくさん掠め取った」。そうだとしても、あなた方は、彼らからその賠償を納得ずくで受け取ったのだから、私から再び受け取るべきではありません。二四　裁判員のみなさん、この訴えが何か意味のあるものだと考えないでください。相手方と示談をしたときに、事を知らない者たちを相手に訴えを起こすことは明らかに公平ではありません（どうしたらそう考えることができますか）。しかし、クセノペイテスとナウシマコスよ、どうしても、あなたたちにとってこれらの主張が根拠のあるもので驚くほどに立派なものだと思うのならば、まず三タラントンを支払ってから、最後まで訴訟を遂行すればいいのです。なぜなら、あなたたちはそれほどの大金を支払われて、訴求しないことにしたのだから、あなたたちがそれを返済するまでは、黙っていることが正当なことなのです。お金を保持しながら訴えを起こすとすれば、それは事柄の中で最もひどいことなのです。二五 ［裁判員に対して］おそらく、彼らは三段櫂船奉仕について語り、彼らはみなさんのために彼らの資産を費した、と言うでしょう。彼らの言っていることは嘘であり、彼らの財産の多くを自分自身のために蕩尽してしまったのであり、ポリスの取り分はわずかです。しかし、彼らはみなさんから感謝してもらいたいというでしょう

(1) *APF*, 11263; *LGPN*, 346, (7).

(2) *LGPN*, 334, (2).

(3) MacDowell によれば、ニキデスはナウシマコスとクセノペイテスのために、彼らが成人するまで彼らの財産を貸出し、そこから上がる賃料を受け取るようにと、法的手続きを開始した。しかし、この手続きが裁判沙汰になったとき、叔父のクセノペイテスが裁判員を説得して自分にその財産管理をさせるようにした。「通報した」と訳した *φήναντος* から、ここでの手続きは *φάσις* であることがわかる。しかし、なぜこの手続きなのかはかならずしも明らかではない。MacDowell, pp. 196-197 参照。MacDowell, p. 203, n. 18, *φάσις* については、MacDowell, 1978, pp. 94-95; Harrison, II, pp. 218-221 参照。

が、その感謝はふさわしくもないし、正当でもありません。だが、好きにさせておきましょう。(1) 裁判員のみなさん、私自身がみなさんに対してお願いしたいのは、公共奉仕を行なった人全員に対して感謝をしてほしいということです。その中でどのような人たちに対して最大の感謝をなすべきでしょうか。それは、すべての人が恥ずべきこと、憎むべきことと呼ぶようなことを企てるのではなく、ポリスに対して有益なことを行なった人たちなのです。二六　公共奉仕をしながら自分の財産を蕩尽してしまう人は、ポリスに対して貢献よりも悪口を残すことになります（なぜなら誰も自分自身を非難したりしないで、ポリスが財産を奪ってしまった、と言うのです(2)）。しかし、喜んでみなさんの指示するとおりにする一方、自分の財産を他の事柄については節制することによって貯蓄するような人々は、単に他の人々を、当然のことながら、彼らの過去と未来の奉仕において凌駕するのみならず、あなた方に恥をかかせることなく、そういうことができるのです。われわれはまさにそのような人間として、みなさんの前へと姿を現わしているのです。私はこれ以上言わないでおきましょう。なぜなら、私が彼らのことを悪く言っていると彼らが言わないように。二七　もし、彼らが涙を流し、彼らへの同情を誘うように努めたとしても、私は驚かないでしょう。それゆえ、私はみなさん全員に次のことを心にとどめてもらいたいのです。彼らが恥知らずにも、また醜くも、アリストクラテスとディオグネトス(3)、あるいは他のそのような人たちと一緒に飲食に耽って金銭を費消して、いまここで泣きかつ嘆いて、他の人のものを得ようとしても、それは恥ずべきことであり、むしろ不正というべきことなのであるということを。［ナウシマコスとクセノペイテスに向かって］あなた方が泣いてきたとすれば、それはあなた方がまさになしてきたことのため、つまり自業自得なのです。しかし、いまは泣いている時ではない。

あなた方が解放を与えなかったということを証明するか、あるいは与えたことにつきもう一度訴えることができるということを証明するか、あるいは二〇年経っても訴訟を開始できるということを証明すべきです。ただし、法律は五年間を期限として規定しています。これらが、この裁判員たちの票決すべき事柄です。(4)

二八 〔裁判員に向かって〕もし、彼らがこれらのことを証明できない場合、そして将来もできないでしょうが、裁判員のみなさん、われわれをこれらの者のもとに犠牲に差し出さないでください。またたとえ四分の一であっても相続財産を彼らに渡さないでください。残りの三つ分は彼らが管理し損じました。すなわち、一つは後見人たちが了承して彼らが受け取りました。もう一つは彼らがいくつかの訴訟で獲得しました。残りの一つは、過日彼らがアイシオス(5)から勝訴して獲得しました。しかし、われわれの財産は正当なものとして、

(1) MacDowell はこの表現を παράλειψις, すなわち、そのことは言わないでおくとはっきり言うことによってかえってそのことを聴衆に印象付ける修辞技法と見なしている(p. 204, n. 20)。

(2) MacDowell によれば、この意味は以下のようなものである。もし人が自分の財産を浪費して、その結果自分が貧しくなったのはポリスへの奉仕義務のせいであって自分自身の浪費癖のためではないと主張したとすれば、アテナイは財産を詐取するポリスだという悪評を被ることになり、これは奉仕義務の遂行による評判の向上を凌ぐものとなってしまう(p. 204, n. 21)。

(3) このアリストクラテス(*LGPN*, 56, (11))は、『コノン弾劾(第五十四弁論)』三九で言及されている人物か、あるいはおそらく『アリストクラテス弾劾(第二十三弁論)』の相手方かもしれない。ディオグネトスについては不明である。*LGPN*, 117, (8); MacDowell, p. 204, n. 22.

(4)「二〇年」という表現は写本にはなく、修正(Reiske)による。底本も Gernet もこの修正を採用している。年数に関して、一八節参照。MacDowell, p. 204, n. 23.

(5) アイシオスは『アポボスへの抗弁(第二十九弁論)』に出てくるアポボスの兄弟であろう。そしておそらく、彼はナ↖

われわれに保持させてほしいのです。われわれの手にある方が、彼らの手にあるこれらのものよりも、みなさんにとってもより大きな利益をもたらすのです。なぜなら、われわれのものをわれわれが保持する方がこの者たちが保持するよりも正義に適っているからです。これ以上お話しする必要はありません。みなさんは私の話したことを理解できなかったということはないと思います。水を流してください[1]。

リバニオスの概説

一　ナウシマコスとクセノペイテスは、アリスタイクモスを後見人としていた。成人したとき、彼らはアリスタイクモスに対して後見訴訟を起こした。それから、彼らは三タラントンを受け取って手打ちとし、アリスタイクモスを請求原因から解放した。アリスタイクモスは四人の子を残して死んだ。その後随分と時が経ってから、ナウシマコスとクセノペイテスはこの子供たちに対して後見をしたことによって得た利益を返せと言って損害訴訟を起こした。被告は、解放と免除がある場合は新たな訴えを起こすことを許さない、とする法律を援用して独立抗弁を提起した。

↙ウシクラテスから借金をしてまだ返していないのであろう。

(1) これについては、『ポルミオン擁護(第三十六弁論)』六二参照。

APF, 313; *LGPN*, 14, (1); MacDowell, p. 205, n. 24.

第三十九弁論

ボイオトスへの抗弁（第一演説）

北野雅弘 訳

第三十九弁論　ボイオトスへの抗弁、第一演説――名前について

序と提題（一）

本論（二―三八）

叙述（二―六）

父がプランゴンの誓言によって被告を認知し、ボイオトスの名を与えたこと（二―五）

ボイオトスが自分で自分をマンティテオスとして区民登録したこと（六）

論証（七―三八）

原告と被告が同じ名前を持つことは公的に害をなす（七―一二）

それは私的にも混乱を引き起こす（一三―一九）

予想される反論への論駁（二〇―三八）

結論　法が存在しない場合には最良の判断に従うべきこと（三九―四一）

リバニオスの概説

一　神々にかけて、裁判員諸君、私はけっして裁判好きなるがゆえにボイオトスに対するこの訴訟を起こしたわけでもなければ、[1]私と同じ名前を持ってしかるべきだと誰かが考えたからといって私が訴訟を起こすことが、多くの人に奇妙に思われるだろうと知らなかったわけでもありません。しかしながら、ことを正さないかぎり生じるであろう結果を考えれば、諸君の法廷で判断を下してもらうしかなかったのです。二　たしかに、もしこの男が自分のことを私のではなくほかの誰かの父親の息子であると語ったのなら、当然のことながら、彼が何と自称したいと思おうとそれを気にかけるのは口うるさすぎると思われるでしょう。ところがじっさいには、彼は私の父に訴訟を起こし、自分の側に誣告屋の徒党[2]――諸君の全員がおそらくご存知

(1)トリコス区の裕福な市民マンティアスの子マンティテオスが異母兄弟マンティテオスに対しその名ではなく父が命名したボイオトスの名を名乗るように求めた裁判。以後、訳註および解説では混乱を防ぐために被告の名をボイオトスで統一する。マンティテオスの母は富裕な市民ポリュアラトスの娘で、名は知られていないが、非常に有力な政治家クレオンの孫クレオンに嫁し、寡婦となった後マンティアスに嫁した。ボイオトスの母プランゴンは将軍を務めたパンピロスの娘だが、パンピロスは前三八七年に破産している。

(2)「誣告屋（シューコパンテース）」は、金銭目的で悪意ある告発を行なったり、告発すると脅して金をせびる人間への蔑称として用いられていた。こうした告発（三五七頁註（2）参照）を行なった結果被告が罰金を科されると、被告はさらに罰金の半分の金額を告発者に払わねばならない。

のムネシクレスや、ニノスに有罪判決を下させたあのメネクレス[1]、そしてそれと同類の連中ですが——を用意して、自分が私の父とパンピロスの娘との子であり、ひどい仕打ちを受け、市民としての権利を奪われようとしていると言って法廷に訴えたのです[2]。三　父の方では（裁判員諸君、真実をすべて語りましょう）、公職についていた父によってほかの場所で痛い目にあった人と法廷で相まみえることになるのではないかと考え、法廷に赴くのをおそれてもいましたし、この男の母親によって次のように欺かれてもいたのです。つまり、彼女は、もし誰かがこれらの事柄について誓いをたてて語るように要求したときには誓いを拒もう、そしてその拒絶がなされた後はお互いの間にはどんな関係もなくなるようにしようと、みずからすすんで誓い、第三者に金銭を預託させたのです。この条件があればこそ、父は彼女に誓いをたてて語るようにと要求したのでした。四　しかし彼女は要求に応じ、この被告だけでなくその兄弟である彼女のもう一人の息子もまた私の父の子であると、誓いをたてて証言したのです。彼女がそのように証言したため、彼らをプラートリアーの人々に紹介することになるのは必然でしたし、そこには議論の余地はなかったのです。途中経過を端折って言うと、父は認知し[3]、アパトゥリア祭で被告をボイオトスの名で、もう一人をパンピロスの名で、プラートリアー成員に紹介したのでした。私自身はすでにマンティテオスの名で登録されていました。五　父が死んだのは、彼らの区民としての登録がなされる前でしたが、この男はみずから区民登録におもむき、ボイオトスではなくマンティテオスとして自分を登録したのです[4]。そうすることでどれほどの害を被告がまず私に与え、それから諸君に与えたのかを説明するつもりですが、その前に、私が語っていることの証人を呼びましょう。

証人（複数）

六　さて、どのようにわれわれを父が登録したのかを、諸君は証人から聞かれました。被告がそれをまもるべきだと考えなかったので、訴訟を起こすことが正当でも、また必要でもあったこと、それをこれから示

（1）ムネシクレスについてはほかには『ボイオトスへの抗弁、第二弁論（第四十弁論）』（以下本弁論の訳註および解説では次弁論とする）九で同じ内容が語られている以外には知られていない。『パンタイネトスへの抗弁（第三十七弁論）』四に言及されている人物とは別人。ニノスは女性祭司で、おそらくは媚薬の提供か新しい秘儀の導入によって訴えられ、処刑された。『使節職務不履行について（第十九弁論）』二八一に彼女への示唆がある。メネクレスは次弁論三二でボイオトスのマンティテオスへの陰謀全体の設計者として名指しされている。

（2）以下に見るように、ボイオトスのこの訴えは公的調停に付されたが、自らの誓言要求にプランゴンが応じてボイオトスたちを彼の子だと誓言したため、マンティアスはその結果を受け入れざるをえなくなった。補註F参照。

（3）「認知する」と訳した *ποιεῖσθαι* は、父が子をアテナイ市民権を持つ自分の子として承認するプロセスを表わしており、「養子にする」ことも含む。具体的にはプラートリアー成員への紹介と名前の登録である。ボイオトスは生まれた次のアパトゥリアのメイオンでの紹介も、一六歳のときになされるクーレイオンでの登録も受けていなかった。裁判の結果、マンティアスは両方を行なったが、クーレイオンでの登録は「ボイオトス」の名でなされた。同じ年だったか別の年だったかは不明。その後、彼は区民登録を行なう前に死んだ。補註B参照。

（4）補註B参照。マンティアスが死んでいたため、この区民登録をボイオトスは自分で行ない、その際マンティテオスの名を用いた。

すことにしましょう。父の財産については、全部が私のものになるところだったのに、父が彼らを認知したからにはその三分の一だけを所有することに同意しそれで満足しておきながら、名前については同じ軛につながれたものと争う、それほど私は愚かでも非常識でもありません。一方で名前の変更が大きな不名誉と臆病［だとの評判］を私にもたらし、他方被告が私と同じ名前を持つことは多くの理由から不可能だという事情がなかったなら、そんなことはしなかったでしょう。七　公けの問題を私事よりも先に語るならば、第一に、国家はどのようにして、何か義務をなすべきであるときにわれわれに命令を下すのでしょうか。部族の人々は、当然ながらほかの人々に対するのと同じように指名を行なうでしょう。すると、合唱舞踏隊奉仕役でも体育競技祭奉仕役でも部族歓待奉仕役でも、あるいは何かほかの役務に指名する場合であっても、トリコス区のマンティアスの子マンティテオスを指名するのです。指名を受けるのが君（ボイオトス）なのか私なのか、いったいどのようにして明らかになるのだろうから。その後で、アルコーンや、あるいは誰か役職者が呼び出しを行なうとしよう。でもわれわれが呼び出しに応ぜず、公共奉仕を行なわない。そのとき、われわれのどちらが法による処罰を受けることになるのだろう。どのようにして、将軍たちは、納税分担班（シュンモリアー）に登録するにせよ、あるいは三段櫂船奉仕役に任命するにせよ、われわれを登録するのだろう。あるいは何か軍事遠征があったとき、われわれのうちどちらが召集されたのかはどのようにして明らかになるのだろう。九　さらに、たとえばアルコーンが、あるいは祭事執政官が、あるいは競技世話役（アトロテテース）など、何かほかの役職者が公共奉仕を行なうようわれわれを任命する場合、どちらを任命したのかについてどんな証拠があるのだろう。おそらく、

(1)元来は同じ軛につながれた牛同士の争いを指す言葉。ここでは家族間の争いの比喩として用いている。

(2)以下、一二節までが公の事柄になる。

(3)アッティカの部族制度はクレイステネスが整備したもので、アッティカの全市民を父祖の英雄の名前に由来する十の部族に分けるものである。部族の下に区がある。部族と区の詳細は補註H参照。

(4)合唱舞踏隊奉仕、体育競技祭奉仕、部族歓待奉仕は、アテナイの平時の公共奉仕（レートゥルギアー）の代表的なものである。これらは毎年生じた。その世話役は十部族の持ち回りで行なわれ、富裕層による国家への税負担の意味を持っていた。最も重要で、負担が大きかったのは合唱舞踏隊奉仕役で、演劇などの合唱舞踏隊を準備し、訓練する費用のすべてを賄う。公共奉仕の詳細については補註D参照。

(5)ここでマンティテオスは目の前にいる被告ボイオトスに直接語りかけている。本訳では、被告への語りかけは常体を用い、裁判官への言葉は敬体をもちいて区別する。

(6)アルコーンは合唱舞踏隊奉仕役の任命に関する問題を取り扱う。補註M参照。また体育競技祭奉仕役の任命に関する問題は祭事執政官（バシレウス）が扱う。Dilts は写本の *ἡ δίκη* を残すが、これは何らかの法廷への言及ではないというScafuro に従いこの語を削除する。

(7)前註（4）参照。

(8)納税分担班（シュンモリアー）は前三七八／七七年に財産税納税の単純化のために作られた富有市民の団体であり、前三五八／五七年以降三段櫂船の費用を一年間共同で分担する役割を担っていた。『シュンモリアーについて（第十四弁論）』は納税分担班のあり方についての議論である。補註D参照。

(9)三段櫂船奉仕は戦時の公共奉仕の代表的なものであり、元来は一人の富裕市民が一隻の船の費用を出し、その指揮官になるものであったが、前註にあるように後に複数の市民で分担して費用を負担するようになった。

(10)祭事執政官は主として宗教的な公共奉仕に関わる。『ラクリトスへの抗弁（第三十五弁論）』四七参照。

(11)四年に一度行なわれるパンアテナイア大祭では、恒例の儀式に加えて音楽とスポーツの競技がなされた。それは各部族から一人ずつ籤で選ばれた一〇人の競技世話役によって準備された。

彼らは君を登録するときには「プランゴンの子」[1]と書き加え、私の場合には私の母の名を書き加えるのだろう。だがいったい誰であれいまだかつてそんなことを聞いた者がいるだろうか。[2]この付加語であれ、父と区以外のどんな言葉であれ、いかなる法によって書き加えることができるのだろうか。名前が二つとも同じであるために多くの混乱が生じるのだ。

一〇　さて、トリコス区のマンティアスの子マンティテオスが審判[3]に任命されたとき、われわれはどうすれば良いのだ。二人とも行けばよいのだろうか。任命されたのが君なのか私なのかどうやって明らかになるのだろう。ゼウスにかけて、政務審議会であれ、法務執政官であれ、何かほかの役職であれ、国家が籤で役職を割り当てるとき、われわれのうちどちらがそれを得たのかどうやって明らかになるのでしょう。何らかの印を、青銅の札に、あるいはほかの何かにかもしれないけれど、書き加えるしかないでしょう。[4]だがそうしたとしても、多くの人はそれが二人のどちらなのかわからないでしょう。彼は自分が役職を得たと言い、私は私が得たと言うでしょうから。

一一　残されているのは法廷へ赴くことです。これらのどの場合でも、国家はわれわれのために裁判官を着席させるでしょう。そしてわれわれは、籤に当たったものが役職につくという全員に等しく認められた権利を奪われ、罵りあい、言葉でまさった方が役職を得ることになるでしょう。そして、これまでにあった不満を捨て去ろうとするのと、新しい敵意と誹謗を作り出して行くのと、私たちはどちらがより良い者になるのでしょうか。役職であれほかの何であれわれわれが互いに争うならば、常に敵意と誹謗が生じるのは避けがたいのですが。

一二　では次の場合はどうでしょう（われわれはすべての問題を吟味すべきなのですから）。われわれの一方がもう一方に、籤で選ばれたら役職を自分に譲るようにと説得し、そうして任命される場合です。それは一人の男が二枚の札で籤をひくということにほかならないのではないでしょうか。これは法が死刑だと定めている行為ですが、それをわれわれは何の恐れもなく行なうことが可能になるのです。「そのとおりだ。しかしわれわれがそんなことをするはずがない」と君は言うだろう。少なくとも私に関するかぎりは、そうしないことは私もわかっている。だが、人が必要もないのにそのように罰せられるべきだと非難されるのは立派ではない。

一三　ともあれ、こうしたことで被害を受けるのは国家です。それでは、私が個人的に受ける被害はどうでしょうか。それがどれほどのものであるのかをご覧ください。そして私の言うことに何らかの理があるかどうかご賢察ください。ことは諸君がこれまで聞かれたことよりもずっと深刻だからです。諸君すべてがご承知のように、彼はメネクレスが生きている間は、メネクレスやその取り巻きの人々と親しくしていました。

（1）ボイオトスの母。アテナイでは女性の名前を直接挙げることはその女性が尊敬に値する立派な女性でないことを意味する。マンティテオスはプランゴンへの偏見を共有させようとしている。

（2）アテナイでは男性市民は「トリコス区のマンティアスの子マンティテオス」のように父称と区称の二つを付け加えられて呼ばれ、同定されていた。

（3）審判（クリテース）は法廷の裁判官ではなく何らかの祭祀競技の審判を意味する。

（4）籤で役職を選ぶとき、その候補者の名前、父称、区名を書いた札が壺に入れられ、籤引きに用いられる。

いまや彼が親交を結んでいるのはメネクレスよりなんら優れたところのない人々ですが、彼が同じ名声を求め、才があると思われたいと望んでいることもご承知のとおりです。そしてあえて言えば、多分弁才はあるのです。

一四　さて、時が経って、彼が（公訴であれ、あるいは摘発明示、公民権不正行使に対する告発、略式逮捕(1)であれ）これらの連中と何か同じことに手を染めたとしましょう。そして、それらの何かに関して彼が国庫に罰金を納めねばならなくなったとしましょう（人間には多くの出来事が降りかかるものですし、賢しらな連中でも分不相応なことを求めるときには、どうやって彼らを正道に戻せばよいのかを諸君はよくご存知です）。私のではなく彼の名前が［負債者リストに］(2)記入されていることはどうやってわかるのでしょう。

一五「どちらが罰金を科されたのかは、ゼウスにかけて誰もが知っているからだ」と。よろしい。だが、ありそうなことですが、次の場合はどうでしょう。時が経ち、罰金は払われないままだったとしましょう。そのときにはどうやって、名前が記入されているのは私の子供たちではなく彼の子供たちだとわかるのでしょうか。名前も父も部族もことごとく同じなのに。また、誰かが彼に対して所有権返還訴訟(3)を起こし、そのときに私は無関係だと言っていたとしましょう。だが、その人が訴訟に勝利した後で［マンティテオスの］名前を記入するなら、どうすれば、記入されたのが私ではなくこの男だとわかるのでしょうか。もし彼が戦時財産税(4)を払わなかったらどうなるのでしょうか。

一六　では、この名前をめぐって、ほかの訴状や、あるいは一般に不愉快な評判が生じた場合はどうなのでしょうか。同じ父を持つ二人のマンティテオスがいるとき、多くの人々のうち誰が、どちらがその人物な

西洋古典叢書

月報 139

2017＊第7回配本

テアゲネスの泉水場（メガラ）

目次

2019年4月
京都大学学術出版会

一アメリカ市民の陪審員体験

ヘレン・ホッパー

国法のほかに五〇州それぞれの司法制度を持つアメリカの裁判が多種多様であることは容易に推察されようが、全アメリカ市民に共通する重要な概念に「陪審員による裁判を受ける権利」つまり訴訟当事者は、刑事民事を問わず、一般市民から選ばれた陪審員による裁判を受けることが権利として保障されているという考えがある。

とはいえじっさいには民事事件の九〇パーセントが示談、調停に委ねられ、司法取引（陪審員制度の理念に反するものではあるが）による解決も少なくないのが現実であり、陪審廷による裁判は極めて少数である。裁判所の過密スケジュール、判事の不足、膨大な裁判費用の個人負担などが原因になっている。

私は現在の居住地ペンシルバニア州［以下ペ州］で、陪審員候補者としてこの一五年間に三度呼び出された。最初と二度目は「不要」になった。三度目はアレゲーニー郡［以下ア郡］の民事訴訟裁判所からの呼出しであった（ちなみに過去の居住地七州のうち呼出しを受けたのはニューヨーク州のみであり、そこで審理の席に着いたのは一度である。これでもアメリカ市民の呼出しの平均的頻度よりはやや多い）。ア郡の最も人口稠密な地区であるピッツバーグ市に住む私は、バスに二〇分乗れば裁判所に到着できたが、他は全員長時間の自家用車ないし長距離バス乗車を必要とする遠隔地の市民であることが後でわかった。ア郡の面積はほぼ大阪と同じで、二〇一〇年には人口一二二万三三四八である。

ア郡は年間約三万枚の陪審員候補呼出し状を発送する。辞退を許可される者、延期して後日呼出しとなる者も多いが、大抵は実働不要となる。知人に聞いたところでは、呼出しを一度でも受けた人は極めてまれで、実働した人はさらに少数であった（夫は二度呼出しを受けた。一度目は不要、二度目は被告が司法取引を受け入れたため、審理解散になった）。朝九時の集合時間前に到着した私は、正門入り口で金属探知機の検査を受け、陪審員控室に向かった。控室は多数の陪審員候補者で溢れ、その日の番組を放映中の大型テレビが頭上でやかましい音をたて、コーヒーとソーダ類の自動販売機が周囲に並んでいた。大会議室に導き入れられて指示を受けるまでは、控室での会話、読み物は許されていた。

陪審員候補者は無作為に選挙人（一八歳以上）名簿から選ばれるのが慣例であったが、最近多くの州が運転免許証所持者をこれに含めた。ペ州は二〇〇七年に州の所得税納入者、福祉給付金受給者、食糧券受給者をも名簿に編入して候補者層の拡大に努めた。より多くの有色人種、貧困層を陪審員候補に含めるのが狙いであった。たとえば二〇〇七年以前にアフリカ系アメリカ市民はア郡人口の十一パーセントを占めていたが、陪審員候補者中の割合は四パーセントにすぎなかった。

陪審員候補者全員が集まると、一列になって大集会室に導き入れられて、沈黙を守ることを念押しされ、読むことも禁じられた。最初に上級判事の一人が陪審員団による裁判の重要性、従うべき手順について説明した。その週に刑事および民事の案件が若干数あり、そのための陪審員選任の段取りになった。弁護士が陪審員候補者を一人ずつ呼び出して質問し、事件関連の事実を公平にとらえられる人物だと係争者双方が感じるか否かを見る。いずれの弁護士も、理由を提示せずに一定数の候補者を不採用とする、また事由を挙げて罷免する職権を持っている。私は名を呼ばれ、質問され、交通事故の民事裁判の必要人員十二名の最後の陪審員になった。

交通事故の訴訟はア郡における民事陪審廷裁判の最多件数を占める。とはいえ実数は極めてわずかで、この年には七件であった。じっさい陪審廷による一般の民事裁判件数は二〇〇〇年から一〇年の間に二七六から九四件と激減した。二〇一〇年中一万五〇〇〇件以上の民事訴訟申し立てが取り下げられるか、示談、または調停に回された。陪審廷による民事裁判は高額の経費を意味する。証人には一時間当たり五〇〇―七〇〇ドル払わねばならないが（ある医師は一時間六〇〇〇ドル請求するそうである）、原告の弁護士は通常勝訴しないかぎり支払いを受けない。陪審員裁判は万人の権利である一方で、多数の人にとって現実的ではないのである。

さて選任に洩れた候補者は解放されたが、この交通事故裁判のために選ばれた私たち十二名は、翌日来るように言われた。裁判は一日で終わる予定だが、判決に至るまでは任務は解かれない。翌日私たちは法廷に導き入れられ、陪審員席に各自番号に従って坐った。私の席は法廷を見渡す壁を背に二段目右端にあり、正面を向いた判事のひな壇の右下には法廷用録音機が置かれ、原告（女性）とその弁護人が一方の机に、被告（女性）とその弁護人が他方の机に、いずれも判事に向かい合って着席した。一般傍聴席にはそれぞれの夫が居た。

双方の弁護士による演説、証人訊問、そして本件に関わるペ州法の判事による説明の間、陪審員は注意深く聴き、あからさまな賛意あるいは非賛意のそぶりを見せてはならず、読むこともメモ取りも電子機器の使用も許されない。本件の罪状告発は、自動車事故による重度傷害による「配偶者権喪失（Loss of Consortium）」であった。「配偶者権喪失」とは、被告から受けた傷害のために配偶者の経済的寄与、心遣い、いたわり、性的関係、愛情、安息等を享受する権利を奪うことである。本件の原告は、自動車事故による首と背中の重度の外傷のために、長期にわたる病院通いのほか、多大な苦痛を強いられた。原告は自身の出費と、夫の「配偶者権喪失」を償う金銭的賠償を求めていた。原告被告および全証人と数人の医療専門家の発言が終わり、双方の弁護士がそれぞれ最終弁論を終えた後、私たち十二人は陪審員室に引き取った。施錠され、部屋の外に見張りが立った。私たちは討議を終えて判決に至るまで、部屋を出てはならなかった。陪審員全員が原告勝訴と判定すれば、そこで第一に原告の経費に対して、第二に「配偶者権喪失」に対して、原告は金銭的弁償を受けるべきか否かを考量しなければならないが、全員一致で被告勝訴とすれば、弁償はありえないので、私たちの仕事は終わる。

休憩中に分かったことは、陪審員団が様々な年齢の、ア郡全体を覆う男女から成っていることであった。私たちは数人ずつで仕事、家族、子供、趣味などについても語りあったが、陪審員室以外では裁判について発言することを禁じられていた。

陪審員室では誰もが非常に熱心に、事故の様子をあれこれ話し合った。事故現場の交差点を知っている人が二、三人いた。彼らはそこの現況をいくつか指摘した。しかし私的に調査したり、事故現場を見に行くことは許されていない。陪審員が為すべき事実認定は、すべて法廷で聞いたことに拠らねばならない。私は全陪審員の誠意あふれる態度と思慮深さに感心した。結局、全員が本件を極めて明快な事件と見た。原告が傷害を被ったこと同様、事故が原告の過失で起こったことは明らかであった。被告の車は優先進行車であり、終始制限速度内で同じ車線内に居た。原告は「停止信号で停止した後、慎重に発進した」。しかし駐車車輛群のために、近づいてくる車列を見るのが困難であった。だが事実はそうであっても、ペ州法によれば、彼女は近づいてくる進行車を待つ義務を負っていた。陪審員団は原告敗訴と判定した。したがって損害についての協議は行なわれなかった。

　私たちは陪審員席に戻り、代表者が私たちの判決を伝えた。全員が一人ずつ異議はないことを判事によって確かめられ、裁判は終わった。その後原告側弁護士が陪審員たちに、暫時居残って自分の弁護ぶりを批評してくれと求めてきた。自分は最善を尽くした、と言う彼に、落ち度はなかった、と私たちは断言した。じつは私の印象では、彼は情動に訴える巧妙な議論で陪審員団を虜にするテレビ・ドラマの弁護士を真似ようと、懸命になりすぎていたように見えた。私たちの誰もが、始めから彼に勝ち目はなかったことを指摘した。当該事件関連のペ州法の規定は、判事が私たち陪審員団の退出前に約四〇分かけて行なった引用説明によって、疑義なく明らかにされたのである。私たちは本件の事実に基づいて判定したのであり、それが私たちの任務であった。

　私たちは皆、証人経費と当然ながら裁判そのものにかかる費用が相当額に上ったはずの本件が、どうして法廷にまで来たかを訝しく思った。原告が保険に加入していたかが疑問であったが、その答えを知ることは許されなかった。おそらく身体的傷害を含む民事訴訟で認められる巨額の金銭をマスコミが大々的に報道することが、原告とその家族の心を完全に奪って、彼女自身が受けた傷害の悲痛な訴えをもって本件の諸事実を抑えて勝てる、と期待させたのだろう。陪審員は誰もが事実認定者として真剣に役目を果たし、その結果被告勝訴と判定する以外にはなかった。陪審員室を後にして、私たちは地下室の支払い窓口に行き、二日間の陪審員任務に対して一八ドルを受け取った。少なくとも今後三年間は、陪審員任務に就くことはないはずである。［二〇一二年四月寄稿］

（近代日本史・前ピッツバーグ大学准教授［邦訳＝木曽明子］）

連載

西洋古典雑録集 ⒀

ギリシア神秘主義の系譜 ⑵

古代ギリシアにおいて肉体と魂（心）を意味する言葉は、それぞれソーマ（sōma）とプシューケー（psȳchē）と言うが、両者を対比的に示し、「自己」とはとりわけプシューケーのことであるという、ギリシア哲学でおなじみの思考は最初からあったわけではない。『イリアス』の冒頭部は、「ペレウスの子アキレウスの怒りを歌え、女神よ。アカイア勢に数限りなき苦難をもたらし、英雄らのあまたの猛き魂を冥界の王《アイデス》に投げあたえ、彼ら（肉体）をありとあらゆる野犬や鳥の餌食とした、あの呪わしき怒りを」（第一歌一―五行）で始まるが、ホメロスにおいてプシューケーは、単なる影のような存在であったのに対して（例えば、第二十三歌六五行のプシューケーはパトロクロスの亡霊を指す）、肉体の方が自己を表していた。それが後には、魂であるプシューケーが自己になり、肉体と対比的に扱われるようになったのは、前五世紀はじめに新宗教が到来し、人間存在に新しい解釈をあたえたからだと言われている。ドイツの古典学者のE・ローデがそれを「ギリシア人の血に入った一滴のよそ者の血（Ein fremder Blutstropfen im griechischen Blut）」と呼んだことはよく知られている（*Die Religion der Griechen*, 1895）。イギリスの古典学者E・R・ドッズは、中央アジアに由来するシャーマニズムから、この新しい心身観をピューリタン的な対立と表現したが、その起源がどこであるかは別にして、古典期の前に、すなわちギリシアのアルカイック時代の末期に到来したものと考えている（*The Greeks and the Irrational*, 1951）。このような思想を代表する人物が、ドッズが宗教的なシャーマンととらえたピタゴラスである（ピタゴラスをシャーマンとするか、ピタゴラスの定理から連想されるような幾何学者と考えるかについては、学者間に論議がある）。そして、これと密接に関連するのがオルペウス教である。後者については、肉体を魂の墓場《セーマ》とみなすことで両者を峻別する思想が帰せられている（プラトン『クラテュロス』四〇〇B―C）。

オルペウス教において重要な役割を演じるのがディオニュソス神である。オリュンポス十二神の一柱であるディオニュソスについては、「われわれは数多くのディオニュソスを知っている」（『神々の本性について』第三巻五八）というキケロの言葉があるように、その姿は多様である。オルペウス教とよく比較されるバッコス教（ディオニュソス宗教）の方は、とりわけ熱狂的な女性信者（バッカイ）による集団的狂乱と陶酔を伴い、そこでは信者が、ディオニュソスにそそのかされ、野獣を（時には人間を）八つ裂きにして、その生肉を喰らうという行為を実践する。これを舞台化したのが、エウリピデスの悲劇『バッコスの信女』である。テバイの王ペンテウスは、ディオニュソスの祭儀をいかがわしいものと考えていたが、疑念をもちつつも信女の姿になって、祭儀がとりおこなわれていたキタイロン山へ赴くが、ディオニュソスによって狂気に陥っていた女たちは、ペンテウスを野獣と思いこみ、八つ裂きにして殺害する。このようにディオニュソスは信者たちに狂乱と恍惚の境地をもたらす神であった。なお、バッコスの信女を表すギリシア語のマイナデスは、マイノメノス（狂乱の）という言葉から作られた複数名詞である。

一方、オルペウス教でもディオニュソスが登場するが、ここでは「受難の神」として現れる。ゼウスと冥界の女神ペルセポネの間に生まれたディオニュソス（ザグレウスとも言われる）は、ゼウスの後継者を約束されていたが、そのことがゼウスの正妻ヘラの嫉妬を招き、ティタン（タイタン）族の襲撃を受ける。幼いディオニュソスは八つ裂きにされ、喰われてしまうが、これに怒ったゼウスが、ティタン族を雷電で焼き殺す。この神話には、さらにディオニュソスの心臓だけが女神アテナの機転で救われ、それを呑み込んだゼウスが新たにセメレと交わって、その後懐妊した彼女からディオニュソスが再生するという話や、焼き殺されたティタン族の灰から人間が生まれたという話の尾ひれがついている。もっとも、人間の誕生譚も含め、その話の多くの部分は比較的後代に作られたものであり、ディオニュソスのもう一つの名であるザグレウスについても、クレタ島起源と推測されているが、その語源的な意味は明らかではない。いずれにせよ、この神話が含意するのは、人類が神々の血筋を引いていること、人間の肉体をティタン的本性のものとし、これとディオニュソス的本性の魂を峻別すること、さらには肉食への禁忌である。プラトンはこうした教えに基づく生き方を「いわゆるオルペウス的生活」（『法律』七八二C）と呼んでいる。ピタゴラス派の思想もこれと多くの点で類似しているが、さらに加えて、死後に肉体から離れた魂は、消滅することなく、次の生へ移り、輪廻転生を繰り返すという思想を含んでいる。これはプラトンの『パイドン』などでおなじみのものであるが、これについては次回に述べたい。

（文／國方栄二）

西洋古典叢書

［2017］全 7 冊

★印既刊

●ギリシア古典篇

アイリアノス　動物奇譚集　1★　中務哲郎 訳

アイリアノス　動物奇譚集　2★　中務哲郎 訳

デモステネス　弁論集　5★　杉山晃太郎・木曽明子・葛西康徳・北野雅弘・吉武純夫 訳・解説

プラトン　エウテュプロン／ソクラテスの弁明／クリトン★　朴　一功・西尾浩二 訳

プルタルコス　モラリア　12★　三浦　要・中村　健・和田利博 訳

ロンギノス／ディオニュシオス　古代文芸論集★　戸高和弘・木曽明子 訳

●ラテン古典篇

アンミアヌス・マルケリヌス　ローマ帝政の歴史　1★　山沢孝至 訳

＊配本遅延により、ご迷惑をお掛けいたしましたことを深くお詫び申し上げます。
なお、2019 年 5 月からは 2019 シリーズを刊行いたします。

●月報表紙写真――メガラはアッティカ地方に隣接する国（ポリス）で、パウサニアスにも多数の建造物が詳細に記述されているが、今日に残る遺構はきわめて少ない。その中でわずかに目に立つのが二十世紀半ばに遺跡として整備されたテアゲネスの泉水場である。テアゲネスは前七世紀後半（前六四〇―六二〇年頃）にこの地の僭主となった人物で（アテナイの僭主キュロンと同時代）、やはりメガラ出身の有名な建築技師エウパリノスに命じて町の水利事業を行なわせたと言われている。泉水場もその一つだが、写真は前五世紀に拡張整備されたものである。幅一四メートル弱、長さ二一メートルほどの大きさで、三五本のドリス式列柱が八角形の屋根を支えていたとされる構造物には常に豊富な水が湛えられていた。（一九九二年三月撮影　高野義郎氏提供）

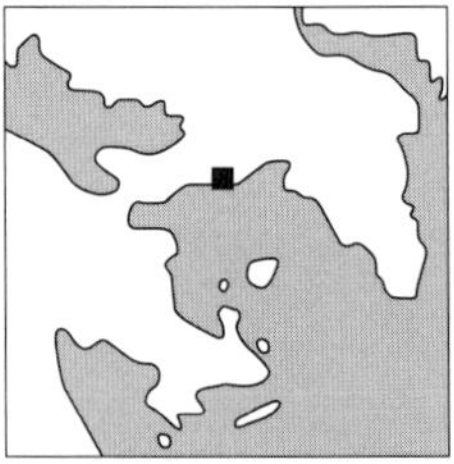

のかを知るのでしょうか。また、彼が兵役忌避での訴えを逃れ、兵役につくべきときに合唱舞踏隊に参加していたとしましょう。ついこの間ほかの者たちがタミュナイ[5]に向かっていたときに彼がここに残って「酒甕の儀」[6]を行ない、続いてディオニュソス祭での合唱舞踏隊[7]に参加していたのは、町にいた諸君すべてがご覧になったことです。一七　兵士たちがエウボイアから戻ってくると[8]、彼は戦列放棄罪で召喚され、部族の重

---

(1) 補註P、Q、R参照。

(2) 上記の法手続きに際して、告発者が投票の五分の一を獲得できなければ彼に一〇〇〇ドラクマの罰金が科された。この罰金を払うことができなければ、彼は国家への負債者リストに記入され、さまざまな政治的・法的権利を失う。また、死ぬまでに払うことができない場合、子供たちが負債を相続し、親と同様に政治的・法的権利を失う。

(3) 所有権返還訴訟（ディケー・エクスーレース）。敗訴して賠償金を支払うべき側がその命令に従わない場合、勝訴した側が起こすことができる私訴。『メイディアス弾劾（第二十一弁論）』四四参照。次弁論三四では、まさにここで述べられているように、ボイオトスは所有権返還訴訟の敗者は自分ではなく本訴訟の原告マンティテオスであると主張したと語られている。

(4) 戦争に当たって富裕層に課せられた税。この例示は、争っている異母兄弟が富裕層に属することを示唆する。

(5) 前三四九／四八年に行なわれたエウボイア沿岸の都市タミュナイへの遠征。アテナイ軍はここでカルキスの僭主カリアスをやぶる。この遠征についてはデモステネス『弁論集3』補註i参照。

(6) アンテステリオンの月（一―二月）に行なわれるアンテステリア祭の二日目の行事。ディオニュソスの山車が市内を巡幸する。ディオニュソス祭は翌エラペボリオンの月に行なわれる。このときのディオニュソス祭ではデモステネスは合唱舞踏隊奉仕役（コレーゴス）を務めた。

(7) ディオニュソス祭ではディテュランボスと演劇で合唱舞踏隊が用いられていた。ボイオトスが参加していたのがどちらかはわからない。

(8) 前三四八年夏。

装歩兵指揮官（タクシアルコス）であった私も、父称がそえられた自分の名のゆえに出頭せねばならなかったのです。明らかに、裁判官への報酬が支払われていれば、(1)私はその件を法廷に持ち込まねばならなかったでしょう。このことが起きたのが記録壺に封印がなされた後でなかったら、(2)私はそれを証明する証人を諸君に提供していたでしょう。

一八　さて、もし彼が市民詐称罪によって召喚されたとしたらどうでしょうか。彼はじっさい多くの人の怒りを買っていますし、父が彼を認知するよう強いられた状況は秘密でもありません。父が彼を認知しようとしなかったとき、彼の母親が真実を語っていると諸君は信じたのでした。しかし、父の子となった彼がこんなにも厄介者である以上、いつかは、父が真実を語っていたと思われることになるでしょう。自分が無償奉仕を行なっている事柄(3)に関して偽証の罪で有罪判決を受けることを予期した上で、不在敗訴になることを彼が容認していたとしたらどうでしょうか。(4)そのとき私の損害は小さなものだと諸君はお考えでしょうか、アテナイ人諸君、一生この男の評判と所業を共有することになるというのに。

一九　諸君にこのように詳細に語った私の恐れが故なきことではないとご承知ください。なぜなら、アテナイ人諸君、彼はすでに幾つかの公訴の被告になっており、それらに関しては、何の咎もないのに私も非難されているのです。また彼は諸君が私を挙手選出した役職(5)を自分のものだと主張しましたし、さらに、名前のせいで私たちに降りかかった多くの面倒をご承知いただくために、その一つ一つについてこれから証人を諸君にお示しすることにしましょう。

証人（複数）

二〇　ご覧ください、アテナイ人諸君、私に降りかかっている事柄を、そして本件から生じた耐えがたい不愉快を。かりにこれらの出来事からいかなる不愉快な結果も生じず、われわれが同じ名前を持つことがまったく不可能ではなかったとしても、それでも、私の父が強制されて行なった認知に基づいて彼が私の財産の一部を所有するのも、また父が誰かに強制された訳ではなくみずから望んでつけた名前を私が奪われる

（1）エウボイア遠征後、アテナイでは財源不足から裁判官への報酬が払えず、訴訟が開かれない事態がしばしば生じていた。『ステパノス弾劾、第一演説（第四十五弁論）』三―五でも戦費の圧迫による訴訟の中止について語られている。

（2）記録壺（エキーノス）は、公的調停役の裁定に一方が満足せず裁判員裁判を望む場合に用いられる。そのとき、調停役は原告側と被告側の証言、催告（プロクレーシス）、法律を別々の壺に入れ、封をして、自分の裁定を板に付して、裁判所に委ねる。アリストテレス『アテナイ人の国制』第五十三章三参照。

（3）「無償奉仕を行なう（ἐρανίζει）」とは仲間のために偽証することを指す。ἔρανος（無利子融資）からの比喩。

（4）裁判を正当な理由なく欠席すると敗訴になる。こうした裁判は「不在敗訴（エレーモス）」と呼ばれる。三七―三八節、『ゼノテミスへの抗弁（第三十二弁論）』二七参照。もしボイオトスが、「トリコス区のマンティアスの子マンティテオス」の名前で不在敗訴になったら、敗訴した「マンティテオス」が被告のボイオトスなのか原告のマンティテオスなのか誰にもわからないと原告は主張している。

（5）重装歩兵指揮官のこと。これは籤ではなく技倆によって与えられる役職である。次弁論三四参照。

のも、もちろん正しいことではありません。(1) 少なくとも私は正しくないと考えます。父が、証言がなされたとおりの方法で彼らのプラートリアーへの登録を行なったことだけではなく、また私が生まれて十日目(2)にこの名前をつけたことを、次の証言でご理解ください。

証　言

二一　お聞きいただいたように、アテナイ人諸君、私は生まれてからずっとこの［マンティテオスの］名を持っていたのに、この男の方は、登録を強いられたときに、父はプラートリアーにボイオトスとして登録していたのです。私としては、諸君の目の前で、彼にこう問い糾すことができれば幸いです。「もし父が死んでいなかったとしたら、君は同じ区民の人々に対してどうしていたのか。自分をボイオトスとして登録することを許さなかったのか」と。まず登録の訴訟を提起しておきながら、後になってそれを拒むというのは馬鹿げたことだ。しかしもし君が許していたとしたら、父はプラートリアーに登録したのと同じ［ボイオトスの］名で君を区民登録しただろう。とすると、おお、大地よそして神々よ、一方でマンティアスを父だと言っておきながら、その父が生きているうちに行なったことを傲慢にも無効にしようとするのは恐ろしいことではないでしょうか。

二二　彼はまた、調停役(3)に対し、傲慢にも次のように最も恥知らずなことを語ったのです。父が彼の十日目の名付け式を私のと同様に行ない、マンティテオスの名を彼につけたのだと。そしてその証人なる(4)ものを連れて来たのですが、彼らが父と親しくしているところなど一度も見られたことはないのです。私は諸君の誰ひとりとして、次の点に気づかないなどとは考えません。すなわち、正当に自分の子供であると信じていないのに十日目の名付け式を行なう者など誰もいないし、もし父が名付け式を行ない、人が自分の息子を愛するように彼のことを愛したのだとすれば、後で再びそれをあえて否定することなどありえないのだと。

二三　なぜなら、もし父が彼らの母親に怒りを覚えたとしても、彼らが自分の子供だと思っていたのなら、彼らを憎んだりすることはないでしょうから。つまり、夫と妻は、お互い同士で食い違いが生じたときには、子供たちを通じて和解するのが世の習いであって、お互いによって被った不正のゆえに、共通の子供たちをも憎むなどということはないのです(5)。しかしながら、このような主張を行なうときに彼が偽っていることを諸君が理解されるのは、これらの事実からだけではありません。彼はまた、われわれの親族だと主張する前

(1) 名前の一致自体は、原告が名前を変えることによっても解消するが、それは正義ではないという主張。

(2) 十日目の儀式（デカテー）については補註B参照。

(3) 補註F参照。公的調停役の裁定に満足しない場合、訴訟当事者は法廷に訴えることができる。ここで言及されているのはこの訴訟の前に行なわれた調停での調停役へのボイオトスの主張である。

(4) 次弁論二八でこの証人がティモクラテスとプロマコスであると語られている。

(5) ボイオトスは、マンティアスがプランゴンとの不仲のせいで、自分たちをも憎むようになったと主張していた。

には、少年たちの合唱舞踏隊に参加するためにヒッポトンティス部族のところに通っていたのでした。[1] 二四 それでも、彼の母が自分で言っているように、父によってひどい目にあい、父が十日目の儀式を行なったが後からそれを否定したことを知っていたとしたら、彼女がボイオトスを自分の部族のもとに送ったといったい諸君のうち誰が考えるでしょうか。思うに、そんなことをする者などいない。[2] 君はアカマンティス部族のところに通うこともできたのだし、そうすれば部族が名づけに同意することは明らかだったろう。私がこの点に関し真実を語っていることを示すために、ともに練習に通い、事情を知っている人たちを諸君に証人として示すことにしましょう。

証人（複数）

二五 さて、こうして、被告が父親を得てヒッポトンティス部族ではなくアカマンティス部族の生まれだということになったのは、その母親の誓いと、彼女に誓う機会を提供した父の純朴さのゆえだということはまったく明白なのですが、このボイオトスはそれで満足せず、それ以前に私に対して行なった誣告に加えて、金銭を求める訴訟を二度三度と私に起こしたのです。[3] さて、私の思うに、父がどんな商人だったのかは諸君すべてがご存知です。[4] 二六 私からそのことを申し上げるのはやめましょう。しかし、もし被告たちの母親が真実を誓っていたとしたら、それは被告がこれらの裁判で誣告者だったことを一片の疑いもなく示すものです。父がとんでもない浪費家で、私の母と結婚しておきながら、君たちを生んだ別の女を囲い、[5] 二つの家を養っていた、そんな男だったとしたらどうやって金を残せたというのだ？

二七　アテナイ人諸君、私にはわかっているのですが、被告ボイオトスは正当な論拠を何ひとつ挙げることができず、いつもと同様次のように言うことになるでしょう。つまり、父が彼を軽んじるようになったのは私の説得によってであり、彼は私よりも年長だとかで、父方の祖父の名を持つに値するのだと。(6) この点に関しても簡単に諸君にお聞かせする方が良いでしょう。私は、被告がまだ親族にはなってなかった頃、彼を何度か見たことを覚えています。とは言っても、ほかの誰かと同じくらいなのですが。さて、当時彼は見かけから判断するかぎりでは、私よりずっと若かったのです。でもその点にこだわる訳ではありません（それは愚かしいことですから）。二八　しかしながら、このボイオトスに誰かが次のように尋ねたとしましょう。「君が私の父の息子だとまだ言っておらず、ヒッポトンティス部族で合唱舞踏を行なうのがふさわしいと思っていたとき、どんな名前を持つのが正しいと君は見なしたのだろうか」と。「マンティテオスだ」と君が言うとしても、私より年長だという理由ではそう言うことはできないだろう。その頃、君は私の部族とす

(1) マンティアスはアカマンティスの部族に属しており、ヒッポトンティス部族はプランゴンの部族である。ここで述べられている合唱舞踏はおそらくディテュランボスで、部族同士の競技である。Carey and Reid, p. 184 参照。
(2) つまり、プランゴンがボイオトスを自分の部族の合唱舞踏訓練の学校に通わせたのは、ボイオトスがマンティアスの子ではないと彼女が知っていたからだと暗示している。
(3) 次弁論一六参照。
(4) 商人として成功していなかったことを暗示している。
(5) これはボイオトスの主張を歪曲している。ボイオトスはプランゴンがマンティアスの妻であったと言っている。
(6) 父方の祖父の名を受け継ぐのは長男の権利。

らなんらかの関わりがあるとは考えていなかったのに、私の祖父と関わりがあると主張するなどどうしてありえたのだろうか。二九　さらに加えて、アテナイ人諸君、諸君の誰ひとりとして私たちの年齢をご存知ないのです（私は私が年長だと、彼は彼が年長だと言うでしょうから）。しかし諸君すべてが正しい判定方法を理解されています。それは何でしょうか。父親が子供を自分の子として認知したそのときから、その子供を父の子だと考えることです。さて、父が私をマンティテオスとして区民登録したのは、この男をプラートリアー成員に紹介したよりも前です。ですから、時間によってだけではなく、正義によっても、私は当然長男たるマンティテオスの名を持つことができるでしょう。(1)三〇　ところで、誰かが君に次のように尋ねたとしよう。「私に言ってくれ、ボイオトスよ。どういうわけで君はアカマンティス部族の一員、トリコス区民、マンティアスの息子になり、マンティアスが残した遺産の分け前を手にしているのか」と。君は次のように答えることしかできないのだ。「マンティアスが生きているうちに僕を息子として認知したからだ」と。誰かが君に聞いたとしよう。「その件についてどんな証拠や証人を君は持っているのか」と。「マンティアスは僕をプラートリアー成員に紹介したんだ」と君は言うだろう。だが誰かが「彼はどんな名前で君を登録したのか」と尋ねたら、「ボイオトスだ」と君は言うだろう。その名前で君は紹介されたのだから。三一　だとすれば、君は名前のおかげで市民としての権利と父の遺産の分け前を得たというのに、その名前を捨ててほかの名前に変えるように要求するのはひどい話だ。さて、父がよみがえって、自分が君につけた名前のままでいるか、あるいはほかの誰かが君の父だと言うかのどちらかを君に求めたとしよう。君は、父の要求が穏当だとは思わないだろうか。私が君に要求しているのはまさにその同じことにほかならない。つまり、ほかの父称を付け加えた名前で自分を呼ぶか、あるいはマンティアスが君に与えた名前を持ち続けるかだ。三二 たしかに、その名前が君につけられたのは中傷と侮辱(2)によるのだ、と君は言うかもしれない。しかし、父が認知する前、被告はしばしば、自分の母親の親族は私の父親の親族と比べてなんら劣ったところはないと言っていたのです。ボイオトスは、まさに被告の母親の兄弟の名前なのです。父が被告たちをプラートリアー成員に紹介することを余儀なくされたのは、私がすでにマンティテオスとして紹介された後であり、そ

---

(1) どちらも自分の方が年長だと主張しているときにはそれぞれの年齢を確かめるすべはないというマンティテオスの主張は強力ではない。マンティテオスが、自分が年長であるという証拠を提示することができなかったためにこういう主張になっているのであり、おそらくはボイオトスの方が年長である。じっさいの年齢がどうであれ、父親が先に子供として認めた方には父方の祖父の名を名乗る権利があるという主張はもっともらしい。しかし原告が言及を避けているのは、マンティアスが被告にマンティテオスの名を与えた後、プランゴンを離縁し被告のプラートリアーへの紹介と登録を拒んでいた期間、被告がずっとマンティアスがつけたマンティテオスの名を名乗っており、その後、裁判によって認知を強いられ被告をプラートリアーにその名で登録するときに、原告との名の一致を避けるために被告をボイオトスの名で登録した、という事情である。被告がその後もマンティテオスの名を用い続け、マンティテオスと呼ばれていたことは一七節からわかる。

(2) 直後に語られるように、プランゴンの兄弟の一人は「ボイオトス」という名を持っていた。この叔父が生まれた頃、アテナイはボイオティアと同盟関係にあった。しかし、ボイオティア人はアテナイ人にとって愚かな人の代名詞であり、被告をプラートリアーに登録するときにマンティアスがこの名前を用いたのは嫌がらせだったとボイオトスは考え、区民登録に際して子供の頃からの呼称である「マンティテオス」に戻したのだろう。ピンダロスに「『ボイオティアの豚』という古来の悪口」(『オリュンピア祝勝歌』第六歌九〇行)という表現がある。

れで父は被告をボイオトスとして、その弟をパンピロスとして紹介したのです。そうではないと言うなら、君は、アテナイ人のうち誰であれ自分の二人の息子に同じ名前をつけた者がいることを示してくれ[1]。示してくれるなら、父がその名前を君につけたのは侮辱のためだという点に同意することにしよう。三三　そうだったとしても、もし、自分を認知するよう強いることはできても、どうすれば父に好かれるのかに心をくばることはできないような、そんな人間だったとしたら、君は血のつながりのある息子が親に対してとるべき態度をとっていなかったのであり、そうである以上、侮辱を受けてしかるべきどころか、万死に値すると言うべきなのだ。親に関する法[2]が、父親が自分の子だと見なしている子供については効力を持つのに、無理に割り込んできて望まぬ父親に自分を認知させた者たちには無効になるとしたら、それはひどいことではないでしょうか。

三四　しかし、非道きわまるボイオトスよ、何よりもまず、いまの行ないを改めなさい。どうしてもそれが嫌なら、神かけて次の点だけは聞き入れてくれ。君のために面倒を引き起こすのをやめ、また、私を誣告するのもやめなさい。君に祖国、財産、父親が出来たことに満足しなさい。誰も君からそれらを奪い去りはしない。そう、私もそんなことはしない。君は自分が私の兄弟だと言っているが、兄弟にふさわしいふるまいをするなら、君は私たちの身内だと思われるようになるだろう。だが、私への陰謀、告訴、憎悪、誹謗を続けるなら、君は他人の家に入り込んだ上で、身内でないかのようにその人たちを扱っていると思われるだろう[3]。三五　そもそも、たとえ君が父の子だったのに父が認知しなかったというのが本当だとしても、私は君に何ひとつ悪いことを行なっていない。なぜなら、誰が父の息子かを知るのは私のなすべきことではなく、誰を兄弟と考えるべきなのか私に示すのが父のなすべきことだからだ。だから、彼が君を認知していなかった間は、私も君を身内だとは考えていなかったが、いったん認知した以上は、私もまたそう考える。その証拠は何か。父の死後、君は父の財産の分け前を得ているではないか。聖俗両面にわたりあずかっているではないか。[4]誰もそこから君を排除してはいない。君の望みは何なんだ。彼がひどい目にあったと言って泣きわめいて私を非難したとしても、彼が何を言おうと信じないでください（それは正しいことではないのです。

(1) この議論は、ボイオトスがそれまでマンティテオスと名乗っていたことを暗示している。すでに別の息子にその名をつけていたため、マンティアスは彼がそれまで名乗っていた「マンティテオス」の名を与えることができなかった。二一、二八節もこのことを示唆する。

(2) 両親を敬うべきことは、ギリシアの「三大戒律」の一つ（アイスキュロス『嘆願する娘たち』七〇七―七〇九行）であり、アテナイでの実態については『ティモクラテス弾劾（第二十四弁論）』一〇七、アリストテレス『アテナイ人の国制』第五十六章六など参照。ただし、マンティテオスはここでボイオトスがこれらの法律に具体的に違反していると言っているわけではない。

(3) つまり、身内でないことを知っているのでこのように陰謀や告訴を繰り返すのだと。あるいは、「他人のものを手に入れて、それが自分のものでないかのように扱っているのだ。」こちらの場合、「悪銭身につかず」のような意味の諺があってそれを念頭に置いているのかもしれないと Paley, p. 189 は指摘する。同じような考えは、『メイディアス弾劾（第二十一弁論）』一五〇にも見出される。

(4)「聖俗両面」とは家財や金銭などの遺産を得ているだけでなく、葬儀、毎年の死者への供養、家に固有の信仰対象たる神々など、家族の宗教的な儀礼からも排除されていないことを意味する（Carey and Reid, p. 190）ただし、マンティアスがボイオトスを認知した以上、ボイオトスをそうした権利から排除することは違法である（『マカルタトスへの抗弁（第四十三弁論）』五一参照）。

いま問題になっていることはそうしたことではないのですから）。ご理解いただきたいのは、ボイオトスと呼ばれることによって彼の権利は何ひとつ損なわれてはいないということです。三六　なぜ君はそんなに争いを好むのだ。やめなさい。私たちにそんなに敵意を持つのではない。私も君に敵意など持っていないのだから。いま現在でさえ、君が気づかないままだと良くないので言うが、私たちが同じ名前を持つことがないように求めることで、私はむしろ君のために語っているのだ。なぜなら、ほかの理由がなかったとしても、「マンティアスの子マンティテオス」が二人いるとしたら、その名前を聞いた人がいったいどちらのマンティテオスなのかと尋ねることになるのは必然だ。そうすると、君のことを言うときには、「マンティアスが認知を余儀なくされた方」と言うだろう。どうして君はそんなことを望むのか。［書記に］どうかこの二つの証言を読んでください。それは父が私にマンティテオスの名を、彼にボイオトスの名を与えたことを示しているのです。

証言（複数）

三七　私の思うに、残っているのは、アテナイ人諸君、私が求めている判決に投票するなら諸君は誓いを果たしたということだけではなく、自分がマンティテオスではなくボイオトスと名乗るのが正しいとの判決を被告自身が下していたことをも示すことです。なぜならば、トリコス区のマンティアスの子ボイオトスに対して私が訴訟を起こしたとき、当初彼はボイオトスとして訴訟を受けて立ち、また宣誓して裁判期日の延期を求めたのでした。そして最後に、もはや引き延ばしが不可能になったので、被告は不在敗訴になって自分をしりぞける調停がなされるのをそのままにしていたのですが、神かけて、それから彼が何を行なったのかを御覧ください。三八　彼は自分のことをボイオトスと呼んだ上で、不在敗訴の裁判の再審を申し立てたのです。そもそも最初から、もしその名前が彼のものでなければ、私の提起した裁判はボイオトスに対するものだとしてそれを終わらせておくべきであり、後になってみずからその名前で現われて不在敗訴の裁判の再審を申し立てたりするべきではありません[1]。自分がボイオトスであるのは正当だという判決をみずから下した身で、彼は、宣誓した諸君にどんな票決を求めることができましょうか。私がこの点に関して真実を語っていることを示すために、この再審申し立てと訴状を取り上げてください。

再審申し立て　訴状

三九　さて、自分の名前の決定権を子供に与えている法律を被告が示すことができるのなら、被告がいま求めている票決を諸君が下すのは正しいことになるでしょう。しかし法律、諸君すべてが私と同じように

---

(1)これは次弁論で取り上げられる、持参金をめぐる訴訟の公的調停での不在敗訴とは別の案件のように見えるが、同じ案件を、マンティテオスがやや歪めて語っているのかもしれない。不在敗訴の裁定がなされたとき、敗者は一〇日の間に、不在がやむをえなかったと誓った上で不在敗訴の無効を申し立てることができる。

知っている法律が、親に、そもそも名前をつけるだけではなく、後になってその名を取り消そうと望む場合には廃嫡する権利さえも与えているのならば、私は諸君に、法によって命名の権利を持っていた父が、彼にボイオトスの名を、私にマンティテオスの名を与えたことを示しましたが、だとすれば、いかにして諸君は私が求めている以外の票決を下すことができるのでしょうか。四〇　だが実のところ、諸君は、法がない場合には最も正しい判断に従って判決を下すことを誓ったのですから[1]、もしこの件に関していかなる法律も制定されていないとしても、それでも、諸君が私の側に立った票決を下すことが正しいのです。諸君の中で、自分の二人の子供に同じ名前をつけたことのある人が誰かいらっしゃいますか。まだ子供を持っていなくて、そうしようとする人が誰かいらっしゃいますか。四一　いるわけがない。ならば、諸君自身の子供たちに関して正しい判断として諸君が受け入れた、その判断をまたわれわれに関しても下すことは神聖な義務なのです。だから、最も正しい判断に従っても、法に従っても、誓いに従っても、被告が認めた事柄に従っても、アテナイ人諸君、私は諸君に理に適った要求を行ないまた正義を求めているのであり、他方被告の要求は適切でないだけではなく、先例もないことなのです。

リバニオスの概説

一　アテナイの市民の一人であるマンティアスは、ある女性と法的に結婚し、彼女から子をえたが、その子が本件の原告である。他方、マンティアスはプランゴンなるアッティカの女性とも愛人関係にあった。(2) プランゴンの二人の息子たちは、成年に達すると、マンティアスが自分たちの父親であると主張して彼を訴えた。マンティアスはそれを否認した。ところが、欺かれて自分から求めた誓言要求の結果、マンティアスは二人が子供だと認めることを余儀なくされた。

二　つまり彼は、プランゴンが自分の子供たちについて、真にマンティアスの子であるかどうか誓いをたてて語るように要求し、もし彼女が誓ったならばその誓いを受け入れると約束したのだ。彼が誓言要求を行なったのは、この女性が誓うことを認めないと、欺かれて信じていたためである。というのも、誓わないことを条件に、多くの報酬を彼女に約束してもいたからだ。この弁論の語り手が言うところでは、プランゴンはマンティアスに、誓言が求められたらそれを受け入れないとひそかに申し出ていた。ところが彼が誓言要求を行なうと、彼女は約束を違《たが》えて誓言を受諾し、そうしてマンティアスは子供の認知を強いられた。この件の後彼は死んだ。

(1) その年度の始めに選ばれた六〇〇〇人の裁判員は、就任にあたって「ヘーリアイアーの誓い」と呼ばれる誓いを行なう。この誓いは『ティモクラテス弾劾（第二十四弁論）』一四九に証拠として提示されているが、法がない場合には最も正しい判断に従って判決を下すという文言はそこには欠けている。しかし、本来誓いがその文言を含んでいることは、『レプティネスへの抗弁（第二十弁論）』一一八などに同等の文言があることから確認される。

(2) この概説はプランゴンとマンティアスが愛人関係だったという次弁論でのマンティテオスの主張をそのまま受け入れている。

三　さて、マンティアスと法的に結婚していた女性から生まれた子供の方が、認知によって市民権を得た子供の一人に対して、名前について、最初から呼ばれていたボイオトスの名を名乗るべきであり、マンティテオスと名乗るべきではないと訴えた。それは父によって最初から原告につけられた名前だからである。名前について争うことによって、原告のことを厄介事や訴訟を好む人間だと直ちに考える人がいるかもしれない。しかし、同じ名前であることは公私にわたって有害であることを、この弁論は十分に示している。

第四十弁論

ボイオトスへの抗弁（第二演説）

北野雅弘　訳

第四十弁論　ボイオトスへの抗弁、第二演説――持参金について

序と提題（一―五）

本論（六―五三）

叙述（六―一八）

原告の母が持参金付きで嫁ぎ、父の家で原告を育てたこと（六―八）

被告が母親プランゴンの誓言によって認知されたこと（八―一一）

持参金問題の解決のため家と奴隷が遺産分配から除外されたこと（一二―一五）

被告が起こした訴訟は原告の勝利裁定で決着したこと（一六―一八）

法律の朗読（一九）

予想される被告の主張への反駁（二〇―五三）

原告の母が持参金無しで嫁いだなどありえない（二〇―二六）

被告の母が持参金付きで父に嫁ぐのは不可能だった（二七―三一）

被告が原告に行なった陰謀のかずかず（三二―三八）

私的仲裁に委ねようとの被告の催告を拒絶する理由（三九―四四）

被告が父の家で育てられなかったことを利用するのを許してはならない（四五―五二）

原告の持つ家の権利をクリトンが買ったという証言は信用に値しない（五三―五九）

結論

原告の母の持参金を原告に返還するように評決すべきである（六〇―六一）

リバニオスの概説

一　あらゆることのうちで最も不愉快なのは、裁判員諸君、人が、名前の上では誰かの兄弟と呼ばれるのに、じっさいにはその人たちを敵としているとき、また彼らによって被った多くの忌まわしい事柄を法廷に持ち込むのを余儀なくされるときです。まさにいま私[1]に降りかかっているように。二　そもそも、私の不幸が始まったのは、彼らの母親プランゴン[2]が私の父を欺いて露骨に偽誓を行ない、彼らの認知を承諾するよう

(1) 原告は『ボイオトスへの抗弁、第一演説――名前について（第三十九弁論）』（以下、本弁論の訳註と解説では前弁論と呼ぶ）と同じくトリコス区のマンティアスの子マンティテオス。異母兄弟のボイオトスおよびパンピロスに、自分の母親の持参金を共通の財産の中から返還するように求めた訴訟。裁判決は不明。ただし、この裁判が始まるときには前弁論の裁判は終わっていて、ボイオトスはマンティテオスの名を認められている。したがって、形式上はマンティテオスがマンティテオスを訴えたことになるが、混乱を避けるために被告についても訳註等でもボイオトスの名を当てる。

(2) 前弁論九参照。アテナイでは女性を名指しすることはその女性が尊敬すべきでないことを含意するが、プランゴンも（破産したとは言え）名家の出自である。侮辱の意図なく女性に言及するときは区名と父称を添えて、たとえば「コラルゴス区のポリュアラトスの娘」と称する。

父に強い、その結果私が父の財産の三分の二を奪われたときなのですが、不幸はそれだけではありません。私は彼らによって自分が産まれ育った父の家から追い出されてしまったのです。父の死後、私が彼らを家に招き入れてあげたというのに。三　さらに、私は母親の持参金すらも奪われようとしており、それを守るためにいま訴えを起こしているのです。私自身は、彼らが私に対して起こした要求のすべてについて彼らを満足させたのですが。例外は、いまのこの裁判に対して彼らが私を誣告して行なっているつまらない反訴で、それは諸君にも明白にご理解いただけるでしょう。私は彼らから十一年間も理に適った扱いを受けなかったので、こうしていま諸君に頼ることになったのです。四　私が諸君全員に求めるのは、裁判員諸君、私もできるかぎりうまく語りますが、私の言うことを善意をもって聞いてくださることです。そして私がひどい目にあったと諸君に思われたなら、私が私自身のものを取り戻そうとするのを許してくださることです。とりわけそれは私が娘に持たせる持参金でもあるのですから。というのも、私は一八のときに父の求めに応じて結婚し、娘をもうけましたが、娘はもう適齢期なのです。五　ですから、不正を受けている私を多くの点で助け、彼らに当然の憤りを感じられるのなら、それは諸君にとって正しいことです。この者たちは――大地よそして神々よ――、正しい行ないをしていたらまったく法廷へやってくる必要などなかったときに、恥知らずにも、われわれの父がどんなふさわしくないことをしてしまったかとか、自分たちが父にどんな害をなしたのかとかを諸君に思い出させ、私が彼らを訴えることを余儀なくさせたのでした。その件に責任があるのは私ではなく彼らであることを諸君にはっきりと知っていただくために、私はその事件を最初から、あたうかぎり短く切り詰めてではありますが、お話しすることにいたしましょう。

六　裁判員諸君、私の母は、コラルゴス区のポリュアラトスの娘でした。彼女の兄弟はメネクセノスとバテュロスとペリアンドロスです。母の父はクレオン(6)の子クレオメドンに母を嫁がせ、一タラントンを持参金として持たせました。それで母はまずクレオメドンの妻として暮らしたのです。母は三人の娘と一人の息子クレオンを産み、その後母の夫が亡くなると、彼女は持参金を返してもらい婚家を去りました。七　母の兄弟であるメネクセノスとバテュロスは（ペリアンドロスはまだ子供でしたから）、母に再び一タラントンの

（1）父はトリコス区のマンティテオスの子マンティアス。この間の事情は前弁論に詳しい。またマンティアスとプランゴンの関係についてはその解説参照。ボイオトスは認知を求めて父マンティアスを訴え、その結果ボイオトスだけでなくその弟のパンピロスもマンティアスの嫡子であると認定され、マンティアスは二人を認知した。彼らが遺産の三分の二を得たことは、彼らがマンティアスとプランゴンの正式の結婚によって生まれたと認めたことを意味する。

（2）原告の母は六節にあるようにコラルゴス区のポリュアラトスの娘である。マンティテオスの主張では、母はマンティアスに嫁すときに一タラントンの持参金を持ってきており、その処理はマンティアスの死後の遺産相続に際して未決定のままにされていた。

（3）三七節にボイオトスの反訴の一例が挙げられている。

（4）一八歳での結婚は男性にとっては若すぎると見なされていた。他方、女性の場合、適齢期は一四―一六歳だと考えられる。本弁論解説六四三頁参照。マンティテオスは一二節で、死を予期した父の命令で結婚したと語る。

（5）前弁論の訴訟のこと。

（6）ペリクレス没後アテナイで最も影響力のあった政治家。民衆扇動家（デーマゴーゴス）として知られる。前四二七年のミュティレネ攻略の際に、降伏したミュティレネ人をすべて処刑せよと主張した演説をトゥキュディデスが記録している。アリストパネスの『騎士』での風刺の対象になった。前四二二年、アンピポリスの戦いで戦死。本弁論二五参照。

持参金を持たせて嫁がせ、[1]母は私の父と結婚生活を送りました。そしてこの両親から私と私の弟が一人生まれましたが、弟は子供のうちに亡くなりました。私が真実を語っていることを示すために、諸君にまず次の証人をお示ししましょう。

証人（複数）

八　さて、母と結婚すると、父は自分自身の家で彼女を妻としました。そして、諸君すべてが諸君の子供を愛しているように、私を育て愛してくれました。他方、この者たちの母プランゴンと父には何かしらの関係があったようですが、それがどのような関係なのかは私が言うことではありません。九　しかしながら、私の母が死んでからも、父は、プランゴンが自分の家で自分の傍らに暮らすことを受け入れ、あるいはこの者たちを自分の息子だと認めるのが正しいと考えるほど完全には欲望に支配されていたわけではありません。諸君の多くがご存知のように、この者たちは最初、私の父の子ではないものとして過ごしていました。この男が、成長して、ムネシクレスや、あのニノスを有罪に追い込んだメネクレスを指導者とする誣告屋の徒党[2]と友誼を結ぶようになり、一〇　私の父を、自分がその息子だと主張して訴えると、これらの件については多くの集まりが持たれ、彼らが自分の子だと信じていないと父は語ったのですが、最後に、プランゴンが、裁判員諸君（諸君に真実のすべてを語りましょう）、メネクレスとともに私の父に罠を仕掛け、誓いを用いて欺いたのです。[3]誓いこそは、すべての人間にとって最も大切なものであり最も畏怖すべきもの[4]であると考えられているのに。つまりプランゴンは次の点に同意したのでした。三〇ムナを受け取ればそれと引き替えに、かれらを自分の兄弟たちに養子縁組させ、彼女の側では、私の父が調停役の前で彼女に誓言要求[5]を行ない、子供たちが真に父から生まれたと誓うように求めたら、その要求に応じないようにすると。そのようになれば、被告たちが市民権を奪われることにはならないだろうし、また、彼らの母親が誓いを拒んだのだから、私の父にとってもなんら問題を引き起こすことはできないだろうと。[6] 一一　これらの合意がなされ——諸君にくだくだと話す必要はありますまい——、父が調停役のところへ会いに行くと、プランゴンは事前の合意すべてに背いて誓言要求に応じ、デルピニオン[7]で誓いを行なったのですが、その内容は以前のも

(1) ポリュアラトスがすでに死去していたためだろう。父の死後、娘の結婚の決定権を持つのは兄弟である。再婚に際して最初と同じ持参金をつけるのが一般的に習慣とされていた。
(2) ムネシクレス、メネクレス、ニノスについては三五一頁註(1)参照。
(3) この間の事情については、前弁論二—五にも記述がある。
(4) ホメロス『イリアス』第十五歌三七行からの借用。
(5) 誓言要求については、補註S参照。
(6) プランゴンがこの調停で誓言してマンティアスがボイオトスの父親だと語らなくても、彼女は兄弟がボイオトスを養子にする際にそう断言し誓言することはできるので、父親がアテナイ人であることは否定されず、それゆえ、市民権を失うことにはならない。Scafuro, p. 67 参照。「マンティアスはボイオトスの父親ではない」との証言がプランゴンに求められていたわけではない。
(7) アポロン・デルピニオスとアルテミス・デルピニアの聖域。誓いを行なうのにふさわしい場と見なされていた。アテナイ市内には、オリュンペイオン近くにデルピニオンがあり、マンティアスの所属するトリコス区にもその地域のデルピニアがあったので、どちらで誓いが行なわれたのかははっきりしない。

のとは正反対でした。それは諸君の多くがご存知のとおりです。この件は大騒ぎになったのですから(1)。こうして、私の父は自分自身の誓言要求のせいで調停を受け入れざるをえなくなったのです。ただし、父は起きてしまったことにひどく怒り、重く受け止め、彼らが自分の家に入ることを許さなかったのです。それでも、父は彼らをプラートリアーの人々に紹介せねばならず、被告をボイオトスの名で、もう一方をパンピロスの名で登録したのです(2)。一二　私には、父は直ちに、私が一八歳頃のときですが、エウペモスの娘と結婚するように求めました。生きているうちに私の子を見たいと望んでいたからです。私の方も、裁判員諸君、それまでもそうでしたが、被告たちが訴訟を起こしたり問題を引き起こしたりして父を苦しめ始めていたので、その頃はとくに、自分は彼らとは反対に父に満足を与えるかもしれないことは何でも行なって父を喜ばせねばならないと考え、父に従いました。一三　こうして私が結婚すると、父は私の娘が産まれるのを生きて目にすることができましたが、それからまもなく病を得て亡くなりました(3)。私は、裁判員諸君、父がまだ生きている間は、何であれ父に反対してはならないと考えていました。父の死後、私はこの者たちを家に招き入れてすべての財産を分け与えましたが、彼らが兄弟であると考えたからではなく（諸君の多くは彼らがいかにしてそうなったのかをお忘れではないでしょう）、むしろ、父が欺かれてしまった以上は諸君の法に従うしかないと考えたからです。一四　こうして私が彼らを家に招き入れると、私たちは父の遺産を分配し始めましたが、私が母の持参金分を私に払うように求めると、この者たちは私に反対する主張を行ない、同じ額の持参金(4)を彼らの母親に支払わねばならないと語りました。そこにいた友人たちの忠告に従って、私たちはほかのすべてを分配しましたが、父の家と奴隷は分配から除外しました。一五　それは、私たちのどちらに持参金が残されることになったとしても、その者が家から持参金を取り戻すことができるようにするためです。他方、共通の財産である奴隷については、もし被告たちがなにか父の残したものを探し出したいのなら、拷問にかけて問い糾すなり[5]、ほかの何らかの彼らの好きなやり方で探索を行なうなりして、探し出すことができるようにするためでした。私がこの点でも真実を語っていることは、次の証言から納得されるでしょう。

---

(1) アリストテレス『弁論術』第二巻第二十三章一三九八b一—四に「子供の父親が誰かについては母親だけが真実を確定できる」という実例としてマンティアスの裁判が挙げられている。

(2) プラートリアーへの子供の紹介と登録については補註B、また前弁論解説参照。

(3) マンティテオスの区民登録と結婚は前三六二年、マンティアスの死は前三五八年だろう。年代については前弁論解説参照。

(4) 二〇節によると、ボイオトスはプランゴンの持参金が一〇〇ムナ以上であると主張しており、これは一タラントン（＝六〇ムナ）より多い。通常、女性は離婚に際して持参金の返還を受ける。プランゴンが持参金を持ってマンティアスと結婚したのなら、おそらくは、プランゴンが不貞を行ない自分以外の子を生んだことをマンティアスが離婚の理由にしたために持参金の返還がされなかったことになろう。これは不当でありそれゆえプランゴンの持参金を返還される理由が自分にはあるとボイオトスは主張しているのである。マンティテオスはマンティアスとプランゴンの関係が正規の結婚ではないという立場を維持しており、そもそも持参金が存在しないという立論を行なっている。本弁論解説六六一—六六三頁参照。

(5) マンティアスが隠し資産を持っていてそのことを奴隷が知っているという場合が想定されている。奴隷への拷問尋問は法廷弁論での言及は多いが、じっさいに行なわれた例は未詳とのこと。拷問尋問については補註S参照。

ました。一六　その後、被告たちは自分の要求を通すために私への訴え(1)を起こし、私も持参金に関して彼らを訴えました。さて、まず私たちはヘルキア区のソロンを仲裁人として登録し、私たちが互いに要求している事柄の裁定を彼に委ねました。(2)しかし被告たちは姿を表わさず、裁判を回避して長い時間がいたずらに過ぎ、ソロンは亡くなってしまいました。彼らはそれからもう一度私を訴え、私も被告を訴えました。私は彼を召喚し、ボイオトスの名を訴状に書き込みました。それこそ父が彼につけた名前だったからです。一七　彼らが私を訴えた件に関しては、ボイオトスは姿を現わして非難を行ないましたが、みずからの要求のどれひとつとしてその正しさを示すことができず、調停役は私の主張を認める調停を行ないました。(3)そして彼は、みずからの起こした裁判が不正であると知っており、それについて彼らは法廷に持ち込まず、今日まで私にいかなる訴えも起こしていません。しかしほかの幾つかの件については、彼はこの私の裁判をそれらの訴状で逃れようと考えていました。(4)当時私がこの者に起こした持参金をめぐる訴えに関しては、彼はここに住んでいながら調停役のもとに出頭せず、調停役は彼を不在敗訴にする調停を行ないました。(5)一八　そしてこの者は、裁判員諸君、当時ここにいたにもかかわらず、その訴えに抗弁を行なうわけでもないが、彼をしりぞける調停を私が受けたことも認めなかったのです。自分の名前はボイオトスではなくマンティテオスだからだと。このようにして名前について異議を申し立てつつ、じっさいには私から母の持参金を盗んでいるのです。こうした問題に人がどう対処すべきなのかが良くわからなかったので、十一年目になったいま、私はもう一度同じ訴訟を今度はマンティテオスとしての彼に対して起こし、(6) 諸君を頼ることにしたのでした。この点に関しても私が真実を述べていることを示すため、これらの点についての証言が諸君に読み上げられるでしょう。

---

(1) この「訴え」は複数形が用いられているが、じっさいに仲裁人が選任されたのは一つの訴えである。ボイオトスが提起した訴訟は一つなのかもしれない。あるいは、前弁論二五で語られている何らかの別の「金銭を求める訴訟」も含め、複数形が用いられているのかもしれない。MacDowell, p. 72 は、ボイオトスとパンピロスのそれぞれがマンティテオスに対して持参金の返還訴訟を起こしたために複数形が用いられていると考える。

(2) ソロンは私的仲裁人だと考えられる。補註F参照。私的仲裁人の裁定には従わねばならないのでボイオトスは引き延ばしているとマンティテオスは主張しているようだ。同じ語（*διαιτητής*）は私訴の公的な調停役にも用いられる。ただし、調停と仲裁については「私訴弁論の世界」五「デモステネス私訴弁論の用語について」(7) も参照。

(3) 公的な調停役。公的調停役の判断に訴訟当事者が満足しない場合、どちらの側も、その件を法廷に持ち込むことができる。補註F参照。

(4) ボイオトスは、母親の持参金についてのマンティテオスの裁判を、遺産をめぐる別の要求で打ち消すことができるのではと考えていた。

(5) マンティテオスが被告に対して対ボイオトスの名目で起こした訴訟に関して、ボイオトスは調停役の前に現われず、不在敗訴となった。しかしボイオトスは自分の名前が「マンティテオス」であるから、この裁判は自分に対して提起されたものではないとしてその無効を主張した。その結果、マンティテオスはボイオトスに対しマンティテオスと名乗らないようにとの裁判を起こし敗れることになる。

(6) 本裁判は、したがって、名目上は「マンティテオス対マンティテオス」になる。

証言（複数）

一九　さて、裁判員諸君、私の母が、法が命ずるところ[1]に従って母の兄弟たちから与えられた一タラントンを持参金として持ってきて父と結婚したこと、また私がどのようにして父の死後被告たちが家に入ることを許したのか、そしてまた彼らが私に対して起こした訴訟で私が責を逃れたこと、これらはすべて諸君に証言とともに示されました。では、次の持参金に関する法律を取り上げてください。

法　律

二〇　法律にはこのようにありますが[2]、私はこのボイオトスが、あるいはマンティテオスでも何でも彼がそう呼ばれたい名前でかまいませんが、正義に適った真実の弁明を行なうことが何ひとつできず、みずからの厚顔と無恥を頼みとして、私生活において彼がしばしばそうしていたように、自分たちの不幸の原因を私に押しつけるのではないかと思います。つまり、プランゴンの父であったパンピロスの財産が没収されたとき、残った財産を私の父が政務審議会議事堂（ブーレウテーリオン）から受け取ったと語り[3]、こうして彼の母が持参金として持ってきた額は一〇〇ムナよりも多いことを示そうと試み、他方私の母は持参金なしで結婚したと言うでしょう。二一　これらのことを、裁判員諸君、被告はこまごまと語るでしょうが、何ひとつまともなことを語っていないと自覚していないわけではないので、いかなる証言もそれらについて挙げることはないでしょう。むしろ、諸君の法廷では有罪を認めたなら誰ひとりとして放免されたことはないが、嘘をついて言い逃れた者は罰せられなかったことをよく知っているのです。諸君が被告に欺かれてしまわないように、諸君にこの件についても手短かに語る方が良いように思われます。二三　もし被告が、私の母は持参金なしで嫁いだが、彼らの母親は持参金を持ってきたと語るならば、彼があからさまな嘘をついていることをご理解ください。まず第一に、被告の母方の祖父パンピロスは国庫に五タラントンの債務を負って死んだのであり、財産が債務として登録され差し押さえられたとき、子供たちに何かを残すどころではなかったのです。自分の債務の全額を払うことすらできず、それどころか今日に至るまでパンピロスは国庫への債務者として登録されています。いかにして私の父がパンピロスの財産から金を引き出すことができたのでしょう

(1) 寡婦を嫁がせる権利を持っているのが誰なのかを定めた法律。この場合、母の兄弟たちがその権利を持っているのはポリュアラトスが死んでいたためだと考えられる。

(2) アテナイの結婚と持参金の制度については本弁論解説六五六—六五七頁参照。

(3) プランゴンの父パンピロスは公金横領によって国家への債務者のリストに加えられたとアリストパネス『福の神』一七四行へのスコリアは伝えている。地所を売った金が債務の支払いに充てられたが、マンティアスはその残金から持参金を得たとボイオトスが主張するとマンティテオスは考えている。パンピロスの破産は前三八七年である。その場合、プランゴンはその兄弟たちの手でマンティアスに嫁いだことになる。

か。その財産は国家への債務を払うのにも十分ではなかったのに。(1) 二三　さらにまた、裁判員諸君、次の点もご理解ください。かりに、被告たちが言うように何か残された財産があったとしても、それを手に入れたのは私の父ではなく、パンピロスの子供たち、つまりボイオトス(2)とヘデュロスとエウテュデモスであって、彼らは、諸君全員が知っているように、他人の財産であっても手に入れるためにはおそらく何でもするのに、彼ら自身の財産を私の父が持ち出すのを黙って見過ごすような人々ではありません。二四　さて、被告たちの母親に持参金などついておらず、彼らがこの点で嘘をついていることを、諸君は十分に了解されたと思います。では私の母が持参金つきだったことを簡単に示すことにしましょう。第一に母はポリュアラトスの娘でした。ポリュアラトスは諸君の尊敬を集めている人でしたし、また多大の財を得た人でもありました。さらに、母の姉妹が同額の持参金を持ってカブリアスの義兄弟エリュクシマコス(3)に嫁いだことを、諸君は証言によってお聞きになりました。二五　これらに加えて、私の思うに母はまずクレオメドンに嫁したのですが、彼の父クレオンは、諸君の父祖の将軍だったときに、ピュロスでスパルタ人の多くを生け捕りにし(4)、この国の誰よりも大きな評判を得た人だと言われています。だから、その人物の息子が持参金のない娘と結婚したと考えるのは適切ではなく、また、メネクセノスとバテュロスが、自分たちも大きな財を持ち、クレオメドンの死後持参金の返却を受けながら、自分たちの姉妹から金を騙し取ったりせず、みずからそれに付け加えて私の父に嫁がせたとするのがもっともな成り行きであり、それは、彼ら自身もまたほかの人たちも証言しているとおりです。二六　さらにまた次の点も良くお考えください。私の母が婚約を経て結婚した妻ではなく、持参金が付いておらず、彼らの母が持参金付きだったとしたら、父はそもそも何のために、彼らが自分の子ではないと言い、私のことは子供と認めて養育したのでしょうか。彼らの言うところでは、ゼウスにかけて、私と私の母に好意を示すことで彼らをないがしろにするためなのです。二七　しかし、母は幼い私を残して生涯を終えました。他方、彼らの母プランゴンは、極めて見目麗しき女であり、その前にも後にも父と関係を持っていました。[5] ですから、父にとっては、生きていて自分が愛している女のためにもう死んでしまった女の息子を不当に扱う方が、私と亡くなった母のために、生きていて自分との関係も続いている女性の息子たちを認知しないことよりも、ずっと筋が通っていました。二八　しかしこの男は、私の父が彼のた

（1）この主張が正しいならボイオトス自身が国家への債務者であり、訴訟当事者になる権利を持たなかっただろうと Scafuro, p. 72 は指摘する。
（2）被告の母方の叔父。マンティアスは被告にこの叔父にちなんだ名を与えた。
（3）カブリアスはアテナイの将軍。幾つかの戦争でスパルタに勝利し、前四世紀前半のアテナイの最も有名な軍人の一人になった。職業軍人としてキュプロスとエジプトの王に仕えた。エリュクシマコスはこの箇所以外には未詳。
（4）前四二五年。トゥキュディデス『歴史』第四巻二六―四一に記録がある。
（5）マンティテオスは父マンティアスとプランゴンが、正妻である自分の母親の生前も没後も愛人関係にあったと述べている。しかし、それが正式の結婚であることは、名前をめぐる裁判の以前から承認されており、だからこそ、プランゴンがボイオトスとパンピロスをマンティアスの子であると宣誓証言したことで、彼らは父の遺産相続の権利を得たのである。また、ボイオトスが三人の最年長であることも名前をめぐる裁判で認定された。パンピロスについては前弁論の解説六四九―六五一頁参照。なお、前弁論二六でマンティテオスは、マンティアスとプランゴンが愛人関係にあったという主張を否定している。

めに十日目の祝い(1)を執り行なったと述べるほど図々しくなっています。そしてそのために彼が投げ入れたのはティモクラテスとプロマコス(2)の証言だけなのです。この二人は父の親族でもなければ友人でもなかったのです。彼らが偽りの証言を行なったことはあまりにはっきりしていて、諸君誰もがご存知のように、被告は父に訴訟を起こして父の意志に反して認知を余儀なくさせたのですが、彼ら二人だけが、召喚立会人のように(3)、父がこの男のための十日目の祝いを行なったと証言しているのです。二九 幼い頃には父は自分を認知していたが、大きくなると彼らの母親との間に何らかの諍いがあって、そのせいで自分を不当に扱ったのだと。なぜなら、妻と夫は、お互い同士で食い違いが生じたときには、実に子供たちを通じて仲直りをするのが世の習いであって、お互いによって被った不正のゆえに、共通の子供たちをも憎むなどということはないのです(4)。ですから、彼がそんなことを言おうと試みたなら、その恥知らずな言動を黙認しないでください。

三〇 もし彼が、調停役が私の主張を認める裁定を下した訴訟(5)について語り、自分が準備なしに私に捕まってしまったと言うならば、第一に、彼が準備をするのに必要だった時間はけっしてわずかなものではなく、何年も準備にかけたのだということ、そして次に、この男は原告だったのであり(6)、それゆえ、彼が私にではなく、私が準備なしに彼に捕まってしまったと言う方がずっと筋が通っていることを忘れないでください。

三一 調停役の前にいらした人は全員が、諸君に対し、調停役が私の主張を認める裁定を行なったとき、被告はその場にいたが、法廷に訴えずに調停を受け入れたことの証人になられたのです。しかしそれでも、ほかの人ならば、「調停役によって」不当な仕打ちを受けたと考えたら、たとえまったく小さな件でも諸君のもとに訴えるというのに、この男が一タラントンの持参金の件で私を訴えておきながら、彼の言うところでは不正になされた調停を受け入れたのは奇妙なことのように私には思われます。三二「それは、ゼウスにかけて、彼が争いを好まぬ人物で、訴訟好きではないから」と言われるかもしれません。裁判員諸君、彼がそのようであったらと私もまた願っておりました。しかし、諸君は極めて公平で心優しく、三十人政権(7)の息子たちの国家からの追放すら求めなかったのですが、この男はこれらすべての設計者であるメネクレスとともに私へのはかりごとを行ない、意見の違いと悪口から暴力沙汰が生じたという話を作り上げ(8)、自分の頭に切り傷をつけて、私を「殺人未遂の罪で」国から追放しようとアレイオス・パゴス(9)に召喚したのです。三三　ボイ

(1) 前弁論二二参照。赤ん坊を親族に披露し、名前をつける儀式。補註B参照。

(2) Schaefer, II B p. 218 は『ティモクラテス弾劾（第二十四弁論）』のティモクラテスと同一人物かもしれないと推測するがはっきりしない。プロマコスは未詳。

(3) Scafuro, p. 74 は、前四世紀において、召喚状の伝達には少なくとも二人の立会人が必要だっただろうと考える。十日目の祝いにはもっと大勢の親族が集まるのが普通。

(4) ほぼ同じ表現が前弁論二三にある。

(5) 複数形が用いられているがここで直接言及されているのはプランゴンの持参金の返還を求めてボイオトスが起こした一件である。しかし後に彼は他の訴訟についても語る。三九節参照。

(6) 一六節参照。ボイオトスがまずマンティテオスを訴え、それに応じるかたちでマンティテオスがボイオトスを訴えた。

(7) 前四〇四年、ペロポンネソス戦争での敗北後スパルタの肝いりでアテナイの支配権を握った人々のことを指す。民主政の回復後、その息子たちが追放されなかったという典拠はこの文章が唯一のものである。

(8) あるいは「意見の違いと悪口から暴力沙汰を起こし」。

(9) アレイオス・パゴスは計画的な殺人や傷害を扱う。

オトスの頭に切り傷を付けるよう頼むためにこの者たちが最初に訪れた医師エウテュディコスが、アレイオス・パゴスの審議会に対して真実のすべてを語らなかったら、この男は、諸君が自分に最大の危害を加えた者に対しても加えようとは試みないような処罰を、なんら害をなしていない私に加えていたでしょう。私が彼について偽りを語っていると思われないように、証言を読んでください。

証言（複数）

三四　彼が私にこの途方もなくおそろしい訴訟を準備の末でっちあげたのは、けっして愚か者だったからではなく、陰謀好きの悪党だったからです。その後、父が死ぬと、諸君に証言がなされたように、父が彼につけたボイオトスの名にかえて、自分をマンティテオスとして区民登録(1)を行ない、［トリコス区のマンティアスの子という］私と同じ父称と区名を付けて呼ばれることで、彼は裁判を再審に持ち込み、それがいま私が訴えている裁判なのですが、それだけでなく、さらに、諸君が私を重装歩兵指揮官（タクシアルコス）に挙手選出したときみずから法廷(2)に資格審査のためにやってきたのですし、また、所有権返還訴訟に敗れると、敗れたのは自分ではなく私だと言うのです(3)。三五　要点を申し上げると、彼は私に災いをもたらし、名前について彼を訴えることを余儀なくさせたのです、裁判員諸君、私が彼を訴えたのは、彼から金を得るためではなく、私が彼からひどい目にあい大きな損害を被っていると諸君が思ってくださるなら、父がつけた名前のとおり被告がボイオトスと呼ばれ続けることを求めてのことでした。私がこれらについても真実を語っていることを示すために、これらに関する証言を取り上げてください。

証言（複数）

三六　これらに加えて、さらに次の件があります。軍務につき、アメイニアス(4)とともに国外で傭兵を募集していたとき、私はほかの場所からも潤沢な資金を得ていましたが、またミュティレネでは諸君のプロクセノス(5)であるアポロニデスと、アテナイの友人たちからポカイア金貨三〇〇スタテール(6)を得て、それを傭兵のために用いました。それは諸君と彼らの両方に利益となるようにことが運ばれるためでした。三七　すると

（1）前弁論参照。前弁論は被告がボイオトスの名を名乗るようにと求めたものであり、マンティテオスは敗訴している。

（2）軍事に関する役職は籤ではなく選挙で選ばれる。アリストテレス『アテナイ人の国制』第六十一章三参照。役職につくには法廷による資格審査を経なければならない。

（3）前弁論一五参照。そこではこの件は仮定の問題として提示されていた。

（4）このアメイニアスについてはこれ以上のことは未詳。

（5）プロクセノスとは、外国（この場合ミュティレネ）において、相手国の市民から選ばれ、自国（アテナイ）の権益の代表としてその国に居留し、滞在する自国民や使節の世話をする義務を負う人。『レプティネスへの抗弁（第二十弁論）』六〇およびデモステネス『弁論集3』四三頁註（6）参照。アポロニデスはミュティレネでアテナイ人のプロクセノスに任じられていたミュティレネ人。

（6）一〇タラントンに当たる。ポカイアのスタテール貨幣は金の含有量が多く高い価値を与えられていた。

被告はこの件で私を訴え、私が父への負債をミュティレネ人の国から取り立てていたと言うのです(1)。こうして彼はミュティレネの僭主カンミュス(2)の下働きをしたのですが、カンミュスは諸君にとって共通の敵であり、私には個人的な敵なのです。［ボイオトスとパンピロスに向かって］ミュティレネの人々がわれわれの父に贈与を行なうと議決したとき父がそれを直ちに受け取ったこと、ミュティレネは父に対して負債を負ってはいなかったこと、君たちの友人連中の証言でそれを示してやろう。

証　言

三八　さて、裁判員諸君、これらのことや、ほかにも私や諸君のある人々に対して犯した数多くのおそろしい罪について語ることはできますが、私に残された水時計の水はわずかなので(3)、それは省略せねばなりません。しかし、すでに述べたことだけでも、次の点は諸君に十分に示されたと信じています。つまり、追放を受けるかもしれないような危険な罠を私に仕掛け、なんら身に覚えのない罪で私を訴えた男は、調停役の前に何の準備もなく現われるような男(4)とけっして同一人物ではないということです。ですから、もし彼がこれらの点について何か言おうとしても、諸君がそれをお認めになるだろうとは思いません。三九　しかしながら、もし、彼が次のように、つまり、われわれの間の問題すべてをティモテオスの子コノン(5)に委任するのがふさわしいと自分は考えたのに私が委任を望まなかったのだ(6)と語るならば、彼が諸君を欺き通そうと試みていることに気づいてください。私としては、裁判がまだ終結していない案件については、コノンであれ、被告が誰か他の公平な仲裁人を望むならその人物であれ、判断を委任する用意があります。しかし、諸君が証言で聞かれたとおり、三度にわたりこの男が調停役のもとへ姿を現わして私に抗弁を行なったが調停役が私の主張を認める調停を行ない、彼も決定に従った案件(7)、その案件についてもう一度再審がなされるなど正

(1)ボイオトスは、マンティテオスがミュティレネで集めた金は、ミュティレネ人がかつてマンティアスに与えると議決した報奨金であり、それゆえマンティアスの死後配分されるべき遺産の一部であると主張していたのだろう。

(2)ミュティレネは前三四七/四六年に民主政を回復する。僭主カンミュスについてはこれ以外に知られていない。

(3)法廷弁論の時間をはかるための水時計。金額によって水量が決められていた。アリストテレス『アテナイ人の国制』第六十七章に制度の記述がある。

(4)三〇節で、マンティテオスが、ボイオトスは自分の母親の持参金をめぐる以前のマンティテオスの主張を認める調停について、準備不十分を理由に無効を申し立てるだろうとの予測に基づいて、あらかじめそれに反論している。ここでも同じ反論が繰り返されている。

(5)ティモテオスは『ティモテオスへの抗弁(第四十九弁論)』の被告に当たる。ティモテオスの父のコノンは著名な政治家であり軍人である。

(6)ボイオトスが私的仲裁人に委任しようと提案していたのはおそらく「われわれの間の問題すべて」ではなく本件。

(7)一度目は、ボイオトスがプランゴンの持参金の返還を求めてマンティテオスを訴えた裁判。ボイオトスは調停役の前で自分の主張を述べたが調停役はマンティテオスの主張を認める調停を行なった。二度目の、マンティテオスがボイオトスに自分の母の持参金返還を求めた訴えでは、「対ボイオトス」として訴えたためボイオトスは出席せず、調停役はボイオトスを不在敗訴にした。したがって彼はそれに異を唱えていない。三度目は不明だが、Paley, p. 232 は、四四節でのクセニッポスを仲裁役とする裁定が含意されているのかもしれないと考える。

しいはずがないと考えたのです。四〇　もし、法に従ってなされた調停を無効にして同じ訴状について別の調停役に裁定を委ねるとしたら、われわれは最終的にどのような和解に到達することになるのでしょうか。(1)とくに、他の人々にとって調停に頼るのは公正なことではないとしても、この男にはそのように対処するのが何よりも正しいということが私にははっきりとわかっているのですから。(2)四一　というのも、さあ、もし誰かが、父が厳粛な誓いのもとに自分の子ではないと言ったと述べて彼を市民詐称罪で告発したらどうでしょう。彼らの母親の誓いと調停役の判定のゆえにわれわれの父が調停に従わねばならなくなった(3)という事実以外に、何か彼が頼れることがあるのでしょうか。四二　この男が、調停役の裁定に従って諸君の市民の一員になり、私との関係では父の遺産から自分の分を確保し、ふさわしいものをすべて得ておきながら、私がこの男から放免されることになった裁判に関しては、姿を現わし抗弁を行なった上で裁定を受け入れたのに、その裁定の再審を彼が求めるとその主張が正当だと諸君は考える、そんなことがあるとしたら、それは非道なことです。それはまるで、この男にとって利益になるときには調停は効力を持つべきだが、利益にならないときには諸君の法に従った裁定よりも彼自身の意向の方がより強い効力を持つというようなものです。四三　彼はとても有能な陰謀家であって、ここで仲裁に委ねようと催告したの(4)も、そうやって私との和解を求めようとしたのではなく、ちょうど過去十一年の間悪事を続けていたように、今回もまた、調停役によって下された私の主張を認める調停を無効にして私への誣告を一から行ない、そうして現今の裁判を逃れる心づもりなのです。四四　その確たる証拠は次の事実です。彼は私が法に則って行なった催告を受けようとせず、後に、彼が仲裁人として提案していたクセニッポスに私が名前をめぐる裁判に関して委任を行なったときにも、いかなる仲裁も認めないと通告したのです。(5)これらの点に関しても私が真実を述べていることを、次の証言および催告から諸君はおわかりになるでしょう。

(1)公的調停役の裁定に不満がある場合にはそれを法廷に持ち出すことはできるが、そうせずに、別の調停役に委ねるならば、いつまでも決着はつかないだろうという含意。ボイオトスは、本件に関し、コノンを私的仲裁人にしようと催告したのだが、ギリシア語では調停と仲裁は同じ単語である。補註F参照。

(2)公的調停役の調停を軽視するのが一般的な意見であることをマンティテオスは認めるが、ボイオトスの市民権が誓言要求を利用した調停によって認められたのだから、ボイオトスは調停を重視すべきだという主張。

(3)前弁論三の主張によれば、マンティアスは、何らかの政敵と向き合うのを恐れ、法廷に持ち込むことを忌避していた。

(4)「催告する *προκαλοῦμαι*」「催告 *πρόκλησις*」は、一〇―一一節では「誓言要求」、つまり相手が誓いを立てた上で証言するようにとの要求の意味で用いられている。催告については補註Sおよび「私訴弁論の世界」五「デモステネス私訴弁論の用語について」(4)も参照。本訴訟でのボイオトスの催告は前註(1)参照。それに対してマンティテオスは、自分の主張を認めた公的調停の結果を受け入れるように求める催告を行ない、どちらの催告も相手方によって拒絶された。

(5)マンティテオスは、前弁論の裁判で、クセニッポスを仲裁人として受け入れるようにボイオトスに求めたが拒絶された。このことがここで提示されているのは、コノンを私的仲裁人として受け入れるようにとのボイオトスの催告をマンティテオスが拒絶したことからもたらされる否定的印象を和らげるためだっただろう。Scafuro, p. 78 参照。

四五　さて、そのとき彼はこの催告に応じず、私に罠を仕掛けて裁判を可能なかぎり引き延ばそうとしたのですが、私の聞き知るところでは、今回は、父が私を可愛がるあまり彼に不正をなしたと言って、私のみならず父をも非難するつもりのようです。しかし裁判員諸君、諸君は諸君の子供たちによって自分が悪しざまに言われるのを聞くことを肯んずるようなことはなさらないでしょう。ならばこの男が父親を口汚く罵るのを許してはなりません。四六　かつて諸君自身が、善美なる人間なら当然であるにせよ、協定[1]に従って、寡頭政治にあって市民の多くを裁判にかけないまま死刑にした人々と和解しいまもそれを守っていると言うのに、この者が、まだ父が生きていたときに父と和解して正当に得るべきものよりもずっと多くを得たのに、いまになって過去の恨みを抱いて[2]あの人を誹謗するのを許してはなりません。四七　彼がそうすることはけっして許さず、裁判員諸君、それを阻んでください。だが、彼がそれでも諸君に抗って誹謗を続けるなら、そのときには、自分が父の子ではなかったと、彼が自分に不利な証言を行なっていることをご理解ください。生まれからして子である者たちは、よしんば父親がまだ生きている時にその父と不和になったとしても、死んでしまった後には父親を誉め称えるものだからです。他方、息子だと思われていてもじっさいのところは父とされる人から生まれたのではない場合には、その人が生きているときにも彼らと諍いを起こすことなど何とも思わず、死んでしまったならば彼らのことなどまったく気にかけずに口汚く罵るものなのです。四八　これらに加えて、自分へのふるまいが過っているとして被告が父を誹謗するのは馬鹿げているということもご理解ください。彼が諸君の市民になったのもそもそも父の過ちの結果なのですから。私はと言えば、彼らの母親のおかげで財産の三分の二を奪われてしまいましたが、それでも、彼女についてつまらないことを語るのは諸君に対して恥ずかしいと思っています。四九　だが被告は、父になるように自分が強いた相手を諸君の前でおとしめるのを恥じるどころか、愚かさも極まって、他人の父親にであっても死後の悪口を法は禁じているのに、(3) その人の息子だと自分が言っている人を罵ることになるでしょうから。この男がなすべきは、誰かほかの者がその人の悪口を言うなら怒りを示すことだというのに。

五〇　私の考えるところ、裁判員諸君、被告はほかの材料に事欠いて、私の悪口を企て中傷を試みることになるでしょう。その際、私が父の家で育ち教育を受け結婚したのに、彼はそのどれひとつにもあずからなかったなどと述べ立てるでしょう。しかし諸君にご理解いただきたいのは、母が死んだとき残された私はまだ子供だったので、私が養育され教育を受けるには持参金の利息で十分だったということです。五一　他方、被告たちの母プランゴンは、自分の家で彼らと大勢の女召使を扶養し、自身も贅沢な生活を送っていました

(1) 前四〇三年の三十人政権打倒の際に民主派と寡頭派の間でなされた和解（ディアリュシス）と恩赦を指している。アリストテレス『アテナイ人の国制』第三十九章にその概要が示されている。本弁論三二にも簡単な言及がある。

(2)「過去の恨みを抱く（ムネーシカケイン）」は前註の和解に際しての市民たちの誓いに出てくる言葉である。アンドキデス『秘儀について（第一弁論）』九〇参照。

(3)『レプティネスへの抗弁（第二十弁論）』一〇四では、ソロンの法が、「たとえ人は、死者の子供たちから自分自身が中傷されていても、死者の悪口を言うことを禁じている」としている。

が、欲望に駆られた私の父をその費用に関する奉仕役(1)にして、父に多大な浪費を強いたのです。明らかに、彼女が使った父の財産は私の比ではなく、私が彼らを訴えるのは、彼らから訴状を受け取るよりもずっと理に適っています。五二　なぜなら、ほかのことに加えて、父との関係では、私は、ある採鉱場の購入のために銀行家のブレパイオスから二〇ムナの貸付を受け、父が亡くなると、採鉱場を彼らにも分け与えたのですが、貸付金は私自身が払ったのです。それ以外に、私は父の葬儀のためにトリコス区のリュシストラトスから貸付を受けた一〇〇〇ドラクマを自分だけで完済しました。これらの点に関しても私が真実を語っていることを、次の証言からご承知ください。

証言（複数）

五三　さて、私がこんなにも不利益を被っているのは明らかであるのに、この男は激しく嘆き不当な仕打ちを受けたとわめき立てて母の持参金まで私から奪うのでしょうか。しかし、裁判員諸君、諸君は、ゼウスと神々にかけて、この男の叫び声に怯えないでください。彼は過激です。過激で大胆な人間です。悪党なので、どんな証人も提示できないような事柄については、「裁判員諸君、諸君もご存知のように」と言うでしょう。まともなことを何ひとつ言わない輩は誰しもそうしたやり方をするものですけれど。五四　彼が何かそうした策を弄するなら、それを許さず吟味してください。諸君の一人一人が、自分が知らなくても隣にいる人は知っているのだと考えてはなりません。そうではなく、被告が何を言うにしてもそれをはっきり論証するよう求めてください。被告が何ひとつ正しいことが言えない事柄について、「諸君はご存知だ」と言って真実から逃げることがないようにしてください。なぜなら、裁判員諸君、わが父がどのように彼らを認知するよう強いられたのかを諸君すべてがご存知ですが、それでも私はいま彼らを訴え、法的責任を果たしうる証人を提出したのですから。[2] 五五　しかしそれでもわれわれが冒す危険は同じではなく、もし諸君がいまこの者たちに欺かれるならば、持参金についてもう一度裁判を起こすことは私にはできないでしょう。他方、彼らには、調停役が私の主張を認める調停を行なったのは不正だと言うなら、当時も諸君の法廷に訴えを起こすことができたし、彼らが望むならば、いままたもう一度、諸君の法廷で私を訴えることができるのです。[3] 五六　そして私は、もしも諸君が私を見捨てるならば――そんなことになりませんように――、ど

（1）原文は「合唱舞踏隊奉仕役（コレーゴス）」。合唱舞踏隊奉仕は公共奉仕のなかでも最も負担が大きかった。三五三頁註（4）参照。もちろんここではプランゴンの奢侈に対する揶揄。二七節でマンティテオスは母の生前も死後もマンティアスがプランゴンを愛人としていたと述べている。三八七頁註（5）も参照。

（2）訴訟の当事者は相手方の証人を偽証で訴えることができた。

（3）ボイオトスは十一年前にプランゴンの持参金の返還を求めてマンティテオスを訴えて、公的調停役によって不利な裁定をされたがそれに異議を申し立てていないと述べられている（一六―一八節）。それを法廷に持ち込むことを指しているのか、あるいはそれはあまりに時間が経ちすぎているので、Scafuro, p. 83 が推測するように、本裁判に先行してマンティテオスの主張を認める公的調停があり、その調停を指しているのだろう。その場合、ボイオトスはおそらくすでに「もう一度」訴訟を起こしているだろう。裁判員裁判の結果は覆せないので、マンティテオスはいまの裁判に敗れると母の持参金を受け取ることができない。

こからも娘に持参金を与えることができないでしょう。私は彼女の実の父なのです――娘の年格好をみるならば、彼女が私の娘ではなく妹だとお考えになるかもしれませんが。この者たちは、諸君が私を助けたからといって、彼ら自身の財産から何ひとつ支払うわけではなく、持参金の支払いのためにわれわれ全員が分配から除外したのに彼らだけがそこに住み続けている家から私のものを私に返すだけのことです。五七　婚期に達した娘を持ちながら、私がこの連中と一緒に住むのはふさわしいことではありません。彼らは、自分が放縦な生き方をしているだけでなく、ほかの多くの、彼らとよく似た人間を家に連れてきているので、ゼウスにかけて、私は、その者たちと自分が同じ家に住むのは安全ではないと考えています。と言うのも、これほど露骨に私に陰謀を企み、アレイオス・パゴスでの裁判へと訴える準備をしていたというのに、毒であれほかの悪事であれ何かを彼らが手控えると諸君は思われるのでしょうか。五八　ほかのことに加えて（ちょうどいま思い出したのですが）、彼らの行き過ぎた無分別は、家屋のうち私の持ち分である三分の一を購入したというクリトンの証言を投げ込むにまで至ったのです。それが偽りであることは容易におわかりになるでしょう。第一に、クリトンは他人から家を買う余裕があるほど節度ある暮らしをしておらず、むしろ自分のものに加えて他人のものまでも浪費してしまうほど贅沢かつ放埒な暮らしをしているのです。さらに、彼は現在のところ被告の証人などではなく、私の訴訟相手なのです。すなわち、諸君のうち誰か、証人とは裁判の対象たる事柄に利害関係を持たない人たち、他方訴訟相手とは誰かが自分たちに対して訴えている事柄に関して利害を共有している者たちであるということを知らない人がいらっしゃるでしょうか。クリトンはまさに後者なのです。(1)　五九　さらに、裁判員諸君、この場にいるこれほどの諸君と、ほかの多くのアテナイ人たちのうちで、自分もそこにいたと証言した者は他に誰ひとりいないというのに、現裁判の被告と同い年のティモクラテスだけが、まるでメーカネー(2)から語りかける神のように、私の父が被告に十日目の祝いを執り行なったと証言し(3)、被告たちに有利なことは何であれ完全に知っていると語るのですが、いまもまた彼だけが、クリトンが私から家を購入したときにクリトンの傍らにいたと証言しています。諸君のうちで誰が彼を信用したりできるのでしょうか。とりわけ、私がいま訴訟を起こしているのは、家屋について、クリトンがその家屋を購入したのかどうかではなく、母についてきた持参金、私がそれを取り戻すように法が命じている持参金についてなのですから。六〇　ですから、多くの証言と証拠によって、母が一タラントンの持参金を持ってきたこと、私がそれを父の遺産からまだ取り戻していないこと、家屋がそのために私たちの分配から除外されたことを私が諸君に明らかにした以上、被告に対し、私が真実を語っていないか、私が持参金を取り戻すのが適切ではないかのどちらかを諸君に証明するようにと命じてください。諸君がこれから票を投じるのはこれらの問題に関してなのですから。六一　彼が、自分が訴えられている件に関して信頼に値する証人もほかのどんな証拠も提供することができないせいで、無関係な議論をずるがしこく混ぜ入れ、まっ

(1) Humphreys, p. 185は、マンティテオスが家の持ち分を抵当に入れ、その支払いと所有権移転をめぐってクリトンと争っていたと考える。
(2) 劇場の機械仕掛けの宙吊り装置。主として悲劇で物語の決着などのために神を登場させるのに用いられた。現存悲劇で最初に用いられるのは前四三一年のエウリピデス『メデイア』の最終場面だと考えられている。
(3) 二八節参照。そこではプロマコスの名も挙げられている。

たく関係のない事柄について大声で不平をまくしたてたからといって、ゼウスと神々にかけて、彼に勝手にさせるのではなく、これまで私が語ったことすべてから次のことを肝に銘じ、私が当然の権利を行使するのを助けてください。私の母の持参金を私の娘の結婚資金にするよう諸君が投票することは、プランゴンと被告たちが、これまでの無法に加え、持参金のために分配から除外された家屋すらも、あらゆる正義に反してわれわれから奪い取るよりも、ずっと正義に適っているということを。

リバニオスの概説

一　この弁論は、前の弁論と同じ原告によって同じ被告に対して語られたものである。プランゴン、誓い、子供たちの認知を強いられたことなど、他のすべての事情も同じだ。マンティアスの死後、残された子は三人であり、法的に結婚した妻の子マンティテオスと、プランゴンの子ボイオトスおよびパンピロスとが財産を分けあっていた。マンティテオスは母親の持参金が自分に残されていると主張したが、ボイオトスとパンピロスは、自分たちにも、プランゴンがマンティアスの家に持ってきた持参金が一〇〇ムナあると反論していた。二　彼らは、すべて等しく配分することに合意したが、どちらの母親が持参金を持ってきたのか判明した場合に、その者たちが家から金を取り戻すことができるよう家を除外し、また、ボイオトスの側の人々が、家の中にまだ何かないのかと探し求めたときに糾明を行なうために奴隷を除外した。その後両者は相手を訴えたが、マンティテオスの訴えは母親の財産をめぐるものであり、ボイオトス側の訴えは何か他のことについてであった。調停役はマンティテオスの主張を認める調停、ボイオトスを不在敗訴でしりぞける調停を行なった。マンティテオスは裁判員にも、同じ人物を相手にして、持参金を取り戻すよう求める同じ訴訟を提起した。

補註

A　ポリス運営の三機関（民会・政務審議会・民衆法廷）について

民会（エックレーシアーあるいはデーモス）――二〇歳以上の男子市民全員が出席権、発言権、投票権をもって集まり、議決を行なった、ポリスの最高議決機関である。開催頻度は一年に四〇回、緊急時には臨時民会が開かれた。公職者の選出、国事、外交から個人の請願事項まで、議事は万般にわたったが、諮られる議題はすべて政務審議会による先議（先議議決）を経ていなければならなかった（アリストテレス『アテナイ人の国制』第四十三章四―六参照）。

政務審議会（ブーレー）――アテナイの一〇の部族（ピューレー）から、三〇歳以上の市民各五〇人が籤で選出されて（任期一年）、計五〇〇人が政務審議会を構成した。主な職務は、民会で討議採決されるべき事項をあらかじめ先議して民会を召集主宰することのほか、他機関の監督、国家財務管理、弾劾受理など業務は多岐にわたり、年間所定数の軍船を建造する義務を負うなど軍事にも関わった。年間約二五〇日執務にあたった。「評議会」の訳語もある。

民衆法廷（ディカステーリオン）――三〇歳以上の市民から籤で選ばれ、誓いを立てた任期一年六〇〇〇人の裁判員から成るが、審理に当たる複数の法廷への裁判員の振り分けは、裁判当日の朝に籤で行なわれた。各法廷は通常公訴であれば五〇一人あるいは一〇〇一人、私訴であれば争われる金額に応じて二〇一人あるいは四〇一人と、事件の重要性に応じて規模を拡大して審理にあたった。「大法廷」の訳語が使われる「ヘーリアイアー」は、「ディカステーリオン」と同義で使われることがあったが、制度そのものを、また特定の法廷施設を指す場合もあった。判決、（有罪の場合の）量刑は、その日のうちに行なわれて結審した。ただしたいていの私訴はまず「区の裁判員」（「四十人」の名称が一般的）に持ち込まれ、少額訴訟以外は公選の「調停役」が裁定にあたった。判定に不服の者は民衆法廷に訴えることができた。なお殺人および有意傷害は、アレイオス・パゴス審議会など別の五つの法廷のいずれかで審理された。民衆法廷は訴訟のほか、公職者の資格審査、執務審査、民会決議案、法律案の採否に関わる係争などをも扱うことによって、政務審議会、民会に並んで国政の一翼を担った。なおアリストテレス『アテナイ人の国制』は民衆法廷について、第六十三―六十六章に詳細な記述を残しているが、『アテナイ人の国制』の著作推定年代、また民衆法廷の時代的変遷については、邦訳書（橋場弦・國方栄二（訳）『アテナイ人の国制／著作断片集１』（「アリストテレス全集19」）岩波書店、二〇一四年の二三三―二三六頁）補注70、71を参照。

なお本邦では「ディカステーリオン（δικαστήριον）」の訳語を「陪審廷」、「ディカステース（δικαστής）」を「陪審員」とする斯学の伝統があり、既刊のデモステネス『弁論集』（第一―四分冊）ではそれに従ったが、二〇〇九年のわが国における裁判制度改変以降、審理裁定に参加する一般市民に「裁判員」の呼称が当てられたことに鑑みて、爾余の『弁論集』（第五―七分冊）では「裁判員」の訳語を使う。

B　区民登録およびプラートリアー

アテナイには出生届の制度はなく、区（デーモス）とプラートリアーが市民としての認定に大きな役割を果たした。前五〇七年、クレイステネスはデーモスへの帰属を世襲にし、たとえばアカルナイのデーモスに属していた人の子孫は、引っ越してもアカルナイのデーモスの成員であり続けるようにした。

区民登録は一八歳でなされる。区民は投票によって彼を受け入れるかどうかを決定する。その基準はまず法定年齢に達しているかどうか、第二に自由人としての規定に適っているかどうか（アテナイ市民とアテナイ市民の娘が両親かどうか）である。投票の結果登録候補者が自由人ではないとされた場合、彼は上訴（エペシス）を提起できる。上訴に勝てば市民として登録され、敗れれば奴隷として売却される（アリストテレス『アテナイ人の国制』第四十二章一参照）。

プラートリアーは、前八世紀以降に形成された地縁組織を起源とする集団であるという理解が、今日では定着している。伝統的祭儀をともにする成員同士の連帯感がその機能を支えていた。アッティカには約三〇のプラートリアーがあったとされるが、正確な数は不明。通常、赤ん坊が生まれると五日目に、浄めの儀式アンピドロミアが行なわれる。そこでは父親が、赤ん坊を抱いて炉のまわりをまわることで、赤ん坊を家に受け入れる。七日目（ないし十日目）には親戚や友人を招いて名付けの儀式が行なわれる。子供のプラートリアーへの紹介は、デーモスへの登録と並んで、市民としての認知に欠かせない。プラートリアーへの紹介ないし登録は二度行なわれる。最初は、子供が生まれた次のピュアネプシオン（アパトゥリオン）の月（九―十月）に三日間、プラートリアーの人々が主催して行なう祭アパトゥリア祭の三日目、メイオンと呼ばれる儀式の中で紹介が行なわれる。次に、通常一六歳のとき、同じ日にクーレイオンと呼ばれる儀式でもう一度登録が行なわれ、プラートリアーの完全なメンバーになる。『ボイオトスへの抗弁（第三十九弁論）』のボイオトスは、メイオンでの紹介もクーレイオンでの登録もなされず、父親に対し訴訟を起こし、その結果、父マンティアスは彼をボイオトスとしてプラートリアーに登録した。

C　居留外国人（メトイコイ）・奴隷

アテナイの住民は、市民、居留外国人、奴隷の三身分に大別される。居留外国人は、一定期間（おそらく一ヵ月）アテナイに滞在し、市民を保証人として居住区登録をした他国の自由人のこと。保証人を指定しなければ、保証人未指定罪に問われ、公訴にかけられた。居留外国人は人頭税（メトイキオン、年に男十二、女六ドラクマ）を課せられ、兵役の義務、一定の資産を持つ場合は三段櫂船奉仕を除く公共奉仕負担などがあったが、参政権、市民との通婚権はなかった。保証人を通せば訴訟は可能であったが、原則的に土地所有を認められなかったため、商工業従事者が多いなど、実生活上でさまざまな制約を受けた。しかし土木工事など公共事業のための労働力にも居留外国人の寄与が大きいことなどを挙げ、彼らの処遇改善への提言もあった（例…クセノポン『政府の財源』第二章一―五、七参照）。また哲学者アリストテレスなど、学芸文化方面で活躍した居留外国人は少なくなかった。

奴隷はトラキア、小アジア、黒海沿岸などの非ギリシア人、戦争捕虜などを主な供給源としたが、公文書を保管する国有奴隷から職工や医療や理髪、さらに子弟の教育に関わる家内奴隷まで、様態はさまざまであった。鉱山奴隷は最も苛酷な労働を強いられ、死亡率が高かったといわれる。奴隷は法的に何物をも自身で所有しえなかったが、他方主人とは別に住み、独立採算の営業で得た収益から一定の名義料を主人に払う、「別住まいの」と呼ばれた奴隷など、みずからの才覚でなにがしかの蓄えを持ちうる奴隷もいたようである。解放されると居留外国人身分となったが、もとの主人を保証人として登録したうえで、（一定期間）何らかの義務を履行せねばならず、怠れば保証人放棄罪に問われた。

D　公共奉仕（レートゥルギアー）について

諸種の公共事業の費用および付帯業務を富裕市民が負担し、国（ポリス）に奉仕する制度で、経済的に余裕のある市民が同胞を助けるという共同体倫理に基いていた。体育競技祭奉仕、部族歓待奉仕など一〇〇を数える公共奉仕があったが、ここでは負担の最も重いものとして知られる合唱舞踏隊奉仕、三段櫂船奉仕および戦時財産税立替奉仕について述べる。奉仕役を務めることは市民として大きな名誉と考えられたが、有形無形の負担は重く、アルコーンによって指名された合唱舞踏隊奉仕役は、ディオニュシア祭など祭礼の悲劇・喜劇上演の費用、合唱舞踏隊の準備・訓練等を賄うため、膨大な出費を強いられた。

三段櫂船奉仕では、軍船の艤装、漕ぎ手の訓練、出動時の艦長としての指揮等、出費・任務は極めて重かった。したがって三段櫂船奉仕役を務めれば、翌二年間免除を申請できる、さらに一隻を二人で分担奉仕する、など負担軽減のために何度か規定が改変されたが、前四世紀には忌避される傾向が加速した。

　納税分担班（シュンモリアー）および戦時財産税立替奉仕も富裕市民への大きな重圧を意味した。アテナイの軍事財政は、財産の多寡により一定の水準以上の富裕者を納税分担班すなわちシュンモリアーとして組織して、納税の責任を負わせるという制度によって支えられていたが、民会で戦時財産税徴収が可決されると、各シュンモリアーの最富裕者は、班長（ヘーゲモーン）として割り当てられた戦時財産税全額をまず自分の財産から立て替えて納入し、その後、自分の責任でシュンモリアー構成員から回収した。これにより納入の遅滞は回避され、国庫に速やかに納入額全額が納められたが、回収不能という危険が班長にのしかかった。他方で班長は回収を代理請負人にやらせて、なおかつその人件費などを上乗せして納入分担者から取り立てることにより、事実上は「わずかな出費」で、あるいはいっさい出費せずに公共奉仕を済ませ、それによって年内の他種の公共奉仕および翌年の公共奉仕を免除されることがあった。一方でシュンモリアー構成員間の不満が高まり、緊急時の軍事行動に支障を来たすこともあった（『メイディアス弾劾（第二十一弁論）』一五五参照）。そこでこうした弊害に対処するため、前三四〇年にはデモステネスの提案による修正法が施行された。なお本叢書デモステネス『弁論集3』補註n、デモステネスの修正法については『弁論集1』四二七―四二九頁参照。

E　公民権停止（アティーミアー）

国庫負債金の未納、男色売買禁止法の侵犯等を犯した市民に対し、政治参加をはじめ市民としての権利の行使を全面的あるいは部分的に、また無期あるいは一定期間停止すること。公民権を停止されると、アゴラや神域など特定の場所への立ち入り禁止、訴訟当事者および証人としての出廷禁止など、公的活動への参加を禁止あるいは制限された。したがって公民権停止は実質的に市民としての生活を維持できないという極めて重い刑であり、無期停止となると、亡命を選ぶ者が多かった。

　なお従来 *ἀτιμία* には「市民権剝奪」の邦訳語が当てられてきたが、近年の解釈によれば、アテナイの場合、市民権は前四五一／五〇年のペリクレス市民権法によって、父母とも市民であることと規定されており、出自による生得のものであるゆえ、法理論上剝奪はできないとされる、公民権停止を宣告されても生命は脅かされない（免責殺人から守られる）、財産没収もされないなど、私的権利は失わないので、「市民権剝奪」ではなく「公民権停止」の訳語を用いるべきであるとされる。これにしたがって既刊のデモステネス『弁論集』第一—四分冊で用いた「市民権剝奪」「市民権喪失」に代えて、本分冊以後（第五—七分冊）「公民権停止」を用いる（橋場・國方、二一二頁補注18参照）。

F　調停と仲裁（ディアイタ）について

アテナイでは係争の法廷外解決法として、私的仲裁と公的調停とがあった。民衆法廷の任務軽減のためにも、私的紛争の係争者はまず何についての仲裁であるか、誰を仲裁人にするか、について双方が合意した私的仲裁で解決を計るのが一般的であった（合意内容の文書化は必要条件ではない）。仲裁人の事前の宣誓も得て下された裁定には法的拘束力があるが、裁定ではなく示談成立で終わらせることもある。この方式が十分に機能しない事例の多くは、仲裁人選定に（時には事実を隠して）当事者が身内や知人を挙げたためである。裁定に不服な者は民衆法廷に審理を申請することができるが、その場合もただちに民衆法廷に訴えるのではなく、まず「四十人」と呼ばれる世話係を介して公的調停を依頼するのが普通であった。「四十人」は一〇の各部族から籤で選ばれた四人が世話係を務めるもので、係争者が「四十人」のうちの自分の部族の四人に訴え出ると、係争額が一〇ドラクマ以下であれば、担当した四人が裁定を下し、一〇ドラクマ以上であれば、自動的に公的調停役に事案は送られた。

公的調停役とは、すべてのアテナイ市民が六〇歳になる年の一年間、私的紛争の調停にあたった役を指す。担当案件は籤で割り当てられ、調停役は誰でも傍聴できる公開の場で、告発者と被告発者の申し立てを、ときに何日かを費やして聴き、できれば和解を、不可能なら日時を予告して裁定を下した。所属部族を持たない居留外国人は、ポレマルコス（軍事執政官）に訴え出て、ポレマルコスが四十人に付託し、四十人が調停役に回付した（アリストテレス『アテナイ人の国制』第五十三章、第五十八章二参照）。調停役による裁定日の延期を妥当な事由で望む当事者は、誓いを立てて文書で延期願いを申し出ることができた。成算のない当事者が日述べによって敗北を回避しようとした事例が多かったと推察されるが、調停役は延期を妥当と認めなければ、当事者が欠席しても、予告日に裁定を下すことができた。裁定は事案の回付元である四人に報告されて調停役の役目は終わった。

調停役が下した判定を係争者双方が受け入れればそこで解決となるが、どちらかに不服があれば、事案は民衆法廷に移された（筆頭アルコーンによる遺産相続事案、迅速な解決を旨とする海上貿易訴訟などは、公的調停を経ずに直接民衆法廷に申請することができた）。

なお調停と仲裁のいずれの方式もギリシア語ではディアイタ（あるいはエピトロペー）の語が使われ、公選の調停役と私的仲裁人にも同じディアイテーテースの語が使われるが、本分冊（第二十七―三十五、三十九―四十弁論）ではデモステネス『弁論集』既刊（第一―四分冊）における用法を承け、公的調停には「調停役」を、私的仲裁には「仲裁人」を訳語として当てた。

G　各月訴訟（エンメーノイ・ディカイ）

アリストテレス『アテナイ人の国制』第五十二章二―三は、訴訟提起官（エイサゴーゲウス）が提起するべき「各月訴訟（*αἱ ἔμμηναι δίκαι*）」として、嫁資をめぐる私訴などいくつかの訴訟の種類を挙げている。そこに海上貿易や鉱山事業に関する私訴は含まれていないが、同書の他の記述（第五十九章五および法廷弁論中の言及から、「各月訴訟」はテスモテタイの主宰する海上貿易訴訟や鉱山訴訟にも適用されたことが判明する。*αἱ ἔμμηνοι δίκαι* について「申請から一ヵ月以内に判決が下される」「審理開始から一ヵ月以内に判決」など、複数の解釈が研究者間で行なわれてきたが（Harrison, A. R. W., *The Law of Athens*, Vol. II, Oxford, 1971, p. 154 参照）、現在は「月に一回訴訟を申請する機会が与えられる」訴訟という解釈が支持されている。「各月訴訟」は私訴で通常行なわれる申請前の調停役による調停を経ずに審理に入ったので、迅速な係争終結が可能であった。なお本叢書デモステネス『弁論集1』補註H参照。

H　アッティカの部族（ピューレー）・区および図版「区」地図について

通常「部族」の訳語が当てられるピューレー（*φυλή*）は、アッティカの全市民を一〇に分けた市民組織。それまで四部族に分けられていたが、クレイステネスの改革（前五〇七年）によって一〇部族に改編された。各ピューレーがそれぞれ都市部（アステュ）、海岸部（パラリア）、内陸部（メソゲイオン）の三トリッテュスから成り、合計三〇のトリッテュスの地理ならびに行政・軍事上の下部組織として、「区（デーモス）」が配された。以後「区」は国制の基本単位となる。各トリッテュスから選出した三人のピューレー監督役が部族の世話係を務めた。同一部族の構成員は、兵役で同じ部隊に属し、政務審議会の輪番執行部（プリュタネイス）をともに務めるなど、公職者選出母体ともなり、同時に共通の祭祀や独自の役人・集会をもった。

区は大小さまざまで、たとえば、広域にわたって一〇〇〇人以上の（成人男子）市民を擁したと思われるアカルナイ区は、一区だけでオイネイス族の内陸部を構成したのに対して、アイゲウス族の都市部には一〇の区があり、その中には市民数五〇人前後のところもある、という具合である。アッティカ全体の区の数については諸説あるが、前四世紀には碑文に基づく一三九区が一般に研究者に受け入れられている。巻末「アッティカの区」地図参照。

一　部族名称と名祖英雄（エポーニュモイ・ヘーローエス）について

一〇の部族は、伝説中の一〇人の英雄を名祖としてその名称で呼ばれると同時に、それぞれの英雄崇拝の祭祀をも伝承した（ヘロドトス『歴史』第五巻六九、アリストテレス『アテナイ人の国制』第二十一章六参照）。

以下に一〇部族の名称を挙げる。その名前のもとになった英雄は名祖としてうやまわれ、彼ら一〇人の青銅像がアゴラに建てられていた。その台座は各種の通知や情報（民会開催通知、徴兵通知、提訴情報など）の掲示場所として使われた。一〇部族名称および名祖英雄名は以下のとおり。

・エレクテイス（Erekhtheis）部族
エレクテウス（Erekhtheus）――伝説上のアテナイの王、アクロポリスに神殿（エレクテイオン）を持つ。

・アイゲイス（Aigeis）部族
アイゲウス（Aigeus）――アテナイの英雄、テセウスの父、「エーゲ海」の名は彼の名に由来する。

・パンディオニス（Pandionis）部族
パンディオン（Pandion）――伝説上のアテナイの王、メガラの英雄。

・レオンティス（Leontis）部族
レオス（Leos）――アテナイ出身、飢饉の折にデルポイの神託に従って三人の娘を差し出し、アテナイを救った。

・アカマンティス（Akamantis）部族
アカマス（Akamas）――テセウスの子、トロイア攻めに参加。

・オイネイス（Oineis）部族
オイネウス（Oineus）――パンディオンの庶子。

・ケクロピス（Kekropis）部族
ケクロプス（Kekrops）――伝説上のアテナイの初代王と信じられていた。

・ヒッポト（オ）ンティス（Hippoth（o）ontis）部族
ヒッポト（オ）ン（Hippoth（o）on）――エレウシスの英雄、ポセイドンの子。

・アイアンティス（Aiantis）部族

アイアス（Aias）——サラミスの王、テラモンの子、トロイア攻めに参加。
・アンティオキス（Antiokhis）部族
アンティオコス（Antiokhos）——ヘラクレスとメダの子。

J　ギュロンとその負債について

アイスキネスは、『クテシポン弾劾（第三弁論）』一七一―一七三において、デモステネスの出自を非難しながら、母方の祖父ギュロンに言及している。要点は以下のとおりである。母方の祖父ギュロンは、アテナイのケラメイス区出身。その当時アテナイ領だった黒海のニュンパイオンを敵に売り渡した（*προδοὺς τοῖς πολεμίοις*）ため、アテナイで弾劾裁判（*εἰσαγγελίας*）にかけられ、ボスポロス（王国）に亡命。被告不在のまま、死刑が宣告された（*θανάτου καταγνωσθέντος αὐτοῦ*）。亡命先でスキュティアの資産家の娘と結婚し、二人の娘が生まれた。のちにギュロンは、その二人を多額の嫁資とともにアテナイに戻し、その一人をデモステネスの父親と、アテナイの法律を無視して（*παριδὼν τοὺς τῆς πόλεως νόμους*）結婚させた。

　アイスキネスはこの箇所で、『アポボス弾劾、第二演説（第二十八弁論）』一―二で問題となっているギュロンの負債について言及していないが、ギュロンに死刑が宣告されたというアイスキネスの主張が事実であるならば（誇張した言い方である可能性もあるが）、死刑が後になって何らかの理由で減刑されて罰金刑となり、その結果として、ある期間、国庫に負債があったという可能性が考えられる（Davies, J. K., *Athenian Propertied Families, 600-300 B.C.*, Oxford, 1971, p. 121; Carlier, P., *Démosthène*, Paris, 1990, p. 36）。ただし、MacDowell（MacDowell, D. M., *Demosthenes the Orator*, Oxford, 2009, p. 16, n. 9）によれば、死刑が罰金刑に減刑された事例はなく、そうだとすると、死刑とは別に、ある時点で罰金刑も科せられたことになるが、死刑のその後は不明となる。いずれにしても、ギュロンに「負債があった」こと自体は、デモステネスも否定していない（『アポボス弾劾、第二演説（第二十八弁論）』二）ため、罰金の支払いが完了した後に、ギュロンは二人の娘をアテナイに嫁がせたのだと考えられる。

　一方、デモステネスの母親がスキュティア人であり、両親の結婚がアテナイの法律に違反していたというアイスキネスの主張は、現にデモステネスがアテナイの政治家・弁論家として活動していた事実は変えようがないので、明らかにデモステネスを貶めるための言いがかりである。前四五一／五〇年にペリクレスが制定した法律により、アテナイ市民権は、両親がともにアテナイ人であることを条件として与えられるように変更された（アリストテレス『アテナイ人の国制』第二十六章四）が、ペロポンネソス戦争末期には、この法律は厳格に適用されていなかった。同様の条件が復活したのは、戦争終結後の前四〇三／〇二年になってである。それ以前に生まれた両親に対してこの規定は適用されなかったため、デモステネスの母親が条件復活以前に生まれていたのであれば、母親の出自ならびにデモステネス自身の市民権が法律上問題になることはない。ただし、アイスキネスが、「かりに当時の法律を厳格に適用すれば、デモステネスはアテナイ市民ではない」と誹謗することは可能であろう。

K　デモンについて

『アポボス弾劾、第二演説（第二十八弁論）』一五において、デモステネスは、父親が、みずからの死が迫ったとき、管財人であるアポボス、デモポン、テリッピデスの三人、父親の兄弟デモン、そして、子供であるデモステネスと妹を呼び集めて、デモステネスと妹を管財人に託したという趣旨のことを述べている（補註Wも参照）。父親の兄弟であるデモンの名前は、『アポボスへの抗弁（第二十九弁論）』では、以下の五箇所で言及されている。

（1）「この男［アポボス］の叔父で、不正行為（複数形）に関与していた（*ὄντος αὐτῷ καὶ κοινωνοῦ τῶν ἀδικημάτων*）」（二〇節）。

（2）デモステネスの母親の生活費に関連して（二二節）、海運投資に関連して（三六節）、ミュリアスが自由人だったかに関連して（五二節）、いずれもアポボスに不利な証言をした証人として。

（3）「この男［アポボス］の叔父で、共同管財人だった（*ὄντος αὐτῷ θείου καὶ συνεπιτρόπου*）」（五六節）。

このうち（3）で使われている「共同管財人（*συνεπίτροπος*）」の語は、『アポボス弾劾、第一演説（第二十七弁論）』一四、一六、四九、五一、五七で、デモポン、テリッピデスを指す際に使われている語であり、テクストを字面どおり理解すれば、デモンは三人の管財人と並んで、四人目の管財人だったことになる。しかし、『アポボス弾劾、第一演説（第二十七弁論）』では、デモンの名前は二度（四、一一）言及されているが、いずれも息子であるデモポンとデモメレスの父親として名前が添えられているにすぎず、デモステネスは非難の対象にはしていない。さらに、『アポボス弾劾、第一演説（第二十七弁論）』には、アポボス、デモポン、テリッピデスの三人以外に管財人がいたことを示唆する記述も見当たらない。このように、デモンに関連して、矛盾する点が指摘されており、そこから『アポボスへの抗弁（第二十九弁論）』の真作性を疑う研究者もいる。

デモンの息子のデモポンは正式な管財人の一人であるが、

デモステネスの従兄弟であり、デモステネスの父親の死の時点ではまだかなり若かった可能性がある。そのため、公式にはデモポンが管財人に任命されたが、最初のうちはその父親であるデモンが年若いデモポンをサポートしていたとも考えられる（MacDowell, D. M., *Demosthenes the Orator*, Oxford, 2009, p. 33; Kennedy, Ch. R., *The Orations of Demosthenes*, Vol. IV, London, 1901, p. 134）。そうであれば、デモンは、正確に言えば管財人ではないが、当初は「管財人代理」とでも呼ぶべき立場にあったと言える。あるいは、本来ならばデモンが管財人に指名されるところであるが、何らかの事情（高齢や体調など）により、公式には息子のデモポンが指名されたという可能性も考えられる。また別の可能性としては、*συνεπίτροπος* という単語が、一義的に「共同管財人」を指す法律用語として確立していたわけではなく、「管財人業務の協力者」程度の意味で使われていたのかもしれない。じっさい、希英大辞典（LSJ）には『アポボス弾劾、第一演説（第二十七弁論）』一四、一六の二例しか記載されていない。また、現存するデモステネスの全テクストの中でも、アポボス関連の三弁論以外では使われていない。なお、上記（1）のテクストで言及されているように、デモンが「不正行為に関与していた」にもかかわらず、『アポボス弾劾、第一演説（第二十七弁論）』において、名指しで非難されていない理由は不明である。デモンの不正は、息子のデモポンの不正に取り込まれて扱われている可能性もある。

　また、上記（1）の直前の箇所では、デモステネスが、デモンに不利な証言をアポボスに求めた（*προκαλοῦμαι κατὰ Δήμωνος εἰς μαρτυρίαν*）と言われている。はたしてデモステネスはデモン相手の裁判も起こしていたのか、それとも、管財人であった息子のデモポンに対する裁判のことを指しているのか、はっきりしない。あるいは、デモステネスが証言を求めたのは、調停においてであり、裁判には至らなかった可能性もある。

L　黒海貿易について

　前四三〇年代前半のペリクレスによるポントス（黒海）遠征という軍事的示威行動に見られるように（プルタルコス『ペリクレス伝』二〇参照）、「アテナイ帝国」の支配意志はこの地においても顕著に見られた。穀物（小麦）供給を大きく輸入に依存するアテナイにとって、黒海への入り口を抑えて沿岸の穀倉地帯からの輸送路を統制し、穀物輸出を経済の基盤とする黒海北岸諸都市と良好な関係を維持することは、対外政策の最重要課題の一つであった。前四三八／三七年に前王朝を倒してスパルトコス朝「ボスポロス王国」を誕生させたスパルトコス一世は、アテナイとの友好関係を緊密にしながらも、穀物交易の主導権を握って地域支配の確立を急いだ。王位を継いだサテュロス一世（前四三三―三八九／八八年）は、父同様他国の船は空で送り返し、アテナイにだけは穀物の輸出を許すという友好政策を継承した（イソクラテス『銀行家（第十七弁論）』五七参照）。息子レウコン（統治、前三九三―三五三年）もアテナイ商船への積荷優先権、免税特恵などその政策を継いだ。アテナイが黒海方面への依存度を高めると、ボスポロス王の友好政策は貴重な「恩恵」になる。アテナイがボスポロス王国と双務的な関税免除に立脚して結んだ交易協定は、その写しが石碑に刻まれてペイライエウスとボスポロスとヒエロン（貿易船の寄港地）に建てられていたが、アテナイの国際的地位が低下すると、こうした碑文に見られる民会決議には、「恩恵」に対するアテナイの「感謝」という色合いが濃くなる。同盟市戦争が勃発した前三五七年には飢饉にもみまわれ、ボスポロス王国はアテナイの唯一の穀物輸入元となった。大量の穀物を贈ってきたレウコン王に、アテナイ民会はアテナイ市民権のほか黄金の冠などの栄誉を贈った。レウコン王から受ける「恩恵」の大きさを、弁論家デモステネスは多弁に論じた（『レプティネスへの抗弁（第二十弁論）』三〇―四一参照）。

　レウコン王の息子スパルトコス二世（在位、前三四九―三四四／四三年）、パイリサデス一世（在位、前三四九―三一一年）の共同統治時代に入ると、前三四七／四六年には二人に四年ごとの金冠授与、また免税特権などの栄誉特権が贈られ、さらにもう一人の兄弟アポロニオスの名も同じ顕彰決議文に見られる（*IG* II³ 1 298）。本書所収『ポルミオンへの抗弁（第三十四弁論）』三九で触れられる前三二七年頃の食糧危機には、デモステネスの提案により、パイリサデス王と父の死までともに統治した二人の息子サテュロスとゴルギッポスの彫像がアゴラに建てられた（デイナルコス『デモステネス弾劾（第一弁論）』四三参照）。マケドニアの支配下、黒海交易路の統制権を失ったアテナイの、ボスポロス王国への追従政策を如実に示すものであろう。なお本叢書デモステネス『弁論集3』補註P参照。

M　九人のアルコーンについて

「始める」の意の動詞アルコー（ἄρχω）の現在分詞アルコーン（ἄρχων）は「指揮、支配する人」を原義として、（1）普通名詞として公職者すなわち役人一般を指す用法もあるが、（2）最も重要な役職を務める九人のアルコーン、とくにそのうちの筆頭者で、行政暦の各年に名称を与える「アルコーン・エポーニュモス」を指すことが多い。前四八七年に籤によって選出される一年任期の公職者になってから、かつて王のものであった行政の実権はアルコーン・エポーニュモス（本書では「筆頭アルコーン」の訳語を用いる）に、祭祀を司る役割はアルコーン・バシレウス（祭事執政官）に、軍事はアルコーン・ポレマルコス（軍事執政官）に、分担されるようになった。しかしすでに前五世紀にポレマルコスの職務は将軍に取って代わられ、外国人関係の訴訟を担当するなど、ポレマルコスの職掌の変化があったが、その後「法を立てる人」の意のテスモテタイ（法務執政官）六名が選ばれるようになり、三人の上級アルコーンの管轄に入らない司法関連のすべてを扱うようになった。テスモテタイは訴訟の受理・提起のほか、各法廷への裁判員振り分け、開廷日時の決定など、司法行政全般を統括した。法律の記録、保管にあたるテスモテタイつきの書記一名を合わせた計一〇名は、一〇部族から各一名が籤で選ばれた。アルコーンは他の公職と異なり、一〇の部族から出された候補者各一〇人計一〇〇人の中から一〇人を選ぶという二重抽選を行ない、選ばれた九人が籤で上記の官職別に振り当てられた後、残る一人がテスモテタイ書記とされる、さらに政務審議会と民衆法廷で資格審査を受ける、という選出方法の慎重さに、なおアルコーン職重視の証しが見られる。

N　ポリスについて

「ポリス」は、地理的条件（山に囲まれている、海で隔てられているなど）や、宗教的慣習を共有する集団によって形成された生活共同体を指し、中心にアクロポリスとアゴラのある小都市を、広域の田園地帯がとりかこむという形状が一般的である。古代ギリシアには、ほぼ一〇〇〇のポリスがあったとされ、基本的に土地所有農民に商業・手工業者が加わった市民団がその構成員であった。ポリス・アテナイでは、この市民団が国家意志決定者（直接民主政）であり続けるために、国制上のさまざまな工夫が不断に試みられた。

アリストテレスの定義によれば「［ポリスとは］一種の共同体であり、市民による国制の共有・参与にほかならない」（『政治学』第三巻第三章一二七六b一―一二。牛田徳子訳）。プラトンは、ポリスは小規模で、市民は相互に知り合いであるほどの人数が理想的だと考えて、五〇四〇人という数字を挙げている（『法律』第五巻七三七D―七三八E）。この市民共同体には奴隷や居留外国人は含まれておらず、女性も政治的社会的に排除されている。

（アテナイ市を中心に周縁の広域田園地帯をも含む地理的呼称として「アッティカ」が使われるが、「アテナイ」と同義に使われることが少なくない）。

なお本分冊では πόλις（ポリス）の訳語として「国家」と「市」と「ポリス」を併用したが、本分冊にかぎらず一般に古代ギリシアを扱う文章では、その成員を（国民でなく）市民と呼ぶなどの不整合が避けられない。またギリシア諸国間の同盟についても、加盟諸国（あるいは諸ポリス）と表記しながら、慣用される「同盟市戦争」を併用するなどのずれが生じる。それは従来「都市国家」という訳語が当てられてきた「ポリス」の概念が、近代諸国家とは異なる古代ギリシア独特のものであることに一因がある。「ポリス＝都市国家」はまた、アウトノミアー（自治）の精神に至上の価値を認めることをもって、近現代世界の「都市」とは異なるといえる。

O　所有権返還訴訟・強制執行のための私訴（ディケー・エクスーレース）

　裁判で損害を受けたと認められた勝訴者が、敗訴者から損害を回復できないことを訴因に起こす訴訟を指すが、法廷の判定に準ずる何らかの法的認証がある場合でも可能であった。たとえば本分冊所収の第三十二弁論のゼノテミスが購入穀物の所有権を主張して起こした所有権回復訴訟がこれで、購入穀物は自分がヘゲストラトスに貸した金の担保であることが、契約書によって証明されているというゼノテミスの主張が認められたと思われる。被告（デモン）が敗訴すると、原告（ゼノテミス）に財物（購入穀物）あるいは相当する賠償金額を払わされるうえに、賠償額と同額の罰金を国庫に支払うまで国庫負債者リストに名前を記され、公民権停止に処せられた。被害者のみが起こせる訴訟であるので私訴であるが、国庫への罰金とその取立てを原告が国家に代わって行なうところが他の私訴と異なる。「財産回復訴訟」の訳語も使われる。

P　摘発明示（パシス）

　動詞 *φαίνω*（明らかにする）に由来する告発方式を表わし、国有財産（鉱山、土地、建造物等）の侵犯や不正使用、損壊などを市民（公民権停止を受けていないことが条件）であれば誰でも摘発し、罪状を明示した文書提出によって公訴「パシス（摘発明示訴訟）」を申請できたが、五分の一以下の得票で敗訴すれば一〇〇〇ドラクマの罰金を科された。ある種の瀆神罪、のほか孤児虐待や貿易に関する法規違反に加えて、アテナイ以外の地へ穀物を輸送した者およびそのために貸付を行なった者なども対象になる（『ラクリトスへの独立抗弁（第三十五弁論）』五一参照）。申請受理後財物の没収をもって民衆法廷で審理が開始され、原告勝訴の場合は、没収財物の三分の一（半分との説もある）を与えられた。「明示書」の訳語も用いられている（Todd, J. C., *The Shape of Athenian Law*, New York, 1993, p. 119; Hansen, M. H. (tr. by J. A. Crook), *The Athenian Democracy in the Age of Demosthenes: Structure, Principles and Ideology*, Oxford, 1991 (Norman, 1999, paperback edition),

p. 400 参照)。

Q　告発状訴訟・公民権不正行使に対する告発（エンデイクシス）

公民権停止処分を受けた者が市民としての権利を行使（民会演説、提議のほか、アゴラに足を踏み入れる、公職につく、ディオニュシア祭の合唱舞踏隊員を務めるなど）しているのを発見した市民が、告発状提出をもって始める公訴手続き。多くは刑務役人（ヘンデカ）に提出され、提出した市民は犯人の身柄拘束の公的権限を与えられる。しかし犯人を拘束するかしないかは告発者に選択権があり、拘束する場合は次項の「略式逮捕」へとすすむが、拘束しない場合は、犯人は逃げないかぎり判決まで身柄の自由があった。「訴状提出訴訟」の訳語もある。

R　略式逮捕（アパゴーゲー）

窃盗、追い剝ぎなど悪事の現行犯を告発者が自分でつかまえ、担当役人のもとに連行する方式。公民権停止者や亡命者が権利停止期間中の禁止事項に違反した場合にも適用された。被告発者が罪を認めれば、担当役人が所定の刑を科すことができたが、認めなければ民衆法廷で審理された。エンデイクシスとアパゴーゲーは、二つの異なった訴訟手続きの名称ではなく、一連の行程の別の局面を指すと見る論者もいる。

S　催告あるいは公式提案（プロクレーシス）と奴隷拷問

ある種の「証拠」（奴隷の証言など）は、民衆法廷では係争者双方の同意がなければ有効とされなかった。それゆえ係争者の一方は、相手側にこの種の証拠が真実であることを保証する誓言を催告して求める、あるいは逆に相手の主張に対抗して、自説を裏付ける証人や文書の提出・誓いの実行を相手に持ちかけることができたが、一般にそうした「催告」は、拒絶に会うことが多かった。しかし「催告」をしたが拒絶されたという事実は、法廷で要請者側に有利な論拠になりうるので、催告の文書や、催告時に立ち合った者の証言の重要性は高かった。「公式提案」「誓言要求」「提案」「要請」「果たし状」などの訳語も使われている（橋場・國方、一四三頁参照）。

拷問尋問によって相手方の奴隷の証言を得たいと催告する事例は少なくない（アテナイでは、奴隷の証言は拷問尋問によって得られたもののみ有効と考えられた）。奴隷の拷問尋問には、主人の同意を得なければならないなど一定の要件があったが、催告者側が拒絶を見越して行なうこの種の要請は、相手方の反応を見る脅しにすぎない場合もあり、じっさいに拷問が行なわれた事例はほとんどないと見る論者は多い。もし「催告」が相手側に受け入れられれば、裁判の代わりに拷問尋問によって係争に決着をつけることもできた。

T　告発屋（シューコパンテース）

法廷弁論の話者がしばしば口にするシューコパンテースについては、従来市民に開かれた公訴権、参政権を悪用し、告訴取り下げとひきかえに金をゆすり取る、訴追を恐れる有力政治家の事前工作を金で請け負う、など、訴訟制度に寄生して世に害毒を流す悪質な告発者、という理解が一般的であった。しかし近年シューコパンテースは富裕者や政治家を脅して金を巻き上げるだけではなく、富や権力にものをいわせて法を無視したり、利己的営利のみを追求して憚らない社会的強者に掣肘を加える意義があったという積極的な評価が新しく示され、一定の支持を得ている。こうした研究の動向に鑑み、本分冊では、デモステネス『弁論集』既刊（第一—四分冊）で採った「告発屋」「告発者」に加えて「不当提訴者」「誣告屋」「濫訴者」の訳語を用いる。なお根拠薄弱な、あらさがしや虚偽にすぎない不当な訴因に立つと見なされた告訴は、「不当提訴（シューコパンティアー）」の罪名で公訴として扱われたが、現実に「不当提訴」の罪名で訴訟にまで持ち込むには、高い障壁があった。プロボレーと呼ばれる民会出席者の予備的投票を必要とするなどの手続きの複雑さ、提訴取り下げや票数五分の一に満たない敗訴への罰金、その不払による公民権停止処分などが申請に二の足を踏ませるためか、事例はほとんど知られない。

U　解放（アペシス）と免除（アパラゲー）（Ἄφεσις καὶ Ἀπαλλαγή）

同一の人間が同一の事件について二度審理請求をすることを禁じる一事不再理の原則は、あらゆる法的係争処理に適用される。とりわけ係争当事者が解放（アペシス）と免除（アパラゲー）を行なった後は、再び告訴することは許されない。解放と免除が行なわれた後、同一の事由で訴えられた場合は、訴訟差し止め請求・独立抗弁（パラグラペー）によってその告発の審理を差し止めることができる。つまり「解放」と「免除」は、訴訟差し止め請求の正当性の最も強力な根拠になり、ギリシア語では「アペシスとアパラゲー」と、しばしば対で使われる。しかしこの二語の区別はかならずしも明確ではない。二語は同義語ないし同一の内容を指すという見解（Kennedy, Beyer, Wolff, Gernet, Murray）もあるが、後二世紀の文法学者ハルポクラティオン『アッティカ十大弁論家語彙集』によると、アペシスは「人が訴えた相手を、その訴因から解く」、アパラゲーは「告訴をやめて、もはや訴えないように、訴えた人に同意させる」を意味するという。これに従えば、アペシスは原告の、アパラゲーは被告の立場・行動に関わると言えよう。

両語は金銭貸付における貸し手・借り手間の関係終了についても頻用されるが、法的係争の場合同様、本来相関関係にある当事者が、それぞれの立場から同じ語を使うこともあれば、逆に同じ事柄を指して異なる語を使うこともあり、使用形態も受動相であったり中動相であったり、対でなく単独で使われたりするため、精確な語解、二語の区別は困難な場合が多い。とくに特定の商慣習に基づく取引等では、その詳細が語られず、使用例の背景ないし前提事項が曖昧であったりするため、個々の用例にも不明な部分が残る。本書では人物間の関係、心理状態、事件の展開など、状況、文脈に応じて「解放」「免除」「免責」「放免」「解消」「解除」等の訳語を当てた。なお Isager, S. & Hansen, M. H. (English tr. by J. H. Rosenmeier), *Aspects of Athenian Society in the Forth Century B.C.*, Odense, University Press, 1975 (first published in Danish, 1972), pp. 223-239, Appendix IV, Ἄφεσις and Ἀπαλλαγή in fourth-Century Athenian Law 参照。

V　デモステネスの家系

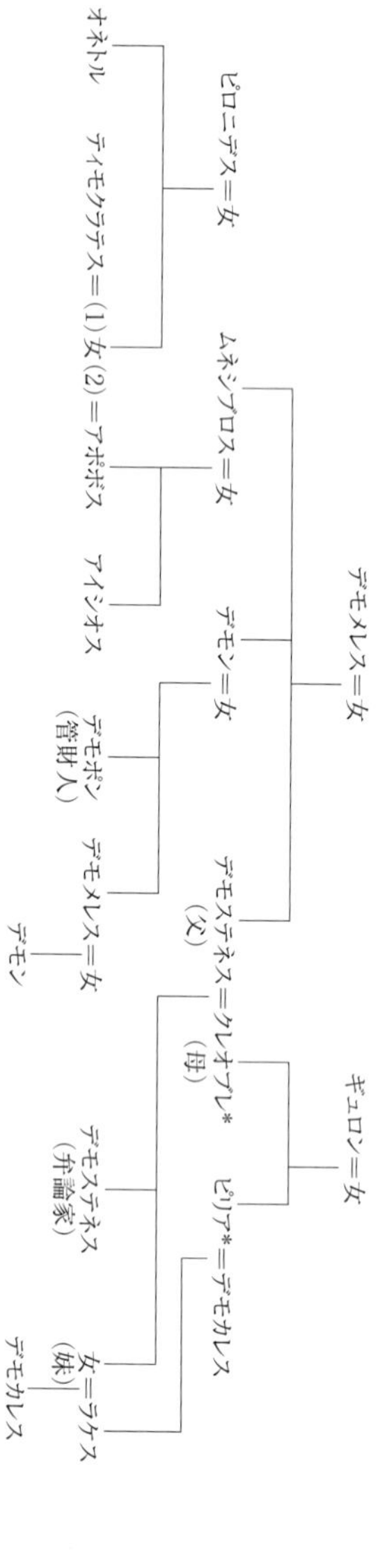

※「＝」は婚姻関係を表わす。ティモクラテスの妻は、ティモクラテスと離婚したのち、アポボスと再婚。
※「女」は名前の不明な女性。名前の後ろの「＊」は女性を表わす。
※兄弟姉妹の間では、デモステネスとその妹の場合を除いて、いずれが年長かは不明。
※本系図は、MacDowell, D. M., *Demosthenes the Orator*, Oxford, 2009, p. 15, Table 2 を参考に作成した。

W　デモステネスの父親の遺産

以下は『アポボス弾劾、第一演説（第二十七弁論）』九―一〇で述べられているデモステネスの父親の遺産を表にしたものである。

デモステネス自身が概数を述べている箇所で、正確な数字がわかる場合は、正確な数字を記載した。

※アテナイの貨幣制度については「貨幣制度と度量衡」（逆丁一七頁）参照。
1ムナ＝100ドラクマ　　1タラントン＝60ムナ＝6,000ドラクマ

I. 収入を生む資産（エネルガ）(9-10節)

内　訳	タラントン	ムナ	ドラクマ	ドラクマ換算	年間の収益	ムナ	ドラクマ換算
32ないしは33人の刃物職人	3		1,000	19,000	年間30ムナの純益	30	3,000
40ムナの担保となっているベッド職人20人		40		4,000	12ムナの純益	12	1,200
現金	1			6,000	毎年7ムナを超えていた	7.2	720
a）以上の合計	4	50		29,000	毎年50ムナ	49.2	4,920

II. 収入を生まない資産（アルガ）（10-11 節）

内　訳	タラントン	ムナ	ドラクマ	ドラクマ換算
加工材料としての象牙と鉄、ベッド用の木材		80		8,000
染料と銅		70		7,000
家			3,000	3,000
家具、杯、金製の宝飾品類、衣類			10,000	10,000
現金		80		8,000
クストスへの海運投資		70		7,000
パシオンの銀行へ			2,400	2,400
ピュラデスの銀行へ			600	600
デモンの息子のデモメレスへ			1,600	1,600
その他の貸付金	1			6,000
b）以上の合計	8	56		53,600

I と II の合計

内　訳	タラントン	ムナ	ドラクマ	ドラクマ換算
a + b（およそ 14 タラントン）	13	46		82,600

私訴弁論の世界

葛西康徳

一、はじめに——法廷弁論の不人気とアテナイ法の異質性

いわゆるアッティカ十大弁論家と呼ばれる作家（アンティポン、アンドキデス、リュシアス、イソクラテス、イサイオス、デモステネス、アイスキネス、リュクルゴス、ヒュペレイデス、デイナルコス）の弁論は合計約一五〇篇残存する。このうち一〇〇以上が法廷弁論であるとされている。[1] 十大弁論家のうち最大・最高の弁論家とされるデモステネスについて言うならば、いわゆる『デモステネス全集』の大部分を占めるのは全六〇篇の弁論であり（そのうちいくつかは真偽を疑われている）、アリストテレス『弁論術』の分類概念を使うならば、第一—十七弁論は政治弁論、第十八—五十九弁論は法廷弁論、そして第六十弁論は式典（葬送）弁論である。法廷弁論が中心を占めていると言ってあながち的外れではあるまい。[2]

（1）Todd, pp. 7-8.

（2）デモステネスの弁論研究として、以下に古典的研究と最近の代表的研究を挙げる。

Blass, F., *Die attische Beredsamkeit*, Vol. III-1, 2nd ed., Leipzig, ↙

デモステネスは海外においても、現在は必ずしもポピュラーな古典作家ではない。一般の古典愛好家が（翻訳によって）読む古典作家の中では、最も読まれないグループに入るのではないだろうか。とくに、中等教育段階におけるギリシア語・ラテン語の学習者が急減している昨今の状況では、ギリシア語（作文）の模範としてデモステネスを読むという伝統は失われつつある。[1] いわんや、中等教育における古典語教育の存在しないわが国においては、デモステネスが一部の専門家（歴史家）がもっぱら読む作家となっているのは不思議なことではない。本叢書においてデモステネスは今世紀になって出版が開始され（一部は別の出版社から出版されてはいたが）、私訴弁論に至っては（個別学術論文における翻訳引用を除いて）本分冊が本邦初訳である。古典作品の翻訳を貪欲に進めてきたわが国において、この不人気は何に起因するのであろうか。また、どのようにすれば読者が興味をもって読める作品になるのであろうか。以下、このことを念頭に置いて私訴弁論を紹介したい。

ギリシア悲劇と法廷弁論は相補的な関係にある。すなわち、前者は前五世紀に活況を呈し、四世紀に入ると依然として上演されていたにもかかわらず、じっさい完全な形で残存する当時の作品はほぼ皆無となる。他方、法廷弁論については五世紀の作品は残存はするものの、四世紀の作品が圧倒的に多い。悲劇と法廷弁論を比較するのは、一見荒唐無稽なように思われるかもしれない。韻文散文の相違はここでは問わないとしても、たしかに、法廷弁論、とりわけ私訴弁論で登場する人々は、原則として、特別の人ではなくいわゆる市井の人である（ただし特別に裕福な人である）。そこで展開するストーリーは神話ではなく日常よくある話、どこかで聞いた話である（少なくともそう見える）。ソポクレス『オイディプス王』は例外中の例外としても、ギリシア悲劇に見られるようないわゆる「ドラマ」はない（ように見える）[2]。

しかし、冷静に考えるとギリシア悲劇と法廷弁論には共通点もある。第一に、両者いずれにおいても聴衆

↙1893 (rep. as 3rd. ed.), Hildesheim / New York, 1979).

Wolff, H. J., *Demosthenes als Advocate: Funktionen und Methoden des Prozeßpraktikers im klassischen Athen*, Berlin, 1968.（English translation appeared as "Demosthenes as Advocate: The Functions and Methods of Legal Consultants in Classical Athens, with Epilogue of G. Thür", in E. Carawan, pp. 91-115.

MacDowell, 2009.

Martin, G.（ed.）, *The Oxford Handbook of Demosthenes*, Oxford, 2019.（なお、本書の出版前の原稿をＰＤＦで見せていただいたマーティン教授に心より感謝申し上げる）。

（1）MacDowell, 1990, Preface 参照。

（2）ピーター・ウィルソンは、前四世紀における悲劇という制度や悲劇的という観念が、公的弁論（public eloquence, public rhetoric）の中でどのように扱われているかを分析している。たとえば、デモステネス『メイディアス論駁（第二十一弁論）』一四九―一五〇では、相手方（メイディアス）の出生の秘密を暗示するためにギリシア悲劇（オイディプス）が引照されている。ここでは、アテナイの市民とは一線を画す悲劇の舞台が、出生問題が焦点になることで、法廷という舞台で相手を非難する論点となっている。メイディアスの高貴な生まれの否定から、その市民権の否定までのパッセージは、神のごとき地位から奴隷にも劣る身分へと墜落するオイディプスに比較されている。ここでは、相手方を外国籍ないし奴隷身分であると主張する公的弁論によく見られる「ゲーム」に、悲劇上の人物を市民生活の真ん中に引き出すことによって、鋭利な刃が与えられているのである。

　このようにして、前四世紀を通じて、劇場と政治との間の境界線がますます曖昧になってゆく。前四世紀に生じたことが何であれ、過去の悲劇が困難な状況にあるポリスの現在を、説明し、改良し、警告するために担ぎ出され、そしてついにはそれを再現するにいたるのである。Wilson, P., "Tragic Rhetoric: The Use of Tragedy and the Tragic in the Fourth Century", in M. S. Silk（ed.）, *Tragedy and the Tragic: Greek Theatre and Beyond*, Oxford, 1996, pp. 310-331.

は、手当を受け取る不特定多数の（原則）男性成人市民である。ただし、前者は文字どおり成人男性市民全員が参加可能であるのに対して、後者は三〇歳以上かつ希望者から籤引きによって事件ごとに選ばれる。しかも事件に応じてその人数は二〇一名、五〇一名（最大一五〇一名）などの制限がある。第二に、両者ともにアゴーン（競演、競争）という性格を有し、勝負ないし順位が聴衆（または審査員）の票決によって決まる。したがって、第三に、両者の目的は票決をする聴衆の「説得する（πείθω）」ことである。票決の結果得られるものは、前者では「名誉」であり、後者では勝敗、場合によっては経済的利益・損失、場合によっては生死である。名誉、経済的価値、生死、これは密接に絡まっている。第四に、登場する人物について比べると、前者では役者の数は最初は二名、のちに三名である。法廷弁論は原則二名（原告と被告）であるが、本分冊所収の第三十六弁論では、主たる話者は訴訟支援者（シュネーゴロス）であるので全体で三名とも言える。第五に、それ以外には悲劇では合唱舞踏隊（コロス）が、法廷弁論では当事者双方の証人が登場する。後述するように、コロスは韻律に沿って歌いかつ踊る極度に訓練された舞踏集団である。他方証人は、最近の研究が明らかにしたように[1]、自由に証言するのではなく、あらかじめ用意された証言記録を忠実に読み上げる。法廷弁論をアメリカ合衆国の法廷映画のように、弁護士が証人に質問を浴びせ丁々発止の議論を展開するものだと想像したら、たいへんな誤解を生むことになる。このようにどちらも形式に則って行動する点で共通する。このように、ギリシア悲劇と法廷弁論を一種パラレルの関係において捉えることによって、後者を人間関係、社会関係を表現したドラマないしパフォーマンスとして読むことにより、魅力を引き出すことができるのではないかと考えている[2]。

(1) Thür, 2005.

(2) このような意味で筆者の立場は、ロビン・オズボーンのそれに近い。オズボーンのアテナイ法に関する画期的な論稿「古典期アテナイにおける現実の法」は、「アテナイにおける訴訟を社会ドラマとして見る」立場を確立したが、同時にまた多くの論争を巻き起こした。その一つは、法哲学者ハート（Hart, H. L. A., *The Concept of Law With an Introduction by Leslie Green*, 3rd ed., Oxford, 2012, pp. 124-136）が用いた Open Texture of Law という概念（長谷部恭男訳『法の概念　第3版』、ちくま学芸文庫、二〇一四年、二〇二―二一九頁では「法の綻び」と訳している）をめぐって、エドワード・ハリス（クリストファー・ケアリも）との間で交わされた論争である。ハリスによれば、ハートはこの概念を実体法にしか用いていないのに、オズボーンは拡大して訴訟法的にも用いているというのである（Harris, E., "Open Texture in Athenian Law", *Dike* 3 (2000), pp. 27-79）。これに対して、オズボーンは以下のように反論する。オズボーンの主張は、手続きの選択と訴訟の柔軟さそれ自体が、実体法の open texture に起因しているというものである。オズボーンは、「法の open texture」と「法手続きの openness と多様性」を明確に区別しており、（実体）法の open texture は手続きの柔軟さによってコントロールされるのである。つまり、選択された手続きの性質が、主張されている違法行為の正確なタイプに関して、裁判人の期待に影響を及ぼす。たしかに、一箇所で、法と手続きの open texture と述べているが、そこでも、法の問題と手続きの問題を分けており、法の open texture を手続き選択から区別している、と主張する（Osborne, 2010b, とくに p. 202）。

　では、じっさい、ハートの open texture 概念は実体法だけに関わるものであろうか。周知のように、ハートは法を一次ルール（primary rule）と二次ルール（secondary rule）の組み合わせとして説明した。「前者は人に何ごとかをするよう、あるいはしないように要求する。後者は、人が行為や発話により、新たに一次ルールを導入し、廃止・変更し、あるいは多様な仕方でその適用範囲を確定し、その作用を統御することができるように定める。一次ルールは義務を課す。二次ルールは、公私の権限を付与する」（Hart, p. 81. 長谷部訳、一四〇―一四一頁から引用）。ハートの open texture に関する部分を読み拾っても（Hart, pp. 123, 128-136, 145, 147, 204, 252, 272-273, 278, 297）、ここで実体法のみを扱っているかどうか、必ずしも明確ではない。たしかに、実体法を念頭に置いて議論していることは間違いないが、手続法を排除しているとは読めない。そもそも、open texture という性格は、法に不可避的に伴う言語の一般的性格から生じるものである（Hart, p. 4, 長谷部、四八三―四八四頁訳註（7））。エンディ↙

しかし、法廷弁論である以上必ず登場する法ないし裁判制度を、どのように捉えるかという難問が横たわっている。(1) ギリシア悲劇に対するわれわれの理解を阻んでいるのが、残存テクスト以外の要素、仮面、音楽、ダンスなどであるとすれば、法廷弁論の理解を困難にしているのは、ギリシア法の「異質性（otherness）」であろう。(2) 用語説明（五節）において後述するように、ギリシア法（厳密にはアテナイ法）は、コモン・ロー（英米法）であれ、ローマ法（ヨーロッパ大陸法）であれ、およそ西洋法の伝統には属さないユニークな法である。もちろんこれは誇張した表現であるが、アテナイ法の遺産を後世の西洋が受け継いだと言えるものは極めて限定されている。換言すれば、西洋法の前提ないし常識がアテナイ法には通用しない。すなわち、法知識を排他的に独占する法律家（集団）、他の文献（宗教など）とは独立した法律文献、法典（ヨーロッパ大陸法）、先例主義（コモン・ロー）など、西洋法の特徴を物差しとしてアテナイに当てれば、どれもあてはまらない。それでは非西洋法であるとされるイスラム法、ヒンドゥ法、伝統中国法の特徴を有するかといえば、それに対しても否定的な回答が返ってくる。

ところが、近年、コモン・ロー圏、大陸法圏双方において、ギリシア法への関心は高まっており、その異質性を自覚しつつ、西洋法の諸概念を可能なかぎり自覚的かつ批判的に用いて分析する動きが注目される。(3)

↙コットによれば、ハートの open texture 概念は、一般的な用語を適用する際には、確実さの核心と不確実さの周辺部が存在することを表わす用語として、法学に導入したものである。エンディコットはこの概念は最広義の vagueness に相当するものであり、その意味で自分の本は open texture に関するものであると言う（Endicotte, T, *Vagueness in Law*, Oxford,

2000, pp. 37-38)。このように、ハートの概念は厳密には実体法にだけ妥当するとは必ずしも言えないのではないかと筆者は考える。

　しかし、この論争で重要な点はハートの法概念解釈ではなく、オズボーンとハリスのアテナイ法理解のギャップである。ハリスの批判は、直接的にはオズボーンのハート理解の誤りに向けられているが、その背後にはギリシア法（アテナイ法）をいわゆる「法」として、アテナイ社会ないし文化の中に、どのように位置づけ、評価するかという問題に対する両者のスタンスの差が横たわっている。オズボーンは、何度も強調するように、けっしてアテナイの法廷が正義（復讐）の再分配の機能しか果たしていないとか、違法行為は一度裁判を受けても、再訴されうるとか主張していない。彼が主張しているのは、違法行為はしばしば行為の連続で複雑であり、どの側面を取り上げるかにより、異なる法や手続きが用いられるとこと、そして一方当事者が勝利を収めると相手方が関連する他の違法行為を取り上げて、訴訟を開始し、紛争を蒸し返すことは十分ありえたということである（Osborne, 2010, pp. 202-203)。

　後述するように、ギリシア法研究には現在いくつかのグループがある（四三三頁註（3））。オズボーンが筆者に皮肉を交えて漏らしたことには、「一度もSymposionグループには招かれたことがない」そうである。論敵ハリスもまた、かつてはそのSymposionグループのメンバーであったが、現在はSymposionには招かれていない。

　なお、パフォーマンスとしてアテナイ社会の諸側面を考察した論稿を集めた最近の研究として、たとえば下記のものがある。Goldhill, S. and Osborne, R. (eds.), *Performance Culture and Athenian Democracy*, Cambridge, 1999.

（1）管見のかぎり、アテナイ裁判制度に関する現在最も信頼のおける簡にして要を得た叙述は、チュールの論考である。Thür, 2000.

（2）Todd, pp. 68-70. トッドはこの異質性がもたらす効果として、翻訳問題があると言う。英国人はコモン・ローの用語を用いてアテナイ法の用語を翻訳しようとするが、パラレルな用語が非常に似ていると思われる時が最も危険なのであると、トッドは警告している。

（3）Gagarin and Cohen. これに対する簡単な紹介として、葛西康徳『西洋古典学研究』LV、二〇〇七年、一五九―一六三頁参照。さらに、Harris, E. and Canevaro, M. (eds.), *The Oxford Handbook of Ancient Greek Law*, Oxford (online publication) (forthcoming).

コモン・ロー圏においてギリシア法への関心を覚醒させたのは、モーゼス・フィンレイ[1]であるが、またジョン・クルック[2]の影響も大きいことを強調しておかなければならない。フィンレイの陰に隠れてクルックの業績はとかく過小評価されがちであるが、彼の業績はいくら高く評価してもしすぎることはないと筆者は考えている。一方、大陸法圏においては、二人の名前を挙げないわけにはいかない。ルイ・ジェルネ[3]とハンス・

（1）フィンレイ（M. I. Finley, 1912-86）が古代史研究に及ぼした影響を著作別に検討した論文集として、Jew, Osborne, and Scott.

（2）J. A. Crook（1921-2007）.

主要業績は以下のとおりである。

Consilium Principis: Imperial Councils and Counsellors from Augustus to Diocletian, Cambridge, 1955.

Law and Life of Rome, Ithaca / London, 1967.

Legal Advocacy in the Roman World, Ithaca / London, 1995.

クルックは正式には法学の教育を受けていないが、ローマ法学者ピーター・バークス（P. Birks, 1941-2004）が高く評価するように（Birks, P., "Can we get Nearer to the Text of the *Lex Aquilia*?", in B. C. M. Jacobs and E. C. Coppens（eds.）, *Een Rijk Gerecht: Opstellen aangeboden aan prof. mr. P. L. Nève*, Nijmegen, 1998, p. 25）、ラテン語に対する類い稀なセンスとローマ法に対する深い理解によって、ケンブリッジを中心として歴史家や法律家に大きな影響を及ぼした。その一人がオズボーンであり、またエジンバラ大学のポール・デュ・プレッシを中心に Law and Society Group がクルックの影響を受けて活動している。その成果はたとえば、du Plessis, P.（ed.）, *New Frontiers: Law and Society in the Roman World*, Edinburgh, 2013; du Plessis, Ando and Tuori である。なお、クルックの八〇歳献呈論文集が業績目録とともに出版されている。

McKechecnie, P.（ed.）, *Thinking like a Lawyer: Essays on Legal History and General History for John Crook on his Eightieth Birthday*, Leiden / New York, 2002.

（3）L. Gernet（1882-1962）.

二十世紀前半から中葉にかけ、古典学、心理学、法学、人類学などの諸分野における、古代ギリシア学の巨人ジェルネの業績を、その立場にかかわらず、われわれはおよそ避けて通ることはできないが、とりわけギリシア法研究においては、彼の業績は他者のそれを圧倒しており、今日も超えられていないと筆者は判定する。しかしながら、ヴェルナン（J.-P. Vernant）やディ・ドナート（R. di Donato）らの収集作業にもかかわらず、彼の業績の多くは未整理、未公刊の状態である。現在この作業を担当しているのはピサ大学のアンドレア・タデイ（A. Taddei）氏である。わが国では、ジェルネの仕事に正面から挑んだのは、管見のかぎり、木庭顕氏のみである。

以下、主要業績のみ列挙する。

Recherches sur le développement de la pensée juridique en Grèce ancienne, thèse principale pour le doctorat ès lettres, Université de Paris, Paris, Leroux, 1917 (réédition, A. Michel, 2001).

Platon : Lois, livre IX : traduction et commentaire, thèse complémentaire pour le doctorat ès lettres, Université de Paris, Paris, 1917.

Droit et Société dans la Grèce ancienne, Publications de l'Institut de droit romain de l'Université de Paris, Tome XIII, Paris, 1955 (rep. New York, 1979).

Anthropologie de la Grèce antique, Paris, 1968.

Les Grecs sans miracle (textes réunis et présentés par R. di Donato, préface de J.-P. Vernant), Paris, 1983.

このほか、いわゆるビュデ叢書からリュシアス、アンティポン、デモステネス私訴弁論（plaidoyers civils）全四冊ほかを校訂し、また同叢書プラトン『法律』第一分冊（第一・二巻）に「『法律』と実定法」と題する長大な序論（pp. xciv-ccvi）を寄せている。

ユリウス・ヴォルフである[1]。前者についてはすでにわが国でも木庭顕氏によって詳細に紹介されている[2]。後者は第二次世界大戦中ナチズムによる迫害を逃れてアメリカに移り、英語でもローマ・ギリシア法研究を発表したこともあり、コモン・ロー圏の学者との共同研究体制を築くのに貢献した。彼の創案による「シュンポジオン」という名前のギリシア法国際研究集会は二年に一度開催され、その成果が *Symposion* という題名の報告集で最新の研究成果を伝え今日に至っている[3]。

ではわが国ではどうであろうか。わが国は西洋法の伝統を有しないにもかかわらず、植民地とは違った方法で西洋法を「継受」した。その方法とは、西洋諸国の法制度や法典を日本語に翻訳して近代日本法を構築するというものである。その結果、日本法の法概念や法律条文は通常の日本語からはまったく乖離するのみならず、他の専門分野の用語からも乖離することとなった[4]。法律用語と日常用語の不一致はどこの国でも見

---

(1) H. J. Wolff (1902-83).

ヴォルフは、ドイツ語圏ローマ法学の「古代法史（Die Antike Rechtsgeschichte）」研究の伝統を受け継ぎ、ギリシア語ローマ法文献の研究領域（とくに法学パピルス資料）を広げるとともに、ギリシア法研究の方法論を提示し、研究水準を飛躍的に高めた。主要業績は以下のとおりである。

Roman Law: A historical Introduction, Oklahoma, 1951.

Beiträge zur Rechtsgeschichte Altgriechenlands und des hellenistisch-römischen Ägypten, Weimar, 1961.

Das Justizwesen der Ptolemäer, München, 1962（Münchener Beiträge zur Papyrusforschung und antiken Rechtsgeschichte, H. 44）[2 Auflage, 1970].

Die attische Paragraphe: Ein Beitrag zum Problem der Auflockerung archaischer Prozessformen, Böhlau, Weimar, 1966（Gräzistische Abhandlungen, Bd. 2）.

Demosthenes als Advokat: Funktionen und Methoden des

Prozesspraktikers im klassischen Athen, Berlin, 1968.

„Normenkontrolle“ und Gesetzesbegriff in der attischen Demokratie, Heidelberg, 1970.

Opuscula Dispersa, Amsterdam, 1974.

Das Recht der griechischen Papyri Ägyptens in der Ptolemäer- und der Prinzipatszeit, Bd. 2: *Organisation und Kontrolle des privaten Rechtsverkehrs*, München, 1978.

Das Problem der Konkurrenz von Rechtsordnungen in der Antike, Heidelberg, 1979.

Das Recht der griechischen Papyri Ägyptens in der Ptolemäer- und der Prinzipatszeit, Bd. 1: *Bedingungen und Triebkräfte der Rechtsentwicklung*, ed. H.-A. Rupprecht, München, 2002.

（2）木庭氏の多くの著作から一冊挙げるとすれば、『政治の成立』東京大学出版会、一九九七年であろう。

（3）最新の成果は、*Symposion 2015* である。なお、ギリシア法に特化した雑誌として、ミラノ大学から *Dike: Rivista di Storia del Diritto Greco ed Ellenistico* が刊行されている。

（4）このような乖離を最もよく示しているのがローマ法研究の分野である。ローマ法の専門用語は確立しているので（原田慶吉『ローマ法　新版』有斐閣、一九五五年）、歴史家は安心して（?）これに依拠するが、これが果たして歴史研究にとって望ましいかどうかは、別問題である。幸か不幸か、ギリシア法研究においてはそのような事態は生じていない。

られる現象ではあるが、わが国ほどその乖離が大きい国はないのではないだろうか。その点、旧植民地国では翻訳を経ずに宗主国の法律・法典がそのままに輸入されたので、乖離は存在するが、日本のそれとは質的に異なるものである。

とはいえ、わが国は一九〇〇年前後には、基本的にはローマ法を基礎とするヨーロッパ大陸法（ドイツ法、フランス法）をモデルとして、翻訳語による近代法体系を構築した。そして、日本語による法学教育と法曹養成を通じて、日本的裁判制度・法実務が次第に定着していった。そのかぎりで、一般国民にも徐々に浸透したのである。たしかに、戦後はコモン・ロー（英米法）の影響を強く受け現在に至っている。しかし、後にも述べるように、筆者は大陸法を基礎としながらも日本での運用により定着した第二次世界大戦以前の「日本法」が、一般国民の法観念や法律用語理解に現在でも決定的影響を及ぼしていると考えている。

このような状況において、最近のギリシア（法）研究は圧倒的に英米の影響を受けている。そこでは、例外がないわけではないが、基本的にはコモン・ローの法律用語（概念）を用いて説明がなされている。しかるに、コモン・ローの諸概念は、大陸法の諸概念とは必ずしもパラレル（一対一対応するもの）ではなく、微妙に意味がずれる。わが国の法概念は日本的に変容を被ったとはいえ基本的には大陸法であるので、コモン・ローの諸概念そして英語で書かれたギリシア法ないし法廷弁論の翻訳および研究書を、日本語で理解することは容易ではない。まして、法律用語と日常用語が乖離している日本において、通常の日本語に訳し込むのは至難の業である。本叢書の中で法文献（たとえばローマ法）の翻訳がまったく欠如しているため、今回はじめて、専門用語、とくに法律用語の翻訳の問題が浮上したのである。(1) それでもなお、法廷弁論は読者の法知識の有無を問わずおもしろいということをいかにして説明するか。これが訳者に負わされた課題であり責任でもある。

二、不法の公と私（public wrong and private wrong）

(1)「私訴」とは何か —— 従来の学説

通例、デモステネスの法廷弁論のうち、第十八―二十六弁論は公訴弁論、そして第二十七弁論以下は私訴弁論と分類される。本分冊と次分冊は私訴弁論を収めるわけであるが、では、この「私訴」とはいったい何であろうか[2]。そもそも、この公と私という言葉に対して読者が抱くイメージはさまざまであろうし、読者が法律家（裁判官、検察官、弁護士）ないし法的知識や経験を有している人であるかどうかによっても相当異なると思われる。そこで、まず内外の学説を検討することから始めたい。

---

(1) もちろん法廷弁論では、リュシアス、アンティポン、アンドキデス、そしてデモステネスの「公訴弁論」、さらにはプラトン『法律』などの翻訳において、この問題はすでに生じていた。しかし、それらの著作は法律家に読まれることはほとんどなかったので、問題が意識されなかったのである。

(2) 西洋諸語で私訴（弁論）は、private speeches（英）, plaidoyers civils（仏 Gernet）, Privatklagen（独 Lipsius）、公訴（弁論）は、public speeches（英）, plaidoyers politiques（仏 Gernet）, öffentliche Klagen（独 Lipsius）と訳されている。ただし、公訴の一つのタイプであるグラペーを独訳（Lipsius およびその元になった Meyer-Schömann）は「書面訴訟 Schriftklage」と名付けている。Meiyer, M. H. E. und Schömann, G. F., neu bearbeitet von J. H. Lipsius, *Der Attische Process*, 4 Bücher, Berlin, 1883-87.

ビュデ（Budé）版の校訂者・翻訳者であるジェルネは、デモステネスの私訴弁論について冒頭で次のように解説している。以下、要約的に紹介する。

「民会演説（discours délibératifs）」「政治弁論（plaidoyers politiques）[1]」に続くデモステネスの第三の作品群として、「私訴弁論（plaidoyers civils）」がある。私訴弁論の最大の価値は何と言ってもアテナイ法に関する豊富な情報を提供してくれる点にある。法的観点から見ると、テクストの真偽は二次的な問題である。たしかに、作品の中には真偽が確実にわかるものとそうでないものが混在しているが、すべて前四世紀のものであり、法資料としては同質である。また、弁論の実践の観点からも同質であり、作品の出来具合に差がないわけではないが技術的には類似している。また、やはり出来のよいものが勝利を導くというギリシアならではの精神が見てとれる。

さて、これらの弁論をわれわれ（ジェルネ）は一般の用例に従って、「私訴弁論（plaidoyers civils）」と呼ぶが、この名称は必ずしも適切ではない。たしかに弁論の大部分は市民法（droit civil）の問題である。ただし広義の市民法であって、droit délictuel privé（たとえば、殴打事件、偽証事件）がそこに含まれている。それどころか、第三十九、四十二、五十弁論は、少なくとも現代の目から見れば、「公法的」問題をめぐる争いである。これらが私訴弁論に入っているのは、紛争が個人間にとどまり、アテナイ人が本質的に privé と見なすものだからである。このほか第五十一弁論も問題になりうるが、これらの弁論はすべて古代に «discours privés» (ἰδιωτικοὶ λόγοι) と分類されることがあった。他方、第五十三弁論および最後の三篇（第五十七—五十九弁論）は古い呼称によれば、«plaidoyers politiques» (δημόσιοι λόγοι) であって、伝承上異同はあるが、別グループから紛れ込んだことは明らかである。しかしわれわれはこれらの弁論の位置について、長所短所を総合的に考えて、伝統的分類と順序をF写本に従って維持した。

これに続いてジェルネは主な写本、すなわちS（Parisinus 2934）、F（Marcianus 416）、A（Augustanus, Monacensis 485）など系統優劣関係を論じているが、私訴弁論に関しては、結論的にA写本に優先権を与えている。

なお、弁論の中でときどき出てくる「文書（documents）」について若干述べる必要がある。これらの文書の信憑性については、かつて激しく攻撃されたことがあったが、今日では議論されることがずっと少なくなった。ここで「文書」というのは、法律、契約書、証言などである。文書が含まれるのは特定の私訴弁論に限られており（第三十五、三十七、四十三、四十五、四十六、五十九弁論など）、しかもその場合でもすべての写本で保存されているわけではない。文書はもともとの弁論（原型）に後から（種々の経路で）挿入されたとする主張には、それほど説得力はない。むしろ、当事者が一件書類とは別に、その主張を展開するための備忘録として役立つ文書を、抜粋であれ走り書きであれ、持っていたということは十分ありうることである。

（1）Gernet, 1954, Notice générale, pp. 7-23. ここでジェルネが「政治弁論」と呼んでいるのは、英語圏の研究者が speeches for public cases すなわち「公訴弁論」と呼んでいるものであり、「民会演説」は political speech すなわち「政治弁論」に相当する。たとえば、MacDowell, 2009, pp. 2-7. この問題は英語の public と private とフランス語の politique と civil, さらにフランス語の discours と plaidoyer という概念のニュアンスをどう理解するかに関わり、重要で厄介な問題であるが、本稿では扱わない。

要はこれらの文書の部分について考えてみて、それ自体としてこれらの価値が何であるかということである。[1]

このように、ジェルネはデモステネスの「私訴弁論」グループに入れられた個々の弁論の多様性を率直に認めている。すなわち、公法的な事件、あるいは刑事事件（犯罪）もまた私訴弁論の中に含まれていると指摘している。したがって、「私訴弁論（plaidoyers civils）」という名称は、必ずしも適切ではないとすら述べている。[2] ただし、これは現代（近代）フランス法の目から見た多様性である。そしてこの指摘は、フランス法およびドイツ法を継受した日本法の目から見た場合にもおおよそ当てはまると言ってよい。現在の私法・公法の概念については、さしあたり、『法律学小辞典　第5版』を参照していただきたいが、一般的には公法は憲法・行政法のように国家機関ないし行政機関が関わる法、私法は民法・商法のように市民相互の関係を規律するものである。なお、刑法、刑事訴訟法、民事訴訟法、国際法などは前者に含まれるが、公法・私法の区別の議論の際には、これらはさしあたり念頭には置かれていない。私法の原理と公法の原理はどの程度異なるかという観点からの区別の基準をめぐってさかんに議論されてきたのは、行政法学の分野なのである。

ちなみに、公法（ius publicum）と私法（ius privatum）の区別の歴史的淵源はローマ法にあるとされる。たとえば、『学説彙纂（*Digesta*）』（第一巻冒頭一-二、ウルピアヌス）によれば、「公法とはローマ国制に関心を向け、私法とは個々人の利便（utilitas）に関心を向けているものである。すなわち、利益には公に関するものもあり、私に関するものもあるからである。たとえば、公法は宗教、祭祀者、公職に関するものからなり、他方私法は三層構造である。すなわち、自然の、諸民族の、あるいは市民のルールからなる」[3]。あるいは『法学提要（*Institutiones*）』（第一巻一-四）によれば、「公法はローマの国制に関わり、私法は個々人の利便（utilitas）に関わる」とされる。[4] 問題は、このユース（ius）という言葉である。これは、法という意味と権利という意味があるが、これに対応するギリシア語は何であろうか？ 対応するかに思われるディケー（δίκη）は残念ながら対応しない。なぜなら、ギリシア人はこのディケーを裁判、正義、復讐等の意味で用い、法ないし法律の意味では用いないからである。また、ノモス（νόμος）も対応しない。なぜなら、ノモスは慣習のほか、法、法律などを意味するが、ユースのような裁判や権利の意味はない。言うまでもなく、ディケーとノモスに関す

（1）なお、ジェルネは翻訳について次のように述べている。私訴弁論の翻訳として、すでにダレスト（R. Dareste, 1824-1911）のものがある。これは非常に正確で、非常に生き生きとした、たいへんよい翻訳である。ジェルネの版はこれに多くを負っている。ただ、時としてそれは誤ったテクストを元にしている。また、法概念のいくつかは今日では放棄されたり争われたりしているものがある。しかし、このように述べたからといって、本書がより良くことを成しえたというわけではない。このようにジェルネはダレストを高く評価している（Gernet, 1954, p. 23）。Dareste, R., *Les plaidoyers civils de Démosthène*, 2 vols., traduits en français, avec arguments et notes, Paris, 1875. なお、今回の翻訳に際して参照していない。

（2）マクダウエルは公訴・私訴という分類を断念して、各章をテーマごとに配列している。たとえば、3、デモステネス自身の相続問題、4、家族（家産）問題、5、アポロドロス関係、6、公共奉仕および海軍、9、暴行と法の支配、10、貿易と産業、11、市民権と市民権喪失など。MacDowell, 2009, Contents 参照。

（3）ウルピアヌス（Domitius Ulpianus）は後三世紀初頭セウェルス朝において活躍した古代ローマの法学者。数多いローマの法学者の中でも、『学説彙纂』の約三分の一が彼からの引用で占められ、法典編纂期に最も高い評価を受けていたことがわかる。代表的なウルピアヌス研究として Honoré, T., *Ulpian: Pioneer of Human Rights*, 2nd ed., Oxford, 2002 がある。

（4）ユスティニアヌスの『法学提要』については、Birks, P. and McLeod, G. (tr.), *Justinian's Institutes*, London, 1987, とくに Introduction 参照。

る最大かつ最高の考察を行なったのはプラトンであるが（前者については『国家』において、後者については『法律』において）、この二つを結び付けて考察することはなかった。こうして、ギリシア人は裁判、法、権利、この三つを繋ぐ概念をついに持たなかったのである。したがってまた、ローマ法およびその伝統の上に立つ大陸法の枠組みをギリシア法に当てはめるには無理があることになる。

では、公訴・私訴の概念を訴訟ないし裁判の視点から眺めた場合はどうなるであろうか。ギリシア人が用いたディケーという用語は、法ではなくまさに裁判を意味するからである。ところが、すでにジェルネが解説の中で述べているように、私訴弁論を民事訴訟に関する弁論として一まとめに理解することも慎まなければならない。アテナイの法と裁判について最も詳細な体系書を著わしたリプシウスは、たしかに公訴（öffentliche Klage）と私訴（Privatklage）という概念を用いて説明しているが、アテナイの訴訟には民事訴訟と刑事訴訟の厳密な区別はなかったとはっきり述べている。また後述のディケーとグラペーの区別を民事訴訟と刑事訴訟の区別と同一視することを厳しく戒めている。(1)

このように、公訴・私訴という概念を正当に理解するためには、近代法的な枠組み、とくに公法と私法、刑事と民事という区別を用いることを、われわれはここではいったんストップせざるをえないと思われる。そして、公訴・私訴という用語を、「公」訴・「私」訴として括弧付きで用いるのが安全であることになる。そこで、ギリシア人自身がこれらの語をどのように用いたのかを分析しなければならないのであるが、その前にわが国ではこの問題はどのように扱われてきたのかを検討しておきたい。

(2) 刑事裁判の影 —— 旧刑事訴訟法と村川訳

冒頭に述べたようにデモステネスの私訴弁論集は本邦初訳であるが、「私訴」および「公訴」という用語はすでに用いられていた。それは（おそらく）アリストテレス『アテナイ人の国制』をわが国で最初に学術的に翻訳し、その後のわが国の研究の基礎となった村川堅太郎訳が元になっているのではないかと、筆者は推測する。同書において、*δίκαι* と *γραφαί* はそれぞれ「私訴」および「公訴」と訳され、また第六十七—六十八章における、*ἴδιος ἀγών, δημόσιος ἀγών* という語は「私法上の事件」「公法上の事件」と訳されている。[2] ここでは実体法の区別（私法と公法）と訴訟法の区別が対応していると前提されている。他方、最近出版された同書の橋場弦訳では以下のように説明されている。まず私訴（*δίκαι*）については、

> アテナイの訴訟は一般に、当事者の私的利害を対象とする私的訴訟（*ἴδιαι δίκαι*）と、国家共同の利害を対象とする公的訴訟（*δημόσιαι δίκαι*）に分かれ、それぞれの代表的カテゴリーを私訴（*δίκαι*）と公訴（*γραφαί*）という。私訴にあっては被害者訴追主義が原則で利害当事者のみ告訴権を持つが、公訴にあっては民衆訴追主義により、市民であれば誰でも告訴できた。……ソロンが民衆訴追主義を定めたことにより私訴と公訴の区別が生まれ

（1）Lipsius, pp. 237-243. リプシウスの著作について一言すると、この本は Meyer-Shömann（四三五頁註（2））を基礎として書かれたものであり、Meyer-Shömann の価値はリプシウスの本が出版された後でも失われていない。なお、ハリソンも同様の戒めを述べている。Harrison, II, pp. 76-77.

（2）村川、一九三九。

……、それ以来狭義の *δίκαι* は私訴を意味するようになった。[1]

一方公訴については次のように説明している。

……公訴は一見今日の刑事訴訟に類似しているが、たとえば殺人事件は当事者間の私的紛争と見なされ、私訴で裁かれた。公訴は市民であれば誰でも訴え出る権利があったが、国家の利害を代表して告訴するわけではない。途中で取り下げたり、裁判員票の五分の一を得票できなかった場合、告訴人には一〇〇〇ドラクマの罰金と公民権停止の刑が科された。濫訴防止のためと思われる。[2]

このように橋場訳では村川訳と異なり、私訴・公訴という区別と私法・公法という区別が単純に対応するとは説明されていない。しかし、私的訴訟と私訴の違い、公的訴訟と公訴の違いについての説明はとくになされていない。また、各々の後者を各々の前者の代表的カテゴリーとして説明しているが、この「代表的」という言葉は必ずしも意味が明らかではないし、もし「代表的」というならば殺人が私訴となっているということについて何らかの説明が必要であろう。つまり今日のわれわれから見て「刑事訴訟に類似している」と言われる公訴の代表例と思われる殺人を私訴とする扱いをアテナイ人が堅持したことについては、誰もが不思議に思うのではないだろうか。このように、橋場訳は村川訳のように実体法と訴訟法を混同はしていないが、少なくとも公・私の区別に関しては、原則的に両者は対応すると考えていると見てよいと思われる。

さらに、ギリシア語に注目して考えると、*ἴδιαι δίκαι* の代表例が *δίκαι* であるという説明はにわかに納得しがたいし、*δημόσιαι δίκαι* と *γραφαί* の間には言語的関連はまったくない。後者に関しては、リプシウスが述べているように、グラペーは「書面訴訟（Schriftklage）」とそのまま訳した方が誤解を招く可能性が小さいと思われる。[3]

ところで、本解説は邦訳の訳語の当否を問うのが目的ではない。むしろ、村川訳（そしてそれを基本的に受け継いだ橋場訳）がなぜ「私訴」という訳語を採用したのか、そしてその背景にはどのような前提があるのかを推察することが重要なのである。

今日一般に流布している村川訳は、岩波文庫版『アテナイ人の国制』（一九八〇年）およびその元となった岩波書店版、旧『アリストテレス全集』（一九七二年）であるが、それらは一九三九（昭和一四）年刊行の河出書房版『アリストテレス全集』が淵源である。[4] しかも、本文については、したがって「私訴」という訳語も、ほとんど変更は加えられていない。では、一九三九年段階で「私訴」とは法律上何を意味したのか。あるいは、そもそも法律用語だったのであろうか、という疑問が湧いてくる。なぜなら、現在、「私訴」は法律用語ではないからである。

永らく律令制の影響下にあったわが国の刑事司法は、フランス人法学者ボワソナード（一八二五—一九一〇年）の手になる一八八〇（明治一三）年制定の「治罪法」によって、近代刑事訴訟法への道を歩み始める。治罪法が辿ったその後の歴史を小野清一郎（一八九一—一九八六年）は次のように語る。

（1）橋場、二二七頁補注52。
（2）橋場、二三〇頁補注59。
（3）Lipsius, pp. 240-243.
（4）四四一頁註（2）参照。

今日、刑事責任と民事責任、公訴権と私訴権とは明らかに区別されているが、この分化は徐々にしか行なわれなかった。個人の法益を害する行為については、これに対する刑罰の請求と賠償の請求とは容易に区別されなかった。フランスでは一八〇八年の治罪法においても、公訴権と私訴権とはじっさいには全然独立してはいなかった。被害者は刑事裁判所に私訴を提起し、その目的は損害賠償であるが、これによって刑事手続きも開始される。また、損害賠償が民事裁判所に訴えられた場合、刑事手続きの終了までその手続きを中止し、かつ刑事判決の確定力は民事裁判を拘束する。ドイツはフランスよりも分離は徹底し、原則として刑事裁判所に民事の訴えを提起できない。ただ、刑事訴訟に附帯する訴えとして償金の訴が認められ、侮辱、傷害等では、償金の請求を許している。日本では、明治一三年の治罪法において、予審判事は直ちに被害者より民事原告人となるべき申し立てを受けたときは、検察官の起訴なしといえども公訴私訴併せて受理したるものとされた。次に、明治二三年の刑事訴訟法においては、犯罪により生じた損害の賠償と贓物の返還を目的とする私訴を被害者に認めたが、公訴、私訴を独立させ、私訴は公訴について第二審の判決あるまで公訴に附帯して提起しうるとした。民法上の請求について刑事裁判所に訴えることを認める点でフランス法に従ったが、刑事手続きの存在を前提としてそれに附帯することが認められているにすぎない点でフランス法とは異なる。（当時の）現行法（大正一一年成立、一三年施行、旧刑事訴訟法）もまた、旧法と同様に、公訴に附帯する私訴を認めている。旧法と異なる点は、附帯私訴の被告を公訴の被告人に限定していること、公訴と私訴の時効を同じにした旧法の規定を廃した点などである。公訴と私訴は分離するのが原則であるが、とくに損害賠償は被害者に満足を与えるとともにまた刑罰とともに犯罪に対する予防的作用を有する。

「犯罪に因り身体、自由、名誉又は財産を害せられたる者は其の損害を原因とする請求に付公訴に附帯し公訴の被告人に対して私訴を提起することを得」。（旧刑事訴訟法第五百六十七条）

附帯私訴は常に公訴に附帯し、公訴手続と併合して審判されるべきものである。附帯私訴がその性質上ひとつの民事の訴えであることは疑いない。しかし、どの程度まで民事訴訟法の原則を適用するべきかについては別の問題である。[1]

ここでは、一八八〇（明治一三）年の治罪法から一八九〇（明治二三）年の旧々刑事訴訟法、そして一九二二（大正一一）年の旧刑事訴訟法に至るわが国の近代刑事訴訟法の歴史が簡潔にまとめられている。私訴はフランス法の影響を受けた治罪法以来わが国に存在した法律概念であり、旧刑事訴訟法においても「附帯私訴」という形でかろうじて残存していた。したがって、村川訳が最初に公刊された一九三九年にもたしかに私訴は法律概念として存在していたのである。村川は法学教育を受けていないが、戦前の訴訟制度、裁判制度の中で生きていたのである。[2] また国民一般にとっても、私訴はどこかで聞いた言葉だったかもしれない。

以上の説明から明らかなように、公訴・私訴という概念は（正確には公訴と附帯私訴であるが）、旧刑事訴訟

（1）小野清一郎『刑事訴訟法講義』有斐閣、合冊版、一九二四年、各論第八章「附帯私訴手続」、五〇八―五三九頁、とくに五〇八―五一八頁。

（2）たとえば、村川は *ἀνάκρισις* を「予審」と訳しているが、予審制度は戦前の刑事訴訟法で認められていた。

法（大正一一年法第七十五号）において用いられていた法律上の概念なのである。旧刑事訴訟法は、戦後アメリカ刑事訴訟法の影響を受けた現行刑事訴訟法（昭和二三年法第百三十一号）によって廃止され、それに伴い公訴・私訴という概念自体もその役割を終えた。ちなみに戦前の刑事訴訟法の代表的教科書『刑事訴訟法綱要』の著者、團藤重光（一九一三―二〇一二年）の説明を紹介する。この本はその序文で学徒出陣に際して聴講学生に捧げられたものであることが綴られており、いささかの感慨なしとしない。同書「私訴」（八二三―八四六頁）において附帯私訴は次のように説明されている（一部現代風仮名遣いに改め、参照条文等は割愛した）。

附帯私訴は刑事訴訟に附帯する民事訴訟である。民事責任と刑事責任とが分化するにつれて民事訴訟と刑事訴訟との分化を生じて来たのであって、附帯私訴を認めるのはこの発展の方向に背馳するごとくに見える。しかし附帯私訴は第一に民事訴訟と刑事訴訟との手続の重複を避け得る点で訴訟経済に合致する。また第二に、被害者にとって、民事訴訟の場合と異り原告たる被害者は自ら証拠を提出することを要せず、また書類に印紙の貼用を要しない等の便宜がある。そうして第三に、かように確実且つ容易に被害者に満足を与えることが同時に犯人に対して鎮圧的な効果をもつことにもなる。これらの諸点において、附帯私訴はその合理的基礎を有するものとされるのである。(1)

なお、八二四頁註一を以下に引用する（ただし、適宜旧字・旧仮名遣いを改め、参照条文等は割愛した）。

フランス法では私訴の提起によって同時に公訴権が発動せられ刑事手続が開始するものとされている。我が明治一三年の治罪法もこの主義に従った。すなわち私訴はこの意味において公訴に対する附帯性を有しなかったのである。しかるに明治二三年の旧刑事訴訟法になって始めて、私訴は公訴につき第二審の判決あるまでその公訴に附帯して提起し得るものとされるに至った。新法もまたこの主義を踏襲したのである。但し旧法と異り、附帯私訴の被告を公訴の被告人に限ることとし、また私訴と公訴の時効期間を同じくする規定を廃し、その他著しく規定を整備した。要するに、我が附帯私訴の制度はフランス法系の流れを汲みながら、独自のものとなっているといい得るのである。(2)

さらに次のように説明されている。

附帯私訴は民事の訴えたる本質を有するから、これを提起するには民事の訴えとしての条件を必要とすることはもちろんであるが、附帯私訴を提起するためには更に特別の条件を必要とする。五六七条に規定するところがすなわちそれである。同条によれば、公訴犯罪事実によって、身体・自由・名誉又は財産を害せられた者は、その損害を原因とする請求について、公訴の被告人に対して附帯私訴を提起することを得るものとされるのである。

ところで、この規定には生命侵害が含まれていない。しかし、團藤によれば、第五百六十七条は例示的と解するのが妥当である。生命が含まれていないのは死亡者は私訴を提起しえないからである。殺人罪の被害者の遺族は民法第七百十一条による慰謝料の請求について私訴を提起しうると解すべきである。(3)

以上、戦前の刑事訴訟法を詳細に引用してきたが、戦後は大陸法とは異なるコモン・ローの伝統に立つア

(1) 團藤、八二四頁。

(2) 團藤、八二四―八二五頁。

(3) 團藤、八二九―八三〇頁。

メリカ法の影響を受けて、一九四八（昭和二三）年、刑事訴訟法は全面改正された。戦前に引き続いて戦後もわが国の刑事訴訟法学をリードした團藤は、その教科書において、起訴独占主義について次のように述べている。

公訴は検察官がこれを行なう（二四七条）。私人の起訴をみとめず国家機関がこれを行なうという意味で国家訴追主義であると同時に、国家機関の中でもとくに検察官だけを訴追機関とするという意味で起訴独占主義である。……起訴独占主義はヨーロッパ大陸法系の伝統であるが、なんらかの形でこれに例外をみとめている立法例が多い。これに反してわが国ではもっとも純粋な形でこれをみとめて来た。新法もまたこの主義を採用するものである。しかし、起訴独占主義は官僚主義の長所とともにその短所をもつ。しかも、これに起訴便宜主義が加わることによって、その長所も短所もいっそう拡大されるのである。……(1)

以上から明らかなように、戦後、私訴は刑事訴訟制度から完全に消滅した。したがって、現在は法律用語ではない。私訴との対立概念として機能していた「公訴」は用語だけは残存したが（刑事訴訟法第二百四十七条）、それは検察官による起訴独占主義と起訴便宜主義を伴って、比較法上類例を見ない「ガラパゴス的」制度として活躍することになった。(2)

(1) 團藤重光『新刑事訴訟法綱要』創文社、第七版、一九七二年（初版、一九四八年）、三六五—三六八頁「起訴独占主義」より要点を引用した。なお、團藤学説を批判して戦後の刑事法研究にもう一つの学派を形成した平野龍一（一九二〇—二〇〇四年）は、起訴独占主義の短所として「不当な公訴提起」を挙げ、次のように述べている。「犯罪の嫌疑がないにもかかわらず公訴を提起したとき、および起訴猶予が相当であるにもかかわらず公訴を提起したときについては、とくにこれを抑制する方策はもうけられていない。旧刑訴のもとでは、予審があり、公判に付する嫌疑があるかどうかを審査し、嫌疑が無いときは、免訴を言い渡した。現在では、嫌疑ないときでも、公判で無罪を言い渡す。この被告人の不利益は、訴訟を促進することによって、できるだけ救済すべきである」（平野龍一『刑事訴訟法』有斐閣、一九五八年、一二八頁）。この問題は、歴史的背景はまったく異なるが、本分冊で頻出する「シューコパンテース」を彷彿させる。

(2) 日本法はそれが範と仰いだ大陸法（ドイツ法やフランス法）とも相当異なるものとなっている。まずドイツ法について。「私訴」と訳される Privatklage も「公訴」と訳される öffentliche Klage も刑事訴訟法上の概念であり、次のように説明されている。

「民事訴訟とは異なり、刑事事件は——住居侵入・名誉毀損等一定の事件において被害者に私訴提起権が認められているのを別にすれば——検事が職権により公訴を提起することによって裁判所に係属する。検事は、告訴・告発またはその他の方法によって知りえたすべての犯罪（軽微な犯罪を除く）について公訴を提起しなければならない。起訴便宜主義をとる日本とは対照的に、有罪判決の可能性がある限り（それが確実と思えなくとも）起訴し、裁判所に判断を委ねるべきものとする起訴法定主義がとられているのである」（村上淳一・守矢健一／ハンス・ペーター・マルチュケ『ドイツ法入門　改訂第9版』有斐閣、二〇一八年、二九四—二九六頁）。ドイツでは、原則として、検察に公訴独占権が存在するが、例外がある。すなわち、個人にとくに緊密に帰属する法益が侵害された場合には、被害者が検察に公訴を要求するのではなく、自ら私訴（Privatklage）を提起することができる。具体例として、侮辱、敷地内平和の侵害（家の敷地内への侵入など）、身体への傷害がある。以上ドイツ法については守矢健一氏（大阪市立大学）のご教示を得た。記して心よりお礼申し上げたい。

一方、フランス法については、山口俊夫（編）『フランス法辞典』東京大学出版会、二〇〇二年に以下のような説明がある。

「action civile　付帯私訴　犯罪によって生じた損害の賠償を求める訴え。公訴と同時に同一の刑事裁判機関に提起できるし、また、別個に民事裁判機関にそれを提起することもできる。

action publique　公訴　検察官または例外的に特定の公務員（例　税務官憲）が公益の代表者として刑事事件について裁判所による刑事法規の適用を求める訴訟。

以上の考察から明らかになったことは、以下のとおりである。第一に、私訴も公訴も刑事訴訟法上の概念であり、民事訴訟では用いられない。第二に、私訴は戦前のわが国における法律概念であり、現行法上は存在しない概念かつ制度である。つまり、戦前に村川がこの訳語を用いたことにはそれなりの意義があったのである。しかし、戦後はその意義は失われたと言ってよい（ただしこのことは、訳語として現行法律用語でなければ使うべきではない、ということを意味しているのではない）。

公訴・私訴という訳語を採用することによって、アテナイの裁判制度を刑事（訴訟）法的に理解することになるのかということに対して、訳者がどの程度自覚的であったかどうかは、残念ながらわからない。しかし、戦後に私訴が法律用語でなくなって以降も依然として使い続けていたこと、そしてそれ以後の学説や翻訳（者）がそれを使用し続けたことから推測して、無自覚ではなかったかと思われる。さらに、それ以外の訳語にも刑事（訴訟）法でしか用いられない数々の用語を当ててきたことも、このことと関係しているかもしれない（たとえば、告訴、告発、起訴など）。いずれにせよ、わが国のギリシア法理解に刑事法の影が重く立ち込めてきたことは否定できない。このことはもしかしたら、日本人にとって訴訟とはとりもなおさず刑事事件であると連想する「伝統的」思考枠組みに、依然として縛られていることの表われかもしれない[1]。

公訴・私訴が近代西洋法においては刑事訴訟法上の概念であり、戦後の日本には存在しないにもかかわらず依然として使われ、その結果刑事法的な影に覆われたことには、もう一つ理由があると思われる。戦後の研究の中心が英米に移ったことによって、そこで用いられるのは、たとえば private prosecution, public prosecution のようなコモン・ローの概念となった。ところで、コモン・ローの母国ともいうべきイングランドおよびウェールズでは（スコットランドは根本的に異なる）、厳密に言えば検察官制度が正式に成立するのはCrown Prosecution Service（公訴局）が創設された一九八五年なのである。しかも、公訴局設立後も私人訴追

↙ action d'office（検察官による）職務訴訟　検察官が公益の代表者として、一定の事件について、職務により行う訴訟。刑事事件では、職務訴訟が原則。ただし、民事事件では、婚姻無効訴訟や未成年者の後見開始申立のような法定の場合や、公序保護のための場合につき主たる当事者としてなされる」。

なお、松尾浩也（一九二八―二〇一七年）はわが国の近代刑事訴訟制度を次のように回想している。

「……明治の初めに断獄則例から治罪法へという形で行われた西欧化は、その後、範型を順次フランス、ドイツ、アメリカと取り代えながら発展した。しかし、同時にそれからの離反も進んでいたのである。ドイツ法に対しては、すでに大正期に、起訴便宜主義の明文化という挑戦がなされた。アメリカ法に対しては、実体的真実主義による緊縛が行われ、当事者主義は運用上変質する。それは、犯罪の効率的な補捉に成功し、良好な治安をもたらした。しかし、『何人も、自己に不利益な供述を強要されない』とする日本国憲法の規定と、『被疑者は捜査官の質問にありのままに答えなければならない』と定める（中華人民共和国の）刑事訴訟法の規定のとはざまで、何が日本の現実かという疑問は擡頭せざるを得なかったのである」（松尾浩也「刑事法における東洋と西欧」、石井紫郎・水林彪（編）『日本近代思想大系7　法と秩序』岩波書店、一九九二年、付録月報二三、五頁。同『刑事訴訟の理論』有斐閣、二〇一二年、二二五―二五六頁も参照）。

（1）これに関連して、新田一郎氏が日本人の伝統的訴訟観について論じている。新田一郎「歴史的観察――『法の実現はお上の仕事』か」、『岩波講座現代法の動態2　法の実現手法』岩波書店、二〇一四年、二九―五〇頁、同「日本人の法意識――その歴史的背景」、『岩波講座日本の思想6　秩序と規範』岩波書店、二〇一三年、一四三―一七六頁。

(private prosecution) は、現実にどれほど利用されているかは別として、原則として認められている。この点で、イングランドおよびウェールズは、検察官が原則として公訴権を独占する大陸法諸国(日本を含む)および合衆国とは根底から異なるのである。その意味では、イングランドおよびウェールズは(後述する)アテナイと同じ理念、すなわち私人訴追主義に貫かれている。ただし、前者には警察機構、そしてコモン・ローの伝統たるバリスタ(barrister, 法廷弁護士)とソリシタ(solicitor, 事務弁護士)の二つの法曹集団は確立しているので、アテナイと同列に論ずることはもちろんできない。

このような背景を考察することによって、なぜ、現在でもアテナイの法と裁判制度に関する翻訳用語に刑事法の影がつきまとい、全体として法廷弁論の世界が刑事裁判の雰囲気を醸し出しているかの原因が明らかになってきたのではないかと思われる。換言すれば、「私訴」弁論といっても民事裁判ではなく刑事裁判として、結果的に理解してきたのである。繰り返しになるが、たとえば prosecution を「告訴」ないし「訴追」と翻訳してしまうことにより、(どこまで訳者および読者が自覚的かという問題は別にして)結果的には刑事裁判の世界を拵えてきたのである。もちろん、英国(イングランドおよびウェールズ)でも、たしかにそれは刑事事件である。しかし、それは private prosecution が伝統的に原則であった国の話であって、起訴独占主義かつ起訴便宜主義のわが国において「告訴」ないし「訴追」がもつ意味とは根本的に異なることを忘れてはならない。

たしかに、このような刑事法的諸概念によって描かれた刑事訴訟的世界は、裁判と言えばまず刑事裁判を連想する日本人(非法律家)の伝統的な法観念に合致しており、違和感はないのかもしれない。それどころか、本解説で試みたように民事法的諸概念を用いて翻訳・説明することが、本分冊が本邦初訳ということもあり、逆に読者に違和感を抱かせることになるかもしれない。[1] しかも、すでに触れたように、アテナイには少なくとも近代西洋法のような意味での民事・刑事の区別はなかったのであるから、従来のように刑事法的な概念を用いてもよいのではないかという主張にも、ある種の説得力がないわけではない。しかし、本分冊の弁論を読んでいただければおわかりのように、少なくとも第一義的には、原告は相手に対してポリスによる刑罰を求めて裁判を始めたわけではない。ある種の「回復」を求めているのである。

ところで、四四九頁註（2）でも触れたように、わが国の法・裁判制度の範となった大陸法の国、たとえばドイツでは検察官による起訴独占主義の例外として私訴、すなわち私人による刑事裁判の開始を認める場合がある。またフランスでは（附帯）私訴は依然として認められている。そのような意味で私訴が法律上認められている分野は、「身体、名誉、住居」などの侵害（ドイツ）あるいは「損害賠償」（フランス）である。これらの分野は、わが国の民法で言うところの「不法行為」であるが、なぜこの領域には大陸法において私訴が認められているのであろうか。それは、これらの問題領域において原告（被害者）が第一義的に求めて

（1）たとえば、「告訴」ではなく「訴えの提起」、シューコパンテースを「不当提訴者」など。アナクリシスを「予審」ではなく「弁論準備手続き」など。ただし、実体法（民法）については、「賃貸借」ではなく「貸借《かしかり》」など、民法上の概念を意図的に避けた場合がある。詳しくは個々の訳語および五節「デモステネス私訴弁論の用語について」を参照されたい。

いるものは、一種の「回復」であるからではないだろうか[1]。

そこで次に、ギリシア人自身の考え方を検討してみることにしたい。

(3) 不法（*ἀδίκημα*）の相手方

ここまで私訴弁論をめぐるこれまでの学説と訳語の問題を長々と論じてきたが、それでは当のギリシア人はどのように考えていたのであろうか。すでに述べたように、彼らは裁判ないし訴訟（*δίκη*（単数）, *δίκαι*（複数））を二つの側面で分類していた。一つは *δίκαι ἴδιαι* と *δίκαι δημόσιαι*, もう一つは次の三節で扱う *δίκαι* と *γραφαί* という区別である。第一の区別では前者は「私的訴訟」、後者は「公的訴訟」、第二の区別では前者は「私訴」、後者は「公訴」とこれまで訳されてきた。以下では、まず *δίκαι ἴδιαι* と *δίκαι δημόσιαι* の区別から検討してみたい。

アリストテレスは『弁論術』第一巻第十章において、「不法を行なう（*ἀδικεῖν*）」を次のように定義する（以下、葛西訳による）。

> 不法を行なう（*ἀδικεῖν*）とは、その意図をもった人が法に反して害を与える（*βλάπτειν*）ことであると定義しよう。法は特定の法かあるいは共通の法であるが、私が特定の法と言うのは、書かれたもので、それに従って市民がポリス生活を送っているものである。共通の法と言うのは、書かれてはいないが、すべての人々の間で同意されているように思われるものである[2]。

さらに、第十三章において、「不法（*ἀδίκημα*）」について次のように議論している。

すべての不法な事柄（ἀδικήματα）と適法な事柄（δικαιώματα）を分類しよう。まず、ここでは次のように始めたい。適法なこと（δίκαια）と不法なこと（ἄδικα）が、二種類の法に関して規定され、またその相手方の点で二通り存在する。私がここで言う法は、一つは特定の（ἴδιος）法でありもう一つは共通の（κοινός）法である。前者は各々の人々によって自分たちのために規定され、あるものは書かれており、あるものは書かれていない。後者は自然に従って（κατὰ φύσιν）規定されている。……

次に、その相手方の点から見て、それらは二通りに規定されている。つまり一方は［ポリス］全体（κοινόν）

（1）通常ローマ私法において論じられる delictum が刑法の領域に入り込むことを、片岡輝夫氏はすでに半世紀以上も前に指摘している。片岡輝夫「ローマ初期における刑法と国家権力——とくに刑罰権の所在と国家・社会の構造との具体的対応関係について」（法制史学会（編）『刑罰と国家権力』創文社、一九六〇年、三〇五—三五二頁、註一一八参照）。そしてこの問題、すなわち一般化して言えば「古代ローマにおいて刑法とは何か」という問題は、再び現在でも正面から問い直されている。そしてこれは、古代ギリシア（アテナイ）においてもそのまま、あるいは（アテナイ法の「異質性」、四二九頁註（2）を想起するとき）増幅されて、生じる問題である。Riggsby, A., "Public and Private Criminal Law", in du Plessis, Ando and Tuori, pp. 310-321.

（2）アリストテレス『弁論術』一三六八b六—九。テクストとしては、Kassel, R. (ed.), *Aristotelis ars rhetorica*, Berlin / New York, 1976 を用いた。なお、法の分類に関しては、第一巻第十三、十五章でもなされているが、その内容は少し異なる。たとえば、第十三章では特定の法にも書かれていないものもあるとされ、また共通の法の根拠は自然（φύσις）に置かれている。なお、Kennedy, p. 84, n. 183 参照。

に対して、他方は共生する人々の中の特定の人に対して、何をなすべきか、何をなしてはならないかが規定されている。したがって、不法な事柄も適法な事柄も二通りの仕方で、それぞれ行なうことになるのである。いずれの事柄も、特定の人に対してなされるか［ポリス］全体に対してなされるかに従って規定されている。たとえば、姦通する者あるいは殴打する者は、法律で規定された者たちのうちのある特定の者に対して不法を行なっているのであり、兵役を拒否する者は［ポリス］全体に対して不法を行なっているのである(1)。

この引用において、注目すべき点は二つある。第一に、アリストテレスが「不法」を分析するために法を分類している点、第二に、「不法」分析のもう一つの視点が相手方であり、ここから特定の人だけに関わる不法と、ポリス全体に関わる不法に分けられる点である。この不法をなす相手方が個人かポリスかという視点は決定的に重要であり、デモステネスによってさらに展開されている。

とくに以下のパッセージ（『メイディアス弾劾（第二十一弁論）』）において、デモステネスは興味深い議論を展開している（以下、葛西訳による）。

四二　さて、彼［メイディアス］が私がいま追及していることをやったこと、しかもヒュブリスを伴ってやったことはもはや明らかなのですから、これから法律を検討してみなければなりません。裁判員のみなさん、みなさんはこれらの法律に則って裁判すると誓約したのですから。法律が、意図的にかつヒュブリスによって誤ったことをなした者たちに対して、それ以外の方法で誤ちを犯した者たちよりも、どれだけより大きい怒りと懲らしめに相当するとしているかを、考えてみてください。四三　まず最初に、不法損害（βλάβη）に関する法律全部についてから始めましょう。意図的に不法を行なった場合は、損害額の二倍、意図せざる場合は一倍を賠償するようにと規定しています。これは妥当な規定でしょう。なぜなら、被害者はいかなる場合でも救済されるのが正当であるが、他方、意図的かそうでないかによって、法律は加害者に対しては同じ怒りを規定してはいません。次に、殺人に関する法律は、計画的な殺害の場合は死あるいは永久追放と財産没収を科すことを規定していますが、意図的でなく人を死に至らしめた者たちには、同情と大きな温情をもってこれまで処遇したのです。四四　これらのことだけでなく、あらゆることに関して、それと承知の上でヒュブリスのふるまいに出る場合には、法律は厳しい態度をとっているということは見てとれます。たとえば、もしある人が「私訴・ディケーで」敗訴しながら（ὀφλὼν δίκην）、賠償をしない（μὴ ἐκτίνῃ）場合、法律は決して個人［私］的な賠償訴訟（ἐξούλην ἰδίαν）に終わらせず、国庫に（δημοσίῳ）追徴金を支払う（προστιμᾶν）ように規定しているのはなぜですか。また、もしある人が別の人から合意の上で、一、二、あるいは一〇タラントンを受け取っておきながらその金額を詐取した（ἀποστερήσῃ）場合には、この人はポリスには無関係にもかかわらず、仮にその人が取った額がわずかであっても、それを無理やり（βίᾳ）奪取した場合は、法律は私人に（ἰδιώτῃ）支払うのと同額を国庫に支払うように命じているのです。四五　なぜなら、暴力を行使する者（βιαζόμενος）はすべて共通の不法（κοινὰ ἀδικήματα）を行なっているのであって、事件の外にいる者に対する不法であると立法者が考えているからなのです。つまり、立法者の考えでは、強い力というのは少数の人間しか持っていないが、法律は万人に関わり、説得されて受諾した人には個人的な救済だけなのに対して、暴力により奪い取られた人には公的

（1）アリストテレス『弁論術』一三七三b一―六、一八―二四。Kennedy, p. 97, n. 230 では、この区別を *δίκη* と *γραφή* の区別と対応させているように思われる。ただし、近代法の民事・刑事の区別とは異なることは註記している。

な救済が必要である、ということなのです。それゆえ、ヒュブリスに関しては、望む者は誰でもグラペーにより訴えを提起できますが、罰（τίμημα）はもっぱら公共的なもの（δημόσιον）だけにしたのです。なぜなら、立法者はヒュブリスを企てる者は被害者のみならずポリスに対して不法をなしている（ἀδικεῖν）と考え、被害者へは賠償［回復］（τιμωρία）だけで十分であり、自分自身のためにそれらのことから財産を増やすことはふさわしいとは考えなかったのです。四六　じっさい、もし誰かが奴隷に対してヒュブリスを行なっている場合にさえ同様に、立法者はこの者［奴隷の主人］のためにグラペーを認めたのです。というのも、被害者が誰であるかを見るべきではなく、どのような行為がなされたかを見るべきだと立法者は考えていたからです。立法者はその行為が社会に有益ではない（οὐκ ἐπιτήδειον）(1)と判断した場合は、奴隷に対してであれ、どのような場合であれおよそ一般的に、なされるべきではないと規定したのです。アテナイ人裁判員のみなさん、ヒュブリスよりも耐えがたいものは何もないのです。ヒュブリスよりもあなた方が憤りを抱いてしかるべきものはないのです。［廷吏に向かって］ヒュブリス法を読み上げてください。まさにその法律を聞くに越したことはありません。

四七　法律——もしある者が、ヒュブリスを行なった場合は、その相手が子供であれ、女性であれ、男性であれ、自由人の誰かであれ奴隷の誰かであれ、法に違反して何かをこれらの相手になした場合は、障碍事由なきアテナイ人のうち、誰でもやる気があれば、役人テスモテタイに公訴（γραφή）を提起することができる。テスモテタイは公訴提起後三〇日以内に、公的障碍事由がないかぎり、できるだけ速やかに、エリアイア(2)に事件を移送しなければならない。エリアイアがその者を有責と判定すれば、直ちにその場で(3)その者が受けるべき身体的処遇または支払うべき金額を査定せよ。法に則って公訴を提起しながら、もし訴訟をそれ以上遂行しない場合、あるいは五分の一の票数を獲得できない場合、提訴者は国庫に千ドラクマ支払わなければならない。もし相手がヒュブリスのゆえに一定の金銭の支払いを査定された場合は、そのヒュブリスが自由人に向けられたものならば、その者は支払うまで収監されなければならない(4)。

ここで述べられていることは、次のようにまとめることができる。不法（*ἀδικήματα*）には個人に対する（*ἴδια*）ものと、個人に対するだけでなくまた共通の不法（*κοιν' ἀδικήματα*）と言えるものがある。訴訟上の救済において、前者は被害者への賠償だけであるが、後者はそれに加えて、罰（それは原告またはポリスに支払われ

（1）*ἐπιτήδειον* については、葛西康徳「憲法は変えることができるか――古代アテネの場合」、長谷部恭男（編）『「この国のかたち」を考える』岩波書店、二〇一四年、六三―九九頁、とくに九一頁参照。

（2）*ἡλιαία* と読む。MacDowell, 1990, pp. 265-266.

（3）*γραφὰς ἰδίας* は MacDowell, 1990, 底本に従い削除する。しかしビュデ版（Humbert, 1959）は維持している。Harris, 2008, p. 104, n. 97 は、この法文がヘレニズム時代のものであり、この語の意味は「自分自身の」であるとしてテクストを維持する。

（4）デモステネス第二十一、四十二―四十七弁論、MacDowell, 1990, pp. 112-117, 257-268; Harris, 2008, pp. 101-104; 葛西康徳「古代ギリシアにおける法の解凍について」、新田一郎・林信夫（編）『法の生まれるとき』創文社、二〇〇八年、一一―三六頁。なお、テクストは MacDowell, 1990 に従った。

る）が伴う。この点において両者は異なるのである。後者の例としてデモステネスは四つ挙げている。第一に、財産に意図的（ἑκών）に損害（βλάβη）を加えること。この場合は意図的でない（ἄκων）場合と異なり二倍額賠償を負う。意図的でない場合は、一倍額、すなわち損害賠償のみである。第二に、殺人に関して、計画的な（πρόνοια）殺人の場合は死刑または国外追放、それに加えて財産没収が負わされる。意図的でない（ἀκούσιος）殺人の場合は、恩赦と多大な温情的処遇がこれまでなされてきた。第三は、裁判の結果（敗訴）に従わない場合であり、この場合は罰金ないし追徴金が伴う。最後に、ヒュブリス（ὕβρις）である。[1] 第二十一弁論の中心テーマであるヒュブリスについては、四七節でいわゆるヒュブリス法が引用されている。ちなみに、次に述べる第二の分類法に従えば、この四つのうちヒュブリスのみがグラペーであり、他の三つはディケーである。[2]

このように訴訟（裁判）の目的ないし帰結が、当事者相互間だけに留まるのか、それとも第三者、ここではポリス全体にも及ぶのかという基準によって、訴訟（裁判）が二種類に分けられるという主張があり、それに基づいた制度が設計されている。これが現在の民事・刑事の区別にどの程度対応しているかは別途考察が必要であるが、少なくともこのような区別が意識されている点は否定できない。そして、このような議論の出発点になっているのが不法（ἀδίκημα）に対する（裁判による）何らかの意味での回復であるという点は、いくら強調しても強調しすぎることはない。この点において、訴訟で争われている事件の内容ないし性質と訴訟手続きが交差してくるのである。すなわち、δίκη という元来訴訟ないし裁判を意味している語の否定形に由来する語 ἀδίκημα が訴訟の対象となり、その回復を目指す方法として二種類あることが示されている。[3]

(4) 民事責任の萌芽

上掲のパッセージでは、意図的か否かという区別、公的不法と私的不法の区別、暴力の有無による区別、被害者への賠償と公共（ポリス）に支払われるべき賠償としての罰という区別など、種々の区別についての議論が、財産侵害、殺人、強制執行、そしてヒュブリスをめぐって展開されている。そしてこれらの区別に

---

(1) ヒュブリスは通常、驕慢、傲慢、暴戻等と訳されるが、けっして加害者の行為への一方的非難とは単純に解釈するべきではない。加害者の行為を被害者の行為や背景事情も含めて第三者（聴衆）がどのように評価するかという、比較衡量を含んだ微妙な概念であることについては、葛西康徳「ヒュブリスと名誉毀損 —— 古代ギリシア・ローマにおける情報の一側面」、『知的財産・コンピュータと法 —— 野村豊弘先生古稀記念論文集』商事法務研究会、二〇一六年、一〇三九—一〇七四頁を参照されたい。

(2) Harrison, II, pp. 74-78.

なお、ウィリアム・ブラックストーン（W. Blackstone, 1723-80）は『イングランド法註釈』第三巻の冒頭で、private wrong と public wrong の区別について次のように述べている。原文をそのまま引用する。

Blackstone, W., *Commentaries on the Laws of England, Book III, of Private Wrongs*, Oxford, 1768, with an Introduction, Notes, and Textual Apparatus by T. P. Gallanis, Oxford, 2016.

'Wrongs are divisible into two sorts or species: *private wrongs*, and *public wrongs*. The former are an infringement or privation of the private or civil rights belonging to individuals, considered as individulas; and are thereupon frequently termed *civil injuries*: the latter are a breach and violation of public rights and duties, which affect the whole community, considered as a community; and are distinguished by the harsher appellation of *crime* and *misdemeanors*'.

(3) 不法損害を受けた場合における個人的なものと共通なものの区別については、第三十六弁論五四でもなされている。二七八頁参照。

対応するものとして、ディケーのいわば裏返しとして「不法（ἀδίκημα）」概念が持ち出され、それにより公的不法と私的不法の区別が正当化されている。そして、この区別から帰結する両者の違いは、今日のわれわれから見れば、民事責任と刑事責任の分離、あるいは、損害賠償と刑罰の分離、の萌芽を示唆していると言えるかもしれない。[1]

このような萌芽は、他の作家や資料の中にも表われている。たとえば、プラトン『法律』第九巻では、損害（βλάβη）を意図的（ἑκούσιον）と意図せざる（ἀκούσιον）ものに区別したうえで（八六一Ｅ一―四）、以下のように言っている。

> もしある人がすべての損害を不法（ἀδικία）と仮定して、それらの損害の中に不法なもの（ἄδικα）が二通り、すなわち意図的なものと意図せざるものがある、と考えたとしたら、そのようには考えないでほしい。というのも、損害全体の中で数と規模において意図せざるものは意図的なものに劣らず存在するから［こう考える人がいる］。……クレイニアスとメギロスよ。私は次のようには言わない。もしある人が、そういうつもりはなくて意図せず誰かに損害を与えている、つまり意図せざるものが不法をなしている、と言うとしても、私はそのようには言わない。つまり、これを意図せざる不法損害と規定した法律を制定するべきではない。それが被害者にとってより大きいものとなるのであれ小さい場合であれ、そのような損害を不法と規定するべきでない。
> （八六一Ｅ六―八六二Ａ七）

ここに見られるプラトンの主張は、意図的な損害と意図せざる損害の区別に反対するものである。しかし、このような主張がなされること自体が、区別する考え、あるいはそのような規定が存在していた可能性を示唆している。このようにして、前四世紀中盤には、現在の法制度で言うところの、民事責任と刑事責任の区別の萌芽が見られることになった。しかしこれは、あくまで萌芽でありアナクロニズムは厳に慎まなければならない。また注意しておくべきことは、ここでの区別は不法損害に対する区別であって、いわゆる公法・私法の区別とは根本的に異なるという点である。

最後に、オックスフォード大学欽定ローマ法講座教授、故ピーター・バークスからの引用によって、この章を終えたい。

民事不法（civil wrong）というものは、自分が属する市民たる地位のためにではなく、自分自身のために一市民が自分自身の請求をなすという点で成り立つものである。「刑事（criminal）」に対置して言われる「民事（civil）」とは、事件を裁判所に提起するイニシアティブをとるのは、その通常の組織ないし代表者を通じて行

（1）ヴァルター・ブルケルト（葛西康徳訳）「倫理学と動物行動学における罰と復讐――賠償か名誉回復か――古代ギリシアを中心として」、鈴木佳秀（編）『神話・伝説の成立とその展開の比較研究』高志書院、二〇〇三年、一六三―一八〇頁。この論文においてブルケルトは、罰を意味するギリシア語、*ποινή, τιμωρία, κόλασις, ζημία* を分析したのち、これらの語が必ずしも罰と復讐の区別をしていないことに着目する。しかしその上で、罰の文脈において二つのモデル、すなわち、同等の賠償という水平モデルと、名誉の回復という垂直モデルが見られることを指摘する。前者が *ποινή*, 後者が *τιμωρία* である。

なわれる社会全体なのではなく、その不法の被害者としての不法の被害者なのである。被害者によってなされる犯罪の私人訴追はこれとは違う。なぜなら、私人訴追は被害者が社会全体の代表としてイニシアティブをとっているからである。……民事不法というのは、一種の法的義務違反である。それは個人的利益に影響を及ぼすのであるが、その程度は個人が社会全体の代表としてではなく自分自身のために請求するというので十分であると法が見なしている程度なのである。(1)

三、公私の使い分け——グラペーの発明

これまで私訴・公訴の区別問題を、訴訟（δίκαι）に関して、ἴδιαι δίκαι と δημόσιαι δίκαι、あるいは不法損害（ἀδίκημα, βλάβη）に関して ἴδιος と κοινός というギリシア語に着目して考察してきた。ギリシア人が考案したもう一つの区別が、グラペー（γραφή）という一種の司法装置（machinery of justice）である。

グラペーと呼ばれる訴訟手続きが創設された事情およびその内容を示す主要資料は、アリストテレス『アテナイ人の国制』第九章一、プルタルコス『ソロン伝』一八、そしてイソクラテス『アンティドシス（財産交換）（第十五弁論）』三一四の三つである。(2) まず、この手続きはソロンの発案によるとされる。その真偽のほどはともかくとして、ここで最も注目されるのは原告適格の制限を外す、すなわち、誰でもやる気があれば（βουλόμενος）不法を被った者のために「回復を求める（τιμωρεῖν）」ことができるという考え方、およびそれに基づく制度設計であろう。これは現代の法制度から見れば突飛な考え方のように思われるが、性急に判断してはいけない。このような考え方は、それほど異常であろうか。これと類似した制度や考え方は歴史上存在

しなかったであろうか。

周知のように、アテナイは公的な法執行機関、検察官、警察機構などを原則として有していなかった。グラペーの創設はこのような制度的欠落の必然的結果とも言える。それにもかかわらず、社会秩序をなぜ維持できたのか。換言すれば、アテナイでは（前五世紀末の「内乱」時期を別にして）警察、検察機構など法の遵守を強制する装置がほとんどなかったにもかかわらず、犯罪はなぜそれほど発生しなかったのか。少なくとも古典資料を読むかぎり、国内秩序は相対的に安定していたように見える。このような疑問に対して、最近ランニが興味深い考察を加えている。[3] ランニによれば、アテナイの法廷は紛争解決だけではなく、規範を形成し、実効力あるものにする重要な役割を演じていた。たとえば、当該事件に関係のない法律を弁論の中で引用することによって、法の顕示的機能（expressive function）によって秩序意識を涵養した。この代表例がヒュブリス法である。ヒュブリスに関する訴訟は非常に稀で、まして奴隷に対するヒュブリスは訴訟になったケースは皆無であったかもしれないが、ヒュブリス法は一種の象徴的効果を有したのである。アテナイ人は現代人の生活を規律しているようなルールや規則からは、ほとんどまったく自由であった。しかし彼らはいつも他人から監視されていた。彼らは監視され判定され、それも非常にしばしば法廷で判定されたのである。

（1）Birks, P., "The Concept of a Civil Wrong", in D. G. Owen（ed.）, *Philosophical Foundations of Tort Law*, Oxford, 1995, pp. 31-51（とくに pp. 39-40, 51）.

（2）Osborne, 2010a, b.

（3）Lanni, A., *Law and Order in Ancient Athens*, Cambridge, 2016.

この衆人監視（環視）体制を制度化したのが、まさにグラペーにほかならない[1]。

ところで、アテナイほどの極端な例はないとしても、古代ローマでも刑事裁判制度の発展は遅れ、刑事裁判は検察官によってではなく私人によって開始されるものであった[2]。民事責任とは区別された別の責任、すなわち、公共ないしポリスへの不法に対する責任（仮にこれを刑事責任と呼ぶとして）を追及する裁判の開始を一般私人に開放する、換言すればこの裁判開始のための特別の国家機関ないし制度を作らないという設計は何を目的とし、どのような帰結を生じるであろうか。この点を最も詳細に論じたのが、オズボーンの論稿である[3]。

オズボーンによれば、グラペー創設の目的については、従来、「利他主義」「社会的紐帯の維持促進」、あるいは「違法な行為への法的救済の確保」などが論じられてきたが、どれについてもグラペーは必ずしも目的に沿った結果をもたらしていない。そもそもグラペーはディケーに対置され、公訴・私訴として、これまで対立的・並立的に捉えられてきた。しかし、グラペーの創設のじっさいの効果は、被害者が訴えを提起しうる可能性を広げることだったのである。換言すれば、被害者は（当然）ディケー（私訴）により訴えを提起できるが、要件さえ満たせば、グラペー（公訴）も提起できるのである。じっさい、アッティカ弁論家の全弁論の中で提起されたグラペーの用例はほとんどすべての場合において、被害者が原告となっているのである。被害者が何らかの救済を求めて訴えを提起する場合の選択可能性の広がりを、オズボーンは、法哲学者ハートの言葉を借用して、open texture と呼んでいる[4]。

オズボーンのこの論稿の重要な帰結は（必ずしものちの学説が自覚的に取り上げているとは思われないが）、ディケー・グラペーの対比は私・公の対比ではなく、基本的には個人が相手（個人）と法廷において戦うための手段、方法の選択の問題であり、どちらの手段をとるかは両当事者にとっての二つの手続きが持つメリットとデメリット、そして当事者の社会関係等の比較衡量によって決まるという点である、と筆者は考える。[5] し

(1) Lanni, pp. 200-203.

(2) Lintott, A., "Crime and Punishment", in D. Johnston (ed.), *The Cambridge Companion to Roman Law*, Cambridge, 2015, pp. 301-331; Liebs, D., *Summoned to the Roman Courts: Famous Trials from Antiquity*, Berkeley / Los Angeles, London, 2012, pp.130-132; Fuhrmann, C. J., "Police Functions and Public Order", in du Plessis, Ando and Tuori, pp. 297-309. なお、邦語文献として四五五頁註（1）の片岡論文参照。

(3) 四二七頁註（2）参照。

(4) オズボーンはこの論文の末尾に、アッティカ法廷弁論におけるグラペーとディケーのリストを掲載している（Osborne, 2010b, pp. 196-200）。リストについてはまた、Todd, pp. 102-109. なお、「ハートはこの用語を実体法に対して適用しているのであって、手続法について用いているオズボーンは誤用している」というハリスの批判に対するオズボーンの反論については、四二七頁註（2）参照。

(5) ディケーとグラペーの比較については、Todd, pp. 109-112参照。トッドによれば、敗訴者が負うべき責任は、通常ディケーの場合よりもグラペーの場合の方が重い。原告が敗訴した場合のリスクも同様である。たとえば、グラペーのデメリット（リスク）として、票決において原告が全体の五分の一を獲得できなければ、一〇〇〇ドラクマをポリスに支払わなければならないというものがある。ここから一見すると、ディケーよりもグラペーの方が深刻な紛争向けに用意されていたと思われよう。しかし、殺人の例を見ても明らかなように、このような区別は必ずしもアテナイ法には妥当しない。トッドは両者を区別する一般的な基準（根拠）を求めることを避け、グラペーを類型化して、個々の類型ごとに慎重に検討している。ここでも、三節で論じてきた、*ἴδιαι δίκαι / δημόσιαι δίκαι* の区別とディケー・グラペーの区別は、対応しないことが論じられている。

たがって、その意味ではグラペーを「公訴」、ディケーを「私訴」とどうしても翻訳しなければならない理由はないと言えよう。字義どおりに訳すならば、すでに述べたようにグラペーはまさに「書面訴訟」である。ちなみに、ギリシア法の体系書の中でリプシウスはグラペーを公的訴訟(öffentliche Klage)という大項目の中に位置づけ、「書面訴訟(Schriftklage)」として扱っている(1)。

それにもかかわらず、近代西洋言語でも、それに影響を受けた日本語でも、グラペーを公訴(弁論)、ディケーを私訴(弁論)と訳するのはなぜであろうか。そして、公訴は刑事訴訟、私訴は民事訴訟と(必ずしも対応しないとどの文献を読んでも書いてあるにもかかわらず)結びつけるのはなぜであろうか。先に述べたように、殺人は「例外的」に私訴であるとされる。生命という個人法益の中では最も重い保護法益が私訴で処理され、暴行傷害、あるいは名誉毀損という生命よりははるかに軽い(とわれわれには思われる)保護法益が、「ヒュブリス」という名目を付ければ公訴で処理される。これは現代法に慣れ親しんだわれわれから見れば矛盾のように見える。しかし、それは本当に矛盾なのであろうか。

このように見てくると、公訴・私訴という概念は、現行法上の基礎がまったくなく、この基礎を失った今、われわれはもう一度グラペーとディケーの意味内容について、少なくともギリシア語テクストを読む際には、公訴・私訴という言葉をいったん離れて考察する必要があると思われる。他方、翻訳を読まれる読者は、それが英語であれ、フランス語であれ、日本語であれ、法・裁判に関する訳語に含意される公と私の観念に惑わされず、弁論に描かれた人間関係と行動様式に着目する必要があるのではないかと考える。

四、おわりに──公と私のレトリック

私訴弁論の具体的内容については本分冊および次分冊をお読みいただくほかないが、第二十七弁論から第五十九弁論の内容は極めて多様である。たしかに本分冊では、後見関係であれ、海上運送であれ、鉱山採掘であれ、しょせん金銭（の貸借）をめぐるトラブルで、そこだけを取り出せば、読者はこれらを「民事訴訟」あるいは「私訴」事件ではないかと思われるだろう。しかし、そこに大きな落とし穴がある。

原告ないし元原告が被告ないし元被告に対して金銭を請求しているが、その請求の根拠となっているのは、けっして「金を貸したからそれを返せ」だけではない。そのほかの要素、たとえば、暴行、傷害を含むさまざまな事実である。それらをひとまとめにして、何らかの「回復」を求めている。単なる金銭の問題ではないのである。しかし、それが「金銭の返還」という形式に落とし込まれている。そこには、原告、被告双方にとって「不満」が充満している。これは、何もアテナイの訴訟だけに当てはまる事情ではない。「われわれは金が欲しくて裁判を起こしたのではない」という原告の声は、わが国でも公害訴訟や薬害訴訟でしばしば聞かれるのである。問題は、それを聞いて第三者はどのように思うだろうかということである。

現在であれば、わが国では民事訴訟に関して一般市民の参加、すなわち陪審制度（jury system）は存在しないので、第三者の考えや印象はただの「雑音」である。また、裁判官にとっては、法律に関連する要素以外

---

(1) Lipsius, p. 263.

のものは判決を下す場合において、原則として（慰謝料などを除いて）、「雑音」である。したがって、「雑音」を考慮してほしい、換言すれば、ただの金銭賠償ではなく、まず「謝ってほしい」、そして何らかの「回復」を求める当事者は、「裁判外紛争解決（Alternative Dispute Resolution）」を選ぶことが稀ではない。しかし、ここにも専門家（と称する人々）が参入し、裁判と裁判外の境界は曖昧になる。

では、アテナイではどうだったであろうか。第三者の考えはそのままではないとしても、制度上、票決を下す際に相当程度影響すると言わざるをえない。雑音は第三者に届くのである。より遠くまで届いた方が勝訴を得るとまで言えば、それは言いすぎであろうか。私訴弁論はけっして、現代の「民事訴訟」ではないのである。公訴が「刑事訴訟」ではないのと同様に。

このように述べると、筆者が法廷弁論に含まれる法的・制度的要素を無視ないし過小評価していると思われるかもしれない。しかしそれは筆者の意図するところではない。弁論を読めば納得していただけると期待するが、前四世紀中葉にはギリシア人はこの「雑音」を極めて巧妙に操作するようになった。

たとえば、弁論準備手続きと弁論本番（裁判自体）を厳密に区別するようになり、本番で行なう弁論以外の要素は、アリストテレス『弁論術』で言うところの「非技術的証明」として、弁論準備手続きの中で封印（冷凍）し、本番で解凍する仕組みを作り上げることに成功した。この仕組みがなければ、そもそも制限時間の厳格な法廷で弁論などおよそできない。本当に「雑音」あるいは「騒音」になってしまう。法廷弁論というジャンルの成立、そして弁論代作人（弁論家）という専門職業人の成立は、ひとえにこの仕組みの成立に依存しているのである。ただし、この仕組みは完全ではない。しばしば冷凍が完全ではなく、準備段階における（しばしば暴力を伴う）「雑音」が法廷にも木霊《こだま》する。あるいは、木霊するように聴衆に思わせる。これまた弁論家の技量である。

巧妙な仕組みの例をもう一つ挙げるとすれば、ここでもヒュブリスが登場する。グラペー（公訴）の代表例とも言えるヒュブリスおよびヒュブリス法の引用は、公訴弁論に分類される前述の第二十一弁論だけではなく、私訴弁論の一つである第四十三弁論にも数多く現れている。ヒュブリス問題を一方では公訴弁論として読み、他方では私訴弁論として読むということは、ヒュブリス自体の全体的理解を妨げるとともに、私訴弁論・公訴弁論という枠組みが必ずしも有効でないということの一例となろう。このことは何を意味しているだろうか。ヒュブリスは公的な性格も有するし、私的な性格も有すると考えざるをえない。一般化は危険であるが、このことはヒュブリス以外についても当てはまる可能性はないであろうか。

このようなヒュブリスに見られる公・私の二重性が生じてきたそもそもの原因は、オズボーンが指摘するように、ギリシアの裁判制度が基本的に私人主義（private initiative）であり、訴訟対象が公的なものであれ私的なものであれ、訴訟を提起するのはまず私人なのだという点にある。これこそが現在まで続く西洋法の伝統なのであり、日本法とは根本的に異なると言わざるをえない[1]。

ギリシア法や裁判制度の理解なしには法廷弁論の内容の理解は不可能である。他方で、法廷弁論がギリシ

（1）私法はなぜ西洋において（だけ）発達したのかという大きなテーマについて、本稿との関連でまず読むべき文献は、野田論文である。

ア法の最も重要かつ豊かな資料であることも事実であり、法廷弁論の理解なしには、ギリシア法も理解できない。したがって、両者の理解は試行錯誤しながら進めていくほかはない。ただいずれにしても、これまで述べてきたことからわかるように、公・私の区別を前提としたのでは法廷弁論の全体的理解を妨げることになるばかりではなく、法および裁判制度の理解も不正確なものとなる。なぜなら、西洋法での公・私に対応する区別がギリシア法には（手続法においても実体法においても）存在しないからである。

以上のような考察結果を踏まえて、本解説では冒頭のギリシア悲劇との比較で示唆したように、法廷弁論を勝利を求めて聴衆を説得するパフォーマンスとして見る立場を採りたいと思う。その立場から見た場合、この公・私という区別は限りなく当事者が弁論によって拵えあげるものと見ることができる。これを可能にするのが、グラペーというギリシア人が創案した他に例を見ない司法装置である。同時にまた、すでにのちの民事責任の萌芽が不法損害の区別という文脈で登場していた。このような司法装置と不法損害という二つの側面で、公・私を使い分けることが前四世紀中葉のアテナイでは可能だったのである。

当事者が勝利を求めてある問題を解決する際に、公のこととして聴衆に提示した方が有利なのか、私的なこととして提示した方が有利なのか、そのパフォーマンスの妙を余すところなく伝えているのが法廷弁論なのではないだろうか。そして、本書の法廷弁論を読み終えた読者が、わが国の法律や裁判制度、そして日々生じる裁判事件を新しい視点から解釈することができれば、訳者にとってこれに勝る喜びはない(1)。

五、デモステネス私訴弁論の用語について

(1) 独立抗弁（パラグラペー παραγραφή）

弁論準備手続き（アナクリシス ἀνάκρισις）に至る、そしてそれを含む手続きの一つの目的は、その訴訟が維持できる（εἰσαγώγιμος）ものかどうかを決めることである。この過程で、登場する訴訟戦術の一つが、独立抗弁（パラグラペー）である。訳語として筆者は「独立抗弁」を当てる。英語訳では通例、counter-indictment とされる。わが国ではかつて「妨訴抗弁」と訳されたことがある。これは、おそらく、コモン・ローの概念 demurrer の訳語から取られたのであろう。ただし、この訳語も確立はしていない。「法律効果不発生訴答」という訳語も提案されている。いずれにせよ、コモン・ローに馴染みがある研究者以外は妨訴抗弁という訳語から demurrer を連想する者はいないので、実害はほとんどないとも言えるが、コモン・ローにおける訴答システムの存在しないアテナイ法で使用すべき積極的理由は見当たらない。なお、パラグラペーとの比較で興味深い比較法上の制度として、コモン・ローにおける「エストッペル（Estoppel）」（Visser and Potgieter）あるいはスコットランド法における「パーソナル・バー（Personal Bar）」（Reid and Blackie）が挙げられよう。

パラグラペーの一つの特徴は、この訴えがいったん提起されると、本訴が中断され、本訴の原告と被告の立場、および弁論の順序が入れ替わる点である。これが「独立抗弁」と命名した所以である。そして、本来

（1）なお、本解説を書くにあたって、Gernet の文献解読をはじめとして、多くの点で青山学院大学教授、松本英実氏の助力を得た。記して謝意を表したい。また解説、弁論の翻訳、索引作成等全般にわたって東京大学文学部三年西洋古典学専攻、嵐谷勇希氏の助力に心より感謝する。

の訴訟（εὐθυδικία）を民事訴訟法の概念を用いて「本案訴訟」と名付ける。「本案」とは、「民事訴訟上、付随的・派生的な事項に対して、その手続の主目的あるいは中心をなす事項を表す語。相対的な概念であり、場合に応じて様々な意味をもつ。最も一般的には、原告の請求の理由の有無に立ち入る弁論・裁判を、訴訟要件や手続の問題に関するものから区別して本案という」（『法律学小辞典　第5版』）。また、「本案訴訟」とは、「一般に、証拠保全手続や仮差押え、仮処分の手続のような付随的な手続からみて、そこで予定される争訟について行われる判決手続を本案訴訟という」（同）。

さて、独立抗弁（パラグラペー）訴訟で原告（本案訴訟の被告）が勝訴すれば、それで訴訟は終了し、本訴は消滅する。他方、被告（本案訴訟の原告）が勝訴すれば、本訴に復帰し、本訴が再開される。独立抗弁が資料上はじめて確認されるのは、前四〇三／〇二年の法律であるが（イソクラテス『カリマコスを駁す（第十八弁論）』）、それ以前のものがどれほど革新されたのか、そしてこの戦術の目的と機能について、前四世紀はまとまった資料があるにもかかわらず、学説は一致した見解を出していない。

本分冊所収のデモステネス第三十二弁論から第三十八弁論までの七弁論はすべて独立抗弁訴訟である。独立抗弁が提起される場合の根拠は、常に何らかの法律である。本分冊においては、①「相手に対する解放と免除（ἄφεσις καὶ ἀπαλλαγή）により相手との貸借関係を清算したならば、もはや解決済みの事項を再び持ち出すことはできない」（第三十七弁論および第三十八弁論）、②「時効法」（第三十六弁論二五。ただし、時効に一般法があったのではなく、ここでは後見訴訟について五年の時効）、③「裁判管轄違背」（第三十二弁論から第三十五弁論、Δίκη ἐμπορική 海上消費貸借契約）、④「担当役人違背」（第三十七弁論三三）などが登場している。いずれにせよ、独立抗弁の根拠法律を統一化するという試みはなされなかった。また残念ながら、資料がないので、独立抗弁における票決の法的効果が何かについて正確には知りえない（ただし、『ポルミオン擁護（第三十六弁論）』は例外的に、関連弁論が残存している）。

最後に、独立抗弁をローマ法における抗弁（exceptio）と同等と見てはいけない。ローマ法における抗弁では、判決は被告への有責判決を下す否定的条件にすぎず、請求原因表示の中にある請求については何も言わない。それに対して、独立抗弁における判決は訴訟が追行できるものではないと積極的に語っているのである。

現代の目から見れば、原告の請求に対して法的に反論することは、本案訴訟の中で扱われるのが原則であり、別の独立した訴訟が開始されるということはない。たしかに、この点でアテナイの訴訟は奇妙であり、また幼稚ないし原始的な裁判であったような印象を与える。しかし、現代の裁判をめぐる諸条件とアテナイのそれの相違を忘れてはならない。専門法律家の不在に加えて、何よりもまず、一つの訴訟全体の継続時間の短さを思い起こすべきである。

Wolff, 1966/ Harrison, II, pp. 106-124/ MacDowell, 1978, pp. 214-219.

(2) 弁論準備手続き（アナクリシス ἀνάκρισις）

この語は、従来「予審」と訳されてきた（村川＝橋場）。ではなぜ予審ではいけないのか。予審は、治罪法（明治一三年）、および二つの旧刑事訴訟法（明治二三年および大正一一年法第七十五号）において存在した制度であり、ヨーロッパ大陸法（とくにフランス法）の影響を受け、職権主義、糾問主義のニュアンスを帯びている。戦後、当事者主義、弾劾主義に立つコモン・ロー（アメリカ合衆国）の影響を受けて成立した現行刑事訴訟法（昭和二三年法第百三十一号）によって廃止された。今回、筆者は現行民事訴訟法上の概念である「弁論準備手続き」という訳語を選んだ。二節ですでに触れたように、法律関連用語は、アリストテレス『アテナイ人の国制』における村川堅太郎訳（河出書房版、一九三九年。戦後の岩波全集版、一九七二年および岩波文庫版、一九八〇年も本文および訳語は基本的にこれを踏襲している）が基準になっている。村川訳は当時（一九三九年）の刑事訴訟制度を念頭に置いており、訴訟用語は、告訴、告発、訴追など、刑事訴訟法上の諸概念を原則として採用している。しかし、本解説で述べたように、私訴・公訴を民事訴訟・刑事訴訟とパラレルに考えることはたいへん危険であり、また私法と公法の区別にもまったく対応していない。個々の弁論の内容や争点に応じて訳語を検討すべきである。まして、「予審」は現在では廃止されているばかりなく、アナクリシスの性格に反するものである。

アリストテレス『アテナイ人の国制』第五十六章六によれば、アルコーンはアナクリシスを行なったうえで、両親虐待に対する公訴はじめ、基本的にイエ（オイコス）の管理運営に関する事柄の訴訟を進行する（橋場、一五六頁注（14）「訴訟を受理した役人が、法廷にこれを提起する前に、当事者双方に審問して証拠・証言を整理し、訴えが形式上の要件を満たしているか判定する手続き」。村川、一九八〇に「予審」の註なし）。じっさい、オイコスに関するアルコーンの責任と義務は、いわゆるヒュブリス法で規定されている（デモステネス第四十三弁論七五）。

ところで、アリストテレス『アテナイ人の国制』上掲箇所にアナクリシスへの言及はあるが、その実態を示す資料は、イサイオス第十弁論一二と第六弁論一二の二つしかない（Todd, p. 127）。そこから推論されるのは、アナクリシスとは、請求内容の文言をめぐる担当役人（アルコーン）と原告とのやりとり、あるいは証拠・証人などをめぐる両当事者間のやりとりを通じて、法廷に上程した場合の争点整理を目指したものではないかと思われる。換言すれば、この手続きは、役人と両当事者という三者間のインターアクティブな性格を有しており、近代法の概念である、当事者主義、職権主義、糾問主義、弾劾主義等の諸概念はいずれも妥当しない。あるいは、種々の要素が混合していると言えよう。このように、法廷手続きにおいては、原則として両当事者は自己の主張を聴衆に向かって行なう、いわば rhetorical な性格を有するのとは極めて対照的に、アナクリシスは当事者間のやりとりを含む dialectic な性格を有していたのである。ここにこの手続きの本質的重要性が存する。そしてそれは、いわゆる民衆裁判所の根本的限界（「民主的」ルール）と対応している。

民衆裁判所では各事件の裁判員のみならず担当役人も、籤で当日選ばれる。彼らには事件についての予知識はない。また法廷手続きは極めて短時間で終了する。最も単純な民事事件において、当事者に配分されたスピーチの時間は各一五分。最も複雑な政治事件ですら一日の三分の一で終結する。したがって、証拠をはじめとする論点整理と書面の準備（前三七八／七七年以降、つまりデモステネスの時代は訴訟における書面主義が原則となる）が、相当程度事前になされていないことには、法廷手続き自体がまず時間制約上成り立たない。そしてより重要なことには、そもそも、どのような論点について弁論するか、すなわち法廷弁論の構成自体が、かかる準備手続きなしには成り立たない。現在残存している法廷弁論作品は、忠実な「訴訟記録」でもなければ、コモン・ローに見られるような、イヤー・ブックでもロー・レポートでもない。かつてドーヴァー（K. J. Dover）が法廷弁論作品は弁論作家（λογογράφος）と依頼人の共同作品であると述べたのも、あながち的外れではない。法廷弁論という実務および文学ジャンルの成立の背景には、このアナクリシスがあると言っても過言でない。これらの点は従来あまり触れられてこなかったので、ここであえて強調しておきたい。

このように見てくると、訴訟制度においてアテナイとローマの間には、一種のパラレルがあると考えることは可能である。ローマ法において民事訴訟の基本型は、法廷手続き（in iure）と審判人手続き（apud iudicem）のいわゆる二段階訴訟であるが、アテナイをこれに当てはめれば、アナクリシスが前者、民衆裁判所は後者に相当すると見ることができるかもしれない。ただし、相違点も大きく、たとえばローマの審判人は単独が原則である（ローマ民事訴訟法の概略についてはMetzger, 2015参照）。

さて、もし被告が、何らかの理由でその訴訟は成立しない（これだけが原告に言いたいことかもしれないし、また主張事実の否認とともに言いたいことかもしれない）と主張したいと望めば、彼はこの点を宣誓交換の前に、書面の中に書き込んだであろう。そして前四〇一年以降、これは本訴とは分離した問題となった。そしてこれを本訴の前に裁判員は判決しなければならなかった。この手続きが独立抗弁（パラグラペー）と呼ばれたのである。

以上のような理由により、アナクリシスの訳語として、現行民事訴訟法上の概念である「弁論準備手続き」を採用した。「弁論準備手続き」とは、「民事訴訟において争点及び証拠の整理を目的として口頭弁論とは別に行われる手続の一種」である（『法律学小辞典　第5版』）。もちろん、このことは私訴が現在の民事訴訟と同じであることはまったく意味しない。従来の刑事訴訟的訳語を避けるため、そして何より法廷手続きの準備段階としての性格がアナクリシスと弁論準備手続きには共通するからである。

参考のために、『法律学小辞典　第5版』によると、「予審」は次のように説明されている。

旧刑事訴訟法（大正一一法七五）時代にとられていた、事件を公判に付するに足りる嫌疑があるかどうかを裁判官が決定する公判前の手続。元々は濫訴などから被告人の利益を守る制度として、大陸法の法制で発展してきたものである。しかし、非公開の法廷で、弁護人の立会いもない状況で行われるのが一般的である。そのため、糺問的な性格が強く、公判前に裁判の結果が固まる傾向があることから、予断排除の原則をとる現行刑事訴訟法とはなじみ難く、実際の運営も、被告人の取調べが中心となり、事実上、証拠保全として利用されるなどの弊害が目立った。公判中心主義にも反すると考えられ、現行刑事訴訟法は採用しなかった。ドイツでも予審は廃止された。

Harrison, II, pp. 94-105/ MacDowell, 1978, pp. 239-242.

（3）請求原因（エンクレーマ ἔγκλημα）

訴訟を開始するために、原告が担当役人に持参する一定の書式に則った書類のこと。英米圏の研究者はこれを indictment と訳するが、indictment には「正式起訴（状）」という訳語が付けられている（『英米法辞典』）。しかし、起訴状という訳語は日本では刑事訴訟法上（第二百五十六条）の用語である。一方、もしこの語を訴状と訳すならば、訴状は民事訴訟法上（第百三十三条）の用語であるので、今度は民事訴訟法的色彩が濃くなる。この語は法技術的には私訴にのみ用いられると言われるが（Lipsius, p. 817, Todd も Harrison もこれに従う）、アテナイ法の私訴、公訴という概念は、近代法の民事、刑事という区分にはまったく対応していない。したがってそのかぎりでは、起訴状でも訴状でも誤解を招く程度は大差ないかもしれない。起訴状は「被告人の氏名、公訴事実（訴因）、罪名」（刑事訴訟法第二百五十六条）を記載したものである。しかし、資料（たとえば、デモステネス第三十七弁論）を見るかぎり、エンクレーマは少なくとも罪名を記載したものではないので、起訴状という用語はまず採用できない。一方、訴状は「当事者の名前と請求の趣旨および原因」を記載したものである（民事訴訟法第百三十三条）。では、エンクレーマはいったい何を記載したものであろうか。

チュール（G. Thür）の最近の研究によれば、アテナイの訴訟においては、両当事者の対立点ないし論争点は、民衆法廷での裁判の前段階（たとえば、仲裁 δίαιτα や弁論準備手続き）において、すでに明確にされていた。それゆえ、当事者は前段階で同意したことを本訴で論駁してはいけない。さらに、アテナイの訴訟手続きにおける衡平（フェアネス）の原理は以下の程度まで達していた。仲裁であれアナクリシスであれ、すべての手続きにおいて当事者は、お互いにすべての証明のための記録文書を事前に相手に示し、壺（ἐχῖνοι）に保管していた。また、ギリシア法学会で最近議論されている「訴訟における主張の関連性（レレヴァンス relevance）」の問題は、衡平の原理と結び付いている。関連性がないこと（ἔξω τοῦ πράγματος）というのは、法的に事態に関係ないという意味ではなく、原告がエンクレーマの中に書き込まなかったことを意味しているのである。また、チュールはエンクレーマと法律を別々のものと考えている。以上のような理由で、筆者はエンクレーマに「訴状」という一般的な名称ではなく、より限定的に「請求原因」という訳語を当てる。

エンクレーマの記載例としては、デモステネス第三十七弁論二二―三三、第四十五弁論四六、デイナルコス第三弁論等参照。

Thür, 2007/ Harrison, II, p. 88.

（4）果たし状（プロクレーシス πρόκλησις）

従来「催告」と訳されてきたプロクレーシスに、アテナイ訴訟法、とくに証拠法におけるその意義と紛争解決の臨場感を強調する用語として、私は「果たし状」という訳語を当てる。

従来の訳語である「催告」は、法律用語としては、「債務者に対して債務の履行を請求したり、制限能力者や無権代理人の行為を追認するかどうか確答せよと求めたりするなど、相手方に対して一定の行為を要求すること。相手方が催告に応じないときに、一定の法律効果が生じるという点に意味がある」（『法律学小辞典 第5版』、催告の抗弁権（民法第四百五十二条））とされている。また、一般用語としては、「相手に対して一定の行為を請求すること」くらいの意味しかない。

村川＝橋場訳が、催告という訳語を選んだ際に、どの程度まで法的な意味を込めていたかは定かではないが、もし込めていたと仮定すると、催告のポイントは催告に相手が応じない場合に一定の法律効果が生じる点にある。では、この法律効果とは何か。橋場はそれを「有力な論拠」（橋場、一四三頁注（4））と述べるが、それがどのような論拠なのか具体的には説明していない（本解説四八七頁参照）。

ところで、この語が登場するアリストテレス『アテナイ人の国制』第五十三章の文脈、すなわち、ディアイテタイ（仲裁員（橋場訳）、仲裁係（村川訳））の裁定に不満な当事者が、プロクレーシスその他を壺の中に入れて保管するという文脈から考えて、法律効果を実体法的側面からではなく訴訟法的側面から考察しなければならない。そこでその前提となるアテナイ訴訟法、とりわけ証拠法の概略を理解する必要がある。そのためやや長くなるが、現在最も信頼できるアテナイ証拠法に関するチュールの研究（Thür, 1977, 2000, 2005）を紹介する。

チュールによれば、アリストテレスは、法廷弁論における証明方法を、技術的証明と非技術的証明（『弁論術』第一巻第十五章）に二分した上で、後者の例として、法律 *νόμοι*, 証言 *μάρτυρες*, 契約書 *συνθῆκαι*, 拷問自白 *βάσανοι*, 宣誓 *ὅρκοι* の五つを挙げている。しかし、アテナイ法廷実務で法的意義を有するのは、「証言」のみである。少数の規定を除いて、特別の証拠法はアテナイにはない。アテナイの裁判の第一の原理は、真理発見ではなく、両当事者の機会平等である。裁判員はただ、スピーチの終了後直ちに有罪無罪を決めるだけなのである。

アテナイでは、法的紛争は直接デモクラシーの一部分であった。裁判員裁判の民主的なルールとは以下のとおりである。一〇部族から籤によって裁判当日裁判員は選別される。その規模は二〇一名から一五〇一名まで、同時にまた各裁判の担当役人も籤で選ぶ。時間配分については、アリストテレス『アテナイ人の国制』第六十三―六十九章によれば、最も単純な民事事件は一五分、最も複雑な政治事件でも一日の三分の一である。また、弁論術に従って書かれたスピーチとは対照的に、これら非技術的証明は書かれた記録書類であり、それらは原告ないし被告の求めに応じて、廷吏が読み上げる。つまり、法廷では弁論者はけっして書類を手に持って、裁判人に向かって読み上げるということはないのである。廷吏が読み上げている間、時計はストップしている。ただし、弁論者に割り当てられた時間が一日の長さで割り当てられている場合を除く（なぜなら、一日の長さは延長できないから）。

法廷で読み上げられる証拠のうち、アリストテレス（『アテナイ人の国制』第六十七章三）が言及しているのは法律と証言だけであるが、それ以外に二つがテクストから欠損している可能性がある。記録書類は開廷前、壺に保管され封印された。同書第五十三章二は、公的仲裁者の前における準備手続きに言及しているが、そこで、証言、プロクレーシスと法律が列挙されている。文書を使うことによるリスク（裁判人が飽きる）はあるものの、若干数の証言が法廷裁判手続きでは標準的な部分をなしていた。

非技術的証明の中で、証言以外はいわゆる現在の意味での証拠法の対象外である。契約書や他の記録文書の真正性を証明するために、弁論者は証人に全面的に頼るしかなかった。短時間のうちに民衆裁判において、記録文書の真偽を確かめることは不可能である。もちろん、法廷の役人の面前での「弁論準備手続き（ἀνάκρισις）」あるいは「公的仲裁（δίαιτα）」、あるいは「示談」で、当事者は事案を解決できた。もし、本裁判中に誰かが遺言書のような記録文書に言及したいと欲すれば（デモステネス第三十六弁論七、第四十六弁論八）、事前に彼は証人を召喚して、相手方に対して果し合いを申し出て、その文書が真正であると認めさせるか、あるいは壺を開けてオリジナルな記録文書を開封させることができた。もし、相手方がそのコピーが真実であり、オリジナルは真正であると承認すれば、記録文書の「証明」は不要となる。しかしながら、もし、彼が果たし状を拒否すれば、そのとき証人として出頭した者は法廷においてこれを確認し、レトリックのルールに従って、弁論者はコピーの正確さおよびオリジナルの真正さについて、多かれ少なかれ詳細な結論を導き出してくるだろう。

証人の前で発せられたプロクレーシスというのはまた、他の残る二つの非技術的証明、すなわち「奴隷拷問自白」および「宣誓」に関する弁論術的論証の点でも重要である。この二種類は今日的意味で「証拠」と呼べるかもしれないが、アテナイでは二つとも裁判員の前ではなく法廷外で行なわれた。したがって、この二つが裁判にとって意味があるのは、両当事者が合意した場合のみである。奴隷は通例、証人としては法廷に立つことは許されない。当事者が、特定の論点について、相手方の奴隷を拷問するのは、その奴隷の所有者が同意した場合のみである。同様に、一方が特定の争点について宣誓したその宣誓を他方が受け入れた、ということを当事者は合意するのである。かかるプロクレーシスにおいては、法廷外で生じるこれらの手続きの結果に、本事件全体が依存する、ということがしばしば示唆されている。

しかしながら、ほとんどの場合、あくまで一方当事者の提案に留まり、相手方は、原則として、このプロクレーシスを受け入れない。しかし、そのようなケースであっても、弁論者はこの果たし状の記録文言を裁判人の前で読んでもらい、その文言をそのときにいた証人に承認してもらうことができ、アリストテレスの言うように（『弁論術』第一巻第十五章）、結論を有利に導くことができるのである。そこでは、非技術的証明とは、拷問下の自白文言それ自体ではなく、プロクレーシスの文言であり、その文言の中には、拷問や宣誓の内容が正確に記録されている。つまり、プロクレーシスがあったという事実のみが証明されるのであり、提案されたプロクレーシスの内容が証明されるのではない。アリストテレス『アテナイ人の国制』第五十三章二では、典型的には公的仲裁人によって送付された記録が読み上げられるものとして、法律、証言、そしてプロクレーシスを挙げているが、そこでは果たし状のより広い適用のことは念頭にないのである。

このように、チュールは裁判過程に関していわゆる法廷手続き前の手続き——それが弁論準備手続きであれ公的仲裁であれ——を重要視し、この段階を「ディアレクティカル」と呼び、法廷における「レトリカル」段階と対照的に捉えている。レトリカル段階では、法廷において、決められた時間で、凝集した形で当事者の陳述が披瀝されるのである。他方、弁論準備段階では、当事者は証人の前で、相手に質問をしたり挑戦をしたりして、自分が法廷で読み上げるすべての記録書類を相手に見せなければならない。それが、さらなる質問と挑戦を誘発することもあるだろう。当事者は本訴までの段階で衡平な準備をするために協力しなければならないのである。

さらにチュールは、証言形式の分析を詳細に行ない、いわゆる口頭主義から書面主義への移行というアテナイ訴訟法の画期についても、オリジナルな主張を行なっているが、それについては別の機会に論じたい。

このように、プロクレーシスは紛争が法廷に上がる以前の諸手続き（弁論準備手続き（アナクリシス）、公的仲裁）においてなされる当事者の行動であり、同時にまたそれが記録文書として保管され、法廷で開示される場合の記録文書でもある。なぜこのようなことをするかというと、相手方に対して遺言書や契約書、奴隷に対する拷問自白、そして相手に対する宣誓、これらで勝負してみないかと誘っているのであり、まさに戦術なのである。この誘いに相手が乗ってくるかどうかはわからないが、もし乗ってくればどうなるか。そのような事例を筆者は寡聞にして知らないが（ホメロス『イリアス』第二十三歌のパトロクロスの葬送競技において、メネラオスの宣誓の誘いにアンティロコスは乗っていない）、誘った当人は後に退けないことになる。推測するに、誘いに乗るということは自信がある証拠である（自分の奴隷を拷問してもよいと認めるのは、自分は潔白であるか、あるいは奴隷は拷問を受けても口を割らないという自信があるから）。したがって、その自信に満ちた相手には勝てないと感じた本人は誘いを撤回し、それで相手が勝つことになる。もし、本人が撤回しなければ、まさに勝負に突入することになる。この勝負を描いた資料は残念ながら残っていない。ただ言えることは、勝負は法廷手続き以前の「手続き」としては収まらないものとなるであろう。

他方、もし相手が誘いに乗ってこなければ、すなわち相手がこの誘いを断れば（それがじっさいはほとんどだったとどの研究者も言う）、その断ったという事実が記載され、壺に保管され、法廷で披露される。これがプロクレーシスである。これを裁判員がどう判断するか、本人に有利か相手に有利か（一見、相手には不利のような印象を与えるが）どうか、それはわからない。本人から遠い証拠（たとえば、相手が所持する契約書、相手の奴隷）は、本人ではなく相手が証明する義務がある（それがフェアーである）という原則がアテナイにも当てはまるかどうか、われわれには判らないのである。

いずれにせよ、このような証拠をめぐる息詰まるような当事者間のやりとりを表現する言葉として何がふさわしいであろうか。訴訟を意味するギリシア語が、闘争（アゴーン ἄγων）であることを想起すべきである。西洋言語では challenge ないし invitation, Aufforderung, sommation などと訳されるが、本解説では「果たし状」を選んだ。読者の判断を乞いたい。なおミルハディ（Mirhady）は J. W. Headlam（1893）の主張、「プロクレーシスの機能は裁判に代わる、法廷外における一種の神判（ordeal）である」を再び取り上げ、基本的に肯定し、プロクレーシスを証拠方法の一つと位置づけるチュールらに異を唱えている。また最近の *Symposion 2017*（近刊）においても、再びガガーリン（Gagarin）がこの問題を扱っている。
Thür, 1977, 2000, 2005/ Harrison, II, pp. 133-154/ Todd, p. 96.

念のため橋場と村川の説明を引用しておく。

訴訟にあたって当事者は、有力な証拠や証言が手元にない場合、訴訟相手や第三者に対して、契約書や遺言状など私的文書の写しを取らせたり、奴隷を拷問にかけて証言を取ったりするよう、証人同伴で正式に請求することができた。このような請求は、たとえ相手に拒絶されても、請求した事実を（そして拒絶にあったことも）記録しておけば、これ自体法廷で有力な論拠となる。これを催告という。……（橋場、一四三頁注（４））

催告――πρόκλησις　私的な訴訟において、契約書、遺言状等が、原告、被告の一方または第三者の手にあった場合に、その文書を出させ、その写しをとらせることの要求。それはしばしば相手方の拒否を招いた。Lipsius, S. 869 ff. をみよ。また催告は相手方に誓言を要求したり、拷問によって奴隷の証言を引き出す方法を申し入れる場合をも含んでいた。（村川、一九八〇、二四四頁、第五十三章註（２））

（5）不当提訴者（シューコパンテース συκοφάντης）
従来、シューコパンテースはグラペーのような公訴において、当事者以外の第三者でも訴訟を提起できるという制度を悪用して、もっぱら勝訴の場合に入手できる報償金目当てで、あるいは相手を恐喝して示談に持ち込んで収入を得る、一種の職業的訴訟遂行者と見なされ、「告訴常習者」あるいは「告発屋」という訳語をあてがわれてきた。このような伝統説に対して、オズボーン（R. Osborne）は、以下の二点を論証する。第一に、シューコパンテース制度はアテナイ民主政の本質と運営にとって決定的に重要であった。第二に、純粋に金銭収入を目的とするプロフェッシナルなシューコパンテースは存在しなかった。

オズボーンによれば、デモステネスの弁論から浮かび上がるシューコパンテースのイメージは以下のとおりである。まず私訴（ディケー）における原告は、シューコパンテースの用語を避ける傾向にある。ただし、彼らが相手との長引く紛争に巻き込まれている場合は別である。一方、被告は一様に相手をシューコパンテースと呼ぶ。これとは対照的に公訴（グラペー）および原告が被害者ではなく公益のために訴追していると主張している事例では、シューコパンテースであるとの主張は、原告被告どちらも見られる。

シューコパンテースはこうして処理できるとして、濫訴としてのシューコパンテース現象はどう説明したらいいか。私訴（ディケー）の事件については、原告自身が自分は被害者であると主張し、相手に対して提訴をちらつかせ、裁判外紛争処理に持ち込むことがあっても、あながち不当とは言えない。ただし、グラペーおよび他の公的事件については、たしかにもう少し考慮が必要であろう。そこでは、原告ないし訴追者は、相手がポリスの活動に積極的に関与しないと非難しており、それに対して被告は原告をシューコパンテースであるとして非難している。つまり、シューコパンテース現象は、富裕層の公的サービスなしにはポリスの諸活動は不可能であることを示す、民主政のメカニズムにおける一種の社会的コントロール手段なのである。換言すれば、これは財産交換制度（ἀντίδοσις）とその目的は同じであり、シューコパンテースはいわば非公式に活動しているとも言える。

以上がオズボーンの主張の骨子である。従来の訳語が、主としてアリストパネスをはじめとする喜劇作品におけるシューコパンテースのニュアンスを活かしたものであったのに対して、この学説は法廷弁論、とりわけデモステネスの諸用例を訴訟タイプに分けて分析した考察に基づくものであるので、本分冊にとってはより説得力があると思われる。もっとも、学説は対立しており、けっしてかかる解釈が通説というわけではない。この点も踏まえたうえで、筆者は訳語として「不当提訴（者）」を採用した。従来の訳語はシューコパンテースに限らず、ともすれば「刑事法」的色彩を帯びており、それを弱めるためにも、告訴、告発、誣告（*γραφή, συκοφαντία*, 村川、一九八〇、二六七頁）等の刑事法的タームを避けた。

Osborne, 2010a.

(6) 公民権停止（*ἀτιμία, ἄτιμος*）

橋場訳は本人が述べているように、制度名、役職名に関して原則的に村川訳を踏襲しているが、この語は村川訳と異なる例の一つである。村川訳では「市民権喪失（*ἀτιμία*）」（アリストテレス『アテナイ人の国制』第六十七章五）ないし「市民権喪失者（*ἄτιμος*）」（同第六十三章三）としている。村川、一九八〇、二八〇—二八一頁によれば、「市民権喪失……は贈収賄その他さまざまの犯罪に適用され、市民権の全面停止と部分的停止の別があり、一般には終身であるが、子孫に及ぶこともあった。ただかれらはアッティカに居住し、生業を営むことはできた。国家への負債者はその完納まで一時的市民権喪失者であった」。一方橋場訳は「公民権停止」と訳し、次のように説明している。「本来 *ἀτιμία* の字義は『名誉の喪失』であり、アルカイック期には法の保護剥奪（outlawry）、すなわちその者を殺害しても財産を奪っても罪には問われないという、完全なる権利の剥奪を指した。しかしのち前五世紀半ば頃からこの概念は寛容なものになり、市民として行使しうる公的な諸権利の全部もしくは一部を、永久もしくは一時的に停止すること、すなわち公民権停止（loss of civic rights）を意味するようになった。……公民権停止を受けた者でも、市民としての私的権利すなわち生命や財産権などは失わず、彼を殺害すれば殺人罪に問われる。……なおポリス共同体の正規の成員権という意味での市民権（citizenship）は、アテナイ民主政の場合、ペリクレスの市民権法……により両親の出自によって生得的に与えられたもので、法理論上剥奪することは不可能であった」（橋場、二一二頁補注18）。

このように両者の訳語は異なるが、その説明内容は大きく異ならない。では、この問題は単なる言葉（訳語）の問題なのであろうか。問題の背景には根深いものがある。

この問題の根本原因は、まずわが国には「市民権」も「公民権」も法律用語としてはほとんど存在しない点にある。前者はまったく用いられず、後者もかろうじて『法律学小辞典　第5版』に次のような説明がある程度である。

公民・公民権　国又は地方公共団体の公務に参与する地位における国民を公民という。公民は、法律学上の概念として用いられる場合と法令上の用語として用いられる場合がある。公民としての資格・権利は、公民権と呼ばれる〔労基七参照〕。なお、かつての市制・町村制では、住民のうち一定の資格をもつ者を公民とし、公民に限り、その市町村の公務に参与する権利義務をもっていた。しかし、現行憲法の下では、このような公民制は、法の下の平等に反するために廃止された。

現在、法律学の分野では市民権についても公民権についても議論することはほとんどない。憲法の代表的教科書、芦部信喜・高橋和之補訂『憲法　第七版』（岩波書店）の索引には、そもそも市民権も公民権もない。なぜ、わが国では市民（権）も公民（権）も、用語として根付かなかったのであろうか。市民（権）ないし公民（権）の近代語語源は、citizen(ship) ないし citoyen（仏）であるが、これらが日本法（憲法・民法など）に翻訳されたとき、国民ないし国籍（憲法）と私権（民法）に分解してしまった。つまり、わが国では、市民権および公民権問題は法的には存在せず、せいぜい外国人に関して、国籍問題が議論される程度である。参考までに『英米法辞典』を見ると、和英索引では「市民権　citizenship」とされており、一方英和項目では citizen が「1　市民、国民　政治的共同体の構成員……2　市民、公民　都市の住民。とくにある都市の政治に参加する資格をもつ者」となっており、citizenship は「国籍、州籍、市民権」となっている。

ところで公民権（運動）で有名なのはアメリカ合衆国であるが、Civil Rights Movement, Civil Rights Act の訳語は「公民」と「市民」の間を揺れている。すなわち、「公民権運動」「公民権法」あるいは「市民的権利に関する法律」等。ただし、わが国の公民権概念と区別する意味で、「市民的権利」という訳語を使う方向にあると解釈することもできる。

以上が法律用語および法学上の議論であるが、ここから明らかなことは、わが国では市民権も公民権も法的概念としては、ほぼ機能していないということである。それゆえ、その点に関するかぎり、村川訳も橋場訳も訳語としては表面上異なるが、内容説明さえ齟齬がなければ相互に矛盾はないということになる。橋場訳は、市民権は生得権であるゆえに喪失ないし剝奪は理論上不可能であると言うが、生得権となったのはペリクレスの立法によるものであり、この法律が廃止ないし変更されれば、市民権保有者（の条件）も変更される。生得権といえども不可侵ではない。それゆえ、訳者は村川訳でも橋場訳でも、その内容理解にさえ誤りがなければ、どちらでも通用すると考える。

ところで、わが国での（法概念以外の）一般的用例を見てみると、興味深いことに、市民および市民社会は西洋の歴史および社会を分析する概念としてしばしば用いられる。歴史的概念としては、古典古代（ギリシア・ローマ）と西洋近代社会に登場し、それとの対比で、わが国には市民（社会）があるかないかが議論される。また、市民運動についてはわが国で議論されるが、市民権運動については聞いたことがない。アメリカ合衆国の市民権運動に比較されるものがもしわが国にあるとすれば、それは「人権」運動であろうか。

一方、教育の分野では、中等教育の科目名としては「公民」が用いられ、最近では西欧の citizenship education が注目されている。後者は、「市民教育」、「公民教育」、「政治教育」などと訳され、統一されていない。

ここからも明らかなように、わが国では、公民（権）も市民（権）も、学術用語としても日常用語としても、概念が確定していないのである。この問題の根源は citizen, civil という概念およびその背後にある歴史と社会の諸条件を、わが国が西洋社会をモデルとして近代化する際に、慎重に取り除いたという事情があると思われる。この事情を解明するためにも、市民（権）と公民（権）の概念とその相違については、今後とも検討しなければならない。

（7）仲裁人（διαιτητής）

この語の翻訳に関しては、仲裁か調停か、さらに各々に私的・公的という形容詞が接合されて概念が混乱しているように思われるので、整理しておきたい。

日常用語としての仲裁と調停について考えると、「紛争《もめごと》を裁判という正式の手続きによらずに、第三者を介して解決すること、またはその手続き」という程度の意味ではないだろうか。また、日常用語ではこの二つの言葉では、この第三者を当事者が選定するか、第三者機関（公的機関とは限らない）が選定するかは必ずしも区別されて用いられていないし、また第三者が出した解決案が当事者を拘束するかどうか（当事者はそれに従う法的義務があるかどうか）も、区別して用いてはいない。以上の二重の曖昧さが、両概念の混乱の原因であろう。

そこでまず、わが国の法律用語としての仲裁と調停を、『法律学小辞典　第5版』で確認する。仲裁とは「私人間の紛争を訴訟によらずに解決する方法の一つで、当事者が第三者（仲裁人）による紛争の解決（仲裁判断）に服することに合意し（仲裁合意）、これに基づいて進められる手続をいう。……当事者の合意がなければ行われない点において、訴訟と異なるが、他方、第三者の示した解決に当事者が拘束される点において、裁判上の和解や調停とも異なる。日本国内で行われる仲裁手続及び仲裁手続に関して裁判所が行う手続については、仲裁法が適用される」。なお、仲裁人の選任は「原則として当事者の合意によるが、当事者の申立てに基づいて裁判所が選任することもある」。

他方、調停とは「民事上の紛争の解決のために、第三者が和解の仲介を行い、当事者間の合意の成立を目指す手続。成立した合意自体を指すこともある。第三者に最終的な判断権限がない点で、仲裁と異なる。……裁判所の調停について、民事調停法、……労働審判法、家事事件手続法……等がある。……裁判所の調停は、裁判官と民間の委員（調停委員、労働審判員）で構成する委員会が調停を行う。合意が記載された調書には、裁判上の和解……又は確定した判決ないし審判……と同一の効力が認められる。委員会による成立の見込みがない場合、裁判所は、調停に代わる裁判をすることができ、異議がなければ調停と同一の効力が認められる」。わが国の調停が持つ他国に類を見ない特徴として、調停前置主義がある。これは人事訴訟事件などにおいて適用される原則であり、訴えを提起する前に、まず調停の申し立てをしなければならない。

なお、仲裁、調停に類似する概念として、和解がある。これは「争っている当事者が互いに譲歩して、その間に存在する争いをやめることを約する契約（民法六九五）。……いわゆる示談は、互いに譲歩したものであれば和解である。和解は、裁判外においてもすることができるし（私法上の和解・裁判外の和解）、裁判所においてもすることができる（裁判上の和解）」。民事訴訟法において、調停、仲裁などとともに、判決以外による紛争解決方法の一類型と言えよう。刑事裁判においては、平成一二年に成立した「犯罪被害者等の保護を図るための刑事手続に付随する措置に関する法律」が、和解に関係する。

ところで、調停の歴史的淵源は勧解と呼ばれる制度にある。勧解とは旧幕時代の内済に由来すると言われ、明治維新後、法と裁判制度の近代化の中で、フランスの conciliation の影響を受けて、裁判官が本人自身の出頭を求めて、「定規」に拘泥せずに、本人の意思に基づく和解による解決を勧奨・説得する制度として登場した。明治八年に初めて規定が置かれ、民事事件の大部分が勧解によって処理され、裁判による解決は全事件の二割程度となった。明治一七年に勧解略則が制定されたが、明治二三（一八九〇）年民事訴訟法によって廃止された。

ところが、第一次世界大戦後の法的紛争の増加の中で、勧解制度の復活を求める声が強まる。その結果、大正一一（一九二二）年、借地借家調停法、同一三（一九二四）年、小作調停法、同一五（一九二六）年、商事調停法、労働争議調停法、さらに昭和一四（一九三九）年、人事調停法が成立した。戦後もいくつかの改廃を経て残存し、とりわけ家事事件に関しては調停前置主義により、いわゆる家族問題に関する紛争解決方法として最も広範に利用されている（植田他、二七四―二七六、三五二頁）。

以上が裁判外紛争解決方法（Alternative Dispute Resolution）としての仲裁、調停、和解についての法律用語としての説明である。この中でわが国独特のものとして非常に発展してきたのが調停であり、比較法的にも注目されている。この調停には上記のように歴史的先行形態として、勧解制度があったと言われている。

さて、アテナイの仲裁人（διαιτητής）は、アリストテレス『アテナイ人の国制』第五十三章では、およそ以下のように記述されている。「四十人」と呼ばれる裁判担当役人は、訴額一〇ドラクマまでの事件については最終判決権を持つが、この係争額を超える事件は仲裁人に委ねる。仲裁人はこれを引き受けて、当事者が合意に至らなければ裁定を下す。裁定に当事者が納得すればこれで訴訟は終了するが、この裁定に不服ある場合は、当事者は民衆裁判所に訴えることができる。その場合、証言、果たし状、関連法律を原告被告それぞれ別の壺に入れ、壺を封印し、裁定を板に書いて添付し、被告の部族の裁判を担当する四人の裁判人に渡す。彼ら（四人の裁判人）はそれを受理して民衆裁判所に提起するが、壺に入れたもの以外の法律、果たし状、証言を裁判で用いることはできない。仲裁人は（その年に）六〇歳に達する者が務める。「四十人」は、仲裁人に事件を抽籤で割り振り、仲裁人は任務を果たさなければならない。もし仲裁することを拒否すれば、その者は公民権停止を受ける。また、当事者は仲裁人から不正を受けたと主張して、仲裁人の同僚団に対して弾劾裁判を提起でき、もし彼らが当該仲裁人を有責と判決すれば、その者は公民権停止となる。ただし、その仲裁人はこれを不服として民衆法廷で争うことができる（橋場、一四二―一四四頁、なお二一七頁補注53参照。村川、一九八〇、八八―九〇頁）。

このように、アリストテレスによれば、仲裁人は「四十人」が担当する事件のうち、訴額一〇ドラクマを超える事件を一手に担当するわけであるから、相当仕事量は多いと考えなければならない。というのも、「四十人」は私訴事件のうち他の役人（相続問題を扱うアルコーン、あるいは商事事件を扱うテスモテタイ）が扱うものを除いて原則すべて担当する。しかも、訴額一〇ドラクマというのはけっして高額とは言えず、したがって結果的に大部分の私訴事件が仲裁人の担当と考えても的外れではあるまい。

では、このような仲裁人該当者はアテナイに何名いたのであろうか。マクダウエルによれば（MacDowell, 1978, p. 208）、前三二五／二四年の碑文に一〇三名のリストが掲載されている。マクダウエルはこの人数はありえない数字ではないとしている。前四世紀に入り、アテナイが六〇歳（正確には五九歳）の老人男子がある程度の数揃う、いわば「高齢社会」になったことが、このような仲裁制度を可能ならしめたとも言えよう。

また量的な重要性に加えて、かかる仲裁制度は紛争解決制度として、質的に相当重要な機能を持たされている。なぜなら、仲裁判断に不服がある場合、当事者は民衆裁判所に訴えを提起できるが、その際に裁判で依拠できる証拠は、すべて仲裁手続きにおいてすでに提出して壺に保管されていたものに制限される。したがって、当事者間の紛争は仲裁手続きによって実質的には解決されると言っても過言ではない。もちろん、民衆裁判所は不特定多数の裁判員で構成され、その単純多数決で勝敗が決するため、裁判における弁論（レトリック）の活躍する余地は残されているが。なお、この壺（の蓋）がベーゲホルト（A. Boegehold, 1982）によって発見されたことにより、仲裁手続きと並んで弁論準備手続き（アナクリシス）の詳細が明らかにされ、アテナイ証拠法の体系がチュールにより解明されることになった。

　仲裁人の責任が非常に重いという事実は、紛争解決方法としての仲裁制度の持つこのような量的、質的重要性を考慮するときにはじめて理解される。まず、仲裁依頼を拒否しただけで公民権停止、そして仲裁判断、むしろ裁判での票決に不満な当事者が仲裁人集団を弾劾でき、その結果公民権停止を被るというリスクを仲裁人、すなわち六〇歳の老人は全員背負うことになる。プラトンが『法律』（第六巻七六六D―七六八C）で描いたように、仲裁制度をいわば第一審と見なすこともあながち不当ではない。

　さてこのように見てきたとき *διαιτητής* を仲裁人と訳すべきか、調停人と訳すべきか、改めて考えてみたい。メナンドロス『委ねる者たち（*Επιτρέποντες*）』、あるいはデモステネス第三十三弁論一四―一九等に見られる私的仲裁の例と対比して、公的仲裁人あるいは公的調停人と訳する必要があるであろうか。また、当事者に選任権がないということ、および判断に当事者への拘束力がない（裁判所に提訴可能）ということを根拠にして、（仲裁人ではなく）調停人と訳するというのは一見合理性があるようであるが、筆者は賛成しかねる。たしかに、調停前置主義とアテナイのこの制度は類似する点はあるが、およそ裁判外の紛争解決方法は当事者がまず裁判の前に選択するものである。当事者に選任権がないと言うが、現在、わが国でも海外でも、仲裁人の場合も当事者が選ぶのではなく、仲裁人団体や裁判所に依頼して選任する場合は別段珍しくない。さらに、仲裁人の責任（弾劾リスク）に相当する責任は調停人にはまったくない。ただし、仲裁人は役人ではないので、執務審査（εὔθυναι）を受けることはない。この責任は当事者の能動性の表われとも解釈でき、この点でも調停よりは仲裁の概念に馴染むように思われる。なお、参考までに、ローマ法では審判人（iudex）の訴訟の進め方について当事者が責任追及する例を分析した研究がある（Metzger, 2006）。

以上の理由により、筆者は διαιτητής に仲裁人という訳語を当てる。また、とくに公的仲裁人と形容する必要もないと考える（宮崎、八〇―八一頁註（2）参照。宮崎氏も「仲裁係」の名称で統一している）。

MacDowell, 1978, pp. 203-211/ Harrison, II, Procedure, pp. 64-68/ Todd, pp. 123-124.

参考までに橋場補注を付けておく。

仲裁員　*διαιτηταί*

ここでは国家によって任命された公的仲裁員を指す。市民間の私的な係争は、裁判に訴える前にまず当事者双方が同意した私的な仲裁人に調停を依頼するのが普通であった。そこで解決できなかった場合にはじめて訴訟を起こすのであるが、その場合もただちに民衆裁判所に提訴されるわけではなく、多くの場合、まず四〇人の裁判官を介して公的仲裁に委ねられる。公的な仲裁制度が導入された時期は正確には不明であるが、史料上最初に公的仲裁員の活動が確認されるのは、前三九九／八年のことである。おそらく四〇人の裁判官の職務を補完し、また民衆裁判所の負担を軽減するために導入されたものであろう。仲裁員が役人ではなく、私人として任命される地位であったことは四〇人の裁判官と同様である。……（橋場、二二七頁補注53）

（8）貸借（ミストーシス μίσθωσις）

ミストーシスの由来については、土地耕作者が一定量の収穫物を土地所有者に納めるという関係から発展し、この一定収穫量がのちに賃料となったという説もあるが、これは推測の域を出ない。前五世紀までには農地と並んで家屋もミストーシスの対象となった。では、ミストーシスとは何かというと、貸し主が借り主に対して賃料支払いと引き換えに一定期間その物件を保持して利用することを認める、ということに尽きる。もちろん、それ以外に種々の条件を付けることは可能である。契約は書面でなされなくても有効である。貸し主がポリスその他公的機関（デーモス）である場合は、契約は碑文に刻まれることがある。

もし、ポリス所有の財産の借り主が賃料支払いを懈怠した場合、それに関連した手続きを定めた特別法がある。その中には借り主が支払いまで公民権を喪失するという規定がある（デモステネス第二十四弁論四〇、第四十三弁論五八）。私有の財産にはこの法律の適用はないが、物件の種類に応じていくつかの訴訟が可能である。

さて、問題はこのミストーシスをどう訳するかである。英語では、すなわちちコモン・ロー圏の研究者は、何のためらいもなく lease（リース）と訳する。ヨーロッパ大陸法（ローマ法）圏では、同じく何のためらいもなく、たとえばフランス法（ジェルネ）では location と訳されている。日本民法は後者の法圏に属するので、

locationに相当する日本民法概念である「賃貸借」（改正民法第六百一条）を訳語として問題ないように見えるが、果たしてそうであろうか。

まず、リースについての『法律学小辞典　第5版』の説明を引用する。

リース　lease, leasing　……英米法では、不動産・動産・権利・サービスの賃貸借を広く指し、わが国でもこの意味で用いることがあるが、その場合には単なる賃貸借と同義である。むしろ、一般には、物の所有者でそれを売却する意図をもつ者と、その物を利用する意図をもつがそれを購入する意図をもたない者の間に、第三者が介在し、第三者が所有者から物を購入し、同時に、それを利用する者に貸し与える取引をリース（リース取引）と呼ぶことが多い。……この第三者をレッサー（lessor）、物の所有者を供給者、物を利用する者をレッシー（lessee）（又は一般的にユーザー（user））という。

すでに述べたように、コモン・ロー圏ではリースと訳される。このリースと賃貸借は実は同じではない。来栖三郎によれば、コモン・ローでは、原則として動産賃貸借をhire, 不動産賃貸借をleaseと呼んできたが、現在ではleaseとよばれる動産賃貸借も盛んである。わが国では、高度経済成長とともに、「リース業」が発展し、動産リースが著しく重要性を増してきた。産業工作機械、事務機器、医療機具、自動車などがその代表例である。短期の賃借はレンタルとも言う。リースの普及の原因は、利用者側の税法上の有利性、最新設備の導入などがあるが、メーカー側の高額物件の販売促進などもある。その結果、リースを専業に行なう、いわゆる「リース業」が発展した。

リースは通常、ファイナンス・リースとメインテナンス・リースないしオペレーティング・リースに分類される。前者は、特定人が機械設備を必要とする場合、それを購入する資金を貸し付ける代わりにリース会社がそれを購入して賃貸するもので、リース物件は汎用性がないので、リース期間中に、機械設備の購入原価、金利、利益が回収されるようにリース料が算定され、また契約期間中のユーザー側からする中途解約を認めない、もし強いてユーザー側から解約する場合は、規定損害金を支払うべきことが定められている。後者は、機械設備を利用させることに主眼があり、リース物件には汎用性があるので、中途解約が一定の予告期間をおいて認められている。後者（オペレーティング・リース）にレンタルを含ませる人も少なくない。

ところで、わが国のリースの大部分は前者、すなわちファイナンシャル・リース（狭義のリース）である。このリースは、経済的にはむしろ金融を目的とし、リース契約はその金融目的を達成するための法的手段で、通常の賃貸借契約に比べて多くの無視できない特徴を有しているため、果たしてリース契約を賃貸借契約の一種と解すべきか、一つの非典型担保と解すべきかが問題とされている。後者について、道垣内弘人は、担保付売買と見なしうるとする（道垣内、三六五―三六六頁）。なお、イギリスでは不動産賃貸借、永小作権、地上権も区別がなく、また土地賃貸借も家屋賃貸借もすべてリースで賄っている。

このように、民法の賃貸借とコモン・ローのリースには大きな相違がある。とくにわが国で「リース（狭義のファイナンス・リース）」と呼ばれているものは賃貸借と相当異なることを銘記すべきである。

さて、このように見てきたときに、デモステネス第三十七弁論における、ニコブロス（およびエウエルゴス）とパンタイネトスの間の作業場と奴隷をめぐる関係を、リース（ファイナンス・リース）と訳すべきかあるいは賃貸借と訳すべきかは、単に当事者の関係の理解にとってのみならずこの弁論全体の解釈にとって重要な問題であることがわかるであろう。

もし、前者と訳するならば、ニコブロスは単に賃貸人ではなくリース業者、すなわち金融業者として活動していることになる。ニコブロスが弁論後半部（五二―五四節）で自分の活動が専門の（τέχνη）、つまりプロフェッショナルの金貸業者ないし銀行業者の活動とは異なることを、巧妙なレトリックを用いて裁判員に説得しようと試みている。しかし逆説的にも、このことはかかる業者ないし職業の存在を暗示している。さらにこの弁論の背後には、貸借関係をめぐる、伝統的な互酬性（困ったときはお互いさま）の世界と利益（利子）目的のビジネスの世界の相克が垣間見られる。詳細は第三十七弁論の作品解説に譲りたい。

以上のように考察を進めてきた結果、筆者は賃貸借という法概念を避け、「貸借」という幅広い、厳密な意味の法概念ではない言葉をミストーシスの訳語として用いた。同時にまた、「貸借」の中には、リース（ファイナンシャル・リース）の要素も含まれていると考えていただきたい。

MacDowell, 1978, pp. 140-142/ Millett, 1991, 1990/ 来栖、二九一―三〇〇頁／中田、三八六頁。

(9) 買い戻し権付売買（πρᾶσις ἐπὶ λύσει）
まずアテナイにおける売買の説明から始めたい。売買は交換から発展した。ホメロスにおいては、交換が財貨獲得の通常の方法であった。雄牛がいわば貨幣単位であった。交換においてはモノが交換されるとき、その所有権（ただし、この所有権は近代的所有権と同じではない。以下同様）が移転することが交換の本質である。この原則は貨幣が出現しても変わらなかった。交換物の一方が貨幣のとき、これは売買と呼ばれるが、現金売買（cash sale）であり続けた。所有権は貨幣が支払われたときのみ移転する。ポリスによる鉱山割り当ての場合も売買という言葉が使われるが、これだけがアテナイ売買法原則の例外であった。プリンクスハイム（Fritz Pringsheim）はこのような現実売買がギリシア、ヘレニズムを通じて原則だったことを示した。

したがって、信用売買（sale on credit）は原則として認められていなかった。支払い完了まで所有権は売り主にあった。ただし、手付けはじっさいに用いられ、また現在の瑕疵担保責任に類似すると思われる法律も存在した。アテナイにおいては土地の登記制度はない（他のポリスには存在したところもある）。

さて、このような前提のもとに、「買い戻し権付売買（*πρᾶσις ἐπὶ λύσει*, sale with right of redemption）」と呼ばれる、売買の名を借りた一種の「金融（ファイナンス）」取り引き、すなわち現在の法概念によれば消費貸借が、アテナイではさかんに行なわれていた。デモステネス第三十七弁論はそれを示す恰好の素材である。ちなみに、売買の名を冠した消費貸借は日本中世（鎌倉室町時代）にもよく見られる現象であるが、とくに第三十七弁論と酷似する法制度は、現在日本のいわゆる「譲渡担保」である。譲渡担保においては、売買による所有権移転という形式が用いられていても、その目的は債権担保であり、債権者は完全な所有権者ではなく、債務者もまた目的物についての何らかの物権を有している、という担保的構成をとった判例理論が確立している。

さて、アテナイにおける買い戻し権付売買の研究の古典となったのはフィンレイ（Finley）の研究である。フィンレイはいわゆる抵当碑文（*ὅροι*）の分析から、*ὑποκείμενος*（hypothec, 抵当権の語源）と*πρᾶσις ἐπὶ λύσει*という表現を類型的に抽出し分析した。この二つの担保表現のうち、圧倒的多数を占めるのは後者であり、その意味は「買い戻し権付売買」すなわち、買い主は借金を完済すれば目的物を買い戻す権利を留保して当該目的物を売却するというものであり、売買という名前を使ってはいるもののその目的は貸金の担保であることを明らかにした。

ところが法廷弁論においては、金銭貸借の担保として前者の表現は見られるが、後者 *πρᾶσις ἐπὶ λύσει* という表現はなぜかまったく用いられない。碑文と弁論に見られるこのような表現の相違に対して、種々の説明が試みられてきたが、近時ハリス（E. Harris）は下記のような分析を行ない、これは学会において大体受け入れられていると言ってよい。ハリスによれば、碑文上の二つの表現は相互に異なる担保方法だと従来考えられてきたが、この想定は誤りである。つまり、両者は同じ担保制度（慣行）の表現の相違にすぎない。では、なぜ、法廷弁論では「売り主」ないし「売却」という表現だけが用いられ、買い戻し権付 *ἐπὶ λύσει* という語は登場しないのか。その理由は、担保権者という意味を「売り主」は持たないのではなくて、むしろ担保（保証）する責任を負った人であることを意味しているからである。一方碑文では、「売却」ないし「買い戻し権付売買」という表現が頻繁に用いられているのは、当該物件が担保を設定されたものであることを明示し、第三者ないし新しい買い主に警告する意味があったからである。詳細は作品解説に委ねる。なお、アテナイでこのような複雑な事態に至った原因を、ハリスはローマ法のような抵当制度や所有権移転の厳格な方法の不存在に帰している。ローマとの違いについては、ハリスのローマ法理解の妥当性を含めて慎重に検討しなければならないと思われる。

なお、参考までに売り主の担保責任について来栖三郎の説明を引用しておく。

他人の物の売買においては売主は権利を取得して買主に移転する義務がある。他人の物の売買は債権契約としては有効である。買主に引渡ないし移転登記がなされた後に、真実の権利者が買主から占有ないし登記を取戻していった場合における売主の担保責任を追奪担保責任（権利の欠缺）と呼ぶ。現在は契約解除と損害賠償である。（来栖、五四―五五頁。なお、改正民法第五百六十一条）

売主の権利の欠缺または瑕疵に対する担保責任は、売買の目的たる権利に担保権が負担としてついている場合にも生じる。その場合として民法典は売買の目的たる不動産の上に先取特権または抵当権としてついている場合だけを規定している。これらの場合、買主は先取特権または抵当権の行使に因ってその所有権を失ったときはじめて売主の担保責任を問い、契約を解除できる。また買主が代価弁済、滌除、代位弁済の方法によって自ら出捐してその所有権を保存したときは、売主に対してその出捐の償還を請求することができる。いずれの場合にも買主が損害を受けたときはその賠償をも請求することができる。買主の善意悪意を問わない。（同七〇頁。改正民法第五百七十条）

Harris, 2006a, b/ Pringsheim/ Fine/ Finley/ Jew et al./ Millett, 2016/ MacDowell, 1978, pp. 138-140/ Harrison, I, pp. 256/ 来栖／道垣内、三〇一―三七四頁。

参考文献

Carawan, E.（ed.）, *Oxford Readings in Classical Studies: The Attic Orators*, Oxford, 2007.

Cartledge, P., Millett, P. and Todd, S.（eds.）, *Nomos: Essays in Athenian Law, Politics and Society*, Cambridge, 1990.

Dover, K., *Lysias and Corpus Lysiacum*, Berkeley / Los Angeles / London, 1968.

du Plessis, P., Ando, C. and Tuori, K. (eds.), *The Oxford Handbook of Roman Law and Society*, Oxford, 2016.

Fine, J. V. A., *Horoi: Studies in Morgages, Real Security and Land Tenure in Ancient Athens*, Hesperia Supp., 1951.

Finley, M. I., *Studies in Land and Credit in Ancient Athens, 500-200 B.C.: The Horoi Inscriptions*, with a new introduction by P. Millett, New Brunswick and Oxford, 1985 (first published 1952).

Gagarin, M., "Challenges in Athenian Law: Going beyond Oaths and *Basanos* to Proposals", in *Symposion 2017* (G. Thür, ed.), Wien, Forthcoming, pp. 165-177.

Gagarin, M. and Cohen, D. (eds.), *The Cambridge Companion to Ancient Greek Law*, Cambridge, 2005.

Gernet, L., *Démosthène Plaidoyers civils*, 4 vols., Paris (Budé), 1954-60, Tome 1, 1954.

Harris, E., *Democracy and the Rule of Law in Classical Athens: Essays on Law, Politics and Society*, Cambridge, 2006.

———, "When is a Sale Not a Sale? The Riddle of Athenian Terminology for Real Security Revisited", in Harris, 2006, pp. 163-206. (= 2006a)

———, "Apotimema: Athenian Terminology for Real Security in Leases and Dowry Agreements", in Harris, 2006, pp. 207-240. (= 2006b)

———, *Demosthenes, Speeches 20-22*, Austin, 2008.

Harrison, A. R. W., *The Law of Athens*, 2 vols., Oxford, 1968-71 (2nd ed., Forerword by D. M. MacDowell, London, 1998).

Jew, D., Osborne, R. and Scott, M. (eds.), *M. I. Finley: An Ancient Historian and his Impact*, Cambridge, 2016.

Kennedy, G. A., *Aristotle on Rhetoric: A Theory of Civic Discourse*, New York / Oxford, 2007.

Lipsius, J. H., *Das attische Recht und Rechtverfahren*, Leipzig, 1905-15（rep. 1984）.

MacDowell, D. M., *The Law in Classical Athens*, London, 1978.

———, *Demosthenes: Against Meidias*, Oxford, 1990.

———, *Demosthenes, Speeches 27-38*, Austin, 2004.

———, *Demosthenes the Orator*, Oxford, 2009.

Metzger, E., "Absent Parties and Bloody-Minded Judges", in A. Burrows and Lord R. of Earlsferry（eds.）, *Mapping the Law: Essays in Memory of Peter Briks*, Oxford, 2006, pp. 455-473.

———, "Litigation", in D. Johnston（ed.）, *The Cambridge Companion to Roman Law*, 2015, pp. 272-298.

Millett, P., "Sale, Credit and Exchange in Athenian Law and Society", in Cartledge et al., 1990, pp. 167-194.

———, *Lending and Borrowing in Ancient Athens*, Cambridge, 1991.

———, "The Impact of Studies in Land and Credit", in Jew et al., 2016, pp. 31-57.

Mirhady, D. "Torture and Rhetoric in Athens", in Carawan, 2007, pp. 247-268（*Journal of Hellenic Studies* 116（1996）, pp. 119-131）.

Osborne, R., *Athens and Athenian Democracy*, Cambridge, 2010.

———, "Vexatious Litigation in Classical Athens: sykophancy and the sykophant", in Osborne, 2010, pp. 205-228（first appeared in Cartledge et al., 1990, pp. 83-102）.（= 2010a）

———, "Law in Action in Classical Athens", in Osborne, 2010, pp. 171-204.（= 2010b）

Pringsheim, F., *Greek Law of Sale*, Weimar, 1951.

Reid, E. C. and Blackie, J. W. G., *Personal Bar*, Edinburgh, 2006.

Todd, S. C., *The Shape of Athenian Law*, Oxford, 1993.

Thür, G., *Beweisfürung vor den Schwurgerichtshöfen Athens: Die Proklesis zur Basanos*, Wien , 1977.

———, "Das Gerichtswesen Athens im 4. Jahrhundert v. Chr.", in L. Burckhardt and J. von Ungern-Sternberg (eds.), *Große Prozesse im antiken Athen*, München, 2000, pp. 30-49.

———, "The Role of the Witness in Athenian Law", in Gagarin and Cohen, 2005, pp. 146-169.

———, "Das Prinzip der Fairness im attishcen Prozess: Gedanken zu *Echinos* and *Enklema*", in *Symposion 2005* (E. Cantarella, ed.), Wien, 2007, pp. 131-150.

Visser, P. J. and Potgieter, J. M., *Estoppel: Cases and Materials*, Durban, 1994.

石井紫郎「外から見た盟神探湯」、『日本人の法生活』東京大学出版会、二〇一二年、三九七—四二四頁。

野田良之「私法観念の起源に関する一管見——L. Gernet の研究を拠所として」、『私法学の新たなる展開——我妻栄博士追悼論文集』有斐閣、一九七五年、二三—四七頁。

橋場弦（訳）『アリストテレス全集19　アテナイ人の国制』岩波書店、二〇一四年。

宮崎亮「前４世紀アテナイの公的仲裁制度について」、『西洋古典学研究』ＸＬＩＶ、一九九六年、七三—八三頁。

村川堅太郎（訳）『アリストテレス全集16　アテナイ人の國制』河出書房、一九三九年。

――（訳）『アリストテレス全集17　アテナイ人の国制』岩波書店、一九七二年。

――（訳）『アリストテレス　アテナイ人の国制』岩波文庫、一九八〇年。


芦部信喜、高橋和之（補訂）『憲法　第七版』岩波書店、二〇一九年。

植田信廣他（編）『日本法制史』青林書院、二〇一〇年。

来栖三郎『契約法』有斐閣、一九七四年。

高橋和之他（編）『法律学小辞典　第5版』有斐閣、二〇一六年。

田中英夫（編）『英米法辞典』東京大学出版会、一九九一年。

團藤重光『刑事訴訟法綱要』弘文堂書房、一九四三年。

道垣内弘人『担保物権法　第4版』有斐閣、二〇一七年。

中田裕康『契約法』有斐閣、二〇一七年。

作品解説

『アポボス弾劾、第一・二演説』『アポボスへの抗弁』『オネトルへの抗弁、第一・二演説』

木曽明子

『アポボス弾劾、第一演説（第二十七弁論）』

『アポボス弾劾、第一演説（第二十七弁論）』から『オネトルへの抗弁、第二演説（第三十一弁論）』までの五篇は、弁論家デモステネスの最初期の作品であり、彼が生まれて初めて法廷闘争に臨んだときの弁論である。その闘争とは、デモステネスが一八歳の成年に達するまで、亡父の遺産を預った三人の管財人との闘いである。父デモステネス（父子同名であるので、こう呼ぶ）は、前三七六年、七歳のデモステネスと五歳の妹、そして二人の母クレオブレを残して死んだ。父デモステネスは死の床で、アポボス、デモポン、テリッピデスの三人を管財人（後見人）に指名し、愛児の将来を託した。アポボスとデモポンはいずれも父デモステネスの甥であり、テリッピデスは同じパイアニア区民で、彼の終生の友人であった。父デモステネスは刃物作りとベッド製造の作業場を所有経営し、それらの作業奴隷、銀行預金や貸付金、宝飾品など総額約一四タラントンの財産を持つ裕福な市民であった。(1) 彼の遺言の趣旨は、未亡人となるクレオブレを、八〇ムナの嫁資とともにアポボスに妻として与え、デモステネスが成年に達するまで、アポボスに家内奴隷付きの家と家具を(2)

使用することを許可する、デモポンには五歳の妹を許嫁として、そして結婚するときに持たせるはずの嫁資二タラントンを、遺産から直ちに使う権利とともに与える、というものであった。三人目の管財人テリッピデスには、デモステネスが未成年である間、七〇ムナの使用権（＝七〇ムナを一〇年間借り、それを運用して生まれる利益を自分のものとして受け取る、デモステネスが成年に達せば、七〇ムナは利子を付けずに返す）が与えられた。これ以外の財産はすべて二人の子の利益になるように管財人によって管理運用されねばならず、デモステネスは一〇年後には——彼自身の計算によると——少なくとも三〇タラントンを受け取るはずであった。

ところが管財人たちは父デモステネスの遺志をないがしろにした。アポボスは指示された結婚をせず、のちに別の女を妻にした。ただ実状はクレオブレがアポボスとの結婚を拒み、嫁資八〇ムナ（本来彼女に付いているものである＝六五七頁参照）を持って、子供を連れて姉妹の家に身を寄せたということであったらしい。八〇ムナを失ったと腹を立てるアポボスのために、デモポンとテリッピデスは刃物作りの作業場の職人（奴隷）の半数を互いに売り合い[3]、嫁資分八〇ムナを整えてやった。のちに述べるように、これらの作業場からの収入はまったく報告されないか、金額を少なく偽って報告された。象牙や鉄といった高額商品の取引や売却による利益、貸付金の回収についても、彼らは満足な説明をしなかった。たしかにアポボスは、一八歳に

(1)『アポボス弾劾、第一演説（第二十七弁論）』一一、および一三頁註（7）参照。

(2)『アポボス弾劾、第一演説（第二十七弁論）』四六参照。

(3)『アポボス弾劾、第一演説（第二十七弁論）』一三、一六、一八、六一参照。

なったデモステネスに家を空け渡しはしたが、デモステネスが手にした財産は、自分の家と刃物作りの職人奴隷一四人と現金三〇ムナ、(1) 合計わずか七〇ムナ相当、すなわち父の死亡時の財産額の一二分の一ほどしかなかった（父デモステネスの遺産の細目については、補註Wを参照）。

幼いデモステネスに事の理非がわかるはずはなかっただろうが、成年に達するまでにはこうした管財人たちの不正行為を十分に把握し、やがて償還もしくは損害賠償を要求する決意を固めていたと思われる。最初は母や親しい家内奴隷などに事実を確かめ、身近なところで解決をはかろうとした様子がうかがえるが、けっきょく法廷で対決するしかないところまで事態は悪化した。デモステネスが成年資格審査（ドキマシアー）に合格した時点で、管財人は後見人職務期間中の出納詳細を報告して全財産を返還しなければならなかったが（前三六六年）、彼らはそれをしなかった。その時から提訴までほぼ二年が経過している。この間の空白は、一八歳を迎えた男子市民に課せられる兵役見習い（エペーベイアー）に出たデモステネスが、居住地に不在であったためだとも説明されるが、相続財産に関わる係争中の一八歳男子には見習い任務免除があることを伝える伝承など、(2) エペーベイアーの内容はかならずしも確証されてはいないため、詳細は不明である。

アテナイでは私訴の裁判に入る前に、まず法廷外解決を図って仲裁人（補註F参照）による私的仲裁を試みるのが通例であった。誰を仲裁人にするか、何についての仲裁であるか、に関する当事者双方の合意を見た後、公平な裁定を下す、と唱える仲裁人の宣誓をもって仲裁が始められる。しかしこの私的「仲裁人」による解決は、係争当事者それぞれが自分の身内や友人に仲裁人を依頼するため、うまくいかないことが多い。デモステネスとアポボスの一件も、不首尾というより、アポボス側の失策であった。アポボスは自分が依頼した仲裁人から、誓いをした上で下す裁定はアポボスに不利なものになるだろうと知らされた時点で、三人の仲裁人を解任した。[3] 私的仲裁が頓挫したとなると、次の手順は、公的調停である。すべてのアテナイ市民は、六〇歳になる年の一年間、公選の調停役を務め、抽選で割り当てられた事件の調停を担当する（補註F参照）。調停役が下した判断を当事者双方が受け入れれば、そこで一件落着となるが、どちらか一方が不服であれば、その事案は民衆法廷に移される。[4] 本件ではこの調停にも、アポボスは泣きを見た。公選調停役はデモステネスに有利な判定を下したのである。[5] アポボスは不服を唱えた。だが民衆法廷に移っても、この案件で勝利を得るには、尋常な手段ではおぼつかない。のちに名の出る親類筋の人間等をも抱き込んであれこれアポボスが事前策を練っているうちに、覚悟を決めたデモステネスが「後見人職務に関する訴訟（ディケー・エピトロペース）」を起こして、アポボスを訴えた。同時に、残る二人の管財人デモポン、テリッピデ

（1）『アポボス弾劾、第一演説（第二十七弁論）』六参照。
（2）アリストテレス『アテナイ人の国制』第四十二章五参照。しかしこの書の著作推定年代の前三三〇年以前のエペーベイアー制度については、不明というのが大方の見方である。
（3）『アポボス弾劾、第一演説（第二十七弁論）』一、五頁註（2）、および『アポボスへの抗弁（第二十九弁論）』五八参照。
（4）調停役についてはアリストテレス『アテナイ人の国制』第五十三章四参照。
（5）『アポボス弾劾、第一演説（第二十七弁論）』五一の反事実の仮定文を参照。
（6）『オネトルへの抗弁、第一演説（第三十弁論）』の題名のオネトルら。

スをも訴えた。[1] 一〇年間の資産運用の利益を累計した、正当に受け取るべき財産総額は三〇タラントンだという計算で、各々に一〇タラントンを請求したのである。申請先はテスモテタイ（法務執政官）であり、三件の私訴が（おそらく三日続けて）行なわれることが公告された。前三六四／六三年（二〇歳前後）後半のことである。[2]

しかしデモステネスが民衆法廷の原告台に立つまでに、なお思わぬ障碍が立ちはだかった。トラシュロコスなる富裕市民が、三段櫂船奉仕役の指名を受けた自分の代わりに負担額二〇ムナの拠出をするか、さもなくば自分と「財産交換」をせよ、と要求してきたのである。[3] 三段櫂船奉仕は、一定の水準以上の資産を持つ市民に課せられるが、トラシュロコスはその年の奉仕役に指名されて、軍船一隻の艤装整備経費のうち二〇ムナを負担するよう求められていた（三段櫂船奉仕については、補註Dを参照）。

「財産交換（アンティドシス）」とは、有産市民が公共奉仕役に指名されたとき、自分より金持ちで適任のはずの市民が、不当に役目を免れていると言って、その人に二つの選択肢を与えて、返答を要求することができる公的制度である。「財産交換」を要求された人が、より裕福なのはたしかに自分だと認めるなら、認めた人は当該の奉仕役を引き受けなければならないが、要請者の方が裕福だと反論するなら、要請者は「それではあなたの全財産を私の全財産と交換せよ」と「財産交換」を求めることができる。こんな奇妙な制度がなぜあったかと訝られるが、公共奉仕を逃れようとする者にとって、一種の便法ではあっただろう。公共奉仕への指名を非常な名誉と受け取る向きもあったが、忌避する傾向も強かった。[4] 他方、国家側からすれば、脱落者を補塡して安定的に公共奉仕制度を維持できるということになる。重い負担を強いられる当該市民の敵意を国家にではなく、奉仕役をめぐって争う相手に向けさせ、同時に富裕市民の財産調べを私人にさせられるという利点があった。

さて、トラシュロコスにつかまったデモステネスは、自分の方がより裕福だと認めるなら、三段櫂船奉仕役という重い公共奉仕を引き受け、二〇ムナという少なからぬ金額を負担しなければならない。トラシュロコスの方が裕福だと反論するなら、自分の全財産をトラシュロコスのそれと交換しなければならない。だが規定によれば、財産交換を要請された者は、「適任者選定裁判」を申請することができる。他種の係争でも用いられる「適任者選定裁判（ディアディカシアー）」は、権利または義務をめぐって、一つの対象案件を複数の人間が争う場合に、裁判員が最適任者を決めるための裁判である(5)。財産交換の場合は、要請した者、された者、のどちらがより適任かを、民衆法廷の裁判員の投票数で決めて係争を終わらせ、適任と判定した者に奉仕業務を行なわせるのである。デモステネスは「適任者選定裁判」を申請したかったが、事態はあまりに切迫していた。未決の管財人裁判が数日後に迫っている。管財人裁判でもし勝訴すれば、適任者選定では

(1)『アポボス弾劾、第一演説（第二十七弁論）』五二およびアイスキネス『使節職務不履行について（第二弁論）』九九参照。

(2)『オネトルへの抗弁、第一演説（第三十弁論）』一五参照（同日中に行なわれたという解もある）。

(3)『アポボス弾劾、第二演説（第二十八弁論）』一七参照。

(4)『冠について（第十八弁論）』一〇七―一〇八、アイスキネス『ティマルコス弾劾（第一弁論）』一〇一参照。

(5)「適任者選定」についてはアリストテレス『アテナイ人の国制』第五十六章六、第五十七章二、第六十一章一、第六十七章二参照。

デモステネスの資産額の方が大きいと判定されるかもしれない。そうだとしても、遺産がすぐに手許に戻るか否かはまったくわからない。それに「適任者選定裁判」を願い出るには、それなりの時間がかかるが、そんな余裕はない。二〇歳のデモステネスは、まずは財産交換に応じ、土壇場で拒否するという窮余の一策に賭けたと見受けられる。しかし彼は、この「財産交換」に潜む危険に、すぐには気付かなかった節《ふし》がある。

財産交換を始めるには、三段櫂船奉仕を管轄する将軍の許可を求めねばならず、認可されれば、当事者はそれぞれ自分の全財産を相手に開示しなければならない。それと同時に、双方が互いに相手の全財産を調査査定する権利を与えられる。財産交換の許可を得たトラシュロコスは、財産調査権を行使するためにデモステネスの家に来るだろう。そこでデモステネスは、わざと立ち入りを拒否する。つまり法で許されている立ち入り調査を拒否すれば、不当行為だとトラシュロコスは将軍に訴えるだろう。将軍は適任者選定裁判を民衆法廷に提起するだろう。とにかく審判者の前で弁ずる機会が与えられれば、財産を横領された自分に三段櫂船奉仕をする資力はとうていないことを示し、相手方の卑劣さを白日のもとにさらすこともできる。デモステネスはそう確信したと思われる。

開廷の数日前に、弟メイディアスと連れだってやって来たトラシュロコスは、予期せぬ門前払いを喰らって憤然と将軍のところに直行すると思いきや、すでに交換の受諾を得た財産の所有権者と称して、デモステネスの家の戸を押し破って侵入し、幼い妹の面前で破廉恥な言葉を吐き、母とデモステネスに対しても散々な罵言を浴びせた。そしてトラシュロコスは財産に付随する管財人告発の権利も自分のものになったから、アポボスへの管財人訴訟を取り下げたと言った。財産がトラシュロコスに移動すれば、デモステネスの財産に関するすべての権利、財産の管理者であったアポボスらを告訴する権利もトラシュロコスの手に移る。トラシュロコスが取り下げれば、アポボスらは、管財人裁判から解放されるわけである。トラシュロコス兄弟が友人アポボス救済のために仕組んだ罠に、デモステネスはこのとき初めて気付いたのかもしれない。しかしもう時間がなかった。万やむをえず、デモステネスは、家を抵当に入れ、三段櫂船奉仕の費用二〇ムナを捻出してトラシュロコスに支払い、管財人裁判の訴権だけは取り戻した。トラシュロコスはその二〇ムナで三段櫂船奉仕の下請け業者を雇って、自分は奉仕を免れた（この「財産交換事件」（『アポボス弾劾、第二演説（第二十八弁論）』一七以下）については、研究者によって異なる解釈もあるが、本解説は、主にデモステネス『弁論集3』所収の『メイディアス弾劾（第二十一弁論）』杉山晃太郎解説（四〇八―四〇九頁）に拠る）。

この事件の表面にはトラシュロコスの名があったが、じっさいに事を運んだのは弟メイディアスだったという。メイディアスはデモステネスより一〇歳以上年長であったが、鉱山経営等で築いた富をもって中央政界に進出して存在感を示し、デモステネスが政治家の道を歩み出してからも、終生彼の前に鬱然と立ちはだかる有力政治家であり続ける。のちに政策外交面での対立から、公訴の法廷で相まみえるなどするが、この一五年ほど後の春三月、町がディオニュシア祭の興奮に沸き返っているさなか、ディオニュソス劇場の衆人環視の中でメイディアスがデモステネスに拳骨を喰らわすという事件が起きている（『メイディアス弾劾（第二十一弁論）』でデモステネス自身の口から語られる）。両者間の敵対感情は、年数を経るごとに抜き差しならぬものになっていったことは想像にかたくない。

さて、管財人告発の権利だけは手許に残したデモステネスは、上に記したように前三六四／六三年、まずアポボスを相手取って訴訟を起こした。『アポボス弾劾、第一演説（第二十七弁論）』がその原告弁論である。「若さゆえにこの世界にまったく経験がない」（二節）と自分が訴訟に踏み切らざるをえなかった事情を手短かに述べて、裁判員の正義の判定を求める序論に続いて、デモステネスは詳細な数字を挙げて遺産の全容を開示する。金額に多少の誇張等が混じるのは、論敵打倒にはやる法廷演説者の通弊だとしても、アテナイ市民の生活の一端を示す貴重な資料となっている。

弁論の半分以上をこうした数字による検証に費やした後、後半では、管財人たちが父デモステネスの遺言書を不正に隠していること、遺産の多くが父デモステネスの借金支払いに消えたという管財人たちの主張になんら根拠はないこと、四タラントンが土中に埋められているはずだというアポボスの馬鹿げた主張のこと、後見期間に不動産貸し出しなど管財人に課された資産運用の義務を彼らが怠ったこと等々を述べた後、結論部に必須とされる、聴き手の憐憫の情に強く訴える言葉で一場の演説を閉じる、すなわち、勝訴判定を得られなければ、母や妹そして自分がいかばかりの貧窮に棄ておかれるか、それのみか公民権停止にさえ処せられるであろうと。

『アポボス弾劾、第二演説（第二十八弁論）』

私訴では係争者はそれぞれ二度の弁論を許される。右の第一演説に対して被告アポボスが弁明演説（散逸）をした後、二度目の演説にデモステネスが立ったのが、本弁論である。水時計で測られる口演時間の割当は、二度目の弁論に対しては、より短い。したがって第一演説の半分以下の長さの本弁論では、第一演説の論題の多くに反駁したであろうアポボスに対して、その場で返した反論が含まれているかもしれない。しかしデモステネスに関するかぎり、この第二演説も前もって周到に草稿を準備していただろうと推測できる。後年「デモステネスの弁論は灯心の匂いがする」（草稿作成に夜遅くまでかかる、の意）とからかわれたほど、[1]推敲を重ね、稿を何度も改める習慣は、このときについたのでもあろう。師事する弁論家イサイオスの膝下になおあるデモステネスの背水の陣での一篇とあれば、それだけの準備は怠らなかったと考えられる（イサイオスの影響については後述）。

『アポボス弾劾、第二演説（第二十八弁論）』は、被告弁論でアポボスが述べた形跡のある不動産貸し出しの不履行に対する釈明に、反論することから始まる。未成年者を後見する管財人の義務の一つに、預る財産のうちに不動産があれば、貸し出して利益を上げることがあった。父デモステネスの遺産には不動産も含まれており、それを賃貸しに出せば、かなりの収入を得たであろうが、貸し出し業務をアポボスらが怠ったことをデモステネスは第一演説で激しく非難した。[2]父デモステネスは遺言書で貸し出しの方法まで指示していた。[3]それに対してアポボスはこう弁明したらしい。デモステネスの母方の祖父ギュロンは、国庫に負債を負う身で、死亡時にもそれが未返済であった。ギュロンには二人の娘があり、そのうちの一人の息子である

（1）プルタルコス『デモステネス伝』八―四参照。
（2）『アポボス弾劾、第一演説（第二十七弁論）』五八―五九参照。
（3）『アポボス弾劾、第一演説（第二十七弁論）』一五および四〇参照。

デモステネスは、相続人として祖父の借金の支払いに責任がある。しかし父デモステネスは、不動産の賃貸しをすれば、所有不動産の評価額が公けにされ、孫にまで相続の及ぶギュロンの負債が、国権による没収の対象になることを危惧したため、不動産貸し出しの公開入札参加を望まなかった。また遺言書の公表も望まなかった。よって管財人の不動産運用の義務放棄を指弾するデモステネスの訴えは的外れである。およそこうした弁明かつ攻撃をアポボスがしたのであろう、話者デモステネスはきっぱりと、祖父がその借金を何年も前に完済したと断言し、父は財産隠しなどしていない、また裁判にあたって開示された財産高に隠蔽の疑惑はいささかも当たらない、逆にアポボスらの遺言書隠しこそ咎められるべきだと非難する。(1) 演説の残りの部分では、第一演説で示された証拠の再提示が続くが、父デモステネスが死の床で遺言する場面などの哀切な描写は、聴き手の心を強く揺さぶったであろう（補註J参照）。

稀代の弁論家を約束する出来、と評価される『アポボス弾劾、第一演説（第二十七弁論）』、そして続く『アポボス弾劾、第二演説（第二十八弁論）』に、裁判員団は勝訴の判定を下し、敗訴したアポボスは一〇タラントンという高額の賠償を命じられた（デモステネスはデモポンとテリッピデスにもそれぞれ一〇タラントンを要求し、この二件でも勝訴した）。

『アポボスへの抗弁（第二十九弁論）』

一〇タラントンの支払いを先延ばしにして、ほぼ二年後にアポボスが取った手段が、デモステネス側の証人を「偽証罪（プセウドマルテュリオーン）」で訴えることであった。それら証人たちの偽証ゆえに、自分は敗訴という不当な判決を受けたと抗議して、有罪判決で科された賠償金支払いをなんとか逃れようという魂胆である。訴えられた証人の一人パノスは、この係争の最初の解決手段すなわち私的仲裁による法廷外決着が図られたときの仲裁人の一人であった(2)。そのパノスが今回は被告としてアポボスの原告弁論に応えたが(前三六二／六一年)、さらにパノスを支援する共同弁論人としてデモステネスが弁じたものが、『アポボスへの抗弁(第二十九弁論)』である。

父デモステネスが刃物作りの作業場と作業奴隷を所有していたことは上に述べたが、デモステネスが公的調停の場でアポボスの背任を非難した事由の一つは、その作業場の運営状況の報告を怠り、そこから上がる収益二年分をデモステネスに渡していない(3)ということであった。アポボスがその二年の間に三段櫂船奉仕に出るなどして運営から離れていたらしいことは、デモステネス自身の口から語られたが(4)、その間のことすべてを知る者、すなわち作業場の現場責任者である奴隷ミリュアスに聞くべきだとアポボスは言って(5)、証言させるために奴隷ミリュアスの引き渡しを求めた。

アテナイの法廷では、奴隷の証言は拷問を経た場合にのみ有効とされる。そして拷問によって奴隷の証言を得るには、奴隷の所有者の許可が必要とされる。アポボスは催告(プロクレーシス。補註S参照)という公

(1)『アポボス弾劾、第二演説(第二十八弁論)』一—七参照。
(2)『アポボスへの抗弁(第二十九弁論)』五八参照。
(3)『アポボス弾劾、第一演説(第二十七弁論)』二一参照。
(4)『アポボス弾劾、第一演説(第二十七弁論)』一四参照。
(5)『アポボス弾劾、第一演説(第二十七弁論)』一八—二二参照。

式な手続きによって、拷問による証言を得るためミリュアスを差し出すようにデモステネスに求めた。一般に催告は係争相手に証人提出・宣誓を求めるなどして、証言類の有効性を確立するために行なわれるが、拒絶されることを見越して行なわれる場合が多い。つまり相手側に不利な証言が出てくるだろうと予測できれば、その類いのことを要求して、いわば脅しをかけるものといえる。それにもし拒絶されても、催告をしたという事実、そして相手側が催告を拒否したという事実は、法廷での審判において要請者側に有利な判定材料になりうるため、この手段に出る係争者は少なくなかった。そしてアポボスの催告を、デモステネスは拒絶した。父デモステネスが息を引き取る前にミリュアスを解放したから、ミリュアスはもはや奴隷ではない、と言ったのである。アポボスは反論した。そこでデモステネスは三人の証人を呼んだ。パノスとピリッポス、それにアポボスの兄弟アイシオスである。彼らはミリュアスが奴隷ではないことのみならず、以前の公的調停(1)でアポボス自身そのことを認めていたと法廷で証言した。アポボスの兄弟アイシオスさえそう証言した。アポボスはこれを偽証としてパノスを告訴、別個にピリッポスをも告訴、他方アイシオスは後で証言を撤回したため、彼への告発はなかった(2)。

さてアポボスによって偽証罪に問われたパノスは、短く答弁したと思われる。その後で共同弁論人として立ったデモステネスは、先行の二つの弁論（第二十七、および第二十八弁論）中で明らかにしたことを繰り返して述べる。裁判員団が前回とは異なるから、改めて事情を説明しなければならない。もっとも本弁論はパノスを偽証罪に問うアポボスに答えるものであるから、原告弁論でアポボスは自分の立場から事件の経緯などを語り、その叙述からも裁判員団はなにがしかの知識を得ていたであろう。しかし、とにかく今回の焦点は、ミリュアスがもはや奴隷ではないことをアポボスが認めていた、と証言したパノスが、嘘をついていたか否かである。

だがミリュアスの正確な身分、解放された、と言われる経緯を把握しようとする研究者は、致命的な情報不足に悩まされ、同時に奴隷の解放一般についても理解を阻まれることになる。というのも奴隷身分からの解放は、証人立ち会いのもとで行なわれる正式な手続きを要するものではなく、死の床にある主人が口にする言葉だけでよかったようでもあり、家族同様に親しんだ奴隷であれば、いつしかその元の身分が忘れられていてもおかしくなかった様子もうかがえる。奴隷が解放されると居留外国人身分になるため、居留外国人税を払わねばならなくなる。それを避けるため公的手続きは（あったとしても）取らなかった、ということは容易に考えられよう。研究者の間でも、奴隷の解放は、何らかの手続きによって公けにされなければならなかったという考えに対して、主人に公的手続きが義務づけられていたことを示す資料はない、という反論があり、見解は分かれる。(3) こうした状況にあって、『アポボスへの抗弁（第二十九弁論）』を精読しても、ミリュアスが奴隷か否かを確定することはできない。またアポボスの要請を受けたデモステネスが、拷問のために

（1）『アポボスへの抗弁（第二十九弁論）』一九—二〇および三一参照。この公的調停（ノタルコスを調停役とする、デモポン告発の公的調停）でアポボスがミリュアスを奴隷ではないと認めたらしいが、時間的前後関係など不明な点が多い。

（2）アイシオスは合唱舞踏隊奉仕役を務めた記録があり（*IG* II² 3065）、アポボス同様富裕層に属していたことがわかる。

（3）Thür, p. 166; Harrison, I, p. 183 参照。

ミリュアスを差し出すことを拒否した理由も、デモステネスの言うとおり、奴隷でない者への不当な要請であったためか、あるいは長年信頼してきたミリュアスの拷問など論外と言いたかったからか、それとも真相を知られたくなかったためか、われわれ読者も判断に迷う。

むろんデモステネスは、敗訴から二年も経ってアポボスが「偽証罪」告発の訴訟を起こす意図は、偽証したと言って証人たちの罪を問うことではなく、一〇タラントンもの賠償金の支払いを逃れるためだということを即刻見抜いていた。パノスの偽証のせいで敗訴の憂き目を見て、不当に高額な賠償金を課せられたと訴えて裁判員の同情を喚起し、あわよくばこの災禍を埋め合わせる何らかの報復措置を、とアポボスは躍起になっていたのであろう。結果としてパノスが無罪放免されたことは確かなようだが、あるいはアポボスは敗訴を予測して事前に裁判を取り下げ、デモステネスの共同弁論人としての草稿だけが残ったという推測も否定できない。本弁論の真作性について、四人目の共同管財人（デモン）がいたかのような言及があるため[1]偽作説も唱えられたが、現在は真作説が広く受け入れられている（補註K参照）。

『オネトルへの抗弁、第一演説（第三十弁論）』

ところでアポボスは、証人パノスの偽証罪告発に際して義理の兄弟オネトル（とティモクラテス＝後述）を自分の側の証人としたが、それだけでなく、何かと相談して助力を仰いだと思われる。オネトルは管財人裁判でアポボスの敗訴が決まって、賠償金をいくらとするかという量刑審査に入ったとき[2]、デモステネスが一〇タラントンを提示したのに対し、一タラントンを提示した被告アポボスのために、裁判員団に向かって涙ながらに懇願し、哀願し、自分はその一タラントン支払いの保証人になってもいい、とさえ言った人物である。(3) オネトルは資産三〇タラントン以上と言われる大金持ちで、(4) アポボスとは妹を妻に与えた間柄である。かつてイソクラテスの門下にあり、ポリスへの寄与と高額の寄付ゆえに黄金の冠で顕彰された弟子の一人であることを、イソクラテスが書きとどめている。(5) イソクラテスは当時最も世評の高かった弁論術教師で、デモステネスは弟子入りを渇望しながら、その高額な授業料一〇〇〇ドラクマが払えず、涙をのんだという宿怨がある（ちなみにアポボスももともと、相当の富裕者である。第二演説一八がそれを指すとすれば、一〇タラントン以上を遺産相続していた）。

それはともかく、敗訴したアポボスは賠償金を支払わぬまま隣国メガラに移住する。(6) 勝訴したデモステネスは、法によって許されたアポボスの財産差し押さえの行動を起こした。しかしアポボスは、後に残す家のドアを取り外し、貯水槽を壊し、家財道具はできるかぎり持ち出し、奴隷たちはよそに移して、差し押さえの手を付けられないようにしていた。アポボスの所有地に赴くと、オネトルが、その土地は妹の結婚時に後見役である自分に権利が与えられたものだと言って、デモステネスを追い返した。アポボスは家屋の権利に

(1)『アポボスへの抗弁（第二十九弁論）』五六参照。
(2) 法定の罰金額などが前もって決まっていない量刑未定裁判では、被告原告それぞれが提示する刑量のどちらを採るかを、裁判員が投票して決める。
(3)『オネトルへの抗弁、第一演説（第三十弁論）』三二参照。
(4)『オネトルへの抗弁、第一演説（第三十弁論）』一〇参照。
(5) イソクラテス『財産交換（アンティドシス）』（第十五弁論）』九三―九四参照。
(6)『アポボスへの抗弁（第二十九弁論）』三参照。

ついても、デモステネスが差し押さえを実行するつもりなら、アイシオスを相手に訴訟を起こさねばならないように兄弟アイシオスに贈り物として与えていた。

前三六二／六一年（あるいは前三六一／六〇年）、デモステネスは、所有権回復を事由に、オネトルを告訴した（＝ディケー・エクスーレース）。『オネトルへの抗弁、第一演説（第三十弁論）』がこれである。告訴は、上記のパノスが偽証罪で訴追され、デモステネスが抗弁側に立って奮闘している最中、あるいはほとんど同時期に（時間的前後関係は、不明である）申請されたらしいが、申請から開廷までの時期は定かでない。所有権回復を事由とする訴訟は「強制執行のための私訴」とも訳され、裁判で勝訴して損害を受けたと認められた者が、敗訴者から損害を回復できないとき、権利回復を事由に起こせる訴訟である。この訴訟の敗訴者は、勝訴者に財物あるいはそれに相当する賠償金額を払わされる上に、賠償額と同額の罰金を国庫に支払わねばならない。遅れると国庫負債者リストに名前を記され、支払いまで公民権停止に処せられた。被害者のみが起こせる訴訟なので私訴だが、国庫への罰金とその取り立てを勝者である私人が国家に代わって行なうところが他の私訴と異なる。

生じるべくして生じたオネトルとデモステネスとの軋轢は、これまた、おそろしく入り組んだ経緯を経ている。オネトルの妹（名前は不明）は、最初ティモクラテスなる富裕者（資産一〇タラントン以上と言われる）[1]に妻として与えられたが、オネトルがアポボスと結婚させたいと思ってティモクラテスに掛け合ったところ、ティモクラテスはあっさり承諾した。別の裕福な家付き娘との結婚を、ティモクラテスが望んでいたからだと、古伝概説作者は記している。オネトルの妹のこの二度目の結婚は前三六六年に執り行なわれた[2]。デモステネスがその時期を正確に言っている。彼が成年に達する少し前、管財人との法廷闘争をも視野に入れねばならないと思い始めていた頃であろう。彼女に付いていた嫁資一タラントン[3]は、離婚の際の規定に従ってティモクラテスからオネトルに返却され、オネトルからアポボスに渡されるはずであった（アテナイにおける婚姻に伴う金銭の授受については、六五六―六五七頁参照）。ところがティモクラテス、オネトル、アポボスの三人の合意によって、嫁資はティモクラテスの手許にとどめられ、ティモクラテスがアポボスに五オボロスの利率で借りていることにするという取り決めが結ばれた[4]。離婚となれば即金で嫁資一タラントンを妻の実家（＝オネトル）に払い戻すだけの余裕を十分に持つティモクラテスが、こんな変則的な取り決めをしたのは、デモステネスの言うところでは、成年に達したデモステネスが後見人職務に関する訴訟をまもなく起こすらしいが、アポボスの敗訴による財産差し押さえの可能性が予測されるとすると、嫁資一タラントンをアポボ

（1）『オネトルへの抗弁、第一演説（第三十弁論）』一〇参照。
（2）『オネトルへの抗弁、第一演説（第三十弁論）』一五参照。
（3）『オネトルへの抗弁、第一演説（第三十弁論）』二〇参照。結婚時に花嫁に付いてくる嫁資の管理・運用権は夫にあったが、離婚時には返還せねばならない決まりなので、嫁資の所有権は妻のものといえる。つまり実家が嫁がせた娘の扶養料を保証するというわけである。離婚時に全額返還する余裕がない夫は、全額返還まで年一八パーセントの利子を払わねばならなかった（通常の借金利子率は一二パーセントであるから、一八パーセントは高率である）。離婚時に嫁資返還をしない夫は、嫁資未返還（ディケー・プロイコス）による告発、全額返還まで年一八パーセントの利子を払わない夫は、扶養要求の告発（ディケー・シトゥー）を恐れねばならなかった。
（4）五オボロスという低率の利息については、『オネトルへの抗弁、第一演説（第三十弁論）』七、一〇九頁註（6）参照。

スの手許に置くのはまずいと判断したからだ、という。[1]

デモステネスは、そもそも嫁資は支払われなかった、再婚後に再び起こる（アポボスからの）離婚もじっさいはしていない、と主張して、オネトルの妹の「結婚から、この男たちの言う離婚のときまでは二年間」であり、アルコーンへの離婚の届け出までの間に自分は訴訟を起こしたと言っている。[2] 結婚の届け出を公的機関が受け付ける制度のなかったアテナイで、なぜ離婚だけがアルコーンに届け出られるのか、不可解に思えるが、離婚が届けられる場合、アルコーンの前に出頭して事に当たるのは男性であり、オネトルの妹の場合も「妻の側からの離婚」をアルコーンに届け出たのは、オネトルとアポボスであった。この離婚届けをデモステネスはアポボスの財産を守るためのカモフラージュだ、と説明している。[3]

通常女性が嫁資を持って結婚すると、夫の財産、たいていの場合は所有地のうちの、嫁資と同等の資産価値のある一区画に、担保柱（ホロス、複数形ホロイ）ないし石板が置かれることがある。離婚の場合に夫が嫁資の返還を果たさなければ、代わりに担保柱が示す区画の土地は、女性の元の家族に渡されなければならない。つまり離婚の場合の嫁資弁済不履行にそなえた保証である。先年の判決によって権利を認められたデモステネスが、アポボスの所有地を差し押さえようとしたとき、オネトルは担保柱を指して、「妹は離婚して自分のところに帰ってきたが、アポボスが嫁資を返さなかったので、その区画はアポボスではなく、妹の後見人である自分に権利がある」と言って、差し押さえ無効を主張した。デモステネスは、これらはすべてアポボスの敗訴が決まってから思いつかれた作り話であり、オネトルの妹は離婚していないし（病気だったときの彼女にアポボスが付き添っていたという診察医の証言を出す）[4]、嫁資はまったく支払われなかった、担保柱はデモステネスを排除するための偽りの標識にすぎないと激しく反論するが、事実とフィクションの境目をはっきりさせるのは容易ではない。離婚していない、というデモステネスの主張も、立証はむずかしい。なぜならアポボスは隣国メガラに移住はしたものの、しばしばアテナイに戻り（本件の裁判の最中はとくに）、デモステネスに合法的に差し押さえられた自分の家には戻れないので、オネトルの家に逗留したからである。オネトルの家に住んでいるオネトルの妹は、離婚して兄（後見人）の家に戻っているのか、それともなおアポボスの妻としてそこに居るのか、容易に判別はできないからである。離婚した若い女が、そういつまでも再婚しないはずはない、とデモステネスは、アテナイ社会の通念を根拠に偽装離婚説を主張するが、(5) 裁判員を納得させることができたであろうか。

（1）『オネトルへの抗弁、第一演説（第三十弁論）』一六参照。
（2）『オネトルへの抗弁、第一演説（第三十弁論）』一五参照。アテナイでは夫が離婚を望めば、離婚を宣言し、妻を自分の家から追い出す（ἐκβάλλω）だけで、法的に有効な離婚が成立したようである（『ネアイラ弾劾（第五十九弁論）』五一―五二参照）。一方妻の方からの離婚は、アルコーンへの届け出によって成立した。しかしアルコーンが承認ないし認可する公権を離婚事例に対して持っていたわけではない。
（3）『オネトルへの抗弁、第一演説（第三十弁論）』一五および一七―一八参照。本弁論では動詞 ἀπολιπεῖν で「妻の方からの離婚」が意味されている。
（4）『オネトルへの抗弁、第一演説（第三十弁論）』三四参照。
（5）『オネトルへの抗弁、第一演説（第三十弁論）』三三参照。

本弁論も、アポボス告訴の場合と同じく、相手の弁明を受けての短い二番目の演説であるが、やはり事前に用意された様子がうかがえる。デモステネスによると、アポボスの裁判の前には、オネトルは二〇〇〇ドラクマの担保柱を家に、六〇〇〇ドラクマの担保柱を土地に立てて、合計八〇〇〇ドラクマが嫁資の額だと言っていた、ところがアポボスが敗訴すると、家から二〇〇〇ドラクマの担保柱を外して、嫁資は六〇〇〇ドラクマだったと言う、そんな明らかな矛盾を平気で口にするオネトルを誰が信用するだろう、と。[1] 担保柱は偽物に決まっている、アポボスの財産を守ってやるための手品用具にすぎない、とデモステネスの追及は容赦ない。

本弁論は短く、途中で途切れた不完全なものであるとはいえ、今回も勝訴したとすると、デモステネスは前回のアポボスに対する勝訴で法的に認められたアポボスの家と奴隷に加えて、アポボスの土地一区画をも、権利としては獲得したであろう。しかし一連の訴訟から、じっさいにデモステネスがどれだけ賠償金を受け取ることができたかはわからない。残る二人の管財人、それぞれ一〇タラントンを要求して告訴したデモポンとテリッピデスからも、どれだけのものが戻ったかは不明である。『デモステネス伝』の作者プルタルコスは、「勝訴はしたが、父の遺産の大部分を取り返すことはできなかった」[2] と記している。別の伝承では判決で認められた賠償額から「鐚《びた》一文も取立てたりしなかったのである。ある者には負債を抱えることを、またある者には恩義を感じることさえも免れさせてやった」[3] と伝えられる。

真相はいずれであれ、この若さで人生経験も豊富な有力市民を向こうに回して得た圧倒的勝利は、弁論の道を志すデモステネスに揺るがぬ自信を植え付けたであろう。伝記作家プルタルコスはこの一件の記述をこう締めくくっている「弁論に対する度胸が据わり、十分に場慣れもして、勝訴で味わう誇らしさと能力に自信を得たので、公の場に出て、政治の道に一歩を踏み出した」[4]。

デモステネスの生年は、一般に前三八四年とされる[5]。少年期には、父亡き後も、読み書きや音楽の個人教授ないし私塾に通うだけの経済的余裕がデモステネスの家庭にも十分あったことがうかがえるが[6]、いつの頃からか管財人の遺産着服によって生計に困難が生じ、「先生たちに支払う謝礼金」にさえ事欠く始末になったらしい[7]。そうした中から少年が弁論家を志すに至った契機として、伝記作家はこんな話を伝えている。隣国テバイとの境界にある係争の地オロポスの失陥の罪状で告発された将軍カリストラトスが、被告として行なった弁明演説の驚嘆すべき力で無罪を勝ち取るという事件があった。余人の追随を許さぬ雄弁を謳われた

(1)『オネトルへの抗弁、第二演説(第三十一弁論)』一―五参照。
(2)プルタルコス『デモステネス伝』六―一参照。
(3)擬プルタルコス『十大弁論家列伝』八四四D(伊藤照夫訳)参照。
(4)プルタルコス『デモステネス伝』六―一参照。
(5)父の死の年(『アポボス弾劾、第一演説(第二十七弁論)』四参照)また成年資格審査合格の年(『オネトルへの抗弁、第一演説(第三十弁論)』一五)からの逆算による。なおデモステネス『弁論集3』補註o参照。
(6)『冠について(第十八弁論)』二五八および二六五参照。
(7)『アポボス弾劾、第一演説(第二十七弁論)』四六参照。

カリストラトスがどのように弁ずるかに街中の注目が集まり、デモステネスもまだ法廷に入ることを許されない年齢であったにもかかわらず、守り役の助けを借りてなんとか傍聴人席にもぐり込んだ。前評判に違わぬ見事な弁論に接した少年デモステネスは、「ものみなを手なずけ支配する弁論の力」に驚嘆した。伝記作家プルタルコスはこう伝えるが[1]、このエピソードには、年代的に齟齬がある。オロポス失陥は前三六六年の出来事であり、デモステネスはすでに一八歳の成年に達していたはずである。

とはいえこの種の逸話には、何がしかの真実が含まれているものでもある。デモステネスが「弁論」の魔力にとりつかれ、いつの日か自分もこの道に名乗りをあげたいという思いをふくらませたことは、想像にかたくない。当時弁論術教授者として最も人気が高かったのは、先に名を挙げたイソクラテスである。イソクラテスがアテナイに開いた弁論（修辞）学校は、青雲の志を抱く青年たちの憧れの的であり、東は黒海から西はシケリアまで、広く全ギリシアから学生を引き寄せた。そして優れた政治家文人等を輩出していた。デモステネスもイソクラテスの教えを受けたかったが、「一〇ムナ［＝一〇〇〇ドラクマ］の月謝を孤児の身では払えなかった」ため断念したという説は上に触れた。しかし「イサイオスの弁論の方が効能があって、じっさいに役立つ」と見て、イサイオスに弟子入りした、という言い伝えもある[2]。イサイオスはイソクラテスの弟子の一人であり、法律に詳しく、当時相続問題に最も練達した弁論術教師と見なされていた。イサイオスの現存する十二の作品も、公民権問題を扱った一篇を除いてすべて相続が主題である。

イサイオスのもとで修行したデモステネスにとって、管財人たちの背任を糺すという現実の目標は、かたときも念頭を去らなかったであろう。イソクラテスが議会弁論や祭典弁論も手掛けて厳粛さを湛えつつも洗練をきわめ、ときに絢爛たる響きを奏でて、「法廷よりは大集会に向いている」[3]と評されたのに対し、法的知識と実用性で固めたイサイオスが、より法廷論争向きであったことは確かである。『アポボス弾劾、第一演説（第二十七弁論）』を始めとする五作品には、イサイオスの影響が色濃く顕われている。ときにイサイオスの弁論にある言い回しをそのまま借用したと見られる文節さえある。[4]のちにアッティカ弁論を整理論評した後四世紀の修辞学者リバニオスは、二〇歳の若さでこれだけの弁論が書けるかを疑い、イサイオスの作とする見方、少なくとも師による修正は入ったとする見方があることを紹介し、「師の模倣をしたとしても、また、彼〔デモステネス〕がまだ完成の域に達していなければ、当座は師の文体（カラクテール）に従っていたとしても、何も不思議ではない」と言っている。[5]文体だけでなく、弁論術の教条を素直に守って初舞台に臨む、若者らしい初々しさも見られる。「蓋然性（エイコタ）」「証し（テクメーリオン）」という説得術の基本的要件を自分はきちんと守ったと、教えを復唱する生徒のように数え上げるなどがそれである。[6]

こうして周到な弁論戦略で初陣を飾ったデモステネスは、ほどなく政界デビューを果たし、いやましに力

（1）プルタルコス『デモステネス伝』五-四参照。
（2）プルタルコス『デモステネス伝』五-六参照。
（3）ディオニュシオス『模倣論』（要約版）五-二参照。
（4）『アポボスへの抗弁（第二十九弁論）』五および七三頁註（3）、『オネトルへの抗弁、第一演説（第三十弁論）』三七および一二五頁註（2）参照。
（5）リバニオス『「オネトルへの抗弁——財産回復を求める、第二演説」に対する概説』一参照。
（6）『アポボス弾劾、第二演説（第二十八弁論）』一三、『アポボスへの抗弁（第二十九弁論）』一〇、二二、『オネトルへの抗弁、第一演説（第三十弁論）』一〇参照。

をつけた弁舌力で有力政治家への道を着実に進んで行く。イソクラテス流の「堂々として荘重」かつ「聞く者を心地よく引きつける」表現をも自家薬籠中のものにしていく。前一世紀末にアッティカ弁論を研究評論した修辞家ハリカルナッソスのディオニュシオスは「苦もなくあらゆる姿に変身したかのプロテウスにそっくりな[1]」と、デモステネスを神話中の変幻自在な海神になぞらえ、「アッティカ弁論の第一人者」となるデモステネスに賞賛を惜しまない。

略記号および参考文献（第二十七―三十一弁論）

IG II^2: *PHI Greek Inscription* (online), II^2.（「ギリシア碑文集」第二巻第二版）

Harrison, A. R. W., *The Law of Athens*, Vols. I, II, Oxford, 1968, 1971.

Kennedy, Ch. R., *The Orations of Demosthenes*, Vol. IV, London, 1901.

MacDowell, D. M., *Demosthenes the Orator*, Oxford University Press, 2009.

——— (tr.), *Demosthenes, Speeches 27-38*, University of Texas Press, 2004.

———, *Demosthenes: Against Meidias* (*Oration 21*), Oxford University Press, 1990.

———, *The Law in Classical Athens*, London, 1978.

Pearson, L., *The Art of Demosthenes*, Scholars Press, 1981.

———, *Demosthenes: Six Private Speeches*, Norman, 1972.

Rhodes, P. J., *A Commentary on the Aristotelian Athenaion Politeia*, Oxford, 1981（1993 paperback）.

Thür, G., “Der Streit über den Status des Werkstättenleiters Milyas”, *Revue Internationale des Droits de l'Antiquité* 19（1972）, pp. 151-177.

Todd, S. C., *The Shape of Athenian Law*, New York, 1993.

Usher, S., *Greek Oratory: Tradition and Originality*, Oxford, 1999.

伊藤貞夫『古典期アテネの政治と社会』東京大学出版会、一九八二年。

桜井万里子『古代ギリシアの女たち――アテナイの現実と夢』中公文庫、二〇一〇年。

橋場弦・國方栄二（訳）、アリストテレス『アテナイ人の国制／著作断片集1』（「アリストテレス全集19」）岩波書店、二〇一四年。

宮崎亮「古典期アテナイのシュコファンテス――アテナイにおける民衆訴追」、『史学雑誌』一〇二、一九九三年、一―三七頁。

――「前4世紀のアテナイの公的仲裁制度について」、『西洋古典学研究』XLIV、一九九六年、七三―八三頁。

（1）ディオニュシオス『デモステネス論』八-二参照。

『ゼノテミスへの抗弁』

木曽明子

「デモステネス全集（corpus Demosthenis）」として伝承されてきた六〇あまりの作品の中には、本弁論を含んで海上交易訴訟に属する弁論が五篇ある（第三十二―三十五および五十六弁論）。五篇はいずれも貿易商や船長など貿易従事者と彼らに資金を提供する融資者との争いを扱っている。といっても貿易商人や船主ないし船長は、みずから商品の購入、運送などに携わる一方で、自分が同業者に貸し付けを行なう場合もあり、海上融資の貸し手、借り手という役割は流動的であったから、単純に分類することはできないが、五篇を通じて固有名詞で登場する二〇人近い貸し手ないし借り手のうち、アテナイ人と確認できる者は（奴隷を含んで）三人、残りは非アテナイ人である。[1] 彼らは黒海沿岸やエジプト、シケリアといったこの時代の穀倉地帯から、主として穀物（小麦）をアテナイにもたらす海上交易の不可欠な担い手であった。

彼ら外国人貿易商が頻繁に出入りしたアテナイの外港ペイライエウスは、地中海交易の一大拠点として前五世紀に急速に発展したが、同盟市戦争の敗北（前三五五年）は、その賑わいをすっかり失わせた。国力が弱体化するなか何よりも急がれたのが、破綻に瀕した国家財政を立て直すことであった。そこで採られた国策の一つが、海上交易訴訟（エンポリケー・ディケー）の制度改革である。それ以前の海事裁判員（ナウトディカイ）と呼ばれる役人による処理の実態はかならずしも明らかではないが、[2] 新制度によって海上交易訴訟の門戸が非アテナイ人にも開放されたことは、まさに革新的な一歩であった。従来アテナイ市民および居留外国人に限られていた提訴権が非アテナイ人にも認められ、これによってアテナイとの間に協定を結んでいない国の貿易商でも、アテナイの民衆法廷にみずから出廷し、アテナイ市民と対等に黒白を争うことができるようになった。

あわせて係争解決の迅速化が進んだことも、大きな改良点であった。エーゲ海貿易は、通常ムニキオン月（三月頃）からボエドロミオン月（十月頃）の夏季に限られる。九月末頃のアルクトゥロス星の昇る日を境に、これ以後天候条件は悪化し、航海は大きな危険を伴うようになる。そこで夏季に交易業務に専念できるよう

（1）前澤論文（一九七七a、一二一頁）は、五篇以外の弁論作品中に現われる海上貿易関係者を加えて、貿易事業の貸し手の身分分布を、市民三、居留外国人三、外国人一一、奴隷一、計一七人と数える。伊藤論文（九〇―九五頁）は、五篇を通じて登場する輸入商人を、アテナイ人一、アテナイ人奴隷一、非アテナイ人一一、計一三人と数える。なお身分分布、貸方借方の区別はかならずしも容易ではなく、異なる見方を採る解釈もある。

（2）海事裁判員（ナウトディカイ）は、ペルシア戦争後デロス同盟の盟主としてアテナイの海上進出が繁くなったため設けられた役職という説があるが、その訴訟対象者はアテナイ市民権を持つ者ないし居留外国人に限られていた。（擬）デモステネス『ハロネンソスについて（第七弁論）』一二およびリュシアス『不当に没収された財産について（第十七弁論）』五参照。

に海上交易訴訟を冬の航海休止期間中に行ない(1)、同時に「各月裁判」の規定を適用して、訴訟を迅速に終結させるよう計ったのである。「各月裁判」では、貿易商人は毎月一回提訴する機会を与えられ、私訴で通常裁判前に行なわれる公的調停を経ることなしに、テスモテタイ（法務執政官）の主宰する民衆法廷の審理を申請することができた(2)。こうして係争がすみやかに冬季の間にかたづけられ、貿易商は航海可能時期に身を入れて仕事に励むことができるようになった。係争処理の迅速化は、あらゆる貿易従事者の負担を格段に軽減した(3)。

さらに海上交易訴訟の提訴者が被告を拘束する権利を与えられたことは(4)、アテナイ人貿易商保護におおいに寄与したといえよう。外国籍の貿易商人はアテナイに滞在する期間が短く、すぐにいなくなってしまうことが多いうえに、外国人船長や商人が未払いのままアテナイを去ることは容易にできたからである。しかし告訴された非アテナイ人貿易商は、ポレマルコス（軍事執政官）のもとに保証人を届ける義務を負わされた。提訴者は相手がこれに違反すれば、逮捕あるいは投獄させることができる。またその被告が敗訴して罰金刑を受けながら支払いを怠れば、支払い完了までの投獄が認められる。よって提訴者の被告拘束の権利は、アテナイ人原告が貸付金の流失などで泣きを見ることを未然に防いだ。

こうした画期的な制度改革によって海上交易は急速に勢いを取り戻し、ペイライエウス港は以前にも増した賑わいを見せるようになった。交易の復旧は他分野の経済活動をも活性化し、国力は順調に回復した。同盟市戦争敗北時に一三〇タラントンにまで落ち込んでいた国庫保有金は、前三四六年には三倍余の四〇〇タラントンにまで回復したという(5)。

さて本弁論の話者デモンの訴訟相手ゼノテミスは、マッサリア人である。大河（ローヌ河）の河口近くに位置し、複数の良港に恵まれたマッサリア（マルセイユ）は、「黄金の西方」と謳われて、古くからギリシア人が競って訪れた港湾都市であった。

本件のそもそもの始まりは、マッサリア人ゼノテミスがアテナイ市民デモンに、輸入穀物の所有権回復を求めて強制執行のための私訴（ディケー・エクスーレース）を起こしたことにある。その経緯は、話者デモンの語るところによると、おおよそ以下のようであった。

アテナイ市民デモンはアテナイ－シュラクサイ間の往復航海で穀物を輸入するため、貿易商プロトス（非アテナイ人）に資金を貸した。貸付金の金額は言われておらず、貸借契約の詳細は明確でないが、貸付金が利子とともに返済されるまで、購入穀物にデモンは所有権を持つという取り決めが合意された（一八、二六、三〇節）。船にはマッサリア人貿易商ゼノテミスも乗り込んでおり、彼の同郷人ヘゲストラトスが船主および船長であった。話者デモンによると、このゼノテミスはヘゲストラトスと二人で図って、シュラクサイで

（1）『アパトゥリオスへの抗弁（第三十三弁論）』解説五五八―五五九頁参照。
（2）アリストテレス『アテナイ人の国制』第五十九章五参照。「各月裁判」については同書第五十二章二―三およびデモステネス『アパトゥリオスへの抗弁（第三十三弁論）』解説五五九―五六〇頁参照。
（3）デモステネス『弁論集1』補註HおよびHarrison, II, p. 154参照。
（4）『ゼノテミスへの抗弁（第三十二弁論）』二九参照。
（5）一三〇タラントンという数字については『ピリッポス弾劾、第四演説（第十弁論）』三七、四〇〇タラントンという数字については、*F. Gr. H.* II B Theop. 115 F166 参照。

積荷されたというプロトスの穀物を自分たちの所有物に見せかけ、これを担保に他のマッサリア人らからシュラクサイで金を借り（四、八節）、その金を故郷マッサリアに送った。ゼノテミスとヘゲストラトスは負債逃れに、船が難破した場合は返済義務が消滅するという海上交易契約の慣習を悪用して、計画難船を試みる（五節）。ヘゲストラトスが夜中に船倉に降りて行き、ひそかに船底に穴を空け始めると、相棒ゼノテミスは何食わぬ顔で甲板に残って他の乗客と談笑する。しかし物音で乗客に気付かれて、あわてて海に跳び込んだヘゲストラトスは、夜闇のなか溺れて死ぬ。ゼノテミスは大声で沈没の危険を触れてまわり、水夫たちに船を放棄し救命ボートで逃れるよう迫る。だがプロトスが高額の報酬を約束して水夫たちを励まし、けっきょく船はケパレニアに着く。船はその地で修理されるが、なおもアテナイに帰航させまいとするゼノテミスの画策は、成功しない。船は、ケパレニアの役人が航路について下した指示どおり、アテナイに到着する（七—九節）。プロトスが穀物を荷揚げしようとすると、ゼノテミスが、自分がヘゲストラトスに貸した金の担保とした穀物である（一二節）、と所有権を主張する。穀物を取り押さえた（一四節）プロトスが、ゼノテミスを所有権から「排除」しようとするが（一七節）、抵抗するゼノテミスは、航行中に自分の文書（ヘゲストラトスへの貸付の契約書か？）を盗んで中を見たと申し立てて、プロトスを訴える（二六、二七節）。

一方市場では、穀物価格の暴落が起こる（二五節）。借入額をデモンに返済するには、穀物の売上金に値下がり分を補塡せねばならず、金銭で返済すると損をすると判断したプロトスはゼノテミスと通じ（三〇節）、金をもらって引き換えに、欠席裁判で穀物がゼノテミスに帰属するように段取りをつけておいてアテナイを去る。裁判に欠席した係争者は、自動的に敗訴になるのが決まりであった。しかし穀物は、プロトスに買い付けさせた資金の提供者すなわち自分のものであると、デモンは所有権を主張する（二〇、三〇節）。するとゼノテミスは、デモンに対し所有権回復を求めて、海上交易訴訟として訴え出る（「所有権回復訴訟」であったことは明言されていないが「排除する（エクサゲイン）」という法律用語（一七、一八、一九、二〇、三一節）から判明する）。訴えが海上交易訴訟として受理されるためには、次の三条件が必要であった。一、アテナイ発着の貿易に関わる係争であること。二、係争者が貿易商人あるいは船主ないし船長であること。三、係争者間に契約文書があること、の三点である。デモンは、海上交易訴訟に必要な契約書が自分とゼノテミスとの間にないから提訴は無効である、と抗弁（二節）、すなわち本弁論をもって訴訟差し止め請求（パラグラペー）をする。これが本弁論の伝承された題名『ゼノテミスへの抗弁』のゆえんである。

訴訟差し止め請求は、訴えられた者が、被告として答弁をする代わりに、告訴者（原告）の訴えは法的に無効であると抗弁して、訴えの審理差し止めを申請して新たな裁判に持ち込むものである。訴訟差し止め請求の裁判では、最初に告発された者が行なう訴訟差し止め請求が正しいか否か、の審理・票決が行なわれる。最初に告発された者（この場合はデモン）すなわち訴訟差し止め請求の弁論を行なった方が勝訴すれば、その一件はそこで終わりとなるが、もともとの告発者（ゼノテミス）が勝訴すれば、もともとの訴えすなわち本案訴訟（エウテュディキアー。この場合はゼノテミスによる所有権回復訴訟）の審理に進む。ゼノテミスは所有権回復の請求をアテナイの通常の訴訟として申請することもできたが、冬季の航海休止期間（十―四月）の各月に行なわれて、迅速な処理が期待できる海上交易訴訟を選んだのであろう。

訴訟差し止め請求の裁判において、原告あるいは被告が五分の一以下の得票で敗訴すれば、係争額の六分の一の賠償金（エポーベリアー＝オボロス賠償金）を相手に払わねばならない。それゆえ訴訟差し止め請求をするデモンは、もし五分の一以下の票で敗訴すれば、穀物の値段（係争額）の六分の一の罰金をゼノテミスに払う上に、再開される本案訴訟にも敗れると、穀物をゼノテミスに引き渡すだけでなく、穀物の価格と同額の罰金を国庫にも払わねばならない(1)。

さて契約書の不在を事由に、ゼノテミスの提訴を無効として訴訟差し止め請求をするデモンに、ゼノテミスはどう応じるだろうか（ゼノテミスの答弁は散逸）。彼は貿易商である自分と船主兼船長ヘゲストラトスの間に、難船で失われたものの、契約書があったこと（しかし二七、一六、一九節の「契約書」は、ゼノテミスと誰との契約書であるか、明確でない）、契約はアテナイを発着地とする穀物輸送に関わっていたことをもって、アテナイの海上交易訴訟法の要件を満たしているとし、よって自分の船荷（穀物）を横領したデモンに返還を求めることは海上交易訴訟の範囲に入る、と主張したであろう。

話者デモンは、この作品を一読するかぎり、経験豊富かつ誠実な人物であり、他方ゼノテミスはとてつもない悪党だと受け取る読者は多い。しかし話者デモンに疑念をもち、疑問を呈する論者は少なくない(2)。まずゼノテミスとヘゲストラトスがプロトスの穀物を担保に見せかけて、シュラクサイでマッサリア人の貸し手から金を騙し取ったという「悪だくみ」について（四、一二節）、船荷の穀物がデモンの言うとおりプロトスの購入品であるとすれば、この「悪だくみ」をマッサリア人貸し手らが直ちに見破らなかった方がおかしいと論者は言う。金を貸した（＝「騙し取」られた）マッサリア人たちは、確認のためシュラクサイの税関で容易に調べることができたであろうと。

ではゼノテミスとへゲストラトスが同郷人から「借りた」金をマッサリアに送ってしまい、負債逃れのために企てた、とデモンの言う難船計画はまったくの作り話で、死んだへゲストラトスにゼノテミスが金を貸していた（一一、一二、一四節）というのも嘘ではない、と言えるであろうか？　たしかにそう言われればデモンは船底破りの場面とそれ以降の経緯を、まるでその場にいあわせたかのようにありありと描き出すが（五―七節）、この一件の間彼は終始アテナイにいたのであり、これらの出来事の証人をデモンが出すのは、ようやく一三節の終わりに至ってからである。その「証言（複数）」が、デモンの叙述のどの点を証するものであるかは不明である。船長へゲストラトスの溺死と船の損傷は事実であろうが、それらが嵐のためであった可能性は排除できない。弁論の終わり近くで、話者デモンは航海途上嵐に遭遇したと言っているが（二七節）、いつ、航行中のどの時点においてであったかについて明言はない。また船主へゲストラトスが自分の船の難破を本当に望んでいたかは、疑問である。

沈没を免れた船が着岸したケパレニアで、船の帰着先について悶着が起こると、アテナイで情報を得たデモンは、直ちに代理人アリストポンを送り込む。そのアリストポンが寝返って、偽計をめぐらしプロトスをも抱き込んで、穀物詐取を果たそうとしたとデモンは言うが（一一、一四節）、アリストポンの偽計なるもの

（1）所有権回復訴訟で敗訴した被告への罰則については、『ボイオトスへの抗弁、第一演説（第三十九弁論）』一五、『メイディアス弾劾、（第二十一弁論）』四四、八一、補註Oおよび MacDowell, 2004, p. 85; Harrison, II, p. 78 参照。

（2）Gernet, p. 115; Isager & Hansen, pp. 138-149; Pearson, 1981, p. 55 参照。

の時間的前後関係は極めて曖昧である。船の修理にはある程度日数がかかったであろうし、商船の出入りで混雑するケパレニアにどれだけ長く引きとめられたのか明確でないが、マッサリアへの帰航を主張するゼノテミスの抵抗にもかかわらず、ケパレニアの役人の裁定によって母港ペイライエウスに帰着したという船の、アテナイ帰着までの時間の推移ははっきりしない。

プロトスは借り受けた元本に利子を足して返済しなければならないのであれば、予想しなかった穀物の値下がりによってプロトスが被る損害は大きく、払わなければデモンによる告訴を恐れなければならない。ゼノテミスからは難船騒動の折りに契約書を盗もうとした容疑ですでに訴えられている（二六、二七節。ただし訴因がこれだけか否かは不明）。そこでプロトスは、不在敗訴を被る見かえりにゼノテミスから受けた金銭をちゃっかり手にしてアテナイを去った。デモンは証言者として最も重要なプロトスに去られて（二九節）、極めて弱い立場に置かれる。穀物の値下がりまでプロトスは不正をはたらく気はなかった（二五節）、しかしこの時点で「生まれつき正直でないことが明らかなプロトス」（二六節）が取った行動は、穀物と金の貸し主と縁を切るためアテナイを去ることだったのであり、この悪だくみのすべてを仕組んだのは、「ずる賢いやつアリストポン」（二四節）だ、というのがデモンによる陰謀の分析である。だがデモンの叙述だけでは不明な点があまりに多い。じつはゼノテミスが所有権を主張する穀物が誰によって購入されたか、ヘゲストラトスによってか（二、四、一四節）、それともプロトスによってか（一二、一八節）、テクストを読み返しても判然としない。若干の研究者は、プロトスはそもそもシュラクサイで穀物を買い付けなかったのではないかとさえ疑う(1)。

係争者の一方の言い分を聞いただけでは、事実はつかめないのは本件に限ったことではないが、デモンの語りを全面的に受け入れるには用心が要ることだけは確かであろう。さらにゼノテミスが、溺死したヘゲストラトスとの間の契約書をもって「契約書」という海上交易訴訟の要件の一つを満たしていると主張したとすれば、どちらが正しい解釈と言えるだろうか? 裁判員が海上交易訴訟の要件なるものをどこまで広く、あるいは狭く解釈したか、問題は簡単ではない。というのもアテナイの法律において、海上交易訴訟の法規制は詳細に至るまで明確とは言えず(『アパトゥリオスへの抗弁(第三十三弁論)』解説五五八―五六〇頁参照)、契約および契約書の存在という要件についても、代理人や過去に遡って広義の解釈が許される可能性はけっして排除できないのである。本弁論が途中で切れている等の事情もあり、デモンとゼノテミスのいずれに軍配が上がったか、不明である。

話者デモンは政治家として弁論家としてすでに広く知られた親族デモステネスの名を挙げ(デモンはデモステネスの叔父あるいは従兄弟の息子という推測がある。補註V参照)、この係争にあたってデモステネスに助太刀を求めたことを明かしている(三一節)。そしてデモステネスを引き合いに出すことで勝訴のきっかけにしようとするようにも見える。依頼を受けたデモステネスは、自分の領域は天下国家を論じることであると言ってすぐには応じなかったようだが、のちに譲って、デモンが弁ずるこの弁論を代作したことも考えられる。デモステネスやイソクラテスなど文芸史上に名を残す弁論家が、弁論代作者としての前歴に触れられること

(1) Pearson, 1972, p. 262; Isager& Hansen, p. 144; Pearson, 1981, p. 55 参照。

を嫌ったと伝えられるところからも、デモンの頼みに一応は迷惑顔を見せる様子に偽りはないであろう。

頼みに応えたか、応えなかったか、テクスト末節の散逸ゆえに事実は知られないが、本弁論の文体にデモステネスの筆致を見る研究者は多い。複雑な構文、極めて説得的でありながら、ときとしてはぐらかすような論理の飛躍、危機的場面を彷彿とさせる描写のかげに事実を隠蔽する巧妙な語りなどは、まぎれもなくデモステネスの筆致だという評がある。(1) 二一―二四節に頻出する「許される、許されない（εἰσαγώγιμον）」の言葉遊びも、単に耳をそばだたせる音声というだけではない。指示対象が二転三転するように連続的にこの語を繰り返し、音に注意を奪われた聴き手が軽く混乱を覚える間に、訴訟差し止め請求提起の正当性を前面に押し出すという計算か。

海上交易を扱った、デモステネスの名のもとに伝えられる五篇の弁論のうち、本弁論だけが「海運投資（エクドシス ἔκδοσις）」をめぐる係争ではないかと推測されている。(2) 残りの四弁論は、「海上貸付（ナウティコン・ダネイオン ναυτικὸν δάνειον）」として海運投資とは区別される形態の金銭取引を扱っているという。これら四弁論では、貿易商人への貸付額が一〇〇〇から四〇〇〇ドラクマの範囲にとどまる比較的小規模な金融活動が見られ、担い手は上記のように非市民の存在が目を惹くが、これら中産層に属する外国人や居留外国人の多くは、複数で貸し主となる傾向が見てとれる。それに対して前五世紀から前四世紀はじめにかけて主流であったとされる「海運投資」では、富裕なアテナイ市民が多くの場合単独で、高額の投資によってアテナイの貿易活動を支えていたと言われる。「海上貸付」の貸し主が貸付金の利子収入を儲けとしたのに対し、「海運投資」ではより大きな利益が得られた。本弁論ではデモンからプロトスに提供された資金の金額への言及はないが、ゼノテミスに対して損害賠償を負わねばならない場合は「一タラントンを払う」（一八節）と極めて高額の提示をデモンがしているところから、委託資金の金額が海上貸付よりはるかに高額な海運投資のそれである可能性が考えられる。海運投資はデモステネス父子も手掛け(3)、その蓄財におおいに貢献した。息子デモステネスは海運投資で儲けた金でペイライエウスに家を買った、と政敵に揶揄されている(4)。本弁論の話者デモンがデモステネスの援助を求めた理由の一つは、海運投資がデモステネスに無縁のものではなかったためかもしれない。

本弁論の年代は、前三五三年から、前三四〇年の間と見る研究者が多い。前三五五年頃とされる海上交易訴訟の新法制定により、海上交易訴訟が定着した頃を上限に、マケドニア王ピリッポス二世によるアテナイ商船拿捕事件（前三四〇年）までとする考えである。本訳者としては、海運投資の隆盛期に照らし合わせて、上限に近い年代を採りたい。

（1）Isager & Hansen, p. 138 参照。
（2）前澤、一九七七b、四九—五〇頁参照。
（3）『アポボス弾劾、第一演説（第二十七弁論）』一一参照。
（4）ヒュペレイデス『デモステネス弾劾（第五弁論）』一七参照。

『アパトゥリオスへの抗弁』

木曽明子

本件は名前のわからない話者某が、ビュザンティオン人船長アパトゥリオスによって、「保証不履行」のかどで起こされた海上交易訴訟に対して、告訴は無効であると主張して訴訟差し止め請求（パラグラペー）をするものである。古伝概説などにも名前の記載がないので、以下「話者」とする。アテナイ市民と見る論者もいるが、居留外国人である可能性もある。(1)

「話者」はもと貿易商人であり、みずから航海の危険に身をさらして生計を立てていたが、やめてから七年たらず経ったいまは、「手許の多少の蓄えで」海上貸付に従事している（四節）。エーゲ海特有の風雨にも打ち勝ち、めまぐるしく変転する国家間争闘、さらに跳梁する海賊の脅威をもくぐり抜けて、ようやく平穏な日常を送れるまでになったというのに、「極めて親密に付き合っている」（五節）ビュザンティオン人、亡命の身のパルメノンに同情をかけたがために、別のビュザンティオン人アパトゥリオスにひどく悩まされ、はては告訴される顚末となった。事のあらましは、「話者」の語るところによればこうである。

ビュザンティオン人船長アパトゥリオスがペイライエウスに碇泊中の自分の船を担保に借りていた四〇ムナの返済を迫られ、アテナイに亡命中の同郷人パルメノンを頼って一〇ムナを借りる約束を取り付け、うち三ムナをまず借りた。残る三〇ムナについては、「話者」が、みずからを保証人に立てて銀行家ヘラクレイデスから三〇ムナを借りてやった。ところがその後アパトゥリオスとパルメノンとは仲違いをする。残りの七ムナを払わなければ、すでに貸した三ムナの返済を受けることも危なくなるというパルメノンの窮状を見かねた「話者」は、パルメノンの契約を代理で引き継ぎ、パルメノンから預った残り七ムナをアパトゥリオスに貸し付け、銀行からの三〇ムナも渡して計四〇ムナの債権者となる。債権者となったということは、アパトゥリオスからの船の買い取りを意味するが、この取引はいわゆる「買い戻し権付売却（*πρᾶσις ἐπὶ λύσει*）」として行なわれた。この船を使う交易以外に生計の道を持たないアパトゥリオスは、自分のもとに船と奴隷船員をとどめ、船の使用を一定期間認められるが、その期間内に手続き上の持ち主（債権者）である「話者」に債務額を完済すれば、船はアパトゥリオスの所有に戻る、という商慣行である。債権者すなわち「話者」は約定期間が過ぎるまでは物件に対する処分権を持たないが、約定期間中にアパトゥリオス側に契約条件への違反が生じれば、そのかぎりではない。じつは「話者」がこうしてアパトゥリオスに四〇ムナを用立ててやる前も、アパトゥリオスは同じ方式の「買い戻し権付売却」契約を別の債権者たちと結んでいたと思われる。そして約定の期限が来たのにアパトゥリオスが負債額を支払わなかったので、それら債権者たちは「船に乗り込もうとしていた」（六節）のであろう。「買い戻し権付売却」という用語そのものは弁論テクス

（1）Gernet, p. 128 は、四節以下の記述などからアテナイ市民の可能性を指摘する。

ト中に現われないが、碑文資料などからこの慣行が確かめられ、他の業種における取引にも事例が認められる。[1] 買い戻して自分の財産としたい債務者は、約定期限が来るごとに新しい貸し手を見つけて、新たに「買い戻し権付売却」の契約を結べば、期間中の使用権に合意を得ているかぎり業務を続けられたわけである。ただし約定の条件は一律ではなく、当事者間の合意によるさまざまな形態があったのか、摩擦が生じることも少なくなかったようである。

さて「話者」がパルメノンに代わってアパトゥリオスの債権者になった後まもなく、銀行家へラクレイデスが破産し、「話者」は銀行に返済を求められる。この間アパトゥリオスは奴隷船員を搭乗させて、船をペイライエウスから出そうとする（九節）。生計維持のためアパトゥリオスに船の使用が約定期間中認められているとはいえ、無条件な使用ではなかったと推測されるが、そこにどのような約定違反があったのかは不明である。しかしこれを借金逃れのための逐電と見たパルメノンはアパトゥリオスの出航を妨害し、両者は互いに暴力沙汰に及んだ。パルメノンから事の次第を聞かされた「話者」も、アパトゥリオスは逃亡を企てたと見なし、契約条項への違反を事由にアパトゥリオスの使用権を拒否し、船を競売にかけて四〇ムナで売却する。そのうち三〇ムナを銀行に返し、一〇ムナをパルメノンに返してやる。その際多数の証人の立ち会いのもと、アパトゥリオスと「話者」は、金銭貸付の契約書を無効にして約定を全面解除し、もはや互いに何の契約関係もないことを確認して別れる（＝解除（アペシス）と放免（アパラゲー）。補註U参照）。

ところがパルメノンはアパトゥリオスを訴えた。ひそかに船を出そうとしたアパトゥリオスを制したとき、逆に暴力を受けた、そのうえアパトゥリオスのせいでシケリアへの渡航ができなかった（一三節）、という申し立てである。するとアパトゥリオスは、自分こそ暴力を受けた、とパルメノンを訴える（九、一四節）。二人は同時に起こった殴り合いを、それぞれ被害として訴え出たわけである。

アパトゥリオスとパルメノンとの二つの裁判が始まる前に、二人はひそかに事前取引をして互いに損害を縮小しようとしたが（一三節）、けっきょく周囲から説得されて、私的仲裁人に裁定を依頼することで合意する（一四節）。誰を仲裁人にするか、何についての仲裁であるか、についてアパトゥリオスとパルメノン両人が合意し、仲裁人の宣誓も得た。合意内容が記された協定書は、アテナイ市民アリストクレスに預けられたが、のちに紛失したため（「話者」によれば故意にアパトゥリオスによって破られた）、もう一度その協定書を作り直そうとしたところ、仲裁人の選定および人数等に関して二人（アパトゥリオスとパルメノン）の認識が一致せず、新しい協定書の作成は頓挫する。その時点で、パルメノンは地震によるケロネソス半島の持家倒壊と妻子の死という惨禍に見舞われる（二〇節）。急遽アテナイを離れるパルメノンは、欠席裁定を下さないよう言い置いてケロネソスに向かったが、アリストクレスのみを仲裁裁定権者と見なすアパトゥリオスは、アリストクレスによる裁定権の単独行使を主張する。アリストクレスは不在のままのパルメノンに、欠席裁定を下す（二一節）。正当な理由の申し立てなしに裁判に欠席した係争者は、欠席裁判で「不在敗訴」を宣されると、法律は定めていた。パルメノン「敗訴」の裁定は（裁判ではなく私的仲裁であるので、適切な用語とは言えないが、要するにパルメノン側が負けた、の意）、アパトゥリオスが被った損害を二〇ムナと査定し、パルメノン

（1）『パンタイネトスへの抗弁（第三十七弁論）』参照。

にアパトゥリオスへの二〇ムナの賠償額支払いを命ずるものであった。しかしパルメノンがアテナイに戻らぬまま、二年が過ぎた。アパトゥリオスはパルメノンの保証人であるとして「話者」に二〇ムナの支払いを求める（三二節）。しかし「話者」が自分は保証人ではないと言って応じなかったので、アパトゥリオスは保証不履行（ディケー・エンギュエース）のかどで「話者」を海上交易訴訟制度により告訴、二〇ムナの支払いを求めた（三、二二、三二節）。これに対して「話者」が、アパトゥリオスの訴えは無効であると申し立てて（三、一六節）、訴訟差し止め請求したものが本弁論である。

「話者」は、金の貸し借りもすべて終わって契約関係は解除・解消された（三、一二節）、存在しない契約ゆえに自分を訴えた訴訟は不当告発以外の何ものでもない（三節）、保証不履行の訴訟提起は無効であると主張するが、はたして彼の言い分は訴訟差し止め請求をする正当性の根拠となるであろうか？

たしかに「人が訴権放棄および免責した場合は、再び訴訟は起こせない」と法律は定めており[1]、「話者」のアパトゥリオスとの金の貸し借りについては、二年前に契約解除と解消が行なわれている（一二節）。にもかかわらず起こされた訴訟は、その違法性を訴訟差し止め請求をもって証明し、不当告訴として棄却を求めることができる（三節）。この法規に疑問の余地はない。しかし「話者」が「解除・解消」を強調する契約はアパトゥリオスとの金の貸し借りについてであり、パルメノンの保証人であるかないかという問題とは別である。「話者」は自分との金銭貸借関係においてアパトゥリオスの悪辣な本性が露顕した（一〇節）と考えたからこそ、その経緯を逐一語る（四―一二節）のであろうが、はたして裁判員たちは「話者」の言う解除・解消を現在の事案における有効な要件と見たであろうか。

ではパルメノンの保証人は自分ではない（一五、二二節）という「話者」の主張は、どうだろうか。アパトゥリオスとパルメノンが解決を委ねた私的仲裁では、どちらがどちらにどれだけの損害を与えたかを仲裁人が裁定し、「敗訴者」は言い渡された賠償額を払わねばならない。敗訴者が支払いを怠った場合、代わりに支払い義務の生じるのが保証人である。そうした詳細は双方の合意のもとで協定書にしたためられたが、その協定書が紛失して（「話者」によれば故意に破られて）新しく書き直されぬまま現在に至っている。その協定の内容について、自分とはまったく違う認識をアパトゥリオスが持つ（つまり嘘をついている）ことを「話者」は明らかにするが、その違いを整理すると以下のようになる（一四―一五、一七、二一―二二、三〇、三五節参照）。

アパトゥリオスの認識……裁定権者はアリストクレスのみ。
ポクリトス（ビュザンティオン人）および「話者」は裁定権のない協議権者。
「不在敗訴」裁定の場合のアパトゥリオスの保証人はアリストクレス。
パルメノンの「不在敗訴」の場合のパルメノンの保証人は「話者」。

---

(1) すなわち「解除（アペシス）と放免（アパラゲー）」。補註U、『ポルミオン擁護（第三十六弁論）』二五、および『パンタイネトスへの抗弁（第三十七弁論）』一五参照。

「話者」の認識……裁定権者はアリストクレスおよびポクリトスおよび「話者」。

「不在敗訴」裁定の場合のパルメノンの保証人はアルキッポス。

アパトゥリオスの「不在敗訴」の場合のアパトゥリオスの保証人はアリストクレス。

「話者」は、パルメノンの保証人はアルキッポスであると協定書は記していると言い（一五、二二節）、アパトゥリオスは、協定書には「話者」の名が保証人として書かれていると言って（二二、三五節）双方の主張は完全に喰いちがっている。もっとも協定書の紛失のため、どちらも自分の主張を立証できない。そこで「話者」は証人を出して、パルメノンの保証人はアルキッポスであることを証拠立てると言うが（二二節）、テクストによるかぎり、この点に関する証人は出されない。出すと言いながら出さないのは、もし出したら「話者」が望む証言を得られない可能性があったから、と推測する研究者は少なくない（1）。「話者」がなお自説の補強のために持ち出すのは、時効条件である。かりに自分がパルメノンの保証人であったとしても、この種の保証には一年の時効がある。それを知っているはずのアパトゥリオスは、本来なら時効期限前に自分を訴え出たであろうが、じっさいはそうせず、いま頃訴えているのは、彼が嘘をついている証拠である、と（二三―二七節）。しかしアパトゥリオスは、他の用務のためアテナイを離れ、すぐに告訴できなかったと反論したとも考えられる。妥当な不在期間は、時効の期間内に数えられなかったかもしれない。「話者」は時効規定の法律を引用するが（二七節）、関連する附則など法文全文を出したかは疑問であり、反論の余地を残していたかもしれない。演説者が論旨に都合のいい部分だけ法文を引用して、他を省くことは法廷弁論の常套手段でもある。

また「話者」によると、仲裁裁定は三人ないし二人によることが合意されたのであって、アリストクレスは単独裁定権を持たず、しかもパルメノンは地震被害という正当な理由をもって、欠席裁定をしないよう言い置いて行ったのであるから、不在敗訴を宣する裁定は違法であるうえに非情きわまりないものである（二一、三三、三四節）。「話者」は、しかし、協定書の紛失のため、アリストクレスに単独裁定権がないことを立証できない。さらに地震という不測の事態はたしかに欠席裁定を許さない正当な不在理由であるとは言えるだろう。しかし地震後二年以上というパルメノンの長期不在が、アテナイの法廷で妥当な事由ある不在と見なされるか否かは疑問である。先の金銭貸借でパルメノンゆえにアパトゥリオスに憎まれた自分が、再びパルメノンの保証人になるはずがない（二八節）と、「話者」は「蓋然性」に基づく議論[2]も加えるが、これも協定書が紛失していては、弁論術の教えどおりの説得力を持たない。そもそも保証人問題の協定書が、海上交易訴訟の要件の一つである契約書と見なされうるか否かは疑わしい。

係争相手を嘘でかためた告発屋と呼ぶのは（二、三、一六、三七節）、法廷闘争で常用される決まり文句と

（1）たとえば Harrison, II, p. 113 参照。ストテレス『弁論術』第二巻第二十五章一四〇二b一四参照。
（2）「蓋然性（τὸ εἰκός）」すなわち、「ありそうなこと」。例証、証拠、徴証と並ぶ、説得のための四種類の論拠の一つ。アリストテレス……デモステネス『アポボスへの抗弁第二演説（第二十八弁論）』二三参照。

も言えるが、「自分にできるかぎり正義に適うことを述べた」（三八節）と結ぶ「話者」は、内心立場の弱さを自覚しているのであろうか。本訴訟の争点は、アパトゥリオスの告訴を無効とする「話者」の訴訟差し止め請求が正しいか否かである。総体的に見て優勢に立てないと判断した「話者」は、残る手段すなわちアパトゥリオスをできるだけ悪辣な人間として裁判員に印象づけ、そんな人間が持ち出した「保証不履行」の告訴は不当告訴にほかならないと思わせる戦術に賭けたのだろう。この後「話者」の訴訟差し止め請求の陳述を受けて、アパトゥリオスが弁じる運びとなるが、裁判員たちはどちらの言葉を信じたであろうか。

アパトゥリオスが「買い戻し権付売却」について、どういう発言をするかも、本件の重要な契機をなすと思われる。アパトゥリオスはこの取引の慣行に従って「話者」との約定期日まで船と奴隷船員の使用権を認められていると理解している様子である（六、九節）。それに対し、船を出港させるアパトゥリオスを「話者」は船舶詐取・逐電と糾弾する（九節）。そこのところの両者の理解の食い違いが何ゆえ生じたかは不明であるが、「買い戻し権付売却」では、約定期間中債務者（ここではアパトゥリオス）が、いわばローンのかたちで毎月一定額を名義上の所有者（ここでは「話者」）に支払う約束を交わすという事例がほかにある[1]、その支払いが滞ると、約束違反を責められることになるが、その種の言及は本弁論にはない。では何か語られない約定の条件があったのか、謎のままである。

ところで本弁論には海上交易訴訟法に関する重要な言及がある。「貿易商人の訴訟はボエドロミオン月からムニキオン月までの間に、ひと月ごとに行なわれ」（二三節）と訳出した一文は、月名を逆にする修正が提唱されて以来[2]、その修正を採って「ムニキオンからボエドロミオンまでの間に」と読む論者が少なくない[3]。

冬の嵐に見舞われやすいエーゲ海交易は、通常ムニキオン月（三―四月）からボエドロミオン月（九月）の夏季に限られる。海上交易紛争を迅速に解決して交易の振興をはかるという新法制定の意図は、写本の記述とは整合しないというのが修正事由であった。底本校訂者もこれに従っている。他方で写本（ＳＡＦ）の字句 *ἀπὸ τοῦ Βοηδρομιῶνος μέχρι τοῦ Μουνιχιῶνος*「ボエドロミオン月からムニキオン月まで」をそのまま採る研究者は、冬期に貿易商人をアテナイにとどめて、月ごとにおそらく籤で提訴者一人一人に審理開廷日を割り振ってすみやかに審理裁決を終え、航海可能の時期が来れば直ちに出航して、短い夏の間交易事業に専念できるようにした、と説明する。(4) 本訳者は後者を採る。

またディカイ・エンメーノイ（*δίκαι ἔμμηνοι*）と呼ばれる私訴に言及したアリストテレスの記述があるが、(5) その箇所の *ἔμμηνοι* を「一ヵ月以内」と採る解釈と、「ひと月ごとに」と採る解釈がある。前者は、提訴後一ヵ月以内の結審（厳密には、被告召喚後とも、開廷後とも、ここでも解釈が分かれる）(6) という理解で、貿易商人が訴え出れば、すみやかに海上交易法廷が処理に当たって、業務の滞りをなくしたと考えられている。それに対して現在有力になりつつある後者は、各月に一回訴訟申請が認められるという解釈で、「各月裁判」と

（1）『パンタイネトスへの抗弁（第三十七弁論）』参照。
（2）Paoli, U. E., *Studi sul processo attico*, Padova, 1933, pp. 177-186 参照。
（3）Gernet, p. 141 n. 2; Isager & Hansen, p. 60 参照。
（4）Cohen, 1973, pp. 23-59; MacDowell, 2004, p. 105 n. 29 参照。
（5）アリストテレス『アテナイ人の国制』第五十二章二、三参照。
（6）Harrison, II, 1971, p. 154 参照。

訳出される。[1]「訴訟提起官が民衆法廷に提起して担当する裁判」として、その箇所でアリストテレスが挙げる ἔμμηνος の裁判種に、海上交易訴訟は数えられていない。とはいえひと月ごとに案件を受け付けるのであれば、当然次回にさし障りのないように迅速な審理を心がけて、遅滞なく結審したと考えられる。本訳者は後者を採る。

弁論作者について、高度な技巧が見当たらぬ文体から、デモステネスではなく「話者」の作か、とする見解がある一方で、演壇で語る「話者」に語りやすく、またいかにも「話者」の口から出たかのように無造作な語り口を装った、とデモステネス一流の裏芸を認める見方もある。[2]

本弁論の年代については、前三四三年にまだ営業していた銀行家へラクレイデスの破産を、ほぼ「二年前」(九節)と言っていることから、前三四一年以前ではないとされる。[3]

(1) 橋場・國方、一四一頁、Cohen, 1973, pp. 23-36; MacDowell, 1978, p. 232; Rhodes, p. 665; Carey & Reid, pp. 233-235; Todd, p. 335 参照。なおデモステネス『弁論集1』補註H参照。

(2) MacDowell, 2009, p. 276 参照。

(3)『オリュンピオドロス弾劾（第四十八弁論）』一一、二六参照。

『ポルミオンへの抗弁』

木曽明子

本件はクリュシッポスとその共同事業者が、貿易商人ポルミオンに貸付金返済を求めて争うものである。クリュシッポスもポルミオンも非アテナイ人であり、訴訟は「海上交易訴訟法」に拠っている。前三五五年頃新たに外国人にも門戸を開放した海上交易訴訟法については、『ゼノテミスへの抗弁（第三十二弁論）』解説にその要点を簡略に述べた（五三八―五三九頁参照）。

訴え出たクリュシッポスとその兄弟は、海上交易への融資業と穀物貿易商を兼ねており、これまでもアテナイへの穀物輸入に大きく寄与してきた。相手方のポルミオンはアテナイ在住だが、身分はおそらく居留外国人で、夏期は海上交易に従事するが、航海の危険が増す冬期には、アゴラで香料の商いをしている。

係争の始まりは前年に遡るが、この訴訟に至る経緯を、話者クリュシッポス（とその兄弟）の語るところに従ってたどってみよう。

アテナイからボスポロスへ商品を運んで、穀物を船載して帰るポルミオンに、クリュシッポス（と兄弟あるいは共同事業者）は昨年、往復旅費用に二〇ムナ（二〇〇〇ドラクマ）を貸した。担保として貸付額の二倍すなわち四〇ムナ相当の商品を購入してアテナイから出航し、それをボスポロスで売り、売上金で買った商品

（穀物）を同じ船でアテナイに持ち帰って売り、ポルミオンは三〇パーセントの利子を付けてクリュシッポスに返すという契約であった（六、二三節）。返済額二六〇〇ドラクマが支払われるまで、着荷の処分権は貸し主にある。船を指揮する船長は奴隷身分のランピスであった。海上交易契約の慣行に従って、難船すれば借り手の返済義務は消滅することが合意された。海上貸付は、貸し主にとって利益も大きかったが、危険もまた大きかったのである。

ボスポロスとは、黒海とアゾフ海を結ぶボスポロス海峡周縁を支配する王国の名である。主都パンティカパイオン（現在のケルチュ）にはギリシア人も入植しており、穀物輸入のほぼ半分を黒海沿岸地域に負うアテナイとしては、先代の統治者レウコン（在位、前三九三―三五三年）にアテナイ市民権を贈り、現王パイリサデス（前三四九―三一一年）(1)にはアテナイのアゴラに立像を建てるなど、友好関係維持に腐心していた。

しかしこの時期間《ま》の悪いことには、ボスポロスではパイリサデス王とスキュティア人との戦争が起こっていたため、ポルミオンは商品を売りさばけない。往路の同船者はそれぞれの用務を済ませてアテナイ向け出港を待っており、船長ランピスはポルミオンにも乗船を促す。すると、自分は別の船で帰るから先に出発するようにと告げて、ポルミオンはボスポロスに残る。出発したランピスの船が嵐に襲われ、多くの乗客と船荷が失われるが、ランピス自身は他の船に救われて、アテナイに帰着する（八―一〇節）。遅れてアテナイに

（1）パイリサデス一世は、前三四七／四六年に共同統治をしていた兄弟スパルトコスとともに、先王レウコンと同じ特典に加えて四年ごとの金冠の栄誉をもって顕彰されている（『ギリシア碑文集』第二巻第二版二一二参照）。

戻ったポルミオンにクリュシッポスが返済を求めると、最初未返済であるかのように言った（一二節）ポルミオンは、後になってボスポロスですでにキュジコス金貨一二〇スタテール＝三三六〇ドラクマをランピスに渡したと言う（一三節。ただし二五節では三九二〇ドラクマ）。だが先に難船から生還したランピスにクリュシッポスが証言を求めたときの答えは、受け取っていない（一一節）という言葉であった。

ポルミオンに騙されたと憤懣やるかたないクリュシッポスは、貸付金返済を求めて海上交易訴訟を扱う法務執政官（テスモテタイ）に訴え出た。ポルミオンは担保として搭載すべき帰り荷を積まなかったし、貸付金の返済もしていない、という訴えである。ポルミオンは訴訟差し止め請求をもって対抗しようとした（一七節）。自分は契約に何も違反していないし、難船によって契約は消滅したから（三、三四節）、自分を訴える訴訟は法的に許されないというのである。しかし開廷前にポルミオンは裁定を仲裁人に委ねることを提案し、クリュシッポスの同意を得る（一八、四四節）。仲裁人による私的裁定事例は『アパトゥリオスへの抗弁（第三十三弁論）』にも見られたが（一七〇頁、一九五頁註（2）参照）、本件では、市民待遇外国人のテオドトスに仲裁を依頼することが合意された。ところがテオドトスのもとで開かれた仲裁で、船長ランピスはあっさり前言を翻し、金貨を受け取ったと言う（一八—二〇節）。そして、先にクリュシッポスに尋ねられて、受け取らなかったと言ったとき、自分は心神喪失の状態にあったと言う。仲裁役テオドトスは裁定を出すことを拒み、裁決を民衆法廷に委ねるべきだと言う（二一、四五節）（以上、前三二八／二七年）。

案件は未解決のまま年が変わって、クリュシッポスは貸付金の返済を求める告訴を、改めて申請する。ポルミオンは再び訴訟差し止め請求をもって応じる。本弁論に先立って述べられたはずのそのポルミオンの弁論（四三節）を持たないわれわれには、そこで何が述べられたかを知ることはできないが、本弁論から推測すれば、契約に違反はしていないないし（三節）、船は難破した（三四節）から、契約関係は消滅した、よってクリュシッポスの海上交易訴訟による告訴は無効であるとの主旨であっただろう（三節。一七節で読まれる訴訟差し止め請求の申請書は前回のそれであるが、話者クリュシッポスは続く語りでその区別を明確にしない。「三九二〇ドラクマ」という金額をはじめ、下記の本弁論中の不明点は、今回の告訴内容に前回のそれからの変動があるためかと考えられる）。ポルミオンの訴訟差し止め請求に抗弁して、クリュシッポスが本弁論を口演する（前三二七／三二六年）。

冒頭で話者クリュシッポスは言う、ポルミオンは訴訟差し止め請求（パラグラペー）をするのではなく、自分（クリュシッポス）が起こした本案訴訟（エウテュディキアー）の被告として弁明するべきである、と（四節）。たしかに、契約履行済みと主張するポルミオン（三節）に、契約不履行ゆえの支払いを要求するクリュシッポスの提訴は、本案訴訟として処理されるべき案件である。ではポルミオンが訴訟差し止め請求という手段に出たことに正当性はあるのか？　訴えられたポルミオンが状勢不利と見て、裁定引き延ばし、ないし回避を計って訴訟差し止め請求という手段に出たことは十分考えられる。一方クリュシッポスにとっては、貸付金を返済させることが最終目的である。しかしクリュシッポスには、貸付金返済の案件で本案訴訟を闘って勝訴するだけの十分な成算がない。またこの訴訟差し止め請求裁判にも勝算があるわけではなく、もし敗訴すれば、その時点で本案訴訟（クリュシッポスの貸付金返還請求）も打ち切られる。返済金を受け取ったと言うランピスは、前に受け取らなかったと言っており、平気で正反対のことを言ったこの人物は、もはやアテナイにおらず、ほかに金銭受け渡しの証人を立てることもできない（ちなみに古典期のギリシア人は領収書のやりとりという慣習を持たなかった。ヘレニズム時代には広く用いられたという⑴。かりに一一二〇スタテールをボスポロスでランピスに預けたというポルミオン（二三、二五、二六、三一節）の言葉が正しいとすれば、その金を持ったランピスの船の難破は、クリュシッポスの丸損を意味する。難船による債務者の弁済義務消滅は、エーゲ海貿易の慣行であり、契約に際してその合意もあったはずである。とするとクリュシッポスが取りうる道は、ポルミオンの訴訟差し止め請求の正当性を否定し（四節）、履行済みとポルミオンが言う契約条項を逐一検討してその虚偽を暴き、そんな人間の言うことは嘘ばかりであると裁判員に思わせることである。そこで、一、ポルミオンはアテナイからの出発までに、合意された担保を積み込まなかった（二七、四〇節）ばかりか、不正にもクリュシッポスの貸付金（二〇〇〇ドラクマ）を担保に、他人からさらなる借金（テオドロスから四五〇〇、ランピスから一〇〇〇、計五五〇〇ドラクマ）をした（六、七節）。二、託された手紙を依頼どおり名宛人に渡さなかった（八、二八節）。三、返したと言う金額が馬鹿ばかしくも必要以上に余計な金額である（二六〇〇ドラクマ返せばよいのに三九二〇ドラクマ返した、と。二五節）。四、借金の返済時には大勢の証人を立てるのが人情のつねであるが、ランピスに返した（と言う）とき証人を置かなかった（二九—三二節）。五、公正であるべき仲裁人選定に自分の味方を選んだ（二一節）など、いかにもそうだと思わせる（＝蓋然性の高い）⑵叙述によって、「卑劣漢ポルミオン」を聴き手の脳裏に刻みつけようとする。

さらにこの悪党とは対照的に、自分たちがいかにアテナイに大きな社会貢献をしているかを語ることも忘れない。飢饉のとき自分たちは大量の輸入小麦を正規の価格で配布して、アテナイ市民を飢餓から救った、穀物購入費として高額の寄付もした（三八—三九節）、自分たちこそアテナイの海上交易を支える存在（五一節）である、等々。

ただ、勝敗の決め手はけっきょくのところランピスの言にある。ランピスがポルミオンから金貨を受け取ったのか（一八、二〇、四六節）それとも受け取っていないのか（一一、二〇、四一、四六、四九節）である。ランピスがポルミオンに買収されたと睨むクリュシッポスら（三八節）の本弁論では、ランピスも卑怯者に仕立て上げられる。すなわち、国家的特典である免税措置――ボスポロス王国の歴代の王のアテナイへの友好政策によって、アテナイ向けの貿易商人には積荷の優先権が与えられ、アテナイへの穀物輸出の関税は免除された――を悪用したランピスは、自分の儲けのことしか頭になく、あまつさえアテナイの憎き敵マケドニアのアカントスに穀物を運んで売るという不敵な行為に及んだ（三六節）。そして今回も買収されれば、いとも簡単に前言を翻して恥じない（二〇節）破廉恥漢である、等々。

ランピスの悪行のかずかずはたしかに聞く者を唖然とさせるが、自分をもっぱら被害者として語るクリュシッポスに疑念を持つ研究者は少なくない。ポルミオンがアテナイで五五〇〇ドラクマ分の商品しか積み込まなかったことは、証拠として出される関税記録（七節）によって事実と認められようが、積み込み商品は五五〇〇ドラクマ分ではなく一万五〇〇〇ドラクマ分でなければならなかったということを証する証人をクリュシッポスは出していない。ポルミオンからの借金を担保にテオドロスから四五〇〇ドラクマ、ランピス

（1）Cohen, 1973, p. 132 参照。

（2）アリストテレス『弁論術』第二巻第二十五章一四〇二b一四参照。

から一〇〇〇ドラクマ計五五〇〇ドラクマを借りたというが、この二人の貸し主が、貸付金二〇〇〇ドラクマに対し四〇〇〇ドラクマ分の商品搭載を要求したクリュシッポス同様、アテナイで倍額の担保（一万一〇〇〇ドラクマ分）を要求していたかどうかはわからない。クリュシッポスの貸付金は往復航海用であったが、テオドロスとランピスの貸付金は片道航海用であった。クリュシッポスの話がテオドロスとランピスの不在を利用している節があるという疑いは拭えない。

クリュシッポスへの必要な返済額は二六〇〇ドラクマであるのに、「ポルミオンはランピスに三九二〇ドラクマ返したと言っている」（二五節）という、不可解な数字が出される一方で、帰路の穀物が持ち帰られないという契約違反の場合の「罰金五〇〇〇ドラクマ」という数字（三三節）も、解釈を困難にする。あるいは前年の告発と、改められた今回の告発の罰金額が混在しているのか。[1] しかし契約の選択肢として、アテナイに帰らず、ボスポロスで代理人（ランピス）に返済金を渡すことがポルミオンに認められていたとも解せるので（三二、三五節）、三九二〇ドラクマはその場合の「違約金」を含む金額だという解釈がある。[2]「三九二〇ドラクマ」が、じっさいは一二〇キュジコス・スタテールとしてボスポロスで払われたとすれば（三三節）、話者の言うキュジコス・スタテールとアテナイ・ドラクマの交換レートの計算に、裁判員の無知につけ込んだ欺瞞が隠されていると見る見解もある。[3] 詳細不明の点は少なくない。

ではポルミオンの訴訟差し止め請求に勝ち目はあるだろうか？　彼はクリュシッポスの提訴無効の理由として、自分は契約事項を履行した、したがって海上交易訴訟の要件とされる契約関係は両者間にもはやない（三節）と言う。しかしクリュシッポスは契約書を示して（七節）その条項をいちいち取り上げ、ポルミオンの契約不履行を詳細に語り、契約を履行したかしていないかは本案訴訟で争われるべき事柄であって、訴訟差し止め請求で対処すべきものではないと言う。古伝概説作者も、「この訴訟は名目上訴訟差し止め請求であるが、じっさいは本案訴訟である」と言っている。ただポルミオンが訴訟差し止め請求裁判に敗訴した場合に再開される本案訴訟で、クリュシッポスが勝つかどうかは疑わしい。いずれにせよポルミオンが正しいのか（返済はあった）、クリュシッポスが正しいのか（返済はなかった）、言い換えればランピスの「受け取った」という証言か、「受け取っていない」という証言か、二つの証言のいずれが真実か、判定は不可能である。はたまた裁判員がどう判決したか、後世には謎のまま残されたようである。

本弁論のいま一つの困難は、話者の移動と代名詞である。「この人」（二〇節）に続いて二三、二六、二七、二九節で見られる三人称代名詞（三二節では複数）から、二一節でクリュシッポスの共同事業者に話者が代わるという解釈が有力であるが、話者交替のしるしが何もない、など、話者交替そのものを否定する論者もいる。また金を貸した「私たち」（二節）が「私」（六節）に、金を借りた「ポルミオン」「この男」（二節）が「この者ら」「彼ら」（五節）と複数になるとき、聞き手である裁判員たちには了解されているのか、など疑問は深まる。話者が「この者」と三人称を使うとき、自分を指す動作を伴っていれば誤解の余地はないだろう。双方ともに共同弁論人ないし共闘者を持っていて、その幾人かはこの場にいたことが知られるが（ク

（1）MacDowell, 2004, p. 112 参照。
（2）Kennedy, p. 170 および p. 180, n. 1 参照。
（3）Isager & Hansen, p. 166 参照。

リュシッポス側＝三九節（兄弟）、ポルミオン側＝一二節）、古伝概説作者のリバニオスにも代名詞の語法、話者の移動の謎は解けなかったようである。本文の若干の註に記した疑問は、あるいはこういう推論によって説明されるかもしれない。(1) すなわち、話者交替と代名詞の不可解さとの背後に、草稿の段階ではクリュシッポスが演壇に立つか兄弟あるいは仲間が立つかが未定のままであったのを、じっさいの弁論では口演者が状況に合わせて臨機応変に言い換えたという想定である。

また船長ランピスの身分についても微妙な疑問点が残る。ランピスは、船主ディオンの奴隷と言われているが（五、一〇節）、今回のボスポロス行きで提供される担保がクリュシッポスの貸付金であるということを知ってか、知らずにか、ポルミオンに片道旅費として一〇〇〇ドラクマを貸して、それをちゃっかり回収している（二二、四〇節）。ボスポロスで免税措置を利用して安く買い付けた穀物を、厳格な禁止条項があるにもかかわらずアテナイ以外の地に運び、高収益を得たりもしている（三六節）。アテナイの奴隷には、主人とは別に住み、独立採算の営業で得た収入から一定の名義料を主人に払う、「別住まいの（χωρὶς οἰκοῦντες）」（離れて住む、の意）と呼ばれる奴隷がいた。妻子をアテナイに住まわせている（三七節）ランピスは、これであったとも考えられる。身につけた操舵術をもってアテナイから黒海までも船を走らせる往還の間に、金儲けの機会を目敏くつかみ、船も占有し（ただし奴隷身分であれば、所有は主人ディオンに帰すはずである）、手許にそれなりの蓄えを持っていたと考えてもおかしくない。ランピスが「金を受け取っていない」という前言を翻して、先の言葉とまるきり逆のことを言ったのは仲裁の場であり、仲裁人の前なら偽証罪に付される恐れがないことを悪用している（一九節）、問詰されれば、前言を言ったとき正気ではなかったと見えすいた嘘をつく（二〇節）、と話者クリュシッポスはランピスの悪辣さを強調するが、ランピスに民衆法廷での証言が許されていたという前提で発言しているようにも聞こえる。通常アテナイの民衆法廷では、奴隷は証人となることは許されず、その証言は法廷外での拷問によって得られたもののみが有効とされたが、交易再興を急ぐ国策によって海上交易訴訟には特例が認められ、奴隷も市民同然の扱いを受けて法廷での証言を認められた可能性が指摘されている。[2] またこの訴訟時にはすでにランピスは解放されていたという考えに傾く研究者もいる。[3]

本弁論の年代は、上に示したように、パイリサデス王（八節）のボスポロス統治期間すなわち前三四九―三一一年、マケドニア王アレクサンドロスによるテバイ殲滅（三八節）すなわち前三三五年、二度目と三度目の穀物価格暴騰すなわち前三三〇―三二九年、前三二八―三二七年（三八―三九節参照）を参考に、前三二七／二六年と推定される。デモステネスが代作をした時期とは考えられないという論者と、すでにパックス・マケドニカ（マケドニア支配下の平和）の世となり、政治活動の場を失ったデモステネスが、再び代作に携わったと見る論者がいる。いずれにせよ、デモステネスの筆致を否定する確証は本弁論中にはない。[4]

（1）Blass, pp. 580-581 参照。
（2）Harrison, I, p. 167 n. 6 参照。
（3）Todd, pp. 192-193 参照。
（4）Pearson（1981, p. 56）はデモステネス代作説を否定している。

『ラクリトスへの抗弁』

木曽明子

前三五五年頃の制度改革によって、新たに導入された海上交易訴訟法については、『ゼノテミスへの抗弁（第三十二弁論）』解説でその概要を簡略に記した（五三八―五四〇頁参照）。加えて、訴えが新制度によって受理されるための三条件も挙げたが（五四三頁参照）、その第一項は、係争がアテナイ発着の交易に関わるものに限るという、国益保護を直截に謳った条文である。本弁論五〇―五一で話者が引用し、『ポルミオンへの抗弁（第三十四弁論）』三七でも引き合いに出されるこの主旨の法律は、貿易商にとって穀物輸入の諸規程が、いかに切実な問題であったかを如実に示している。

本訴訟は、そういう厳しい現実を背景に、穀物輸入のために貸した資金の返済を求めて、アテナイ市民アンドロクレスがパセリス人ラクリトスを訴追することで始まった。ところがラクリトスはその訴えを無効と主張して、訴訟差し止め請求（パラグラペー）を申請した。本弁論はその訴訟差し止め請求に抗する弁論であり、いま法廷で求められていることは、ラクリトスの差し止め請求が正当か否かの判定である。話者アンドロクレスは、自分の提訴（＝本案訴訟）は訴訟差し止め請求をもって応じられるべきものではないと申し立てて、ラクリトスへの有罪判決を裁判員に強く求める。ラクリトス敗訴が決まれば、アンドロクレスは最初の提訴（＝本案訴訟）に立ち戻っていま一度貸付金返還請求の裁判を進めることを許される。ではどういう経緯でアンドロクレスの貸付金の返済が未了になっているというのか、話者アンドロクレスの言葉によってそのあらましを辿ってみよう。

　アンドロクレスは同業者ナウシクラテスと共同で、ラクリトスの二人の弟アルテモンとアポロドロスに、貿易資金三〇ムナ（＝三〇〇〇ドラクマ）を貸し付ける。カルキディケ半島のメンデ（あるいは天候条件等によってはスキオネ）に寄港し、メンデ産ワイン三〇〇〇壺を仕入れてポントス（黒海）へ運んで売り、その収益をもって現地で買った商品（穀物）を船載してアテナイに戻って売り、利子を付けて借金返済をするという契約であった。利子の率は、多大なリスクを伴う海上交易の通例に沿って二二・五パーセント（ただしポントスからの出航が、航海困難な季節に入る基準日以後であれば三〇・〇パーセント）とされ、貸付金の担保として往路の積荷であるメンデ産ワイン三〇〇〇壺、復路については帰航する船に搭載されるはずの黒海からの船荷（穀物）が設定された（船は別人の貸付金の担保にされていた。三二節参照）。難船した場合借り手の返済義務は消滅するという一条は、海上交易に関する契約の慣行に従って合意されたものであった。

　ところが話者アンドロクレスによれば、アポロドロスは（アルテモンはこの訴訟時にはすでに死亡。どの時点で死亡かは不明）以下の諸点で契約不履行を犯した。一、担保であるメンデ産ワインを三〇〇〇壺ではなく、四五〇壺しか購入しなかった（一八―二〇節）。二、別人から借金（＝ハリカルナッソスのアラトスから一一〇〇ドラクマ）するために、同じ担保（メンデ産ワイン三〇〇〇壺、じつは四五〇壺）を二重設定した（二一―二三節）。三、ボスポロスからの帰路、約定どおりの積荷をしなかった（二四―二五、三四節）。四、アテナイに帰着の際、ペイライエウスに入港せず、非正規の泥棒港に入って二五日も停泊し、借金を返済する、ないし返済まで積荷を貸し主アンドロクレスの管理下に置く、という約定条項を履行しなかった（二八—三〇、三七節）。五、ポントスからの帰路テオドシアに寄るまでに難船したとラクリトスは言うが（三一—三三節）、その際亡失を免れたという金一〇〇キュジコス・スタテールを、弟アポロドロスが同郷のパセリス人船長（アポロドロスを救った船の船長か？）に貸し（三六節）、船長はキオス人から金を借りるために、その金一〇〇キュジコス・スタテールを担保にした（三六—三七、五二節）。しかし契約書の記載に従えば、難船を免れた船載物（担保）は貸し主アンドロクレスとナウシクラテスに帰すべきものである。そのうえ何よりも許せないのは、貸付金のキオスへの流失のため、自分はあやうく厳罰に処されるところだった——アンドロクレスは、アテナイ以外の地への穀物輸送用の貸付を、アテナイ居住者に厳禁する法（五一節）を引用しつつ、語気あらく言う——、残っていた契約書が、アテナイからの往復航海を目的とする貸付金であることを証明してくれたから、自分はかろうじてこの大罪に問われずに済んだ、と。

さて、貸した金を返してもらえないアンドロクレスは、ラクリトス告訴の前に、貸付金返済を求めてまずアポロドロスを訴えたと思われる（一一、一二、一四節。なお二〇、二三、二四節はその訴訟のための証言の転用であろう）。この対アポロドロス訴訟が続行中であるのか、不首尾に終わったためか、いずれであれ、話者アンドロクレスはいま海上交易訴訟として（四五—四九節）、死んだアルテモンの兄でアテナイに居留外国人身分で住む弁論術教師ラクリトスを訴えている。自分との取引の契約書交換から始めて負債逃れまで、いっさいを企み実行させたのは二人の兄ラクリトスであり（一七、二八節）、しかもラクリトスはアルテモンの遺産の相続人であり（四節）、負債返済の義務を負っている。アンドロクレスはそう申し立てた。これに対して訴訟差し止め請求の弁論（散逸）を行なったラクリトスの言い分がどのようなものであったかは、その答弁である本弁論から推測するほかないが、少なくともラクリトスは、自分とアンドロクレスとの間に契約文書は存在しないと、海上交易訴訟要件の不備を主張して、アンドロクレスによる提訴の無効を申し立てたであろう（古伝概説参照）。アンドロクレスはアルテモンとの間の契約文書を二度（一〇―一三、三七節）も朗読させて文書の存在を主張するが、裁判員が死者との間の契約文書をその遺産相続人（ラクリトスが相続人である として）に関しても有効と見なしたか否かは不明である。さらに推測を加えれば、ラクリトスは自分が海上交易商人ではないことも、要件不備のうちに数えただろう。ラクリトスはまた、自分は死んだ弟アルテモンからの相続を放棄したので、負債を引き継ぐ義務はないと言って告訴無効の理由としたようである（四、四四節）。ところで話者アンドロクレスはラクリトスがアルテモンの遺産を相続したという申し立て（四節）を裏付ける証人ないし証言を提出していない。ラクリトスが本当に相続人でありながら相続権を放棄したのであれば、なぜアルテモンの遺産全部を取り扱えたのか（四節、これについてもアンドロクレスは証人ないし証言を提出していない）、なぜアポロドロスと遺産を分割しなかったのかなど、疑問点は多い。またラクリトスがすべての悪事の司令塔であるという主張（一七、二二、二八節）も、執拗に繰り返されるわりには証明への努力が見られない。

こうした点を含めて法的にかならずしも万全でないと自覚してか、話者アンドロクレスはラクリトスの相続と金銭貸借への関与責任に加えて、その人格・言葉の信用できないことをとりたてて口にする。高名な弁論家イソクラテスの弟子であり、ラクリトスみずから弁論術教師として生徒を取っていることに揶揄的口調で触れ（一五、四一節）、「黒を白と言いくるめる」弁論術教師への世間一般の不信と疑惑を、最大限に利用して論敵有罪を勝ち取ろうとする。

話者アンドロクレスはまた、アテナイ人特有の民族感情を刺激することも忘れない。弁論冒頭で繰り広げられるパセリス人への人種攻撃がそれである。金を借りることにかけてはパセリス人以上にずる賢い人種はない、金を受け取れば即刻返済義務をきれいさっぱり忘れて、返さねばならなくなると自分の私有財産を失ったと喚きたてる（一―二節）。こう言って小アジアの南部リュキア地方の町パセリス人という他人種への蔑視偏見を煽ることは、ともすれば外国人をよそ者として、からかいたがるアテナイ人の市民感情にまともに響き、裁判員説得の強力な武器になったであろう。「腹黒さ」（七節）「野獣」（八節）「土塀破り」（九節）「悪辣無比」（二四節）「とてつもない暴慢と破廉恥をむき出しに」（二五節）「卑劣さにかけては誰にも負けない」（四六節）と、過激なパセリス人誹毀の言葉が繰り出されると、すかさず相の手が入り、哄笑が渦巻いたのではないか。

ではこの訴訟はどちらに軍配が上がっただろうか。訴訟差し止め請求裁判を願い出たラクリトスは、もし五分の一以下の得票しか得られず敗訴すれば、係争額の六分の一を罰金（オボロス賠償金＝エポーベリアー）としてアンドロクレスに支払わねばならない。(1) 逆にアンドロクレスが負けると、係争額の六分の一をラクリトスに支払わねばならない。そして彼が最初に申請した本案訴訟（貸付金返還訴訟）はその時点で打ち切られるのであるから、アンドロクレスは貸した金を取り返す道を断たれることになる。

「あんたたちに貸した金を奪われるだけでは足りず、そのうえ罰金まで科され」(四六節)と忌々しそうに言うアンドロクレスの台詞は、そのことを指している。

古伝概説作者は勝敗については明言していないが、話者の「しまりのない叙述」「答弁の弱さ」を指摘しつつも、本弁論がデモステネスの真作であることを疑う論者に与《くみ》していない。しかし本弁論の作者は誰かという疑問は、研究者間でいまなお論議がやまない。デモステネス作を否定する者は、この時期政治家としての経歴構築に邁進していたとおぼしきデモステネスが、代作を手掛けたかは疑わしいという状況からの判断に加えて、上記のような品下《しなくだ》れる卑語がデモステネスの筆になるはずはないと推断して論拠の一つに数える。[2]他方で本弁論をデモステネスの真作とする論者によれば、舌先三寸でどうにでも人を惑わせ、鷺を烏と言いくるめられると思い上がっているラクリトスに対し、自分は口不調法で単純な男だけれど、悪辣無比な詭弁屋風情に負けはしないと強がるアンドロクレスなどは、性格描写に秀でたデモステネスの面目躍如だという。[3]またイソクラテスの取った高額の授業料が払えず、イサイオスに弁論術を習ったと伝えられるデモステネスは、イソクラテスの弟子ラクリトスへの悪意に満ちた口吻に、イソクラテスへのひそかな敵意を込めたという穿った見方もある。[4]

本弁論の推定年代は、海上交易訴訟法が制定されたあたりとされる前三五五年(直後)を上限に、まずは

(1) イソクラテス『カリマコスを駁す(第十八弁論)』三参照。
(2) Blass, p. 567 参照。
(3) MacDowell, 2009, pp. 265-266 参照。
(4) Kennedy, p. 187 参照。

生存中として名を出されるイソクラテス（四〇節）の死の前三三八年までの間に置かれる。というのも前三五五年（直後）頃の著書『政府の財源』において、貿易の振興策を提言する著者クセノポンは、海上交易の係争を最も公正、迅速に処理する監督官を表彰せよ、と述べているからである。つまり海上交易訴訟の迅速性は前三五五年前にはまだ導入されていなかったと考えられる。

次に『ハロネンソスについて』の題名で「デモステネス弁論集」に入れられている作品を手がかりにすることができる。演説者（デモステネスではなく、ヘゲシッポスを作者兼演説者とする説が広く認められている）が十年足らず前をふりかえって、「貿易に関する私訴は、いまとは違って［規定が］細かくきちんと定められていなかった、つまり月ごとではなかったのです」と言う一節がある（一二節）。とすると『ハロネンソスについて（第七弁論）』の推定年代、前三四三／四二年には、「各月裁判」を規定した海商法がすでに定着していたと考えられる。

さらに推定年代幅を狭める材料は、マケドニア王ピリッポス二世による前三四九／四八年のカルキディケ半島攻略である。エーゲ海北西岸のカルキディケ同盟と前三五二年に講和を結んだアテナイは、同盟の中心都市オリュントス救援のために三度にわたって援軍を送った。カルキディケ半島の突端にあるメンデやスキオネがカルキディケ同盟に加入していたか否かは判然としない。しかしながら前三四九年以後アテナイの貿易船がメンデあるいはスキオネ経由でポントスに航行することは、高い危険性を伴うことになる。そして前三四八年のピリッポスによるオリュントスの徹底破壊以後、カルキディケ半島にアテナイの貿易船が入ることはまずなかったと考えられる。これらを勘案して、本弁論を前三五一年前後と見る研究者が多い。

本弁論が注目を集める理由の一つは、挿入文書の高い信憑性である。デモステネスの代表作『冠について（第十八弁論）』の挿入文書が後世の註釈者の弁論内容からの不完全な復元であることがあまりに明白なため、法廷弁論作品に挿入された証言、法文の類いをすべて偽作とする見解が長年支配的であった。しかし碑文研究が進み、挿入文書と碑文記事との一致の事例が増えるにつれて、見直しが行なわれるようになった。本弁論中の証言も証言者の名前が碑文と一致し、人物の実在性が確認されたものが多いが（各註参照）、とりわけ一〇—一三節の契約文書は、偽作に見られるような本文中の叙述からの再構成ではなく、本文中にない取引条件の詳細を記しているという点で真正な実物と見てよく、前四世紀の海上交易の実態を知りうる貴重な史料と見なされている。

なお古伝概説の作者については、リバニオスとする校訂者とこれを否定ないし疑問視する校訂者がある。

略記号および参考文献（第三十二—三十五弁論）

F. Gr. H.: *Fragmente der griechischen Historiker*, ed. Jacoby, F., Berlin 1926-30.

IG I^3, II^2: *PHI Greek Inscription* (online), I^3, II^2.（「ギリシア碑文集」第一巻第三版、第二巻第二版）

Bers, V. (tr.), *Demosthenes, Speeches 50-59*, University of Texas Press, Austin, 2003.

Blass, F., *Die Attische Beredsamkeit* III-I, Leipzig, 1893, 1962 (reprinted).

Carey, C., *Trials from Classical Athens*, London, 1997.

Carey, C. and Reid, R. A., *Demosthenes, Selected Private Speeches*, Cambridge, 1985.

Cohen, E. E., *Ancient Athenian Maritime Courts*, Princeton, 1973.

——————, *Athenian Economy & Society*, Princeton, 1992.

Gernet, L., *Démosthène: Plaidoyers civils*, Tome I, Paris, 1954.

Hansen, M. H., "Athenian Maritime Trade in the 4th Century B.C.: Operation and Finance", *Classica et Mediaevalia* 35 (1984), pp. 71-92.

—————— (tr. by J. A. Crook), *The Athenian Democracy in the Age of Demosthenes: Structure, Principles and Ideology*, Norman, 1999.

Harrison, A. R. W., *The Law of Athens*, Vols. I, II, Oxford, 1968, 1971.

Isager, S. & Hansen, M. H. (English tr. by J. H. Rosenmeier), *Aspects of Athenian Society in the Fourth Century B.C.*, Odense University Press, 1975 (first published in Danish, 1972).

Kennedy, Ch. R., *The Orations of Demosthenes*, Vol. IV, London, 1901.

Lofberg, J. O., "The Speakers in the Case of Chrysippus v. Phormio", *Classical Philology* 27 (1932), pp. 329-335.

MacDowell, D. M., *Demosthenes the Orator*, Oxford University Press, 2009.

—————— (tr.), *Demosthenes, Speeches 27-38*, University of Texas Press, 2004.

——————, *The Law in Classical Athens*, London, 1978.

Millett, P., *Lending and Borrowing in Ancient Athens*, Cambridge, 1991.

North, H. F., *Demosthenes Six Private Speeches*, University of Oklahoma Press, Norman, 1972.

Paley, F. A. and Sandys, J. E., *Select Private Orations of Demosthenes*, with Introductions and English Notes, Part I, [Cambridge, 1898] Arno Press, 1979.

Pearson, L., *The Art of Demosthenes*, Scholars Press, 1981.

———, *Demosthenes: Six Private Speeches*, Norman, 1972.

Rennie, W., *Demosthenis Orationes*, Vol. 2, Pt. 2, Oxford University Press, Oxford (Oxford Classical Text), 1921.

Rhodes, P. J., *A Commentary on the Aristotelian Athenaion Politeia*, Oxford, 1981 (1993 paperback).

Rosivach, V. J., "Some Economic Aspects of the Fourth Century Athenian Market in Grain", *Chiron* 30 (2000), pp. 31-64.

Thompson, W. E., "An Athenian Commercial Case: Demosthenes 34", *Tijdschrift voor Rechtsgeschiedenis* 48 (1980), pp. 137-149.

Todd, S. C., *The Shape of Athenian Law*, New York, 1993.

Usher, S., *Greek Oratory: Tradition and Originality*, Oxford, 1999.

Voemelius, J. Th., *Demosthenis Opera recensuit Graece et Latine cum indicibus*, Edidit Firmin-Didot, Parisiis, 1878.

伊藤貞夫「古典期のポリス社会とその変質」、岩波講座『世界歴史』古代2、一九六九年、七九―一〇八頁。

佐藤昇「古典期アテナイの国内情勢と外部接触」、『古代』一六、二〇一五年、二五二―二七三頁。

篠崎三男『黒海沿岸の古代ギリシア植民市』東海大学出版会、二〇一五年。

杉本陽奈子「紀元前四世紀アテナイにおける穀物供給政策と海上交易商人」、『史林』九七、二〇一四年。

橋場弦・國方栄二（訳）、アリストテレス『アテナイ人の国制／著作断片集1』（「アリストテレス全集19」）岩波書店、二〇一四年。

前澤伸行「紀元前四世紀のアテナイの海上貿易——海上貸付の分析を中心に」、弓削達・伊藤貞夫（編）『古典古代の社会と国家』東京大学出版会、一九七七年a、一〇七—一四六頁。

——「紀元前5、4世紀のアテナイにおける海上貿易と ἔκδοσις」、『西洋古典学研究』XXV、一九七七年b、四三—五三頁。

——「紀元前4世紀のアテナイの穀物取引」、『西洋古典学研究』XLI、一九九三年、四八—五八頁。

宮崎亮「古典期アテナイのシュコファンテス——アテナイにおける民衆訴追」、『史学雑誌』一〇二、一九九三年、一—三七頁。

——「前4世紀のアテナイの公的仲裁制度について」、『西洋古典学研究』XLIV、一九九六年、七三—八三頁。

『ポルミオン擁護』

吉武純夫

アポロドスの提訴に対する無効申し立て

アテナイの著名な銀行家であったパシオンは、みずからの引退に際して、彼のもとで長年働いてきたポルミオンに、銀行を賃貸借するかたちで業務を任せた。本弁論は、パシオンの死後、その息子アポロドロスがポルミオンを相手に訴訟を起こそうとしたとき、それに対してポルミオンが申し立てた「独立抗弁」において、ポルミオンの代理の者が彼を擁護して語ったものである。独立抗弁とはパラグラペーの訳で、提議された訴訟の妥当性・有効性に関して疑義を呈し訴訟の差し止めを求めることである(1)。いっぽう、息子アポロドロスの提訴とは、銀行業務を任せるに際して父パシオンが預けたとする運営資金をポルミオンがそのまま着服したとして、ポルミオンに二〇タラントンの賠償金を請求するものだったようである。これに対するポルミオン側の言い分は、そのような事実はないし、また彼はあらゆる請求から放免される(2)という約束をアポロドロスから二度も得ており、さらにその賠償請求は時効の年限を過ぎている、というものである。アポロドロスの最初の提訴の内容ははっきりとはわからないが、二者による事実の主張にはいくつもの点で食い違いがあることは確かである。アポロドロスは翌年、この独立抗弁に先んじて行なわれていた催告（プロクレーシス）[3]でポルミオン側の証言者を務めていたステパノスを相手にして訴訟を起こす。その際のアポロドロスの弁論が二つも現存しており（デモステネス第四十五、四十六弁論）、そこでは彼の側の主張が存分に語られている。これらの三弁論は、同じ問題について対立する双方の弁論が残されているという数少ない例として知られている。事実についてのそれぞれの主張が食い違うので注意が必要であるが、ほぼ間違いないこととして抽出されるのは、次節に記す背景的事実である。

背　景

自身もかつて銀行家に所有される奴隷であったパシオンは、解放されて受け継いだ銀行業を成功させ、公共奉仕にも努めてアテナイ有数の名士となり、前三七六／七五年には市民権を獲得していた。彼はポルミオンという奴隷を所有し、自分の銀行業を手伝わせていたが、その働きを認めて前三七二／七一年に彼を解放した。その翌年、自分は引退することにして、所有する銀行と盾工場を、賃貸する形で彼に任せるという契

(1)「訴訟差し止め請求」と訳されることも多い。パラグラペーの詳細については、「私訴弁論の世界」五「デモステネス私訴弁論の用語について」(1)を見よ。

(2) 解放（アペシス）と免除（アパラゲー）の両方をひっくるめたものとして、ここでは放免という語を用いることにする。

詳しくは補註Uを見よ。

(3) 本弁論および次弁論の訳文では、「果たし状」と訳されている。補註Sおよび「私訴弁論の世界」五「デモステネス私訴弁論の用語について」(4)を参照されたい。

約を取り交わし、自身は一年後の前三七〇／六九年に病死する。

パシオンはアルキッペという妻との間にアポロドロス、パシクレスという二人の男子を儲けていたが、彼が死んだとき長男は二四歳、次男は一〇歳であった。パシクレスが成人するまでの八年間、ポルミオンとあと一名の者が彼の後見人となり、パシオンの遺産は分割せずに管理し、銀行と盾工場の賃貸料だけが毎年二人の息子に納付されることになった。それはパシオンの残した遺言によるものであったと思われる――ただしアポロドロスは遺言の存在自体を否定している（第四十五弁論二七）。しかしやがて、アポロドロスがひどい浪費をするため、心配した後見人は銀行と盾工場以外の遺産を二分割して片方をアポロドロスに与え、銀行と盾工場については賃貸料の半分を彼に与えることにした（本弁論八―九）。

前三六三／六二年にパシクレスが成人すると、ポルミオンへの賃貸契約は終了し、アポロドロスは選択権を与えられて盾工場を相続し、銀行はパシクレスが相続する（一一節）。ポルミオンが主張するところでは、そのとき同時に、ポルミオンがあらゆる請求（エンクレーマ。告発という意味もある）から放免されるという約束がなされたという（一〇節）。そして銀行と工場は、別の四名の奴隷に賃貸して経営させることとなった。

ポルミオンはまた、前三六八／六七年に「遺言に従って」、莫大な嫁資（第四十五弁論二八によれば三タラントン以上）が付されたパシオンの寡婦アルキッペと結婚し、その後彼らの間には二人の子供が生まれた。

母である彼女が生きている間は、アポロドロスはポルミオンに対して訴訟を起こすことはなかったが、前三六〇／五九年に彼女が死去すると、彼女の遺産を要求した。ポルミオンの主張によれば、親戚の者たちの仲裁の結果、アポロドロスは彼女の遺産の四分の一に相当する五〇〇〇ドラクマを獲得するとともに、ポルミオンを再びあらゆる請求から放免したという（本弁論一四―一五および三二）――ただしアポロドロスは、彼を放免したという事実はないと言っている（第四十五弁論四〇）。

その後一〇年間目立った動きは見せなかったが、前三五〇／四九年になると、アポロドロスはポルミオンを件の横領の疑いで提訴し、二〇タラントンの賠償金を請求する。それに対してポルミオンが訴訟差し止めを請求する（本弁論からなる独立抗弁）。ポルミオンのこの申し立てが圧倒的多数の票決で認められて、アポロドロスは請求額の六分の一に当たる三タラントン二〇〇〇ドラクマもの罰金を科された。アポロドロスは翌年、催告においてポルミオンの側の証言者の一員であったステパノスを偽証のかどで告発し、一タラントンを請求する――その弁論がデモステネス第四十五、四十六弁論である。

以上のことは、次の年表のようにまとめることができる。

三九四／九三年　長男アポロドロス誕生。
三八一／八〇年　次男パシクレス誕生。
三七六／七五年　パシオンが市民権を獲得。
三七二／七一年　奴隷ポルミオン解放。
三七一／七〇年　パシオン引退。銀行と盾工場をポルミオンに賃貸する契約。
三七〇／六九年　パシオン死去。
（パシクレス（一〇歳）に後見人（ポルミオンとニコクレス）がつく。）

三六八／六七年　ポルミオンがパシオンの寡婦アルキッペと結婚。
三六八年頃　賃貸契約されている以外の遺産が息子二人に分割される。
三六三／六二年　パシクレスが成人し、ポルミオンとの貸借契約終了。
（アポロドロスが盾工場を、パシクレスが銀行を相続。）
（ポルミオンが請求から放免されることの確約。）
三六一／六〇年　ポルミオンがアテナイ市民権を獲得。
三六〇／五九年　アルキッペ死去。
アポロドロスが母の遺産の分け前を請求し、仲裁で認められる。
（ポルミオンが請求から放免されることの再度の確約。）
三五〇／四九年　アポロドロスがポルミオンを提訴し賠償金（二〇タラントン）を請求。
ポルミオンが独立抗弁を申し立て、差し止めが認められる。
（アポロドロスは請求額六分の一の罰金を課される。）
三四九／四八年　アポロドロスがステパノスを提訴。

議論の流れ

本弁論の議論は次のように構成されている。

一、導入（一―三節）

ポルミオンが演説に不慣れで身体的にも弱っているので、仲間の者が代わりにこの申し立てを語ると切り出す。彼はアポロドロスに好意的にふるまってきたし、管理していたアポロドロスの財産のすべてを引き渡してすべての請求から放免されたはずなのにこの訴訟を起こされた、という概要を述べた上で、アポロドロスの告訴は維持できないということをわかってもらうために、まずポルミオンのなしたことを最初から語ると言う（―三節）。

二、これまでのいきさつ（四―一七節）

弁者は、銀行と盾工場をポルミオンに賃貸借するに際して作られたという契約書を示し、その中に「パシオンが銀行に一一タラントンの債務を負う」とあるのを次のように説明する。いまだ市民権を得ていなかったポルミオンは、土地を所有することができないため、土地を担保に貸した金を回収できなければ、土地の差し押さえで損失を回避することができなくなる。そのような事態を避けるため、まずパシオンが銀行から現金を借りそれを顧客に貸す、というかたちにすることをパシオンがわざとに選んだのであって、債務を負うといってもそれは困窮してのことではなかった（―六節）。

ついで、パシオンの遺言書が示される。ポルミオンがアルキッペと結婚したのも、パシクレスの後見人になったことも、賃借料を二人の息子に等分して納付することにしたのも、遺言に基づいてのことだと語る。パシクレスが成人したときに賃貸借は終了し、ポルミオンをあらゆる請求から放免する約束がなされ、銀行と盾工場がそれぞれパシクレスとアポロドロスに相続された、ということが証拠を添えて示される（一一〇節）。アポロドロスは優先権を持って盾工場を選んだのだったが、もし（アポロドロスの主張するように）パシオンが銀行に運営資金を付託させていたなら、アポロドロスがこれを選ばなかったはずはないから、そうではないはずだと推定するほか（一一節）、ポルミオンが運営資金を受け取っていないと言える理由が四つ示される。それは、⑴契約書に書かれているのは、パシオンが銀行から金を借りているということであって、ポルミオンに金を渡したということではないから、⑵遺産が分割されたときに、資金が返済されていないとアポロドロスがポルミオンを告発しなかったから、⑶アポロドロスらがその後別の奴隷たちに銀行を賃貸するときに、運営資金を付すことがなかったから、⑷アルキッペが死んだときに、アポロドロスは遺産を請求したのに運営資金については何も請求しなかったから、ということである（一一四節）。

そして、アルキッペの遺産相続については、親戚の者たちによる仲裁がなされ、アポロドロスが五〇〇〇ドラクマを受け取り、ポルミオンがあらゆる請求から再び放免されることをアテナ神殿で約束した、ということが語られ、その仲裁と放免の証拠が示される（一一七節）。

三、アポロドロスの言い分が通らないことの立証（一八―二七節）

弁者が次に訴えるのは、アポロドロスが仲裁人の前で語った、パシオンの遺産等の記録は破棄されているという言葉は嘘だ、という主張である。その根拠として挙げられるのは、次の三つのことである。⑴遺産の全容の記録なしには、父親の遺産の分配を承服することは誰もしないだろうのに、アポロドロスは一八年間も何も言わないでいる、⑵もし記録が破棄されていたなら、パシクレスが成人したとき、後見人からその説明が何もなされないということはなかったはずだ、⑶アポロドロスは父の貸金を負債者たちから、記録を元にして取り立ててきたわけだが、もしそれがなかったとすればいったい何を根拠にしていたのか説明がつかない（—二一節）。

そして、かの提訴が法に照らし合わせても維持しがたいものである理由として、次の三点が挙げられる。⑴銀行と盾工場に関する賃貸借契約が終了しそれからの放免がすでになされている、⑵仲裁により請求からの二度目の放免もあった、⑶放免が一度でもなされた事柄について訴訟を起こすことは、法によって禁じられている、ということ。そして、二度目の放免に臨席していた人たちの証言が示される（—二四節）。また、時効法を提示し、二〇年以上（実は契約終了からは一二年にすぎないが）経ってからのこの提訴は時効にかかっていると指摘する（—二七節）。

四、アポロドロスの持ち出すであろう議論への先制（二八—四二節）

ここからは、以上の指摘に対してアポロドロスが何を言って来るかを想像しあらかじめ牽制を加える、という手法をとる。アポロドロスは、ポルミオンがアルキッペと結婚したことも非難に値すると考えているかもしれないが、銀行家が妻を元奴隷の使用人と再婚させた例はいくつもあるのであり、市民権を後天的に与えられた人間にとっては、それは財産を守るための行為であって家族を辱める行為ではないと説き、アポロドロスが自尊心からそれを非難するなら笑うべきことだ、と警告する（—三一節）。

その再婚がパシオンの意志による合法的なものであるということは、遺言によって示されているだけでなく、アポロドロスが母の遺産を（二分の一ではなく）四分の一受け取るだけでよしとしたことにより、彼もみずから承認しているのだと説明する（一三一節）。またアポロドロスはパシオンの遺言がでっち上げだと言うであろうが、彼が特権的に共同住宅を相続したのは遺言と合致することであるから、その彼には遺言を全否定する資格はないと指摘する（一三五節）。

彼は窮乏をいつも嘆いているが、この二〇年間で彼は賃貸料と取り返した父の貸金から四〇タラントン以上を得ているはずだし、公共奉仕の負担で喘いでいると言っても実際にはわずかしか支払っていないとして、支払い記録を提示する（一四二節）。

五、性格・素性について（四三―五六節）

次は、私訴弁論のお決まりである性格・素行の批評が続く。ポルミオンは天性的に勤勉・誠実でパシオンとそっくりだが、アポロドロスは貪欲で自堕落だと対照する（一四五節）。ポルミオンの奴隷という出自を蔑むことは、もとは奴隷であった父と自身とに帰ってくる、ということに気付かないアポロドロスの愚かしさ（一四八節）、また、賃借料を支払わなくとも破産する銀行家もいるのに、毎年二タラントン以上を支払いながら銀行を維持したポルミオンの堅実さ（一五一節）などを指摘する。

六、市民への要望（五七―六二節）

弁者は最後に市民たちに向かって、裁判員として何をなすべきかを訴える。誰よりも多くの金額をポリスに納め、また人々の信頼を得ているポルミオンに耳を傾けるべきであり、慎ましくまじめに働く人たちの財産を告発屋（不当提訴者）が奪うのを許してはならない、と説く（―五八節）。さらに、アポロドロスが次の四つのことを立証できるのかどうか見てやれ、と市民たちをけしかける。すなわち、⑴かの遺言書がパシオンによって作られたものではないということ、⑵ポルミオンが示したものとは別に契約書が存在するということ、⑶ポルミオンをすべての請求から二度とも放免してはいないということ、⑷放免された事案について訴訟を起こすことが法的に許されるということが、それぞれ立証できるのかどうか（―六〇節）。そして、もし彼がただ中傷を繰り返すだけなら無視すればよい、と助言してこの弁論は終わる。

特記すべきこと

本弁論を読む上でわかりにくい箇所はあまりないが、四節で述べられている銀行に対するパシオンの負債については、五―六節の説明だけでは足りないかもしれない。四節でも述べられているとおり、彼の負債は、銀行をポルミオンに委託したときの「契約書」に記されており、それは書記によって読み上げられるが、その内容は本弁論のテクストに記載されていない。ただし、それに相当するものが第四十五弁論三一に次のように記されている。MacDowell はこれが真正でないという疑いもあるとしているが、銀行に対するパシオンの負債という肝心の事項に関する記述は、本弁論の内容と矛盾していない。それは以下のとおりである。

銀行の賃貸借契約書――この条件のもとにパシオンは銀行をポルミオンに賃貸した。すなわち、ポルミオンは銀行の賃料として、二タラントンと四〇ムナをそれぞれの年のうちにパシオンの子供らに支払う、ただしそれは毎日の維持費を別にしてのことである。パシオンの子供らを説き伏せることなしには、ポルミオンが独立に銀行を経営することは許されない。一方パシオンは銀行に預金の中から一一タラントンを負っている。

本弁論の五節が述べているのは、パシオンは総額五〇タラントンの金額を人々に貸し付けており、そのうちの一一タラントンが銀行の預金に由来するものだったということであるが、これはつまり、彼は自身が所有する三九タラントンと、銀行が顧客から預金として預かっていた一一タラントンとを運用して、総額五〇タラントンの貸し付けを行なっていたということである。顧客の預金は銀行に属するものであるから、銀行をポルミオンに委ねる際に、パシオンは本来、貸し出している一一タラントン分の債権をもポルミオンに引き渡さなくてはならない。しかし、六節でも語られているように、担保として押さえている不動産の権利を所有することが、まだ非市民であるポルミオンにはできない。それゆえ、パシオンは当面それを引き渡さずにおき、その代わりにそれを銀行に対する自身の負債とし、他方で一一タラントンを貸し付けている相手に対してはパシオンがそのまま債権者であり続ける、ということにした。それならば、主がポルミオンに変わっても、銀行としてはこの一一タラントンの債権を安全に維持できることになるのである。

この一一タラントンの負債をアポロドロスはどう捉えていたか、ということも重要である。彼は件の第四十五弁論の二九―三〇で、ポルミオンが提示したこの契約書は捏造品であり、それは〈パシオンが銀行運営のためにポルミオンに預けた個人的資金〉の返済義務を帳消しにしようとしたものである、と主張している。

それは彼が翌年の訴訟で弁じたことであるが、ポルミオンも本弁論一一―一三でしきりに、そのような資金を預かったという事実はないと強調していることから、もとからアポロドロスがその「運営資金」の返済を強く迫っていたということがわかる。また、その「運営資金」も、金額を明示したテクストは現存しないが、件の負債で帳消しになるのだったとすれば一一タラントンほどのものであったと推定される（アポロドロスの提訴の請求額が二〇タラントンであるのは、一一タラントンに利子を加えた返済額であるか、あるいは横領の損害賠償として算出された額であろうと言われている）。

それならば、ポルミオンにとって肝要なのは、運営資金の委託などは受けておらず、パシオンの一一タラントンの負債もまっとうな根拠あるものだということをはっきりさせることである。この負債について本弁論の説明が念入りになされているのはそのためである（なお、アポロドロスは同じ第四十五弁論三三で、かの負債はパシオンのもとで働いていたときにポルミオンが銀行にもたらした損失だ、とも述べている。明らかに二枚舌であるが、これは、もしその負債がでっち上げでないとしたならば、そのように考えるほかない、ということであろう）。

本弁論のための重要な資料として、七節で読み上げられたとされるパシオンの遺言書についても触れておこう。本テクストには記載されていないが、第四十五弁論二八に、次のように記載されている。

遺言書――アカルナイ区の人パシオンはこのように遺言した。すなわち、私は私の妻アルキッペをポルミオンに与え、そして嫁資としてアルキッペにペパレトスからの一タラントンと、そしてこの地［＝アテナイ］からの一タラントンと、一〇〇ムナの共同住宅と女奴隷たちと宝飾類を与える。それに、家の中で彼女のもとにあるかぎりのほかのものすべて、これらを全部アルキッペに与える。

このテクストには妻の再婚の指示が書いてあるだけで、八節が述べている子供の後見人の指定は含まれていないから、明らかにこれは遺言書の一部でしかない。この文書は、第四十五弁論八での説明によると、アポロドロスの提訴に先んじて行なわれた仲裁に際してポルミオンが提出したものである。そして、本弁論が書かれる前からアポロドロスにより「まったくの捏造品」だと主張されていたものである（本弁論三三）。彼は第四十五弁論においてはこのテクストを、敵（ポルミオン）がいかに厚かましくパシオン家の財産を奪おうとしていたかを示す証拠として引用しているのであり、都合のいい箇所だけを選択しているのは当然だとも言える。それにしても惜しむらくは、本弁論三四が示唆しているところの、アポロドロスが「建物」を優先的に相続することを指示していた文言が省かれていることである。それは本弁論においては読み上げられ、遺言書を否認するアポロドロスにとって決定的に不利な印象を与えたはずの文言だからである。

評　価

採決の結果としては、ポルミオンの主張が圧倒的多数で認められ、アポロドロスの提訴は退けられた。アポロドロスが「いかなる弁論の機会も認められずに」と言っているのは誇張だとしても、オボロス賠償金（請求額の六分の一の罰金）を課された（第四十五弁論六）ということは、彼が裁判員の五分の一の賛成をも得られなかったことを意味する。

ことほどさように、本弁論には説得力があった。アポロドロスの側からの議論であるデモステネス第四十

五、四十六弁論の込み入った議論と比べるとよくわかるように、論旨が単純で議論も明快だというのが本弁論の一大特徴である。アポロドロスの提訴が有効性を欠くのは、彼がポルミオンを負債から二度も放免しているからだ、という誰にもわかる理屈が繰り返し示されているし、とくに二三—二七節において、賠償請求の時効も成立しているという事情ともあわせて、それが明瞭に打ち出されている。また、父の遺言書や貸借記録をみずからも利用している以上、それらの存在を否認することはできない、というアポロドロスの弱点の指摘も鋭い。そして、末尾の六〇節で、アポロドロスには四つのことを問えと市民に勧めることも、敵の急所を巧みにまとめたものである。それを考え合わせると、この結果はもっともなものであると思われる。

第四十五、四十六弁論の作者は、デモステネスではないという疑いがあるが（それについては、第六分冊に収録予定の当該弁論の解説を参照されたい）、本弁論はデモステネス自身が書いたということはほぼ確実視されている。デモステネスの父がパシオンの銀行を利用していたので（第二十七弁論一一）、デモステネスとポルミオンも顔見知りであったという可能性が指摘されている。

参考文献（第三十六弁論作品解説）

Gernet, L., *Démosthène: Plaidoyers civils*, Tome I, Paris, 1954.

Isager, S. and Hansen, M. H., *Aspects of Athenian Society in the Fourth Century B.C.: a historical introduction to and commentary on the paragrahe-speeches and the speech against Dionysodorus in the Corpus Demosthenicum* (*XXXII-XXXVIII and LVI*), tr. by J. H. Rosenmeier, Odense, 1975.

MacDowell, D. G., *Demosthenes, Speeches 27-38*, Austin, 2004.

——————, *Demosthenes the Orator*, Oxford, 2009.

Murray, A. T., *Demosthenes, Private Orations*, Vol. 2（XXVII-XL）, Cambridge, M.A., 1984.

Sandys, J. E. and Paley, F. A, *Select Private Orations of Demosthenes*, Part II, Cambridge, 1875.

Scafuro, A. C., *Demosthenes, Speeches 39-49*, Austin, 2011.

Trevett, J. C., *Apollodoros the Son of Pasion*, Oxford, 1992.

Usher, S., *Greek Oratory: Tradition and Originality*, Oxford, 1999.

岩田拓郎「Demosthenes, XXXVI. 3. の解釈をめぐる二・三の問題——古代ギリシア『銀行』史の一断面」、『北海道大学文学部紀要』二二、一九七四年、二一一一九頁。

前沢伸行『ポリス社会に生きる』山川出版社、一九九八年。

桜井万里子「ある銀行家の妻の一生——前四世紀アテナイの女性像」、地中海文化を語る会（編）『ギリシア・ローマ世界における他者』所収、彩流社、二〇〇三年、二〇三—二三九頁。

『パンタイネトスへの抗弁』

葛西康徳

はじめに

この弁論は二タラントンの損害（βλάβη）を被ったとして、鉱山訴訟（δίκη μεταλλική）の手続きに従ってニコブロスを訴えてきたパンタイネトスに対して、その請求方法は法律違反ゆえに認められないと主張して、ニコブロスがパンタイネトスに対して提起した独立抗弁（パラグラペー）を表わしたものである。弁論に描かれた登場人物たちの社会関係と行動様式は、お読みいただければおわかりのように、デモステネスの全私訴弁論の中でも、ひときわ複雑でかつ興味深い。アテナイの社会、経済、そして法および裁判制度を研究する者の関心を、本弁論が強く引いてきたのも不思議ではない。実際に分析してみると、現代のビジネス社会顔負けの取引やそのための法技術が駆使されていることがわかる。

しかし、弁論作品は研究者のためだけにあるのではない。たしかに、法廷弁論は政治弁論や式典弁論とは異なり、どうしても法律や裁判に関する制度的、技術的な議論を相当含まざるをえない。まして私訴弁論は公訴弁論と異なり、ポリス、デーモス、宗教など公的な事柄に関するディスコース、換言すれば当事者の関係以外の事柄に関する議論をまったく欠いているかのような印象を与えかねない。私訴弁論をどのように読めば、古典作品全般に関心のある読者にとって、当時の社会全体と、さらには歴史的、地理的に異なる社会と、そして読者自身の社会と何らかの意味で関わりある文学作品となるのであろうか。

そのヒントは法廷弁論というジャンル自身に隠されている。法廷弁論は聴衆、裁判員を説得することが目的である。それによって勝敗が決まる。二ないし三タラントンという大金が飛び交う登場人物たちのビジネス世界は、聴衆のつましい日常世界から隔絶しているかのように見える。ちなみに、アテナイでは、一タラントンは六〇〇〇ドラクマであり、熟練工の日当が時代により変化が見られるものの、一から二ないし一・五ドラクマと言われた[1]。これと比較すると、ニコブロスやパンタイネトスたちが争っている金額は、普通の市民からみれば想像を絶するものであったことが容易に見て取れよう。

しかし、原告であれ被告であれ、自分たちの世界が聴衆にとって「別世界」と映ったのでは、少なくとも自分自身への支持は得られない。どのようにしたら自分の主張に聴衆は好意を持ってくれるのか（実際に本弁論三にて、「好意的に聴いてほしい」と述べている）。聴衆が毎日その中で生きている日常の世界を、弁論者が生きているビジネスの世界とどのように結び付けることができるか、換言すれば両方の世界の価値観に共通する側面をどのように発見ないし構成することができるか、そこにこの弁論の鍵がある。もしこの鍵を見つ

（1）MacDowell, p. xxv.

けることができるならば、本弁論は単に専門家ないし研究者のみならず、一般の読者にとっても興味深い「古典」となるはずである。

事件のあらましを紹介する前に、本人訴訟について一言したい。アテナイでは、訴訟は原則として本人がなすものであり、たとえば弁護士が代理人として原告ないし被告に代わって、法廷弁論をはじめとする訴訟活動をすることは許されなかった。第三十六弁論のようにシュネーゴロス（συνήγορος）が弁論する場合でも、本人に代わって行なっているのではなく、あくまで支援者である。この点、ローマではキケロに代表されるように、代理人が弁論することは可能であった。

このようなアテナイ訴訟法における本人訴訟の原則は、現代の目から見ると異様に映るかもしれないが、実はわが国でも承認されている。ここに最近司法研修所が行なった大規模な調査をまとめた本がある。[1] それによると、典型的（平均的）な紛争を扱う地方裁判所での裁判のうち、原告被告ともに弁護人に依頼しているのは三〇パーセントであり、双方ともに本人訴訟が約二二・六パーセントある。換言すれば、全体の約七割は原告ないし被告のいずれか一方あるいは双方が本人訴訟である。いずれか一方と言ってもほとんどすべての場合、原告が弁護士に依頼しているケースである。この点は容易に理解されよう。被告はわざわざ弁護士費用を支払ってまで裁判で争うことはしないのである。要するに、地方裁判所の全民事事件のうち約七割では、被告が弁護士を利用していない。

少額事件を扱う簡易裁判所に至っては、双方ともに代理人が付くケースは、二・八パーセントにすぎない。また全体の過半数は双方ともに本人訴訟である。なんと驚くべきことは、高等裁判所でも七・九パーセントは双方ともに本人訴訟であり、双方代理人が付いたのは約六割である。ところで興味深いことに、地裁レベルの裁判で、原告が代理人（弁護士）を雇い、被告が本人訴訟の場合（全訴訟の四三・四パーセント）でも、約一割は原告敗訴となるようである。念のために付言すると、この数字には被告が争う意思のない、いわゆる欠席裁判になるような事例は含まれていない。つまり、実質的紛争でも本人訴訟は相当数を占めているのである。(2)

現代の日本とアテナイを単純に比較することは慎まなければならないが、アテナイの訴訟世界はあながち現代の日本社会から遠いものではないことがおわかりいただけると思う。ところで、デモステネスの私訴弁論（第二十七―五十九弁論）の中に、独立抗弁（パラグラペー）に関するもの（第三十二―三十八弁論）が相当数残存していることは興味深い。つまり、私訴弁論のうち、デモステネス自身が当事者である弁論五つとアポロドロスの作と推定されている九つを除いた残りの弁論全一九篇のうち、七つが独立抗弁弁論である。すでに述べたように、被告が代理人を雇う例は日本では非常に少ないのである。なぜかというと、被告の場合は仮に勝訴しても、自分が積極的に得るものは何もないからである。そして弁護士費用は原則として当事者負担であるので、勝訴しても自分が依頼した弁護士には諸費用や謝礼を支払わなければならない。独立抗弁というのは元来の訴訟（本案訴訟）での被告が弁論を行なったものであるから、仮に勝訴しても相手から得る

（1）司法研修所（編）『本人訴訟に関する実証的研究』。
（2）以上、日本の現状については、立教大学准教授、内海博俊氏のご教示を得た。

ものはない。もし被告が弁護人（デモステネス）に依頼すれば、勝訴の場合でも積極的に得るものはなく、それでもいわば弁護士費用は支払わなければならない。敗訴の場合は、全面成功報酬制（contingent fee）のように支払わなくていいのかどうかは、残念ながら不明である。[1] しかしもし支払わなければならないとすると、被告が弁護人に依頼する経済的リスクは大きい。

アテナイでは、弁護士に相当するのは弁論代作人（λογογράφος）であるが、法廷で読むべき弁論原稿は事前に書いてもらわなければならないので、仮に敗訴となっても報酬をまったく支払わないということは原則としてないであろう。全面成功報酬制が仮にアテナイにおいてあったとしても、被告が代作人を利用するというのは、現代日本の現状から見ると少し奇異な印象を与える。彼らが依頼する原因は何であろうか。一つは、とくに独立抗弁の場合は、被告（つまり独立抗弁では原告）の勝訴の確率が高いと弁護人が見込んで弁護（代作）を引き受けていると考えられる。これは、弁論準備手続き（ἀνάκρισις）において、事件の概要や証拠状況が相当明らかにされるからである（証拠開示）。もう一つの原因は、仮に敗訴して弁護人への謝礼を払うというリスクを払っても、勝訴しても積極的に相手から得るものは何もないにもかかわらず、訴訟に勝ちたいと被告が考えていることではないかと思われる。それは、負けることによって被告が被る不利益は単に本案訴訟で失うもの以上のものがあるということかもしれない。それが名誉であれ、経済的不利益であれ。

一、事件の概要

金の生る木と山師たち

まずパンタイネトスからニコブロスへの請求から見てみたい。本訴訟が提起された当時のアテナイ法では、請求の内容は訴訟開始の前に、記載して担当役人に提出しておかなければならない。これをエンクレーマ(ἔγκλημα)と言う(請求原因と訳した。詳しくは「私訴弁論の世界」五「デモステネス私訴弁論の用語について」(3)参照)。幸い、本弁論ではこの請求原因が非常によく保存されている。

事件の概要は以下のとおりである。前三四六年ないし三四五年にある訴訟が提起された。原告はパンタイネトス、被告はニコブロスである。前者はアッティカ南部のラウレイオン銀山の一画をポリスから借り受けて銀採掘を行なう、文字どおりの「山師」である。そして、ポリスに対して鉱山使用料を支払う義務を負っていた。他方、ニコブロスはエウエルゴスとともに、パンタイネトスに対して合計一〇五ムナ(一ムナ=一〇〇ドラクマ)を貸している。そのうちニコブロスからは四〇ムナ(五〇節)借りている。その貸借の目的は何か。鉱山採掘には労働力と設備が不可欠である。ここでは、奴隷三〇人と作業場(施設を含む)がそれである。すなわち、鉱山採掘権(二二節では九〇ムナ)、奴隷、そして作業場、この三つは銀の採掘および精製に不可欠であるとともに、精製された銀はアテナイ銀貨のもとになる。この三者が、いわば三位一体となって価値を生む。逆に言えば、この三者はそれ自体としては(バラバラでは)価値はない。労働力なくして採

(1)ギリシアの訴訟費用については Scafuro, 2015 参照。

掘はできず、またこの奴隷はいわば熟練工であり、それ以外の使用目的のための労働力としては価値が相当減殺されよう。

当時の国際経済の基軸通貨たるアテナイ銀貨は、単に経済にとってのみならず、その生存基盤を黒海貿易をはじめとする穀物輸入に全面的に依存しているアテナイにとって生命線である。それゆえ、上記の三つは安定的な価値を有するが、山に当たったときは莫大な価値を有する、いわば「金の生る木」である。なぜ三タラントン二六〇〇ドラクマで売れたのか（三一、五〇節）につき、ジェルネはこのとき銀採掘量が増えたのではないかと推測している。この点で、奴隷と作業場は投機対象になる。

まさにこの点に、登場人物たちの利害関係とその法的構成を解く鍵がある。それについてはのちに触れるとして、この三位一体に群がる投資家たちの一団が登場する。パンタイネトスは文字どおり「山師」であるが、ニコブロス、エウエルゴスはじめ、奴隷と作業場に一定の金額を投資した人々は、一定の利子（賃料一ヵ月一パーセント＝年率一二パーセント）を得る。その意味では、より安定的な収入を得る堅実な投資家である。ただし、ニコブロスは海上取引にも従事し、（本人の主張によれば）多額の損失を被っている（海上取引投資の年率は一般的に言って陸上の約三倍、すなわち三〇パーセント）[1]。その意味では言葉の比喩的な意味での「山師」である。したがって、この事件は山師対山師の戦いと呼んでも差し支えあるまい。リスク覚悟の商売とは言え、想定外の損害を被れば揉め事は生じる。

では、まず、パンタイネトスはニコブロスに対して、どのような理由でいかなる請求をしたのか。請求原因を整理して見てみよう。

(1)ニコブロスが配下の奴隷（アンティゲネス）を指嗾して、パンタイネトスがポリスに支払うべき銀を押収し、その結果パンタイネトスは国家債務者のリストに載ってしまった。

(2)その後、ニコブロスはパンタイネトスの指示に反して、その奴隷に銀精製工場を管理させた。

(3)ニコブロスはパンタイネトスの奴隷達を説き伏せて、作業場の一部に彼らを配置し、その結果パンタイネトスに損害を被らせた。

(4)ニコブロスはパンタイネトスの奴隷たちが採掘した銀鉱石を精錬して、その銀を手元に置いている。

(5)ニコブロスは作業場と奴隷を契約に反して「売却」した。

(6)これ以外にもまた、パンタイネトスはさまざまな原因を理由にしている。すなわち、ニコブロスがパンタイネトスに対して行なった暴行、パンタイネトスの家付き娘に対して、またその家でなされた違法行為など。

以上が、パンタイネトスからニコブロスへの請求原因のリストである。幸いこれは本弁論二一から三三に

(1) Millet, 1991, pp. 98-108 参照。

わたって詳細に記載されている。そして結論、つまり民事訴訟法で言うところの請求の趣旨として、二タラントンの損害を支払うように請求したのである（三二節）。

これを見て不思議に思われることはないであろうか。ニコブロスはパンタイネトスにとって四五ムナの貸し主である。常識的に考えれば、パンタイネトスはニコブロスに借りたお金を返す義務があるのであって、二タラントンを請求するというのは話が逆ではないかと。実際、次に見るように、ニコブロスは反論している。しかし不思議なことに、貸した金を返せとは言っていない。そもそも、パンタイネトスの主張が事実であると仮定して、いったいなぜニコブロスはパンタイネトスの事業に介入して損害を与えたのであろうか。

独立抗弁

パンタイネトスの請求に対して、ニコブロスは独立抗弁（パラグラペー παραγραφή）という、一種の反論を提起した。これは、現在の訴訟手続きにおける抗弁でも反訴でもない。つまり、抗弁とは異なり、パンタイネトスが原告としてニコブロスに対して起こした訴訟の一部ではなく、独立した別の訴訟として手続きは開始される。また、反訴と異なり、相手に対して何か積極的な請求をするわけではない（詳細は「私訴弁論の世界」五「デモステネス私訴弁論の用語について」(1)を参照されたい）。要するに、パラグラペーとは、原告の請求は法律ないし手続き（グラペー γραφή）に反して（パラ παρά）いるということである。[1] ではどのような法律違反ないし手続き違背か。第一に、相手を自発的に解放し、免除した場合は、蒸し返して訴求することはできない。つまり両者は貸借関係をすでに清算している（一八―二〇節）。第二に、（現行法で言えば）裁判管轄違背（三三―三四節）。第二に、ニコブロスの行為は鉱山法違反ではない、つまり本件は鉱山法の問題ではない（三五―三八節）。この第三点は、いわゆる法律の「解釈」を彷彿とさせ、法律家は「ギリシアにも法（法学）があるではないか。」と感動する。

法律違反（παραγραφή）はここまでであるが、これらに加えて、証拠法における「切札」ないし「果たし状」（πρόκλησις）を提出し（三九―四四節）、エウエルゴスを被告として行なわれた裁判の不当性（四五―四七節）を強調する。そして最後に、一方でパンタイネトスの性格を非難し（四八―五一節）、他方で自分の性格と行動を弁護する（五二―五六節）。

果たし状（πρόκλησις）というのは、アテナイ手続き法、とくに証拠法において独特の位置を占める証拠方法である（「私訴弁論の世界」五「デモステネス私訴弁論の用語について」(4) 参照）。奴隷に対して拷問を加え、その結果自白したことを証拠として採用するかどうかをめぐる手続きである。この方法は一見したところ非人道的、非合理的な手続きのように思われるが、実際には拷問自白を拒否することを想定してなされる訴訟における攻撃防御方法の一つである。しかし、本件では実際に両者が果たし状を提出し、そして受諾している。その点でも非常に興味深い事件である。

このように、ニコブロスの反論は単にパンタイネトスの主張を反駁するにとどまらず、新しい論点を提出

（1）高畠純夫氏は「並行（παρά）」訴訟と訳している。一案ではないと思われるが、二つの訴訟が「並行」して進められるのではない。

している。さらに、法律論にとどまらず、当事者の性格や行動に対する社会的評価、すなわち裁判員がどう評価するかについてまで及んでいる。この裁判員の評価の問題に入る前に、エウエルゴスに対するパンタイネトスの訴訟について簡単に説明したい。これがまた、本弁論を複雑かつ興味深い深いものとしている。

エウエルゴスは社会的にはニコブロスと同じグループに属すると思われるが、両者の個人的関係は微妙である。たしかに、エウエルゴスは一タラントン（＝六〇ムナ）をパンタイネトスに対して融資している。この金額はニコブロスよりも大きい。両者は一種の共同出資者として契約した（五節）。またこの両者の出資額の合計一〇五ムナが、奴隷と作業場をセットにして「売買」するときのいわば「定価」となっている（売買については後述）。しかし、契約締結後、ニコブロスの主張によれば、ニコブロスが海上取引に手を出してアテナイを不在にしている間に、エウエルゴスがパンタイネトスの契約違反（賃料＝利子不払い）を理由として奴隷と作業場を占拠し、一種の自力執行を行なった。そしてその結果、パンタイネトスに損害を生ぜしめた（六—八節）。これに対して、パンタイネトスはエウエルゴスに対して訴えを提起し、本件でニコブロスに対して請求しているのと同じ理由で同じ金額（二タラントン）を、票決で獲得したのである。エウエルゴスに対するパンタイネトスの請求の内容は、ニコブロスによれば、それは鉱山訴訟に関するものであった（四七節）。たしかに、ニコブロスに対するものと類似していることは間違いないであろう（二三、二六、二八、四五—四七、五〇、五七節参照）。しかし、家付き娘に関する独立抗弁はニコブロス独自のものである。また、解放と免除がエウエルゴスに対してもなされたかどうかは明らかではない。一八および一九節で複数形（われわれ）が用いられているが、この複数形はニコブロスだけを指している可能性がある（九節も参照）。もし、鉱山訴訟に関する要件だけでエウエルゴスが争ったのだとすれば、エウエルゴスに勝ち目はない。なぜなら、パンタイネトスは別の請求原因を持ち出して、すなわち損害を原因とする訴訟（δίκη βλάβη）によって争ったであろうから。

先述したように、反論の論拠としてニコブロスは三つ挙げているが、第一のものはこの対エウエルゴス訴訟と密接に関係している。ニコブロスによれば、自分とエウエルゴスがアテナイにいたとき、二人がパンタイネトスと契約関係にあって、そのときに損害を被っていたら、直ちに訴えてきたであろうに訴えてこなかった（二節）。そのあと、ニコブロスは黒海方面へ海上取引に出かけて一文なしになって帰国し、そこでエウエルゴスとパンタイネトスの紛争とその結果を知ったが、それ以後も引き続いてエウエルゴスと共同歩調をとっている。しかし、ついにパンタイネトスとの関係を清算したが（一六節）、件の訴訟を提起してきたのはエウエルゴスに対してだけであってニコブロスには何も言ってこなかった（一八節）。このことは二人の間で清算が行なわれたことを裏から示しているとニコブロスは安心していた。それなのに突然このたび訴訟を起こしてきた。これは明らかに法律に反するというのである。

いずれにしても、パンタイネトスがエウエルゴスに対して訴えを提起して、二タラントンの勝訴を勝ち取ったことは間違いない。とすれば、再び先に述べた疑問と同じ疑問が湧いてくる。なぜ、エウエルゴスは一タラントンをパンタイネトスに貸したのに、損害を生ぜしめたとして逆に二タラントンの責任ありと票決を受けたのであろうか。そもそも、一タラントンはパンタイネトスに返さなくていいのであろうか。それとも、その清算はすでに終わっているのであろうか。

二、ビジネスと法――貸借、売買、担保

一では、訴訟手続きに焦点を当てて本事件の概要を説明してきた。次に、当事者の関係の実体（内容）に目を向けて分析してみたい[1]。そこで重要だと思われるのは、一つは金銭の「貸借」関係、もう一つは売買および担保の問題であろう。

貸借（ミストーシス μίσθωσις）

冒頭で述べたように、金の生る木、すなわち鉱山採掘権、奴隷、作業場の三位一体は、すべて貸借関係で成り立っている。採掘権はパンタイネトスがポリスから、残りの二つはニコブロスとエウエルゴスから、いずれも貸借したものである。しかし、この貸借関係をどのように捉えるべきであろうか。ここで注目すべきは、この三位一体に関わる利害関係人が、ほかにも多数存在するということである。彼らのうちあるものは名前で登場し、あるものは無名のままである。多数当事者が関わるにもかかわらず、三点セットの（貸借料の）価格は一〇五ムナで一定している。また、貸借というからには利子（賃料）があるが、これも一定している（月一パーセント、年率一二パーセント）。ここまでのところは貸借関係は安定しており、その基礎をなす貸借という制度も法的に安定しているかに見える。現在も貸借は法制度上は確立している。アテナイも現在も同じ制度であるかに見える。しかし、けっしてそうではない。というのも、当事者は貸借を、たとえば、

ローマ法伝統に従うわが国のように賃貸借、あるいはコモン・ロー国のようにリースとして捉えていたであろうか。驚くべきことに、弁論では「売買」の関係で記述されるのである。その理由を考える前に、まず先に貸借について考えてみたい。

貸借《かしかり》というのは、その貸借される対象（モノ、サービス）の多様性と貸し主借り主の社会関係の多様性（家族、友人、アカの他人、国家など）の相乗効果で、現代社会においてさまざまの分野で非常に普及している社会的関係の一つである。もちろん経済において重要なことは言うまでもない。また、この貸借に伴って何らかの「対価」が生じる場合と、少なくとも外見的には、あるいは同時には生じない場合がある。この「対価」の最もわかりやすい例は「賃料」ないし「利子」である。

このような貸借関係は現代社会に限ったことではない。歴史的にも、あるいは地域的にも、非常に多くの類例が見られる。現在われわれが扱っている前四世紀アテナイもその例である。問題はこのアテナイ社会における貸借関係を現代社会と基本的には同質と見なすか、異質、すなわち文化人類学の研究対象となる「プリミティブ」なものと見なすかについて、より広く経済社会全体の比較という文脈の中で、学説の対立が見られる。(2) この作品解説ではどちらかの立場に与する必要はないと思われるが、仮にプリミティブ説の立場を採るとしても、本弁論における貸借をめぐる用語やアーギュメントはけっして単純ではないということは踏

(1) なお、「私訴弁論の世界」五「デモステネス私訴弁論の用語について」(8)、(9)も参照されたい。

(2) Millett, 1991, pp. 1-23.

まえておかなければならない。プリミティブな社会がけっして単純ではないのと同様である。むしろ、現代よりも複雑かもしれない。なぜなら、貸借関係の前提となる、モノの「所有」という観念があるのかどうか、あるとしてもわれわれのそれと同じかどうか、同じだとしてもそれを第三者に公示する方法やそれを支える人的物的制度が整備されているかどうか、など種々のかつ次元の異なる問題点を常に考慮しながらテクストを解釈しなければならないからである。このような理由から、訳文では「所有」という訳語は避けた。テクストを解釈する前提として、そもそも「貸借」に関するアテナイ市民の平均的観念を、われわれは把握できていると言えるであろうか。

売買と担保

本弁論では貸借をめぐって、「売買」に関する用語が頻出する（売る *πράττω*, *ἀποδίδωμι*, 売り主 *πρατήρ*, 買う *ὠνέομαι*, 三二節異読など）。この理由を考えるためには、そもそも貸借、しかも大金の貸借というものが、しかもアカの他人の間で、なぜ成り立つのかを考えてみなければならない。少なくとも現代の常識から考えれば、それは相手から確実に貸金を利子付きで返してもらえるという保証（担保）があるからである。それ以外には（常識的には）考えられない。古代ギリシア人も例外ではなかった。彼らは、後から返してもらうという回りくどいことをせず、金を借りるときに担保物（この場合は奴隷三〇人と作業場）を貸し主に「売った」（ことにした）のである。そして、利子を払う代わりに、貸し主から担保物を借りてその「賃料」を支払うという形式にした。古代ギリシアでは、このような「売買でない売買」（E. Harris）は、不動産（土地）についてもよく用いられた担保形式の一種であり、「買い戻し権付の売買（πρᾶσις ἐπὶ λύσει, sale with right of redemption）」と呼ばれ、抵当石に刻まれた。担保物の売買という形式を用いて融資を受け、元本および利子を完済した場合には、担保物を買い戻すことができる制度である。[1] 法廷弁論にはこの表現は出てこないが、「売買」は実質的にはこれを意味している。また、このような担保としての「売買」はひとり古代ギリシアに限られたことではない。わが国では中世末期から近世を通じて、このような方法は広範に見られた。[2] さらに、民法典成立（一八九六―九八年）後も、このような売買が横行し、いわゆる「譲渡担保」の一つとして判例法が確立して今日に至っている。[3]

もう一つ、「売買」に関して注目すべきことは、「売り主」の責任の問題の萌芽がこの弁論で議論されていることである。弁論中、ニコブロスは「売り主」になることを周囲から求められたと強調している。この理由は、売り主になることで買い主からの要求（追奪担保責任、すなわちもしそのものが第三者から自分のものだと言って請求された場合、その請求に対して、それは正当に買い主に売却されたものだと言って請求を阻止する責任）に応えなければならなくなるという意味が含まれている。このようにして次々と売買が行なわれるが、その対象物の価格は一定（一〇五ムナ）である。これをジェルネは「手形の裏書き」という比喩を用いて説明して

（1）Harris, pp. 163-206.
（2）植田他、一三八―一三九頁参照。
（3）道垣内、三〇一―三六四頁、なおリースについては、同、三六五―三七四頁参照。

いる。[1]

このように、本弁論の貸借関係は現代にも見られる担保形式としての売買という仕組みによって一応説明できるように思われるが、謎がないわけではない。それは、パンタイネトスが（ニコブロスによれば）本物件を二〇六ムナで売ったという叙述である。一〇五ムナとの差（一〇一ムナ）は何を意味するのであろうか。これについてはいくつか説明（推測）がなされている。銀の採掘量が増えて担保価値が増大したとか、[2]名前が挙げられてない他の貸し主たちが一〇一ムナを貸し付け、ムネシクレス、ピレアス、プレイストルが一〇五ムナを貸し付けていたと示唆されている。[3]

以上が貸借、売買、担保についての説明であるが、これまで筆者は「所有権」ないし「誰が奴隷と作業場の所有者か」という問題を慎重に回避してきた。一般的にはパンタイネトスが所有者であると前提されているように思われるが（Gernet, MacDowell, Carey-Reid）、はたしてそうであろうか。パンタイネトスが所有者としてニコブロスその他に対して融資を受ける代わりに担保として提供したと考えると、現代法の枠組みでも理解できる。しかし、この理解でいいのであろうか。むしろ、パンタイネトス、ニコブロス、エウエルゴス、ムネシクレス等、無名の利害関係者も含めて全員が、鉱山採掘権、奴隷三〇名、作業場に対して、全体としていわば共同出資したのではないだろうか。とはいえ、この共同経営に対する関与の度合いや仕方は各人異なるであろう。パンタイネトスは経営に最も関与しているように思われるが、ニコブロスやエウエルゴスもけっして融資しただけではない。パンタイネトスの請求原因を見るかぎり、ニコブロスは（そしておそらくエウエルゴスも）配下の奴隷を使って銀を奪取したのみならず、パンタイネトスの奴隷たちを説得して、彼自身も積極的に鉱山経営に介入している。ニコブロスの特徴は、山だけでなく海にも手を出している点ではないだろうか。このような彼の行動がはたして裁判員にはどう映るか。弁論の最後の部分に移りたい。

おわりに――互酬性のレトリック Rhetoric of *charis*

――「困ったときはお互いさま」から「貸した金は返せ」――

私事で恐縮だが、筆者の育った田舎ではいまだに葬式はプロの業者だけに完全に任せるということはしない。一種の共同作業である。郷里を離れて生活している筆者としては、いつも不在にしているので申し訳なさと引け目を感じる。筆者と同じような状況に置かれている読者もおられると思う。また、同様のことは町内会や共同住宅の共同作業（たとえば、草刈り）についても言える。最近では引け目を金銭で補塡するケースも増えてきた。もう一つ私事で恐縮だが、筆者が初めて上京した折は、地理に疎かったこともあって親戚の家に宿泊した。手ぶらではなかったが、非常に気を遣ったことを覚えている。二回目に上京して以来、親戚の家に泊まったことはない。対価を支払ってホテルに泊まる。対価が引け目とお土産にとって代わったので

（1）Gernet, 1954, p. 227.
（2）Gernet, 1954, p. 226.
（3）MacDowell, p. 174.

ある。

フィンレイの弟子のひとりポール・ミレットは、『古代アテナイにおける貸借関係』の中で、このような家族、友人、コミュニティの「困ったときはお互いさま」(これを文化人類学者は「互酬性(reciprocity)」と呼ぶ。ギリシア語では χάρις)の関係が、当時のアテナイ社会ではいかに強固に維持されていたかを論じた。[1]おそらく、この裁判の聴衆のほとんどは、互酬性の世界、たとえばエラノス(ἔρανος)と呼ばれる一種の講[2]によって、お互いに融通し合って毎日の生活を維持していたのであろう。もちろん、互酬性の世界がいわゆる牧歌的世界ではけっしてないことは、ヘシオドス『仕事と日』を一読すれば明らかであろう。

それに対して、パンタイネトスやニコブロスらは「貸した金は(利子を付けて)返せ」の世界、現代社会で言えばビジネスの社会で生きている。裁判員の日常の世界とビジネスの世界はどこかでつながるであろうか。ニコブロスは何とかしてつなげようと次のような弁論を繰り広げる。まず、パンタイネトスを「自分が困っているときには皆にいい顔をして相手より先に受け取り、その後は仲が悪くなり揉め事を起こす」ような人物と描写する(一五節)。一方、自分自身は以下のような人物であるという。

金を貸している者は誰ひとりとして不正をはたらいてはいないと私は思います。たしかに、彼らの中にはみなさんに憎まれる者もいることに理由がないわけではありません。彼らにはこの仕事をビジネスとして専門(テクネー)にやっている者がおり、そのような者は他人を助けるとか、利殖以外のことにはまったく関心がないからです。じっさいこの私は、しばしば借金をしたこともあります。また、私は金を貸した相手が、この男パンタイネトスだけということもありません。ですから、この手の輩を知らないわけではないのです。しかし、彼らとは仲間ではありません。……わずかながら資金に余裕があるとき、それを他人に貸すのですが、それは相手に喜んでもらう（χαρίσασθαι）ためであり、そして自分のお金がただ消えて行くのが忍びないからです。（五三―五四節）

ニコブロスは自分の行為をパンタイネトスら他の業者の行為から、注意深く区別している。専門（テクネー τέχνη）[3] としてはやっていないと明言し、その目的は利潤ではなく、あくまで相手に感謝される（χαρίσασθαι）ためであるという。あるいは結果として他人から感謝されるということであろうか。ここに響き渡るカリス χάρις の世界、「困ったときはお互いさま」のエコーは聴衆の耳に届いたであろうか。何人の耳に届いたかによって、裁判の勝敗は決まる。

（1）Millett, 1991.
（2）Gernet, 1999.
（3）葛西、二〇一八参照。

『ナウシマコスおよびクセノペイテスへの抗弁』

葛西康徳

はじめに——相続訴訟は長引く

本件は被相続人が死亡して三八年経ってから提起された訴訟である。のちに述べるように、本訴訟は同趣旨の訴訟が全部で八つ提起されたうちの一つにすぎないので、仮に本訴訟が無事に終了したとしても、ほかの訴訟は継続する可能性はある。したがって、解決までには半世紀近くかかる可能性は高い。

この時期の古代ギリシアの相続訴訟には、時間のかかるケースがほかにもある。イサイオス『ハグニアスの相続財産について（第十一弁論）』は前三五〇年代初めに訴訟が行なわれ、同じ財産に関するもう一つの弁論デモステネス『マカルタトスへの抗弁（第四十三弁論）』は前三四〇年代後半とされているが、被相続人の死亡自体は前三九六年とされている。本件とほぼ同じく、死亡から訴訟開始までざっと半世紀経っている。(1)

しかし、これらは驚くには値しない。筆者の学生時代、いわゆる「道頓堀裁判」なる裁判の第一審判決が出た（大阪地裁一九七六年十月十九日）。この裁判については牧英正氏の研究に詳細を委ねるが、大阪の道頓堀の土地所有権をめぐって、掘削者の子孫が土地所有権の確認を求めて訴えたこの事件は、当時法制史研究を始めたばかりの筆者に非常に鮮烈な印象を与えたことを今も覚えている。法制史研究とはかくも「現実的」な学問か、と。

この裁判は、一九六五（昭和四〇）年一月四日に、原告が大阪地方裁判所に提訴したときから始まった。したがって、実質十二年近く裁判は続いたことになる。第一審では原告敗訴となったが、結局控訴を断念し、裁判は終結した。原告は、道頓堀川の開削に参加したひとり安井久兵衛の十二代目の子孫である安井朝雄であった。原告によれば（被告はこれを争っている）、道頓堀川の開削の場所となった、「城南の地」（約二〇万坪）を道頓が豊臣秀吉から拝領したのは一五六八年であるので、この訴訟が提起されたのはこれから約四〇〇年後という計算になる。

判決文はその結論において次のように述べる。

道頓堀川は原告らの先祖である初代安井久兵衛道卜らの努力によって開削されたものであり、今日の道頓堀繁栄の基礎を築いた原告らの先祖の功績はまことに多大である。しかしこのことと本件川敷の所有権の帰属とは別個の問題であって、既に述べたとおり本件全証拠を詳細に検討してみても、原告らが現在本件川敷につき所有権を有するものとは認めることはできない。

ところで、この結論の根拠となるのは以下のような裁判所の事実認定である。

（1）Wyse, p. 677; Edwards, p. 178; Scafuro, 2011, pp. 136-138.

近世における原告らの先祖の道頓堀川河川敷の所持権取得原因事実、および道頓堀川に対する所持権等の行使事実は結局いずれもこれを認めることはできない。明治維新以後現在まで一貫して被告らが道頓堀川を管理してきた事実は当事者間に争いはない。したがって明治初年の近代的土地所有制度が確立した際に本件川敷に対し最も強い支配権を行使していたのは、江戸幕府の諸権能を継受した明治政府すなわち国であったと認めるのが相当である。本件川敷は太政官布告第120号による官民有区分の実施段階において民有地と認むべき実質を有しておらず、結局官有地第三種に該当する土地として国有に確定したものと解するのが相当である。(1)

このように、原告の主張が認められなかった根本原因は、原告の先祖が本件で争われている物件（道頓堀川河川敷）の所有権（本判決では、前近代における所有権を一応「所持権」という言葉で説明している）を有していなかった（すなわち先祖の私有地ではなかった）という点にある。それゆえ、もし、先祖の所有権が認められれば、原告の所有権も認められるというロジックになる。換言すれば、所有権には消滅時効はないので相続訴訟は論理的には永遠に続くということになる。(2)

では、海外ではどうであろうか。相続訴訟で有名な例（ただし、フィクション）としては、多くの読者がチャールズ・ディケンズの小説『荒涼館』（Charles Dickens, *Bleak House*, 1852-53）を思い起こすのではないだろうか。しかしここでは、奇しくもそれと同時代にイギリス本土ではなく、その植民地インドで起きた一つの事件を紹介したい。こちらはフィクションではなくホンモノである。しかも現在も継続中。

この訴訟は一八三六年に始まり、現在もコルカタ高等裁判所（Calcutta High Court）に継続中で終結の兆しが見えない。争いの対象となっている事件はコルカタのザミンダール（徴税請負人）であったラジャ・ラジクリシュヌ・デヴ（Raja Rajkrishna Deb）の財産相続をめぐる、彼の息子たちと彼の後見人の間の紛争である。このラジクリシュヌ・デヴ（Rajkrishna Deb）という人物は、かつてロバート・クライヴ（Robert Clive）の協力者として財を成したことで知られるラジャ・ノボクリシュヌ・デヴ（Raja Nabakrishna Deb）の息子であり、詳細はラビ・バナジー（Rabi Banerjee）が *The Week* というインドの雑誌の二〇一五年九月二十日号に載せた記事を参照されたい(3)。

一族の創始者ノボクリシュヌの息子であるラジャ・ラジクリシュヌ・デヴが残した遺言をめぐって事件は始まった。ノボクリシュヌはイギリス東インド会社に雇われ、クライヴの片腕となりコルカタの高官に任命された。ノボクリシュヌは子供がなかったので、甥のゴピモホン（Gopimohan）を養子にしたが、その後、三番目の妻との間に息子ラジクリシュヌを儲けた。ノボクリシュヌは年を取り幼い息子の将来を案じて、ラジクリシュヌを母方の叔父の家に移した。そこで叔父たち、K・S・ゴシュ（Ghosh）とK・C・ゴシュが彼

（1）牧、二一九―二二〇頁。

（2）民法では、第百六十六条第二項（平成二九年改正）に消滅時効の対象として債権と「所有権以外の財産権」と明記されている。『法律学小辞典　第5版』では、消滅時効は所有権以外の財産権について認められると説明されている。一方、取得時効については第百六十二条で所有権について、第百六十三条で所有権以外の財産権について規定がある。このように、所有権に関しては消滅時効の対象でないことと取得時効の対象として特別の規定があることがセットになっている。

（3）https://www.theweek.in/theweek/specials/a-180-year-old-legal-battle-for-shovabazar-estate.html

なお、インドの法律・裁判事情一般については、現在デリー大学法学部に留学中の比嘉義秀氏から多くのことを教えていただいた。記して感謝する。

の面倒を見ることになった。

ノボクリシュヌは一七九七年に死亡した。ノボクリシュヌは自分の財産を養子と実子の間で均等に分割し、父と同居していたゴピモホンが自分の取り分を選ぶことができるとした。遺言に従って、ゴピモホンはシュタヌティ（Sutanuti）、ゴビンドプル（Gobindapur）、コルカタにある土地のほとんどを継承したので、彼の子孫は問題がまったくなかった。一方ラジクリシュヌはシュタヌティにあるいくつかの家屋と田舎の財産の大部分を受け取った。これらの相当部分は現在バングラディシュ領である。バングラディシュ領であることと、ラジクリシュヌの後見人としてゴシュ兄弟をノボクリシュヌが承認したことが紛争の中心部分となった。

ラジクリシュヌは一八二三年に四一歳で若くして亡くなるが、彼には七人の息子があった。彼は遺言の中で七つの宮殿を七人の息子に与え、いくつかの財産を一族の寺院に承継させることとした。しかし、その他の財産についてはみずからの「親族（kin）」に分配しうるものとしたことが争いの発端となったとされており、ラジクリシュヌの後見人であったゴシュ兄弟が相続の持ち分を要求した。当初、訴訟は国王裁判所（King's Court＝コルカタ最高法院）にGhosh versus Ghoshとして登録されたが、のちにゴシュ兄弟との財産の共有を望まない息子たちが訴訟当事者として参加した。最高法院での二六年に及ぶ審理ののち、一八六二年にコルカタ高等法院（High Court）が設立されると、高等法院が事件を承継した。

事件移送後、高等法院はほどなく一人の財産管理人を指定した。しかし、ゴシュ兄弟死亡後もラジクリシュヌの息子たちに財産を分配することを認めず、その後英国人法律家エリオット・マクノートン（Eliot Macnaghaten）を財産管理人と指定した。これは、ラジクリシュヌの英領インドに対する貢献に報いるため、当時最高の法律家をその子孫の財産管理人に選任したと見る歴史家もいる。多くの歴史家が指摘するところでは、裁判所はこの財産を歴史的記念物にするように欲していた。ゴシュ兄弟が死んだとき、裁判外紛争解決のチャンスはすでに消えていた。

一八八八年にマクノートンが死去すると、裁判所はまた別の管理人を選定した。その後多くの管理人が選ばれた。彼らは税金を集めて政府に支払った。一九五六年、政府は立法によって財産の一部を獲得した。結局、財産総額は Rs. 4000 crore となったと高裁は言う。[1] なお、英国政府はこれらの財産をよく管理し、インド独立後も多額の費用を投下した。しかし、インド・パキスタンの分離後には東パキスタン側の土地はインド政府の手を離れ、そしてバングラディシュの独立時にはこれらは「敵性財産」として収用された。これは現在、ゴンガモンダル（Gangamandal）と呼ばれている。

なぜ、コルカタ高等法院の判事は問題を解決できなかったのか。第一次世界大戦後の未済事件が増加し、英国では未済事件を処理したが、インドでは法律家と裁判官の抵抗によりそれができなかった。現在も遅滞は続いている。当事者の一人は言う。「われわれの先祖はそのために戦ってきた。われわれはわれわれの先祖の財産を取り返したい。なぜなら、彼らはそれを英領インドから勝ち取ったのだから。彼らが勝ち取ったものをなにゆえわれわれが失うことができようか」。

（1）1 crore は一千万ルピー。四〇〇〇 crore は四〇〇億ルピー。それゆえ今日のレートで約六五八億円に相当する。

一、事件の概要(1)

本弁論のいくつかのパッセージは第三十七弁論と同一であることから（本弁論一＝第三十八弁論一、本弁論二一—二三＝第三十七弁論五八—六〇）、作成年代もほぼ同じ頃、すなわち前三四六年頃であろうと推定されている。これ以外に年代を示す証拠は弁論中にはない。また、その真正性も疑われていない。

弁論によれば、本案訴訟の原告すなわち本弁論（独立抗弁）の被告であるナウシマコスとクセノペイテスは一六年間（二二節）、原告の父親であるアリスタイクモスの後見下にあった。そして両者は成人後二二年経って本訴を提起した。したがって彼らの父ナウシクラテスは本訴の約三八年前、つまり三八四年頃に死亡したことになる。このときナウシマコスとクセノペイテスは二歳であり、両者は年齢が近いか双子の可能性がある（六節）。

後見人は、アリスタイクモス、クセノペイテス（被告のうちの一名と同名）と、もう一人いた（七節）。アリスタイクモスは碑文によると、本件原告とは別のデーモス出身であることから、もしかすると原告の母親の兄弟であったかもしれない。一方クセノペイテスはおそらく父親の兄弟であり（θεῖος 二三節）、彼らが成人する前に死去したことから、彼の財産も彼らのものとなった可能性もある。もう一人の後見人については詳細不明である。本件は後見人（の子供たち）と被後見人の間の争いであるが、双方は親族関係でつながっており、アカの他人同士の関係ではないことを忘れてはならない。

ナウシクラテスとクセノペイテスの遺産は、家屋、家具、奴隷等であったが、財産の大部分は今日で言うところの債権、すなわち貸付金であった。後見人たちはこの貸付を回収し、また家具や奴隷を処分して、土地と建物を購入した（七節）。被告らが成人したとき、後見人たちはぐずぐずしてなかなか後見計算書（会計報告）を出さず、また財産も引き渡さなかった。そこで数年経って（多分五年間の時効が近づいたとき）、ナウシマコスとクセノペイテスは後見人たちを提訴することにした（後見人訴訟 *δίκη ἐπιτροπῆς*）。彼らは八〇タラントンを請求したが、本弁論によれば、結局三タラントンで手を打ったようである（二〇節）。その際、アリスタイクモスに後見人の義務からの解放と免除を与えた。それから三、四ヵ月後にアリスタイクモスは死去した（一〇節）。アリスタイクモスには小さい子供が四人おり（二節）、この子供たちの後見人の一人はデマレトスという名であった（一〇節）。

ナウシクラテスの死から三八年経って、ナウシマコスとクセノペイテスはそれぞれ、アリスタイクモスの四人の子供たちそれぞれを（本件原告を含む）訴えて、ヘルモナクスが支払った金額（一〇〇スタテール）が彼らにまだ渡されていないと主張した（一二節）。ナウシマコスとクセノペイテスはそれぞれ三〇ムナを四人の子供たちのそれぞれに請求したので、訴額の全合計は三〇ムナ×四×二＝四タラントンになる。一〇〇スタテールは、三〇ムナ以上の価値ではありえないため、もし彼らの請求がヘルモナクスのお金だけに関するものならば、その八倍の金額の要求は法外と見えるかもしれない。おそらく、彼らは子供たちの中で誰が資力があるかわからないので、全員を訴えて一つでも勝てば儲けものと考えたのではなかろうか。このときの訴

（1）MacDowell, pp. 195-197; Gernet, 1954, pp. 249-251.

訟はもはや後見人訴訟ではなく、一般の損害訴訟（*δίκη βλάβης*）である。

それに対してアリスタイクモスの子供の一人が提起した訴訟が、本件独立抗弁である。厳密に言えば、八つの独立抗弁で、四人の子供がそれぞれナウシマコスとクセノペイテスのそれぞれに対して提起した。現存の弁論は、この子供のうちの一人、多分長男の弁論として書かれたのではないかと思われる。この独立抗弁の票決は他の子どもたちにも影響があることは十分予想される。

独立抗弁の理由は二つある。第一は、ナウシマコスとクセノペイテスがアリスタイクモスに与えた解放と免除であり、蒸し返しは認められない。第二は、時効五年と規定した法律である。この法律は被後見人から後見人への請求を五年間に制限するものであり、もう期限はとっくに過ぎていた。したがって、本件は一見単純に見え、本弁論の原告の主張が証言や法律等、アリストテレス『弁論術』の言う「非技術的証明」によって聴衆を納得させられれば、原告勝訴は十分予見される。しかし、弁論内容からうかがわれる事実関係は、必ずしも明瞭ではない。それはなぜであろうか。

二、本件の問題点

独立抗弁

本件は第三十二弁論から続く一連の独立抗弁（パラグラペー）の最後を飾るものである。抗弁の根拠は、第三十七弁論と同様に、いわゆる「解放と免除」の後の裁判による「蒸し返し」の無効である。ただし、第三十七弁論と異なり、本件は単なる金銭の貸し借り関係、いわゆるビジネスの関係ではない。本件は後見人訴訟が絡む一種の相続訴訟ないし遺産をめぐる争いである。つまり、本件で解放と免除の対象となる義務は、後見人による被後見人の財産管理から生じる義務であり、財産管理の当否が争われているのである。しかも、先に述べたように、後見人（とその子供たち）と被後見人は親族関係にある。

本抗弁の被告たち、つまり本案訴訟の原告たち（ナウシマコスとクセノペイテス）は、後見人の財産管理責任を追及して訴訟を提起した。その時期がいつであったかは本弁論自体からは必ずしも明らかではないが、後見人訴訟が五年の時効にかかることが言及され、その根拠となる法律が引用される（一七節）。しかし、それにとどまらず、「解放と免除」を根拠にして独立抗弁を主張しているところから推測して、おそらく五年以内に提起したものと思われる。ところが、この後見人訴訟は結局一種の和解に終わる。それゆえ原告たちは、もう一つの抗弁事由である「解放と免除」を持ち出すのである（一七―一八節）。解放と免除の事実が証明できれば独立抗弁は成立し、本弁論の原告が勝訴する。その意味では、本件はそれほどむずかしい事案のようには見えない。

しかしながら、本弁論を読んでいくと事実関係の不明瞭な箇所にぶつかる。ここに争いのタネとなっている未回収貸付金がある。それはヘルモナクスが支払った一〇〇スタテールであり、それをデマレトスが回収して本件原告らに渡した可能性がある。これに対し、原告はこの貸付金をデマレトスも回収していないと主張し、また相手方はデマレトスに対しても訴訟を提起しなかったという。

ここで原告は、証明手段として二つの請求原因を持ち出し、その内容齟齬を指摘する。次にそれを見てみよう。

二つの請求原因——*παραδίδωμι* をめぐる法とレトリック

ナウシマコスとクセノペイテスの今回の訴訟の請求原因は、原告によれば以下のとおりである（一四節）。

われわれが［我々の］父親が回収した（*κομισαμένου*）金銭（*τὸ ἀργύριον*）を彼らに負っており（*ὀφείλειν*）、その金額は後見人計算書の中に彼らに負っている（*ὀφειλόμενον*）貸付金（*τὸ χρέως*）として彼らに譲渡し（*παραδόντος*）たことになっている。

このように言った後、今度はかつての後見人訴訟における、彼らの請求原因を原告は引用する。その請求原因では、彼らは（原告の）父が計算書（*λόγος*）を提出しなかった（*οὐκ ἀποδόντι*）といって訴えたことが明らかになると原告は言う（一六節）。

クセノペイテスとナウシマコスよ。父親があなた方に譲渡した（*παρέδωκεν*）と言って、いま訴えを起こしている計算書とは、いったいどのようなものですか。あのときは提出していない（*οὐκ ἀποδόντι*）と言って訴え、そして自分のために金銭を要求して手に入れたではないか（*χρήματ᾽ ἐπράττεσθε*）。もし、二つのうちどちらでも根拠にしてあなた方が不当提訴（*συκοφαντεῖν*）できるようなことになれば、つまり、一方では譲渡していない（*μὴ παραδοῦναι*）と言って金銭を自力執行してしまい（*χρήματ᾽ ἐπράξασθε*）、他方では、譲渡したと言って（*παραδόντος*）訴えているのですから。

このようにこの二つの請求原因の矛盾をついて、一方では計算書を渡していないと言って金銭を請求し（その結果獲得し）、他方では渡したと言って請求している。このやり方を認めれば、第三の請求も阻止できないというロジックである。

このロジックには、巧妙な用語とその意味の使い分けが見られる。まず、*ἀποδίδωμι* を用いて、計算書の物理的な提出の有無を問う。次に、*ἀποδίδωμι* を *παραδίδωμι* にすり替えて、物理的な「譲渡」を法律的な「譲渡」、すなわち権利の譲渡（現代民法で言えば「債権譲渡」）にすり替える。第三に、*παραδίδωμι* の目的語をわざと省いているので、その意味がさらに曖昧になる。すなわち、計算書を「手渡す」という意味と、「債権（貸金）を譲渡する」という意味の二重の意味を持たせる。こうして、今回の請求原因では相手（ナウクラテスとクセノペイテス）が父（アリスタイクモス）からあたかも債権譲渡を受けて請求しているかのように、原告は拵え上げている。そうすることによって原告は相手が二重請求（さらに三重請求）しているかのような印象を聴衆に植え付けているのである。

これに対して相手方の主張は、本弁論から推測するに、ヘルモナクスがナウシクラテスに対して支払うべき借金は、アリスタイクモスの後見計算書では未払いと記載されていたが、アリスタイクモスの死亡後デマレトスに支払われており、デマレトスはその金をアリスタイクモスの子供たちに渡し、その子供たちが保持したというものかもしれない。もしそれが事実だとしたら、ナウシマコスとクセノペイテスにとって、上記の時効法は本件には適用されないことになる。なぜならアリスタイクモスはこの貸金を扱ったことはなく、彼らの主張はアリスタイクモスの子供たちにだけ関わるものになる。その結果、この独立抗弁は成立しないという主張をなしえたかもしれない[1]。

かかる相手方からの想定される主張に対し、原告は九―一三節において、いわゆる蓋然性（εἰκός）からの論証を試みている。少なくともこのようなデマレトスへの支払いのとき、論者はまだ子供にすぎなかった[2]。そして、二つの請求原因の提出の後の弁論は、解放と免除の妥当性の論証に向けられている。これらの論証がどれだけ説得力があったかについては知る由もない[3]。

可視物と不可視物

ギリシア人のモノ（οὐσία）の分類に関して、「可視（φανερά）」と「不可視（ἀφανής）」という区別が議論されることがある。前者は一般に、土地、建物、奴隷、家畜などを含み、後者はコモン・ローの real property に対する personal property に対応すると英米系の研究者は述べる。しかし、わが国の法概念はコモン・ローに対応しないので適切な訳語が見つからない。あえて言えば、対物権（モノに対する権利）と対人権（人に対する権利）と訳せるかもしれない。ここでは、ギリシア語の字義どおり、可視物と不可視物と一応訳するにとどめたい[4]。

後見人の管理責任を含んだ相続訴訟における本件の特徴の一つは、相続財産におけるこの可視物と不可視物の区別であり、そしてより重要なことであるが、本件においてはほとんど後者しか残らなかった点である（七節）。これが本紛争を複雑にした大きな原因である[5]。後見人たちの主張では、相続財産はいわば清算（liquidation）して、それによって得た資金でもって、土地と建物を購入して相続人たちに引き渡した。つまり、相続財産の大部分は「融けて（liquidated）」、清算金となり、そして現在の土地・建物に姿を変えたことになる。しかし、相続人たちにしてみれば、「融けた」はずはない。彼は、清算金をもらったからといって、それで彼らの父の財産を諦めたわけではないと主張する。ここには、後見人の管理責任が問われているのみならず、そもそも相続財産に対する相続人の消えることのない（と相続人自身が考えている）権利が含意されている。これが、相続訴訟が長引く根本的な原因である。

おわりに

ローマ法学者にして法哲学者でもあるトニー・オノレ（T. Honoré 1921-2019）は、所有権（ownership）の属性の一つとして譲渡可能性（transmissibility）を挙げ、そこで次のように論じている。[6] 所有者の利益（interest）の主要な特徴の一つとして、その持続性（duration）がある。しかしこの概念は一見すると単純なように思われるが、実はそうではない。無限の持続性と呼ばれるものは、少なくとも二つの要素から成り立っている。一

（1）MacDowell, p.197.
（2）MacDowell, p.197.
（3）Gernet も疑問を投げかけている。1954, pp. 250-251.
（4）Todd, pp. 204, 232 n., 235, 242; Cohen, 2005, p. 290. なお、モノに対する用語をはじめとしてコモン・ローについては、神戸大学准教授、板持研吾氏のご教示を得た。
（5）Gernet は不可視物だからこそごまかしの疑いがあると述べている。1954, p. 249, 'la possibilité de fraudes'.
（6）Honoré, pp. 161-192. なお、コモン・ローにおける土地の所有権については、さしあたり、Harris, pp. 143-161.

つは、この利益は所有者の相続人に制限なく受け継がれることが可能であるということである。もう一つは、この利益は将来のある時点で消滅するということがはっきりと定まってはいないということである。前者は「移転可能性」、後者は「無期限性」と呼ぶことができる。

当然のことながら、人間は死亡後にはそのモノを享受することはできない。つまりいかなる利益も人の死を超えることはできない。しかし、所有者の相続人に移ることが可能な利益は、所有者の死によって停止する利益よりもいっそう価値のあるものとなる。その理由は二つある。一つは、譲渡の際、被譲渡人および被譲渡人の相続人は、譲渡人の死後より高い価格で当該財産を処分できる可能性があるから。もう一つは、もし譲渡が承認されない場合であっても、その財産の現在の保有者は譲渡可能性というまさにその事実によって、無遺言相続人のために蓄えを備えておく必要をその分だけ免れうるからである。ここから、たとえば、封保有者（tenant in fee）が相続可能な（ただし、まだ完全に譲渡可能というわけではない）権利を獲得した瞬間というのが、単純封土権（fee simple）の進化における決定的なモーメントであったことが理解されよう。もちろん、身分による相続可能性は今日的意味での譲渡可能性と同じというわけにはいかないだろう。譲渡可能性はある意味で譲渡人にとって「有利である（advantageous）」ことが前提とされているのである。

とはいえもちろん、譲渡可能性は被譲渡人の第一、第二、第三世代で、不意に終わるということはありうる。しかし、所有者の利益は無期限（indefinite）の譲渡可能性という特徴を持っている。つまり、譲渡可能な回数の制限がないのである。ただし、モノの性質からして現実的には回数制限は当然存在するだろう。

権利の行使は保有者の選択に依存しなければならないという通説に従って、私（オノレ）は譲渡可能性を権利と呼ぶのはここでは差し控えた。しかし、それは明らかに保有者が何か経済的利益をその中に有する何かであり、保有者の選択に依存しない。それにもかかわらず彼にとって価値のある諸特徴を説明するために、権利概念に修正を施さなければならないということかもしれない。このように、オノレは所有権について論じている。

最後に、夏目漱石『こころ』（一九一四年）の次の一節を抜粋して本解説を終えたい。

一口でいうと、叔父は私の財産を胡魔化したのです。……私と叔父の間に他の親戚のものが這入りました。その親戚のものも私はまるで信用していませんでした。信用しないばかりでなく、寧ろ敵視していました。……それでも彼等は私のために、私の所有にかかる一切のものを纏めてくれました。それは金額に見積もると、私の予期よりも遥かに少ないものでした。私としては黙ってそれを受け取るか、でなければ叔父を相手取って公け沙汰にするか、二つの方法しかなかったのです。……私は思案の結果、市におる中学の旧友に頼んで、私の受け取ったものを、全て金の形に変えようとしました。……私の受け取った金額は、時価に比べると余程少ないものでした。……（「下　先生と遺書」九）

「先生」は「公け沙汰」を選ばなかったが、[1] ナウシマコスとクセノペイテスは選んだ。「私訴弁論」を。

（1）現代日本における相続訴訟関係については、立教大学准教授、内海博俊氏から以下のようなご教示を得た。記して感謝申し上げる。それによれば、遺産分割事件の審理期間（平成二八年）は、おおむね半年から二年以内。ただし、相続争いすべてが遺産分割で解決できるわけではなく、普通の民事訴訟で決着をつけなければならないものもある。相続開始か↖

APF: Davies, J. K., *Athenian Propertied Families, 600-300 B.C.*, Oxford, 1971.

LGPN: Osborne, M. J. and Byrne, S. G.（eds.）, *A Lexicon of Greek Personal Names*, Vol. II, Attica, Oxford, 1994.

Boegehold, A. L., *The Lawcourts at Athens: Sites, Buildings, Equipment, Procedure, and Testimonia*, Princeton, 1995.

Cary, C. and Reid, R. A.（eds.）, *Demosthenes, Selected Private Speeches*, Cambridge, 1985.

Cohen, E. E., *Ancient Athenian Maritime Courts*, Princeton, 1973.

———, "Commercial Law", in Gagarin and Cohen, 2005, pp. 290-302.

Edwards, M., *Isaeus*, Austin, 2007.

Finley, M. I., *Studies in Land and Credit in Ancient Athens, 500-200 B.C.: The Horoi Inscriptions*, with a new introduction by P. Millett, New Brunswick and Oxford, 1985（first published 1952）.

Fisher, N. R. E., *Hybris: A Study in Greek Values of Honour and Shame in Ancient Greece*, Warminster, 1992.

↙ら決着までの期間に関するデータはない。法律の問題としては、相続によって相続人は遺産に属する財産について物権（いわゆる遺産共有の持分）を取得することになり（ただし、現金・預金については後述）、これは債権と異なりいわゆる消滅時効にはかからない権利である。したがって、理論上、相続関係の裁判はいつまででも起こりうる。ただし、誰かが

当該財産を一〇年ないし二〇年占有すれば取得時効が成立し、その結果として本来の相続人が権利を失う可能性はあるが、取得時効が実際認められるかどうかは、「所有の意思」の認定など、事実関係に依存するむずかしい問題になる。他方、遺留分減殺（遺言により、法定相続であればもらえる遺産が他の人に行ってしまい、もらえなくなった人が、せめて法定相続分の半分は返すようにと要求できる権利）は、民法第千四十二条により、「減殺すべき贈与または遺贈があったこと」を知ってから一年、相続開始から一〇年という制限にかかる。したがって、遺言があるケースでは、裁判はこの期間内に起こるのが通常と思われる。

他方、現金の相続と、相続財産の換金代金については、分けて考える必要がある。最初から相続財産が現金として存在する場合（タンスや金庫にあるお金）は、それ自体が、相続が生じた瞬間に、共同相続人間で当然に分割されるという建前であり、これを権限なく勝手に使うのは、他人のお金を勝手に使うことにほかならないものの、不法行為の成立の可能性は別として、現金については所有と占有は一致するので、当該現金そのものを後から取り戻すことはおそらく認められない。ただし、金銭の「所有と占有の一致」というドグマは近年動揺が見られる。たとえば、「封金（特定可能な封筒に入った現金）」に関しては、動産と同様の扱い（即時取得されないかぎり所有権が他人の占有下でも存続する）にすべきだという議論もある。

これに対して、現金ではない遺産を「後見人（これが法的に誰を指すかはここでは立ち入らない）」が勝手に処分してしまった場合は、とくに不動産に関して、相続人は当然には処分された遺産に対する権利を失うわけではない。売買代金たる現金に対して相続人が何らかの権利を有するかどうかは、財産それ自体に対する権利がどうなるかに依存する。財産が取り戻せるならば、売買代金まで相続人が持っていくのは二重取りになってしまうので不可能である。仮に財産そのものが取り戻せないという状況であるとすると、「後見人」の行為は相続人に損害を生じさせるもので、不法行為ないし不当利得として、財産の価額相当額を「後見人」に対して支払えという請求は可能である。ただし、これは単なる債権であるから、消滅時効にかかる可能性があり、仮に売買代金を「後見人」が保持していたとしても、彼に対する他の債権者との関係で、相続人が当然に優先的な地位を主張できるわけではない。一方でまた、他人の物の売買も有効であるから、相続人が売買を追認して売買代金の引き渡しを求めることも可能かと思われるが、その場合でも、「後見人」に対する相続人の権利は単なる債権にすぎない。

Gagarin, M. and Cohen, D. (eds.), *The Cambridge Companion to Ancient Greek Law*, Cambridge, 2005.

Gernet, L. (ed.), *Démosthène: Plaidoyer civils*, Tome I, Paris, Budé, 1954.

———, *Droit et Société dans la Grèce ancienne*, Paris, 1955.

———, "Eranos" (Trascrizione, note e introduzione a cura di A. Taddei), *Dike* 2 (1999), pp. 5-61.

Harris, E., "When is a Sale Not a Sale? The Riddle of Athenian Terminology for Real Security Revisited", in Id., *Democracy and the Rule of Law in Classical Athens: Essays on Law, Politics and Society*, Cambridge, 2006, pp. 163-206.

Herman, G., *Ritualised Friendship and the Greek City*, Cambridge, 1987.

Honoré, T., "Ownership", in Id., *Making Law Bind*, Oxford, 1987, pp. 161-192 (first appeared 1961).

Isager, S. and Hansen, M. H., *Aspects of Athenian Society in the Fourth Century B.C.*, Odense, 1975.

Jew, D., Osborne, R. and Scott, M. (eds.), *M. I. Finley: An Ancient Historian and his Impact*, Cambridge, 2016.

Lipsius J. H., *Das attische Recht und Rechtverfahren*, Leipzig, 1905-15 (rep. 1984).

MacDowell, D. M., *Demosthenes, Speeches 27-38*, Austin, 2004.

Millett, P., "Sale, Credit and Exchange in Athenian Law and Society", in P. Cartledge, P. Millett and S. Todd (eds.), *Nomos: Essays in Athenian Law, Politics and Society*, Cambridge, 1990, pp. 167-194.

———, *Lending and Borrowing in Ancient Athens*, Cambridge, 1991.

———, "The Impact of Studies in Land and Credit", in Jew et al., 2016, pp. 31-57.

Osborne, R., "Pride and Prejudice, Sense and Subsistence: Exchange and Society in Greek City", in Id., *Athens and Athenian*

Democracy, Cambridge, 2010 (first appeared in 1991).
Parker, R., *Miasma: Pollution and Purification in Early Greek Religion*, Oxford, 1983.
Pringsheim, F., *Greek Law of Sale*, Weimar, 1951.
Reid, E. C. and Blackie, J. W. G., *Personal Bar*, Edinburgh, 2006.
Scafuro, A. C., *Demosthenes, Speeches 39-49*, Austin, 2011.
———, "The Economics of the Athenian Court System", in *ΑΞΩΝ: Studies in Honor of Ronald S. Stroud*, ΤΟΜΟΣ Α΄, Athens, 2015, pp. 363-392.
Todd, S. C., *The Shape of Athenian Law*, Oxford, 1993.
Thür, G., *Beweisfürung vor den Schwurgerichtshöfen Athens: Die Proklesis zur Basanos*, Wien, 1977.
———, "The Role of the Witness in Athenian Law", in Gagarin and Cohen, 2005, pp. 146-169.
Wyse, W., *The Speeches of Isaeus*, Cambridge, 1904.

植田信廣他（編）『日本法制史』青林書院、二〇一〇年。

葛西康徳「古代ギリシアにおける法の解凍について」、新田一郎・林信夫（編）『法が生まれるとき』創文社、二〇〇八年、一一一―一三六頁。

――「ヒュブリスと名誉棄損――古代ギリシア・ローマにおける情報の一側面」、中山信弘（編）『知的財産・コンピュータと法――野村豊弘先生古稀記念論文集』商事法務研究会、二〇一六年、一〇三九―一〇七四頁。

――――「プラトンと職業――『ゴルギアス』」、小島毅（編）『知の古典は誘惑する』岩波ジュニア新書、二〇一八年、一二七―一五一頁。

来栖三郎『契約法』有斐閣、一九七四年。

司法研修所（編）『本人訴訟に関する実証的研究』法曹会、二〇一三年。

高橋和之他（編）『法律学小辞典 第5版』有斐閣、二〇一六年。

髙畠純夫（訳）「イサイオス弁論集（1）」、『東洋大学文学部紀要』第七十一集「史学科篇」第四十三号、二〇一八年三月、二一五―二九一頁。

田中英夫（編）『英米法辞典』東京大学出版会、一九九一年。

道垣内弘人『担保物権法 第4版』有斐閣、二〇一七年。

橋場弦（訳）『アリストテレス全集19 アテナイ人の国制』岩波書店、二〇一四年。

牧英正『道頓堀裁判』岩波新書、一九八一年。

村川堅太郎（訳）『アリストテレス アテナイ人の国制』岩波文庫、一九八〇年。

『ボイオトスへの抗弁、第一演説』

北野雅弘

トリコス区のアテナイ市民マンティアスの子マンティテオスが、同名の異母兄弟に対して、マンティテオスの名ではなく、父のマンティアスが彼につけたボイオトスの名を用いるように求めた裁判。本弁論および次弁論『ボイオトスへの抗弁、第二演説（第四十弁論）』の解説では、両者の区別のために、原告をマンティテオス、被告をボイオトスの名で呼ぶことにする。デモステネスは原告のために私訴弁論を書いた。

訴訟に至る経緯

マンティアスは、将軍職を務めたパンピロスの娘プランゴンと結婚し、両者の間にボイオトスが生まれ、誕生十日目の名付けの儀式（デカテー）の際、彼は父方の祖父の名をとってマンティテオスと名付けられた。通常、新しく生まれた子は、次のアパトゥリオンの月にあるアパトゥリア祭でプラートリアーへの紹介がなされるが、ボイオトスに関してはなされなかった。この間に、マンティアスはボイオトスが自分の実の子ではないと考えるようになり、それが原因でプランゴンを離縁したのだろう。マンティアスはコラルゴス区の豊かな市民ポリュアラトスの娘と再婚する。ポリュアラトスの娘は寡婦で、マンティアスに嫁ぐ前に前五世紀の最も有名なデーマゴーゴスのクレオンの子クレオメドンの妻であった。マンティアスと妻との間には、原告ともう一人男の子が生まれるが、弟は子供の頃に死んだ。マンティアスは原告にマンティテオスの名を付け、プラートリアーに登録し、然るべき時期に区民登録も済ませた。この間、ボイオトスとその弟（彼については後述）はプランゴンの家で養育されていた。

ボイオトスは成年に達するとマンティアスに対して自分を認知するように求める訴訟を起こす。この訴訟は公的調停に付され、マンティアスは自分がボイオトスの父であると誓った上で証言するようにとプランゴンに求める。その際、マンティアスは金銭と引き換えに、プランゴンが宣誓を拒絶するとの同意を取り付けていたとマンティテオスは語っている。プランゴンがこの同意に反して宣誓し、ボイオトスだけでなくその弟もマンティアスの実子であると証言したために、マンティアスは両者の認知を余儀なくされる。その次のアパトゥリアで被告とその弟をプラートリアーに登録するが、その際、被告を「ボイオトス」の名で、弟を母方の祖父である「パンピロス」の名で登録した。被告がそれ以前にボイオトスの名を用いていたという証拠はない。むしろ、デカテーで名付けられた「マンティテオス」の名が一貫して用いられていたのだろう。

プラートリアーへの登録の後区民登録がなされることになるが、マンティアスは被告の区民登録を行なう前に没した。被告は自分で区民登録を行ない、その際に「マンティテオス」としてみずからを登録した。原告の訴えは、被告に自分と同じマンティテオスの名ではなく、父がプラートリアーに登録した「ボイオトス」の名を用いるように判決を下してほしいというものであった。

両者の主張とその根拠

アテナイでは男子は名前と区名と父称によって特定される。マンティテオスの場合、「トリコス区のマンティアスの子マンティテオス」が彼を特定するための呼び方である。マンティテオスの主張は、「トリコス区のマンティアスの子マンティテオス」が二人いることで国家も彼個人も多大の損害を被るということである。さまざまな公共奉仕などの負担の場合、お互いが相手こそが指名された人物だと主張するだろうし、役職などの場合には、自分こそが指名された人物だと主張するだろう。これらは法廷で決着するしかなく、その場合、籤ではなく「言葉でまさった方」（一一節）が役職を得ることになるだろう。かりに両者が共謀して、「トリコス区のマンティアスの子マンティテオス」が籤に当たった場合に一方が役職につくと決めておくなら、それは「一人の男が二枚の札で籤をひく」（一二節）のと同じことになる。私的には、被告が敗訴なり税の未納なりで何らかの債務を負った場合、支払い義務があるのが被告であって原告ではないことがわからなくなるだろう。また訴訟を起こされ有罪判決が下ったときにも同じ心配があり、これらの懸念の一部は現実のものになっているとマンティテオスは主張する。

こうした懸念に加えて、マンティテオスが法的な根拠として挙げるのは、法によって命名の権利を持っており、また廃嫡によって子供の名を剥奪する権利も持っている父マンティアスが被告をボイオトスの名でプラートリアーに紹介した、という事実である。マンティテオスは明記していないが、この議論は、たとえマンティアスがボイオトスにデカテーでマンティテオスの名を付けたとしても、彼はそれを取り消してプラートリアーにボイオトスの名で紹介・登録する権利を持つのであり、ボイオトスには後に区民登録に際してそれ以外の名を付ける権利はないというものである。たとえ名前の決定権について法が明示していなかったとしても、裁判員は「最も正しい判断」に従って判決を下すべきであり、同じ父親から生まれた二人の人間が同じ名前を持つのは正しくないと彼は言う。

ボイオトスの弁論は残っておらず、彼の主張はマンティテオスの反論から再構成することができるだけだが、ボイオトスの側からはこの訴訟はさほどむずかしいものではなかっただろう。そこで彼は自分が長子であり、父方の祖父の名を受け継ぐ当然の権利があること、マンティアスがボイオトスのデカテーで彼に「マンティテオス」の名を付け、彼はずっとその名で呼ばれてきたことを主張しただろう。この点は容易に論証できたはずだ。したがって、彼は、みずから区民登録を行なうにあたって、マンティアスによって付けられ、自分が子供の頃から呼ばれていたマンティテオスの名を当然用いることができたのであり、区民登録に手続き上の瑕疵はなかったのだと。また、マンティアスが彼を「ボイオトス」の名でプラートリアーに登録したのは、「ボイオティア人は愚鈍だ」という通念に基づいた侮辱的な意図があったからだ、とも主張しただろう。

判決とその根拠

判決は被告の勝訴であり、ボイオトスはみずから区民登録したマンティテオスの名を使い続けることができるようになった。このことは、ボイオトスがマンティアスとプランゴンの正式の婚姻による長子であり、ずっとその名で呼ばれており、ボイオトスが自分で区民登録する際にその名を用いる権利があると法廷が認めたことを意味する。二人の人間が同じ名を持つことによって生じると本弁論で主張された混乱は、その権利を揺るがすほど決定的なものではなかった。ボイオトスの名は侮辱的な意図によって付けられたという被告側の主張の当否にかかわらず、父親が廃嫡によって息子の名前を奪う権利を持つという法は、このような場合に被告が子供の頃からの名前で区民登録を行なう権利を否定しない。そもそも法はここで争われているような事態を想定しておらず、だからこそマンティテオスは法に加えて「最も正しい判断」にも頼る必要があった。

マンティテオスの敗訴を、私たちは「マンティテオス対マンティテオス」として提起された次弁論の訴訟からも、またアテナイの公式文書からも知ることができる。公式文書には、マンティアスの負債をその子のパンピロス、マンティテオス、マンティテオスが支払った旨が記されている。これは前三四二年のことであった。

出来事の年代帰属

この弁論は、主要な論点に関しては事実関係にそれほど問題はない。それがいつの出来事なのかについても、原告の側に関してはほぼ明確だ。次弁論で、マンティテオスは、ミュティレネの僭主カンミュスについて、「諸君にとって共通の敵であり、私には個人的な敵」（三三節）であると述べており、ミュティレネは前三四七／四六年に民主政を回復しているので、次弁論は遅くとも前三四七年に書かれた。その裁判でマンティテオスは被告をマンティテオスとしているので、本弁論はそれに先行する。本弁論では、おそらく前三四八年に行なわれたタミュナイ遠征について語られているので、[1] この裁判は前三四八年より後のことだ。およそ前三四八年に本弁論が、翌前三四七年に次弁論が書かれたと考えてよいだろう。本訴訟は、持参金に関する兄弟間の最大の訴訟のいわば準備としてなされたと考えられる。すでに一〇年前、マンティテオスは対ボイオトス名義で母親の持参金の返還訴訟を起こしたが、相手方を「ボイオトス」と呼んでいたためボイオトスは出席せず、不在敗訴でマンティテオス勝利の調停がなされた。ボイオトスの立場からは、この調停はそもそも自分を相手にしたものではなく、調停に従ったり異議を申し立てるべき筋合いのものではないことになる。実質上この不在敗訴は棚上げになっている。今回、名前の問題で持参金の裁判が無効にされないために、マンティテオスはまずは相手を「ボイオトス」だと認めさせる必要があったのではないだろうか。

マンティテオスは次弁論で、「十一年目になったいま、……諸君を頼ることにしたのでした」(第四十弁論一八)と語り、兄弟間の紛争が始まったのは前三五八年頃だろう。次弁論ではまた、彼の娘が婚姻適齢期に達したとも語られ、これは「家付き娘」の場合一四歳とされる。[2] マンティテオスの娘が次弁論の裁判の時点

(1) タミュナイ遠征とその年代については、デモステネス『弁論集1』補註Bおよび同『弁論集3』補註i参照。

(2) Humphreys, p. 184 は、当時のアテナイで女性は通常初潮後まもなく結婚し、大体それは一五―一六歳だったが、父親の資産を自分の息子に受け継ぐ家付き娘の場合、一四歳だったと指摘する(アリストテレス『アテナイ人の国制』第五十六章七参照)。マンティテオスはこの裁判の時点で他に子供がなく、彼の娘はこの時点では家付き娘になる可能性が高い。娘の父方の最近親者であるボイオトスはマンティテオスの娘に対して結婚の権利を一定有している。Humphreys は、マ↙

で一四歳だとすれば、その誕生は前三六一年である。次弁論一二―一三より、マンティテオスが一八歳で結婚したこと、結婚して適切な時期に娘が生まれその後まもなくマンティアスが病没したことが語られているので、結婚を前三六二年に置くことにする。マンティテオスが生まれたのは前三八〇年である。もちろん一年程度の誤差はあるだろうが、この推定は弁論の別の箇所からも確認できる。前三四八年のタミュナイ遠征に際してマンティテオスは重装歩兵指揮官を務めており、これは三〇歳以上の市民から選ばれるので、彼の生年の下限は前三七八年である。また、次弁論一三で、マンティテオスの「娘が生まれるのを生きて目にすることができましたが、それからまもなく病を得て亡くなりました」と語られるマンティアスは、前三六〇／五九年にアルガイオスで軍務についていたことが知られるので、その死は前三五九年より後に位置づけられる。マンティアスはたしかに、孫娘が生まれてからまもなく死んだのである。原告の側に関して言えば、事態も年代も比較的単純だ。

被告の側に関してはどうだろうか。マンティアスの認知によって、ボイオトスとパンピロスは市民権だけでなく、マンティアスの遺産の相続の権利をも得た。このことは、マンティアスとプランゴンの関係が、マンティテオスが次弁論で主張するような愛人関係ではなく、正式の婚姻であったことを意味する。そのとき、ボイオトスとパンピロスの生年をいつ頃だと見なすことが妥当だろうか。生まれた子供は、秋に行なわれるアパトゥリア祭で、父親によってプラートリアーに紹介され、その後、一六歳になったとき、同じ祭でプラートリアー登録がなされる(補註B参照)。ボイオトスにはその紹介がなされなかったのだから、ボイオトスが生まれた後、その次のアパトゥリアでのプラートリアーへの紹介の前に両者は離婚したことになる。その後マンティアスは原告の母と結婚してマンティテオスと弟を生んだ。

ボイオトスはしたがって、マンティテオスよりも若干年長である。一番年齢差を低く見積もって、ボイオトスのプラートリアーへの紹介がなされるべきアパトゥリアの前後にマンティアスが再婚し、その後一—二年のうちにマンティテオスが生まれたとすると両者の年齢差は二—三年、ボイオトスは遅くとも前三八一年には生まれている。ここまでは研究者たちはほぼ一致している(1)。

ボイオトスがマンティアスの最年長の嫡男であれば、ボイオトスが生まれたときマンティアスが彼を自分の父親と同じ「マンティテオス」と命名したことは自然である。だが、プラートリアーへの紹介がなされる前に彼はボイオトスとの親子関係を疑い、プランゴンを離縁し、プランゴンは実家に戻り、そこでマンティアスが命名した「マンティテオス」の名でボイオトスを育てた。ボイオトスはマンティアスを訴え、プランゴンの誓言によって自分が彼の子であることを認めさせた。この裁判を受けてマンティアスがボイオトスたちをプラートリアーに紹介したのがマンティテオスの結婚の直前だったとして、それは前三六二年頃である。しかしマンティアスは彼らを区民登録する前に没し、ボイオトスは前三五九—三五八年頃にみずから「マンティテオス」の名で区民登録を行なった。

他方、パンピロスの生年については研究者の見解はおおむね二つに分かれる。

---

(1) Carey and Reid, p. 163 参照。

↙ンティテオスがボイオトスのこの権利を拒んだことが彼らの諍いを決定的にしたと考えている。

第一の立場は、Rudhardtに代表されるもので、マンティテオスの母の死後、マンティアスがプランゴンともう一度結婚してパンピロスが生まれたと考える。この場合、ボイオトスが長男で、マンティテオスがその次、パンピロスは「子供のうちに死んだ」マンティテオスの弟よりも年少であり、マンティテオスとは数年の年齢差を置くことが妥当だろうか。マンティアスは何らかの理由でプランゴンを離縁し、ポリュアラトスの娘と結婚したが、その死後プランゴンと再婚したことになる。この場合、マンティアスとプランゴンの間には、離婚後も何らかの関係が続いていたと想定されている。ポリュアラトスの娘が前夫との間に四人の子供を得ていた寡婦であったこと、次弁論で、プランゴンが「極めて見目麗しき女であり、［マンティテオスの母親が死ぬ］その前にも後にも父と関係を持っていました」（二七節）、「自分の家で彼ら［被告たち］と大勢の女召使を扶養し、自分も贅沢な生活を送っていましたが、欲望に駆られた私の父をその費用に関する奉仕役にして、父に多大な浪費を強いたのです」（五一節）とマンティテオスが語ることがその想定の根拠とされる。

しかし、マンティテオスは本弁論ではプランゴンとマンティアスの関係を否定して次のように言う。「父がとんでもない浪費家で、私の母と結婚しておきながら、君たちを生んだ別の女を囲い、二つの家を養っていた、そんな男だったとしたらどうやって金を残せたというのだ？」（二六節）。被告が「マンティテオス」の名を使うこと、つまりマンティアスの長男であることを認めた結果を受けた次弁論の言葉は、プランゴンとマンティアスが正規の婚姻関係ではなく、それゆえプランゴンの持参金などないと印象づけるという目的を持っており、そのまま受け入れることはできない。

また、ボイオトスがマンティアスに対して起こした裁判で、プランゴンがボイオトスだけでなくパンピロスも彼の子だと誓言して語ったために、マンティアスは両者をともにプラートリアーに紹介したのだという本弁論四の主張が正しいとすると（これは当時スキャンダルになった話なので信用がおける）、再婚説が成り立つためには、マンティアスはパンピロスが生まれる前か生まれてプラートリアーへの紹介を行なう前に再びプランゴンを離縁し、パンピロスと自分の父子関係を否認したと考えねばならない。ボイオトスが生まれたときに起きたことの反復がパンピロスに関してもなされていたと。これはありそうにないことだ。

第二は、Carey と Reid が擁護する、プランゴンが、ボイオトスの誕生後、その次のアパトゥリアまでの間にパンピロスを懐妊し、彼が生まれる前にマンティアスに離縁された、という見解である。その場合、ボイオトスとパンピロスはおそらく年子で、マンティテオスはボイオトスより最大二歳ほど若いことになるだろう。そうすると、ボイオトスの生年は誤差を見込んだ上で前三八二年とすべきだ。こちらの方が妥当だろう。

プランゴンとマンティアスの関係が正規の婚姻だったとして、それはいつ始まったのだろうか。Carey と Reid (p. 164) は、「政治に野心を持っていたマンティアスは、パンピロスが破産した後でその家族と結婚したりはしないだろう」と指摘する。ただし、ボイオトスたちが主張するように、パンピロスの遺産が国家への借財を上回るものであって、それを払った残りの部分からマンティアスが持参金を得ていたのならば、両者の結婚をパンピロスの死後のどこかに位置づけることができるだろう(1)。

（1）プランゴンの父パンピロスの遺産は彼の借財を清算するには足りず、現在に至っても彼は国家への債務者に名を連ねているというマンティテオスの主張（第四十弁論二二）が正しいならば、Scafuro, p. 72 の指摘するように、ボイオトス自↙

以上の考察から、最後に、一年程度の誤差は容認した上で、名前をめぐる裁判に関する出来事を年代順にまとめておこう。

(1) 前三八七年より前、あるいはその後プランゴンの父パンピロスの没後、前三八三年までのいつか、マンティアスはプランゴンと結婚する。

(2) 前三八二年、ボイオトスが生まれる。誕生十日目の儀式（デカテー）が執り行なわれ、マンティテオスの名で親族に紹介される。ただし翌年のアパルトゥリアでのプラートリアーへの嫡子としての紹介は行なわれなかった。

(3) 前三八一年、マンティアスはプランゴンと離婚し、ポリュアラトスの娘と再婚。

(4) 前三八一年、マンティアスとプランゴンとの第二子が誕生。母方の祖父の名前を取ってパンピロスと名付けられる。

(5) 前三八〇年、マンティテオスがマンティアスとポリュアラトスの娘の間に生まれる。

(6) マンティアスとポリュアラトスの娘との第二子が死亡し、ポリュアラトスの娘も死亡。これらはまだマンティテオスが子供の頃だった。

(7) 前三六二年以前、ボイオトスはマンティアスに自分を嫡子として認知するように要求し、訴訟を起こした。これは調停役に持ち込まれた。マンティアスはプランゴンに三〇ムナを預託し、ボイオトスがマンティアスと自分の子であると宣誓証言を行なうようにとの催告がなされたらそれを拒絶するようにと依頼し、プランゴンはそれを受け入れる。じっさいに誓言要求が行なわれたときには、ボイオトスもパンピロスもプランゴンとマンティアスの子であるとプランゴンは宣誓証言を行なった。調停役はボイオトスとパンピロスがマンティアスの嫡子であると認めた。

(8) 前三六二年、マンティアスはマンティテオスをその名で区民登録。この頃マンティテオスは一八歳。マンティテオスはその年のうちに結婚し、適切な時期に娘を得る。

(9) 前三六一年、アパトゥリアの祭で、マンティアスはプランゴンの子供たちをボイオトスとパンピロスの名でプラートリアーに登録。

(10) 前三六〇／五九年、マンティアスはアルガイオスで軍務につく。

(11) 前三五九—五八年のどこかの時点で、ボイオトスの区民登録を行なう前にマンティアスは死んだ。ボイオトスはみずからをマンティテオスの名で登録。その後、ボイオトスとパンピロスはマンティテオスたちとともにマンティアスの家で暮らし始める。

(12) 前三五八年、マンティテオスはボイオトスらが母親の持参金を引き渡さないとの最初の訴えを起こす。この後、両者の訴訟が続く。

(13) 前三四八／四七年、マンティテオスがボイオトスを名前に関して訴える。本弁論が読まれる。結果はマンティテオスの敗訴であった。

↙身が債務者であって市民権を剝奪された状態にあったのであり、裁判の原告や被告になるには困難があるだろう。

(14) 前三四七年、マンティテオスが母親の持参金を引き渡すようにボイオトスを訴える。第四十弁論が読まれる。

文献表は次弁論解説末尾に一括して掲載。

『ボイオトスへの抗弁、第二演説』

北野雅弘

トリコス区のマンティアスの子マンティテオスが同名の異母兄に対して、父の遺産の一部である家屋敷から、母親の持参金分の配分を認めるように訴えたもの。原告、被告ともに第三十九弁論と同じである。すでに被告はマンティテオスの名前の使用を認められているが、ここでは混乱を防ぐために被告をボイオトスと呼ぶ。前弁論の解説に述べたとおり、本弁論は前三四七年に書かれた。

アテナイの結婚、持参金、離婚

アテナイの結婚、持参金、離婚のあり方については、桜井万里子『古代ギリシアの女たち』が詳しい。この弁論の理解のために、同書の説明に基づいて、簡単にアテナイの結婚制度を解説しておこう。

アテナイでは結婚は花嫁の父親または後見人と夫との間でなされる家同士の契約であった。結婚には妻の側からの持参金（プロイクス）が慣例的に持ち込まれる。ただし、それは必ずしも現金ではなく、不動産などの場合もあり、同書では「嫁資」と訳されているが、ここでは本弁論に即して「持参金」の語を用いておく。婚約と持参金の金額提示は証人の前でなされる。結婚自体は公的な手続きを持たないので、正規の結婚であったかどうかが争われるときには、この証人が重要な役割を果たす。正規の結婚の子だけが遺産の相続権を得るからである。

男が三〇歳前後で結婚することが一般的だったのに対し、女の初婚年齢は一四、五歳で、夫よりもかなり若いため、寡婦となって再婚することも珍しくはなかった。持参金は夫の管理に委ねられたが、夫のものになったわけではなく、離婚に際しては返還する必要があった。返還できない場合年一八パーセント相当の利息を払わねばならない。持参金の返還の負担を除けば、夫は簡単に妻を離婚できた。夫が妻を離婚しなければならない場合があり、それは妻の姦通を発見した場合であった。このとき、離婚された妻は、公共の神事から、つまり社会生活から排除されることになった。本『弁論集』第七分冊に収録される『ネアイラ弾劾(第五十九弁論)』ではこの法律が朗読されているが、それは次のようなものだ。「姦夫を捕えたとき、捕えた者は妻との夫婦生活を続けざること。もし続けるならば、この者は市民権を剝奪されるべきこと。姦夫とともにいるときに捕えられた妻は、公共の神事に参加せざること。もし参加したならば、死以外のいかなる仕打ちを受けようともその仕打ちは罪とならざること」(第五十九弁論八七、桜井訳)。

本訴訟に至る経緯

原告被告両方の父マンティアスは、前三五八年頃に死亡し、遺産は原告マンティテオスと被告ボイオトスおよびその弟のパンピロスとで三分割された。家屋敷と奴隷は配分から除外されたが、それは、それぞれの側の母親の持参金について争いがあったため、その決着の結果に応じて家屋敷分を配分するように合意がなされたからである。被告たちは初めて亡き父親の家で暮らすことになり、一時期、マンティアスの家には異母兄弟三人が住んでいた。この持参金の引き渡しをめぐる争いはもつれ、前三四七年の本訴訟の提起まで十一年もの時間が費やされた。その間、マンティテオスは娘を連れて家を去り、両者によるいくつかの訴訟がなされたが、その中には、マンティテオスがボイオトスに暴力を加えたとする訴訟もあった。

マンティアスの没後の両者の争いをほぼ MacDowell に従って、年代順に見て行こう。

(1) 前三五八年、マンティテオスは母親の持参金である一タラントンを引き渡すようにとの最初の訴えをボイオトスとパンピロスに対して提起する。ボイオトスとパンピロスも同じ訴えを起こす。これは私的な仲裁人であるソロンに委ねられる。

(2) 仲裁はもつれ、ソロンは仲裁を行なう前に没し、両者は互いに新たに同じ訴えを起こす。ただしマンティテオスは相手方をボイオトスと呼んで訴えた。

(3) この二つの訴えは公的調停に付される。ボイオトスたちが原告の訴えでは、調停役はボイオトス敗北の裁定を下す。彼らはその裁定を不服として法廷に持ち込みはしなかったので、プランゴンの持参金がまだ返還されずに残っているとの訴えは棄却された。

(4) マンティテオスの訴えは、ボイオトスの不在敗訴の裁定が下された。しかし、ボイオトスはこの裁定は「ボイオトス」に下されたものであり自分は「マンティテオス」であるから自分とは無関係だと主張し、マンティテオスの要求した持参金の引き渡しを行なわなかった(本弁論一七―一八)[1]。

(5)前三四九／四八年、マンティテオスは自分の部族の重装歩兵指揮官に選ばれた。ボイオトスは選ばれたのは自分だとして資格審査にやって来た。

(6)ボイオトスはマンティテオスの名で所有権返還訴訟に敗れたとき、敗訴したのは本訴訟の原告であると主張した。

(7)前三四八年春、タミュナイの戦いのときにボイオトスはアテナイにとどまっており戦列放棄罪で召喚状を受け取ることになるが、じっさいに受け取ったのは原告だった。資金不足のためこの件は裁判に至らなかった。

(8)前三四八／四七年、前弁論の裁判。マンティテオスの敗訴。

(9)時期不明、ボイオトスはマンティテオスを意図的な傷害で告訴。アレイオス・パゴスでの裁判でマンティテオスに無罪の評決がなされる。[2]

(1)前弁論三七—三八では、マンティテオスが起こしたある訴訟に関して、ボイオトスは当初ボイオトスとしてそれを受け、その引き延ばしをはかったが、それが不可能になると、調停に現われず不在敗訴になった上、その後みずからをボイオトスと呼んで再審を求めたとある。MacDowell はこの裁判が(4)とは独立だと考えるが、これは(4)の裁判の別の観点からの記述かもしれない。「自分のことをボイオトスと呼んだ上で、欠席裁判の再審を求めたのです」(前弁論三八)という言葉は、ボイオトスがマンティテオス対ボイオトスの裁判の再審を求めたという事態そのものを指しているのではないか。

(2)前弁論にその記述がないことから MacDowell はこれをそのあとに位置づける。他方 Scafuro は前三五〇年代の末に位置づける。

⑽ 本件訴訟。マンティテオスは ⑻ の判決の結果、相手をマンティテオスと呼んだ上で、みずからの母親の持参金に関する新しい訴えを起こす。この件は法廷に持ち込まれる。ボイオトスはいくつかの反訴を行なっている。そこには、本件訴訟の少し前にマンティテオスがミュティレネで傭兵募集の資金として集めていた三〇〇スタテールの一部はミュティレネ市がマンティアスにかつて約束した報奨であり、マンティアスの遺産の一部だという訴えがある。

さて、ボイオトスは本件をコノンの仲裁に委ねようと提案したが、マンティテオスはそこに、自分の勝利の調停で決着したはずのボイオトスの母プランゴンの持参金問題（上記 ⑶）が含まれる危険を嗅ぎ取り、この提案を拒否する。ボイオトスが先の調停の結果に異議を唱えなかった以上、プランゴンの持参金問題は決着済みであり、それを再び別の仲裁人に持ち込むことは許されないとマンティテオスは語る。

裁判の争点と両者の主張

本件に関して、マンティテオス側の主張は次のようなものだ。マンティテオスの母はマンティアスとの結婚に際し一タラントンの持参金を持って来た。持参金問題の解決のために遺産配分から除外された屋敷によってそれをマンティテオスに引き渡すよう、彼は裁判員に求めている。それが金銭のかたちを取るのか、それともボイオトスたちが住んでいる家屋そのものの明け渡しを望んでいるのかはここでは明記されていない。

しかし、二つの事情が事態を複雑にしている。第一はボイオトスたちの母であるプランゴンの持参金の問題であり、第二はマンティテオスがクリトンという人物に父の家の自分の持ち分を抵当にして金を借りており、クリトンがすでに家に暮らしているという事情である。クリトンはマンティテオスが彼に自分の持ち分である家屋の三分の一を売却したと主張しているようだ。

プランゴンの持参金について、マンティテオスは調停役の裁定は彼の勝利であって、被告はそれを法廷に持ち込んでいないのだから、その件は決着済みだと主張する（一七―一八節）。しかし、ボイオトスの側で、この件を本裁判に絡めてコノンを私的な仲裁人として処理しようと要請したとマンティテオスは後に述べている（三九節）のだから、ボイオトスが公的調停の結果を承服していたとは考えにくい。法廷に持ち込まない理由として「争いを好まぬ人物で、訴訟好きではないから」（三二節）とボイオトスが言うだろうとマンティテオスは述べる。この発言は私的な仲裁に持ち込もうとしたボイオトスの態度への揶揄だと考えられるだろう。

形式的に決着済みかどうかはともあれ、プランゴンの持参金はどのように理解すべきだろうか。前弁論の解説でも述べたが、プランゴンの父パンピロスは将軍職にあったときに収賄で有罪とされ破産したが、もともとは裕福な家柄であり、持参金無しで娘を婚約させたとは考えられない。結婚自体が破産の後であるとしても、遺産を清算して残った金額からマンティアスがプランゴンの持参金を確保しようとしたと考えることは理に適っている。問題はそれがじっさいに確保されたかどうか、確保されたとして離婚に際して返還されたかどうかだ。

本弁論を、姦通のために離婚された女に持参金が払い戻されなかったことを示すものと見なす研究者もいる。姦通した妻を離婚しない場合夫は市民権を剝奪される。また離婚された妻はほぼすべての社会生活を奪われる。そのことを考慮するならば、夫が持参金を返還しなかったとして妻の側がアクションを起こすのはむずかしい。しかしこの弁論をその根拠にすることはできない。そのようなかたちでの離婚があったならば、マンティテオスはプランゴンを父の愛人としてではなく、姦通した女として位置づけることができたし、それを裁判で利用しないことはまず考えられないだろう。マンティアスは何らかの理由でボイオトスが自分の子ではないと思い、ただプランゴンを乳呑み児とともに追い出した。当てにしていた持参金が確保できなかったことも彼の離婚の理由だったのかもしれない。

プランゴンの持参金に関しては、(1) パンピロスの破産のため彼の生前には支払われず、没後の清算でも支払われなかった（マンティテオスの主張の含意）、(2) パンピロス没後の清算で支払われたが、離婚に際して返還されなかった（ボイオトスの主張）、(3) 没後の清算で支払われ、離婚に際して返還された、の三つの可能性はいずれも排除できない。マンティテオスの表向きの主張は、マンティアスとプランゴンの関係は正規の婚姻ではなくそれゆえ持参金は発生していない、というものだが、この主張は破綻している。すでに父親の財産の三分の二が被告たちに認められているからだ。正規の婚姻から生まれた子以外は遺産を相続する権利を持たないのである。

持参金問題に関してマンティテオスの主張に有利なのは、第三十九、四十両弁論で繰り返して語られる、マンティアスのプランゴンへの誓言要求の話、つまり、ボイオトスがマンティアスに認知を求める訴えを起こしたとき、マンティアスはプランゴンにボイオトスが自分の子であることを誓言して語るように求め、三〇ムナの金銭と引き替えに、彼女が誓言を拒むようにひそかに取引をしたが、彼女が約束を破ってボイオトスとパンピロスはマンティアスの子であると誓って語ったので、マンティアスはボイオトスを認知せざるをえなくなった、という話である。この金額は、もしボイオトスが言うようにプランゴンに未返却の持参金が一タラントン（ないし後の話では一〇〇ムナ）あるとしたら小さすぎるだろう。ただし、マンティテオスはこの裏取引の話に証人を提示していないかもしれない。裏取引を媒介した「第三者」（第三十九弁論三）の名前は挙げられておらず、第三十九弁論五で呼び出される証人はボイオトスがマンティテオスの名で区民登録をしたことを証言しているだけかも知れないからだ。プランゴンの持参金がいまだ未返還のままかどうかについてわれわれははっきりした結論を得ることができない。

　クリトンとの関係はどうだろうか。マンティテオスはクリトンなる人物に屋敷の自分の持ち分を抵当にして金を借りたようだ。Humphreys（p. 185）は、五八—五九節の「売却」云々への言及が「買い戻し特約付売却（πρᾶσις ἐπὶ λύσει）」を指していると考える。クリトンはじっさいにマンティテオスが家の持ち分を売ったかどうかをめぐってマンティテオスと訴訟中であった。マンティテオスが家の持ち分の三分の一をすでに売却しているのならば、一タラントンから家の価格の三分の一を引いた分しか彼には入らないだろう。MacDowell（p. 70）は家屋敷の価値がほぼ一タラントンだったと推定し、マンティテオスが求めているのは被告たちの代わりに家に住み続けることだと考える。しかし、三分の一の権利を売却していたとしたら、それはそれほど容易ではない。ただし、マンティテオスは「娘の持参金」のために母親の持参金の返還を求めているのであり、家に戻ることをとりわけ望んでいるようには本弁論からは思われない。

マンティテオス自身は、本弁論で、抵当に入れた家屋を売却したことはなく、いずれにせよその問題は本件とは独立だと主張する。しかしこの件では、彼は家を出て、クリトンが入居している。たしかに、抵当権設定者（債務者）ではなく抵当権者が家に住むこともあるかもしれない。しかし、「私は彼らによって自分が産まれ育った父の家から追い出されてしまったのです」（二節）という彼の申し立ては、彼がじっさいに自分の三分の一の権利を失ってしまったことを含意するようにも思われる。ただしマンティテオスは五七節では、「婚期に達した娘を持ちながら、私がこの連中と一緒に住むのはふさわしいことではありません」と語り、家が安全ではないのでみずからの意志で出たように主張している。

本弁論の作者

議論の弱さや弁論技法の側面からも、短音節連続の頻度などの言語学的な側面からも、本弁論は伝統的にデモステネス作ではないと考えられている[1]。本弁論の場合、言語学的な分析を別にすれば、作者をデモステネスに帰すかどうかは、弁論そのものの出来から判断する以外にない。MacDowell（p. 79）は、この弁論は最上のものではないにせよデモステネスに帰属させることができないほど悪いわけではないと判断する。しかし、ここでは世評に従って、別の作者の弁論だと考えることにしよう[2]。前弁論からのいくつかの借用は、この弁論作者が、前年に行なわれた「名前について」の訴訟を参考にして弁論を作り上げたと考えることができる。名前、ボイオトスがマンティアスの実子であったかどうか、マンティアスとプランゴンの関係など、前弁論の多くの主題がより詳しく反復されているが、それらはすでに法廷で決着がついた問題である。これらに多くが割かれ、コノンによる私的仲裁というボイオトスの催告や、クリトンへの売却の有無など本裁判にとって重要な問題を覆い隠そうとしているように見えるのは、弁論の弱さを示すものかもしれないが、多くの評価[3]に反して、本裁判においてマンティテオスの立場がそれほど有利なものではなかったことの反映かも知れない。

判決は不明。

参考文献（第三十九—四十弁論）

Adams, C. D., "Demosthenes' Avoidance of Breves", *Classical Philology* 12 (1917), pp. 271-329.

（1）Schaefer, pp. 225-226; Gernet, p. 31; Paley and Sandys, pp. 198-200; Scafuro, pp. 63-64 参照。Paley and Sandys には、本弁論についての Schaefer 以来の低い評価、およびそれがデモステネス以外の人物の作であるという伝統的な見解の簡単なまとめがある。

（2）Adams, p. 291 は、デモステネスの弁論全体における三音節以上の短母音連続の頻度を調べ、同時期の作品において真作と偽作の間に有意な差があることを示した。本弁論も同時期の真作よりもその頻度が高い。

（3）Paley and Sandys, p. 199 にある Wilamowitz-Moellendorff の評価参照。「デモステネスの第三十九弁論を作者未詳の第四十弁論と比較するのは有益だ。デモステネスは不利な事件を取り上げて敗れたが、弁論は非常に巧みだ。もう一人は、見たところ有利な事件を扱っているようだ。結果は私にはわからない」。

Carey, C. and Reid, R. A., *Demosthenes: Selected Private Speeches*, Cambridge University Press, 1985.
Dilts, M. R., *Demosthenis Orationes III*, Oxford University Press, 2009.
Gernet, L., *Demosthene: Plaidoyers civils*, Tome 2, l'Association Guillaume Budé, 1957.
Humphreys, S. C., "Family Quarrels", *The Journal of Hellenic Studies* 109 (1989), pp. 182-185.
MacDowell, D. M., *Demosthenes the Orator*, Oxford University Press, 2009.
Murray, A. T., *Demosthenes IV, Private Orations XXXVII-XL*, Harvard University Press, 1936.
Paley, F. A. and Sandys, J. E., *Select Private Orations of Demosthenes*, Part I, Cambridge University Press, third ed., 1898.
Rudhardt, J., "La reconnaissance de la paternité: sa nature et sa portée dans la société athénienne sur un discours de Démosthène", *Museum Helveticum* 19 (1962), pp. 39-64.
Scafuro, A. C., *Demosthenes, Speeches 39-49*, Texas University Press, 2011.
Schaefer, A., *Demosthenes und seine Zeit*, dritter Band, Leipzig, 1858.

桜井万里子『古代ギリシアの女たち――アテナイの現実と夢』中央公論新社、二〇一〇年。

橋場弦（訳、註、解説）、アリストテレス『アテナイ人の国制』（「アリストテレス全集19」所収）岩波書店、二〇一四年。

宮崎亮「前4世紀アテナイの公的仲裁制度について」、『西洋古典学研究』XLIV、一九九六年、七三―八三頁。

固有名詞索引

固有名詞は「地名」「人名」に分けて収載する。ローマ数字は弁論番号を（XXVII＝『アポボス弾劾、第 1 演説』、XXVIII＝『アポボス弾劾、第 2 演説』、XXIX＝『アポボスへの抗弁』 等）、アラビア数字は節番号を示す。Lib. とあるのは「リバニオスの概説」を指す。なお、神の名も人名に含めた。

地　名

アイギナ　Aigina　*XXX.28; XXXVI.29*
アカルナイ区　Akharnai　*XXXV.20*
アカントス　Akanthos　*XXXIV.36*
アッティカ　Attika　*XXX.Lib.2; XXXIV.23, 36-37; XXXVI.Lib.2; XXXVII.Lib.1; XXXIX.Lib.1*
アテナイ（アテナイ市民への呼びかけを除く）　Athenai　*XXX.6; XXXII.1, 8-9, 11, 20, 22-23, 25, Lib.1-3; XXXIII.1, 5, 9, 20-21, Lib.3; XXXIV.1, 4, 7, 11-12, 22-23, 25, 27, 31-32, 36-37, 40, 42-45, 50, Lib.1-2, 4; XXXV.3, 10-11, 13, 16, 24-26, 31-32, 35, 37-38, 50-53; XXXVI.45, 47; XXXVII.2, 6, 8-9, 23, 25, 44, 52, 57, Lib.3, 7; XXXIX.32, Lib.1; XL.36, 59*
アナギュロス区　Anagyros　*XXXV.14*
アピドナ区　Aphidna　*XXXV.34*
エウボイア　Euboia　*XXXIX.17*
エレウシス区　Eleusis　*XXXVII.4*
オイア区　Oia　*XXXIII.14*
オプリュネイオン　Ophryneion　*XXXIII.20*
カリュストス　Karystos　*XXXV.8, 10, 14*
キオス　Khios　*XXXV.52-54*
キティオン　Kition　*XXXV.32-33*
ギリシア　Hellas　*XXXV.2*
クシュペテ区　Ksypete　*XXXV.20, 34*
ケパレニア　Kephallenia　*XXXII.8-9, 14, 22-23*
ケルキュラ　Kerkyra　*XXVII.14*
ケロネソス　Kherrhonesos　*XXXIII.20*
コス　Kos　*XXXV.31-32, 34-35*
コラルゴス区　Kholargos　*XL.6*
コリュトス区　Kollytos　*XXXVII.4*
コレイダイ区　Kholleidai　*XXXV.20*
シケリア　Sikelia　*XXXIX.19-21; XXXIII.13; XXXVI.53*
シュラクサイ　Syrakusai　*XXXII.4, 18, Lib.1*
スキオネ　Skione　*XXXV.10*
スキュティア　Skythia　*XXXIV.8*
スパルタ　Sparta　*XL.25*
スペットス区　Sphettos　*XXXV.6, 10, 14*
タソス　Thasos　*XXXV.35*
タミュナイ　Tamynai　*XXXIX.16*
テオドシア　Theodosia　*XXXV.31-34*
テバイ　Thebai　*XXXIV.38*
テュマイタダイ区　Thynaitadai　*XXXV.34*
トラシュモス　Thrasymos　*XXXVII.25*
トリア区　Thria　*XXXV.34*
トリコス区　Thorikos　*XXXIX.7, 10, 30, 37; XL.52*
パイアニア区　Paiania　*XXVII.4, Lib.1*
パセリス　Phaselis　*XXXV.1-4, 10, 14-15, 20, 26, 36, 44, 52-53, 55, Lib.1*
ハリカルナッソス　Halikarnassos　*XXXV.20, 23, 33-34*
パンティカパイオン　Pantikapaion　*XXXV.31-34*
ヒエロン　Hieron　*XXXV.10*
ピトス区　Pithos　*XXXV.13-14*
ビュザンティオン　Byzantion　*XXXIII.5, Lib.1*
ピュロス　Pylos　*XL.25*
プロバリントス区　Probalinthos　*XXVII.58*
ペイライエウス区　Peiraieus　*XXXII.10; XXXIII.18; XXXIV.6, 37; XXXV.13-14*
ヘスティアイア区　Hestiaia　*XXXV.20, 34*
ペパレトス　Peparethos　*XXXV.35*
ヘ(エ)ルキア区　Herkhia　*XL.16*
ヘレスポントス　Hellespontos　*XXXV.13*
ボイオティア　Boiotia　*XXXV.13-14*
ポイニキア　Phoinikia　*XXXIV.6*
ボスポロス　Bosporos　*XXXIV.2, 5, 8, 10-11, 22-23, 25, 27-28, 31, 33-34, 36, 40-41,*

Lib.1-3; XXXV.10; XXXVIII.11
ボリュステネス河 Borysthenes *XXXV.10*
ポントス（黒海） Pontos *XXXIV.6; XXXV.3, 7, 10-11, 13, 18, 20, 23-25, 32-37, 50, 52-53; XXXVII.6, 25*
マッサリア Massalia *XXXII.5, 8, Lib.1*
マロネイア Maroneia *XXXVII.4, Lib.1*
ミュティレネ Mytilene *XL.36-37*
ミュリヌス区 Myrrhinus *XXXIII.15, 22*
メガラ Megara *XXIX.3; XXXV.28*
メリテ区 Melite *XXVII.56; XXIX.48*
メンデ Mende *XXXV.10, 20, 35*
レウコノエ区／レウコノイオン区 Leukonoe/Leukonoion *XXVII.14; XXXV.14*

人　名
アイシオス Aisios *XXIX.3 15-16, 18, 55; XXXVIII.28*
アウトクレス Autokles *XXXVI.53*
アテニッポス Athenippos *XXXV.20, 34*
アパトゥリオス Apaturios *XXXIII.3-4, 6-9, 11-16, 19, 22-23, 28, 30, 32, 35, 37, Lib.1-3*
アポボス Aphobos *XXVII.1, 4-5, 27, 34, 42, 51, 69, Lib.1-2; XXVIII.1, 4, 11, Lib.3; XXIX.1, 15-16, 20, 31-32, Lib.1-2; XXX.1-2, 5, 7-10, 13, 16, 18-22, 25-28, 30-31, 33-35, 38, Lib.1-2; XXXI.1-2, 7, 10-13*
アポロドロス（パシオンの息子） Apollodoros *XXXVI.2-3, 8-18, 20, 22, 24-26, 28, 35-36, 41-42, 49, 54-57, 59-61, Lib.1-3*
アポロドロス（ラクリトスの弟） Apollodoros *XXXV.7, 10-12, 14, 20, 23, 34*
アポロニデス（ハリカルナッソスの） Apollonides *XXXV.33*
アポロニデス（ミュティレネの） Apollonides *XL.36*
アメイニアス Ameinias *XL.36*
アラトス Aratos *XXXV.23*
アリスタイクモス Aristaikhmos *XXXVIII.12, 15, Lib.1*
アリストクラテス Aristokrates *XXXVIII.27*
アリストクレス Aristokles *XXXIII.14-21, 23, 31-32, 34, 38, Lib.2-3*
アリストポン Aristophon *XXXII.11, 14, 24*
アリストロコス Aristolokhos *XXXVI.50*
アルキアデス Arkhiades *XXXV.20*
アルキッペ Arkhippe *XXXVI.Lib.1*
アルキッポス Arkhippos *XXXIII.15, 22, Lib.2*
アルケストラトス Arkhestratos *XXXVI.43, 45, 48*
アルケダマス Arkhedamas *XXXV.14*
アルケネオス Arkheneos *XXIX.58*
アルケノミデス（アナギュロス区の） Arkhenomides *XXXV.14*
アルケノミデス（トリア区の） Arkhenomides *XXXV.34*
アルテモン Artemon *XXXV.3-4, 710, 12, 14-16, 30, Lib.1*
アレクサンドロス（王） Alexandros *XXXIV.38*
アンティゲネス Antigenes *XXXVII.22, 25*
アンティステネス Antisthenes *XXXVI.43*
アンティドロス Antidoros *XXVII.58-59*
アンティパトロス Antipatros *XXXV.32-33*
アンティマコス Antimakhos *XXXVI.45-46*
アンドロクレス Androkles *XXXV.10, 14, 23, Lib.1*
アンドロメネス Andromenes *XXXVI.15, Lib.2*
イサイオス Isaios *XXXI.Lib.1*
イソクラテス Isokrates *XXXV.15, 40*
エウエルゴス Euergos *XXXVII.2, 4, 6-10, 13, 15, 18, 23, 26, 28, 45-47, 50, 57, Lib.1-5, 7*
エウテュディコス Euthydikos *XL.33*
エウテュデモス Euthydemos *XL.23*
エウピレトス Euphiletos *XXXV.34*
エウプライオス Euphraios *XXXVI.13, 37*
エウプロン Euphron *XXXVI.13, 37*
エウペモス Euphemos *XL.12*
エウボイオス Euboios *XXXV.20*
エウマリコス Eumarikhos *XXXV.20*
エピカレス Epikhares *XXXV.14*
エラシクレス Erasikles *XXXV.20, 33-34*
エリュクシアス Eryxias *XXXIII.18*

エリュクシマコス　Eryximakhos　*XL.24*
オネトル　Onetor　*XXIX.3, 28; XXX.1, 7-8, 10, 19-20, 22, 26-29, 31, Lib.1-2*
カブリアス　Khabrias　*XL.24*
カリストラトス　Kallistratos　*XXXVI.13, 37*
カリッポス　Kallippos　*XXXVI.53*
カリデモス　Kharidemos　*XXXVI.50*
カリノス　Kharinos　*XXXV.14*
カンミュス　Kammys　*XL.37*
キオン　Khion　*XXX.17*
キットス　Kittos　*XXXIV.6*
ギュロン　Gylon　*XXVII.1; XXVIII.3*
クストス　Xuthos　*XXVII.11; XXIX.36*
クセニッポス　Xenippos　*XL.44*
クセノペイテス　Xenopeithes　*XXXVIII.1, 6-7, 16, 23-24, Lib.1*
クセノン　Xenon　*XXXVI.13, 37*
クテシアス　Ktesias　*XXXV.20*
クテシクレス　Ktesikles　*XXXV.34*
クテシポン　Ktesiphon　*XXXV.14*
クリトン　Kriton　*XL.58-59*
クリュシッポス　Khrysippos　*XXXIV.14, Lib.1-3*
クレオブレ　Kleobule　*XXVII.1*
クレオメドン　Kleomedon　*XL.6, 25*
クレオン（祖父）　Kleon　*XL.6, 25*
クレオン（孫）　Kleon　*XL.6*
ケピソドトス　Kephisodotos　*XXXV.13-14*
ケピソドロス　Kephisodoros　*XXX.17*
コノン（祖父）　Konon　*XXVII.7; XXIX.59*
コノン（孫）　Konon　*XL.39*
サテュロス　Satyros　*XXXVI.28*
ストラトクレス　Stratokles　*XXXVII.48*
ストラトン　Straton　*XXXV.34*
ストリュモドロス　Strymodoros　*XXXVI.29*
ゼウス（神）　Zeus　*XXIX.32, 59; XXXI.10; XXXII.10, 23; XXXIII.25; XXXV.40, Lib.2; XXXVI.51, 53, 55, 61; XXXVII.53; XXXIX.10, 15; XL.26, 32, 53, 57, 61*
ゼノテミス　Zenothemis　*XXXII.2, 4-5, 8, 11-12, 14, 18-20, 26-27, 30, Lib.1-4*
ソクラテス　Sokrates　*XXXVI.28*
ソシクレス　Sosikles　*XXXVI.29*
ソシノモス　Sosinomos　*XXXVI.50*
ソストラトス　Sositratos　*XXXV.20, 34*
ソロン（立法家）　Solon　*XXXVI.27*
ソロン（ヘルキア区の）　Solon　*XL.16*
ダモティモス　Damotimos　*XXXV.34*
ディオグネトス　Diognetos　*XXXVIII.27*
ディオニュシオス　Dionysios　*XXXV.20*
ディオパントス　Diophantos　*XXXV.6*
ディオン　Dion　*XXXIV.5, 10*
デイニアス　Deinias　*XXXVI.17, Lib.2*
ティモクセノス　Timoxonos　*XXXV.34*
ティモクラテス（アポボスの妻の前夫）　Timokrates　*XXIX.27; XXX.7, 9-11, 15, 17, 19-20, 33, 38, Lib.1*
ティモクラテス（アテナイの政治家？）　Timokrates　*XL.28, 59*
ティモテオス（アテナイの著名な将軍）　Timotheos　*XXXVI.53; XXVII.7, 59; XL.39*
ティモデモス　Timodemos　*XXXVI.29, 50*
ティモマコス　Timomakhos　*XXXVI.53*
テオゲネス　Theogenes　*XXVII.58*
テオドトス　Theodotos　*XXXIV.18, 21, 44-45, Lib.5; XXXV.14*
テオドロス　Theodoros　*XXXIV.6*
テオピロス　Theophilos　*XXXVII.6*
デマレトス　Demaretos　*XXXVIII.10-11, 13-14*
デモカレス　Demokhares　*XXVII.14-16; XXVIII.3-4*
デモクラティデス　Demokratides　*XXXV.20*
デモステネス（本弁論家）　Demosthenes　*XXVII.Lib.1-2; XXIX.31, Lib.1-2; XXXI.Lib.1-2; XXXII.31, Lib.1, 3*
デモステネス（本弁論家の父）　Demosthenes　*XXVII.4, Lib.1*
デモポン　Demophon　*XXVII.4-5, 12-14, 16, 33, 35, 38, 42-43, 45, 49, Lib.1-2; XXVIII.14-15, 19; XXIX.6, 43, 45*
デモメレス　Demomeles　*XXVII.11*
デモン（本弁論家のおじ）　Demon　*XXVII.4, 11; XXVIII.15; XXIX.20, 33, 36, 52, 56*
デモン（本弁論家のいとこデモメレスの息子）　Demon　*XXXII.32, Lib.1, 3-4*
テリッピデス　Therippides　*XXVII.4-5, 12-14, 16, 19-20, 35-37, 42-43, 45, 49, Lib.1; XXVIII.12, 14, 16; XXIX.6, 33, 43,*

45
テレマコス　Telemakhos　*XXXVII.5, Lib.1*
ドラコンティデス　Drakontides　*XXIX.58*
トラシュメデス　Thrasymedes　*XXXV.6-8*
トラシュロコス　Thrasylokhos　*XXVII.17*
ナウシクラテス（カリュストスの）　Nausikrates　*XXXV.10, 14*
ナウシクラテス（パイアニア区の）　Nausikrates　*XXXVIII.7, 12*
ナウシマコス　Nausimakhos　*XXXVIII.1, 6, 16, 24, Lib.1*
ニキアス　Nikias　*XXXVI.17, Lib.2*
ニキデス　Nikides　*XXXVIII.23*
ニコブロス　Nikobulos　*XXXVII.22, 52, Lib.1-7*
ニノス　Ninos　*XXXIX.2; XL.9*
ノタルコス　Notharkhos　*XXIX.31*
パイリサデス（王）　Pairisades　*XXXIV.8, 36*
パシオン　Pasion　*XXVII.11; XXXVI.3-8, 12, 30-31, 41, 43, 48, 52, Lib.1, 3*
パシクレス　Pasikles　*XXXVI.10, 20, 22, Lib.1*
パシポン　Pasion　*XXX.34*
バテュロス　Bathyllos　*XL.6-7, 25*
パノス　Phanos　*XXIX.23, 58, Lib.1-2*
パルメノン　Parmenon　*XXXIII.5-15, 17, 19-20, 22-25, 28, 30-35, Lib.13*
パンタイネトス　Pantainetos　*XXXVII.1-2, 4-7, 9-15, 17-19, 21, 23, 24, 26, 28-30, 32-36, 38-40, 44-48, 50-53, 55, 57-58, Lib.1-7*
パンピロス　Pamphilos　*XXXIX.2, 4, 32; XL.11, 20, 22-23, Lib.1*
ヒッピアス　Hippias　*XXXV.20, 33-34*
ヒュブレシオス　Hyblesios　*XXXV.10, 18, 20, 23, 33-34*
ピュラデス　Pylades　*XXVII.11*
ピリッポス（本弁論家の証人）　Philippos　*XXIX.23*
ピリッポス（ヘスティアイア区の）　Philippos　*XXXV.20, 34*
ピルタデス　Philtades　*XXXV.20, 34*
ピレアス　Phileas　*XXXVII.4, Lib.1*
ピロニデス　Philonides　*XXVII.56; XXIX.48*
プランゴン　Plangon　*XXXIX.9, Lib.1-2; XL.2, 8-11, 20, 27, 51, 61, Lib.1*
プレイストル　Pleistor　*XXXVII.4, Lib.1*
ブレパイオス　Blepaios　*XL.52*
プロクレス　Prokles　*XXXVII.48*
プロトス　Protos　*XXXII.15, 17-20, 24-25, 27-28, Lib.1, 2-4*
プロマコス　Promakhos　*XL.28*
ヘゲストラトス　Hegestratos　*XXXII.2, 4-6, 8, 12, 14-16, 20, Lib.1-2*
ヘデュロス　Hedylos　*XL.23*
ヘラクレイデス　Herakleides　*XXXIII.7, 9*
ヘリオドロス　Heliodoros　*XXXV.13-14*
ヘルマイオス　Hermaios　*XXXVI.29*
ヘルモナクス　Hermonax　*XXXVIII.12*
ペリアンドロス　Periandros　*XL.6-7*
ペルタトス　Phertatos　*XXXII.17*
ボイオトス　Baiotos　*XXXIX.1, 4-5, 21, 24-25, 27-28, 30, 32, 34-39, Lib.3*　→マンティテオス（2）
ポクリトス　Phokritos　*XXXIII.14-17, 20*
ポリュアラトス　Polyaratos　*XL.6, 24*
ポリュゼロス　Polyzelos　*XXX.15*
ポルミオン（アテナイの居留外国人）　Phormion　*XXXIV.2, 6, 8, 10-14, 16-18, 20-21, 23, 25, 38, 40, 42-43, 46-47, Lib.1-3, 5*
ポルミオン（解放奴隷の銀行家）　Phormion　*XXXV.13-14; XXXVI.1-2, 4, 6, 8-18, 22, 25, 28, 30-33, 35, 37-38, 42-44, 46-49, 51, 53-59, 61, Lib.1-3*
マンティアス　Mantias　*XXXIX.7, 10, 21, 30-31, 36-37, Lib.1-3; XL.Lib.1*
マンティテオス（1）　Mantitheos　*XXXIX.4, 7, 10, 16, 29, 32, 36, 39; XL.Lib.1-2*
マンティテオス（2）　Mantitheos　*XXXIX.5, 7, 10, 16, 22, 28, 36-37, Lib.3; XL.18, 20, 34*　→ボイオトス
ミッカリオン　Mikkalion　*XXXII.11*
ミリュアス　Milyas　*XXVII.19, 22; XXIX.5, 25, 29-32, 35, 40-41, 50-52, 56-57, 59, Lib.1*
ムネシクレス（コリュトス区の）　Mnesikles　*XXXVII.4-5, 11-12, 15-16, 29, 40, Lib.1-2*
ムネシクレス（誣告屋の一味）　Mnesikles　*XXXIX.2; XL.9*
ムネソニダス　Mnesonidas　*XXXV.20*
メネクセノス　Menexenos　*XL.6-7, 25*

メネクレス　Menekles　*XXXIX.2, 13; XL.9-10, 32*
メノン　Menon　*XXXVI.53*
メラノポス　Melanopos　*XXXV.6*
モイリアデス　Moiriades　*XXVII.27*
ラクリトス　Lakritos　*XXXV.3-8, 15, 17, 22, 28, 30-32, 36-37, 41, 44-47, 49-50, Lib.1*
ランピス　Lampis　*XXXIV.5-6, 10-11, 13-21, 23, 25, 34-36, 41, 46-47, 49, Lib.1-5*
リュシストラトス　Lysistratos　*XL.52*
リュシノス　Lysinos　*XXXVI.15, Lib.2*

事項索引

本巻収録作品における重要な事項を挙げ、該当する主要なギリシア語をカッコ内に記した。ローマ数字は弁論番号を（XXVII＝『アポボス弾劾、第1演説』、XXVIII＝アポボス弾劾、第2演説、XXIX＝『アポボスへの抗弁』等）、アラビア数字は節番号を示す。Lib. とあるのは「リバニオスの概説」を指す。

ア　行

悪事（κακουργία, πονηρία）　*XXVII.40; XXIX.42; XXXII.20, Lib.1, 3; XXXV.22, 56*
　一犯（罪名としての）（κακοῦργος）　*XXXV.47*
アゴラ（ἀγορά）　*XXVII.58*
アパートゥーリアー祭（Ἀπατουρία）　*XXXIX.4*
アルコーン、公職者、役人、執政官（ἄρχων）　*XXX.6, 15, 17, 26, 34; XXXIX.3, 8-12, 19; XXXVII.6, 46*　→軍事執政官、祭事執政官、法務執政官
　筆頭一（ἄρχων ἐπώνυμος）　*XXXV.48*
アレイオス・パゴス（審議会、法廷）（Ἄρειος πάγος）　*XL.32-33, 57*
家、家屋（οἰκία, οἶκος）　*XXVII.5-6, 10, 13, 16, 25, 32, 46, Lib.1; XXVIII.8, 12, 14, 17; XXIX.3, 37-38, 43, 45-46, 48; XXX.33, 35, Lib.1; XXXI.1, 3-7; XXXVI.6; XXXVII.26, 45*
家付き娘（ἐπίκληρος）　*XXX.Lib.1; XXXV.48*
遺産（οὐσία, τὰ ὑπὸ πατρὸς καταλειπθέντα）　*XXVII.7, 10, 12-13, 23, 40, 42, 44, 62, 65, 67; XXVIII.4, 6, 13, 18, 21; XXIX.3, 41-42, 47; XXX.6, 31; XXXV.Lib.1; XXXIX.30-31; XL.14, 42, 60; XXXVI.8-9, 19, 21, Lib.1*
違反する（παραβαίνειν, λύειν, παρανομεῖν）
　契約に一　*XXXIII.19; XXXIV.3, 33; XXXV.21-22, 55*
　法に一　*XXXII.1; XXXIII.4, 33, 35; XXXV.51*
横領（σφετερίσασθαι, ἀποστερεῖν）　*XXXII.2; XXXV.42*
オボロス賠償金（エポーベリアー）（ἐπωβελία）　*XXVII.67, 69; XXVIII.18; XXXI.14; XXXV.46*　→罰金

カ　行

海運投資（ἔκδοσις）　*XXVII.11; XXIX.35-36*
外国人（ξένος）　*XXXIII.10-11*　→居留外国人（税）、市民待遇外国人
海上貸付（ναυτικὸν δάνειον）　*XXXIII.4*
海上交／貿易（ἐμπορία ναυτικά）　*XXVII.11; XXXII.Lib.3; XXXIII.2, 5; XXXIV.4, 42, 51-52; XXXV.1, 7, 17, 27, 35, 42-43, 47, 54, 56*
　一訴訟（ἐμπορική δίκη）　*XXXII.Lib.3; XXXIII.2; XXXIV.42; XXXV.45-46, 48*
　一法（ἐμπορικὸς νόμος）　*XXXV.3*
蓋然性（エイコス）（εἰκός）　*XXVIII.23; XXIX.10, 22; XXX.10*
解放／消／除、免除／責（ἄφεσις, ἀπαλλαγή）　*XXXIII.3, 12, Lib.1-2, 4; XXXVI.3, 10, 14-17, 23-25, 28, 32, 35, 45, 48, 60, Lib.3; XXXVII.1, 16-17, 19-21, 51, 55, 58-60, Lib.4, 6; XXXVIII.1, 3, 5-6, 9, 14, 18, 20-22, 27, Lib.1*
解放奴隷（ἀπελεύθερος）　*XXVII.19*
買い戻し権（λύσις）　*XXXVII.5*
家（財道）具（σκεῦος）　*XXVII.5, 10, Lib.1; XXIX.3; XXXVIII.7*
嫁資、持参金（προίξ）　*XXVII.4-5, 12-17, 23, 44, 46-47, 56, 69, Lib.1; XXVIII.11, 15-16, 19; XXX.4, 7-13, 16, 18-20, 22-23, 26, 31, 36, 38-39, Lib.1-2; XXXI.1, 3, 7-11, 13-14; XL.3-4, 6-7, 14-20, 22-26, 31, 50, 53, 55-56, 59-61, Lib.1-2; XXXVI.45, Lib.1*
貸付金（δάνειον）　*XXXIV.12, 27; XXXV.52, Lib.1; XXXVI.41; XXXVII.4-5; XXXVIII.7, 9, 15*
（金の）貸し手／主、債権者（δανειστής）　*XXVIII.18; XXXII.4-5, 8, 11-12, 14-15,*

Lib.1-2, 4; XXXIII.6-7, 9-10, 28; XXXIV.2, 6-8, 12, 22-23, 26-28, 31, 40, 46, 50-51; XXXV.11-13, 32, 52
可視物（οὐσία φανερά） *XXXVIII.7*
合唱（舞踏）隊（χορός） *XXXIX.16, 23, 28*
—奉仕役（コレーゴス）（χορηγός） *XXVIII.3; XXXIX.7*
寡頭政治（ὀλιγαρχία） *XL.46*
元　金（κεφάλαιον, ἀρχαῖον） *XXVII.2, 10, 17, 23, 28-29, 35, 38, 50, 59, 61-62, 64, Lib.2; XXVIII.13; XXIX.60; XXXIV.26*
関税（五十分の一税）（πεντηκοστή, τέλος） *XXXII.18; XXXIV.7; XXXV.29-30*
危険／機（κίνδυνος, κινδυνεύειν） *XXXIII.4; XXXIV.19, 28, 33, 37-38, 52; XXXV.50; XXXVII.46; XXXVIII.20*
偽証（罪）（ψευδομαρτυρία） *XXIX.7, 9, 13, 15-16, 20-21, 41, 56, 58, Lib.2; XXXIX.18; XL.28*
—告発意志通告（ἐπισκήπτεσθαι） *XXXIII.37; XXXIV.46*
偽誓（を行なう）（ἐπιορκία, ἐπιορκεῖν） *XXXI.9; XXXIII.14; XXXIV.21; XL.2*
救命ボート（λέμβος） *XXXII.6-7; XXXIV.10, Lib.2*
競技世話役（ἀθλοθέτης） *XXXIX.9*
供託金（καταβολή） *XXXVII.41*
協定（書）、盟約（συνθήκη, συνθῆκαι） *XXXIII.14-19, 21-22, 29-30, 33-35, 37-38, Lib.2-3; XXXIV.5, 18, 46*
強要（βία） *XXXVII.33*
拠出、寄贈／付（ἐπίδοσις） *XXXIV.39; XXXVII.12*
居留外国人（μέτοικος） *XXXV.51*
—税（μετοίκιον） *XXIX.3*
切り札（πρόκλησις） →催告
記録保管壺（ἐχῖνος） →壺
銀（貨）（ἀργύριον） *XXXIV.38; XXXV.8, 10, 14, 23; XXXVII.28, Lib.3*
金貨（χρυσίον） *XXXIV.5, 9, 11, 14-18, 22, 32-35, 41, 46-47, 49; XXXV.36*
キュジコス —（通貨）（Κυζικηνὸι στατῆρες） *XXXIV.23; XXXV.36*
ポカイアー—（Φωκαῖ） *XL.36*
銀行（τράπεζα） *XXVII.11; XXXIII.9-12, 24, 28; XXXVI.4-7, 11-13, 23, 35, 37-38, 41, 51, Lib.3*
—家（τραπεζίτης） *XXXIII.7-8; XXXIV.6; XL.52; XXXVI.28-29, 43, 50-51, Lib.1*
（原籍）区（δῆμος） *XXXIX.5, 8-10, 21, 30, 37; XL.6, 16, 34, 52*
—民（δημότης） *XXXIX.5, 21, 29*
籤（を引く／に当たる）（κληροῦσθαι, λαχεῖν） *XXXIX.10-12*
軍事執政官（ポレマルコス）（πολέμαρχος） *XXXII.29; XXXV.48* →アルコーン
経営を委任する（μισθοῦν） →賃貸し／借り
刑務役人（ἕνδεκα） *XXXV.47*
（金銭貸借の）契約（συμβόλαιον） *XXVII.27-28; XXX.21; XXXII.1-2, 7, 20, Lib.3; XXXIII.2-3, 8, 12-13, 34, Lib.1, 3; XXXIV.1, 3-4, 30-32, 42-43, 45, Lib.4; XXXV.1, 3, 32, 39, 43, 47, Lib.1; XXXVI.7, 12, 14; XXXVII.2, 6, 9-10, 29, Lib.1*
—書（συγγραφή, συνθήκη） *XXXII.1-2, 5, 16, 19, Lib.2; XXXIII.12; XXXIV.3, 6-7, 9, 11, 26-27, 31-33, 35, Lib.1-2, 4; XXXV.9, 11-15, 17, 19, 21-22, 24-25, 27, 37-39, 43, 50, 52, 54-55, Lib.1; XXXVI.4, 12; XXXVII.10, Lib.1-2*
欠席裁判（ἐρήμη δίκη） XXXIX.18, 37-38; XL.17 →不在敗訴
現金（ἀργύριον） *XXVII.6, 10, 54-55; XXIX.37, 47; XXX.11, 14, 20, 31, 39; XXXVI.14*
交／貿易（ἐμπορία） *XXXII.Lib.3; XXXIII.2, 4-5; XXXIV.4, 42, 52; XXXV.35, 49*
—管理官（ἐπιμεληταὶ ἐμπορίου） *XXXV.51*
—／取引所（ἐμπόριον） *XXXIII.1, 6; XXXIV.1, 3, 27, 29, 34, 36-38, 42-43, 50-51; XXXV.1-2, 28, 42, 47, 50*
—商（人）（ἔμπορος） *XXXII.1, 4, Lib.1, 3; XXXIII.1-2, 23, Lib.1; XXXIV.51, Lib.1; XXXV.49, Lib.1*
航海／行（πλεύσεσθαι） *XXXII.12, 19, 21, Lib.2; XXXIII.4-5; XXXIV.6, 8-9, 22-23, 25-26, 28, 30-31, 40, 42-43, Lib.1; XXXV.3, 10, 16, 19-20, 31, 33-34, 50, 53; XXXVII.15, 54; XXXVIII.13-14*
公共奉仕（λητουργία） *XXVII.64; XXVIII.3,*

17, 19, 24; XXIX.24; XXXVI.39-42, 56-57; XXXIX.8-9 →合唱舞踏隊奉仕役、三段櫂船奉仕役、体育競技祭奉仕役、部族歓待奉仕役
後見／管財人、管理者（ἐπίτροπος） *XXVII.5-7, 14-16, 19, 23, 27, 33, 39, 45, 47, 49-53, 55-57, 63, 65, Lib.1; XXVIII.4, 10-11, 16; XXIX.3, 28, 31, 33, 47-49, 56, 59,*（*60*）*; XXX 6-7,*（*10*）*,*（*15*）*, 35, Lib.1; XXXVI.8-9, 22, 51, Lib.1; XXXVIII.3-4, 6-7, 9-10, 12, 15, 17-19, 23, 28, Lib.1*
—（職務）をめぐる／に対する私訴（δίκη ἐπιτροπῆς） *XXVII.Lib.2; XXXIX.6, 30, 58, Lib.1-2; XXX.8, Lib.1*
鉱山訴訟（δίκη μεταλλική） *XXXVII.36, 38, Lib.5-6*
公訴（γραφή） *XXXIX.14, 19*
公的訴訟（δημοσίᾳ συκοφαντεῖν） *XXXVI. 53*
公民権停止（ἀτιμία） *XXVII.68; XXIX.16*
公民権を剝奪する（ἀτιμᾶν） *XXXVII.24, 49*
公民権不正行使に対する告発（エンデイクシス）（ἐνδείξις） *XXXIX.14*
拷問（βάσανος） *XXIX.5, 11-14, 17-18, 21, 25, 29, 35-36, 38-40, 55-57, Lib.1; XXX.23, 27, 30, 35-37; XXXVII.40, 42-43, 51*
港湾管理官（ἐπιμεληταὶ λιμένων） *XXXIV.34* →港
告発屋、誣告／不当提訴者（συκοφάντης）、不当（に）提訴（する）（συκοφαντεῖν） *XXXII.26, 28; XXXIII.2, 16, 37; XXXIV.40; XXXVI.3, 12, 14, 21, 24, 26-27 52-54, 58, 60; XXXVII.2, 8, 13, 17-18, 24, 35, 41, 45, 52-53; XXXVIII.3, 16, 20; XXXIX.2, 25-26; XL.9* →誣告罪
穀物（σῖτος） *XXXII.4, 9, 12, 14-15, 17-21, 25-26, Lib.1-2, 4; XXXIV.36-39; XXXV.50-51*
—輸送（σιτηγεῖν） *XXXIV.37-38; XXXV.50*
国家／事（πόλις, πολιτεία） *XXXII.32; XXXIV.36; XXXVII.6*

サ　行

債権者（δανειστής） →貸し手
催告、（公式）提案、誓言要求、果たし状、切り札（πρόκλησις, προκαλεῖσθαι） *XXVII. 50; XXIX.11-12, 21,*（*39*）*, 50-51, 53; XXX.1, 36; XXXII 18-19, 21; XXXVI.4, 7, 40; XXXVII.12, 27-28, 40, 42-44, 51; XL.44-45*
財／資産（οὐσία, χρήματα） *XXVII.4-9, 12, 28, 34-35, 37, 41, 43-44, 49-50, 54-55, 57, 60-62, 64-67, 69, Lib.1-2; XXVIII.2-4, 7-8, 11, 15-18, 22-24; XXIX.2-3, 6-7, 16, 24, 29, 35, 37, 44, 46, 48-49, 59-60; XXX.3-5, 7, 10-12, 16, 18, 27, 31, 33, 35, 39, Lib.2; XXXI.1-2, 7, 11, 14; XXXVI.3, 5, 8-12, 14, 19, 22, 30, 32, 36, 38-39, 41-43, 46, 49, 51, 58-59, Lib.2-3; XXXVII.7, 9, 11-14, 16, 22-23, 25, 31-32, 57, Lib.4-5; XXXVIII.7, 12, 21, 23, 25-26, 28*
—交換（アンティドシス）（ἀντίδοσις） *XXVIII.17*
祭事執政官（バシレウス）（βασιλεύς） *XXXV.48; XXXIX.9* →アルコーン
再審（ἀνάδικος） *XL.34, 39, 42*
（不在敗訴の）裁判の—申し立て（ἔρημον δίκην ἀντιλαγχάνειν, ἀντίληξις） *XXXII.27; XXXIX.38*
祭典競技世話役（ἀθλοθέτης） *XXXIX.9*
債務登録、債務者リスト（記入）、公収目録（への登録）（ἀπογραφή） *XXXV.51*
作業／製作場、製造所（ἐργαστήριον） *XXVII.9, 18-21, 23, 26-27, 31, 33, 36, 47; XXVIII.12; XXXVII.4-5, 7, 9, 12, 25-26, 29, 35, Lib.1-5*
差し押さえ、財産没収（ἐνεχυρασία, δήμευσις, δημεύειν） *XL.20, 22*
三十人（の独裁）政権（τριάκοντα） *XL.32*
三段櫂船（τριήρης）
—奉仕（役）、—船長（τριηραρχία, τριήραρχος） *XXVII.14, 64; XXVIII.3; XXXVI.41; XXXVIII.25*
（公職者等）資格審査（δοκιμασία） *XL.34* →成人資格審査
死／極刑（θάνατος, ἀπολλῦναι） *XXXII.15, 27; XXXIV.37, 50; XXXV.47; XXXVII.59;*

XXXIX.12; XL.46
私訴（δίκη） *XXXV.Lib.2*
執政官（ἄρχων） →アルコーン
私的訴訟（ἰδίας δίκας διώκειν） *XXXVI.53*
支払い期日、時効法（προθεσμία） *XXXVI.26; XXXVIII.27*
市民権（ἐπιτιμία） *XXVII.67; XXVIII.21; XXIX 50; XXXVI.6, 30; XXXIX.2, 31, Lib.3; XL.10, Lib.3*
市民詐称罪（γραφὴ ξενίας） *XXXIX.18; XL.41*
市民待遇外国人（ἰσοτελής） *XXXIV.18, 44; XXXV.14*
借金、負債、借入金、借り（δάνειον, δανείσασθαι, χρέος, χρέα, ὄφλημα） *XXVII.24-25, 38, 49, 54, 59, 63; XXVIII.1-2; XXX 9-10, 12-13, 16, 18, 22; XXXI.11; XXXII.14, 25, Lib.1; XXXIII.6, 24; XXXIV.5-7, 13, 22, 25, 28-30, 40, 47, 50-51, Lib.1-2, 4; XXXV.1, 11, 16-18, 21-23, 42-44, 52-53, Lib.1; XXXVI.4-6, 21, 23; XXXVII.4, 15, 36, 49, 53, Lib.1; XXXVIII.1-14; XL.37, 52*
重装歩兵指揮官（ταξίαρχος） *XXXIX.17; XL.34*
シュンモリアー、（納税）分担班（συμμορία） *XXVII.7-8; XXVIII.4, 8; XXIX.59; XXXIX.8*
召喚（πρόσκλησις, κλῆσις） *XXXVII.18, 44*
（法廷に）ーする（προσκαλεῖσθαι, κλητεύειν） *XXXII.29-30; XXXIII.14; XXXIV.13-15; XXXIX.17; XL.16, 28*
（法廷への）ー立会人（κλητήρ） *XL.28*
将軍（στρατηγός） *XXXIX.8; XL.25*
使用権（καρποῦσθαι） *XXVII.5, 44-45, Lib.1; XXIX.45; XXXVII.22*
証言（記録）（審理中に朗読される証言を除く）（μαρτυρία） *XXXII.13, 19, 29; XXXIII.8, 12-13, 15-16, 18-19, 26-27, 29, 36-37; XXXIV.7, 9-11, 15, 17-21, 28, 37-38, 41, 46-47, Lib.3, 5; XXXV.9, 14, 19, 23, 33; XXXVI.4, 6-7, 10, 13, 16, 21-22, 24-25, 32, 35, 40, 48, 55-56, 62; XXXVII.13, 17, 23, 30, 54; XXXVIII.3-4, 13-14*
証人（μάρτυς） *XXXII.13; XXXIII.12, 19-20, 22-23, 25, 30, 33, 38; XXXIV.17, 28, 30-32, 38, 41, 46-47; XXXV.9, 13, 27; XXXVI.27, 35, 58; XXXVII.2, 8, 17-19, 27, 31, 48*
（奴隷）職人（ἀνδράποδον） *XXVII.20, 26, 32*
刃物ー（μαχαιροποιός） *XXVII.9, 30*
ベッドー（κλινοποιός） *XXVII.9, 24-25, 29-30; XXIX 35, 37*
所有権返還／財産回復訴訟、強制執行のための私訴（δίκη ἐξούλης） *XXXIX.15; XXX.Lib.2; XL.34*
所有権からの排除（ἐξάγειν） *XXXII.17-20, 31*
審判者（κριτής） *XXXIX.10*
水夫（ναύτης） *XXXII.7-8, 21-22*
生活費（σῖτος） *XXVII.15; XXVIII.11; XXIX.33*
正義（δίκαια） *XXVII.3; XXVIII.20, 22-24; XXIX 27-28, 55, 57; XXXII.27; XXXIII.38; XXXIV.40-41; XXXV.41, 49; XXXVI.27; XXXVII.34, 41, 59-60*
請求原因（ἔγκλημα） →訴状
成人資格審査（δοκιμασία） *XXVII.5, 36*
成人登録（εἰς ἄνδρας ἐγγραφή） *XXVIIILib.1-2*
政務審議会（βουλή） *XXXIX.10*
ー議事堂（βουλευτήριον） *XL.20*
誓約、誓い、（裁判での）宣誓（ὅρκος, διωμοσία） *XXVII.68; XXIX.4, 53; XXXIII.13-14; XXXIV.45; XXXV.40; XXXVI.1, 61; XXXIX.3-4, 20, 25-26, 37-38, 40-41, Lib.2; XL.10-11, 41, 44-45* →偽誓
窃盗、泥棒行為（κλοπή） *XXVII.40; XXXVII.37*
ー犯、泥棒、盗人（κλοπεῦς, κλέπτης） *XXXV.47*
戦時財産税（εἰσφορά） *XXVII.8-9, 36-37, 46, 64, 66; XXVIII.7-8; XXIX.60; XXXIX.15*
戦争奴隷（ἀνδράποδον） →奴隷
（商船の）船長（兼船主）（ναύκληρος） *XXXII.1-2, 4, 8, Lib.1; XXXIII.1-2; XXXIV.6, 9, 32-33, 51, Lib.1; XXXV.52-53, 55*
戦列放棄（罪）（λιποταξίου γραφή）

XXXIX.17
象牙（ἐλέφαντα） *XXVII.10, 20, 30-33; XXVIII.13; XXIX 35, 38*
造船所、船渠（νεώριον, νεώσοικος） *XXXIV.37*
相続権／人（κληρονομία κληρονόμος） *XXXI.11; XXXV.4, 44, 49, Lib.1; XXXVI.32* →家付き娘
贈与、(贈）収賄、贈物（δῶρα, δωρεά） *XXVII40, 41, 45, 65, 69; XXIX.44; XXXVI.15, 30*
訴訟、裁判／定、審理（δίκη, κρίσις, ἄγων） *XXXII.1-2, 9-10, 20, 24, 26-29, Lib.3-4; XXXIII.2-4, 13-14, 18, 22-23, 25-27, 30, 34-35, Lib.1, 3; XXXIV.1, 4, 18, 21, 43, 45-46, Lib.4; XXXV.2-3, 34, 45, 49, 51; XXXIX.1-2, 6, 15, 21, 25-26, 37-38; XL.3, 12, 16-19, 28, 30, 32, 34, 39, 42-46, 55, 57-59* →公訴、私訴
一相手、係争相手（ἀντίδικος） *XXXII. Lib.1; XXXIII.12, 32, 34; XL.58-59*
一差し止め請求、独立抗弁（παραγραφή） *XXXII.1, 23-24, Lib.1, 3-4; XXXIII.2-3, 35 Lib.1-3; XXXIV.3-4, 17, 43-45, Lib.3, 4; XXXV.2, 45, Lib.1-2; XXXVI.2, 24, Lib.1; XXXVII.1, 3, 17, 21, 34, Lib.1; XXXVIII.1, 3, Lib.1*
一申請書、一開始理由（書）、訴状（λῆξις） *XXXIX.16*
公的一（δημοσίᾳ συκοφαντεῖν） →公的訴訟
私的一（ἰδίας δίκας συκοφαντεῖν） →私的訴訟
（告）訴状、苦情申し立て書、請求原因（ἔγκλημα） *XXIX 31; XXXII.2, 4, 27; XXXIII.23, Lib.1; XXXIV.16-17, Lib.4; XXXVI.10, 15-17, 20, 32, 60; XXXVII.16, 18, 21-26, 28-29, 32-33, 39, 47, 51, 60, Lib.4, 6; XXXVIII.2, 8, 10, 14-15, 17, 22, Lib.1; XL.16-17, 40, 51*
損害（βλάβη） *XXIX.30, 41, 50, 53, 57, Lib. 2; XXXI.7; XXXIII.Lib.1; XXXIV.2, 51; XXXVI.20, 27, 57; XXXVII.2, 8, 16, 22, 26, 43, 50, 58, Lib.5, 7; XXXVIII.2, 17-18, 29; XXXIX.18; XL.35*
一訴訟（δίκη βλάβης） *XXXVII.Lib.3; XXXVIII.Lib.1*

タ　行

体育競技祭奉仕役（γυμνασίαρχος） *XXXV.48; XXXIX.7*
貸借（契約）（μίσθωσις） →賃貸し／借り
拿捕押収権（ἀσυλία） *XXXV.13, 26*
弾劾裁判（εἰσαγγελία） *XXXIV.50*
嘆願（δέησις, ἱκετεία） *XXXVI.57*
担保、差し押さえ品、保証（ἐνέχυρον, ὑποθήκη） *XXVII.24-25, 27-28; XXVIII.12, 17-18; XXIX 37; XXX 4, 7-8, 18, 26, 28-29, Lib.1-2; XXXI.3-4, 6, 11, 14; XXXII.12, 14; XXXIII.10-12; XXXIV.6-8, 22, 50; XXXV.10-13, 18, 21-23, 32-33, 52; XXXVI.6; XXXVII.12, 50*
一／抵当柱、標石（ὅρος） *XXXI.1, 3-4, 12-13*
一／抵当権（ὑποθήκη, ἐνέχυρον） *XXVIII. 18; XXXIII.10*
遅滞、期限（超過）（ヒュペレーメリアー）（ὑπερημερία） *XXX.27; XXXIII.6*
仲裁（裁定）、調停（δίαιτα, ἐπιτροπή） *XXIX.58; XXX.2; XXXIII.14, 16, 19-23, 29-31, 33-34; XXXIV.18, 44; XXXVI.16; XXXIX.37; XL.17, 18, 31, 39, 40-44, 55*
一人、調停役（διαιτητής） *XXVII.49-51, 53-54; XXIX.31, 58-59, Lib.1; XXXIII.14, 17, 19, 21-22, 29-31, 34; XXXIV.18-20, Lib.3; XXXVI.Lib.2; XXXVIII.6; XL 16, 39, 44; XXXIX.22; XL.10-11, 17, 30-31, 38-43, 55*
連帯一（συνδιαιτητής） *XXXIII.19-20, 31, 33*
仲裁する（ἐπιτρέπειν） *XXXVI.15*
帳簿（βιβλίον） *XXXVI.40*
賃貸し／借り、貸借（契約）、賃（貸）借（μίσθωσις, μίσθωμα）、経営を委任する（μισθοῦν） *XXVII.15, 40, 42-43, 58-60, 64; XXIX 29, 42-43, 57, 59-60; XXX.6; XXXVI.4, 7, 9-14, 23-24, 35, 51, 60 Lib.1; XXXVII.5-6, 10, 22, 30, Lib.2*
通関税務官（πεντηκοστολόγος） →関税
通報（する）（μηνύειν, μήνυσις, μήνυμα）

XXXVIII.23
（裁判用の）壺、記録壺（ἐχῖνος） *XXVII.51, 54; XXVIII.1; XXXIX.17*
提案（プロクレーシス）（πρόκλησις） →催告
ディオニュシア祭（Διονύσια） *XXXIX.16*
適任者選定（διαδικασία） *XXVIII.17*
摘発明示、明示書提出（φάσις） *XXXV.51; XXXIX.14*
鉄（σίδηλος） *XXVII.10, 30-32; XXVIII.13; XXIX.35, 38*
デルピニオン（Δελφίνιον） *XL.11*
投獄、禁固刑、監獄行き（δεσμός） *XXXII.29; XXXIII.1; XXXV.46*
投票、票（駒）、票決（ψῆφος） *XXVII.2, 65, 67; XXVIII.18, 23; XXIX.4, 11, 13, 27; XXX.9; XXXII.13, 22-23; XXXIV.45-47; XXXV.45-46, 56; XXXVI.1, 24, 26, 58; XXXVII.17, 20, 47; XXXVIII.27; XXXIX.37-40; XL.60-61*
登録（ἐγγραφεῖν） *XXXIX.8-9; XL.16, 22*
区民一（ἐις τοὺς δημότας ἐγγράφειν） *XXXVIII.6; XXXIX.4-6, 21, 29; XL.34*
プラートリアーに紹介（一）する（εἰσάγειν εἰς τοὺς φράτερας） *XXXIX.4-6, 20-21, 29-30, 32; XL.11, 34*
瀆神（罪）（ἀσέβεια） *XXXV.48*
独立抗弁（παραγραφή） →訴訟差し止め請求
土塀破り（τοιχωρύχος） *XXXV.9, 47*
奴隷（δοῦλος, ἀνδράποδον） *XXVII.6, 13, 16, 18-20, 25, 27-28, 31, 35, 46, 48, 61; XXVIII.8, 12; XXIX 3, 11-12, 14, 17-18, 20-21, 25, 37-39, 52, 55-56, Lib.1; XXX.23, 27, 37; XXXIII.8-11, 13, 17-18, Lib.2; XXXIV.8, 10, 28-29, 31, 41; XXXV.33; XXXVI.14, 28-29, 45-46, 48, Lib.1; XXXVII.4-5, 7, 9, 12, 21-29, 40-43, 50-51, Lib.1-5; XXXVIII.7; XL.14-15*
家内一（οἰκέτης） *XXXIII.17; XXXIV.5*
戦争一（ἀνδράποδον） *XXXVI.14, 28-29, 45-46, 48, Lib.1*
泥棒（κλοπή） →窃盗
一港（φωρῶν λιμήν） →港

ナ　行

名（前）（ὄνομα） *XXXVIII.10; XXXIX.1, 4, 6, 9, 14-17, 19-22, 27-32, 36-40; XL.2, 11, 16, 18, 20, 34-35, 44*
命名、（十日目の）一付け（式）（δεκάτη） *XXXIX.20, 22, 24, 39, Lib.3; XL.28, 59*
難破／船、遭難（ναυαγία） *XXXII.Lib.2; XXXIV.2, 10-11, Lib.2-4; XXXV.31-33*
（父親による）認知（ποιεῖςθαι） *XXXIX.4, 6, 18, 20, 29-30, 32-33, 35-36, Lib.2-3; XL.2, 27-29, 54*
認定通貨（ἀργύριον δόκιμον） *XXXV.24*

ハ　行

果たし状（πρόκλησις） →催告
罰金（ὄφλημα, ἐπιτίμιον） *XXXIII.1; XXXIV.26; XXXV.46; XXXVII.46; XXXIX.14-15* →オボロス賠償金
反訴（ἀντίληξις, ἀντιλαγχάνειν） *XL.3*
ヒュブリス（ὕβρις） *XXXVII.33, 58; XXXVIII.21*
誣告（罪）、不当提訴（に対する公訴）（γραφὴ συκοφάντίας） *XXIX.22, 25, 30, 41, 55; XXXVI.13, 26, 60; XXXVII.3; XXXVIII.3*
負債（ὄφλημα） →借金
国庫一／債務（ὄφλημα δημόσιον） *XXVIII.1, (8); XL.22*
不在敗訴（になる）（ἐρήμη δίκη） *XXXII.26-27, 29, Lib.3; XXXIII.20, 22-33* →欠席裁判
不正（ἀδίκημα） *XXVII1, 7, 64, 68; XXVIII.18; XXIX.1, 5, 11, 20, 27, 41, 50, 58, Lib.2; XXX.4, 6, 24-25, 31; XXXI.2-3, 11-12, 14; XXXII.25, Lib.4; XXXIII.1-2, 11-12, 37; XXXIV.2, 7, 27, 43, 51; XXXV.2, 26, 39, 41-42, 54, 56; XXXVI.22, 27-29, 54-55, 57; XXXVII.2, 26, 53; XXXVIII.27*
部族（φυλή） *XXIX.23; XXXIX.7, 15, 17, 23-25, 28*
アカマンティス一（Ἀκαμαντίδαι） *XXXIX.24-25, 30*
ヒッポトンティス一（Ἱπποθωντίδες） *XXXIX.23, 25, 28*

—歓待奉仕役（ἑστιάτωρ） XXXIX.7
不動産（οἶκος, οὐσία） XXVII.15, 40, 42-43, 58-61, 64; XXVIII.1, 5-7, 11, 15; XXIX.29, 42-43, 57, 59-60; XXX.6
—金利／利子（ἔγγειος τόκος） XXXIV.23-24
葡萄酒（οἶνος） XXXV.10, 18-21, 31-32, 34-35
不当提訴者（συκοφάντης）、不当（に）提訴（する）（συκοφαντεῖν） →告発屋
船／積荷（舶載商品）（ναῦλον） XXXII.2, 4, 12, 21-23; XXXIII.7-9, 11, 16-17, 20, 22, 27, 33-34, 40, Lib.1-2; XXXIV.6-7, 9, 11, 16, 20, 22, 27, 33-34, 40, Lib.1-2; XXXV.10-11, 13, 16, 20, 22-25, 29-31, 34, 36-38
—の投棄（ἐκβολή） XXXII.21-23; XXXV.11
船主（ναύκληρος） →船長
船、商船（πλοῖον, ναῦς） XXXII.4-5, 7-9, 11-12, 14, 21-23, Lib.1-2; XXXIII.6, 8-12, 20, 25; XXXIV.2, 6-7, 9-10, 12, 17, 20, 22, 33, 36, 40, 51, Lib.1-3; XXXV.11, 13, 19-21, 23, 29, 31-34, 51
不法損害（ἀδίκημα） XXXVII.2, 18, 33, 36, 39, 46, 52, 57-58; XXXVIII.21
プラートリアー（氏族）（φρατρία） XXXIX.4, 20-21, 29-30, 32; XL.11
プロクセノス、名誉領事（πρόξενος） XL.36
分担班長（ἡγεμὼν συμμορίας） →シュンモリアー
兵役忌避（ἀστρατεία） XXXIX.16
返／弁済、金を返す（ἀποδιδόναι） XXXII.5, 12, 25, 30, Lib.2; XXXIII.6, 8, 12, 24, 28; XXXIV.5, 9, 11-17, 22, 26, 29-31, 40-41, 46-47, Lib.2, 4; XXXV.1-4, 12, 24, 26, 36, 42-43, Lib.1; XXXVI.20, 38; XXXVIII.12, 24
弁論家（ῥήτωρ） XXVII.Lib.1-2; XXIX.32; XXX.Lib.1; XXXI.Lib.1; XXXII.31, Lib.1-2
貿易商（ἔμπορος） →交易
暴行（殴打）（αἰκ(ε)ία） XXXVII.33, 37
宝飾品（χρυσίον, χρυσίδιον） XXVII.10, 13, 15
（民衆）法廷（δικαστήριον） XXXVI.25, 53; XXXVII.2, 8, 20, 44-47, 60, Lib.6; XXXVIII.2, 22
法務執政官（テスモテタイ）（θεσμοθέτης, θεσμοθέται） XXXIII.1; XXXIV.45; XXXIX.10
法律（審理中に朗読される法律を除く）（νόμος） XXVII.17, 58, 68; XXIX 29, 36, 39, 57; XXX.8; XXXII.1, 23-24, Lib.3-4; XXXIII.1-4, 27, 38, Lib.3; XXXIV.4, 37, 42, 45, 52; XXXV.1, 3-4, 39, 45, 51-52, 54; XXXVI.23-27, 60, 62, Lib.3; XXXVII.1, 17-19, 21, 33-35, 38-39, 44-45, 51, 59, Lib.6-7; XXXVIII.1, 4-5, 9, 16-19, 27, Lib.1; XXXIX.39-40, Lib.1; XL.19-20
暴力行為に関する私訴（δίκη βιαίων） →私訴
保証（金）（ἐγγύη, πίστις, δίκαια） XXVIII.6; XXIX.26, 33; XXX.16; XXXII.16, 29; XXXIII.23-25, 27-30, 37; XXXIV.46; XXXV.Lib.1
—人（ἐγγυητής） XXX.32; XXXI.10-11; XXXII.29-30; XXXIII.7-8, 10-11, 15, 22-25, 27-29, 35, Lib.2
—人放棄罪私訴（δίκη ἀποστασίου） XXVII.65; XXXV.48
—人未指定罪公訴（γραφὴ ἀπροστασίου） XXXV.48
本案訴訟（εὐθυδικία, εὐθεία δίκη） XXXII.Lib.4; XXXIV.4, Lib.4; XXXVIII.1

マ 行

水時計、（弁論時間を測る）水（κλεψύδρα, ὕδωρ） XXVII.12; XXIX.9; XXXVI.62; XL.38
港、入／出港（λίμην） XXXII.1, 9, 14; XXXIII.1, 5, 9; XXXIV.10, 28, 34, 36; XXXV.13, 26, 28, 53
泥棒—（φωρῶν λιμήν） XXXV.28, 53
見本市場（δεῖγμα） XXXV.29
民会（δῆμος, ἐκκλησία） XXXIX.50
—決議、法令（ψήφισμα） XXXV.39
無利子融資、出資、エラノス（ἔρανος） XXVII.25
召喚（する）（πρόσκλησις, κλῆσις, προσκαλεῖσθαι, κλητεύειν） XXXII.29-30; XXXIII.14;

XXXVII.18, 44; XXXIX.17-18; XL.16, 32
—立会人（κλητήρ） *XXXIV.13-15; XL.28*
免税措置（ἀτέλεια） *XXXIV.36*
免除（ἀπαλλαγή） →解放

ヤ 行

役人（ἄρχων） →アルコーン
夜盗（τοιχωρύχος） →土塀破り
遺言（διαθήκη） *XXVII.13, 40-44, 48, 64; XXVIII.3, 5-6, 10, 14; XXIX 29, 31, 33, 42-43, 57; XXXVI.7-8, 32-33, 35, 52, 60; XXXVIII.10*
輸入／出（εἰσαγεῖν, ἐξάγειν） *XXXII.15; XXXIV.36, 39; XXXV.35*
養育費（τροφή） *XXVII.15, 36*
預託させる（μεσεγγυάειν） *XXXIX.3*

ラ 行

利子／息、利率金利（τόκος, ἔργον） *XXVII.9, 17, 23, 28, 35, 38-39, 50, Lib.2; XXVIII.12-13; XXIX.60; XXX.7, 9, 16, 20, 22; XXXV.10; XXXVI.5; XXXVII.5, 29, Lib.2*
略式逮捕（ἀπαγωγή） *XXXIX.14*
量刑（刑量）既定裁判（ἀγὼν ἀτίμητος） *XXVII.67*
量刑（刑量）未定裁判（ἀγὼν τιμητός） *XXVII.67*
両親に関する法律（νόμος περὶ τοὺς γονέας） *XXXIX.33*

ワ 行

和解、示談（διάλυσις） *XXXVI.15, 50; XXXVIII.10, 18, 24*

アッティカ

ヘカトンバイオン▲（7月）	メタゲイトニオン★（8月）	ボエドロミオン▲（9月）
7日　ヘカトンバイア祭（アポロン） 12日　クロニア祭(クロノス、ゼウス、ヘラ) 16日　シュノイキア祭 28日　パンアテナイア祭（アテナ・ポリアス）	7日　メタゲイトニア祭 祭日不確定　エレウシニア祭（デメテル、ペルセポネ）	5日　ゲネシア祭（ゲー） 6日　アルテミス・アグロテラ祭 7日　ボエドロミア祭（アポロン） 15〜23日　エレウシスの秘儀（デメテル、ペルセポネ）

ガメリオン▲（1月）	アンテステリオン★（2月）	エラペボリオン▲（3月）
12〜15日　レナイア祭（ディオニュソス） 祭日不確定　ガメリア祭	12〜14日　アンテステリア祭（ディオニュソス） 23日　ディアシア祭（ゼウス・メイリキオス）	6日　エラペボリア祭（アルテミス） 9日　アスクレピエイア祭（アスクレピオス）プロアゴン 10〜14日　市の、または大ディオニュシア祭（ディオニュソス）

(1) アッティカの暦では、1年は夏至の後の新月をもって始まり、その日を第1月ヘカトンバイオンの第1日とした。ここに掲げた表では、各月名の下に（　）で現在の該当月を示した。ただし「ヘカトンバイオン月」は年により、最も早い場合は6月から始まり、最も遅い場合には8月に及ぶ。以下同様。

(2) 29日の月（▲）と30日の月（★）とが交互に来て、第12月スキロポリオンの第30日をもって1年は終わった。

(3) 8年を周期として、その期間内の第3、第5、第8の年に30日の閏月を置き、1年を13ヵ月とした。閏月はつねに第6月ポセイデオンの後に挿入され、第2ポセイデオンと呼ばれた。

(4) 各月名は、その月に催される主要な祝祭に由来するといわれる。アッティカ

の祭暦

ピュアネプシオン★ （10月）	マイマクテリオン▲ （11月）	ポセイデオン★ （12月）
5日　プロエルシア祭 7日　ピュアネプシア祭(アポロン) 7日　オスコポリア祭 （アテナ・スキラ） 8日　テセイア祭 9日　ステニア祭 9～13日　テスモポリア祭 (女たちの祭)(デメテル、 ペルセポネ) 30日　カルケイア祭 祭日不確定　アパトゥリア祭	祭日不確定 マイマクテリア祭(ゼウス) 祭日不確定 ポンパイア祭（ゼウス）	8日　ポセイドニア祭 （ポセイドン） 26日　ハロア祭（デメテル、 ディオニュソス） 祭日不確定 田舎のディオニュシア祭 （ディオニュソス）

ムニキオン★ （4月）	タルゲリオン▲ （5月）	スキロポリオン★ （6月）
4日　エロス祭（アプロディテ） 8日　デルピニア祭 （アポロン） 16日　ムニキア祭（アルテミス） 19日　オリュンピエイア祭 （ゼウス）	6～7日　タルゲリア祭 （アポロン） 19日　ベンディデイア祭 （ベンディス） 25日　プリュンテリア祭 （アテナ・アグラウロス） 祭日不確定 カリュンテリア祭	3日　アレポリア祭 12日　スキラ祭（アテナ） 14日　ディポリエイア祭 （ゼウス） 30日　ディイソテリア祭 （ゼウス、アテナ）

の祝祭は年に300を越えたと伝えられ、ここでは比較的重要な祭礼行事にのみとどめた。祭礼行事の後の括弧内に記したのは、その祭礼の対象となる主たる祭神の名である。なお、「ポリアス」などの添え名は、有力な神を権能、地域などによって個別化した神格を意味する。

(5) 祭礼の名称や挙行日、祭神について異読、異説のあるものが若干あるが、煩雑を避けるためここに例を挙げるにとどめる。

　ピュアネプシア祭　→　ピュアノプシア祭

　スキラ祭（アテナ）→（デメテル）

（このカレンダーの作成には主としてDeubner, L., *ATTISCHE FESTE*, Hildesheim, 1966を参照した。）

貨幣制度と度量衡

アイスキネスの作品中で使われている貨幣および度量衡の単位を中心に、当時アテナイで使用されていた標準的な単位体系の概略を以下に示す。個々の数値は概数である。

1．貨幣

1ドラクマ＝4.31*g* を基準とした場合

タラントン（*talanton*）	＝6,000ドラクマ
ムナ（*mna*）	＝100ドラクマ
スタテール（*stater*）	＝20ドラクマ
ドラクマ（*drakhma*）	**＝1ドラクマ**
オボロス（*obolos*）	＝1/6ドラクマ

2．重さ

1ドラクマ＝4.31*g* を基準とした場合、および商業取引において1ドラクマ＝6*g* を基準とした場合

タラントン（*talanton*）	＝6,000ドラクマ	＝25.86*kg*	＝36*kg*
ムナ（*mna*）	＝100ドラクマ	＝431.00*g*	＝600*g*
ドラクマ（*drakhma*）	**＝1ドラクマ**	**＝4.31*g***	**＝6*g***
オボロス（*obolos*）	＝1/6ドラクマ	＝0.72*g*	＝1*g*

3. 容積

固体用の単位と液体用の単位がある。
1コテュレー＝270.00*ml* を基準とした場合

メディムノス（*medimnos*）	＝192コテュレー	＝51.84*l*	固体
メトレーテース（*metretes*）	＝144コテュレー	＝38.88*l*	液体
アンポレウス（*amphoreus*）	＝72コテュレー	＝19.44*l*	液体
ヘクテウス（*hekteus*）	＝32コテュレー	＝8.64*l*	固体
クース（*khous*）	＝12コテュレー	＝3.24*l*	液体
コイニクス（*khoinix*）	＝4コテュレー	＝1.08*l*	固体
クセステース（*xestes*）	＝2コテュレー	＝540.00*ml*	固体，液体
コテュレー（*kotyle*）	**＝1コテュレー**	**＝270.00*ml***	**固体，液体**
オクシュバポン（*oxybaphon*）	＝1/4コテュレー	＝67.50*ml*	固体，液体

キュアトス（*kyathos*）	＝1/6コテュレー	＝45.00*ml*	固体，液体
コンケー（*konkhe*）	＝1/12コテュレー	＝22.50*ml*	液体

4．長さ

1プース＝29.57*cm*を基準とした場合

パラサンゲース（*parasanges*）	＝18,000プース	＝5.32*km*
スタディオン（*stadion*）	＝600プース	＝177.42*m*
プレトロン（*plethron*）	＝100プース	＝29.57*m*
オルギュイア（*orgyia*）	＝6プース	＝1.77*m*
ベーマ（*bema*）	＝2＋1/2プース	＝73.93*cm*
ペーキュス（*pekhys*）	＝1＋1/2プース	＝44.36*cm*
プース（*pous*）	**＝1プース**	**＝29.57*cm***
スピタメー（*spithame*）	＝3/4プース	＝22.18*cm*
ディカス（*dikhas*）	＝1/2プース	＝14.79*cm*
パラ(イ)ステー（*para(i)ste*）	＝1/4プース	＝7.39*cm*
コンデュロス（*kondylos*）	＝1/8プース	＝3.70*cm*
ダクテュロス（*daktylos*）	＝1/16プース	＝1.85*cm*

5．面積

1プース＝29.57*cm*を基準とした場合

プレトロン（*plethron*）	＝100プース×100プース	＝874.38m^2
アカイナ（*akaina*）	＝10プース×10プース	＝8.74m^2
プース（*pous*）	**＝1プース×1プース**	**＝874.38cm^2**

参考文献

本項の作成に当たって主として下記の文献を参照した。

Hornblower, S. and Spawforth, A.（eds.）, *The Oxford Classical Dictionary*, Third Edition, Oxford University Press, 1996.

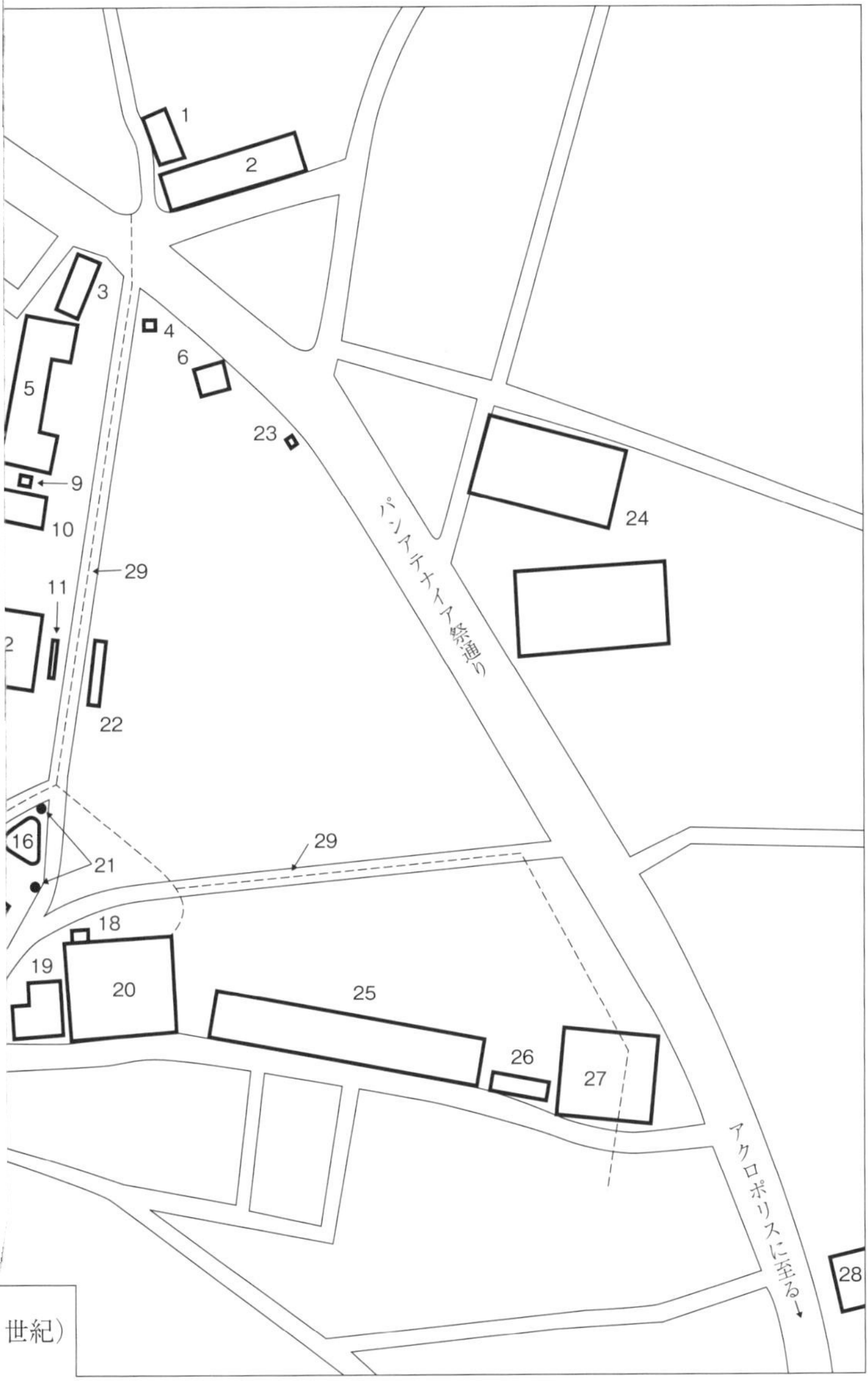
1
2
3
4
5
6
9
10
11
2
16
18
19
20
21
22
23
24
25
26
27
28
29
パンアテナイア祭通り
アクロポリスに至る
4世紀)

1. アプロディテの祭壇
2. ストア・ポイキレー
3. バシレウスのストア
4. 交差路の奉献所
5. 救世主ゼウスのストア
6. 十二神の祭壇
7. ヘパイストス神殿
8. 石製ベンチ
9. プラトリアの守護神ゼウスとアテナの神殿
10. 祖神アポロンの神殿
11. 記念物台座
12. メートローオン（神々の母神の神殿）
および旧政務審議会議事堂
13. 新政務審議会議事堂
14. トロス（円形会堂）
15. 行政施設
16. 靴屋シモンの家
17. 監獄
18. 水時計
19. 南西の泉水施設
20. アイアケイオン（穀物倉庫）
21. アゴラの境界石
22. 名祖の英雄像
23. 犠牲獣供犠坑
24. ヘーリアイアー（法廷）（新説）
（アッタロスのストア建造以前）
25. 南側ストア
26. 南東の泉水施設
27. 貨幣鋳造所
28. エレウシニオン（デメテルとコレーの神殿）
29. 大排水溝

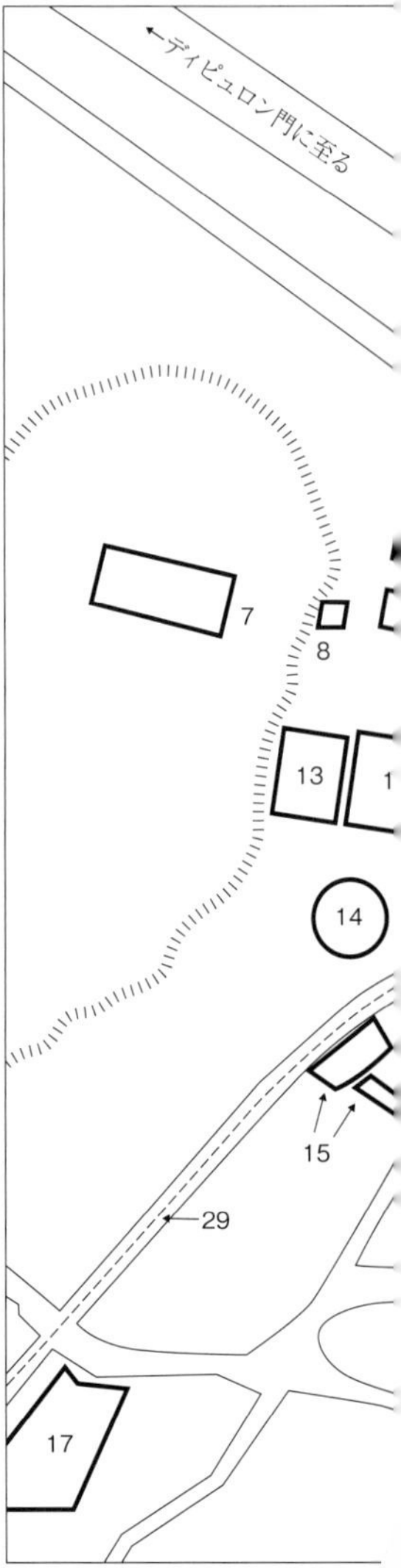

1図. アテナイのアゴラ（前

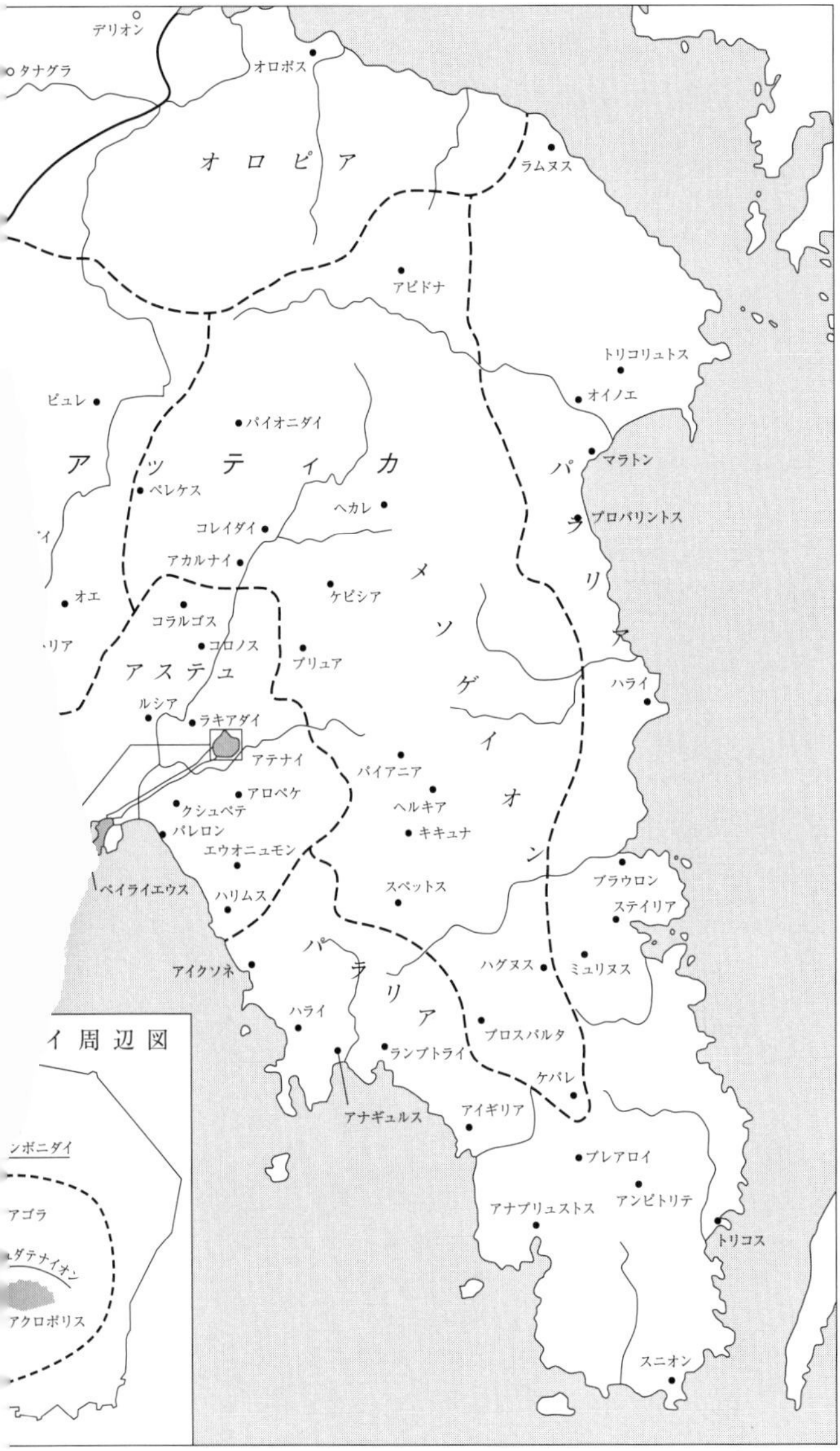
デリオン
タナグラ
オロポス
オ　ロ　ピ　ア
ラムヌス
アピドナ
トリコリュトス
オイノエ
ピュレ
パイオニダイ
ア　ッ　テ　ィ　カ
マラトン
パ
ラ
リ
ア
プロバリントス
ペレケス
ヘカレ
コレイダイ
アカルナイ
メ
ソ
ゲ
イ
オ
ン
オエ
ケピシア
コラルゴス
コロノス
プリュア
ア　ス　テ　ュ
ハライ
ルシア
ラキアダイ
アテナイ
パイアニア
アロペケ
クシュペテ
ヘルキア
パレロン
キキュナ
エウオニュモン
ブラウロン
ペイライエウス
ハリムス
スペットス
ステイリア
パ
ラ
リ
ア
アイクソネ
ハグヌス
ミュリヌス
ハライ
プロスパルタ
ランプトライ
ケパレ
アナギュルス
アイギリア
プレアロイ
アンピトリテ
アナプリュストス
トリコス
スニオン
イ　周　辺　図
アゴラ
アクロポリス

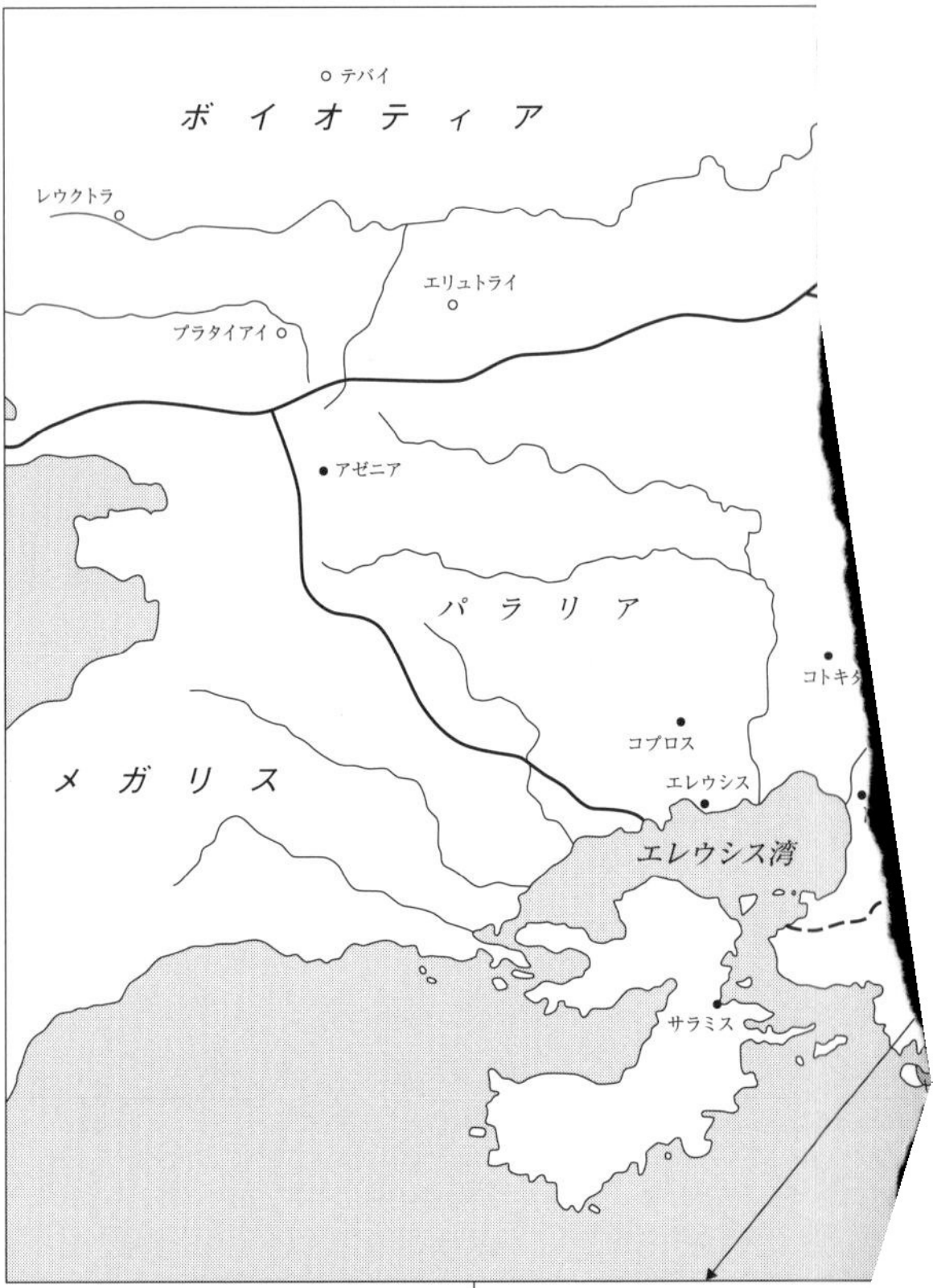

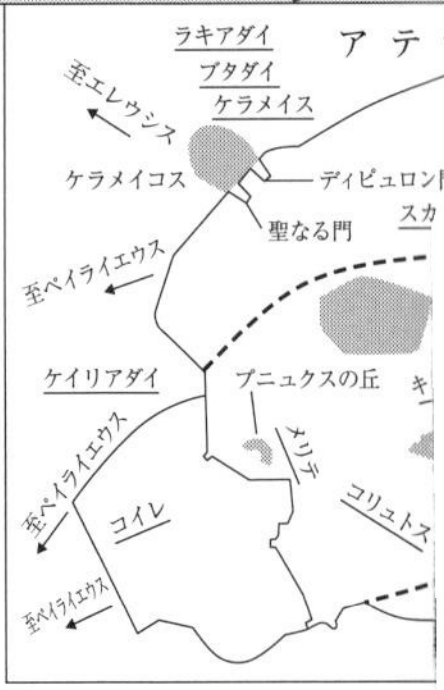

アッティカの区（デーモス）のうち、本書で言及される区、および名称と位置が確認ないし推測されている区若干を黒点●（アテナイ周辺図ではアンダーライン）で示した。破線は区を包摂する三つの地域区分、すなわちアステュ（都市部）、メソゲイオン（内陸部）、パラリア（沿岸部）の境界を表わす。アテナイ周辺図の実線は前 5-4 世紀当時の城壁、破線はそれ以前にあったと推定される城壁を示す。

2 図．アッティカの区

訳・解説者略歴

杉山　晃太郎（すぎやま　こうたろう）

東京外国語大学、千葉大学、学習院大学非常勤講師
1962 年 東京都生まれ；1992 年 学習院大学大学院人文科学研究科博士後期課程単位取得退学；学習院大学文学部助手を経て現在に至る

主な著訳書
『身近な哲学』（共著、ナツメ社）；『常識哲学ドリル』（監修、マイナビ出版）；デモステネス『弁論集 1 、 3 、 4 』（共訳、京都大学学術出版会）

木曽　明子（きそ　あきこ）

大阪大学名誉教授
1936 年 満州生まれ；1967 年 京都大学大学院文学研究科博士課程修了；大阪大学教授、北見工業大学教授を経て 2002 年退職

主な著訳書
Studies in Honour of T. B. L. Webster, Vol. I（co-au., Bristol Classical Press）; "What Happened to Deus ex Machina after Euripides?"（AbleMedia Classics Technology Center）; デモステネス『弁論集 2 』（京都大学学術出版会）

葛西　康徳（かさい　やすのり）

東京大学教授
1955 年 香川県生まれ；1978 年 東京大学法学部卒業；1992 年 Ph.D.（ブリストル大学）；東京大学助手、新潟大学教授、大妻女子大学教授を経て 2011 年より現職

主な著訳書
『これからの教養教育』（共編著、東信堂）；『「この国のかたち」を考える』（共著、岩波書店）；『オデュッセウスの記憶』（共訳、東海大学出版部）

北野　雅弘（きたの　まさひろ）

群馬県立女子大学教授
1957 年 大阪府生まれ；1987 年 大阪大学大学院文学研究科博士後期課程単位取得退学；大阪大学助手、群馬県立女子大学助教授を経て 2005 年より現職

主な著訳書
『美の変貌』（共著、世界思想社）；『新訂 ベスト・プレイズ ── 西洋古典戯曲 12 選』（共訳、論創社）；デモステネス『弁論集 1 』（共訳、京都大学学術出版会）

吉武　純夫（よしたけ　すみお）

名古屋大学准教授
1959 年 北海道生まれ；1991 年 京都大学大学院文学研究科博士課程単位取得退学；静修女子大学助教授、名古屋大学助教授を経て、2000 年より現職

主な著訳書
『ギリシア悲劇と「美しい死」』（名古屋大学出版会）；*War, Democracy and Culture in Classical Athens*（co-au., Cambridge U.P.）；『ギリシア喜劇全集 5 、 8 』（共訳、岩波書店）

デモステネス　弁論集《べんろんしゅう》 5
西洋古典叢書　2017 第7回配本

二〇一九年四月三十日　初版第一刷発行

訳・解説者　杉《すぎ》山《やま》晃《こう》太《た》郎《ろう》
木《き》曽《そ》明《あき》子《こ》
葛《か》西《さい》康《やす》徳《のり》
北《きた》野《の》雅《まさ》弘《ひろ》
吉《よし》武《たけ》純《すみ》夫《お》

発行者　末原達郎

発行所　京都大学学術出版会
606-8315 京都市左京区吉田近衛町六九　京都大学吉田南構内
電　話　〇七五-七六一-六一八二
F A X　〇七五-七六一-六一九〇
http://www.kyoto-up.or.jp/
印刷／製本・亜細亜印刷株式会社

ISBN978-4-8140-0099-9
定価はカバーに表示してあります

アンミアヌス・マルケリヌス　ローマ帝政の歴史（全3冊）
1　山沢孝至訳　3800円
ウェルギリウス　アエネーイス　岡　道男・高橋宏幸訳　4900円
ウェルギリウス　牧歌／農耕詩　小川正廣訳　2800円
ウェレイユス・パテルクルス　ローマ世界の歴史　西田卓生・高橋宏幸訳　2800円
オウィディウス　悲しみの歌／黒海からの手紙　木村健治訳　3800円
クインティリアヌス　弁論家の教育（全5冊）
1　森谷宇一・戸高和弘・渡辺浩司・伊達立晶訳　2800円
2　森谷宇一・戸高和弘・渡辺浩司・伊達立晶訳　3500円
3　森谷宇一・戸高和弘・吉田俊一郎訳　3500円
4　森谷宇一・戸高和弘・伊達立晶・吉田俊一郎訳　3400円
クルティウス・ルフス　アレクサンドロス大王伝　谷栄一郎・上村健二訳　4200円
スパルティアヌス他　ローマ皇帝群像（全4冊・完結）
1　南川高志訳　3000円
2　桑山由文・井上文則・南川高志訳　3400円
3　桑山由文・井上文則訳　3500円
4　井上文則訳　3700円
セネカ　悲劇集（全2冊・完結）
1　小川正廣・高橋宏幸・大西英文・小林　標訳　3800円
2　岩崎　務・大西英文・宮城徳也・竹中康雄・木村健治訳　4000円
トログス／ユスティヌス抄録　地中海世界史　合阪　學訳　5000円
プラウトゥス／テレンティウス　ローマ喜劇集（全5冊・完結）
1　木村健治・宮城徳也・五之治昌比呂・小川正廣・竹中康雄訳　4500円
2　山下太郎・岩谷　智・小川正廣・五之治昌比呂・岩崎　務訳　4200円
3　木村健治・岩谷　智・竹中康雄・山澤孝至訳　4700円
4　高橋宏幸・小林　標・上村健二・宮城徳也・藤谷道夫訳　4700円
5　木村健治・城江良和・谷栄一郎・高橋宏幸・上村健二・山下太郎訳　4900円
リウィウス　ローマ建国以来の歴史（全14冊）
1　岩谷　智訳　3100円
2　岩谷　智訳　4000円
3　毛利　晶訳　3100円
4　毛利　晶訳　3400円
5　安井　萠訳　2900円
9　吉村忠典・小池和子訳　3100円

プルタルコス　英雄伝（全 6 冊）
　1　柳沼重剛訳　　3900 円
　2　柳沼重剛訳　　3800 円
　3　柳沼重剛訳　　3900 円
　4　城江良和訳　　4600 円
プルタルコス　モラリア（全 14 冊・完結）
　1　瀬口昌久訳　　3400 円
　2　瀬口昌久訳　　3300 円
　3　松本仁助訳　　3700 円
　4　伊藤照夫訳　　3700 円
　5　丸橋　裕訳　　3700 円
　6　戸塚七郎訳　　3400 円
　7　田中龍山訳　　3700 円
　8　松本仁助訳　　4200 円
　9　伊藤照夫訳　　3400 円
　10　伊藤照夫訳　　2800 円
　11　三浦　要訳　　2800 円
　12　三浦　要・中村健・和田利博訳　　3600 円
　13　戸塚七郎訳　　3400 円
　14　戸塚七郎訳　　3000 円
プルタルコス／ヘラクレイトス　古代ホメロス論集　内田次信訳　　3800 円
プロコピオス　秘史　和田　廣訳　　3400 円
ヘシオドス　全作品　中務哲郎訳　　4600 円
ポリュビオス　歴史（全 4 冊・完結）
　1　城江良和訳　　4200 円
　2　城江良和訳　　3900 円
　3　城江良和訳　　4700 円
　4　城江良和訳　　4300 円
マルクス・アウレリウス　自省録　水地宗明訳　　3200 円
リバニオス　書簡集（全 3 冊）
　1　田中　創訳　　5000 円
　2　田中　創訳　　5000 円
リュシアス　弁論集　細井敦子・桜井万里子・安部素子訳　　4200 円
ルキアノス　全集（全 8 冊）
　3　食客　丹下和彦訳　　3400 円
　4　偽預言者アレクサンドロス　　内田次信・戸高和弘・渡辺浩司訳　　3500 円
ロンギノス／ディオニュシオス　古代文芸論集　木曽明子・戸高和弘訳　　4600 円
ギリシア詞華集（全 4 冊・完結）
　1　沓掛良彦訳　　4700 円
　2　沓掛良彦訳　　4700 円
　3　沓掛良彦訳　　5500 円
　4　沓掛良彦訳　　4900 円

【ローマ古典篇】
アウルス・ゲッリウス　アッティカの夜（全 2 冊）
　1　大西英文訳　　4000 円

クセノポン　ギリシア史（全2冊・完結）
1　根本英世訳　2800円
2　根本英世訳　3000円
クセノポン　小品集　松本仁助訳　3200円
クセノポン　ソクラテス言行録（全2冊）
1　内山勝利訳　3200円
クテシアス　ペルシア史／インド誌　阿部拓児訳　3600円
セクストス・エンペイリコス　学者たちへの論駁（全3冊・完結）
1　金山弥平・金山万里子訳　3600円
2　金山弥平・金山万里子訳　4400円
3　金山弥平・金山万里子訳　4600円
セクストス・エンペイリコス　ピュロン主義哲学の概要　金山弥平・金山万里子訳　3800円
ゼノン他／クリュシッポス　初期ストア派断片集（全5冊・完結）
1　中川純男訳　3600円
2　水落健治・山口義久訳　4800円
3　山口義久訳　4200円
4　中川純男・山口義久訳　3500円
5　中川純男・山口義久訳　3500円
ディオニュシオス／デメトリオス　修辞学論集　木曽明子・戸高和弘・渡辺浩司訳　4600円
ディオン・クリュソストモス　弁論集（全6冊）
1　王政論　内田次信訳　3200円
2　トロイア陥落せず　内田次信訳　3300円
テオグニス他　エレゲイア詩集　西村賀子訳　3800円
テオクリトス　牧歌　古澤ゆう子訳　3000円
テオプラストス　植物誌（全3冊）
1　小川洋子訳　4700円
2　小川洋子訳　5000円
デモステネス　弁論集（全7冊）
1　加来彰俊・北嶋美雪・杉山晃太郎・田中美知太郎・北野雅弘訳　5000円
2　木曽明子訳　4500円
3　北嶋美雪・木曽明子・杉山晃太郎訳　3600円
4　木曽明子・杉山晃太郎訳　3600円
5　杉山晃太郎・木曽明子・葛西康徳・北野雅弘・吉武純夫訳・解説　5000円
トゥキュディデス　歴史（全2冊・完結）
1　藤縄謙三訳　4200円
2　城江良和訳　4400円
ピロストラトス　テュアナのアポロニオス伝（全2冊）
1　秦　剛平訳　3700円
ピロストラトス／エウナピオス　哲学者・ソフィスト列伝　戸塚七郎・金子佳司訳　3700円
ピンダロス　祝勝歌集／断片選　内田次信訳　4400円
フィロン　フラックスへの反論／ガイウスへの使節　秦　剛平訳　3200円
プラトン　エウテュデモス／クレイトポン　朴　一功訳　2800円
プラトン　エウテュプロン／ソクラテスの弁明／クリトン　朴　一功・西尾浩二訳　3000円
プラトン　饗宴／パイドン　朴　一功訳　4300円
プラトン　パイドロス　脇條靖弘訳　3100円
プラトン　ピレボス　山田道夫訳　3200円